暖暖婚途

上

梅萱 著

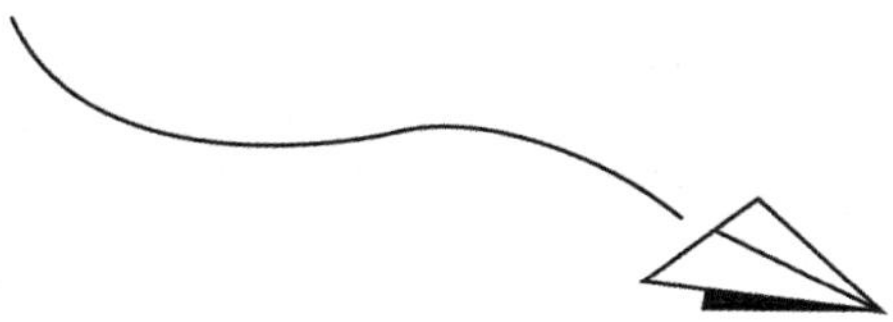

三辰影库音像电子出版社
北京

图书在版编目（CIP）数据

暖暖婚途 / 梅萱著. -- 北京 : 三辰影库音像电子出版社，2019.5
ISBN 978-7-83000-357-9

Ⅰ. ①暖… Ⅱ. ①梅… Ⅲ. ①长篇小说—中国—当代 Ⅳ. ① I247.5

中国版本图书馆 CIP 数据核字 (2019) 第 045898 号

NUANNUAN HUNTU

责任编辑：和玉庭 张海燕
责任校对：刘丹丹
封面插画：刘玉冬
出版发行：三辰影库音像电子出版社
社址邮编：北京市朝阳区焦化路甲 18 号，100124
咨询电话：（010）67476652
印　　制：北京市玖仁伟业印刷有限公司
开　　本：787mm ×1092mm　1/16
字　　数：481 千字
印　　张：30.5
版　　次：2019 年 5 月北京第 1 版
印　　次：2019 年 5 月北京第 1 次印刷
定　　价：68.00 元
书　　号：ISBN 978-7-83000-357-9

目录

第一章

那位医生『有毒』

融子兮实在是爱死了自己的新工作!

新公司专门为影视剧的主角设计和制作演出服装，因此员工还能不时见到大明星。这让融子兮这个古风“迷妹”非常满足，就连请个假来医院看病都心急如焚。

“其他医生都满了，只有一位医生目前还没什么病人。”护士面对她的猴急，有点不高兴地说。

“行行行，那就麻烦帮我挂这位医生的号吧，我赶时间，谢谢，谢谢！”

护士侧身对着电脑，噼里啪啦地敲键盘，很快给她挂上了号。

“谢谢！”融子兮接过挂号单，赶紧转身去目的地。

“穿的什么东西，玩穿越啊？！”看着她的背影，挂号护士还是忍不住嘀咕道。

因为是古风“迷妹”，融子兮留了长发，还经常穿自己设计的改良古装，看起来倒颇有一番韵味。不过，在一些人眼中这可能有些怪怪的。

融子兮跑出门诊部的时候，电话响了。

说好了跟她一块儿来的闺蜜融佳琪打电话问她在哪里，自己马上就到医院门口了。

“佳琪，我刚挂到号，现在去C栋妇科505室，我先去了，你到五楼找我好吗？我只请了两个小时假，还要赶回去。”融子兮急匆匆地边走边说。

“行行行，你去吧，我去找你。别怕啊，妇科检查也很简单的。”融佳琪在电话里安慰她说。

“嗯，我不怕，放心吧。那等会儿联系吧。”

“嗯，拜。”

“拜拜。”融子兮挂了电话，深吸一口气，其实心里还是有点怕怕的，这可是她第一次来看妇科病。

原本是不想来的，可融佳琪那个妹子说什么妇科疾病必须重视，不然严重了以后生不出孩子怎么办？变成什么什么癌之类的怎么办？

融子兮越听越害怕，所以还是决定请假来看医生。

匆匆来到妇科 505 诊室门口，果然没什么人，融子兮暗喜。她在门口没有看到医生，小心翼翼地走进去说：“医生？我是来看病的。”

片刻，内室响起脚步声，一个身影走出来。

融子兮惊讶地瞪大了眼睛，因为竟然是一名……男医生！

而且是一名年轻男医生！

而且还是一名长得有点帅的年轻男医生！

融子兮尴尬极了。挂号时怎么就忘了问是男医生还是女医生呢！

作孽啊！！！

对方淡淡地打量了一下她的古装造型，坐下严肃地问：“哪里不舒服？”

算了，他是医生，有什么没见过！记得长辈们聊天时说过一句话：在医生眼里，男人女人都跟动物没什么两样。融子兮咬咬牙：“下体有些……有些痒。”

他点点头起身：“嗯，那进来检查一下吧。”

什么？！检查？怎么检查？

融子兮突然有一种即将赴刑场的感觉，在心里咆哮着：干吗要挂这个医生的号？真是作死啊！

发现她一动不动，年轻男医生看向她说：“怎么，有什么问题吗？”

人家话都说这份儿上了，她还能说什么呢，融子兮红着脸低下头，朝内室走去。

“躺到上面脱下裤子左脚。”医生一边戴手套和口罩一边说。

脑中仿佛又有一颗惊雷炸响，融子兮愣在原地，简直快哭了。在一个陌生男人面前脱裤子而且让他看？！

“怎么了？”准备好的医生纳闷地问。

融子兮哆哆嗦嗦地开口:“那个，能让女护士检查吗？我有点……”

医生也有点尴尬地点点头:“好吧，那你等一下，我去叫个人来。”

看着他出去的背影,融子兮那颗悬着的心才算放下来,长长地舒了一口气。她暗骂自己:融子兮你个傻瓜，你看你都干了些什么啊？叫你来看妇科！叫你来看妇科!

一脸严肃的女护士进来时刚好看到她在拍自己脑袋，皱了一下眉头抱怨：“怎么还没躺上去准备好，以为我们很闲吗？一会儿要这样一会儿要那样，真当自己是谁……”

融子兮吓得赶紧上检查床上躺下，却没想到她刚把一边的裤子脱了，护士又说:“下来，消毒垫都还没垫，你急什么？”

融子兮只好郁闷地起来,等她把一张蓝色的无纺布垫上,然后又上去躺下。总之，今天怎么这么倒霉啊!

“腿张开啊，你并拢干什么？你并拢着我怎么看？”女护士又抱怨。

融子兮欲哭无泪,慢慢放开并拢的双腿,就算是女人,这样也很难为情呀!

可见惯了这些的护士哪里会觉得奇怪和难为情，自顾自地说着情况，末了喊道:“郎医生，你来看看，阴道好像有点发炎。”

“不要!”融子兮突然叫起来。

“你干吗？”护士不爽地问道。

融子兮带着哭腔请求:“能不要那位医生看吗？”

护士一听这话顿时火了:“哎，我说你这人是怎么回事？你是来医院看病还是来医院看人？男医生怎么了？男医生又不会吃了你！你这样很不尊重人知道吗？你挂了郎医生的号又不让郎医生看，你这是什么意思？”

一席话让融子兮委屈又内疚，眼泪在眼眶里打转。

年轻男医生的声音传来:“好了，小方，麻烦你帮她取点白带，做个白带常规，然后上颗消炎栓，另外看看有没有皮炎和湿疹。问题应该不大，我就不进去了。”

“好吧。”护士无奈地一边操作一边抱怨，“装什么清高……”

从检查床上下来，融子兮的眼泪就流了出来，低着头匆匆朝外面走。

“站住！我话还没说完你跑什么？我又不吃你，这什么人，真是……”护士不满地继续抱怨。

融子兮咬着牙站在门口，心里的委屈像潮水一般涌来。

待护士冷冷地说完缴费和拿药的事，融子兮拿上装着自己白带的小盒子就往外面冲，连外间办公室的男医生都视而不见。

“子兮,怎么样,没什么事吧？”等在外面的融佳琪看到她关切地过来询问。

看到她低着头不说话，融佳琪纳闷地问:“怎么了？出什么事了吗？”

融子兮摇头，眼泪唰地一下就顺着脸颊滚了下来。

一看她这副模样，融佳琪立即警觉地问:“怎么了？被人欺负了？是医生欺负你吗？你说啊！你哭什么？你一句话都不说算怎么回事？有我在你怕什么，快说！”

“算了，我们走吧。”融子兮吸了吸鼻子。

融佳琪一把拉住她:“你今天不把话说清楚别想走！什么世道，医院还欺负人不成？！说！有我在你别怕！”

明明看到已经有人在围观，融佳琪反而更大声了，反正她什么都不怕，闹大了更好，顺便蹭个热搜。她可是个小“网红”。

可融子兮本来心情就坏到极点，现在闺蜜又这样，她真是很难过，哭着说:“你怎么没告诉我妇科有男医生啊……”

融佳琪恍然大悟，立即愤愤地朝505门诊室走去。

一进门就看到坐在座位上的年轻男医生，融佳琪恶狠狠地指着他说:“还真是男的，行，你等着！”

融佳琪转身匆匆返回大厅。

走到人多的大厅里，她一步踩上休息椅叉腰大喊:“大家听着，这个医院的医生对病人性骚扰，这个医院有流氓医生啊！还有没有天理啊，竟然对病人性骚扰，这是什么医院？流氓医院啊……”

人们纷纷看向她，交头接耳。

医院领导闻讯赶来，让融佳琪有什么事情到办公室里说。

融佳琪居高临下，指着一脸郁闷的中年领导怒吼:“没什么好说的！受害人就在现场，铁证如山，你们别想赖掉！今天你们医院不给我们一个说法，我们是绝不会善罢甘休的！”

而站在人群里的融子兮几乎被吓蒙了，佳琪这是干吗？完全不是这么回事啊！啊啊啊啊！今天是怎么回事啊？为什么全部事情都变得一团糟啊！

她冲上去拉闺蜜的手:“佳琪,你误会了,不是那样的,快走,我们快走……”

“你别拉我！你怕什么啊？你放心，有我在，一定帮你讨回公道！”融佳琪甩开她的手，拍着自己的胸口说。然后跟前来的医院领导争执了起来。

那名妇科男医生也被叫了过来，已经有领导在问他话了。

融子兮看见他朝自己看过来，真是恨不得找个地缝钻进去。

那名骂融子兮的护士也被问话了，在明白发生了什么事后，很生气地去跟融佳琪对质。

结果佳琪更愤怒，两人对骂起来，后来又变成了相互的人身攻击。连融子兮都被扯了进去。

事情越闹越大，也不知道是谁一早就报了警，警察赶来后将几人都带进了领导办公室。

办公室门关上，世界总算清静了。

两名警察在椅子上坐下，看向还一脸愤怒的融佳琪和女护士，让融佳琪先说说是怎么回事，为什么要在医院里闹事。

佳琪刚要开口，女护士抢先道:“警察同志，我觉得这件事只有那名女士能解释清楚。”说完愤愤地看着融子兮。

“怎么？欺负我朋友老实啊？”融佳琪立即骂道。

“好了好了,都别说了。”警察忙制止两人,看向融子兮,“那你说说看吧。”

想到真相说出来后融佳琪的处境，融子兮恨不得给自己一个耳光，咬咬嘴唇开口说:“这件事都是我的错，这场风波都是因我而起，给大家添麻烦了实在是抱歉。”说罢鞠了一躬。

屋中的人都微怔了一下，两名警察对视一眼，顿感事情这样便好处理。

随即，一名警察开口说:“态度不错，继续说说事情是怎么回事吧。”

无辜的年轻男医生也看着她，嘴角微微牵起一个弧度，淡淡地笑了笑。

融子兮继续说:“事情是这样的，早上我来医院做妇科检查，挂了那位医生的号，进诊室后发现是位男医生，我有点不好意思，就请他找一位女护士给我做检查，就是这位护士给我做的检查。因为检查的时候这位护士的有些话让我很难过，出来后我忍不住就哭了。然后我朋友看到我哭，以为我被性骚扰，很生气，就闹了起来。都是我的错，是我没有跟她说清楚，是我不该莫名其妙地哭，不该说妇科不该有男医生。对不起，都是我的错……”

“神经病。”女护士骂道。

一听这话融佳琪也立马回道:“骂谁呢？嘴巴给我放干净点！什么素质？就这素质还做护士……”

“你也好意思跟我谈素质？先看看你自己是什么素质！”女护士也立即回道。

“我素质不高我没做医生啊，你素质这么低还做护士，你不是给人添堵？”

眼看两人又要吵起来，警察赶紧制止，让融子兮和融佳琪跟医院道歉，也让女护士以后跟病人说话注意语气和用词。

融子兮态度很好地给医院和男医生都道了歉。融佳琪不情不愿地说了句“不好意思”,医院也不想追究她们的责任,两人便在警察的同意下赶紧跑出了医院。

离开医院一看手机，已经快到中午十二点了。

两个小时的假变成了半天假,想到严厉的库经理,融子兮不禁打了个寒战。

“唉，今天真衰！”融子兮可怜兮兮地叹气，她的腿到现在还在发抖。

“行了，别丧气了，先把肚子填饱再说吧，刚才吵架吵得我肚子都饿了。”融佳琪嘀咕，说罢又笑起来用胳膊肘碰了碰融子兮，“喂，那个男医生长得还不错，你知道他叫什么吗？”

融子兮正在郁闷，随口说:“好像姓郎吧。”

“狼？狼医生？”融佳琪惊讶地问，看朋友点点头，又笑起来说:“哈，不是吧，这也太逗了吧！是个男人不说，偏偏还是妇科医生，这还能混下去吗？唉，真可惜了那么一个大帅哥，竟然去做妇科医生。唉，算了，看在他这么可怜的份上，下次我去照顾他的生意吧。”

融子兮惊讶地看着她:“你说笑吧？都闹成这样了，你还敢去那个医院，不怕他们报复你啊？”

融佳琪把小挎包往背后一扔，扭着细腰往前走:“怕？本大小姐的字典里就没有这个字。”

融子兮嘴角抽搐:“行行行，你开心就好。”反正她是再也不会去那家医院了！

跟融佳琪那个闲人在肯德基吃了个快餐，融子兮立即狂奔回公司。

一路上她不停在心里祈祷:“菩萨保佑，菩萨保佑，千万不要被骂，千万不要被扣工资，千万不要被炒鱿鱼……”

融子兮低着头小心翼翼地走进公司，先跟前台美女欧阳丽丝打了个招呼，然后过去小声问她库经理在不在。

欧阳丽丝朝经理办公室看了一眼，然后朝她点点头。

融子兮痛苦地扶额，灰溜溜地朝经理办公室走去，轻轻敲了敲门。

“请进。”里面传来一个娇声。

融子兮轻轻打开门，尴尬地笑着说:“库经理，对不起我迟到了。”

注意，这个特别的姓氏“库”，不是库。读音跟“射”字一样。当初融子兮刚到公司的时候，一不小心就喊成了“库经理”，结果当场被讽刺一番，从此对这位美女经理心有余悸。

库经理名叫库丽丽，三十出头，美丽性感，据说做过模特，还拍过电视剧。

库丽丽正在吃午饭，很丰盛的午饭，一碗米饭四个小菜，也难得她还保持着不错的身材。

库丽丽拿起桌上的餐巾纸擦了擦嘴角，才看向她:“嗯，是去医院了吧，没什么事吧？”

“谢谢经理关心，没什么事，因为要检查一些东西所以迟到了。原本我以为只要两个小时就能完成，可是却花了一上午的时间……”

“行了，不用说这么多了，无论理由是什么，都已经改变不了迟到的事实对吗？至于迟到该怎么处理，公司有规定，一切都按规章制度来吧。好了，你出去做事吧。”库丽丽非常公事公办地说。

“嗯。”融子兮点点头，“库经理那我出去了。”

“等等……”库丽丽忽然又喊道，看看桌上的东西，“能麻烦你帮我把这些东西扔进垃圾桶吗？”

“好的，库经理。”融子兮说着，赶紧上前帮她收拾碗筷。

此时也顾不得自己像个服务员了，有道是，人在屋檐下不得不低头啊。

看着她的背影，库丽丽不屑地笑了。

手机铃声响起，库丽丽瞄了一眼屏幕，捻起镶满水钻的手机，用甜美的声音问：“颜阿姨您好，我是丽丽，您吃过午饭了吗？”

“吃过了，丽丽啊，没打扰你吧？”

“当然没有，阿姨您这是说哪的话，您是长辈，给我打电话我高兴还来不及，哪里还敢说打扰啊！”

“没打扰就好。丽丽呀，就是上次我跟你说的那个我们科室新来的医生，我今天可算帮你约到时间了，你看今晚你们一起吃个饭怎么样？”

库丽丽翻了个白眼，却还是笑着说：“好啊，那真是麻烦颜阿姨了，您比我妈妈对我还好。”

“呵呵，这我可不敢当，你妈妈和我是同学，她让我帮你留意一下相亲对象，我怎么也要尽心尽力。那就这么说定了，我把你的手机号给他，让他跟你联系。”

“嗯，那麻烦颜阿姨了。”

“不麻烦不麻烦，那我不打扰你了。哦，对了，他姓郎，郎平的郎。”

“嗯，我记住了，谢谢颜阿姨，再见。”

“嗯，再见。”

挂上电话，库丽丽郁闷地吐了口气嘀咕：“郎医生，妇科医生，脑袋被门夹了吧？医生医生，这年头医生有什么前途，烦人。”

库丽丽今年三十一岁，未婚，已经算是大龄剩女了。不过以她的收入、相貌来讲，倒也算得上黄金剩女，还是有再挑挑的资本的。

设计部办公室里，融子兮跟同事打听了一下迟到的处罚办法，当听到公司对于三个小时内的迟到按每小时扣五十元的时候，默默地算了一下今天自己要被扣掉的钱，又算了一下上午在医院花掉的钱，发现今天的工资被扣完不说还要倒贴，郁闷地托着腮看着电脑屏幕。

今天怎么就这么衰呢?

“哎哎，都听着都听着，重大好消息，等会儿大明星郎皓轩要过来。”同事艾姐又来透露一手消息。

正在电脑前做设计的姑娘们都精神一振，露出欣喜的表情。尤其是几个二十来岁的小姑娘，已经在“脑补”大明星的样子了。

融子兮也支起脑袋朝艾姐看去。郎皓轩,她自然知道,当下炙手可热的“小鲜肉”，终于有机会见到本人，想想还是挺让人兴奋的，要是待会儿还能蹭个合影什么的，然后再发到朋友圈……

融子兮兴奋起来，一上午的阴霾总算被扫去一半，高兴地盼着大明星的到来。

下午五点，一辆行驶在路上的保姆车里，大明星郎皓轩正在跟人通电话。

“哥，听说今天早上你被病人告性骚扰，真有这事？”郎皓轩握着手机忍着笑说。

“这你也知道了？你到底是明星还是私家侦探？”那头语气淡淡地说。

郎皓轩笑道:“这么说这事是真的了！哎呀，谁这么眼瞎啊，不会是她原本想追你结果被拒绝，恼羞成怒倒打一耙吧？”

“你想象力这么丰富，可以当编剧了。”

“是吗？既然哥你都这么说了，那我接下来可以考虑朝这方面发展一下。不过，今天因为这事心情很不好吧，正好我今晚有空，一起吃顿饭吧。你看你都回来这么久了，我们还没见过面呢，而且这是我第一次开口跟约人哦，哥你不会这点面子都不给吧？”

那头笑了笑说:“大明星把话都说到这份儿上了，我哪里敢不给面子，可以啊，我正好要下班了，哪里见？”

“嘿嘿，我马上就要到你们医院门口了，见面再商量怎么样？”

“好。”

挂了电话，郎皓轩看向开车的助理:“小庆庆，我今晚约了我哥吃饭，你把车开到市妇女儿童医院门口停一停。”

“好的，轩少。那今天还去试戏服吗？”

“不去了，明天再去吧。”

“可是明天都要定妆了，我怕时间来不及。”

“哦，这样啊，那还跟以前一样你去帮我试吧，穿上让人拍视频给我看。”

“好的。”

于是，郎皓轩到医院门口等哥哥郎医生，助理驾驶保姆车到聚星服饰。

“来了来了！郎皓轩来了！”艾姐跑进办公室高兴地宣布，她刚才去库丽丽的办公室代表大家问郎皓轩怎么没来，库丽丽打了个电话过去，那边说马上就到了。

屋里的女员工都在犯花痴，有的甚至摸出小镜子开始补妆。

大家左等右等，却等来一个坏消息：大明星临时有事来不了了。站在最后面的融子兮惊得闭不上嘴巴，她终于相信，自己今天实在是彻头彻尾的扫把星一颗！

当郎皓轩收到他的助理试穿订制戏服拍摄的小视频时，他和表哥郎泽轩正在餐厅包间里好吃好聊。

郎皓轩和郎泽轩是表兄弟，但同姓郎。郎泽轩的妈妈跟郎皓轩的爸爸是亲兄妹，但是郎泽轩随母姓，所以也姓郎。不仅如此，这两人的名字连最后一个“轩”字也重了。

家族兴旺，郎泽轩的母亲不愿失去家族荫庇，所以坚决要儿子跟自己姓。

郎皓轩一定要让哥哥讲讲所谓的性骚扰事件。

喝了一口果汁的郎泽轩看着表弟一脸的恶趣味，无奈地笑笑说：“看来你跟那些八卦记者的关系不错嘛。”

他总算明白了，医院也潜伏着到处搜捕新闻的小报记者，他们在知道了今天上午的事情后，做了个顺水人情告诉了郎皓轩。

郎皓轩得意地笑：“哥，能不能不要岔开话题，正面回答我刚才的问题？”

郎泽轩拿筷子夹菜：“误会一场，无可奉告。”

“别这样嘛泽轩哥哥，人家这也是关心你嘛，你不说人家会担心的。”郎皓轩抓着郎泽轩的手腕撒娇卖萌。

郎泽轩甩开他的手，提醒他说:“小心被八卦记者拍到。”

“拍到就拍到，我不怕，我清者自清，快告诉我嘛哥，泽轩哥。”

郎泽轩吐了一口气，实在受不了他这套赖皮功，想着把事情说一下也好，免得这个大嘴巴又把事情胡编乱造地告诉家人，到时候就麻烦了。于是讲起了上午发生的事。

郎皓轩一脸好奇地仔细听着，一边听一边追问细节，然后恶趣味地笑个不停。郎泽轩无奈地摇摇头，一场误会而已，他根本就没当回事。

与弟弟吃完饭回家，然后洗了个澡，郎泽轩竟然把约相亲对象吃饭的事忘得一干二净。

当然，主要是他本来也没想过要去相亲，是科室大姐太热情，他实在招架不住才勉强同意的。

再说，科室大姐把对方条件说得那么好，自己区区一个妇科医生，料想对方也看不上。

洗完澡后，郎泽轩穿着睡袍坐在床上，背靠床头在台灯下看书。医术道路漫漫，想要成为一名优秀的医生，他要学的东西还很多。

与此同时，在公司以加班的名义等到九点的厍丽丽，始终没有接到相亲对象的电话。

“行，狼医生，就凭你这姓和人品，抱歉，我厍丽丽只能给你零分！”厍丽丽自顾自地说完，抓上手包离开了办公室。

走出办公室的时候，她的肚子很不争气地咕咕叫了。

天哪，自己还没吃晚饭！

踩着高跟鞋的厍丽丽握起拳头，简直恨不得把郎泽轩碎尸万段！

同一片夜空下，出租房里的融子兮洗完澡正坐在床上玩手机，她在搜索一些关于妇科疾病的资料。

她看得很仔细、很认真，并暗暗决定明天去药店买些药自己处理，反正死也不去医院了！

而隔壁房间，闺蜜融佳琪正在电脑摄像头前神采奕奕地直播，而且还得意地讲起了白天在医院痛骂低素质护士的事，引起一阵热议。

第二天中午，热情的颜阿姨又来电话了。

“丽丽啊，真是不好意思，我刚刚问了郎医生，他说昨晚他有事忘了跟你联系，你看今晚怎么样？”

库丽丽又在心里把郎泽轩狠狠地骂了一通，脸上却一笑：“嗯，医生是挺忙的，妈妈就是医生，我当然知道。不过我也挺忙的……”

“丽丽，别生气啊，他已经跟我保证了，今天一定行。真的是个很不错的小伙子，你可千万不要错过啊。”颜阿姨实在是热情到了极点。

真有你说的这么好也不会沦落到相亲了吧？你们医院里那么多女护士，还不早被“吃得骨头都不剩”了，真是王婆卖瓜……

库丽丽腹诽道，一开口却又是：“那好吧，真是太感谢颜阿姨了，您也别再为我们的事费心了，接下来的事就交给我们自己吧。”

“好的，那我等你们的好消息。”热情的颜阿姨一副等着快喝两人喜酒的语气说。

挂了电话，库丽丽看着丰盛的菜都没有了胃口，抱着手坐在椅子上，思索着怎么教训教训他。

敲门声响起，库丽丽放下手，缓和了一下表情，说：“请进。”

进来的正是融子兮，因为一件戏服选料要让库丽丽确认。

库丽丽确认后，融子兮刚要出门却被她叫住。

“子兮，能不能麻烦你帮我把这几个饭盒扔进垃圾桶？”库丽丽开口。其实她每天让人在这个时候进来确认衣料什么的就是顺便让人帮自己扔垃圾。

融子兮看到没怎么动过的菜，关心地说：“还剩了这么多，库经理您真的不吃了吗？”

“不吃了，这几天事情太多，没什么胃口。”库丽丽故意装成一副很烦心的样子。

融子兮点点头：“哦，好，那我马上帮您收拾一下。”

欧阳丽丝看着融子兮提着一大袋垃圾出来，无奈地笑着摇头，库丽丽还真是会利用人呢，也就看新来的融子兮好欺负。

下午五点，妇科门诊室里郎泽轩正在办公桌前看病历，热情的颜敏趁着上厕所的时间进来提醒他，记得跟相亲对象联系。

郎泽轩哭笑不得，再次跟她保证今晚一定记得。

待颜姐离开，郎泽轩拿过手机拨打那个电话。

“喂，你好，我是聚星服饰的库丽丽，请问您是……”库丽丽自我介绍说，明显还不知道对方是谁。

“你好，我是颜敏医生的同事，我姓郎，请问你晚上有空吗？能否赏光一起吃个饭。”郎泽轩淡淡地说。

你可算来了！狼医生……库丽丽抿着嘴娇媚一笑：“哦，原来是您啊！真是不好意思，我现在手上还有很多工作，有点忙呢。”

“哦，那你忙吧，我们改天再约。”

哼！你什么态度？库丽丽压住胸口的怒气说：“等等，或许也能抽出时间，不如你先说个时间地点，我抽空过来吧。”

“嗯，那你看六点半胜利路的顺达广场门口见怎么样？”郎泽轩隐约记得颜姐说过她的公司在胜利路，所以好心地说了个离她近的地址。

可是库丽丽一听，心里顿时大骂：你穷疯了吗？居然在那样的破地方约老娘吃饭。抱歉，老娘还没恨嫁到什么破地方的约会都去！

库丽丽简直是怒火中烧，嘴上却还是答应了下来。

挂了电话，库丽丽抱着胳膊沉思，决定好好收拾一下这个郎医生！

“简直是‘极品’！”库丽丽又骂道。思索着对策。

等到怒气总算消了，出门一看，办公室里的人都差不多走光了。五点半下班，这个时候都已经六点了。

走进设计部，总算看到一个人，正是老实的新人融子兮。

库丽丽深吸一口气，走到她旁边：“只剩你一个人了吗？”

正在电脑前忙碌的融子兮闻声看向她，忙说：“库经理您还没走啊，我还有个袖口设计没做完，所以……”

正说着，库丽丽的手机响了，一位副导约她吃饭。

通了几分钟电话，库丽丽又走过来笑盈盈地看着融子兮：“子兮，你还没男朋友吧？”

融子兮惊讶了一下，抬头看向她，尴尬地说：“去年分手了，现在还没有，库经理您怎么问这个？难道公司……”

库丽丽笑：“你别误会，我就是随便问问，跟工作没关系。那行，既然你还没男朋友，那我给你介绍一个吧，条件很不错哦，是位年轻有为的医生，跟我也是很好的朋友。这样吧，你现在就下班去顺达广场门口跟他见个面吃个饭，认识一下，看不看得上无所谓，多个朋友多条路嘛，对不对？这是他的手机号，你记下吧。”

库丽丽说着还拿过办公桌上的纸笔，把郎泽轩的手机号抄给了融子兮。

“一定要去哦，不然扣奖金。”库丽丽说完，高兴地出门去准备赴约了。

融子兮拿着写着手机号的便签哭笑不得，其实她基本上也猜到了大概是怎么回事。估计是有人给库丽丽介绍了一个相亲对象，但是她不想去，所以找了自己当挡箭牌。

可是，明知事情是这样，自己又有什么办法呢？上司把话都说到这份儿上了，难道自己还能说不去吗？

算了，横竖也不亏，还有人请吃饭！而且正如库经理所说，多认识一个朋友多一条路嘛。

这么想着，融子兮也起身收拾了一下东西，出门去约会了。

融子兮出了公司写字楼，信步朝顺达广场走，脑中还在思索着工作的事。

走到半途中，手机响了。

她赶紧接过电话：“喂，你好，我是融子兮，请问你是……”

郎泽轩一愣，似乎换了个人？他纳闷地看向手机号，难道是自己拨错了？刚才接到库丽丽的短信说让他等会儿打自己另外一个手机号。

正准备问清楚，那边融子兮已经反应了过来，忙说：“不好意思，您是那位医生吗？我还有大概五分钟就到了。”

郎泽轩眉头微蹙，有点没明白这到底是怎么回事，但还是答应等她。

挂上电话后，融子兮不禁加快了脚步，让人久等毕竟不太礼貌，正好她穿的也是平底鞋，小跑起来没问题。

融子兮很快来到广场，环顾四周，准备给对方电话。

而坐在车里的郎泽轩竟已经认出了她，她那身古装实在是太显眼了。

正想着还真是巧，手机响了，郎泽轩拿起电话。

“您好，我已经到了，我正站在广场的喷水池旁边，穿了一件灰白色的对襟和深蓝色的褶裙……”

“嗯，我看到你了，麻烦你稍等一下，我停了车就过来。”他反倒突然有了跟她吃饭的兴趣。

郎泽轩把车停下，朝融子兮的方向走来。

想到天下居然有这么巧的事，他竟不自觉地笑了笑。

而此时融子兮正在打量朝自己走过来的男人，待看清郎泽轩，眉头渐渐皱了起来。“怎么看起来有点面熟？”融子兮暗自嘀咕。

她并没有一下子认出他，因为在医院的时候他穿的是白大褂，而今天穿的是T恤加牛仔裤的休闲装。

郎泽轩走近了，表情淡淡地看着她：“你好，又见面了。”

“啊！”融子兮惊讶地捂着嘴巴，她终于想起来了，是他，那个妇科男医生！

“你你你你你……怎么会是你？”融子兮吓得结巴了。

他点点头：“对啊，我倒想问问你，怎么会是你？”

融子兮现在已经不仅仅是尴尬，而是恨不得捂脸了，她低着头：“真是不好意思，这一次好像又是误会。”

为什么每次碰到他都会出现天大的误会？谁来告诉她？谁来救救她啊？

“啊，对了，我马上给我们库经理打电话，我就说，就说……”融子兮忙找手机，打算给库丽丽打电话求救。

“不必了，我正要找你。”郎泽轩说。

融子兮纳闷地看向他：“你找我？找我干什么？”

郎泽轩面无表情，故作不悦地说：“昨天早上的事闹大了，医院领导知道了，劝我重新找工作，病人之间也传开了，今天没有一个病人找我看病。我跟其他医院相熟的朋友联系，也没人愿意帮我找工作，托你的福，我才从医学院毕业就要失业了，而且以后很可能不得不改行。”

融子兮惊讶而内疚地看着他，一脸诚恳地道歉:“对不起，我真的没想到事情会变成这样，我真的很抱歉……”

“如果真的内疚，真的觉得抱歉，就先请我吃顿饭吧，我已经一天没怎么吃东西了。”郎泽轩的话令融子兮更加内疚了。

“好好好，这个没问题，那我们先去里面吃饭。对了，我叫融子兮，融是金融的融，子是孩子的子，兮是‘风萧萧兮易水寒’的兮。您呢，您叫什么?”两人朝购物中心走去，融子兮先自我介绍道。

郎泽轩点点头:“你的名字还挺特别的。我叫郎泽轩，郎是新郎的郎，泽是恩泽的泽，轩是气宇轩昂的轩。”

“哦，您的名字也很好听呢。不过，您这个姓有点容易让人误会，因为郎医生听起来有点像狼医生，大灰狼的狼。啊，不过我不是那个意思，我就是单纯地说说而已，您千万不要误会。”融子兮说着赶紧又自己解释道。

她现在最怕跟他有任何误会了，太要人命了!

郎泽轩实在想笑，不过还是继续绷着。

“没事，不是你一个人这么说。”他依旧表情淡淡地说，看样子除了因为当不成医生而失意外，也没有太绝望。

此时两人正站在电梯上往三楼的美食区走，融子兮转头看向他，此时才发现他真的长得挺不错的。五官立体精致，双眼皮像做手术割出来的似的，眼睫毛好长，好让人羡慕。

郎泽轩察觉到她的目光，纳闷地看向她。

融子兮不知所措，赶紧笑起来说:“您想吃什么呢?”

“随便，干净卫生就好。”郎泽轩说。

融子兮赶紧点头:“嗯，我也是这样想。那这里有一家瓦罐汤，汤特别好喝，饭也很好吃，我们去那里吃吧。”

“好。”

融子兮带着郎泽轩来到那家瓦罐汤店，一进门，郎泽轩就想笑，古色古香的桌椅，果然跟她的调调很搭。

在靠近墙壁的二人座坐下，立即有服务员送来菜单，融子兮让郎泽轩来点菜。

“我不熟悉，还是你来吧。”郎泽轩也客气地说。

“那好吧。”融子兮拿过菜单认真地点了两个汤三个菜，想了想又加了一个，因为他可是一天都没有吃饭。

菜上来，摆满了本就不大的桌子。

“你点这么多？”郎泽轩惊讶地问。

“您不是一天没吃饭吗？多吃点吧，给您筷子。”融子兮说着还恭敬地双手给他递上筷子，毕竟人家可是因为自己才面临失业的。

说实话，郎泽轩是个很少说谎的人，可是今天从一开始见面就骗了她，反而还有点享受这种感觉？

看着她有点局促地埋着头吃饭，郎泽轩暗笑，在心里骂自己:什么啊，我居然也有这种恶趣味了。

“饭菜合胃口吗？”融子兮贴心地问道,其实是感觉彼此实在没什么话说，有点尴尬。

郎泽轩点点头:“嗯，还好。”

“哦,那就好。”融子兮也随口回道,心想:唉,似乎真的没什么话可说啊。

“你会做饭吗？”郎泽轩突然问。

“简单的也会吧。”融子兮忙回答。

“那什么时候尝尝你的厨艺吧。”郎泽轩说。

融子兮惊讶地看着他，心想:郎医生，我们已经熟到这份儿上了吗？

“我觉得自己在家做饭吃也是种享受，可惜我工作太忙，根本没时间在家做饭，基本上都是在医院里吃。”郎泽轩犹如自言自语地说。

听到他这么说，鬼使神差地，融子兮竟然就点头答应了。于是，这次约会还没结束，两人居然已经定下了下次一起吃饭的时间，还顺便聊了一下彼此的口味和下次要做什么菜。

吃完饭出来已经是华灯初上，郎泽轩问她住哪里，要不要开车送她回家。

融子兮觉得彼此还没熟悉到这个地步，赶紧拒绝了，心里想着反正还早，还有公交车。

郎泽轩送融子兮坐上公交车后，再也绷不住，笑了。转身时，他自言自语道:“搞什么啊。”因为连他自己都搞不懂自己为什么会跟她吃饭、为什么会撒谎骗她、为什么会跟她订下下一次约会。

或许，有时候想亲近一个人时就会忍不住缠住她？哪怕是撒谎也要继续下去？

过了两天，库丽丽才想起相亲事件，她随口问融子兮那天的见面怎么样，对自己的朋友满意吗？

融子兮尴尬地说:“就是吃了一顿饭，随便聊了一下。”

“哦？在哪吃的？”库丽丽好奇地问。

“三楼美食区的瓦罐汤店。”融子兮如实说。

库丽丽暗笑，心道:真是抠门儿，幸好老娘没去，简直是浪费时间、浪费生命！开口却说:“哦，那也不错啊，那里的汤挺好喝的，没看上没关系，以后有合适的我再介绍给你。”

融子兮赶紧说:“谢谢库经理，不过我现在还不是很想谈恋爱，想好好在工作上努力。”

“很好，有志气。这年头，男人本来就靠不住，女人只有靠自己的赚钱能力，才能过上想要的日子，好好努力吧，公司不会亏待你的。”库丽丽冠冕堂皇地说道。

融子兮感激地点点头，其实是怕她再把自己瞧不上的男人扔给自己顶锅而已。

医院里，颜敏医生又找了机会进办公室，问郎泽轩对库丽丽的感觉。

郎泽轩想了想还是直说:“谢谢你颜姐，不过我们好像不太合适。”连见面都如此不真诚，还有什么好说的。

“是哪里不合适？小郎你是不是嫌丽丽的年龄比你大？不是颜姐多嘴啊，其实这女孩子大一点没什么不好的,何况丽丽也才大你三岁,正所谓‘女大三，抱金砖’，你们这是再合适不过了。”

颜姐的热情真是让郎泽轩招架不住，他开口说:“也不仅仅是年龄的问题吧，而是我并不喜欢这类型的女孩子，我觉得还是单纯可爱一点的女孩子比较吸引我。”

“我们丽丽很单纯、很可爱的，小郎你们再相互了解一下，以我的经验，你们俩一定合适。”

“颜姐，郎医生，你们说什么呢？什么合适不合适？给郎医生介绍相亲对象吗？”从门口进来的护士出来问道。她就是上次骂融子兮的护士，叫方静璇。

“对啊，我有个侄女，漂亮又能干，已经是一个服装公司的部门经理，年薪几十万，跟小郎正合适。”颜姐得意地说。

方静璇不屑地笑笑：“颜姐，这缘分的事可是强求不来的，郎医生刚才把话都已经说得很明白了，难道您还听不出来吗？您啊，就不要再为难我们郎医生了。再说，您侄女那么优秀，还会愁嫁吗？肯定追求者多得很。”

这话表面客气，实际却很不给面子，颜姐想了想，似乎也明白了刚才郎泽轩是在委婉地拒绝自己，只好尴尬地笑笑说：“你说得那倒也是，丽丽倒也不愁嫁，就是稍微挑了些。好吧，你们年轻人的事你们自己处理吧，反正线我已经牵了，这接下来能成不能成还得靠你们自己。‘师傅领进门，修行靠个人’嘛，我还有事，就先走了。”

颜姐总算走了，郎泽轩也松了一口气，哭笑不得地看向方静璇：“谢谢你啊，小方。”

方静璇含情脉脉地看着他：“不客气，郎医生，小事一桩。”说罢，她想了想又继续说：“颜姐这人就这样，就喜欢到处给人做媒，每次科室有年轻医生来，只要没有女朋友她都会介绍自己的侄女，她那侄女已经是我们科室的名人了。”

郎泽轩一听更加无奈，笑笑说：“原来是这样。”

方静璇仔细观察着他的表情，看不到任何对厍丽丽的好感，这才松了一口气，而心里那句“郎医生，不知道你晚上有没有空，我们可不可以一起吃个饭？”还是鼓不起勇气说出来。

犹豫了一阵，方静璇终于准备开口，一位病人却走了进来。

她的勇气突然像被扎了一针的气球，瞬间瘪了。

她只好安慰自己，算了，还有的是机会，慢慢来吧。

办公室恋情是不太方便，万一没成，到时候岂不是很尴尬？所以向来天不怕地不怕的方静璇在这件事情上变得小心翼翼起来。

星期五下午，郎泽轩还在上班，妈妈郎洁打电话叫他晚上回家吃饭。

郎泽轩本来想拒绝，但碍于正是工作时间，而且还有病人在场，只好立即答应了下来。

“郎医生，是女朋友打来的吧？”来过几次的病人八卦地笑着问。

郎泽轩一时没反应过来，摇摇头说:“不是，是我妈。”

“哦，难道郎医生还没有成家吗？”

“嗯，还没有。”

“那有女朋友吗？”

“没有。”

“哎呀！怎么可能？郎医生这么帅，工作又这么好，竟然会没有女朋友，您不是故意逗我吧？”那病人仔细瞅着郎泽轩，就等着他坚决地说没有。

郎泽轩眉头微蹙，心想:什么啊，我干吗故意逗你？我有那闲工夫吗？

已经申请到做郎泽轩助手的方静璇抱着一打卫生垫进来，瞪了一眼犯花痴的病人，开口说:“郎医生，袁主任找您，这里我来吧。”

郎泽轩一愣，纳闷地看向她，什么袁主任？科室里根本就没这个人。

再看看方静璇一脸鄙视女病人的模样，郎泽轩也明白了是怎么回事，他倒无所谓，可方静璇把话都说到了这份儿上，他也不好当场揭穿，只好答应下来起身朝外面走去。

“唉，这怎么走了？”那病人看着郎泽轩出门，有点失望地想，只差一点点就问出来了，真是可惜！

方静璇从她的表情哪里还看不出她在想什么，面无表情地在椅子上坐下，匆匆翻了一下她的病历，递给她郎泽轩开好的缴费单和取药单，告诉她可以走了。

那病人没反应过来，抱着一丝希望问道:“护士，问你一个私人问题啊，郎医生有女朋友了吗？”

方静璇忍住怒火笑笑说:“您这是来看病呢，还是来看男人呢？”

那病人一愣，冷笑着说:“顺便啊，有什么看什么，两样都看不行吗？”

“那抱歉，我们这里是医院，只看病，要看男人别处看去。”方静璇冷冷地说，一点也不给她面子。

那病人受人揶揄，心里也十分不爽，嘀咕道：“什么态度，又不是看你男人，用得着一脸吃醋的样子嘛？”

郎泽轩在休息室里瞥见那病人走后，才返回门诊室。

看到方静璇坐在桌前一脸愤懑的样子，安慰说：“有些病人是比较刁钻，你也不必太在意，其实他们也没什么恶意。”

方静璇讪讪地笑笑：“是啊，她们也没什么恶意。”

“以后别再假传圣旨了，万一被其他同事知道不太好。”郎泽轩好心地提醒她说。

方静璇深吸一口气，点点头：“嗯，我知道了。刚才因为看到她不停地纠缠您，所以……算了，郎医生，今晚有空吗？”

终于迈出这一步，方静璇心跳加速地看向郎泽轩。

“刚才妈妈打电话让我晚上回家吃饭。”郎泽轩如实说。

“哦，那很好啊，郎医生好像也很久没回家吃过饭了吧，嗯，是应该多回家陪陪爸爸妈妈，我也打算这个周末回家呢。”方静璇尴尬不已，语无伦次地说。

郎泽轩倒也没意识到她刚才是想约自己吃饭。也或许是，男人对没有感觉的女人总是迟钝的。

于是他点点头，同意了她的说法。两人又闲聊了一会儿，在看过两个病人后便下班了。

换下工作服，郎泽轩开车回家吃饭。

郎泽轩所在的医院在市中心，而父母所住的地方在宁静的城郊。这会儿正值下班高峰期，起码要一个半小时。

其实，时间长也不是郎泽轩不愿意经常回家的原因，真正的原因是妈妈很不赞成他做这份工作。

为此，母子俩已经不止一次发生争执，可郎泽轩还是坚持自己的选择。只是相对的，为了避免争吵，他便很少回家了。

车子已经在路上行驶了大约一个小时，时间快到七点，夜幕降临，华灯初上，城市又换了另外一副模样。

而此时，从公司加班出来的融子兮正抱着一堆资料站在公交站台上，睁大眼睛看着开过来的每一辆公交车，寻找自己要坐的那班车。

而当融子兮在公交车上，为好不容易等到的一个位置窃喜时，郎泽轩也刚刚到家。

父母所住的房子是当年结婚时外公送的一套小别墅。

“爸爸，妈妈，我回来了。”郎泽轩进门说。

妈妈郎洁正抱着她的爱猫雪雪坐在沙发上看电视，爸爸闻声从厨房里出来，手里还拿着汤勺:“儿子回来了啊，坐一会儿，马上就开饭。今晚爸爸亲自下厨，给你做了你最喜欢吃的土豆炖牛腩。”

郎泽轩看着爸爸，点点头:“嗯，谢谢爸爸。”

“一家人还客气什么，先坐会儿吧，饭马上就好。”爸爸说着又进了厨房。

郎泽轩在妈妈坐的三人沙发旁边的单人沙发上坐下。

“工作顺利吗？”郎洁问道。

郎泽轩微愣，看向她:“还好。”

郎洁淡淡地笑了笑:“可是我怎么听说有人告你性骚扰，还闹得整个医院都知道了呢？”

郎泽轩脑中融子兮的脸一闪而过，吐了口气说:“一场误会，根本没有的事。如果你儿子真的做了这种事，还能好好在医院里待着吗？”

“那倒是，你的为人我自然是相信的，可是这年头，一旦事情发生了，谁又会相信你是清白的呢？”郎洁看向儿子，“妈妈再劝你一次，不要任性了，去公司不好吗？随便做一个部门经理也比做你那妇科医生强不是吗？”

郎泽轩脸上闪过一抹不悦，表情严肃地说:“妈妈，我们不是说过不谈这件事的吗？如果您还坚持要说，我只能先走了。”

郎洁面有愠色，但她还是努力控制住了自己的情绪，深吸一口气说:“‘不听老人言，吃亏在眼前’，总有一天你会后悔的。”

“您放心，我已经是成年人，会对自己的选择负责。”郎泽轩也再次重申自己的态度。

母子俩一时无言，直到爸爸出来宣布吃饭了，才一前一后去餐厅。

饭桌上，一家三口边吃边聊。

郎泽轩原本以为爸爸是理解自己的，没想到爸爸也有意无意地提起公司去年又赚了多少钱，今年的业绩又如何，大表哥郎荣轩分了多少红利，另外两个表弟郎皓轩和郎立轩家分了多少红利。一顿饭下来，郎泽轩吃得索然无味。

饭后半个小时，郎泽轩就找借口离开了家。

开车行驶在路上，为了转移注意力，郎泽轩开了收音机。电台里主持人正在跟观众讨论一个话题:要拴住男人的心，先要拴住他的胃，这个说法到底是否可行?

郎泽轩听了一会儿，突然想起一件事，于是拿手机拨通了一个电话号码。

“郎医生，您好，我是融子兮。”正穿着睡衣坐在床上的融子兮毕恭毕敬地说，她实在没想到郎泽轩会在这个时候给自己打电话。

“嗯，明天有空吧，很久没出去过了，心情不太好，想约你一起出去散散心。”郎泽轩非常直接地说，反正他的郁闷都是她造成的，他理直气壮。

实在是巧，融子兮也好久没有出去玩了，也确实很想出去溜达溜达。可是跟一个不算熟悉的男人单独出去会不会不太好?不过，他可是个大医院的医生，应该不会是什么坏人吧，大不了选个人多的地方。

融子兮进行了一番思想斗争后，赶紧开口说:“好啊，我明天也正想出去玩呢，郎医生您看我们去烈士公园怎么样?”

对于她不是说去什么世界乐园、海洋公园，而是烈士公园，郎泽轩突然忍不住笑了笑:“也好，我也好久没去过那里了，那明天上午九点公园门口见。”

“九点会不会太早了?”有这么早去逛公园的吗?融子兮震惊。

“那就九点半吧。”

融子兮嘴角抽搐,她理想的时间是下午两点半,这足足提前了五个小时啊!

可是，她竟然没有信心也没有勇气争取这五个小时，反而很怂地开口说:“好的。”

“嗯，那就这样定了，要不要我明天早上来接你?”郎泽轩很贴心地问。

“不用不用，我自己坐公交车去就行。”融子兮赶紧说，总觉得坐了他的车就哪里怪怪的，或许是不想被人误会吧！比如闺蜜融佳琪，融子兮还没跟她说又遇见了郎泽轩的事，不过，这事也实在不知道从何说起。

挂上电话，融子兮有点郁闷地躺在床上，看着天花板自言自语："唉，本来还想着明天早上睡个大懒觉呢，九点半……九点半……唉，万恶的九点半……"

把手机设置了一个七点半的闹钟，融子兮拉过被子——睡大觉！

而郎泽轩，也因为明天有约而觉得心里的郁气变成了朝气，或许人的确需要偶尔出去散散心吧，当然，前提是跟一个自己并不反感的人。

翌日，融子兮在七点半的闹铃声中爬起来，先伸了一个大大的懒腰，然后双手握拳有气势地吼了一声，元气满满地起了床。

不过想到周末一大早起床去约会，但约会的对象却并不是自己的男朋友，也不是好朋友，而是一个知道自己糗事的陌生男人，融子兮就有点哭笑不得。

这么乌龙的事也被自己遇上了。

一通井然有序的梳洗过后，融子兮从衣柜里找了一套自己很喜欢的汉服，上襦下裙，上襦是水蓝色交领，下裙是一条乳白色的刺绣褶裙，然后搭配一双平底轻便布鞋。最后在镜子前化了一个淡妆，梳了两条松散的长麻花辫。

在镜子前左看看右看看，自我感觉还是比较良好的。

挎上乳白色帆布包出门。一下楼，早晨清新的空气迎面而来，这种感觉似乎也不错。想着接下来是出去玩而不是去上班，融子兮心情不由得更好了。

她在小超市买了一盒早餐奶和一个面包，然后朝公交站台走去。

一路上走过的人都好奇地转头看她，融子兮也习以为常。其实以前她也很不好意思装扮成这样出门，然而有一天跟融佳琪说的时候，那妹子一脸理所当然地说："为什么要不好意思呢？你又不是没穿衣服。"

仔细想想，其实道理真的就是这么简单啊，如果别人觉得奇怪，那只是因为他们没想过穿汉服而已。既是穿在自己身上，而不是强迫别人穿在身上，也就是既没有伤害别人，也不违反什么法规，所以根本不需要觉得不妥啊。

在突破了这层心理障碍后，她也就渐渐觉得没什么了，尤其发现大街上偶尔也能看到其他女孩子穿后，就越发心安理得了。

公交车开了一个小时二十分钟才到达目的地，融子兮看看时间，九点二十。

走到门口去应该刚刚好，不过郎医生应该不会迟到吧？

因为是早上，公园门口只看到一些打太极拳的老人。

而此时，停在公园门外路边的一辆雷克萨斯里，郎泽轩已经看到了她。不得不说，她这身装扮实在是太显眼了。

把车开到停车场，郎泽轩装作刚到的样子，朝公园门口那个左顾右盼的姑娘走去。

直到他走近了，融子兮才发现他，因为今天他竟然戴了一副墨镜。

融子兮忍不住笑：“怎么，郎医生，您怕被您的病人认出来吗？”

郎泽轩尴尬地取下墨镜，笑笑说：“相反，我觉得这里好像没什么年轻人来。”

“您来了不就有了吗？”融子兮故意打趣他。

郎泽轩点点头：“我们似乎来得早了些。”他终于顿悟了。

“没关系，趁着人少的时候到里面走走也别有一番味道。”融子兮安慰他说。

“嗯，也是。那我们走吧。”

他说着，两人一起朝公园内走去。

此时是公园里人最少的时候，晨练的人大都回去了，游玩的人还没有来。所幸公园里景致不错，绿树成荫，鸟语花香，还有一个大大的人工湖。

两人一时也没什么话可说，不禁有点尴尬。

郎泽轩心想：呵，我是疯了吗？干吗要约别人一大早来公园散步。而且还是个女孩子，万一被人误会了怎么办？唉，真是。

融子兮心想：跟不熟悉的男人约会真的有点尴尬啊，说些什么好呢？

“那个……”两人竟然同时说道。

然后尴尬地看着对方，顿时又笑了笑。

“你先说吧。”郎泽轩开口说。

融子兮笑笑：“嘿嘿，其实也没什么，我就是想说我们不说话好像有点尴尬，不知道郎医生您平时有什么爱好？”

“其实我的爱好比较简单，就是健身、旅游，偶尔玩下网游。但是现在因为工作的原因，这些爱好基本上都放弃了，所以现在的生活比较单调。你呢，你有什么爱好？”

“嘿嘿，我最大的爱好就是这个——汉服。”融子兮停下来张开双手展示了一下自己的衣服，“因为我从小就喜欢做衣服，所以大学考了服装学院，学习服装设计和制作，毕业后就进了公司，专门为影视剧主角设计古装。我最喜欢汉服了，所以也非常喜欢现在的工作，希望以后我能有一个自己的工作室！”

郎泽轩点点头：“你很有理想。”

“嘿嘿，其实也称不上什么理想，就是有这种想法吧。不过我的专业知识还不够丰富，刺绣方面更是差，所以还要更努力一点才行。”

看着她朝气蓬勃的样子，郎泽轩被感染了，笑着说：“那除了这个还有别的爱好吗？”

“有有有，我还喜欢看漫画、看小说、看电影，还有摄影和画画！”

郎泽轩停下来认真地看着她，真心实意地说：“你这样的女孩子现在好像挺少的。”

融子兮尴尬地吐吐舌头：“郎医生，您这是在夸我吗？”

“当然是。对了，这里风景不错，要不要给你拍张照片，我也比较喜欢摄影，不过今天没有带相机，就用手机拍吧。”

“好啊，不过我不是很上镜，就不要拍特写了哦。”

“好。”郎泽轩说着拿出手机，指挥融子兮在湖边的柳树下站好。

“右手可以抓住柳枝，腰稍弯一些，笑一笑。嗯，不错，很好。”郎泽轩一边要求一边拍摄。

两人竟出奇地默契，不知不觉竟然拍了一个多小时。

而此时公园里的人也渐渐多了起来，两人也终于拍够了，坐在路边的双人休息椅上，凑在一起看刚才拍的照片。

不得不说，郎泽轩的拍摄技术的确不错，本来想删掉一些，可是看来看去还是舍不得删。

看到最后，融子兮才想起来，这些照片可全都在郎泽轩的手机里！

融子兮为难地挠头，看向他说：“郎医生，我的照片在您的手机里会不会给您添麻烦？我的意思是说，万一您的朋友、同事或者其他爱慕您的人在您手机里看到我的照片，会不会误会？”

郎泽轩却不以为意地摇摇头：“没关系啊，我的手机一般不会给别人，不过如果你觉得不太好的话删掉就是了。”

“不是不是，我是怕给您造成困扰。”融子兮赶紧委婉地说，也不能马上就说“好”吧，这样让他多尴尬，虽然她确实很想这样说。

“那你选些自己喜欢的保存起来吧。”郎泽轩又说。

“嗯，好。那我加你微信吧。微信传照片方便些。”

“好。”

就这样，融子兮又加上了郎泽轩的微信。

整理了一下照片，又从他的手机上把照片传到自己的手机上，这一项工程结束后快十二点了。

正是吃午饭的时间，郎泽轩提出请她吃饭，因为上次是融子兮请的。

郎泽轩开车载着融子兮走了一段路，看到一家私房菜馆，两人很有默契地决定去尝尝。

或许是因为价格不菲，店内的人并不多。这个私房菜馆很有特色，每张桌子都有小隔间，隔间里还有盆栽鲜花做装饰，让人仿佛置身于温馨的家中。

不过融子兮顾不得这些，她看着菜谱上的价格，不知道点哪道菜好。

“怎么，还没看到喜欢的吗？”郎泽轩看她迟迟不说话，纳闷地问。

融子兮尴尬地笑：“郎医生，我觉得这里的菜贵了些，要不我们换一家吧？”

郎泽轩拿过菜单，翻了几页又把菜单递给她说：“反正这顿是我请，想吃什么就点吧，不用给我省。”

融子兮有点尴尬地接过菜单，还是下不了宰他一顿的决心，总不能害别人失业后又让人破费吧。于是她选了菜单上两道便宜的菜，又把菜单递给他。

郎泽轩接过菜单，一眼就看到她选的两道廉价的菜。忍不住笑笑，拿笔把她选的菜划掉，重新选了四个精致的。

待菜上来，融子兮才傻眼了：“菜上完了吗？我点的呢？”

“你点的我不喜欢，所以私自换了。”郎泽轩非常直白地说。

融子兮有点尴尬，小心翼翼地看向他说：“郎医生，看来你们医生的工资挺高啊。”

“也没有多高，不过一顿饭钱还是付得起。”郎泽轩随口说。

融子兮一脸内疚:“可是，真抱歉，我把你的饭碗给砸了。今后你有什么打算呢？要不，你开一个私人小诊所吧，当然前提是你对自己的医术有信心。我们家附近就有一个私人小诊所，生意可好了，我们一家人伤风感冒什么的都去那里拿药，那里每天都好多病人呢。”

郎泽轩实在想笑，这人也太好骗了吧。但还是努力绷住，点点头说:“嗯，我会考虑你的建议的，不用担心，我会想办法的。快吃吧，菜都要凉了。”

“嗯嗯，我会加油吃的，这么贵、这么好的菜可不能浪费了。”融子兮赶紧低头吃饭。

郎泽轩看向她，情不自禁地笑了笑。似乎自己还从来没有遇到过这样的女孩子呢！

吃过午饭后，郎泽轩又提议去水族馆看看。在水族馆玩了一下午，他们又一起吃了晚饭。

融子兮坚决要请郎泽轩吃晚饭，不过因为中午吃得太饱，也不怎么饿，所以晚上他们就在一家养生粥馆吃了点粥。

吃过晚饭，郎泽轩骗她说刚好顺路，开车送她回家。

晚上，融子兮洗了澡躺在床上，看着天花板发呆，她回想白天发生的事情，连自己都觉得不可思议，实在是太神奇了。

自己居然跟一个不算熟悉的异性约会一天。另外，她敢肯定，郎泽轩根本没有一点喜欢自己的意思。而自己，同样也不喜欢他。至少目前的确没有一点这样的想法。

所以……这到底算怎么回事呢？

“蓝颜知己吗？”融子兮抱着被子自言自语，忍不住笑笑，心想:有这样一个朋友也挺好的。算了，不想了，好好睡一觉，明天又是充满力量的一天！

而此时此刻，郎泽轩正坐在床上，翻看着手机里的照片。

看着照片上的女孩子，白天愉快的相处情景又一一浮现，真是度过了一个很特别的周末。郎泽轩不禁笑笑，也认为自己今天的行为不可思议。

竟然约一个并不熟悉的女孩子一起玩了一整天，而且还有点意犹未尽。难道是因为自己真的单身太久了？

郎泽轩打开微信，找到那个熟悉而遥远的微信号点进去。

几天没看，对方的朋友圈已经发了数十条消息，她已经游历完一个国家，准备去下一个目的地了。

她的每一条朋友圈消息他都仔细看过，但从来没有留过言。

他实在不知道说什么好。

郎泽轩准备退出微信的时候，发现自己有未读消息。

点进去一看，竟然有好几条留言。

表弟郎皓轩:我们帅气无敌、英俊潇洒的泽轩哥哥今天去水族馆约会了啊，嫂子呢？为什么没有现身？藏哪了，到底藏哪了？快出来！出来！！！哈哈……

同事方静璇:郎医生今天去水族馆了吗？我上周也去过，很好玩吧！

爸爸杨军:这就对了，没事多出去走走，跟朋友约个会什么的，别整天闷在房里，年轻人就要有朝气。

朋友安欣:去水族馆了吗？很不错的选择，想起了那年跟你一起在夏威夷潜水，你还好吗？

而这个人，正是刚刚郎泽轩仔细看过她微信的人。郎泽轩想了想，还是回复她:很好，你呢？身体不要紧吧。

等了一会儿，并没有回复，想着可能是时差原因吧。

只是，刚才这条在水族馆的微信，根本不是郎泽轩发的，是在鲨鱼馆的时候，融子兮热情地要帮他拍几张照片，然后发了三张到朋友圈。

郎泽轩吐了一口气，有点不悦，他不想别人知道和猜测自己所做的事，尤其是父母。

郎泽轩对照片的事有点不满，加上彼此工作也忙，所以便没有再联系融子兮。

融子兮也没有主动跟郎泽轩联系，作为新人，工作特别多，库丽丽又是一个刁钻的上司，一点点不满意的地方都会要求重新修改。所以即使是周末，融子兮也要把工作带回家做。

直到有一天，融子兮打算参加一个七夕汉服写真活动，而这个活动要求参赛者拍摄汉服情侣照，然后在网上发起网络投票，最后获得冠军的人将得到一台佳能单反相机，拿到二等奖、三等奖的人也有丰富的奖品。

这个活动的组织者是融子兮在汉服圈结交的好朋友，好朋友让她一定要参赛支持。融子兮不好拒绝朋友的邀请，自己也很想参加，可就是搭档的男模特让她有点为难。

想来想去，最后只能想到郎泽轩。

晚上，融子兮一直抱着手机在床上左思右想，犹豫着到底要怎么说才能说动对方。

终于挣扎到晚上十点，融子兮才拨通了郎泽轩的电话。

看到她来电话，郎泽轩微微有点诧异。

"郎医生，您好，我是融子兮，您还记得吗？"她小心翼翼地说。

"嗯，当然记得。找我有什么事吗？"郎泽轩不苟言笑地说。

"其实也没多大的事，就是有件事想问问您。"接着她说了七夕汉服大赛的事。

可是，对于这种抛头露面的事郎泽轩怎么会有兴趣，她刚一说完，郎泽轩就毫不犹豫地拒绝说："不好意思，我不喜欢参加这种活动，所以实在帮不了你，抱歉。"

这么直白、这么毫不犹豫地拒绝让融子兮突然愣住了，握着手机，心里咆哮道：大哥，要不要这么酷啊！

当然，他可以拒绝，他也没有这个义务不是吗？

"那不好意思打扰您了，再见。"融子兮礼貌地说完，匆匆挂了电话。

挂了电话，融子兮忧伤地躺在床上，无奈地长叹了一口气。

她转而又自言自语地嘀咕："唉，融子兮，你居然会约人家堂堂医生一起拍情侣写真。万一照片传到网上被人看到，郎医生那些追求者肯定会误会的，这样让人家多困扰。你真傻，居然做这种事。"

融子兮越想越觉得是自己欠考虑，最后拿过手机登上微信，给郎泽轩发消息：

对不起郎医生，参加活动的事是我考虑不周到，差点又给您造成困扰，实在是很抱歉。我总是这么莽撞和幼稚，总是给您添麻烦，实在很对不起。请一定不要放在心上，祝您工作顺利，每天开心！

发出消息后，融子兮心里好受了一些。

为了赶快赶走这些阴霾，她开始看漫画。

夜深人静，当融子兮躲在被窝里抱着平板电脑看漫画时，郎泽轩也因为想看安欣的朋友圈而登录了微信。

一登录，那条非常真诚的致歉消息第一时间跳了出来，郎泽轩纳闷地点开，认真地看完每一个字，忽然之间，心里某个柔软的地方竟突然被触动了。

停顿了一会儿，他又忍不住再看了一遍每个字，而这一次，脑海中竟浮现出她的脸。

她开心的样子；她尴尬的样子；她小心翼翼的样子；她谦虚有礼的样子……

而此时他才想起来，那天在水族馆的时候她好像说过顺便帮他把照片发到朋友圈。可当时自己想起了第一次和安欣来这个水族馆时的场景，也没太放在心上。

她其实没有错吧。

这么想着，郎泽轩的心里自责道：你不是说过要对别人宽容吗？因为一点小事就生气，这算什么宽容？

郎泽轩在微信上给融子兮回复：你刚才说的那个写真，我可以拍摄，不过是否可以不放到网络上？

听到消息声，正趴在床上看漫画的融子兮摸过手机一瞧，顿时吃了一惊。

实在没想到他竟然会这么回复自己，可是，最后这个不能放到网络上的要求跟不同意拍摄有什么两样呢？融子兮欲哭无泪，看来郎医生真的没有听明白自己说的话。

融子兮哭笑不得，可是人家把话都说到这份上了，自己又拒绝的话似乎也不太礼貌。于是只有回复：好的，谢谢郎医生。

郎泽轩看到这条回复，才心安理得地笑笑，放下手机继续看书。

关于七夕汉服情侣大赛，因为融子兮实在没有男模搭档，最后只有请融佳琪出马。

作为小“网红”的融佳琪自然是神通广大,她找了一位角色扮演（cosplay）圈“名人”，两人一起拍了一套非常棒的汉服写真，参加了网络大赛，一路过关斩将，冲到了前五名。

融子兮也每天陪融佳琪一起拉票，她非常庆幸不是自己去参赛，要不然根本不能拿名次，还会给郎医生带去那么多的困扰，实在是罪过。

大赛的结果，融佳琪拿了第二名，第一名是主办方请的一位名气更大一些的“网红”。

为此，融佳琪大骂“黑幕”，融子兮只有一个劲儿地安慰她。

这么一来，融子兮把答应郎泽轩拍写真的事给忘了。

偏偏郎泽轩又是那种一旦答应过的事就会记得非常清楚的人。

办公室里，正闲着的郎泽轩点开微信，在朋友圈里看到融子兮发的消息，正是融佳琪的汉服情侣写真。

郎泽轩想也没想，留言道:你上次说要拍的写真，什么时候拍?

消息声响起，正在电脑前设计一套少侠服的融子兮拿起手机一看，惊讶地睁大了眼睛。在确定自己不是眼花后，融子兮忍不住笑了起来。

看了看电脑上的作品，她灵机一动，回复:郎医生，您看这个周末怎么样?

很快，郎泽轩回复:可以，时间？地点?

融子兮挠挠头回复:我现在还不能确定，等我找到适合拍摄的地点再通知您，可以吗?

郎泽轩:可以。

“郎医生，陈主任找您。”方静璇忽然在背后说。

“好,我就过去。”郎泽轩立即锁了手机屏,把手机放进口袋,起身朝门口走。

看着他的背影，方静璇右手握着左手手腕，心情复杂地站在原地，刚才她站在郎泽轩身后，看到了他们相互留言的事。

“融子兮。”方静璇嗫嚅着这个名字，努力在脑中搜索整个科室的女护士名字，试图找出这个情敌。

可是想来想去也想不出到底是谁，又进到医院的微信群挨个查看。

每看一个名字，方静璇的心里就多一分焦急，原本以为可以慢慢等待，哪知郎泽轩这么快就有了新的恋情。

方静璇的心情瞬间降到了冰点，她很想马上把这个人找出来，看看她到底有什么能耐，竟然能让自己的“男神”动心。

跟郎泽轩约好周末拍摄后，融子兮就在努力寻找合适的拍摄地点。

原本她想去烈士公园,可是那里人太多了,并不适合拍摄。至于其他地方，她并不熟悉。

眼看第二天就是星期五了，她还一点头绪也没有，想了想，干脆问问郎泽轩有什么好建议。

融子兮拿手机给郎泽轩发了一条消息:郎医生，我想选一个安静、人少的地方，可是看来看去都没有找到合适的地点，您有好的建议吗?

正在医院值班的郎泽轩看到她的消息，想了一会儿才回:有一个地方可能满足你的要求，不过有些远，需要早点出发。

消息一响，融子兮赶紧回复:要多早?

郎泽轩:七点半吧。

这么早?融子兮愁眉苦脸地看着这个时间，正思索着要不要拒绝，郎泽轩又发来一条消息:我看就去我说的那个地方吧，你一定会满意的。

融子兮嘴角抽搐，这是不容她拒绝了吗?

可是，万恶的七点半啊！这么一来岂不相当于连续上了六天班，而且是天天加班!

不情不愿地回了个:好吧。

还想问点什么，郎泽轩却发来一个:有事不聊。

融子兮翻个白眼，自我安慰道:“行行行，你帅你说了算，你帅你说什么都对。啊！我讨厌早起！”

星期五下午五点二十分，妇科科室的医生们会议结束，大家都起身陆续离开。

方静璇和郎泽轩一起出来。

“郎医生，明天您有空吗？”方静璇有点紧张地开口说。

“明天吗？明天约了一个朋友。你有什么事吗？”郎泽轩一贯直率。

方静璇失落又尴尬地说：“没，也没什么事。不过，看郎医生这么高兴的样子，是约了女朋友吗？”

郎泽轩笑笑：“是女性朋友，不是女朋友。”

“哦，是这样。”方静璇已经被打击得方寸大乱了。尽管郎泽轩并没有承认是女朋友，可是女朋友通常不就是女性朋友转化而来的吗？

看郎泽轩说话时还难得地笑了，她的第六感告诉自己，事情不妙！

她必须要出手阻止，可是怎么阻止呢？连对方是谁都还不知道，方静璇顿时陷入了水深火热的焦虑中。

因为第二天一早就要出发，所以郎泽轩提前准备，下班后还特意去超市采购了不少东西。不知道融子兮喜欢吃什么，他就贴心地为她买了大多数女孩子都喜欢吃的零食，比如薯片、果脯、豆腐干、牛肉干等等。

同样的，融子兮也利用工作之便，带了一大包东西回家。对于第二天的户外拍摄，她突然也充满了期待，因为她将第一次做化妆师、造型师、道具师还有摄影师！

刚挤上公车，融子兮就接到融佳琪的电话，问她周末有什么安排，要不要一起出去玩。

“我正想给你打电话呢，我明天一早就要出门，所以今天晚上你直播完后千万不要来敲我的门好吗？拜托拜托。”融子兮忙在电话里说。融佳琪目前的主要工作就是做网络主播，所以两人虽然同在一个屋檐下，但是见面的时间却非常少。

平时，融佳琪半夜三更直播完后，偶尔会跑到她房里“骚扰”她一下。而第二天早上融子兮上班离开的时候，融佳琪还在睡大觉。

一听这话，融佳琪狐疑地道：“不是吧，你明天居然有约会，跟谁？男的女的？你在这里还有别的朋友？我怎么不知道？”

融子兮说：“喂，融佳琪，只准你有朋友就不准我在这个城市也有朋友吗？我也是有魅力的好吧？”

“没想到你居然还这么自恋。行了行了，不去就不去呗，本来还想抽空陪陪可怜的你，既然有人陪你那我也放心了。就这样吧，玩得开心点。”

“嗯，你也玩得开心点，拜拜。”

挂了电话，融子兮又搂紧了手中的包裹。这个包裹里装着她从公司带出来的戏服和假发，而且这套戏服正是她为大明星郎皓轩的新剧设计的少侠服。估摸着郎皓轩的身高跟郎泽轩也差不多，所以她想顺便看看郎泽轩穿上的效果。

“咦？为什么两人的名字只差一个字？难道是亲戚？”融子兮突然想到这个问题。

不过她很快又告诉自己：“呵，不可能，巧合而已吧。”

回到住处，已经是晚上八点多了。融佳琪在房间里直播。

融子兮轻手轻脚地进门，把东西拿到自己房中，然后换下衣服去洗澡。至于晚饭，她在公司的时候点了一个外卖米粉。虽然融子兮也不想如此，可因为工作太忙，也不得不这样。

洗完澡收拾好后进房间，都快九点了。

融子兮坐到床上拿过手机，看到郎泽轩发的消息，问她有没有准备好。

融子兮笑笑，发了一条语音：郎医生，放心吧，我已经准备好了。不过能请您先答应一件事吗？明天我做摄影师，您完全听我的安排怎么样？

郎泽轩正在收拾房间，收到消息，点开语音听到她的声音，不禁笑了笑，还是打字：好啊。

想不到他这么容易就答应了，融子兮真是有点说不出的高兴，继续说：郎医生您真爽快，那明天见，我一定会早点起来的，放心吧！

又是一行文字回复：嗯，那明早我开车过来接你吧。

想到自己大包小包的东西，融子兮答应了，打字发送：嗯，谢谢您，郎医生。

手机消息声响起，郎泽轩拿起手机，视线定格在那个“您”字上。他此时才反应过来，好像一直以来她对自己的称呼都是“您”。

“什么啊，难道我很老吗？”郎泽轩自言自语，还走到镜子前左照照右照照。

第二天一早，融子兮在六点半的闹铃声中醒来，想到约会立马从床上爬了起来，然后梳洗准备。

还好现在正是初夏时节，天还算亮得早，不过窗外也是一片宁静，大家都还在睡梦中享受闲适的周末呢。

融子兮洗漱好后又换上喜欢的棉麻长裙，然后梳了两个松散的麻花辫，坐在镜子前化妆。跟郎泽轩那样的帅哥出去，怎么也要稍微打扮一下才行啊。

待一切收拾好，已经是七点二十分了，融子兮赶紧抱着东西出门。

“这么早就出门啊，今天不是周末吗？也不多睡一会儿？”楼下晨练的大妈热情地打招呼。

融子兮也礼貌地回答说：“您早，今天有些事，所以不得不早点起来。”

“不会是还要去公司加班吧？唉，你们年轻人现在上班也挺辛苦的，天天早出晚归的，连周末也要去公司加班。不过还年轻嘛，正是拼搏的时候，好好干吧。”

被大妈的热情和好心弄得不知道说什么，融子兮只有赶紧点头称是。转过身刚走了几步，手机铃响了，郎泽轩来电话了。

不得不说，郎泽轩真的是个很有时间观念的人，融子兮发现，他几乎不会迟到。

融子兮匆匆走出小区来到街边，郎泽轩已经开车等在那里。

“郎医生，让您久等了，真是不好意思。”融子兮坐上车说。

“嗯。”郎泽轩点点头，等她坐好立即启动车子出发。“对了，想问你一件事。”他忽然说。

终于呼吸平静下来的融子兮看向他：“您请说。”

郎泽轩纳闷地看她一眼说：“你为什么总是用敬语称呼我？是因为在你眼里我很老吗？”

融子兮没反应过来，想了想又问：“我没有明白您这话是什么意思，您能仔细说说吗？”

郎泽轩看看她：“就是这个‘您’字，你为什么总是称呼我是‘您’，而不是‘你’呢？”

“原来您说的是这个啊。”融子兮被他的话逗笑了，忙解释说，“我想您误会了，我说‘您’，是因为我觉得您有学识，所以就用了敬语，这跟年龄根本没有关系噢。当然，如果郎医生不喜欢的话，那我以后就不用‘您’字了，用‘你’可以吗？”

郎泽轩点点头：“嗯，就用‘你’吧，不然我总是觉得我很老了。”

“不老不老，郎医生您，哦不，你看起来一点也不老。我猜，你最多也只有二十几岁吧，二十六？”

“二十八。”

融子兮点点头：“嘿嘿，大我四岁。”

郎泽轩转头看看她，也笑了笑。

两人一边开车一边聊天，倒也丝毫不觉得无聊。

不知不觉旭日高升，阳光明媚，远离都市的风景越来越好。

“我可以打开车窗吗？”融子兮看向郎泽轩问。

“当然可以。”

融子兮高兴地打开车窗，清新的风吹进来，两人都神清气爽，心情也不由得更好了。

“郎医生，我们到底要去哪里？”融子兮还是忍不住问道。

“一个叫兰舟的小地方，我爸爸的家乡。”郎泽轩如实说。

一听这话，融子兮突然一惊，紧张地说：“郎医生，你带着我去不怕你的家人误会吗？”

郎泽轩纳闷地问：“误会什么？”

“误会……误会……误会我们的关系啊。”融子兮尴尬地说。

郎泽轩微怔，很快反应过来她说的误会是指什么，瞬间玩心大起，依旧表情淡淡地说：“误会我们什么关系？”

融子兮惊讶地看着他，难道他到现在还没有反应过来？她尴尬地解释说：“就是郎医生您，哦不，你，你突然之间带着一个女孩子回家乡看望父母，然后邻居们看到会不会觉得我们是，是那个，那个……”

“男女朋友？”郎泽轩故意问道。

融子兮点点头。

“哦，你是怕这个啊。”

看他似乎一点也不觉得这是什么事，融子兮小心翼翼地又问:“郎医生，难道你一点也不怕我又给你添麻烦吗？”

郎泽轩不以为意地笑笑:“有句话不是说‘清者自清’吗？本来就是没有的事，我又何必害怕呢？真相早晚会水落石出的。”

融子兮朝他竖起大拇指:“医生的心理素质就是好，佩服。”

“不过，我家人一直在催我找个女朋友，如果他们刚好误会的话，也是再好不过的事。”郎泽轩忽然又说。

融子兮突然觉得哪里不对，可又一时想不出到底是哪里不对，叹了一口气独自沉思。

郎泽轩从余光中看到她这副样子，心里暗笑。

车子行驶了足足四个小时，终于来到一座陌生的小城。

穿过小城，来到一个宁静的小镇。融子兮从路边的标语上看到“兰舟”二字，知道终于到达目的地了。

车子开进小镇，一路缓慢行驶，人们纷纷朝车子看。

最后车子在一座砖木结构的二层小楼前停下，郎泽轩打开车门说:“到了。”

“哦，好。”融子兮也赶紧打开车门下车。

下车后，她看见郎泽轩默默地望着小楼，而小楼大门紧闭。

“咦？叔叔阿姨都不在家吗？他们不知道你要回来？”融子兮纳闷地说。

郎泽轩笑了笑，却没有说话。

有个人影从小巷口出来，试探着问:“这是泽轩吗？”

郎泽轩转身看向她，礼貌地说:“二婶，是我。”

妇人一脸惊喜的模样，看看融子兮又看看他，笑眯眯地说:“哎呀，我还说是哪位大人物回来了，这不就是我们泽轩吗？瞧瞧，几年不见长这么高、这么俊了，听说你回国当医生了，是真的吗？”

郎泽轩点点头:“嗯。”

“怎么不去你外公的公司呢？当医生虽然好，但现在只有做生意才能赚大钱啊……”

“二婶，大伯他们回来过吗？我想进去看看，您有钥匙吗？”郎泽轩似乎不想继续刚才的话题，打断她的话说。

妇人倒也没生气，点点头转身回去给他拿钥匙。拿了钥匙回来，又帮郎泽轩把小楼的大门打开。郎泽轩从车子的后备厢里拿出一大袋礼物给她。

妇人推辞了一会儿也收下了，欲走时回头神秘地看了融子兮一眼笑着问郎泽轩：“女朋友吧？”

郎泽轩微怔，看了一眼局促微笑的融子兮，点了点头。

有些事情越解释反而越复杂，所以要误会就让别人误会吧。

妇人高高兴兴地提着礼物走了，郎泽轩走进门，融子兮跟在他身后。

正对大门的堂屋里，有一张大方桌，桌子上靠墙壁摆着两张老人的黑白照，是两位慈祥的老人，一看就是家里的长辈。相框前有一个放着水果的果盘，可是里面的水果已经干瘪了。果盘后面还有个香炉，里面的香已燃尽。

“这里似乎好久没人住了？”融子兮看了看四周的灰尘和天花板上的蜘蛛网说。

“嗯，是很久没有人住了。”郎泽轩回道。

融子兮纳闷地看着他：“那叔叔阿姨呢？”

郎泽轩回头看向她：“能麻烦你把后备厢里那个蓝色购物袋里的东西拿过来吗？”

“哦，好，我马上去。”融子兮说着赶紧跑出去拿东西。

打开汽车后备厢，里面果然有一个蓝色的购物袋。

提起购物袋的时候，她好奇地看了一眼里面的东西，才发现有水果还有香烛。原来千里迢迢地来这里是为了祭奠老人啊，还挺有孝心，融子兮想着笑了笑。

融子兮提着购物袋进门时，郎泽轩正拿着抹布认真地擦着桌子。

“郎医生，东西拿来了，我来帮你打扫吧。”融子兮把东西给他放到桌子上，也拿起墙角的扫帚帮忙扫地。

郎泽轩看看她，淡淡地笑了笑，把东西拿出来一一摆好。很快，将香炉里的香烛点燃了。

融子兮听见他说：“爷爷奶奶，泽轩回来看你们了。”

一瞬间，融子兮也想到自己的爷爷奶奶和外公外婆，想到自己也好久没有回去看过他们了，不禁鼻子一酸，眼泪快要出来了。

把屋子简单打扫了一下，又坐下来休息了一会儿，郎泽轩起身说可以一起去拍照了。

融子兮去车里拿了服装和道具。

郎泽轩把大门关上，又把后备厢里的购物袋拿出来然后把车锁上。走过来要帮她提包。

“不用不用，我一个人能行。”融子兮忙客气地说。

没想到郎泽轩点点头说:“哦，那好吧。”

竟然就真不帮她拿了，融子兮欲哭无泪，她只是随便客气一下嘛，难道这种情况下不是应该男士坚持帮忙拿东西吗?

发现她没有跟上来，郎泽轩停下脚步回过头:“怎么不走了，有事吗?”

“没有没有。”融子兮说着赶紧跟上来。

走到郎泽轩身边时，他一把拿过她手里的包:“就不能想什么说什么吗?”

原来他都知道！他就是故意的！

融子兮哭笑不得，不过她已经发现了郎泽轩的一个小秘密，那就是:其实这人就是一个嘴硬心软的“暖男”呢!

这么想着，又高高兴兴地跟在了他身后。其实衣服道具并不重，重的是这个单反!

野外摄影真不是女孩子干的事儿。

和郎泽轩一起走了一段山路，来到一个山坡上。

山坡上一片美丽的景色:嫩绿的菜地，青青的小草，苍翠的树木……

“哇，好久没有爬过山了，这里真美!”融子兮高兴地赞叹。

“是很美，我小时候每天都来这里玩。那边有条小溪，我们去那边。”郎泽轩指向不远处的一个小山坳。

“好!”融子兮马上应道。不过幸好她一向都穿平底鞋，不然这次真要被郎泽轩坑了。

走了几分钟来到山坳里，果然有一条小溪，还有一片倾斜平整的草地，最妙的是草地上有一棵四五米高的笔直的树，简直是这幅草地小溪画龙点睛的一笔!

融子兮想到等会儿郎泽轩站在这棵树下，白衣飘飘，手持长剑，一定特别帅!

把东西放下,兴奋的融子兮赶紧打开包包把东西拿出来,准备开始工作了。

“你不饿吗?先吃点东西吧!”郎泽轩从购物袋里拿出零食说。在来的路上已经在车里吃了一点东西，不过也只是一盒牛奶和一个面包，都这么长时间过去了，肯定是饿了吧。

“喏，你们女孩子喜欢吃的薯片。”郎泽轩拿出一袋薯片诱惑她。

融子兮故意逗他说:“郎医生，看来你对女孩子很了解嘛，还知道女孩子都喜欢吃薯片。”

看她那副贼兮兮的样子，郎泽轩故意说:“那是当然，我身边全是女护士，我学的又是妇科，对女人最了解不过了。别说你们喜欢吃什么，就是你们身体内部的结构，我都知道得一清二楚。”

融子兮眨眨眼睛，不禁感叹道:妇科医生啊，对女人最清楚不过了!

这么一想，融子兮突然就怂了。还是不要逗妇科男医生的好，不然没好果子吃。

吃完零食，融子兮拿出衣服，让郎泽轩换上。

“郎医生，不需要脱衣服，这个是长衫，你直接穿上就行，只要把裤脚稍微扎起来就可以了。”融子兮提着衣服好心地说。

郎泽轩起身点点头,很配合地拿过衣服往身上穿,融子兮也赶紧帮他整理。

“你就是做这个的?”郎泽轩随口问。

“嗯，我们公司是专门给影视剧的主要演员设计服装和造型的。这套衣服是一部古装玄幻电视剧的戏服，是我为主角设计的，不过还没有被摄制组和主演肯定,只能算样服,所以我想请你当一下我的模特,看看还有哪里需要修改。”

郎泽轩点点头，没有说什么。

衣服穿好，非常合身。穿上这套衣服后，郎泽轩像突然变了个人似的，有一种飘逸洒脱的魅力。

融子兮欣喜地看着自己的作品。

“可以拍了吗？”郎泽轩问。

“不行不行，当然还不能拍摄，发型还没有弄，妆也没有化呢。”融子兮说着便去翻包包了。

“还要戴假发和化妆？”郎泽轩讶然。

“当然啦，不然根本拍不出效果啊。”融子兮解释。看他一副要反悔的样子，立即说：“郎医生，星期五晚上你亲口答应过今天都由我安排的，可不能现在反悔啊。”

看着她这副紧张兮兮的样子，郎泽轩笑笑说：“我又没说不配合你。好吧，今天我这个人都交给你了，你想怎么弄就怎么弄吧。”

“耶！”融子兮激动地一声尖叫，“郎医生我爱你！”

话音一落，两个人都愣住了。

刚刚说的什么啊？为什么会说出“我爱你”三个字啊？融子兮啊融子兮，你的脑袋被门夹了吗？！

看她羞得一脸通红的样子，郎泽轩忍俊不禁，说：“谢谢你的厚爱。”

融子兮尴尬地吐吐舌头：“嘿嘿，刚才实在太激动了。”赶紧拿过假发给他戴上。

因为条件有限，融子兮拿的是一个松散长发的假发，戴上后把长发梳直了就行。

这种发型特别考验模特的脸形，脸形不适合的话会给人一种邋遢的感觉。幸好郎泽轩的脸形还不错，尤其是侧面，很有“冷酷少侠”的感觉。

假发弄好后就是化妆。郎泽轩坐在草地上，融子兮蹲在他前面为他化妆。

融子兮认真地用粉扑在他脸上擦，擦着擦着，郎泽轩突然睁开眼睛，四目相对，融子兮手一抖，脸霎时就红了。

居然离他这么近！

“好了？”郎泽轩问，似乎并没发现什么不妥。

融子兮忙说：“还没有还没有，眉毛还要稍微刷一下。”

“嗯。”

融子兮换了眉刷，拿在手里，可是手抖得厉害，而且难以控制。

终于，她的手引起了郎泽轩的注意。

出于医生的本能，他纳闷地看着她的手说:“怎么抖得这么厉害，是不是发麻了，按摩一下手臂吧。”

庆幸他没有发现自己的窘迫，融子兮赶紧放下眉刷，装模作样地按摩自己的手臂。

而郎泽轩则拿起镜子，照了照说:“我觉得就这样就可以了，再化会不会太夸张了?”

融子兮看向他,赶忙附和道:“好吧,那就这样吧,我也觉得应该没问题了。”其实是怕自己再手抖，丢人啊。

把道具长剑递给郎泽轩，融子兮也拿出相机准备拍摄了。

或许是出于对剑的好奇，郎泽轩把剑拿在手里就自己比画起来了，融子兮抓住机会，赶紧抓拍了几张。

看了一下，效果还不错，又让他站到树下摆造型。

郎泽轩也很配合地摆了造型。

然而，就在两人全身心地投入拍摄时，山坡上竟然冒出几个小屁孩。

有个孩子还兴奋地喊:“妈! 快来啊快来啊，这里有人在拍电视剧!”

融子兮赶紧说:“郎医生，快，再拍几张就可以了。”

“慌什么，我的观众才来了这几个。”郎泽轩笑着说。

融子兮惊讶地看着他，难道他还上瘾了? 她不禁跟着笑起来，突然发觉郎泽轩这人也没有想象中那么没趣，有时候也挺冷幽默的。

等忙活的人们匆匆赶来时，两人已经拍完了。

有人认出郎泽轩，高兴地跟他打招呼，还问他是不是当演员了。融子兮只有赶紧解释说是拍着玩的。

小孩子们则争着玩了一下道具。

两人收拾好东西，把剩下的零食分给孩子们，返回山下。

回到小楼时，已经是午后两点了。

融子兮帮郎泽轩卸了妆，两人都觉得又累又饿，休息了一会儿，郎泽轩开车载她到镇上的小饭馆里吃饭。

“对了，我突然想在老家住一晚，你呢？你是坐车回去，还是在这里留宿一晚明天我们一起回去？”郎泽轩在车上突然说。

融子兮惊讶地看向他。

“你放心，这里有直达车，吃过饭后我载你去车站。”郎泽轩解释说。

事情有点突然，融子兮也纠结了。留下不走吧，就要跟一个才见过几次面的男人一起过夜；走吧，一个人回去又觉得孤零零的。

看她一脸为难不说话，郎泽轩又说：“我是希望你留下来明天跟我一起回去的，不过怕这么说会让你觉得我有什么企图。你心里是怎么想的？没关系，想什么就说什么，跟我说话直接一些比较好。”

融子兮点点头：“好吧，其实我想留下来明天跟你一起回去，可又有点担心晚上……”

“晚上你住在城里的宾馆里，我住在爷爷奶奶家，明早我来接你一起回去，你看这样安排怎么样？”郎泽轩说，他早就做好了打算，当然不会让她一个女孩子跟自己住在一起。

融子兮点点头，同意了他的安排。

在小饭馆里吃过饭，郎泽轩在鲜花店里买了两束菊花，开车去墓地给爷爷奶奶扫墓。

“对了，怎么没有看到叔叔阿姨呢？”融子兮此时才想起来这个问题，纳闷地问。

“爸爸妈妈并不在这里，他们也住在梅市。爸爸是爷爷奶奶最小的儿子，后来爸爸去了城里工作，跟妈妈结婚，我外公送了房子给他们，他们很少回来。我还没出生时爷爷就去世了，后来有段时间我被送来跟奶奶一起生活，在这里跟奶奶一起生活了三年，后来又被妈妈接了回去，然后去了美国读书。就在我读博的时候，奶奶去世了。”郎泽轩认真地解释说。

融子兮点点头：“原来是这样。”故事虽然简单，但是听他讲起来好像有说不出的悲伤和难过，融子兮也不知道再说什么好。

到达墓地时已经快下午五点了，郎泽轩在爷爷奶奶墓前放上鲜花，又悼念了一会儿，才带她返回。

两人又在小城中逛了逛，郎泽轩跟她讲了当年随奶奶进城的许多趣事。最后来到一个宾馆，给她订了一间房。

一起吃过晚饭后，郎泽轩把她送到宾馆门口，自己开车回小镇上去。

宾馆房间里，融子兮坐在床上拿着单反看白天拍的照片，不得不说郎泽轩真的很上镜，好几张照片都非常不错，感觉都接近海报效果了!

当然，自己的摄影技术好也是一个非常重要的因素，融子兮给自己贴了点金。

看着看着，融子兮的视线定格在照片上不动了。

这是一张郎泽轩的半身照，脸部拍得十分清晰，而且是正面拍摄。照片上的郎泽轩双目深邃，眼神细腻又温柔，十分迷人。

融子兮咬着嘴唇看着看着，心里像有小鹿乱撞，她发现了一个可怕的事实：自己好像喜欢上他了!

一瞬间，彼此相处的点点滴滴如潮水般涌来，他的贴心，他的幽默，他的直率，他的微笑……

好感像个雪球越滚越大，不停滚动，直击融子兮的心房!

一击即中。突然间，融子兮不可抑制地思念起郎泽轩来。

可是想着想着，心里又有说不出的沮丧，因为她知道，郎泽轩根本对自己没有那方面的意思，而且，听他今天讲，他家庭条件似乎挺好的，而且还是医学博士。可自己呢，一个小打工妹，也不是毕业于特别有名的大学，也不是大美女……

“唉，融子兮啊融子兮，你真是‘癞蛤蟆想吃天鹅肉’啊。”融子兮丧气地趴在床上。

可是爱情有时候就是这么奇怪，明明已经决定不想了，这会儿反而脑中全是他的样子!

“呜呜呜，完了完了，我‘中毒’了……”融子兮捶床大叫。

第二章

谁陪我看日出

此时此刻，宁静的小镇小楼里，郎泽轩终于打扫完了房子，坐在二楼当年自己睡过的小床上抽烟。

他平时不怎么抽烟，但下午回到镇上时却鬼使神差地买了一包烟。

第一次抽烟是 14 岁那年。那年爸爸妈妈之间的争吵已经到了不可收拾的地步，妈妈提出了离婚，爸爸以其他的东西可以不要但一定要孩子为条件，把郎泽轩送到了奶奶这里。

或许是因为受家庭的影响，加上当时正值叛逆的青春期，郎泽轩在学校里很快变成了坏孩子，打架、抽烟、逃课……让老师大为恼火，经常来奶奶家家访。

原本郎泽轩以为奶奶会很生气，会给爸爸打电话告状。但出乎意料，奶奶并没有，每次她都内疚地拉着他的手说：不是你的错，是你爸妈的错，是我的错。

一次又一次，郎泽轩虽然表面还是放肆不羁的样子，但内心里已经对那些事情没什么兴趣了。每次他抽烟被奶奶发现，奶奶从不责备，只是说你现在年纪还小，还拉他去看家里那根烟囱，笑着说，奶奶真不想看见我们家泽轩的肺黑成这样，奶奶会心疼的。

想到这里，郎泽轩深吸一口气，笑了笑，努力忍住快要流出的眼泪。

郎泽轩把烟掐灭，深吸一口气，努力平复了一下心情。

他的奶奶只是一个平凡的乡镇女人，没读过太多书，也不会打扮得光鲜亮丽，但她有一颗至善至纯的心。也正是这颗心，唤回了当初走向歧途的郎泽轩。

所以，他想找的灵魂伴侣是与奶奶一样有一颗至善至纯之心的女人。

第二天早上，郎泽轩开车离开小镇，到城里接融子兮。

郎泽轩打电话给融子兮时，她还在睡大觉，昨晚因为突然奔涌而来的单相思，她迟迟睡不着，满脑子都是那张脸，挥也挥不去。

不断响起的手机铃声终于叫醒了融子兮，她慌忙拿起手机接过电话:“啊！郎医生，对不起，对不起，我还没有起床。我……我现在马上就起来，请你稍等几分钟，我很快就出来。”

“没关系，你慢慢收拾，我不急。”郎泽轩贴心地说。

“真是不好意思，我一下子就睡过头了，我很快就出来，先挂了啊，拜拜。”

郎泽轩看着挂掉电话的手机屏幕，笑了笑。

等了十分钟，融子兮匆匆出来了。

进到车里，把宾馆退还的押金给了郎泽轩。郎泽轩又载着她去吃早饭。

小城的早晨格外闲适，空气清新，鸟语花香。

两人在一个生意不错的早餐店门口停下。

“想吃什么？”进店后郎泽轩先问道。

“我随便，您点吧。”融子兮赶紧说，看他眉头微蹙，又马上不好意思地说，“我错了，是‘你’不是‘您’，嘿嘿。”

郎泽轩淡淡地笑笑，点了一屉小笼包、两根油条和两碗豆浆。以前读书的时候，早上奶奶也带他去早餐店吃这样的早餐，那种味道现在也忘不了。

早餐很快上来，闻着香喷喷的气味，融子兮不禁食欲大增，夹了一个小笼包就要咬。

“小心烫！”郎泽轩立即提醒道。

刚要咬包子的融子兮一愣，呆呆地看着他。心想:为什么？为什么？这么帅，这么优秀，还这么贴心？！

“吃吧，别一口咬下去就行，吹一吹慢点吃。”郎泽轩哪里知道她在想什么，又好心地提醒道。

融子兮点点头，缓缓放下筷子低下头吹包子，脸莫名其妙地烫起来。

低着头吹着包子，她发现自己“中毒”越来越深了，可能无可救药了。

可是，对面的男人这么优秀，根本不可能喜欢自己，怎么办?

“你怎么还在吹？”郎泽轩又说。

此时此刻，融子兮好想拱手对他说:兄台，请你不要再这么贴心了好吗？受不住啊受不住……

融子兮赶紧把包子塞进嘴里。

“这个你吃，不够再叫一屉，早上多吃点。”郎泽轩说着把剩下的包子直接推到了她面前。

融子兮一顿早饭居然吃得心潮澎湃，甚至快要热泪盈眶了，一颗被爱的洪流包裹的心更是扑通扑通跳个不停。

回到梅市已经是中午，郎泽轩问她要不要一起吃了午饭再回去。融子兮觉得不好意思，便说自己还没饿不想吃东西，于是郎泽轩把她送到小区门口后也离开了。

抱着包包，融子兮深吸了一口气才把钥匙插进钥匙孔，在心里祈祷着融佳琪没在家出去玩了。

刚一扭动钥匙，门立即就开了，啃着苹果的融佳琪看着她一脸贼笑。

“哎哟哟，还说我们屋里要来贼了呢，原来是子兮大美女约会回来了啊！玩得好吗？昨晚没有累着吧？”

融子兮脸上一热，进门故作镇定地说:“不知道你在说什么，我跟你说过的啊，我跟朋友去拍古风写真，结果我们走得比较远，昨天回不来，所以就在宾馆里住了一晚，今早才回来。”

“哎呀,果然开房了啊。啧啧,想不到我们看起来纯情的子兮妹妹这么‘奔放’，老实交代！是不是有男人了？”融佳琪一副侦探的样子。

融子兮被她说得心虚，但还是反驳说:“什么啊，哪有什么男人，我每天工作都忙死了，哪还有时间去找男人？你又不是不知道。”

融子兮赶紧回房间躲着，可惜融佳琪又追了进来。

“啧啧，融子兮啊融子兮，你以为我是三岁小孩吗？你随便两句话就想蒙混过去？以姐姐我行走江湖这么多年的经验推测，你就是在外面有男人了！瞧瞧，瞧瞧，这一脸少女怀春、做贼心虚、甜蜜害羞的样子，你昨天要不是跟男人在一起，我融佳琪三个字倒着写！”

“你想倒着写就倒着写啊，又没人拦你。”融子兮故意呛她，可是说完，自己居然莫名其妙地笑了。

也就是这一笑，融佳琪更加肯定自己的猜测，不依不饶地一定要她招供！

拗不过她的赖皮功，融子兮只好说出了郎泽轩的事。不过还是特别强调了两点：第一，他们目前还不是男女关系，而且她敢肯定郎泽轩对自己根本没有那方面的意思；第二，昨晚他们没有住在一起。

听完她的话，融佳琪朝她竖起大拇指说：“融子兮，了不起啊了不起，我就说呢，你最近怎么老是周末跑出去。行啊你，去看妇科病居然把妇科男医生搞定了，而且还是一个那么帅的男医生。姐妹，不说了，你是我的偶像！”融佳琪说着朝她拱手。

融子兮笑道：“什么搞定不搞定，八字还没一撇呢，人家根本就不喜欢我。”

“不喜欢你会约你一次又一次？不喜欢你会带你回老家？以姐的经验来看，他对你还是有意思的。不过……”

“不过什么？”看她突然蹙眉，融子兮赶紧问。

融佳琪一脸正经地看向她：“你还是要防着他会不会是报复你来的，毕竟上次的事肯定闹得他很没面子。要不然，你想想你们怎么会这么巧，那么快就遇上了？说不定啊，他早有预谋。所以，别怪姐没提醒你，一定要多长个心眼儿，更别傻乎乎地看人家帅马上就跟人家上床了。”

“什么啊，我是那种人吗？”融子兮立即说。

“我是好心提醒你。”

不过听完融佳琪的分析，融子兮还是有点担心。确实，一切都来得太凑巧了，而且，就像佳琪所说，郎泽轩的条件那么好，身边又那么多美女护士，他大可以找别人啊，干吗非要找自己呢？

可是，从这几次相处的感觉来看，他应该不是那种卑鄙小人吧。

“渣男从不把‘渣男’两个字写脸上。”融佳琪仿佛看穿了她的心思，出去前还来了一记重击。

倒在床上，融子兮看着天花板叹了一口气。一腔熊熊燃烧的爱火似乎被浇灭了。

毒，解了。

没有借口,也不知道跟郎泽轩说什么,所以融子兮就没有再跟郎泽轩联系。不过晚上闲下来的时候她还是情不自禁地登录微信，点进他的朋友圈看看他发布的消息。

只可惜郎泽轩这个人就是那种低调的类型，朋友圈还是自己帮他发的海洋公园的照片。

融子兮有点失落。

过了几天，再也绷不住，自己开始频频发朋友圈，因为他可能会看到。

不仅如此，她还把那天给郎泽轩拍的照片都上传到了手机和公司电脑里，没事的时候翻出来瞧瞧。

却越看越觉得帅，越看越觉得好想他……

“哟，这帅哥是谁啊？这么帅，小兮的男朋友吗？”

背后突然响起一个声音，融子兮吓得手一抖，尴尬地回头。看到是同事艾姐，赶紧傻笑着解释说:“不是呢，我哪有这么命好，就是一个朋友，是模特，让他帮我试穿戏服，我好看看上身效果。”

艾姐堪称设计部的八卦之神，听完笑了笑，没说信也没说不信，而是又看了一下电脑上的图片，模棱两可地说了一句:“不错，挺有创意的。”

说完又看了一眼才走了。

融子兮刚松一口气，却不想其他同事也聚了过来，要融子兮给他们看看帅哥，看看创意。

于是，在一片“这个模特真上镜！”“这个模特有女朋友了吗？”声音中，融子兮简直后悔得恨不得给自己一耳光。

不过还好，库经理还不知道，要不然……菩萨保佑，菩萨保佑，千万别传到库丽丽那里去。融子兮在心里一个劲儿地祈祷。

然而，怕什么来什么，下午开会的时候，库丽丽看向融子兮。

“子兮，听说你找了模特试穿你设计的戏服，效果还不错，拿出来给大家分享一下吧。”

融子兮心里顿时“哐当”一声，小声地说了一句“好”。慢吞吞地把自己的手机图片投射到LED屏上。

LED屏一亮，郎泽轩的照片十分清晰地出现了屏幕上。

“好帅！”

会议室里顿时响起一阵赞叹声。

库丽丽也饶有兴致地抱着胳膊，看着屏幕上的帅哥。

此时此刻，融子兮在手机屏幕上滑动照片的手指都在发抖了，不过还是努力告诉自己，没什么的，库经理根本就看不上郎医生，她哪里会在乎。

“嗯，不错，还有吗？”库丽丽忽然问道。

融子兮不情不愿地又发了两张说：“没有了，剩下的拍的比较糟，而且也都是这件衣服。”说着赶紧退出投射。

库丽丽点点头：“嗯，这个创意很好，这次子兮做得不错，你们要向她学习。这样吧，子兮你下来把这几张照片发给我，我连同之前拍的照片一起给导演发过去。”

“好的，库经理。”融子兮说完，可怜兮兮地祈祷着：菩萨保佑，菩萨保佑，千万别让郎医生知道啊！

经理办公室里，库丽丽坐在办公桌前看着电脑屏幕上的照片，眼神微醺，一脸陶醉，她看的正是融子兮发给她的郎泽轩的古风照。

诚然，她也不是没有见过俊男。只是融子兮这几张照片拍得都比较真实，拍后也根本没有做任何处理，所以显得郎泽轩格外耐看。

库丽丽甚至动了想认识一下对方的念头。当然，也不必这么急，否则显得自己不够矜持，慢慢来，这样的帅哥早晚逃不出自己的手掌心！

兀自笑笑，库丽丽保存了一份在自己电脑里，顺便也按下了发送键。

没错，从常理上来讲，郎泽轩的确是不可能有机会知道这件事的。可有些事啊，偏就这么凑巧，要穿这套戏服的演员正是郎泽轩的表弟郎皓轩！

片场，副导演收到库丽丽的照片后，迅速下载到平板电脑上，准备找时间给导演和主演过目。

待一个镜头拍完，副导立即凑过去，看到郎皓轩坐在太阳伞下玩手机，让他看看新戏服。

郎皓轩爽快地放下手机,拿过副导演的平板电脑,照片一张接一张地滑过。突然,郎皓轩一惊,顿时瞪大了眼睛。

“有问题吗?”见他反应如此大,副导演忙问。

郎皓轩摇摇手,赶紧取下墨镜,又凑近了平板仔细看。

“不对啊,这就是啊。”他自言自语地嘀咕,看向副导演,“杨导,这几张照片我能保存一下吗?”

“当然可以。怎么样?这几套还满意吗?”副导演也趁机问道。

郎皓轩点头:“满意满意,尤其是这几张……特别满意!”说罢一个贼笑。

听他这么说,副导演也很高兴,等郎皓轩把那几张照片保存好后,又拿给其他人看去了。

他走后,郎皓轩再次看手机上的几张照片,差点笑出来声来。

哎呀呀,想不到啊想不到,我们不苟言笑、从来不屑任何娱乐新闻、从不参加任何娱乐活动、从不在任何公共场合露面的郎家二少爷郎泽轩,居然会给人做模特拍古装写真!

拿到郎泽轩古装照的郎皓轩竟一反常态,按兵不动,这对于一贯藏不住话的他来说,实在是太难得了。

不过,他这么憋着可不是因为要放过郎泽轩,而是每三个月一次的全家聚会时间快要到了。

所以他的打算是,在聚会的时候,当着全家人的面公开!让郎泽轩出糗出得更大些!哈哈哈……

那几天,郎皓轩虽然憋得很辛苦,可每次一想到照片公开后郎泽轩的表情,他就觉得值!

哎呀呀,真是好久没有这么激动过了!

聚会当天下午,郎皓轩驾驶跑车从片场风驰电掣地往爷爷家赶。仿佛要去一场举世瞩目的颁奖典礼领奖一般,感觉倍儿爽!

夜幕降临,郎家的子女们都已陆续到达城郊的郎家别墅。

郎家父辈一共有三个儿子一个女儿,到了郎泽轩这一代,有四个儿子一个女儿。

郎泽轩的大舅舅郎安平家一儿一女。儿子叫郎荣轩，三十八岁，如今是郎家公司的总经理，已婚，育有两女。女儿叫郎姝婷，已婚，在美国留学的时候嫁了个华侨，留在国外没有回来。

郎泽轩的妈妈郎洁是老二，只有郎泽轩一个孩子。父亲杨军是上门女婿，在郎家公司做人事部经理。

然后是三舅舅郎顺平，育有一子，叫郎立轩，二十七岁。父子俩将郎家一个分公司做大后自立门户，生意越来越大。郎立轩英俊多金，因经常跟娱乐圈女星传绯闻而受到媒体关注，一度被称为“国民老公”。

最后是小舅舅郎兴平,育有一子,就是郎皓轩,二十四岁,娱乐圈当红明星。

郎皓轩一走进厅中就四下眺望，寻找郎泽轩的身影。不过扫视了一圈并没发现他。

立即走到沙发旁边，拍拍坐在沙发上玩手机的郎立轩:“咦，国民老公，泽轩哥还没来吗?”

被问的郎立轩冷冷地看向他，瞪了他一眼又继续玩手机，对“国民老公”的称呼非常不满意。

没有得到回复的郎皓轩看着他，靠在沙发背上又故意说:“咦，国民老公在玩什么游戏呢?”

“滚一边去!”郎立轩顿时骂道。

郎皓轩自然知道他为什么生气，却故意一副委屈的样子跑向旁边沙发上的爷爷说:“爷爷，你看郎立轩又骂我了，我就问问他泽轩哥来了没有他就叫我滚一边去。”

郎皓轩从小就是个告状精。

爷爷果然立即看向郎立轩斥道:“立轩，你怎么又欺负皓轩，你们都这么大了，怎么还跟小时候一样吵架，快给你弟弟道歉。”

郎立轩站起来:“我又没错，我凭什么要道歉。”他瞪了郎皓轩一眼，起身离开了沙发。

他俩从小就这样，跟两只斗鸡似的，一见面就互不相让。

爷爷摇头:“唉，这牛脾气，跟他爸一模一样。”郎立轩的爸爸郎顺平也是脾气差，一言不合就发火。

郎皓轩得意地看着郎立轩，继续扮好人说:“对啊，脾气简直太差了，总是看谁都不顺眼的样子。还是我乖吧，爷爷？”

“是是是，还是皓轩最乖，最近忙吗？还在拍戏吗？”爷爷问道。

“中午的时候都在拍呢，不过为了来看望爷爷，一结束立即就开车赶回来了，已经十几个小时没睡觉了……”

郎皓轩立即跟爷爷撒娇。他从小就嘴甜，特别会说话，所以这也是郎立轩讨厌他的原因。

所以郎皓轩一出现，他通常会跟他保持屋中最远的距离。

夜色下，郎立轩一个人躺在院子里的躺椅上玩手机。

于是，郎泽轩匆匆赶来时一眼就看到了他，问道:“立轩，你怎么一个人在这里？”

郎立轩听到声音看过来，立即站起来笑着说:“哥，你总算来了，很忙吗？”

郎泽轩走过来:“还好。你呢，生意上忙吗？”

“我有什么忙的，再忙也有我爸在啊。”郎立轩说，忙又邀请他，“还没开始吃饭，里面人多，先在这坐一会儿吧。”

郎泽轩点点头，在他旁边的竹椅上坐下，郎立轩也坐到他旁边的椅子。

相比郎皓轩那个“惹事精”，郎泽轩从小就不怎么说话，也从不参与他们的争吵打架，反倒让郎立轩最有好感。

坐下后郎立轩开口道:“其实老早就想约你出来聚一下，可又想到你很忙，我也总有这样那样的事，所以一直没抽出空。哥，你在医院还好吧？”

郎泽轩点点头，言简意赅:“还好。”

“哥，你怎么没留在国外的医院呢？我听说国外的医院医生待遇好，病人也没那么多，国内的医院却正好相反。”郎立轩又说，也有关心过郎泽轩的事。

郎泽轩依旧是一脸淡然，解释说:“外公、爸妈和其他亲友大都在国内，我也不适应国外的生活，所以还是想着回来好些。”

郎立轩点点头:“那倒也是。”

因为郎泽轩是别人问一句他答一句，所以两人的对话也有点不咸不淡的。

又聊了几句，两人的手机都响了，问他们在哪里，赶紧进屋吃饭了。

两人这才一起走进屋。

进到屋中，众人看到郎泽轩，纷纷关切地问候，郎泽轩也是简单礼貌地回了几句。

然后大家一起在饭桌前坐下。

容纳一大家人的长方桌上，老人先讲话道："今天总算又把你们凑齐了，当然，婷婷因为在国外回来实在不方便，所以没能来，我也能理解。除了她，咱们郎家的人也算都到齐了，你们这么给我这个老头子面子，我很高兴，我先敬你们一杯吧。"

"爸，您说哪的话，我们来看您这不是应该的吗？"大儿子郎安平说。

大家也一起端起酒杯，喝了第一杯酒。

喝了酒后，大家就开始动筷子吃饭，小声聊天。

郎泽轩旁边坐着郎立轩，对面是郎皓轩和郎皓轩的妈妈。

郎皓轩一直在酝酿让郎泽轩出糗的事，心思全不在吃饭上，不时瞧瞧周围，想看看是否可以动手了。

郎立轩瞥到他的样子，心里顿时有不好的预感。从小一块儿长大，他太了解郎皓轩了，看一眼就知道他又要惹事了。

果然，在发现大家都没什么话题可说后，郎皓轩清了清嗓子，假模假样地摸出手机说："对了泽轩哥，你除了在医院工作外，是不是还兼职做模特啊？"

一听这事，一桌的人都看向郎泽轩。

郎泽轩云淡风轻地摇摇头："那怎么可能，医院的事情那么多，我哪还有时间做别的，再说我怎么可能去做什么模特。"

"咦？不对啊，我明明看到你拍的写真了啊！"郎皓轩又假模假样地说道。

旁边郎皓轩的妈妈立即笑道："真的假的？难道泽轩也打算进娱乐圈了吗？"她当年就是娱乐圈明星。

郎泽轩觉得这事说得实在太离谱了，立即辩解道："舅妈，没有的事，我只会看病，不是进娱乐圈的料。"

"不对啊，这组写真明明就是泽轩哥啊，你们看。"郎皓轩把手机拿起来展示给周围一众好奇的人。

连郎立轩都睁大眼睛好奇地看向他的手机。不过郎皓轩只是让他瞅了一下就故意立即把手机拿开了，气得郎立轩又怒瞪他。

家人纷纷传阅手机，都议论着好像就是郎泽轩。

妈妈郎洁的脸都气黑了，儿子去做医生已经让她觉得很没面子，现在居然又去做什么模特，这不是丢她的人吗！

郎泽轩也很好奇手机上的照片，待看清时，心里也是一惊:融子兮拍的照片怎么会在皓轩手上?

转念一想，她不是说过衣服是给某剧主角做的吗？难道这个主角就是皓轩？可是，她没说过要把照片给别人看啊，好像只是说她自己看看哪里不合适好修改一下。

真是……郎泽轩有些恼火，这姑娘怎么总让自己出糗呢?

郎泽轩的脸上没有丝毫惊慌，也没有丝毫尴尬，仿佛根本就不在意这事儿似的。

这也是他作为一名优秀的医生所具备的优秀品质，处变不惊，沉着冷静!

待众人都看向他，等他回应时，郎泽轩一本正经地扯谎说:“不是我，我没有做过什么模特。”

“不可能啊，泽轩哥，这照片上明明就是你啊。”郎皓轩不依不饶地道。

“也可能是刚好长得像吧。”郎泽轩死不承认。

郎皓轩没办法，笑着说:“那这也长得太像了吧，简直一模一样。”

这时，郎立轩开口:“照片不会是合成的吧？你们娱乐圈的人不是最擅长做这些吗？”

听他这么一说，大家顿悟了，对啊，现在的电脑技术这么先进，改个图片什么的对他们这些年轻人来说简单得很。

而且依郎泽轩的性格，肯定不会做这种事。这皓轩也是，居然还这么捉弄泽轩。

大家不再关心这件事了，各自埋头吃饭。

郎皓轩没想到居然一下子就被郎立轩破局了，心里自然十分不爽，气呼呼地瞪着他，嘴里还嗫嚅着："混蛋郎立轩，我早晚要你好看！"

郎立轩总算报复了他，心里可是爽翻了，还故意端起酒杯说："哥，我敬你一杯，祝你工作顺利。"

郎泽轩也端起酒杯："谢谢，也祝你生意兴隆。"

看他们居然这样气自己，郎皓轩很郁闷，看着手机上的照片："明明就是嘛，居然死不承认。"

连旁边的妈妈都看着他笑，劝道："行了，别捉弄你二哥了，快吃吧，菜都要凉了。"

听到妈妈这么说，郎皓轩简直是郁闷得都要哭了，心想：为什么就没人相信我啊！不行，我一定能要查出证据！让真相水落石出！

吃过晚饭，一家人又小坐了一会儿，便陆续有人离开了。

郎泽轩八点四十离开，不算早也不算晚。

出了门爸爸叫住他："是不是有女朋友了？"

郎泽轩淡定地摇摇头："没有。"

"哦，前两天你二叔给我打电话，说你上周带了女朋友回去给你爷爷奶奶扫墓，我看刚才皓轩展示的那张照片也像是在老家的山坡上拍的。"

镇定如郎泽轩，此时还是有一丝紧张，尴尬地解释说："都是误会。那个不是我女朋友，只是一位女性朋友，我不想跟二婶多解释才那么说的。还有那个照片，我不想被大家问太多所以没有承认，原本也是拍着玩的。"

爸爸点点头："嗯，你不用多解释，不管是女朋友还是女性朋友，总之只要你有朋友爸爸就高兴。你刚从国外回来，又因为去医院工作的事跟你妈妈闹得不愉快，是该跟朋友多出去玩玩。"

"嗯。"郎泽轩点点头，"爸，这些事情不要跟妈说，可以吗？"

"好，放心吧，我不说。"

父子俩又说了几句，也就相互道别各自上车了。

杨军一上车，郎洁就不悦地说："又跟你儿子嘀咕什么，说我坏话吗？"

杨军一边系安全带一边说："你想哪去了，我干吗要跟儿子说你的坏话，我吃饱了撑着了吗？"

“我看你们父子俩就是吃饱了撑着了，老的小的都一样。”郎洁又不客气地抱怨。

杨军不想跟她吵架，干脆不说话，专心开车。

夜空下，霓虹闪烁，黑夜宁静而美好。

郎泽轩平稳地驾驶着车子，开了一段路还是吐了口气，拿起手机翻电话号码。

视线落在“融子兮”三个字上面，立即拨了过去。

免提里传来单调的“嘟嘟”声。郎泽轩的心很平静，他就是想跟她说说照片的事，万一有人问起，千万不要说是自己。

“对不起，您拨打的用户暂时无人接听，请稍后再拨……”

郎泽轩无奈地吐了一口气，挂了电话。

事实上，此时的融子兮正在卫生间洗澡。

晚上九点半，融子兮穿着一件自己做的玉兰色吊带睡裙从卫生间出来，一个“大”字在床上躺下，有点忧伤地看着天花板，可看着看着，天花板上竟然又出现了郎泽轩的脸。

“救命啊！”融子兮双手捂住脸叫起来。

连自己都觉得自己这几天真的像疯了一样，只要一闲下来满脑子就都是郎泽轩的样子。

放开双手，融子兮又自言自语:“难道是因为我天天看那些照片？”

“那要不，干脆把那些照片都删了？”融子兮又自言自语。可即使这么一想，都觉得一阵心痛。

“唉……”融子兮长长地叹了口气，又开始回忆跟郎泽轩在一起时的点点滴滴。

想着想着，大半个小时就过去了，还是妈妈的电话结束了她的花痴行为。

融子兮赶紧接听，跟妈妈聊了十来分钟。

聊完挂了电话，才发现有个未接电话，随手点开一看。

“啊！”融子兮一声尖叫，一下子就从床上站了起来。

“啊啊啊，要死了要死了！”融子兮拍着自己的脑袋叫，心想:为什么刚才出来的时候不看手机？作死啊！啊啊啊……

立即把电话拨过去，就算是他不小心打错的也不管了，反正他打过自己的电话是事实。

融子兮握着电话,心跳加速,连话筒里传来的“嘟嘟”声都觉得十分悦耳。

“对不起，您拨打的电话暂时无人接听，请稍后再拨……”

看着手机屏幕，融子兮傻眼了。难道是因为刚才自己没接他的电话，所以他生气了，也不接自己电话了？

想到这种可能性，融子兮简直欲哭无泪，不死心地又第二次拨了过去。

紧张地握着手机，祈祷着郎泽轩快接电话。

然而，这一次等来的依旧是那句“对不起，您拨打的电话暂时无人接听，请稍后再拨……”

融子兮痛苦地趴在床上，捶着床自言自语:“不要这样啊，我刚才真的不是故意不接电话的……”

赶紧打开微信，立即给他留言:郎医生，你九点的时候是不是打过我的电话？是有什么事吗？对不起，因为刚才我在洗澡所以没有接到电话。我给你打电话可你没有接，是在忙吗？如果有什么事的话尽管给我打电话，或者在这里留言，我一定会马上回复的。

看着屏幕上自己打的一串字，融子兮又想:自己是不是太主动了？万一他是不小心打错了呢？又或者此时他有女伴在所以不方便接电话？

此时，融子兮才想起一个可怕的事实，那就是还没问过郎泽轩有没有女朋友。

他那么优秀，肯定有女朋友了吧，而自己还在这想入非非……

第二天，失眠了大半夜的融子兮黑眼圈十分严重，一夜之间好像经历了很大的打击似的。

连中午办公室的八卦之神艾姐来透露消息说，下午大明星郎皓轩要过来，她都提不起兴趣。

她现在根本不关心什么大明星，她只担心一件事:郎泽轩会不会再也不跟自己联系了？

中午在办公室吃了外卖，融子兮就趴在办公桌上准备睡午觉。可一闭上眼睛，又情不自禁地想起郎泽轩。

下午两点半，艾姐忽然冲进设计部叫起来：“来了来了！郎皓轩来了！”

“在哪里呢？”有人问。

“现在正在库经理的办公室里。”艾姐神神秘秘地用手遮着嘴说。

融子兮连头都没有抬，她现在根本对此没有任何兴趣。当然，也因为她不是郎皓轩的“粉丝”。

然而，郎皓轩还真就是因为她才来的，准确地说，是因为她拍的那几张郎泽轩的照片。

昨晚郎皓轩原本是想让郎泽轩出糗，结果反被倒打一耙，越想越郁闷。所以今天以试服装为由亲自过来了。

他倒要亲自问问他们，照片上的人是不是郎泽轩本人？

于是开门见山地问库丽丽：“库总，你跟我说实话，照片上这个模特就是我二哥郎泽轩对不对？”并把手机屏幕朝向库丽丽。

库丽丽一怔，纳闷地看着照片：什么意思？郎皓轩的二哥郎泽轩？郎家不是只有三兄弟吗？郎荣轩、郎立轩、郎皓轩，什么时候又冒出个郎泽轩了？

等等，照片是融子兮拍的，她怎么会认识郎泽轩呢？

对了！“狼”医生！郎医生！

可是，难道说之前颜阿姨介绍的那个男医生是郎皓轩的表哥？

突然想清楚了所有的事，库丽丽顿时有一种“错过了一个亿”的感觉！这么好的认识“高富帅”的机会，居然让给了融子兮，她肠子都要悔青了。

库丽丽脸上堆笑说：“是啊，我跟泽轩也算是好朋友，所以就请他帮忙拍了一组照片，想着他跟轩少你身材都差不多，试穿最合适不过了。怎么样，这套戏服您还满意吗？”

听到这个肯定的答复，郎皓轩如释重负地笑起来，自言自语地说：“好啊，我就说嘛，这怎么看都是他嘛，居然死不承认，还跟郎立轩那个混蛋一起污蔑我。哼，看我怎么收拾他们！”

库丽丽附和地笑着点头，努力从他的话中挖掘一些信息，好趁机多打听一些郎泽轩的信息，然后重新找机会接近他。

郎皓轩自言自语完，讨好地看向库丽丽："丽丽姐，你能约我二哥出来吗？"

库丽丽纳闷："轩少这话是什么意思？"

郎皓轩忙解释："嘿嘿，就是你们俩哪天一起吃饭的时候，你悄悄给我打个电话，然后我当着你的面跟二哥对质，看他还敢不敢狡辩说那照片上的人不是他。"

库丽丽一听异常欣喜，这不就是最好的接近郎泽轩的机会吗！立即满口答应。

得到她的答复郎皓轩也很高兴，甚至已经想好了到时候悄悄录个音，然后等下次家庭聚会的时候把录音放出来给大家听，好洗刷自己这一次的"冤屈"！

郎泽轩和郎立轩居然合伙欺负自己，他怎么都咽不下这口气！

郎皓轩目的达成，试了一下戏服就走了。

库丽丽亲自送他进了电梯，返回来后立即叫融子兮到她办公室一趟。

"库经理，您找我有事吗？"融子兮恭敬地问道。

库丽丽上下打量了她一番，点点头："子兮，你还有泽轩的联系方式吧？"

听她居然如此称呼郎泽轩，融子兮愣了一下，点点头说："您是说郎医生吗？他的手机号不是您给我的吗？"

果然是他！

库丽丽脸上依旧很淡定，笑着点点头说："有件事我必须向你道歉。"

"道歉？"融子兮纳闷地看着她。

库丽丽继续扯谎："其实事情的真相是这样的：其实泽轩原本是我的男朋友，因为我们之前闹了些矛盾，我提出了分手，但是他不同意，一直想挽回我。我那天因为生他的气，想捉弄他一下，所以就让你去跟他联系了。没有告诉你这个事实，实在抱歉，我在这里给你道个歉，也谢谢你这些天来对泽轩的关心和陪伴。"

融子兮简直不敢相信，郎泽轩居然是库丽丽的男朋友。

可之前他怎么没有说过呢？他为什么不早点告诉自己呢？难道昨天晚上他和库丽丽在一起，所以没有接电话？

一瞬间，融子兮感觉自己几乎要喘不上气来，要窒息而亡了。

融子兮好不容易控制住自己的情绪，强颜欢笑说:“哦，原来是这样，您不用道歉，我也没什么损失，反而让郎医生破费，请我吃了几顿饭。”

居然已经吃了几次饭了！库丽丽不悦，脸上却笑着说:“呵，是吗，我家泽轩就是这样,对谁都那么温柔,所以我现在也挺想他的。对了,你带手机了吗？”

融子兮纳闷地看着她，摇摇头:“手机在办公桌上。”

“那麻烦你拿过来一趟好吗？”库丽丽说。

“好。”融子兮赶紧说，也不知道她要干什么，立即转身出去拿手机。

融子兮拿了手机又匆匆回到库丽丽的办公室。

恭敬地说:“库经理，手机拿来了。”

库丽丽笑笑:“那麻烦你帮我拨通泽轩的电话，我想用你的手机跟他说几句话。”看她纳闷，又解释道，“还在生我的气，不接我电话呢。”

融子兮心里难受,却只能翻出电话簿,找到郎泽轩的号码,立即拨了过去。

手机通了，郎泽轩在那头纳闷地说:“怎么这个时候给我打电话，有什么事吗？”

融子兮努力深吸了一口气，语气平静地开口说:“不是我要找你，是……”

还没说完手机就被库丽丽抢了过去，她开口说:“泽轩，是我，丽丽。”说着还朝融子兮挥手，意思是让她回避一下。

融子兮紧转身走了出去。门关上，融子兮靠在门边，觉得自己快虚脱了，脑中不断浮现出三个字:为什么……

而此时，库丽丽正在跟郎泽轩套近乎。

也就是她那套约会男人的手段，缠着郎泽轩，要跟他吃饭。

可郎泽轩很忙，本来想跟融子兮说话，没想到莫名其妙地冒了个人出来，说话还是自来熟的语气，郎泽轩说了句“不好意思，我工作比较忙，没时间”，然后就挂了电话。

库丽丽郁闷地看着手机屏幕，简直想把这手机摔了。

不过她很快又笑起来自言自语地说:“很有个性，不错，我喜欢。”立即拿过笔，把郎泽轩的手机号记了下来。

然后出门把手机还给融子兮。

还手机的时候装作一副甜蜜又无奈的样子说:“脾气大着呢，还在生我的气。”

融子兮尴尬地“哦”了一声，点点头，拿过手机说:“那库经理我先去做事了。”立即就抬脚走了。

库丽丽抱着胳膊看着她的背影，不屑地笑了笑。

她有百分之百的信心，融子兮根本不可能是自己的对手。

这一整天，融子兮都失落极了。

晚上回到家，洗漱后打开电脑。

融子兮找到存放郎泽轩那套古装写真的文件夹，将照片一张一张地删掉。手机上和公司电脑上的都已经删掉了，这是最后一份了。

在兰舟相处的情景又清晰地浮现在脑海里，然而一想到事实，融子兮觉得很讽刺也很难过。

融子兮好想大哭一场,可自己根本就没有哭泣的理由。跟他是什么关系呢?哭什么呢?他非但没有骗自己，还请自己吃了几顿饭，帮自己试穿了戏服，怨人家什么呢?

删完照片，融子兮看着空空的文件夹发了一会儿呆。

关上电脑，转身走到床上躺下，看着头顶的天花板对自己说:“就这样吧，任何幻想都不要再有了，重新开始吧融子兮。”

融子兮深吸了一口气，握紧拳头给自己打气，决定从此刻开始就忘掉郎泽轩，好好工作，努力奋进!

第二天，融子兮正在认真设计新戏服时，手机忽然响了，一看居然是库丽丽打的。

“子兮，拿着你的手机来我办公室一趟吧。”库丽丽说。

融子兮已经明白她要做什么了，立即拿着手机走到她办公室，进门把手机递给她。

库丽丽对她的表现很满意，又叫她出去在门口等着。

融子兮走出门，靠在门边想:你们俩闹别扭干吗把我扯进来?难道不觉得这样会造成我的困扰吗？而且，凭什么老用我的手机联系？公司又不报销我的话费。

她越想越郁闷。一会儿，门打开，库丽丽把手机还给她："谢了。"

"不客气，库经理。"融子兮接过手机就走了，心里十分不爽。

回到座位上，融子兮看着电脑屏幕，也没了任何灵感，她在想自己到底要如何，才能不夹在库丽丽和郎泽轩中间。

微信消息提示音忽然响起来。

融子兮拿起手机点开一看，居然是郎泽轩发来的。

郎泽轩:你为什么总让别人拿你的手机打电话给我？你再这样我以后可不接你电话了。

融子兮郁闷:你不想接，我还心疼我的话费呢，我凭什么要做你们之间的传话筒?

融子兮气不打一处来，干脆立即拨通了郎泽轩的电话。

电话接通，融子兮立即说:"郎医生，我觉得你们这样也不是个事儿，要不，你抽个空大家把话说清楚吧，免得我夹在中间难做，好吗？"

郎泽轩纳闷:"你在说什么？"

"都这样了，你就别再捉弄我了，行吗？要不您看今晚怎么样，今晚在顺达广场的那个瓦罐汤店，你来一下行吗？"融子兮也不想绕圈子了，她已经很郁闷了。

"好吧，正好我也有事找你，那七点半见吧。"郎泽轩说。

"好，到时候见。"融子兮说完就挂了电话，然后起身朝库丽丽办公室走去。

敲敲门进去，她勉强笑着说:"库经理，有个好消息，刚刚郎医生打电话说约您晚上七点半，在顺达广场三楼的美食区，一个叫瓦罐汤的小店见面。"

库丽丽听罢笑笑:"我就知道泽轩是嘴硬心软，明明很想我，就是开不了口。行啊，既然他已经退了一步，那我也退一步吧。谢谢你，子兮。"

融子兮心如刀割，只能笑笑说:"库经理不客气，那我先出去做事了。"说完离开了办公室。

回到办公桌前，融子兮冷静了片刻，拿起手机找了张癞蛤蟆的图片，郁闷地在朋友圈发了条信息:癞蛤蟆想吃天鹅肉!

她是在骂自己，讽刺自己之前对郎泽轩的幻想和奢望，要自己谨记以后别再犯这种傻了。

然而，过了一会儿却发生一件让自己崩溃的事情，有史以来第一次，郎泽轩居然给她点赞了。

融子兮只觉得自己快要双眼一翻，昏死过去了。

被人这么耍了一通，还被嘲笑是癞蛤蟆想吃天鹅肉！融子兮一气之下将手机上的微信给卸载了，然后立即将手机关机了。

然而，医院里的郎泽轩却还在看着她朋友圈的消息笑。

他也不知道为什么，就是觉得将这条朋友圈和融子兮这个人联系起来，就特别搞笑。

决定等会儿见面的时候要问问她:发这条消息是想表达什么?

其实关于照片的事，郎泽轩已经决定不再提了，也不是什么重要的事，说来说去也没什么意义。皓轩想笑就让他笑吧，反正立轩那么说后，家人们已经不会相信皓轩的话了。

反倒是很久没见融子兮了，想见个面聊聊天。

下班后，郎泽轩立即开车去两人第一次见面的顺达广场。

车子开到的时候已经是七点十分，下班高峰期路上比较堵。

把车停好，郎泽轩就给融子兮打电话，却惊讶地发现她关机了。

“难道手机没电了？”郎泽轩心想，干脆直接上去。他越发觉得融子兮实在是迷糊。

幸好自己还找得到地方，不然上哪找她去。

乘电梯上到三楼美食区，很快找到瓦罐汤的小店。郎泽轩走进门，朝店里看，寻找融子兮的身影。

而他一进来，早已经等在里面的厍丽丽就看到了他，顿时心花怒放，真人比照片上还帅!

厍丽丽按捺住内心的激动，笑盈盈地朝他挥了挥手。

可郎泽轩朝一处空座位走去，坐下后又拿起手机准备给融子兮打电话。

一个身影在对面坐下，郎泽轩以为是融子兮，结果抬头一看，居然是个不认识的女人。

立即说:“小姐，不好意思，我约了人。”

库丽丽看着他，优雅地笑着说:“郎泽轩，郎医生对吧？”

郎泽轩微怔，点点头:“您认识我？”

库丽丽继续笑着说:“是的，您是想跟融子兮通电话吗？”

郎泽轩点点头:“您认识她？”

“嗯，我们是同事。是这样的，我跟子兮是关系很好的同事，前几天她一直跟我说认识了一位郎医生，人特别好，问我有没有兴趣认识一下，因为听她说得太好了，所以我就动了见一下郎医生的心思。这不，今天下班的时候她说约了您在这儿吃饭，可她男朋友又约了她，所以为了不让您白跑一趟，就只有叫我过来替一下。郎医生不会介意吧！”库丽丽一本正经地说。

郎泽轩仔细听完她的话，也明白了她的意思。

她的意思就是:已经有男朋友的融子兮把自己介绍给了面前这个女人，融子兮要给自己做媒。

郎泽轩无奈地笑笑说:“您说哪去了，有美女陪我吃饭，高兴还来不及呢，怎么会介意呢。”

库丽丽暗笑。

以大多数男人的审美来看，库丽丽的确比融子兮漂亮。如果说融子兮是个花骨朵的话，那库丽丽就是娇艳绽放的花朵了。

然而，对于郎泽轩来说却并非这样。他自然不是被库丽丽的美貌迷住了，而是对融子兮这个做法十分不解，既然她要这么安排，那自己怎么也要给她这个面子啊。

郎泽轩让库丽丽点菜。

库丽丽揣摩着郎泽轩的性格，点了三个中间价位的菜。想着郎泽轩是不是故意不想让人知道他的身份，因为他不喜欢拜金的女人。

所以，自己在他面前也要尽量表现得并不是看重他的家庭背景。为此，她还把钻石项链和戒指都摘了，只戴了一副碎钻耳钉。

因为耳钉在靠近脸的位置，也能吸引他的视线集中在自己的脸上。

郎泽轩看了她填的菜单又加了两个菜，然后两人就找话题聊天。

库丽丽假装好奇地问了一下他的工作情况，不断赞叹郎泽轩是个人才，又说自己最崇拜医生了。当年外婆得了什么什么病，多亏了什么医生才治好，从此她就特别崇拜医生，觉得医生是这世上最可敬的人之一。

郎泽轩附和着笑笑，感觉到她是在刻意奉承自己，所以也不好说什么。

“郎医生在工作之余,还有什么爱好呢？”库丽丽继续找话题和打听情况。

郎泽轩随口道:“也没什么特别的爱好，工作比较忙，主要还是看看书吧。”说实话，他对融子兮这么做挺生气的。

因为不管怎么样，好歹也该提前跟自己说一声吧，至少，在刚才进来前说一声吧。而她不仅什么都没说，还把手机关了。

这算什么？彼此既然是朋友，难道不应该真诚相待么？

也或许，她从来就没把自己当朋友吧。

这么想着，郎泽轩无奈地又叹了一口气。

“高尔夫呢？”库丽丽继续问。同时也为了让他了解自己的爱好和品味，所以故意说了这个。

郎泽轩没什么兴趣地摇摇头:“不太擅长。”

“那等郎医生有空的时候，我们一起去玩玩吧？”库丽丽趁机说，立即就定下了下次约会。

郎泽轩随口道:“嗯，好啊。”

库丽丽没有说话,等着他主动问自己的手机号,因为自己已经主动约了他,接下来他也应该主动一步了吧。

等了一会儿，却发现郎泽轩根本没这个觉悟。

只好笑着说:“郎医生好像还没问我的名字和手机号呢？”

郎泽轩没有办法，只有解释说:“哦，怕唐突了，那请问您尊姓大名？”

库丽丽甜甜一笑:“我的姓很特别，仓库的‘库’字少上面一点，郎医生知道念什么吗？”

郎泽轩想了想，忽然问:“是念 shè 吗？”

“郎医生真是好学识，很多人都不认识我这个姓呢。是的，就念 shè，我叫厍丽丽。”厍丽丽伸出手，“很高兴认识您，郎医生。”

郎泽轩伸出手跟她握了一下，不过他很纳闷:这个厍丽丽不是之前同科室的颜敏医生介绍的她的侄女吗?

因为当时说她名字的时候，怕他不认识那个姓，所以颜医生专门把这个名字写了出来，所以郎泽轩对这个名字比较有印象。

但相亲时她让融子兮来了，所以才认识融子兮的。可现在，融子兮又要让自己来跟她相亲。

这其中到底是什么意思呢?

郎泽轩想了想也没说什么，等到饭也吃得差不多了，两人一起起身离开。

走出广场大门，厍丽丽发现郎泽轩还没有邀请自己继续玩的意思。

只有主动说:“时间好像还有些早呢，郎医生要不要再去哪里玩玩?”

“明天还有手术要做，需要早点回去休息，厍小姐也早点回去吧。”郎泽轩毫不犹豫地就说。

厍丽丽讪笑着说:“嗯，那也好，郎医生早点回去休息吧。”

郎泽轩点点头:“嗯，那我先去开车，厍小姐呢，车子也停在这里吧?”

厍丽丽本来想让郎泽轩送自己回去，可看郎泽轩不怎么热情的样子，也不想表现得太主动了，于是也说自己的车子也停在里面。

然后两人又一起去车库取车。

取车的时候，厍丽丽留意了一下，发现郎泽轩开的是一辆五十万元左右的雷克萨斯，不太满意地在心里说，勉强凑合吧。

要知道，郎家其他三兄弟的车随便一辆都是百万元以上的。

所以心里对郎泽轩还是有点不满意，不过转念想想，郎泽轩胜在长相啊。再则，“瘦死的骆驼比马大”，他再怎么说都姓郎，家境还是很有优势的。

这么想着，厍丽丽几乎已经把郎泽轩归为自己的囊中物了。

上车后，郎泽轩立即就发动车子离开了。

开车行驶在路上，郎泽轩想着今晚的事，越想越有些生气。

不过还是忍着，回到家后，才再次拨打融子兮的电话，然而，让他郁闷的是，她依然关机。

郎泽轩又打开微信，给她发消息说:今晚的事我想听听你的解释。

消息发出，等了又等，还是没有回复。

她仿佛就从这个地球上消失了似的。

“搞什么?”郎泽轩十分不爽地嘟囔了一句，他真的对融子兮这样的行为生气了。

郎泽轩是一个喜欢什么话都明摆着说的人，最不喜欢对方把事情搞得不明不白。

可现在融子兮竟然手机关机，微信不回，那他就实在没办法了。

烦躁地吐了一口气，郎泽轩脱了衣服去洗澡，洗个澡换个心情。

却不知，此时的融子兮，正坐在床上，像座雕塑似的。想到郎泽轩跟库丽丽此时在约会，简直恨不得自己真变成雕像，那心就没这么痛了。

第二天上午，融子兮正在电脑前工作，艾姐走到她办公桌旁，笑着说:“子兮，库经理叫你去她办公室一趟。”

融子兮一怔，心想:八成又是关于郎泽轩的事。

“哦，好，我就去。”融子兮不情不愿地说。

艾姐凑过来，八卦地问:“这两天她怎么频频叫你去她办公室，不是出了什么事吧?”

融子兮笑着摇摇头:“就是工作上的事，艾姐，我先去了。”说着赶紧去库丽丽办公室。

艾姐看着她的背影,高深莫测地笑笑,从融子兮的表情上她哪里还看不出,分明就是在强颜欢笑。难道说，库丽丽对她不满意，想辞了她?

可也不应该啊，这姑娘在公司表现得挺好的，而且之前做的几套戏服也是一次就被片方认可了，应该说挺优秀的。

那是为什么呢?艾姐百思不得其解，任凭她再想破头皮，也想不到两人居然是为了郎泽轩。

办公室里，融子兮恭敬地站在库丽丽的办公桌前。

库丽丽心情很好的样子,笑着说:“咦,刚才打你的手机怎么说无法接听呢?

怎么，不想接我的电话吗？”

融子兮忙解释:“库经理您误会了，我今天早上起床迟了一些，出门的时候匆匆忙忙的,所以把手机忘家里了,然后我又有晚上关机睡觉的习惯,所以……”

“哦，原来是这样。其实叫你来也没什么事，就是昨天的事，想跟你说声谢谢，托你的福，我跟泽轩已经和好了，昨晚也一起度过了一个美好的夜晚。”库丽丽故意说道。

一瞬间，融子兮心痛得刀割似的，勉强笑着说:“那恭喜库经理了。”

“嗯，这也是你的功劳啊。”库丽丽故意说，心道，想跟我抢男人，先称称你有几斤几两吧。

融子兮低着头:“我有什么功劳，也就帮接了个电话，库经理言重了。”说出这话时，融子兮只觉得脑袋里一片空白，仿佛天突然坍塌了似的。

库丽丽继续说:“说到电话联系的事，我对子兮你有个不情之请。”

“库经理尽管说吧。”

“就是我希望，子兮你以后不要再跟泽轩联系了，可以吗？你不要误会，我不是怀疑你们之间有什么，我只是觉得，既然我跟泽轩已经和好了，那就不想我们之间再像之前一样闹出不愉快了。毕竟，我们从交往开始就是奔着结婚去的。所以，如果他跟其他女孩还有联系，我心里……”

“库经理，我明白，您放心，我不会再跟郎医生有任何联系了。”融子兮几乎是脱口而出，心里的难过转化成愤怒了。

她这么说，是把自己当成他们之间的第三者了。

融子兮心想:他们两个人闹矛盾，把我牵扯进来，然后又要我给他们牵线，到头来反倒把成了我不是，反倒把我当成第三者了？

融子兮心里既委屈又难过:自己是下属，是没有办法要看人脸色，可自己也不是橡皮泥啊，不能任人想怎么捏就怎么捏！

回到办公桌前，融子兮简直恨不得马上去揍郎泽轩一顿。心想:郎泽轩装作一副谦谦君子的样子，居然这样不尊重别人！

融子兮心里狠狠发誓，从此再也不会跟郎泽轩有任何瓜葛了。

一整天，融子兮都没有说一句多余的话，一直在忙工作上的事，甚至都没有吃午饭，还趁着中午的空隙，打车去移动营业厅，办了一张新手机卡。

下班后，融子兮抓着公交车扶手发呆，连坐过站了都没发觉，等反应过来时，都已经坐过好几个站了。

终于回到家，已经是晚上八点半了。

她又累又饿，胃一阵一阵地抽痛，痛得她冷汗都出来了。

找了胃药，用矿泉水送服，也没心情做饭，吃着泡面，眼泪顺着脸颊流下，泪珠一颗接一颗砸进了面汤里。

融子兮不知道自己为什么要这么难过，为什么止不住哭？

吃了面后，简单收拾了一下厨房。

融子兮立即回到房间，把手机开，想把通讯录复制到新手机卡上。

结果却看到有三个郎泽轩的未接电话。

融子兮一咬牙，视而不见，把手机卡上的通讯录导入手机中，准备关机换新卡时，重新把微信下载下来，决定把之前发的朋友圈都删了，尤其是那条“癞蛤蟆想吃天鹅肉”。

打开微信，又跳出一条郎泽轩的消息。

看着上面的文字:今晚的事我想听听你的解释。

融子兮看着心里一痛，咬咬牙，点进自己的相册，把与郎泽轩有关的东西全部删了。

删完后，拨打了人工客服，注销了旧号码，这才关上手机，把旧卡取出来，把新卡插上。

重新开机,融子兮看着手机屏幕,忽然觉得这手机陌生得自己都不认识了。这里面，再也不会有他了。

深吸一口气，自言自语地说:“融子兮，重新开始吧。”

说罢，挨个给手机上的亲人朋友发消息，告诉他们自己换手机号了。

而此时，郎泽轩看了一会儿书又拿起手机看，想了想再次拨打融子兮的手机。

“对不起，您拨打的手机已停机，请核对后再拨……”客服机械地回道。

“停机？”郎泽轩有点惊讶，“搞什么？”

心里突然烦躁不已，又拿过手机打开微信，迅速找到融子兮，点进她的相册。

仔细看过才发现最近发的朋友圈都不见了，最新一条都是三个月前的了。

郎泽轩终于有点明白了，她是不打算再跟自己联系了。可是，这也没必要吧，大家怎么说也是朋友一场，干吗做得这么绝？

郎泽轩努力回想到底发生了什么事。想了一阵，手机忽然响了，郎泽轩拿起手机一看，竟然显示库丽丽来电。

郎泽轩接过电话："你好，我是郎泽轩。"

"郎医生，你好，这个时候给你打电话，没打扰到你吧？"库丽丽温柔地说。原本是想等郎泽轩电话的，可是电话迟迟不来，她也只有自己主动了。

"还好，请问你有什么事吗？"郎泽轩客气地说。

库丽丽笑："呵，没什么事就不能跟郎医生联系吗？"发现郎泽轩顿了一下，又接着说，"我说笑呢。是这样的，有问题想咨询郎医生一下，可以吗？"

"嗯，你说吧。"

"不过这关系到我身体的私密部位，有点不好意思开口，我说出来郎医生可千万不要笑话我。"库丽丽故意把他往暧昧的方向引。

郎泽轩严肃地说："我是医生，怎么会笑话病人，你尽管说吧。"

"郎医生真是位好医生呢，那我就直说了，就是我左边的胸部上，里面好像有硬块似的，有时候还有些胀痛，按压的时候更加明显。我在网上查了一下，说很可能是乳腺癌，我真的好怕，郎医生，我会得乳腺癌吗？"库丽丽娇滴滴地说。

"如果有硬块，按压有疼痛感的话，很可能是乳腺增生，但具体到底是什么问题，最好来医院检查一下。"郎泽轩照实说。

"是吗？那郎医生什么时候有空，麻烦郎医生帮我检查一下吧。"库丽丽说。

"下个星期二上午八点半，妇科五楼有我的门诊，你可以来医院挂个号。"郎泽轩说。

库丽丽一愣，尴尬地说："那好，我下周二去。"

"嗯，我还有点事，就先说到这里吧。"

"好的，郎医生，我们下周二见。"

“嗯。”郎泽轩说完，便挂了电话。

库丽丽看着手机屏幕，笑笑说:“装什么装，要不是看在你也姓郎的份上，老娘才不会这么讨好你呢。”

点开手机的图库，从里面翻出郎泽轩的那几张古装照，库丽丽也盯着照片犯起花痴来。

如此一来，融子兮和郎泽轩彻底断了联系。

而库丽丽认为，融子兮把郎泽轩让了出来，自己应该稍微给她一点好处，就让她给公司一位老设计师做助手。

融子兮非常感激，跟着前辈认真地学习，把心里的悲伤全部转化成了工作的动力。

与此同时，郎泽轩在医院的工作也越来越顺手。

他本来就是一位非常优秀的医生，也是医院非常重视的年轻医生。那天融子兮之所以能轻松挂到他的号:一来，郎泽轩在医院开诊没多久，人也年轻，又是男医生，所以很多病人都没有挂他的号;二来，郎泽轩擅长的是妇科肿瘤手术,门诊时间只有星期二上午三个小时。随着郎泽轩做成功的手术越来越多，他很快就在医院和病人中小有名气了。

如今，想挂他的号的人太多了!

所以星期二早上，库丽丽九点半到医院，说要挂郎泽轩的号，结果挂号窗口的护士告诉她，早就已经没号了。

“那我怎么办?”库丽丽纳闷地问。

“你可以挂其他医生的号啊。”护士说。

“可我就想挂郎医生的号啊。”

“那你下周二早点来排队，或者你可以用其他方式提前预约。不过想要挂郎医生的号，最好提前半个月预约，下一位。”护士说。

“提前半个月预约?”库丽丽有点惊讶地说，从窗口处让开，“原来这么吃香啊，果然很有前途!”

想了想又笑起来:“正好啊，挂不到号就有机会单独检查了。”

说罢踩着高跟鞋，直接去妇科大楼，到郎泽轩门诊的地方找他。

来到505诊室门口，才发现诊室门关着。库丽丽推了推，门居然反锁着，抬头看了看门旁边挂的出诊医生的名字，确实是“郎泽轩”三个字。

转头再看其他诊室，好几个并没有关门，不禁有些不解为什么就偏偏郎泽轩这里关着门。

“难道是在检查私密部位？”库丽丽暗笑，想着郎泽轩检查自己的身体时，也不知道他的手触碰到自己D罩杯的胸部，脸上会是什么样的表情。

等了一会儿，门终于开了，两位女病人走出来。

门一开，库丽丽立即往里面挤。守在门口的方静璇拦住她：“你是几号？你的挂号单交了吗？”

库丽丽还算客气地笑笑：“这位美女护士，郎医生是在里面吧，麻烦你跟他说一声，他的朋友库丽丽来了。”

“库丽丽？郎医生的朋友？”方静璇纳闷，觉得这个名字好像在哪里听过，只是一下子没想起来。

方静璇说：“好，你等等，我跟郎医生说一下。”

正在此时，终于轮到的病人也进来了，递上挂号单说：“郎医生，我是十五号。”

“嗯，先坐下吧。”郎泽轩说，就要开口问病人是什么症状，方静璇在他耳边说门口有一个叫库丽丽的，自称是他朋友。

“她挂号了吗？”郎泽轩随口说。

方静璇想了想：“看样子没有。”

“那你跟她说，没挂号就没办法给她看，让她下周挂到号再来吧。”郎泽轩说着已经开始询问病人情况了，“你哪里不舒服？”

他这番反应让方静璇暗自欣喜，本来一看到库丽丽的样子她就心里不爽，再加上她自称是郎泽轩的朋友，更让她心里七上八下的。可看到郎泽轩的态度，顿时明白是库丽丽自作多情！

方静璇立即出门，把门关上，说：“我已经帮你跟郎医生说过了，他说请你把挂号单交给我，然后排队等着。”

看库丽丽有点吃惊，又继续打击她说：“如果今天没有挂到号的话，那就麻烦你下周二早点来挂号吧，医院有医院的规定，没有挂号的话，郎医生是不能给你看的。”

库丽丽无奈地点点头：“行啊，那既然这样的话，我单独跟郎医生约个时间吧。”

“郎医生比较忙，没什么时间单独给人看病，我觉得你还是起个早，下周二来挂个号比较妥当。”方静璇故意说。

看到她这个样子，库丽丽马上意识到她喜欢郎泽轩：也难怪啊，像郎泽轩那么优秀的男人……

库丽丽笑笑说：“多谢提醒。我当然知道郎医生忙，可上周郎医生抽空也跟我吃了几顿饭，所以我觉得不过就是检查一下的时间，郎医生应该也是有的吧。”

“丽丽？”身后忽然有人喊起来。

库丽丽和方静璇循声望去，居然是之前给她和郎泽轩做媒的热心大姐颜医生。

颜医生发现是自己侄女，赶紧走过来，高兴地说：“真的是丽丽啊，我就说嘛，我应该没看错嘛。丽丽，你怎么来我们医院了？看病还是找人？”说完看了看出诊医生的名字，恍然大悟。

颜医生指着她激动地说：“你来找郎医生的？”

库丽丽羞涩一笑点点头：“是的，颜阿姨。”

“哎呀！你们什么时候开始交往的啊，我怎么都不知道，你上次不是说……”颜医生已经高兴得语无伦次了，像是发现了一个惊天大秘密。

颜医生摇着头笑着说：“啧啧，你竟然还对我保密啊，嘴上跟我说没联系，私下里居然已经在偷偷交往了，害得我当时还以为你俩没缘分，还替你们惋惜了好久呢。”

库丽丽一脸娇羞地撒娇：“还是颜阿姨对我好，让您费心了，真是不好意思。”

“没事没事，只要你们俩能成就好……”

方静璇此时终于明白过来了，原来这个女人就是颜医生到处推销的那个“白富美”侄女啊！难怪自己觉得这个名字好像在哪里听过。

可是，郎医生不是没跟她见面，也说对她不感兴趣吗？这怎么听起来他们好像已经是男女朋友关系了？

方静璇有点失落地转身进了诊室，又把门紧紧地锁上了。

诊室里，郎泽轩正在给病人开化验单，原本这是方静璇做的，不过因为她刚才不在，所以他只有自己动手了。

“郎医生，我来吧。”方静璇赶紧走到他旁边说。

“没关系，马上就开完了。”郎泽轩看着电脑屏幕说，也没问厍丽丽走了没有。

开完单子，又给病人交代了一下后续情况，病人道谢离开，方静璇立即喊下一位进来。

病人来的时候打开门，方静璇看了一下外面，厍丽丽已经走了。

上午十一点四十五分，郎泽轩终于看完了上午的最后一个病人，转身去洗手。

方静璇则帮他收拾办公桌。

此时，办公桌上的手机一闪，方静璇看到屏幕上居然显示“厍丽丽”来电。

方静璇手指一滑，直接把电话给挂了。郎泽轩门诊的时候手机调的是静音。

“狐狸精。”方静璇暗自骂道，心里恨极了厍丽丽。

可转念又想到郎泽轩居然在跟厍丽丽交往，心里又刀割般疼痛。不过方静璇可不像融子兮那么傻，虽然厍丽丽那么说，她也不死心，除非郎泽轩亲口承认。

再说了，就算是在交往，那又怎么样？恋爱可以分手啊，凭什么自己就没有追求郎医生的权利？

看到郎泽轩洗完手出来，方静璇立即帮他拿起手机说：“郎医生，刚刚好像您的女朋友来过电话。”

“我女朋友？”郎泽轩惊讶，拿过手机，“我什么时候有女朋友了？我怎么不知道呢？”

方静璇震惊，继续试探说：“不就是上午来的那个颜医生的侄女厍丽丽吗？她刚才还跟颜医生汇报好消息，说跟您正在热烈交往呢，颜医生听后高兴得不得了，那样子好像明天就要喝你们喜酒似的。”说着，她暗暗观察郎泽轩的表情。

郎泽轩听到这样的话，有点不悦地看向她，说:“那个厍丽丽真那么说？”

方静璇赶紧说:“对啊，她的原话我都还记得呢，我马上给您复述一遍吧。”立即把刚才两人的对话说了一遍，还添加了厍丽丽亲口承认过的内容，包括她说已经一起吃过好几次饭了。

两人边说边走。

郎泽轩听完，无奈地说:“这人怎么信口雌黄呢？我不过就跟她见了一面，吃了顿饭，怎么就变成她男朋友了？”

方静璇立即附和说:“很明显嘛，肯定是她心仪郎医生，所以趁机在我们医院散布这个消息，如此一来，其他爱慕郎医生的人就不敢再接近郎医生了呗！”

“哦？我有这么受欢迎吗？”郎泽轩笑着说。

“那当然，难道郎医生还没感觉到吗？”方静璇赶紧拍他马屁说。当然，她说的也是事实。

好多科室的年轻女医生和女护士都在想尽各种办法接近郎泽轩，所以方静璇压力很大。

两人说笑了几句，方静璇又去帮他拿饭。她这个助理也是非常称职的，不管是在郎泽轩的工作上，还是生活上，都一丝不苟。

在郎泽轩成为热门主治医师后，科室主任曾提出可以给他多安排一名助理，方静璇竟私下跟主任说她一个人完全可以胜任郎医生的助理工作。得到科室主任的赞扬，从而成功阻止了其他人接近郎泽轩。

方静璇高兴地提着两个保温桶走向办公室，还没进门就听见颜医生的声音。

“小郎，丽丽都跟我说了，你还不好意思啊？别不好意思，你们都已经是成年人了，谈个恋爱没什么不好意思的……”

“郎医生，饭来了。”方静璇打断颜医生的话。

郎泽轩点点头:“颜姐，我先吃饭。”

“那行，那行，你先吃吧，吃完我再跟你说说丽丽的事。”颜医生一脸高兴的样子，看郎泽轩那眼神简直已经把他当侄女婿了。

方静璇不悦地瞪了颜医生一眼，才把保温桶在郎泽轩面前放下，还主动帮他打开盖子。

“我来吧。”郎泽轩赶紧说。

“没事，郎医生，有点烫，我来就好。”方静璇固执地说，执意帮郎泽轩打开三层的保温桶，又把饭菜一一端出来。

郎泽轩看着精致的饭菜，疑惑地说：“咦，这是在食堂里打来的吗？我怎么觉得不像呢？”

方静璇尴尬地笑：“郎医生，昨天我妈妈来了，给我做了很多我喜欢吃的菜，我看着也吃不完，所以今早走的时候就顺便给您带了一些，还希望您不要嫌弃。”

郎泽轩感动地说：“小方，你说哪去了，我感谢还来不及呢，哪会嫌弃？”

“您不嫌弃就好，那趁热赶紧吃吧。”方静璇高兴地说。

“哟，小方，你可真称职，连有好吃好喝的都想着给郎医生带一份儿，我替我们丽丽谢谢你啦。”坐在门口椅子上的颜医生笑着说。

一听这话，方静璇的脸色立即变了，她看向颜医生，冷笑了一下说：“颜姐，我想你和你侄女是不是误会什么了，郎医生已经说得很明白，他跟你侄女根本不是那种关系。你们这样咄咄逼人，单方面在医院传播郎医生是你侄女男朋友的消息，会让郎医生很困扰的。”

颜医生一听这话，不解地问：“小方，你这话是什么意思？我们怎么让郎医生困扰了？”

方静璇看向郎泽轩：“郎医生，我觉得有些话还是说清楚比较好，现在当着颜姐的面，您可以把刚才在诊室的话再跟她说一遍吗？”

郎泽轩看看两个女人眼巴巴地望着自己，无奈地说：“颜姐，我跟您侄女真的没有任何关系，我们只是上周一起吃过一顿饭而已，希望您不要误会。当然，如果她也有误会的话，希望您可以帮我跟她解释一下。”

颜医生一脸不敢相信：“不是啊，丽丽说……”看到方静璇一脸不高兴的样子，忽然明白了什么。

难道说方静璇喜欢郎医生？然后郎医生碍于大家的关系，不想在她面前承认跟丽丽的关系？

想通了这层，她立即又笑起来说：“好好好，小郎你说什么就是什么吧。反正你们年轻人的事我也不方便插手，你们自己解决吧。我回办公室睡会儿午觉，你们慢慢吃。”说完立即离开了他们的办公室。

不对啊，郎医生已经说了跟她侄女没关系了，可她那样子怎么看起来根本没听进去似的？

方静璇郁闷地说：“这什么人啊！难怪有个那样的侄女！”

“算了，快吃吧，都快十二点半了。”郎泽轩劝道。

方静璇这才点点头，坐下来打开饭盒吃饭。

两人又讨论起这次的饭菜，方静璇听到郎泽轩对妈妈的手艺赞不绝口，心里也高兴不已，决定回去后好好跟妈妈学几道菜，这样就可以经常做些，给郎泽轩带来。

不是说“要拴住一个男人的心，先要拴住他的胃”吗？方静璇娇羞暗笑，好像还真是这么回事呢。

下午，郎泽轩也没什么重要的事，主要去病房看病人，然后确定接下来要做的手术的顺序和方案。方静璇跟在他身边，把他的安排都一一记下来。

结束后回到办公室，还有十分钟才下班。两人坐在椅子上休息，方静璇玩着手机，郎泽轩在看病人的检查报告。

“票房这么高啊，有这么好看吗？”方静璇嘀咕，她正在豆瓣上看一个新电影的评论。

郎泽轩听到她自言自语，转头朝她的手机看了看，想了想说：“小方，你今晚有时间吗？”

方静璇立即说：“郎医生，晚上还有工作安排吗？”

郎泽轩摇摇头：“不是，如果你有空的话，想约你看电影，中午吃了你妈妈做的那么好吃的菜，想请你看场电影表示感谢。”

方静璇简直不敢相信自己的耳朵，心里只有一个声音：他竟然约我看电影！

她赶紧说：“好啊好啊，我有空有空！”

郎泽轩点点头：“那下班后一起去吃个饭，然后再一起去看电影吧。”

“好，就听郎医生的安排。”方静璇说着，简直快激动疯了。

多少次，她想开口约郎泽轩，可总是话到嘴边又说不出口，后来又发现他好像在跟别的女孩子交往，她更加开不了口了。然后是今天，颜医生的侄女又来说她在跟郎泽轩交往，那时方静璇的心简直跌落到了谷底。

还好，郎泽轩立即就解释了没这回事，她才放心下来。

而现在，她终于等到了，等到郎泽轩亲口约她去吃饭、看电影，方静璇简直都快高兴疯了。

只是有点后悔今天没带化妆包，衣服也不怎么好看，鞋子也不够搭，反正哪里都不满意！早知道要去跟郎泽轩吃饭、看电影，就好好准备一下了。

唉，看来以后每天都要充分准备着啊！方静璇在一旁默默想着。

下班时间一到，两人就准备动身了。

郎泽轩去开车，方静璇在车库出口等他。等到他的车子出来，高兴地坐上他的车子，两人有说有笑地去吃饭。

半个小时后，他们来到一个大型购物中心，把车子停进车库，直接坐电梯到三楼美食区吃饭。

这个购物中心比之前郎泽轩跟融子兮一起去的那个顺达广场高档得多，餐厅也更精致。

“郎医生想吃点什么？”方静璇先问道。

郎泽轩脑海中竟然浮现出第一次被融子兮带进那个瓦罐汤店的情景。当时进门看到店里古色古香的桌椅，他还忍不住笑了笑，心想果然很符合她的调调。

“我很少来这些地方吃饭，你决定吧。”郎泽轩说。

方静璇也有点为难：“郎医生总要说说是吃西餐还是中餐吧。”

可郎泽轩真觉得自己无所谓，因为刚刚想到融子兮心里有点失落，开口说：“那西餐吧。”

“我知道这里有一家餐厅的牛排不错，那我们去吃牛排吧。”方静璇高兴地说。

“好。”郎泽轩说着，让她带路。

进入一个环境宁静的西餐厅，两人点了牛排情侣套餐，其实方静璇之所以刚才很高兴，就是因为西餐厅里有情侣套餐。

不管吃的是什么，只要是情侣套餐，那不就说明了彼此的关系不一般吗？

也许因为一路上说了太多话，这会儿一下子也找不到什么说的，而且郎泽轩也有点兴致索然的样子。

方静璇也就没试图找话题说，拿起手机查最近上映的电影里，哪一部最适合情侣看。

郎泽轩也拿着手机无聊地翻相册，翻着翻着，竟然看到自己手机里保存的融子兮的照片。就是那次在烈士公园约会，郎泽轩给她拍的照片。照片被融子兮删得只剩八张，郎泽轩浏览了三次，越看心里越失落，连自己也搞不懂是为什么。

难道是因为失望？原本以为她是个单纯可爱的女孩子，竟然不经过自己同意，就擅自安排自己和别人约会，而且事后还换了手机号彻底消失，连句解释都没有。这样的行为实在是让郎泽轩失望。

可又想着，她会不会是因为出了什么事？比如说，家里发生了什么重大事故？不对啊，那也不必换手机号啊。难道是她误会了什么？可她有什么误会的呢？

郎泽轩百思不得其解。

"晚上好，这是二位点的情侣套餐。"服务生把东西端来放到桌上。

方静璇刻意观察着郎泽轩的表情，看他有没有对这个"情侣套餐"的称呼做出什么反应，看郎泽轩没有反应，心里不禁暗喜，对服务生说了句"谢谢"。

服务生走后，郎泽轩先开口招呼方静璇吃，似乎根本没觉得这个"情侣套餐"的称呼有什么不对的。

方静璇暗暗松了一口气，十分欣喜，难道他默认了？

高兴地想着，她赶紧拿起刀叉切牛排，期间看了郎泽轩好几次，也找了看什么电影、喜欢哪位明星的话题聊，郎泽轩都一一回答了。

半个小时后，两人吃完饭，又乘电梯到五楼看电影。

"郎医生，看看有想看的吗？"方静璇征求他的意见。

"我没关系，你做主吧。"郎泽轩依旧把主动权让给她。

方静璇心里其实已经有了答案，指着一幅古装海报说："这部电影的评价还不错，要不我们就去看这部？"

郎泽轩点点头应下，立即去买电影票。

看着排队买电影票的他，方静璇觉得自己此刻真是世界上最幸福的人，想着如果他真是自己的男朋友该多好。

从这段时间跟郎泽轩的相处来看，方静璇还真没有发觉他这人有什么缺点，所有的一切都太完美了。简直就是自己小时候梦想中的白马王子！

其实方静璇也是一个比较高傲的人，亲戚朋友介绍了不少相亲对象，可她一个都看不上。而郎泽轩，她几乎是见到他的第一眼就动心了。

郎泽轩买了电影票过来，然后两人一起进场看电影。

电影是一部古装玄幻喜剧片，自从上映后票房就很不错。

电影开始不久，场内便充满了笑声，可方静璇千不该万不该，就是不该带郎泽轩来看古装片。

因为此时，郎泽轩看着荧幕上那些不断闪过的古装形象，眼前竟然出现融子兮的脸。她说话的样子，她微笑的样子，她道歉的样子，她激动的样子……

满屏似乎都是那个深爱汉服的姑娘。

心急促地跳动，又暖又痛，郎泽轩深吸一口气，觉得自己无论如何都要找机会把话问清楚，如果一直这么不明不白，自己怕是一辈子都要陷入这样的幻觉和压抑中。

看完电影出来，郎泽轩开车把方静璇送到她住的小区门口，才驾车离开。方静璇看着他的车子在夜色中消失，甜蜜地笑笑，转身进了小区。

车中，郎泽轩再次拨打融子兮的电话。然而，迎接他的依然是“对不起，您拨打的号码已停机……”

郎泽轩简直要气死了，有生以来，他还是第一次被一个女人弄得郁闷又不知所措。

如此又过了一周，郎泽轩还是没有联系到融子兮。

期间，库丽丽不断用各种方式来骚扰他，比如电话响几声就挂了，又或者执着地约他单独给她检查乳房，郎泽轩简直都要尴尬死了。

事情被方静璇察觉后，她找了个机会，悄悄拿了郎泽轩的手机，把库丽丽的电话设置进了黑名单，如此才暂时挡住了库丽丽的骚扰。

周六凌晨，融子兮、融佳琪，还有一个叫吕树杰的男生，一起在路边烧烤摊吃烧烤。

吕树杰是两人的老乡，是个老实话少的理科男。大学毕业后在梅市一家手游公司做游戏开发，不时来找两人玩。当然，主要是找融佳琪，他一直喜欢融佳琪，融子兮也是知道的。

只可惜融佳琪这妹子，既不接受人家也不拒绝人家，于是两人就这么一直耗着。

融佳琪在出租屋里做网络主播，只有白天才有空。这也是给了吕树杰面子，将近凌晨一点的时候结束了直播，然后大家一起出来吃烧烤。

原本融子兮是不想来的，但被融佳琪强行给拖了来，再加上最近她也经常失眠，一个人在家也睡不着。

桌上，融佳琪一边将烤好的东西往融子兮盘子里放，一边骂："死样，叫你来你还不来，是想跟你那'狼'医生煲电话粥，还是明天赶着去约会啊，重色轻友。"

拿着一串羊肉串的吕树杰纳闷地问："'狼'医生是谁？"

"她男人。"融佳琪脱口而出。

融子兮一听，立即叫起来："别听她乱说，根本没有的事！她故意污蔑我，人家根本跟我没一点关系！"

融佳琪看着她笑，笑完又故意说："怎么回事？都这么久了还跟你的'狼'医生没有一点进展？前几个星期不是还好好的吗？都去开房了。"

一提到郎泽轩，融子兮各种情绪都涌上来，近乎歇斯底里地叫起来："融佳琪，你能别乱说吗？我什么时候去开房了？根本没有的事！你能别再提这个人吗！我跟他早就没有任何瓜葛了，我手机号都换了，我手机里都已经没有他的手机号码了……"

融佳琪纳闷："为什么？之前不是都好好的吗？怎么突然就不联系了？难道那混蛋对你做了什么事？"

融子兮痛苦地摇摇头："能别再提了吗，我不想说。"

吕树杰也劝道："既然子兮不想说，你就别问了，大家好好吃东西吧，要喝酒吗？”

“喝啊，怎么不喝，没看见这儿正好有个需要喝酒疗伤的失恋人士吗？”融佳琪立即说。

吕树杰点点头，一招手：“老板，来一箱啤酒。”

“来了！”老板立即回道，赶紧抱了一箱啤酒过来。

吕树杰打开一瓶，放到融子兮前面，还劝道：“子兮，喝吧，一瓶酒下肚，不愉快的事就都忘了。”

融子兮点点头，拿起瓶子就往嘴里灌，她也觉得自己是该喝点酒，醉一回了。

吕树杰又帮融佳琪打开一瓶，然后自己也开了一瓶。

吕树杰发现融子兮大口大口地喝着酒，惊讶地说：“想不到子兮这么能喝啊。”

融佳琪无奈地笑笑，拍拍他的脸说：“你难道不懂一句话叫‘失恋的人最大’吗？平时不会做的事，只要一失恋，就顾不了那么多了。”

“那倒也是。”吕树杰点头笑笑，也拿起酒喝。

融佳琪也喝了一口，又转头看向融子兮，发现她换了一口气后，又拿起酒继续喝，纳闷地想着到底发生什么事了，平时她不是这样的啊。

转念一想，正好，等她喝醉了就什么都知道了，所以也没阻止她，反正她酒量不行，喝不了多少。

反倒是吕树杰又劝道：“子兮，别喝太多了，还是吃点东西吧。”

融子兮点着头，吃了几口菜，又仰头喝酒。

没一会儿工夫，融子兮就喝完了一瓶 600 毫升的啤酒。

“还有酒吗？再给我一瓶。”融子兮看向吕树杰说。

吕树杰犹豫：“算了，我给你叫一瓶花生奶吧。”

“给她酒！”融佳琪立即喝道。

吕树杰无奈地摇摇头，只好给融子兮拿了一瓶。

融子兮拿起酒瓶喝了一口，有点喝不下去了，也有点微醉了，耷拉着脑袋发呆。

“喝啊，继续喝啊，别停。”融佳琪说道，还拿起酒，“来，美女，敬你一个，还是第一次看你喝酒喝得这么爽快。”

吕树杰看了融佳琪一眼，摇摇头，已经做好等会儿把融子兮背回去的准备了。

果然，融子兮拿起酒瓶跟她碰了一下，又仰头灌酒。

一会儿工夫又喝下去半瓶酒，胃撑得很难受，融子兮又停下来发呆。

“子兮，吃羊肉串吧。”吕树杰给她拿了三串肉放到盘子里。

融佳琪故意说:“哎呀，我今天才发现，吕树杰你才算好男人啊，虽然长得不算英俊，家庭背景也没有，赚的钱也不多，可这找男人嘛，还不就是图个安心么，找个‘高富帅’有什么好？成天提心吊胆的，不是怕这个小三蹦出来，就是怕那个狐狸精来抢人，子兮，你说是不是？”

吕树杰嘀咕:“你用得着这么损我吗？”不过，他早已被融佳琪打击惯了，早就不止有抗体，而且已经完全免疫了。

融子兮忽然笑起来:“佳琪，你是在说我吗？说我活该被厍丽丽和郎泽轩玩弄了一把吗？”

融佳琪一听知道有戏，赶紧继续套话:“厍丽丽不是你们那个女经理吗？她怎么跟‘狼’医生又扯上关系了？”

“人家当然有关系了，而且关系还大着呢。”融子兮万念俱灰地说，立即把厍丽丽胡编乱造的她跟郎泽轩的关系，以及自己被厍丽丽利用的事都说了出来。

的确，三杯酒一下肚，那些藏在心里的话立即就像被开了闸门的洪水，挡都挡不住地往外冒。

融子兮一边讲一边流眼泪。

吕树杰听完不停叹气。

融佳琪仔细听着，心想，果然被老娘猜中了啊，那人渣就是为了报复我们上次在医院闹事才接近子兮的啊。

融佳琪在心里狠狠地骂:看老娘怎么收拾你！

融子兮好不容易讲完，眼泪也停了，心里似乎舒服了一些，耷拉着脑袋快睡着了。

吕树杰看向融佳琪:“你这样子不会是想去把那男人杀了吧，杀人可是要坐牢的，你想清楚。”

融佳琪冷冷地看向他:“那你去。”

吕树杰劝道:“解决问题的办法有很多种。”

“行啊，那你跟我说说，怎么办？”

吕树杰想了想说:“可以去警告他一下呗，然后让他跟子兮道歉。”

“这也太便宜他了吧。”融佳琪说。

“我们可是在法治社会，当然做什么都要讲法，再说，打骂之类的也解决不了问题。而且我刚才听子兮讲，那男人也没骗她什么啊，好像只是子兮喜欢上了他，后来发现他其实有女朋友，所以自己很痛苦而已。根本也算不上人家玩弄她吧。”

融佳琪睥睨吕树杰，开口:“吕树杰，我今儿才发现你特别理智啊。理智得都快赶上我爸，不，我爷爷了。”

吕树杰笑笑:“这话可别让你爸和你爷爷知道。哦，差点忘了，你爷爷已经去世了。”

“混蛋吕树杰，你想死啊！”融佳琪突然尖叫道。

声音之大，把昏昏欲睡的融子兮都吓醒了，迷迷糊糊地问:“吃完了吗？要回去了吗？”

两人看向她，都忍不住笑了起来。

吕树杰提议说:“打包回去吧，不然她待会儿睡着了就不好弄了。”

“好吧。”融佳琪也同意了。

吕树杰提着打包的食物，融佳琪扶着融子兮，三人一起回去。

回到出租屋，佳琪把融子兮扶到床上，帮她脱了衣服，把被子盖上，关了灯，就出了门。

来到小厅中，融佳琪和吕树杰一边喝酒一边吃打包回来的东西。吃完，两人就回到融佳琪屋里一起睡下了。

男女之间的关系有很多种，像他们这样既可以说是朋友也可以说是恋人的关系也算其中一种吧，没必要非要界定什么，遇到的人性格不一样，发生情况不一样，所以相处的模式自然也就不一样了。

第二天，融子兮和融佳琪都睡到中午才醒来。

起来洗漱好后，吕树杰也已经做好午饭了，于是两人又坐享其成地吃了一顿午饭。

吃过午饭大家又一起出去玩，而融子兮居然将自己昨晚跟他们说的话都忘了。

玩到下午五点，融佳琪要赶回去准备直播，就和吕树杰道别了。

回去的地铁里，融子兮忽然想起什么地问:“对了，昨晚吕树杰睡在哪里呢?”

“睡你屋里啊。”融佳琪故意逗她说。

融子兮叫起来:“去你的融佳琪，我看是睡在你屋里吧！老实交代，他是不是跟你睡一块儿了？”

融佳琪点点头:“是是是，我承认行了吧。我们的房子就那么大，他只能睡我房间了。”

融子兮看着她笑:“还说你不喜欢他，哼！不过我觉得吕树杰人还是不错的……”

两人一路说说笑笑，倒也十分开心。

不过这次融佳琪沉住了气，竟然一点也没有透露她已经知道融子兮秘密的事。

星期一上午，融佳琪起床收拾好后，立即去了市妇女儿童医院。

到达医院，融佳琪找了一大圈，也没有找到郎泽轩。

郎泽轩今天有台手术要做，没有在诊楼。

融佳琪不死心，打听出第二天上午郎泽轩有门诊才离开医院，决定第二天再来。

第二天上午，睡到十点才起床的融佳琪收拾好后，又奔去医院。

上午十一点十五分，融佳琪终于到达妇科505室外，看到诊室门边的医生名字，放下心来。

诊室内，郎泽轩正在对一位中年妇女问诊。他初步诊断对方可能患了子宫肌瘤，给她开了检验单，安排她尽快检查确诊，尽早治疗，免得耽误病情。

病人拿到检验单后对他说了感谢，由家人扶着出来。

门一打开，融佳琪立即闪了进去。

方静璇看向她，忽然一怔，立即怒道："怎么又是你！这里可不是菜市场，随便什么人都可以来，如果你没挂号，那么麻烦你出去！"

融佳琪淡淡地看她一眼，懒得理她，看向郎泽轩："我有话要跟你说，只需要你几分钟时间。"

"不行！现在可是门诊时间，郎医生没空跟你说废话，麻烦你立即出去！"方静璇又叫道，并且用手指指着门口。

融佳琪愤怒地看向她："闭嘴！我没跟你说话，你指着我干吗？"

郎泽轩赶紧站起来："等等，小方，你先出去一下，帮我看看还有多少位病人，问一下他们的病情先帮我做个记录，我跟她说几句。"

"郎医生……"

"快去吧。"郎泽轩又劝道。

方静璇愤怒地瞪了融佳琪一眼，不情不愿地出去把门关上。

门关上，郎泽轩看向融佳琪："现在你可以说了，五分钟。"

融佳琪笑笑，认真地看着他："好，我现在就跟你说说。我想你也应该知道是为了什么事，没错，就是为了融子兮的事。姓郎的，上次在医院惹事的人是我，警察来之后，子兮也跟你们道歉了。可你为什么还要去报复她，玩弄她的感情？"

"请问，我怎么玩弄她的感情了？"郎泽轩立即反问，表情也很认真。而且他有个预感，这段时间困扰他的问题，他终于可以问明白了。

融佳琪冷冷地笑着，点点头，继续说："你在接近子兮，在约子兮出去玩的时候，为什么不告诉她你有女朋友，而且就是她的上司厍丽丽？"

郎泽轩微怔，忽然明白原来是厍丽丽搞的鬼，深吸一口气说："那我现在就回答你，厍丽丽根本不是我的女朋友，我在认识融子兮时根本不知道谁是厍丽丽。"

"怎么可能？"融佳琪惊讶地叫道，"既然厍丽丽不是你的女朋友，那她为什么要跟子兮说你们俩是情侣，而且打算结婚了，还让子兮不许再接近你，暗示她是第三者？”

郎泽轩点点头：“我好像明白是怎么回事了，这样吧，我还有几个病人，今天上午必须看完。融子兮的事，我下午去她公司找她，亲自跟她解释清楚。”

融佳琪不敢相信：“你真的不认识库丽丽？”

郎泽轩肯定地摇摇头：“不认识，融子兮打电话约我吃饭，结果我去后她没来，来的是库丽丽，这才认识她的。”

“怎么会这样？”融佳琪不敢相信地说。

“麻烦你先出去吧，我下午去找融子兮。对了，她的新手机号是多少？”

融佳琪还是不敢相信地看着他，然后摸出手机，把号码告诉他。

等他把手机号记下来，融佳琪软硬兼施地提醒说：“子兮是个十分单纯的女孩子，我希望你不要骗她。这几天因为你这件事，她看起来简直都快活不下去了。如果让我发现你今天跟我说的是假话，你还在骗她，我绝对不会放过你的！”

郎泽轩无奈地点点头。

融佳琪这才转身离开，纳闷地想着这件事怎么会是这样？幸好听了吕树杰那家伙的话没大闹一场，否则怕是又要把警察叫来，然后融子兮哭着道歉了。

“唉，这事儿忒奇怪了。”融佳琪挠头自言自语地说，说完才看见路过的方静璇又在瞪自己，就毫不犹豫地瞪了回去。

方静璇带着病人进到门诊室，立即把记录的病情给郎泽轩看，又仔细观察着郎泽轩的表情，想知道融佳琪到底跟他说了什么。可郎泽轩的表情很平静，根本看不出到底发生了什么事。

郎泽轩很认真地给病人问诊，到十一点四十的时候，终于把上午挂了号的病人都看完了。

郎泽轩照例起身去洗手。

方静璇帮他收拾着东西，忍不住问：“郎医生，刚才那个女人到底来干什么？难道她还因为上次的事不依不饶吗？”

“没什么，有一点误会而已，她来问了我几句话，我跟她解释清楚。”郎泽轩回答说。

“误会？郎医生跟她有什么误会？”方静璇继续追问。

郎泽轩出来笑笑:“一点小事情，别好奇了。走吧，去吃饭了。”

他不说，她自然也没办法，只有抱着资料跟他一起离开门诊室。

这一天,方静璇都在暗暗观察郎泽轩,想从他的表现上看出一点蛛丝马迹，可郎泽轩的表现跟平常完全没什么不同，实在看不出到底是什么事。

然而一下班，郎泽轩立即离开了医院，方静璇赶紧跟出门，看到他匆匆去了车库。

“肯定有什么事，可是郎医生为什么不肯说呢？”方静璇看着他的车子离开，自言自语道。

正值下班高峰期，所以路上十分堵。趁着等红灯的间隙，郎泽轩拨了融子兮的新手机号。

融子兮正在电脑前完善自己新设计的戏服,听到手机响,顺手就接起电话:“喂，你好，我是融子兮。”

“是我，郎泽轩。”

“啊！”融子兮低呼一声，手就抖了起来，就好像此时手里拿的不是手机而是块冰似的。

“怎么不说话？”郎泽轩问。

融子兮想到他跟库丽丽的关系，小声说:“不知道说什么。”

“嗯，不知道说什么是吧，那听我说。我现在正往你们公司的方向赶来，今晚想跟你见个面，说些事情。你如果不加班，就到顺达广场门口等我，如果加班，我来你公司等你。听明白了吗？”

融子兮机械地点点头:“明白了，我到顺达广场门口等你。”可是，还有什么好说的呢？

“好，不见不散。”

“嗯。”

融子兮看着结束通话的手机屏幕，脑袋一片空白，刚刚真的是在跟他通电话吗？不是幻觉吗？

融子兮的想法一下子变得复杂起来。一个声音在说，千万不要再跟他有任何瓜葛了;可另一个声音又说，去见见他，听他怎么解释。两个声音在脑中不断交织，最后她决定去见他一面。

融子兮匆匆收拾好东西，赶紧奔去顺达广场。怎么会不想见他呢？每晚做梦都是他啊!

几乎是一路小跑，融子兮只用了几分钟时间就到了顺达广场门口，她气喘吁吁，焦急而不安地望着路上开过的每辆车子。

可郎泽轩迟迟没有来。不过融子兮相信，他既然说了来就一定会来的，因为，她知道他是守时更守承诺的人。

所以，即使要在这里等一晚上，她也愿意，只因为他说过会来。

夜幕渐渐降临。

七点十分，一辆白色的雷克萨斯在路边停下，同时融子兮的手机响了。

“我到了，你过来吧，我就不把车开进车库了。”郎泽轩在电话里说。

融子兮也看到了他，“嗯”了一声，朝车子走去。

走到车子旁边，融子兮犹豫了一下，打开后车门坐了进去。

郎泽轩看到她这样，微微蹙眉，发动车子离开。

驾驶着车子说:“怎么，知道对不起我，都不敢坐我旁边，怕我揍你吗？”

融子兮看向他，小声道:“我哪里对不起你了？我才是受害者好吗？我只是不想被人误会而已。”

“说这么小声干吗？考验我的听力吗？”郎泽轩又说。

融子兮无奈，只有大声说:“没说什么，你好好开车吧。对了，不是有事情跟我说吗？你找个地方把车停下。”

郎泽轩从后视镜里看看她，心里格外平静，说:“急什么，我不是正在找嘛？”

自从见到她，跟她说话，郎泽轩觉得自己这些天来的郁积之症，仿佛一下子就好了，心里很轻松。

融子兮却是失落和难过压过了兴奋和激动，低着头沉默不语。

走了大约四十分钟，车子终于停下。

融子兮抬头一看:“这是哪里？车库里吗？”

郎泽轩走出车子，融子兮也赶紧出来。

果然是在地下车库，融子兮纳闷地挠头，不知道郎泽轩到底把自己带到了什么地方。

“走吧。”郎泽轩说，朝电梯走去。走到电梯前，立即按下了向上键。

“这是哪里？”融子兮纳闷地问。

“到了你就知道了。”郎泽轩说。

电梯到了，门打开。郎泽轩走进去，融子兮也跟着走进去。

融子兮站在他身后，觉得好像有哪里不对。又看看面前郎泽轩淡定的背影，暗暗深吸一口气，想着郎泽轩到底会跟自己说什么。

十楼，电梯停下。

“走吧。”郎泽轩说着，走出电梯。

融子兮纳闷地跟着他走出电梯，惊讶地问：“这怎么像住宅楼？”

她这么说的时候，郎泽轩已经在开密码锁了。

门打开，郎泽轩看向她：“进来吧，这是我家。”

“什么！”融子兮震惊地叫起来，郎泽轩居然把自己带他家里来了。他到底想干什么啊？

看她目瞪口呆地站在原地，郎泽轩只有解释：“里面没人，我一个人住。”

融子兮听罢，迈开脚步朝屋里走去。

走进屋，融子兮打量了一下这个住处。

看起来像是两室一厅，屋子里的家具十分齐全，不过都很整齐很干净，倒是很像郎泽轩这个人的风格。

郎泽轩拿起手机说：“坐下吧，我叫个外卖送上来。想吃什么？”

融子兮小心翼翼地在沙发上坐下：“随便，你点你想吃的吧，我没关系。”

郎泽轩点点头，叫了一个比萨，两杯牛奶，然后打开电视，按了一圈频道，最后在一档综艺节目停下来，又看向她：“喜欢看这种综艺节目？”

融子兮看向他：“你能先说说事情吗？我心里实在憋得慌。”

郎泽轩无奈地站起来：“好吧，你跟我来。”

融子兮赶紧起身跟他走，看看他到底要做什么。

郎泽轩走到一个房间门口，打开门，走进去说："这是我的卧室。"然后打开卧室衣柜，"我的衣服都在这里，你看看，有没有女人的东西？"

融子兮有点纳闷地看了看，还没明白他的意思。

郎泽轩又示意她看床："只有一个枕头，对吧？"

融子兮点点头。

他又带她出来，去另一个房间："这是我的书房，你也看看，有没有女人的东西？"

融子兮看了一眼，确实没有，摇摇头。

他又出来，打开卫生间的门："这是卫生间，再看看吧，有没有女人用的东西？"

融子兮看了一眼，看向他："你为什么要带我来看这些？"

郎泽轩看着她："你不是因为怀疑我跟厍丽丽是情侣关系，然后不接我电话，不回我微信，还把手机号码都换了吗？我不喜欢被人误会，所以亲自带你来我住的地方看看，向你证明我的清白啊。"

融子兮低下头："我又不是什么人，哪有资格误会你？"

郎泽轩双手放在她的肩上，认真地看着她说："融子兮，听别人说话的时候，自己也动动脑子好吗？不要别人说什么你就信什么。耳听为虚，眼见为实，你要亲自弄个明白，才能下结论。"

融子兮看向他："你的意思是，你不是厍经理的男朋友？"

郎泽轩无奈地说："我怎么会是她的男朋友，在你骗我去跟她吃饭之前，我根本都不认识她。"

"可是，她跟我说你们是情侣，是因为吵架了才让我去跟你见面的，还有那天你们见面后，她还说你们和好了，叫我不要再跟你联系了，不要破坏了你们的关系。"融子兮委屈地说。

郎泽轩无奈地笑着，摸摸她的脑袋："融子兮啊融子兮，你这么单纯，让我说你什么好呢？人家随便说几句话就把你骗了……"

"我之所以相信她的话，还不是因为那天你给我打电话我没有接到，后来我给你打电话你又不接，我就想……就想你是不是因为身边有女朋友……结果第二天厍经理就说你们是情侣关系，我就以为……”

“我那天没接你电话是因为，你打电话的时候我在洗澡，等我看到你的电话时，已经十一点多了，就想你可能已经睡了，所以没有给你打电话。后来也比较忙，想说的事也觉得没必要了，所以就没给你电话，再后来接到你电话的时候，电话那头居然变成了另外一个女人。然后就是你骗我跟别人一起吃饭，再然后就是你关机、换手机号，事情就是这样。”

融子兮不敢相信地看着他:“你说的都是真的？”

“真的，你要再不信，我就只能跳长江或者黄河了。”

门铃突然响了,融子兮吓了一跳,紧紧盯着门,仿佛厍丽丽会突然出现似的。

郎泽轩看到她这个样子，无奈地说:“是外卖。”

打开门，果然是外卖员送东西来了。

郎泽轩付了钱，叫她一起到客厅吃东西。

融子兮走过来，在他旁边的单人沙发上坐下。

“吃吧。”郎泽轩打开比萨盒子说，“我先去洗手。”

融子兮看看自己的双手，也不敢拿东西吃。待他洗了手过来，也起身说去洗手。她知道医生是最讲卫生的。

洗了手回来，郎泽轩已经在边吃边看电视了，也招呼她赶紧吃。

融子兮拿了一块，这是一个九寸的什锦比萨，五颜六色的蔬菜镶嵌在金黄色的面盘上，色香味俱全，的确让人胃口大开。

“喝点牛奶吧，别噎着了。”郎泽轩又提醒她，并把牛奶往她前面推了推。

她想，郎泽轩实在太好了，比如吃东西时，他总会那么温柔地提醒自己，仅仅是这些小细节，都彰显着他的魅力。

可自己这么平凡，哪里配得上他？奢望跟他在一起根本就是“癞蛤蟆想吃天鹅肉”，而且不是连他自己也这么认为吗？

想到那个微信点赞事件，融子兮心里很难过，低咬着比萨，神情落寞。

郎泽轩发现她的异样，问道:“怎么了？不喜欢吃比萨吗？”

融子兮愣了一下，忙摇头:“没有，喜欢。”

“那我怎么看你好像咽不下去的样子？”郎泽轩很直接地说。

融子兮有点尴尬，脸一热，找借口说：“哦，我最近胃有点不舒服，所以……你别管我，我没事的，不用担心我。”

郎泽轩本来想追问，可想了想还是算了，还是等她吃点东西再说吧。

他只好说：“更要多吃一点，不吃东西胃更不舒服，抽空去医院检查一下，别拖严重了，牛奶是热的，喝点牛奶吧。”

“嗯。”融子兮点点头，才拿起牛奶喝。

吃了一小块比萨，喝了一杯牛奶，融子兮就不吃了。郎泽轩劝了几句，她也不吃，郎泽轩看她不肯说自己的心事，也不好强求。

吃完东西坐了一会儿，融子兮就提出要回去了。

“我送你。”郎泽轩起身说。

融子兮忙说：“不必了，我自己坐车回去就行，你也忙了一天，好好休息吧。”

郎泽轩无奈地看着她：“看你温柔可爱的样子，脾气怎么这么犟呢？既然是我把你载过来的，自然也要由我把你送回去，不然万一出了什么事，我的责任可就大了。”

他执意要送融子兮。

夜空下，车子平稳地行驶在路上。

两人都没有说话，郎泽轩自然是认真地驾驶着车子，融子兮却因为自己的暗恋而忧伤难过。

晚上道路相对没那么拥挤，车速也比较快，仅仅二十分钟时间便到了融子兮住的小区门口。

车子停下，融子兮取下安全带说：“今晚麻烦你了，郎医生，我到了，再见。”说着就要开门下车。

手却忽然被拉住。

融子兮纳闷地回头，郎泽轩认真地看着她说：“先不要急着走，我有几句话想跟你说。”

一瞬间，融子兮的心狂乱地跳动起来，紧张至极地看着他。

郎泽轩表情柔和：“融子兮，你今晚一直心不在焉，你能跟我说说到底是因为什么吗？是不是库丽丽的事我解释得不够清楚？”既然都到这步了，不如把所有话都说清楚。

融子兮看着他，心里又涌起复杂的情绪洪流，摇摇头说：“不是，我相信你跟库经理没有关系，是她撒谎骗我的。”

“那你为什么还心不在焉？你到底在想什么？”郎泽轩又追问道。

融子兮的心狂乱地跳动，想将自己的困扰说出来，可这事怎么好意思跟他说呢？

郎泽轩看她还是这样，有点不高兴地说：“我真的不喜欢别人总是对我有所隐瞒的样子，大家是朋友，有什么话不能当面说清楚呢？这样总是对对方有所隐瞒，彼此都很困扰，饭也吃不下，觉也睡不好。融子兮，这样真的好吗？”

或许是受了郎泽轩这番话的刺激，融子兮终于下定决心说了。

可还没开口，眼泪就流了下来，忽然哭了起来。

郎泽轩一惊，忙问：“怎么了？怎么还哭了？我哪里说错了吗？”

融子兮哭着摇摇头，想控制住自己的眼泪，可却越哭越厉害，说：“我喜欢郎医生。因为喜欢郎医生，所以听见库丽丽那么说的时候，心都快痛死了……因为喜欢郎医生，所以知道自己被当作第三者的时候，难过得都快死去了……换了手机号，发誓不再跟郎医生有任何联系，可每天一闭上眼睛，就会想起郎医生……可我也知道，我根本配不上郎医生，我这么想就是‘癞蛤蟆想吃天鹅肉’，今天接到郎医生电话的时候，心里很高兴，看到郎医生还是那么温柔，心里又难过，我为什么还要奢望，还要不自量力，我为什么这么没出息，我为什么要‘癞蛤蟆想吃天鹅肉’……”

融子兮双手捂着自己的脸，泣不成声。

哭声在狭小的车里回响，悲伤排山倒海地涌来。

郎泽轩一句话也没有说，因为一瞬间，他不知道说什么了，融子兮的话实在有点出乎他的意料。

融子兮哭了一阵，终于停下来，尴尬极了。她抽了几张纸巾把眼泪鼻涕擦干净，心里却因为终于把话都说出来了而轻松了许多。

融子兮说：“对不起，我有点失控了，我回去了。”马上就要开车门逃跑。

手又被拉住。

融子兮没有回头，只听身后的郎泽轩说:“你今晚说的话我会仔细考虑一下的，不要想太多了，回去好好休息吧。”

融子兮吸吸鼻子:“郎医生，我就是‘癞蛤蟆想吃天鹅肉’，对吗？”

“什么意思？为什么要这么说？”

“那天我发的那条微信，郎医生不是也认同了，还给我点赞了吗？”融子兮说。一想到那条被他点赞的微信，她心里就堵得慌。

郎泽轩这才想起那次看到她发了一条朋友圈，写的是‘癞蛤蟆想吃天鹅肉’，还配了张图，他觉得很可爱就点赞了。

郎泽轩解释说:“你误会了，我以为你是发着玩的，觉得你很可爱，所以就点了一个赞，根本没有其他意思。”

“哦。”融子兮点点头，还是自卑地说:“我知道，事实也是这样。”

郎泽轩无奈地看着她:“融子兮，感情的事没有配不配得上，只有合不合适。”

“真的吗？”融子兮惊讶地看向他。

“至少对我来说是这样。”

融子兮点点头:“很晚了，郎医生早点回去休息吧，晚安。”说罢，打开车门赶紧逃走了。

郎泽轩透过车窗看着她的背影，那么单薄，却那么倔强，耳边忽然回响起那一句句“因为喜欢郎医生”，忽然情不自禁地笑了。

直到她的身影消失，郎泽轩才启动车子离开。

融子兮进了家门，背靠在门上，仿佛喘不过气来。一想到自己居然跟郎泽轩说了“喜欢”，就觉得尴尬，可又兴奋得不得了。

自己终于说出来了！

融子兮缓了一会儿，才深吸一口气，朝自己房间走去。融佳琪正在直播，自己也不好去打扰她。

回到房中，在椅子上坐下，又托着下巴发起呆来。

忽然想起刚才在车里的时候，自己表白完后，郎泽轩拉着自己的手说“你今晚说的话，我会仔细考虑一下的”。

“仔细考虑一下，考虑什么呢?”融子兮蹙眉沉思。

考虑做我男朋友?融子兮一惊，心又狂乱地跳动起来，双手捂着脸兴奋地笑起来。

可笑完又想到一个问题，他说的只是考虑一下，也就是说，他考虑过后可能会觉得不合适，然后就从此跟自己不联系了。

这么一想，心里又失落到了极点，后悔自己不应该急急忙忙地表白。

融子兮一颗心整晚都七上八下，患得患失，时而兴奋，时而失落。与此同时，洗完澡的郎泽轩也坐在床上沉思。

之所以当时没有回应融子兮的话，一来是他没料到她会说出那番话；二来，与人恋爱交往是一件十分需要慎重考虑的事，因为他的恋爱一定是以走向婚姻殿堂为出发点的。若与她交往，也就意味着会考虑跟她结婚，跟她组建家庭。

所以，她会是适合自己的那个人吗?

从小在父母的争吵声中长大，他实在不想自己的下半生再经历这样的家庭生活，也不想自己的孩子在这样的环境中长大。

不过，就目前来说，他还是承认自己对融子兮是有好感的。他喜欢她的单纯可爱；喜欢跟她在一起时轻松愉快的感觉；看到她难过哭泣，自己心里也会不好受；跟她失去联系，自己心情会很低落……可仅仅这些，还让他下不了跟她交往的决心。

或许，还差点什么……

差什么呢?郎泽轩思索了一阵，决定还是让时间来给出答案。

第二天中午，融子兮趁着午休的时间，给赖在床上的融佳琪发微信聊天。

融佳琪问她昨晚是不是跟郎泽轩约会了，融子兮才知道这次是融佳琪出马，才让自己有跟郎泽轩解释误会的机会，对她感激不已，说了好些讨好的话。不过融子兮还是很担心融佳琪有没有在医院大闹。

融佳琪回复说：姐姐的确是想直接去医院扇他一耳光的，可是考虑到，警察一来，你又要一把鼻涕一把眼泪地道歉，所以就忍了。

融子兮，赶紧问：你是不是狠狠地骂了郎医生?

融佳琪:废话，难道我还轻轻地骂吗?

融子兮:啊！你怎么这样，有什么话不能好好说吗？他的同事听见了该怎么想啊，融佳琪，你怎么能这样!

融佳琪:瞧你这副重色轻友、胳膊肘往外拐的样子，姐姐我可是帮你挽回了恋情，你不好好感谢我，还怨我！融子兮，你简直太让我失望了!

融子兮:一码事归一码事。你是让我和郎医生解除了误会，可是，你确实不该骂人啊，你都骂他什么了?

融佳琪:想知道吗?

融子兮:想想想!

融佳琪:那你自己问他呗。

对话到此,融佳琪就也不回复融子兮了,而且融子兮打过去电话,她也不接。

融子兮决定下班后给郎泽轩打个电话道歉。不管怎么说，融佳琪都是因为自己才做这种事的，所以归根结底都是自己的错，所以必须由自己来道歉!

与此同时，办公室里，库丽丽正在纳闷地看着自己的手机屏幕。

“为什么总是无法接通呢？”库丽丽自言自语，从上周五开始，郎泽轩的手机就打不通了。

“难道把我加入了黑名单？”这么一说，连自己都不敢相信这个事实。

因为这不管从哪方面来讲都说不通啊，不可能有男人会如此拒绝一个外表美丽性感、又频频对自己示好的女人!

“好，郎泽轩，我就再来会会你，看看你到底是何方神圣！”库丽丽自言自语地说。

晚上，融子兮本来想好要打电话跟郎泽轩道歉的，可又不知如何开口。结果磨蹭来磨蹭去，一晃就是晚上十点了。

纠结了几个小时的融子兮终于按下了那个名为“天鹅肉”的号码。

手机响起,正在看医学书的郎泽轩看到“融子兮”三个字,立即接过电话：“喂，是我。”

“郎医生，没打扰你吧。我就说几句话，不会占用你太多时间的。”融子兮语气内疚地说。

郎泽轩靠到椅背上，笑着说:“我又没说你打扰我了，干吗一开始就道歉?说吧，我仔细听着。”

“就是那个,我今天中午才听佳琪说,她昨天去了你们医院,因为我的事,她又骂了你。这件事都怪我，周末的时候我心情不好，喝了点酒就把事情说给佳琪听了，结果她跟我一样误会了，以为你在骗我，就想替我打抱不平，她的性格一直是那样，看到我被人欺负就要帮我欺负回来。其实她没什么坏心眼，这一切都是我的错，是我自己太傻，被人三言两语就骗了，反倒跟人说是被你骗了。一切都是我的错，我真的很抱歉，总是害你被人冤枉，给你造成困扰，我真的很对不起……”

郎泽轩微惊，因为融佳琪昨天在医院里根本就没有骂自己，可是她为什么要跟融子兮说骂过自己呢?

想了想，他忽然笑起来，却语气严肃地说:“嗯，我的确是因为你再一次被医院的领导骂，而且领导还警告我，若是再发生这样的事，我就可以立即走人了。”

“什么？真的这样了？”

“嗯，身边的同事也以为我生活作风不好，现在所有人看到我都在背后对我指指点点，女同事们也都躲我远远的。”

听到事情发展成这样，融子兮内疚极了，赶紧说:“郎医生，真的对不起，我真的没想到事情会弄成这样，我很抱歉。要不，我请个假去医院，把事情跟你们领导和同事解释一下吧？”

“不必了，你没听说过‘越描越黑’吗？你来跟他们解释，只会让事情变得更糟。算了，我清者自清，你也不必内疚了，这事不能全怪你。”

“不行,这本来就是我造成的,本来就是我的错,我怎么能完全不负责呢?郎医生，你快想想，我要怎么做才能弥补我这次给你造成的麻烦呢？”融子兮焦急地问。

郎泽轩深吸一口气，努力憋住笑，想了想说:“要不这样吧，我一直想去登山看日出，这个周末你有空的话，就陪我去登山，就当弥补你这次犯下的过错吧。”

"真的吗？"

"嗯。"

"那好，那我去。"

"好，那到时候我们再约时间。"

"好，好。"

"那就这样吧，晚安。"

"郎医生，晚安。"

挂了电话，融子兮看着手机屏幕，心里总算宽慰了些，想着周末还能跟郎泽轩一起去爬山，突然觉得自己好像还赚到了，不禁又笑了起来。

正所谓"傻人有傻福"，说的也就是融子兮这样的人吧！

因为有约会可以盼，时间似乎变得飞快，眨眼间就要到周末了。

周五晚上，郎泽轩主动给融子兮打了电话，问她次日九点出发怎么样，融子兮满口应下。

"最后我还有个建议。"郎泽轩说。

融子兮赶紧说："郎医生，你说。"

"你明天可不可以穿休闲装和运动鞋？因为登山的话，穿裙子会很不方便。"

融子兮尴尬地笑："嗯，我知道，我也想到了。"

"那就好，那明天早上九点，不见不散。"

"不见不散。"融子兮说。挂了电话，融子兮赶紧把自己新买的运动套装和运动鞋拿出来，站到镜子前，往身上画。

其实在确定要去登山的第二天，她就专门去商场买了运动套装，她当然知道，不能穿着汉服去爬山。

第二天早上八点五十，融子兮身着玫红色休闲套装，穿着白色运动鞋，背着一个双肩包，还扎了个花苞头，很准时地在小区门口等着。

很快，白色雷克萨斯到达，郎泽轩降下车窗看着她："上车吧。"

融子兮赶紧上前，很自觉地拉开后车门，坐进去。

“为什么不坐前面来？”郎泽轩从车内的后视镜看着她说。

融子兮尴尬地回答:“我怕又给郎医生造成什么困扰。”关系不是还没明确吗？

“可是你不坐我旁边，我跟你说话的时候很不方便，这样也会让我很困扰。”郎泽轩理由很充分。

“是吗？那我坐前面吧,郎医生请稍等。”融子兮立即下车,打开前门进去。

待她坐下，郎泽轩暗笑着摇摇头，心想:这姑娘为什么总是这么可爱呢？

“你今天换了这身运动装，倒是让人耳目一新。”郎泽轩驾驶着车子说。

融子兮看向他，小心翼翼地问:“那是好看，还是难看呢？”

郎泽轩笑笑:“要听实话吗？”

融子兮点头。

郎泽轩笑:“都好看。”

刹那间，融子兮的脸就红了，赶紧低下头，心扑通扑通地跳个不停。

她心里好像有蜜汁流过一样，甜甜的，脸上露出开心的笑容。

发现一句话就把她乐成这样,郎泽轩也笑了,越发觉得她实在是太可爱了,又恨单纯,所以跟她相处一点压力也没有,就算原本有什么压力,和她在一起,也会变得轻松起来。

行驶了一段路，郎泽轩忽然又说:“融子兮，你那天说喜欢我，那你能说说你到底喜欢我什么吗？”

没想到他会突然这么问,而且问得这么直白。融子兮的脸蓦地再一次红了。

她尴尬地看着他说:“我能不说吗？我觉得好难为情。”

“那怎么行？你既然说了喜欢我，那我就有权利知道你为什么喜欢我！”郎泽轩故意说。

其实他一向是个很严肃的人，别说跟人说笑，就是有人刻意要跟他说笑，他都很难附和地笑一下。可自从那天融子兮傻乎乎地打电话道歉后，郎泽轩越发有了捉弄她的兴趣。

融子兮一脸为难至极的样子，尴尬了一阵还是开口说:“我喜欢郎医生温柔体贴、有学识、善良、有孝心，性格也很好。”

“没了？”

融子兮尴尬地把头埋得更低了:“还有，长得英俊。”

郎泽轩再也忍不住，偷偷笑了，笑完又假装严肃地问:“没有了？”

融子兮为难地看向他:“目前就只有这些了，因为我跟郎医生相处的时间也不多，所以其他的优点暂时还没发现。”

郎泽轩一脸正经地点点头:“嗯，那看来以后我们要多多相处了，我明明觉得我还有很多优点啊，可你才说了这么一些，明显就是对我很不了解。”

融子兮内疚地道歉:“对不起，我也觉得我对郎医生的了解还不够，有点浮于表面了。”

“嗯，我也觉得你说得都太笼统了，听着像领导的总结报告，都是概念术语，根本没走心。”郎泽轩说。

没想到自己表现得这么差，融子兮更内疚了，认错说:“对不起，以后我会用心感受和体会的。”

郎泽轩点着头:“不错，孺子可教。”他简直要憋不住笑了，这姑娘，实在是太可爱了！

其实他不知道的是，那是因为融子兮陷入了恋爱中。恋爱中的女人智商实在没法太高，尤其是面对自己深深迷恋的人。

车子又行驶了一段路程，已经离开城区了。

融子兮对梅市本来就不是很熟悉，尤其是城郊，更是一点也不了解。此时到了城郊，她立即好奇地朝车窗外看。

郎泽轩不时地用余光看她，悄悄观察着她的表情。可能捉弄她是件很好玩的事，郎泽轩不知不觉地居然有点上瘾了，总是想逮着个机会就捉弄她一下。

车子行驶了三个多小时，终于来到了另一个地方。

远离了城市的喧嚣，青山绿水出现在眼前，不知不觉中，连心境都随着改变了，变得宁静又雀跃，轻松又欣喜。

车子开到只有双车道的水泥路上，缓缓驶进一个山脚下的小镇。

郎泽轩拨通一个电话，在电话里询问对方具体该往哪走，又随着对方的指点，驾驶着车子寻找目的地。

走了没多一会儿，车子驶进一个宽敞的农家院子。

“下车吧。”郎泽轩说完下了车。

融子兮也赶紧打开车门下车，看到一个陌生中年男子跟郎泽轩握手。大门口还有一位拄着拐杖的老奶奶看着他们，一脸慈祥。很快，又有一个系着围裙的中年妇人满面笑容地走出来，看见郎泽轩，激动地喊:“郎医生，可算把你盼来了！”

郎泽轩表情柔和地看向她，客气地说:“吴姐你好，身体好些了吗？”

“好了好了,遇到您这样的好医生能不好吗？”妇女感激地望着郎泽轩说。她的手在围裙上擦了擦，抬手邀道:“郎医生，快进屋吃饭，饿坏了吧。”

她又看向融子兮，赶紧邀她一块儿进屋。

走到门口，又跟老太太介绍郎泽轩和融子兮，然后一个十三四岁的小姑娘出来，被这妇人拉住，让她喊人。

进到屋中，小厅的圆桌上已经摆满了饭菜，非常丰盛。

郎泽轩有点不好意思地说:“我们只是来登山，顺便过来看看吴姐，你们不必做这么多菜招待我们，实在是太麻烦你们了。”

妇人给郎泽轩倒了杯饮料说:“郎医生，您不要客气，其实我们想请您来还怕请不来呢，要不是您，我不知道还要跑多少冤枉路，花多少冤枉钱呢！”

“吴姐,我只是做了一名医生该做的事。不过,您还是要注意饮食,煎炒、油腻、荤腥、陈腐的东西都尽量不要吃。”郎泽轩又嘱咐说。

妇人满口应下，说一直记着他的话，今天是招待他们才做了这些，平时她都没有吃。

融子兮这才明白过来，原来这名妇人是郎泽轩的病人。想到自己当初去看病的时候，把事情弄成那样，而现在他这名病人却对他感激不尽，连自己都有点不好意思。

接下来的吃饭时间，郎泽轩俨然成了饭桌上的焦点，尤其是这家人，把郎泽轩当作神仙似的，一脸崇敬。

吃过午饭，男主人陈哥带郎泽轩和融子兮上山，车子停在他家院子里。

陈哥一边走一边为他们介绍，他们当地人叫这座山“老君山”，传说是当年太上老君修仙的地方，还说山中有仙草，能让人起死回生，把郎泽轩和融子兮都听笑了。当然，陈哥自己也是不相信的。

不过山里的确很美。满山都是青草绿树，小鸟从林间飞过，不时发出清脆的叫声，空气清新，让人心旷神怡。

陈哥的脚程很快，而且还帮他们背着行李，郎泽轩跟在他后面倒也没有落下，反倒是走在最后面的融子兮，虽然只背着自己的双肩包，却已累得气喘吁吁。

郎泽轩不时回头看看她，看她铆足劲儿追赶他们的样子，兀自暗笑，也没停下来，就让她在后面不停蹦跶，像只兔子似的。

她也该适当锻炼一下身体了，吃那么少，又那么瘦，看着都让人心疼。

一口气爬了一个小时，郎泽轩终于提出休息一下，主要是看融子兮累得都要手脚并用了。

“后悔跟我一起来了吧？”郎泽轩看向她说。

融子兮摇头，喘着气：“当然没有，我也早就想找机会登山了，难得这次还有人陪，求之不得呢。”

“嘴硬。”郎泽轩不客气地说。

融子兮立即戳戳自己的嘴唇：“明明就是软的。”

郎泽轩也被她逗笑了，转过脸，不敢再看她了。因为，他已经有亲她一口的冲动了，她可爱得像只小兔子似的。

休息了一会儿，他们再次出发。

“实在爬不动就开口，别硬撑着。”郎泽轩对身后的融子兮说。

融子兮感动地点点头："嗯，我会的，谢谢郎医生关心。"

听到她这么说，前面带路的陈哥心直口快地说："咦，郎医生，我还以为子兮妹子是你女朋友，原来不是啊。"

融子兮尴尬得脸都红了，低下头，却听郎泽轩说："陈哥，你这么说，她会气哭的。"

这话实在是绝妙，模棱两可，既没有承认也没有否认，既回答了陈哥的疑问，也没伤害融子兮。

陈哥赶紧道歉："子兮妹子，你不要放在心上啊。"

"没关系，陈哥，我本来就不是郎医生的女朋友。"融子兮坦白地说。

郎泽轩无奈地看看她，特意帮她解围，她还不领情了。

陈哥也明白这两人之间的关系似乎有点复杂，便不再多嘴了。

只是因为这番对话，融子兮变得郁郁寡欢，明明不是人家女朋友，还要跟人家一起单独出来玩，这事传出去别人会怎么看自己？

融子兮心事重重，腿上就更没力气了，落后了前面两个男人好大一截。

郎泽轩没有办法，只有叫住陈哥，让他走慢一点，等等融子兮，陈哥赶紧应下，看到他关切融子兮的眼神，顿时明白：原来两人还在发展中！

走走停停，又走了一个半小时，终于到了目的地。

原来，陈哥承包了这片山林，还在林中搭建了一座小砖房，所以他们来也有落脚点。

融子兮已经累得够呛，在门口的竹椅上坐下就不想起来了。

郎泽轩把行李放好后，又跟着陈哥去查看附近的地形。

过了十几分钟，两人又一起回来，融子兮听见陈哥说着"他就回去了"什么的，以为马上就要返下山，几乎要崩溃了。

"子兮妹子，我先下山去了，明天你们下山，再来我家吃饭啊。"陈哥朝她摇着手说。

融子兮纳闷地看着他："陈哥，你一个人回去吗？"

“我没关系，我脚程快，半个多钟头就能跑下山，你们今天就好好在这里玩，咱们明天见！”陈哥说着，已经出发了。

融子兮站起来，惊讶地指着陈哥，看向郎泽轩：“只有陈哥一个人回去，我们不走吗？”

郎泽轩点点头：“我们明早还要看日出，当然不走。不然，你还想半夜三更再上来吗？”

什么意思？明早看日出，那就是说……今晚要在这里过夜，就自己和郎泽轩？

看着她那一脸不可思议的样子，郎泽轩主动靠近她。

融子兮吓得慌忙往后躲，被逼到靠在墙上。

郎泽轩一只手撑在墙上，眼睛直视她的双眼，似笑非笑地说：“这不是你梦寐以求的吗？”

融子兮的脸瞬间就热了，尴尬地低下头：“我……哪……哪有？”不过，她确实这么奢望过。

看着她口是心非的样子，郎泽轩也没有揭穿她，转身进屋去整理行李。

融子兮笑了笑，跟进屋去。

这是一座十分简单的房子，只有一个隔间。进门就是一个堂屋，中间摆放着一张小木桌，两把竹椅，应该是吃饭的地方。

右边靠墙的地方有一张不太宽敞的简易木床，床单把被子枕头都裹了起来，露出硬硬的木板。靠床的地方有一个木制的三层储物架，放着两个塑料盆、杯子、牙刷、牙膏、拖鞋等生活用品。靠窗的地方有一个矮柜子，可能放着碗筷之类的。

另一个小隔间里是厨房，厨房后面是卫生间。

融子兮从卫生间出来，忽然想到一个问题，晚上怎么睡呢？只有一张那么小的床，而且还是别人的被子床单，她不习惯啊。

正在她不知所措的时候，郎泽轩已经把床上的被子、床单抱到一旁，然后打开旅行包，从里面拿出一个睡袋，打开了铺在床上。

然后舒服地躺了上去。

“终于可以歇一下了。”躺上去的郎泽轩舒服地说，说完看向可怜兮兮的融子兮，忽然说:“对了，你带睡袋了吗？”

融子兮可怜地说:“没有，我不知道要在山上过夜。”

“那你今晚怎么睡呢？”郎泽轩问道。

我还想问你呢！融子兮郁闷:“我……我也不知道。”

郎泽轩想了想，建议说:“那你睡床上，用陈哥的被子和单子;我睡地上，用睡袋。”

融子兮看着那明显很久没洗的床单和被罩，为难地说:“我睡不惯别人的床……”

“这样啊……”郎泽轩也帮她想办法，“要不你睡睡袋，我这个睡袋是新买的，没问题吧？”

融子兮看向他:“那你呢？”她知道郎泽轩这个人是很讲卫生的，让他用陈哥的被子、床单很委屈他，心里感动极了。

郎泽轩想了想:“我也不太习惯睡别人的被子、床单，不过，将就睡一夜吧。”

“那怎么行，万一着凉感冒了怎么办？你可是医生，你要是病了，病人怎么办？”融子兮坚决反对。

“唉，那也是，我下周还有好几台手术要做，而且这山上的夜也挺冷的，没被子肯定会感冒的，但是我也不能让你一夜不睡啊，该怎么办呢？”郎泽轩思索着。

其实融子兮已经想到了一个办法，可她不好意思说出来，因为这个办法就是他们一起挤一个睡袋！可是，这样说出来，显得自己太轻浮了吧，郎医生会怎么想自己呢？

“我觉得这样一来，好像只有一个办法了，那就是我们俩挤一个睡袋。我这个睡袋也挺大的，应该能装下两个人。”郎泽轩说。

融子兮震惊地看着他，居然想一块儿了？仿佛这个提议是自己先提出来的，融子兮的脸一下子就红了。

郎泽轩似笑非笑地看着她：“我这个提议你怎么想？说说看吧。”

融子兮低着头，说：“好像……好像也只有这样了。”

郎泽轩憋着笑说：“好，那就这样吧！不过，你不怕我对你做什么事吗？”

融子兮低着头：“郎医生不是那样的人吧？”

“原来我在你心里这么正直啊！可是，连我都不敢保证啊，你要知道，荷尔蒙的威力有时候也不是意志能控制的。”郎泽轩故意说。

看她窘迫的样子，又说：“不过我会尽量克制自己的，但是如果我没克制住，融子兮，我会对你负责的。”

思绪瞬间复杂得无法厘清，融子兮简直都要站不稳了。

“我有点累，想睡一会儿，你呢，要来一起睡吗？”郎泽轩忽然说。

融子兮吓得忙摆手，往外面逃，说：“我不……不需要，我在门口坐一会儿就行，郎医生你睡吧。”却没看见郎泽轩笑出了眼泪。

这姑娘，实在是太单纯了！

融子兮坐在门口的椅子上，看着小院子前的竹林发呆，忽然又情不自禁地笑了起来。

想到要跟郎泽轩睡一个睡袋，心跳就变快了，浑身也跟着发热，融子兮摸着发烫的脸，心情久久不能平静。

转念她又想，真要跟他这样吗？万一最终还是没能成为恋人呢？一想到这个可能性，又难过起来……

融子兮就这样一会儿高兴，一会儿忧伤，不知不觉中，夜幕已渐渐降临了。

郎泽轩终于起来了，走到门口，舒服地伸了一个懒腰，深吸一口空气说：“山中的空气果然跟城市里不一样，好清新啊，让人心旷神怡。”转头一看，融子兮居然靠在椅子上睡着了。

看着她熟睡的样子，郎泽轩又忍不住笑起来，连自己都不敢相信自己居然还有这样的恶趣味，刚才融子兮很忐忑吧？

事实上，他早就帮她准备了另一个睡袋。

晚上，关上门准备睡觉时，融子兮怀着紧张的心情，准备跟郎泽轩挤一个睡袋时，正直的郎医生居然又拿出了一个睡袋！

刹那间，融子兮松了一口气，却又有点失落。

“咦，怎么看你的样子好像还有点失望呢？发现还有一个睡袋，难道不高兴吗？”郎泽轩又故意逗她说。

融子兮脸一热，忙低下头说:“我哪有？”

“哎呀,我突然有点后悔把这个睡袋拿出来了,怎么办？”郎泽轩又故意说。

终于明白过来的融子兮无奈地看向他:“刚才郎医生就是故意捉弄我的吧！明明就准备了两个睡袋,却说只有一个,想不到郎医生也这么爱捉弄人。”

一瞬间，郎泽轩有一种把她抱在怀里的冲动，实在是个可爱的姑娘啊！

准备睡觉的时候,两人又为是否都睡在床上争论了一会儿,最后的结果是,两人都睡在床上，但是一个头朝北，一个头朝南。

黑暗中，两人躺在同一张床上，却各自藏在一个睡袋里。

融子兮睁着眼睛，睡不着，可她又不敢动，生怕打扰了郎泽轩。

另一头的郎泽轩也没有睡着，他在思索着那天融子兮表白时说的话。

喜欢她吗？郎泽轩在心里问自己,过了片刻,他回答自己,好像是喜欢的吧。

“融子兮，你睡着了吗？”郎泽轩忽然问。

融子兮尴尬:“还没有。”

“我也没有，我们说说话吧。”

“好。”

“那个，我想问你，你……还喜欢我吗？”郎泽轩忽然又问。

融子兮一怔，心又狂乱地跳了起来，想了想，小声说:“喜……喜欢。”

“那就好。”

融子兮迟疑了片刻，还是忍不住问:“那郎医生呢？还不能确定喜不喜欢我吗？”

沉默了一会儿，黑暗中忽然响起一个声音:“不，好像能确定有点喜欢了。”

几乎是同时，两人情不自禁地笑了起来。

而所谓爱情，就是能让人谈之都为之一笑的吧？

“融子兮。”郎泽轩忽然又叫她。

“嗯？”

“听到我这么说高兴吗？”

“嗯。”

“那就放心地睡吧。”

“嗯。”融子兮嘴角带着难以抹去的笑意，点点头。

闭上眼睛，融子兮出奇快地睡着了，而这一晚，连睡梦中，她的嘴角都是弯弯的。

第二天清晨五点，融子兮就被郎泽轩叫起来看日出。

尽管瞌睡虫还在抗议，可融子兮还是爬了起来，这可是这次来的目的，绝对不能因为瞌睡就耽误了啊。

起床后用冷水简单洗了脸，各自背上包，然后就出了门，看日出的地点就在小屋附近的二三十米处。

此时的天还是灰蒙蒙的，仅仅能看见路，郎泽轩慢慢地在前面带路，融子兮小心翼翼地跟在他身后。

走了一会儿，他们就来到了目的地。

这是一个小山坡，视野非常开阔，仿佛能看到天边似的。

郎泽轩把一个睡袋放在地上，然后两人就在睡袋上坐下，满眼期待地看着天边。

“郎医生，你怎么会想到来这里看日出的呢？”融子兮好奇地问道。

郎泽轩看着天边说:“当然是听陈哥说的，吴姐的手术是我在医院上班后做的第一台手术。她来医院挂了我的号看病，我诊断是宫颈癌，检查后，确诊是宫颈癌，我就劝她早点做手术。第一次做手术，我也很紧张，也希望他们能相信我这个年轻医生，所以就跟他们交流得比较多。那时候陈哥一个劲地自责，说自己常年在山上，没有帮吴姐分担家务，让我无论如何要救救吴姐，为了缓解他的心理压力，我和他聊起他在山上的事，就知道了这里。"

融子兮看向他："手术很成功吧？"

郎泽轩点点头："嗯，因为治疗得早，所以基本没问题了。如果没有癌变，她跟没有患癌的人是完全一样的。"

融子兮崇拜地看着他："郎医生真了不起！"

郎泽轩看向她："发自内心的？"

"那当然。"

郎泽轩点点头："那你岂不是又发现了我一个优点，然后更喜欢我了？"

融子兮尴尬地低下头嘀咕："干吗非要说得这么直白？"可她确实更喜欢他了。

郎泽轩看着她笑笑，然后看向已经镀上金色的天边，太阳已经露出头了，原来我们以为平常的每一天，竟然有这样的美景！

融子兮被这样的美景吸引了，忽然之间，觉得好幸福，能看到这样的美景，尤其还能坐在郎泽轩身边。

偷偷看看他，又羞涩地收回眼神，其实，她好想靠在他的肩膀上，可又不好意思这么做。

"阿嚏——"融子兮突然打了个响亮的喷嚏，山顶的早晨确实有点冷。

"我包里还有件外套，拿出来穿上吧。"郎泽轩关切地说。

融子兮忙摆手："没关系没关系，还是郎医生你穿上吧，你可千万不能着凉了。"说着还帮他把衣服拿出来。

"叫你穿你就穿吧。"郎泽轩不接衣服。

"不，还是你穿吧。"融子兮说，干脆帮他披到身上，还仔细地整理着。

郎泽轩看着她，忽然笑了笑:“那我给你开一副立竿见影的感冒药吧。”

“这么神奇，什么药？郎医生还带感冒药了吗？”融子兮纳闷地问。

郎泽轩不置可否:“你先坐下。”

“哦，好。”融子兮说完，重新在睡袋上坐下。

郎泽轩忽然起身，坐到了她身后，然后双手一揽，就把她抱在了怀里。温热的气息打在她耳边:“这样应该能立竿见影吧？”

此时的融子兮简直惊呆了，别说冷，她简直热血沸腾！自己居然被他抱在了怀里！这是在做梦吗？

郎泽轩就这样静静地抱着她。身体接触是很奇妙的事，刚才还觉得冷飕飕的，现在已经暖烘烘的了，简直令人陶醉，可又舍不得闭上眼睛。

美好的时光总是过得飞快，不知不觉中，朝阳已经升起来了。

红红的朝阳温暖又明亮。周围的云彩似乎也在为它的升起而喝彩，一大片的金色云朵，气势恢宏，浩浩荡荡。

融子兮心情很好，觉得太阳在看着自己笑，忽然朝它摆手，喊道:“你好，太阳——”

喊完抬头看向郎泽轩，发现他也在看着自己笑，又说:“郎医生，你不跟太阳打招呼吗？”

郎泽轩无奈地笑，也冲太阳招手喊道:“你好，太阳——”

“你好，太阳！我叫融子兮，我喜欢郎医生！”融子兮用尽全身力气喊道。反正已经表白过一次了，再说一次又何妨呢！

郎泽轩一怔，这姑娘还真的是……让人感动呢。

喊完这句话的融子兮眼眶里泛起眼泪，转头看向郎泽轩。

郎泽轩看见她眼里闪烁的晶莹的泪花，轻声说了一句“傻瓜”，低头吻住了她的唇。

眼泪一下子就从眼角滑了下来，融子兮竟大胆主动地伸出手环住他的脖子，与他拥吻，仿佛怕他跑了似的。

连她都不知道自己为什么会这么喜欢郎泽轩，可真的好喜欢好喜欢他，喜欢到觉得这辈子只会爱他一个人，喜欢到觉得没有他的世界会黯淡无光，甚至愿意用生命去换跟他在一起的分分秒秒……

两人没有吻得太深，就浅浅地吻着。

可即便如此，却感觉这吻是不可思议的香甜软糯，根本停不下来。停了片刻又吻到一起，吻了一会儿又停下来，又吻了上去……

不知不觉，天已渐渐大亮。

郎泽轩看着还没吻够的融子兮，故意说："融子兮，你这次可真是赚大了，本来是陪我看日出，赔偿我的名誉损失，却害我日出没看成，还被你亲了这么久。想不到你还有这招啊。"

融子兮尴尬地捂脸："我情不自禁嘛。"

"原来女人也有控制不住自己的时候啊。"郎泽轩笑着说，站起来，"走吧，下山去了。"

两人收拾好东西，一起朝山下走。

清晨的山林宁静美丽，沿着山路往下走，轻松自在，感觉自己好像自由的小鸟一样。

两人追逐嬉笑，开心得不得了。

仅仅用了一个半小时，两人就回到了陈哥吴姐家。

他们到达时才早上八点，这家的小女孩都还没起床，陈哥和吴姐也没料到他们下山这么早，连忙给他们做早饭。

郎泽轩不想麻烦他们，说在山上的时候已经吃过了，便坚持要立即出发，事实上他们只吃了压缩饼干。

陈哥和吴姐很希望他们能吃了午饭再走，郎泽轩还是以下午有事要去医院为由，坚持上了车。上车的时候吴姐又将一袋土特产放到了郎泽轩的后备厢里，郎泽轩谢过他们后，开车离开。

车子开到小城中，郎泽轩在一个面馆前停下车，叫融子兮一起进去吃碗面再走。吃了面，两人继续开车上路。

又是三个多小时的车程，中午一点半时，郎泽轩把融子兮送到小区门口。

“不一起去吃午饭吗？”郎泽轩问。

融子兮摇头：“我回去随便吃一点吧，浑身又脏又累，我想赶紧回去洗个澡。”

郎泽轩点点头：“好吧。对了，你把吴姐放在我后备厢的土特产拿去吧，反正我也不做饭，用不上。”

“可这是吴姐的一番心意啊。”

“你做好了我来吃，不一样吗？”郎泽轩说。

融子兮不禁笑着点头：“嗯。”他是现在就定下下次约会了吗？

到后备厢取了东西，融子兮又走到车窗前：“那我做好了再给你打电话？”

郎泽轩笑：“嗯，期待你的厨艺，我走了。”

“再见。”

目送他的车子远去，融子兮好想大笑几声，好高兴！

一路回味着这两天的点点滴滴，融子兮傻笑着打开门，突然吓了一跳。

融佳琪和吕树杰直直地盯着自己，两人正在吃饭，肯定又是吕树杰做的饭。

融佳琪上下打量她：“你就穿这身衣裳去跟‘狼’医生开房？”

融子兮脸一红，把东西放到柜子上说：“什么啊，谁开房了，你能不能别说得这么难听？我们是去登山看日出！”

“哦，登山看日出，这么高雅。那昨晚你们住在哪里呢？”融佳琪又八卦地问。

“就住在山上啊。”融子兮进屋换衣服说。

“山上的宾馆里？”

“没有宾馆，是一个郎医生的病人在山上搭的小木屋。”融子兮隔着门回答。

“就你们俩？”

“嗯。”融子兮说完立即又叫起来，“你别瞎想，我们什么也没做，虽然我们是睡在同一个床上，可床上有两个睡袋，我们一个人睡了一个，我们什么也没做！”

出来才看见，融佳琪都笑倒在了吕树杰身上，连吕树杰都在笑。

融子兮立即一跺脚，指着她喊:“融佳琪！我再也不跟你说任何事了！”

不过她那副显而易见的甜蜜模样，还需要别人多问吗？融佳琪也是故意逗她而已。

融子兮换了衣服吃了东西就去洗漱，然后就睡觉了。

一觉睡到下午六点，融子兮起床煮了汤圆，然后继续窝在房里，在台灯下看服装设计方面的书。

看了一会儿拿起手机，把之前那个微信号又找了回来。

点进他的相册，最新的一条朋友圈竟然还是当时自己给他发的水族馆那条，顿时失望又无奈。

拖着腮神游，想到看日出时亲吻的场景，又一个人傻笑起来。

相比她的花痴，郎泽轩就平静多了，他此时正在台灯下全神贯注地看一本关于肿瘤的书籍。

第三章

爱，哭着说出来

接下来自然是繁忙的上班时间。

星期二早上，市妇女儿童医院妇科 505 室，郎泽轩坐诊。

十点十五分，第二十四号病人离开，方静璇立即叫了下一位病人。

病人来了，方静璇抬头一看，居然是厍丽丽！

厍丽丽把自己的挂号单塞给她，立即在郎泽轩的诊桌前坐下，娇声道："郎医生。"

郎泽轩看到是她，也微微愣了一下，表情并没有什么改变，严肃地说："请问哪里不舒服？"

厍丽丽盯着他的眼睛，笑笑："郎医生，这是明知故问吗？"

方静璇狠狠地瞪了她一眼，郎泽轩表情依旧严肃地说："抱歉我不记得了，麻烦你再说一下吧。"

厍丽丽笑盈盈地点点头："行，那我就再说一遍吧。"她故意一挺胸，"就是感觉胸部里有肿块，尤其是左边。"

眼睛紧紧盯着郎泽轩，她就不信他不把视线集中在自己丰满的胸部。她今天还故意穿了紧身裙，戴了杯垫厚一些的胸罩。

郎泽轩转头看向方静璇："小方，你先带这位女士到里面检查一下胸部。"

"好，郎医生。"方静璇立即说。

"不行，我要你亲自检查。"厍丽丽说。

方静璇立即火了："你是医生，还是我们是医生？医生自然有自己的道理，你要么服从，要么离开！”

库丽丽不屑地看看她：“你一个护士，嚷什么嚷，我是来让医生看病的，又不是让护士看病的。我挂的是郎医生的号，自然希望由他看，我这个请求哪里不对了？”

方静璇生气道：“真是见过不要脸的，还没见过这么不要脸的……”

“你说谁不要脸？嘴巴给我放干净点！”库丽丽立即起身指着方静璇骂。

郎泽轩只有起身阻止她们说：“好了，刚刚是我不对，这位女士说得很对，她挂了我的号自然由我来检查，那请进里面检查吧，小方你也来。”

“不，我不要她在旁边看。”库丽丽又说。

方静璇简直要被她气死了，郎泽轩只好说：“妇科医院有规定，在男医生检查女病人身体的时候，需要有女医务人员在场，请配合。”

融子兮来的那天刚好方静璇有事去了办公室，再者当时郎泽轩也没意识到这个事情的严重性，一是国外的妇科并没这些忌讳，二是他根本也没别的想法，反而是自从那次事件后，他都比较注重这种事，更加尊重女病人，照顾她们的感受。

库丽丽看向他：“郎医生，我不介意没女医务人员在场，这总可以了吧。”

“规定就是规定，请你还是配合吧，其他病人还等着，我们赶紧检查吧。”郎泽轩无奈地说。

库丽丽看看方静璇，笑着说：“好吧，那我听医生的，其实，我只是怕某些人看到我的胸后自卑。”

进到内室，库丽丽又站到郎泽轩前面，背对着他说：“麻烦郎医生帮我把拉链拉一下吧，我反手不太方便。”

方静璇一听立即冲上来说：“我来，郎医生。”

库丽丽立即瞪她：“我不要你碰我！”

看着这两人剑拔弩张的样子，一贯冷静的郎泽轩感觉有点头痛，只有说“我来吧”，然后帮她把拉链拉开。

库丽丽暗笑，脱下上身的衣裙，然后缓缓地把内衣解开，转身面对郎泽轩。

郎泽轩伸出手，在她的胸上不轻不重地按压了一下，然后就收回手说:“可以穿上衣服了。”

“郎医生，你再仔细检查检查啊。”库丽丽故意说。

郎泽轩转身离开:“我给你开个胸部彩超，仔细检查一下，你放心吧。”

库丽丽无趣，只有把衣服穿上，嘀咕道:“假正经。”她就不信刚才他没被自己的胸吸引。

出来后郎泽轩已经开好了单子，内目都在就诊卡里。方静璇赶紧把就诊卡给她，恨不得她马上滚蛋，立即叫下一位病人。

库丽丽当然还赖着不想走，说:“郎医生，你还没跟我说我的病情呢。”

“等彩超结果出来再说吧。”郎泽轩示意方静璇叫下一位。

“但是我还是想先听你说说啊。”库丽丽撒娇道。

此时排她后面的病人已经进来了，方静璇立即说:“麻烦你出去，该这位病人就诊了。”

新来的病人赶紧坐下，郎泽轩也开始询问她的情况。

库丽丽看到郎泽轩表情严肃，只好无奈地离开。

“砰”的一声，她刚出门，方静璇就重重地把门关上了。

让方静璇没想到的是，她被库丽丽投诉了。

下午的时候科主任亲自来找她谈话，让她以后对病人的态度温和一些，并且要扣她这个月的奖金。

方静璇委屈得趴在桌上哭了。

这事让郎泽轩十分内疚，他提出下班后请她吃饭，心里对库丽丽的印象也更差了，不由得更加笃定融子兮那种单纯可爱的女孩子才适合自己。

库丽丽原本以为接下来郎泽轩一定会给自己打电话，结果等了几天，根本没接到郎泽轩的电话不说，连加郎泽轩微信的申请也没有通过。

换了个手机号打他的手机，居然接通了。

库丽丽这才明白，郎泽轩竟然把自己的手机号加入了黑名单!

从来没被男人这么对待过的库丽丽简直要气疯了!

公司里，库丽丽这几天的脾气都非常坏，吓得所有人都小心翼翼地躲着她，包括融子兮。

库丽丽自己心情不好，自然见不得别人高兴。

偏偏融子兮因为上周登山，跟郎泽轩关系更近了一步，内心的喜悦掩饰不住。整个人一改之前的颓废失落，每天都神采奕奕的。

库丽丽眉头微蹙，心想：她前段时间不还一副天快塌下来的样子吗？怎么最近眉开眼笑的？

难道交了新男朋友？

库丽丽也没直接问她，趁着说工作的时候跟艾姐套话，不过艾姐也不知道内情，只是猜测说：应该是有心仪的人了，每天看她都甜蜜幸福的样子，恋爱中的小女生们不都这个样子吗？

库丽丽点点头，也没说什么。

周五晚上，融子兮犹豫了很久，终于鼓起勇气给郎泽轩打电话，约他周六中午来家吃饭。从吴姐家带回的土特产里，有腌制的山鸡和野兔，她专门打电话问了妈妈怎么做，又在网上仔细查了，决定露一手。

"你确定你做的东西能吃吗？"郎泽轩在电话里再次确认。

融子兮有点心虚，底气不足地说："如果郎医生不是那么挑剔，也不是吃不惯中餐的话，我还是有一点信心的。"

郎泽轩笑："那好吧，那我就抱着'我不入地狱，谁入地狱'的决心来试试你的厨艺吧。"

融子兮委屈："郎医生难道就不能对我有点信心吗？其实我真的会做菜，只是怕不对郎医生的胃口。"

"那我把刚才那句话收回，抱着对你充满信心的心情来尝尝你的厨艺。"

"我会好好做的。"融子兮保证说。

似乎也没什么话可说了，可又舍不得说再见。

"融子兮，这几天是不是每天都在想我？"沉默了一会儿，郎泽轩忽然说。

融子兮害羞又尴尬，不好意思地笑了笑说："郎医生能别这样取笑我吗？为什么每次都非要我亲口说出来呢？”

郎泽轩也是突然发现，融子兮的声音在电话里也很好听，轻轻柔柔的，听着非常舒服，所以他有点不想挂电话了。

于是他故意点头说：“哦，那就是真的每天都在想了。看在你这么想念我的份上，那我明天更要来了。”

“不过，我是和佳琪合租的，所以明天她也在，郎医生会介意吗？”融子兮又说。

“我不是早就见过她吗？有什么好介意的。”

“那就好，另外，我们的房子不大，有点拥挤，郎医生介意吗？”

郎泽轩忍不住笑起来：“融子兮，原来我在你心里的地位这么高啊，你就这么怕我介意？我在山上的木屋里都能住，你那里不会比陈哥那木屋还简陋吧？”

融子兮尴尬地笑：“那倒不会。既然郎医生这么说，那我也就放心了。”

“明天上午我去医院加班，下班再过去，可能稍微晚一点，不过应该不会超过两点。”

“嗯，我们会等着郎医生的。”

说到这里似乎又不知道该说什么了。

沉默了片刻，郎泽轩忽然又说：“还有什么话想跟我说吗？”

融子兮不好意思地笑笑：“话倒是有很多，只是好像都不是什么特别重要的话，怕浪费郎医生的时间……”

“嗯，很懂事，那就说到这里吧，明天见。”

“好，明天见。”

挂了电话，融子兮抱着手机长长地呼了一口气，心还在扑通扑通地跳个不停，不久，又一个人傻笑起来。

这种感觉实在太奇妙了，虽然大学的时候也谈过一次恋爱，但跟现在完全不一样。

融子兮大学时谈过一场恋爱，男生叫邢五洲，是吕树杰的同学，跟吕树杰一起到融子兮学校玩的时候认识了她，很主动地追她，每周都大老远地坐车到她学校找她。

融子兮被他感动，答应了做他的女朋友，不过因为是异地恋，对他也不是特别动心，所以基本没有欣喜过，也没困扰过，不咸不淡地恋爱着。

大三的国庆节，两人一起去旅游。在宾馆里，融子兮迷迷糊糊地和邢五洲发生了关系。大四邢五洲去公司实习时，认识了别的女生，渐渐跟融子兮疏远。

当时的融子兮还痛苦不已，因为当时她觉得两人以后肯定是会结婚的，却不想邢五洲还没毕业就移情别恋了。融子兮还曾在电话里跟他哭泣，想挽回恋情，不过两人还是分开了。

融佳琪知道后，带着她冲到邢五洲住的地方找他算账，邢五洲竟然动手打了融佳琪一耳光。当时的融子兮简直都气疯了，一把抓起地上的一个齐腿高的塑料凳子就朝邢五洲砸去。

邢五洲被她吓到了，不敢再还手，融佳琪趁机上去踹了他一脚，才拉着融子兮离开。

离开的时候，融子兮双眼发红，瞪着邢五洲，指着他大骂："以前算我眼瞎，这辈子别让我再看见你！人渣！"

从那以后，融子兮对邢五洲没再抱有一丝期望，全心全意地投入学业中，还没毕业就找到一家实习公司。

当时的公司是一家在淘宝上做品牌服装的公司，融子兮在公司做服装设计，做了一年半，觉得没什么好的发展前景就辞职了，跳槽到现在这家公司。

现在这家公司叫聚星盛装影视专供服饰公司，因为能为影视作品设计很华丽的主角服装，所以融子兮很喜欢。

周六一大早，融子兮就起床把家里打扫了一遍，把自己的屋子也整理好，然后去市场买菜。

买了些新鲜的蔬菜和水果回来，就开始准备做饭。

一个人忙到中午十二点半，终于做好了四个菜：一个筒子骨冬笋炖山鸡汤，一个辣味蒸野兔，一个凉拌黄瓜，还有一个白糖凉拌西红柿。

一桌子的菜倒也是色香俱全，就不知道是否合郎泽轩的胃口，融子兮看着桌上的菜，心里很没底。

从卫生间出来的融佳琪看见她在发呆，让她赶紧给郎泽轩打电话，她已经饿了。

“郎医生说他今天要加班，两点之前到没问题，你就再等等吧，平时你不都一两点才吃中饭吗？”融子兮近乎哀求地说。

融佳琪看着她啧啧道：“瞧你这没出息的模样，还没嫁人呢，就恨不得把什么好的都留给他了。行行行，我不吃我不吃，饿死都陪你等着你家郎医生行了吧？”

融子兮有点内疚地看着她说：“我不是那个意思，我就是觉得你先吃了等会儿他来显得不太好，要不，你先喝碗鸡汤吧？”

“不用了，我不饿，先吃个苹果吧。”

“你别空腹吃苹果，伤胃。”

“伤胃好啊，到时候我去医院看胃病，也顺便钓个英俊的医生。”

“融佳琪！”融子兮叫道，就知道她是故意这么说的。

融佳琪看着她这个样子，乐得哈哈大笑，逗融子兮实在是有趣啊。

两人又等了半个小时，已经中午一点了，连融子兮都有点饿了。

此时郎泽轩才从医院出来，一看时间都一点了，赶紧给融子兮打电话。

电话接通后说：“等急了吧，我马上就从医院出发，大概要四十分钟才能到。”

“好，饭菜也才刚做好呢。”融子兮忙说。

“真是不好意思，今天让你们也跟着我挨饿了。”

“没关系，平时周末我们也吃得很迟。”

郎泽轩笑：“嗯，既然你这么说那我就不内疚了，一会儿尝尝你的厨艺吧。等会儿见。”

挂了电话，郎泽轩立即出办公室，抬头一看，方静璇站在门口。

他又忙说：“小方，你还没走吗？已经一点了，快回去吃饭吧。”

方静璇勉强笑着说：“嗯，换了衣服就走，郎医生再见，周末愉快。”

“嗯，周末愉快，下周见。”郎泽轩也客气地说，这才离开办公室。

看着他匆匆离去的背影，方静璇心里失落极了。没错，刚才郎泽轩跟融子兮的通话她听见了，她迟迟没走其实是想约郎泽轩中午一起吃饭，然后下午一起去水族馆玩，晚上再看一场电影。

可好不容易鼓起勇气，竟然听见郎泽轩的这番对话，什么“一会儿尝尝你的厨艺”之类的，肯定是对女孩子说的啊！而且当时他的语气那么愉快温柔，肯定是对女孩子说的！

难道他有心仪的对象了？

想到这个可能性，方静璇觉得天都要塌下来了，她靠在办公桌前，欲哭无泪。

融佳琪太饿了，只好先喝了一碗汤，吃了几块鸡肉，这才好受些。其实融子兮比她还饿，因为她今早起得早，又忙前忙后地收拾，又去买菜做饭，不过为了等郎泽轩来一起吃，她还是忍着，只喝了小半碗汤。

中午一点四十，郎泽轩终于来了。

融子兮下楼去接他，看到他的那一刻，心又扑通扑通地乱跳起来。

进到屋里，穿着吊带、短裤的融佳琪也出来跟郎泽轩打招呼。

在桌前坐下，融子兮亲手帮郎泽轩舀了半碗汤。

“谢谢。”郎泽轩客气地说，端起碗喝了一小口，赞扬道：“味道很鲜浓，不愧是地道野味，在城里确实很难吃到。”

融佳琪立即问：“郎医生，除了鲜浓外，就没品出其他味道吗？”

郎泽轩纳闷地摇摇头：“还有什么味道？”

融佳琪看看融子兮狡黠一笑：“不是还有爱的味道吗？”

“融佳琪！”融子兮立即脸一热，“赶紧吃吧，这么多菜还堵不住你的嘴吗？”

郎泽轩看看融子兮，笑着点点头：“确实还有爱的味道。”

这话一出，融子兮简直都要捂脸了。这两个人，简直是合伙欺负她，她赶紧低下头吃饭，头都不敢抬了。

融佳琪却不饶她，又说：“融子兮，你低着头干吗？快给郎医生盛饭啊。”

于是，融子兮只好红着一张脸给郎泽轩盛饭。

“谢谢。”郎泽轩依旧礼貌地说，接过饭，继续吃其他的菜。

挨个尝完，郎泽轩说：“这个凉拌黄瓜味道还不错，我好像还从没吃过这么好吃的凉拌黄瓜。”

融佳琪朝他竖起拇指：“太对了，郎医生，这道凉拌黄瓜就是融子兮的拿手菜，我最喜欢吃她这道菜了，简单又好吃。”

融子兮赶紧辩解说：“哪里简单了，单是这个花生米碎都要费不少工夫呢，你每次都吃现成的，当然觉得很简单。”

郎泽轩看向她，摸摸她的脑袋，说：“你做这么多好吃的菜，实在是辛苦了，多吃点。”说完，为融子兮夹菜。

一听这话，融佳琪叫起来：“哇！这么快就‘撒狗粮’了。行，作为好姐妹，这碗‘狗粮’我吃了！”说着端起碗，夹了菜大口大口地吃。

“别噎着了，又没人跟你抢。”融子兮不忍心地说道，因为刚刚郎泽轩体贴的话，她心情很好。

吃了饭，融子兮去洗碗，郎泽轩在她房里坐着玩手机。融佳琪回了自己房间换衣服，说是下午要去美容院做保养。

融佳琪换好了衣服，跟郎泽轩打了声招呼，然后又去厨房跟融子兮打招呼。

融佳琪靠在门边小声说：“我走了，空间都留给你了，趁着今天这么好的机会，把他扑倒啊。”

融子兮一跺脚：“去你的，你想哪去了，赶紧走吧！”

融佳琪笑笑，冲她使了个眼色，立马转身跑了。

她一走，周围的空气突然变得不一样了，因为这屋里只有郎泽轩和自己两个人，接下来要做什么呢？融子兮默默地想着。

洗了碗进屋，看到郎泽轩靠在沙发上打盹儿，忙开口说：“郎医生，去我床上躺一下吧？”

郎泽轩有点疲惫地看向她：“不介意我睡你的床吗？”

融子兮一笑：“只要郎医生不介意就好。”

郎泽轩点点头：“那我就躺一会儿吧，今天确实有点累，不过我在这里睡，你呢？”

“我在客厅里练练刺绣。”融子兮说。

郎泽轩又提出想去冲一下澡，幸好因为吕树杰经常来，家里也有男士拖鞋。融子兮又给他找了一件自己的浴袍。

趁他洗澡的时候，融子兮把床整理了一下，然后把窗帘拉上。

郎泽轩冲洗过后出来，在融子兮的床上躺下，很快就睡着了。

客厅里，融子兮坐了一会儿也开始打瞌睡，干脆去融佳琪床上睡觉。

直到郎泽轩都起来了，她还在呼呼大睡。

穿戴好的郎泽轩打开融佳琪的房门，走过去坐在床边，忍不住伸手撩了一下她脸上的头发。

融子兮一怔，忽然醒了，看到他尴尬地说：“郎医生，你起来了啊，我刚才坐着坐着有点困，就想在佳琪的床上躺一下，结果就睡着了。”

“早知道你也困了，我们不正好一起睡吗？”郎泽轩故意逗她说。

融子兮尴尬：“郎医生又捉弄我。”她自然知道郎泽轩是不会那么做的，他们的关系并没确定，哪里会睡到一块儿。

“今天吃了你做的饭，又睡了你的床，我也要投桃报李才行吧。你要不要也去吃我的饭，睡我的床呢？”郎泽轩说。

融子兮看向他：“郎医生说笑的吧？”

“我的样子像说笑吗？”

融子兮点点头：“像。”

郎泽轩笑：“怎么一下子就变聪明了？我不过，倒是真想请你一块儿出去走走，然后晚上一起吃饭，有兴趣吗？”

融子兮高兴地笑着点头：“好啊。”

她赶紧起床换完衣服，两人一起出了门。

因为天气比较热，郎泽轩提出去游泳，融子兮同意了。

找了一个人不算太多的游泳池，买了泳衣和泳裤，两人换好了衣服便一起去了泳池。

两人的身材都很不错，立即吸引了不少人的目光。郎泽轩就不用说了，底子好，平时也比较注重锻炼，身材自然是一级棒。融子兮个子高，体形瘦，穿上泳衣也跟模特似的。

但泳池里竟然有一个人是融子兮的同事！

这位同事叫孙钰倩，是时装部的，跟融子兮不是一个部门，但大家也认识，只是没那么熟悉。

孙钰倩看到他们，暗暗惊讶融子兮的男朋友居然这么帅。她当下拿起手机，悄悄偷拍了两人，因为郎泽轩很上镜，还多拍了好几张，拍完就发了朋友圈。

不过她也没什么恶意，纯粹是觉得郎泽轩很帅，有点激动，只是没想过两人居然不是情侣关系。

这条朋友圈一发出，接下来可是要出大事了！

融子兮并没有孙钰倩的微信号，可设计部的其他人有啊，比如艾姐。她几乎加了全公司人的微信号。

艾姐看到这条朋友圈，立即转发了不说，还提醒了好几个人看，其中就有库丽丽。

当时，库丽丽正在咖啡厅里跟一名长相猥琐的公司高管相亲，正有一搭没一搭地边聊天边玩手机，忽然看到消息提醒，点进去，一下子就看到这么出乎意料的一幕。

赶紧把手机拿近了仔细看，当确定了照片上的人是郎泽轩时，她简直惊呆了！尽管她内心不想承认，但事实是郎泽轩和融子兮十分亲密，凝望彼此的眼神简直脉脉含情，真不敢相信郎泽轩竟然有这么温柔的一面。

难怪郎泽轩对自己那么冷漠，原来都是融子兮在背后捣鬼！她肯定跟郎泽轩说了自己不少坏话吧！

融子兮真是厉害啊，表面上装得一副天真无邪的样子，原来背地里抢男人的本事一套一套的！

库丽丽简直要气疯了，把所有的罪名都安在了融子兮身上不说，还把自己在郎泽轩那碰钉子的屈辱都归结给了融子兮，并在心里狠狠发誓，若是不整死融子兮，自己就不叫库丽丽！

当晚，库丽丽气得一晚上都没睡好，把融子兮最近在公司的相关工作都找了出来，挑了一大堆过错。

星期一早上开会，库丽丽在会上单独骂了融子兮，说她上周设计的一套戏服送给主演过目后，主演很不满意，还借机对她冷嘲热讽一番，让她以后设计时多用心，别把一颗心都搁在男人身上，若是真找到了“富二代”，那就赶紧走人，她们这种小公司供不起她这样的“大神”。

融子兮不知道内情，只以为自己的设计真的让主演很不满意，心里内疚不已，默默地低着头挨骂。

会议结束后，她赶紧重新修改自己的设计。一直忙到快下班，把之前的创意完全修改了一遍，又拿给库丽丽过目。

然而，库丽丽只是简单地看了一下，立即拍桌子叫了起来，还讽刺说这都多少年前的风格了，居然还敢拿出来丢人现眼，让她重改，改不好今晚就别回去了。

融子兮委屈得眼泪都快流出来了，只得又回到电脑前继续修改。

很快下班时间到了，有同事叫她一块儿走，融子兮摇头说打算加班。

“等男朋友来吗？”同事傅小米笑着问。

融子兮勉强笑笑说：“我哪有男朋友？”

“还瞒我们啊，大家都知道了，子兮你也是不厚道，那么帅的男朋友都不介绍给我们认识认识，怎么，怕我们抢了吗？”

融子兮纳闷：“小米，你在说什么？我怎么有点听不懂。”

“行了行了，知道你低调行了吧。我先走了，早点回去啊。”

同事说着赶紧走了，融子兮心情不好，也没想太多，继续望着电脑上的作品惆怅。

夜幕降临，华灯初上，融子兮还在公司里加班。

一直到晚上九点半，保洁大姐王姐说要关门了，她才离开公司。回到家，又思考设计方案，实在不知道怎么修改。

第二天到公司，不出意外地，融子兮又被库丽丽狠狠地骂了一通，叫她继续修改。

整整一个星期，融子兮的时间都耗在一件戏服上，而且改到最后，设计方案还是没有通过。

不仅如此，部门内部还传出一个谣言，说融子兮抢了库丽丽的男朋友。

谣言说得有鼻子有眼，说郎泽轩原本是库丽丽在市妇女儿童医院的姨妈介绍给她的。因为那天她比较忙，就让融子兮去帮忙接一下人，融子兮却偷偷留下了郎泽轩的手机号，之后暗暗跟郎泽轩联系，还跟对方讲库丽丽的坏话，甚至经常以去医院看妇科病为借口接近郎泽轩。还说这个郎泽轩不仅长得帅、工作好,而且还是名副其实的“富二代”,有名的郎氏集团子孙,大明星郎皓轩和“国民老公”郎立轩的表哥!

听到郎泽轩的身份，公司里很多女人都嫉妒极了，心想:凭什么融子兮那么平凡的女人竟然会得到这么好的男人?

女同事们总在融子兮背后悄声议论,冷嘲热讽。融子兮听到一些只言片语，纳闷又难受，实在不知道自己怎么一下子就被她们讨厌了，自己也没做什么对不起谁的事啊。

但这些她都暂时顾不得了，因为工作上的事情才是最让她烦心的。融子兮十分热爱服装设计，不仅仅把这当成工作，还当成自己的理想和追求。

可自己的设计一再被否认，她受到了沉重的打击。当然，事实是库丽丽根本就没有把她的作品交上去，那些不满意的话都是她自己瞎编的。之前融子兮的设计大都很受肯定，顶多修改一些小细节。

所以她现在连想郎泽轩的时间都没有了，每天都陷入改方案的痛苦中。

一晃半个月过去了，融子兮没有联系过郎泽轩。

郎泽轩沉不住气了,星期五晚上,郎泽轩写完一篇论文,主动给她打了电话。

电话接通，郎泽轩没有说话，融子兮疲惫地说:“郎医生吗，最近好吗?”

“怎么，接到我的电话好像不太开心的样子?”郎泽轩说，发现她接到自己的电话竟然不是很兴奋。

融子兮疲惫地笑笑:"哪有，郎医生别取笑我了，我这个样子谁看得上?"工作上的打击让她一下子什么信心都没有了，觉得自己喜欢郎泽轩这件事确实是"癞蛤蟆想吃天鹅肉"。

"怎么突然变得这么没自信了?之前不是还敢对着太阳大喊，说喜欢我吗?"郎泽轩又说。

融子兮忍住想哭的冲动，深吸了一口气说:"我那不是不自量力吗?郎医生这么优秀的男人，哪里是我配得上的?我就是'癞蛤蟆想吃天鹅肉'罢了。"

郎泽轩终于听出她的情绪不太对,再次问:"融子兮,是不是发生什么事了?我觉得你今天说话怪怪的。"

"多谢郎医生关心，我没什么事，可能是因为最近工作上比较忙吧。"

"是吗?如果身体不舒服的话，下周二我有门诊，我可以破例给你个加号看病的机会，不过到时候你别让人误会我对你性骚扰就行了。"郎泽轩故意逗她开心。

融子兮终于笑起来:"郎医生，别提那件事了。"

"周末有空吗，要不要出来散散心?"

"是很想出来走走，只是手里还有一大堆工作要做，实在抽不出时间。郎医生的好意只有心领了。"她还要不断地修改设计方案。

想不到她居然拒绝了自己的邀请，郎泽轩觉得有点异样，也只好说:"那好吧，有时间再见面。对了，最后还是想问你一句话，还喜欢我的，对吧?"

融子兮心里涌起一股悲凉，沉默了片刻才说:"嗯，还在自不量力地坚持着。"

"很好，继续坚持。那不打扰你了，晚安。"

"晚安。"

挂了电话，融子兮深吸了一口气，眼泪就流了出来。工作上的失意，感情上的苦恋，一下子把悲伤放大，让她觉得人生都黯淡无光、了无生趣了。

与此同时，郎泽轩正在沉思，反问自己是不是在乎她、喜欢她?不然怎么会没有她的消息，就会心神不宁;听到她情绪不好，会担心她是不是发生了什么事。而且刚才发现她接到自己的电话并不兴奋，还有点担心她是不是不喜欢自己了。

那要跟她正式成为恋人吗？想跟她结婚，一起生活一辈子吗？

但还有个问题是，她似乎把自己想得太好了，其实，自己并没有她想得那么好。所以,如果在一起后,她发现了这些缺陷,会不会失望,从而提出分手呢？

让融子兮想不到的是，郎泽轩心里其实也有自卑和顾虑。

周末，融佳琪发现她又在加班，问了一下情况后，帮她分析说:“该不是那个库丽丽故意整你的吧？以前都好好的，怎么最近老是说不好？”

融子兮画着图说:“我又没得罪她，她干吗针对我？唉，可能是我前段时间把心思都放在郎医生身上，所以才做得不好吧。”

“哦？那听你这么说，你是要为了事业放弃你的郎医生了吗？”融佳琪拿着一罐凉茶问。

融子兮无奈地笑笑:“我哪有资格说什么放不放弃，人家根本就从来不属于我，不是吗？”

融佳琪蹙眉:“唉，上次我看郎医生对你的态度应该是已经默认了你是他女朋友的啊，可就剩一层窗户纸了，为什么他就不主动捅破呢？这样的男人也真没劲，实在不行就算了呗，现在这世道，‘三条腿的青蛙不好找，两条腿的男人还不遍地都是’吗？千万别委屈了自己，啊？”

“嗯，谨遵佳琪姐的教诲。”融子兮附和道，继续埋头工作。

星期一早上开会，库丽丽又拐弯抹角地骂了融子兮，说有的人的设计方案老是不过，在公司里什么贡献也没有，还总是给公司丢脸，也不知道领工资的时候心里会不会内疚。

旁边的同事都暗笑，知道她说的是融子兮。

开完会，融子兮把周末加班改的方案交上去，库丽丽勉强说，让她放着，送上去试试，然后又给了她新任务。

她当然不会一下子逼她离职，而是要慢慢地折磨她，让她知道跟她库丽丽抢男人是什么下场！让她知道库丽丽得不到的男人，谁也别想得到！

接到新任务的融子兮忙碌了一天，晚上又留下加班。

忙到晚上九点多，做保洁的王姐看到她还在加班，笑着说："子兮，你天天加班，也不怕你男朋友不高兴吗？"最近融子兮经常加班，王姐跟她也熟络了起来。

融子兮尴尬地说："王姐，您说什么呢？我又没有男朋友。"

"不对啊，我都看见了，一个很帅的小伙子，你们不是还一块儿去游泳了吗？"王姐笑着说。

融子兮一惊："王姐，什么游泳？我跟谁游泳？你在哪里看到的？"

"我在微信上看到的啊。"

"谁的微信？"

"艾雅兰的微信朋友圈啊。"王姐说，她前天才把艾姐的微信加上，然后把她的相册翻看了一遍，当然也看到了那条消息。

融子兮赶紧打开微信，然后点进艾姐的相册看，一直翻到半个月前，果然看到了自己跟郎泽轩在泳池的照片。

瞬间，融子兮的心怦怦地跳了起来，因为她终于意识到一个问题：库丽丽肯定也看见了！

难怪最近总是被库丽丽骂，当初自己明明答应她不跟郎泽轩联系，现在却……

可她骗自己在前啊！自己没揭穿她，她反而"公报私仇"……

明白真相的融子兮简直要气死了，立即收拾东西回家去。

回到家，很想跟融佳琪说这件事，打开门看到她正在直播，不愿打扰她，又把门关上。想跟郎泽轩说，又觉得太矫情了。

融子兮一个人坐在椅子上，回想这段时间的每件事，越想越郁闷，越想越生气，越想越委屈……

融子兮当初跟郎泽轩和好的时候，没有想过库丽丽会这般生气。库丽丽本来就不是郎泽轩的女朋友，自己苦恋郎泽轩根本不关她的事，她干吗要这样报复自己呢？

融子兮心烦意乱，跟郎泽轩的关系进展不大，还得罪了库丽丽，怕是连工作都要保不住了。

“融子兮，你到底做了些什么啊？”融子兮拍着自己的脑袋自嘲。

融子兮很想哭，如果郎泽轩喜欢自己，如果能和他成为恋人，不管在公司受了什么样的委屈自己都无所谓。可关键是，自己表白也表白了，吻也接了，为什么他还是不愿意跟自己成为真正的恋人呢？

第二天原本不想去上班，可逃避也起不了什么作用，还是硬着头皮去了。

到了公司，默默地忍受着库丽丽的刁难。中午的时候，借着午休时间，她悄悄给融佳琪打了个电话，把自己的猜测告诉了她，问她自己该怎么办。

融佳琪听完，大骂了库丽丽一顿，然后说实在不行就辞职吧。

“可是，我喜欢这个工作，不想离开公司，而且我跟公司签的合同还没到期。”融子兮为难地说。

“你不走，就只有两条路：一条就是继续被库丽丽欺负，另一条就是你去跟郎泽轩说，让他跟库丽丽好，然后以此让库丽丽放过你。”

融子兮一脸惆怅：“怎么可能，我哪里有权利跟他提这种要求？”想了一会儿说，“依我看，只有考虑辞职了。”

“这事儿你跟你的郎医生说过吗？”

“还没有，我跟他说有什么意义呢？再说，我跟人家说，想要人家怎么样，同情我还是跟我道歉？是我自己说喜欢他的，又不是人家非要跟我好的。”融子兮无奈地叹了口气说。

“你呀你，偷鸡不成蚀把米，看到人家长得帅，就什么都不顾了，现在好了，鸡飞蛋打。”融佳琪骂着她说，说完又觉得这样对她挺残忍的，于是又安慰说：“行了，你也别太难过了，‘此处不留爷，自有留爷处’，你的设计能力那么强，走哪里不能混口饭吃。再不济，姐养你！别怕，啊。”

融子兮点着头，眼泪又流了出来。

融佳琪又安慰了融子兮几句，融子兮的心情总算好了一些，便开始想辞职的事。

下午回到公司，她偷偷地在招聘网站上看了一些相关的招聘信息，结果没想到被其他同事看到，还给库丽丽打了小报告。

办公室里，库丽丽冷笑:“哼，想跑？没那么容易！”

晚上回到家，融子兮把跟公司签订的劳动合同拿出来，仔细看了一下，又查了一下辞职的相关流程。当晚就写了一封辞职信，决定找个合适的机会，交给库丽丽。

想到自己就要失业了，心里很不是滋味。其实最难过的还是郎泽轩的态度，自己已经主动了那么多次，为什么他就不能主动一点呢？问了自己那么多次喜不喜欢他，为什么他就不能主动说一次喜欢呢？

或许，他真的不喜欢吧。

融子兮痛苦地抱着头，在心里告诉自己:忘了吧……

然而，接下来的一个星期，库丽丽却没有再为难融子兮了，倒让融子兮懵了，辞职信在包里放了一个星期，也没有机会交出去。她虽然没有为难融子兮，却给她了很多工作，就是要让她没有时间跟郎泽轩联系。

周五晚上，郎泽轩一直等着融子兮的电话，一直等到夜里十二点，也没有等到。

打开微信看了一下，她最近连微信也不发了。忽然之间，郎泽轩有个错觉，融子兮又要像上次一样莫名其妙地人间“蒸发”了。

郎泽轩坐在床上深吸了一口气，说不出心里的感觉，有些失望，也有些失落，连自己都搞不懂。

想了一阵，他不禁开始反省自己的行为，身为男人，是不是太没担当了呢？明明知道她喜欢自己，可自己还是一点表示和行动都没有。

到底要不要跟她成为恋人？郎泽轩在心里再次问自己。

这天晚上，郎泽轩做了一个梦。梦里，融子兮一个劲儿地哭，一个劲儿地说以后再也不会喜欢他了。

梦醒后，郎泽轩心里说不出的失落，好像生活突然又像以前一样单调乏味了，或许，是可以跟她成为恋人的吧？

郎泽轩决定好好思考一下这个问题,尽快给她,也给自己一个确定的答案。

然而，意外发生了。

周三晚上，融子兮又在公司加班，直到保洁王姐走的时候才离开。

周四上午竟然有两名警察来公司，让融子兮出门说几句话。

原来，早上同部门的同事唐柳絮报警了，说她昨天忘在公司的钻戒丢了。而部门经理厍丽丽说，昨晚只有融子兮在公司留得最晚，而且觉得融子兮平时的品行就不是很端正，有重大的作案嫌疑。

“跟我们去一趟警局，配合调查吧。”警察说。

融子兮整个人都懵了，脑中只有一个念头:有人告我偷东西了！我要坐牢了吗？一瞬间，她简直要崩溃了。

好几个同事都看好戏般看着她，厍丽丽更是一脸得意。融子兮知道自己可能中了厍丽丽的圈套……

没有办法，只能跟警察去警察局，另一名警察检查了她的办公桌后，拿上了她的包包。

走上警车的那一刻，融子兮简直萌生了自杀的念头:偷盗罪一旦成立，就会变成自己一辈子的污点!

到了警察局，警察仔细问了她昨天在办公室所做的事，融子兮都一一回答了。同时，警察在她包包里找出了一枚钻戒。

对此融子兮都不惊讶了，厍丽丽肯定做好了准备，才通知警察的。

融子兮说，自己绝对没有偷东西，有谁明知只有自己加班还要偷东西？还把赃物放在自己包包里？

这一次，融子兮倒是没哭，相当镇定，她就是没偷过，她不是贼，所以她不心虚。

中午时，融子兮得到允许，给融佳琪打了个电话，把事情跟她说了。

融佳琪听后，说马上就来警察局。

“你不要来了，你还是帮我找个律师吧。”融子兮平静地说。

“好，你别怕，我来想办法，老子真要找人把那个厍丽丽揍一顿!”融佳琪气得大骂。

“你别冲动，你帮我问问吕树杰吧，他比较理智，应该有办法。还有，千万不要告诉我家人，好吗？”

融佳琪深吸一口气，控制住情绪说：“好，你别担心，我马上就给你想办法。”

挂了电话，融佳琪就给吕树杰打电话。

两人讨论了一阵，吕树杰让她给郎泽轩打电话。一来，郎泽轩也算是这个案子的隐形证人，可以作为一个考量；二来，他身份特殊，或许能帮上忙。

融佳琪想想也是，立即给郎泽轩打电话。

然而，郎泽轩因为要做一台比较重要的手术，所以提早就把手机设成静音，放在储物柜里，已经进手术室了。

融佳琪一连打了十几个电话，都没有人接。最后不得不给他发短信说：姓郎的，融子兮因为你都快坐牢了！你要是还有点良心就马上想办法找人保她出来，不然我融佳琪一定不会放过你！！！

郎泽轩没回复，融佳琪没有办法，只好赶紧去律师事务所找律师咨询。

下午，郎泽轩终于做完手术出来。在办公室里休息了一会儿，拿过手机一看，发现有十多个陌生未接电话，还有一条短信。

点开一看，吓了一跳，马上打融子兮的电话，然而已经没有人接了。

他又立即打融佳琪的电话。

电话一接通，融佳琪立即破口大骂。因为那个钻戒价值十万元以上，如果融子兮偷窃的罪名成立，那就属于“数额巨大”，是要坐牢的，好好一个姑娘，若是坐过牢，这辈子可就完了！

在融佳琪的骂声中，郎泽轩大概明白了是怎么回事。

“我会想办法的。”说完，就挂了电话。

“郎医生怎么了？”方静璇看他连衣服都没来得及换，就在那一直通话，关切地问道。

“有点事情，我先走了。”郎泽轩说，匆匆换了衣服，立即去车库取车，边走边拨打表弟郎立轩的电话。

电话接通，郎立轩惊讶地问:“二哥，突然给我打电话有什么事吗?”

“立轩,有一件事情想问问你能不能帮上忙。”然后把融子兮的事情说了，就说融子兮是被人陷害的，她根本不可能偷东西。

郎立轩听完笑着问:“二哥，能问问你跟这位女孩子的关系吗?”因为郎泽轩一贯冷漠,这次居然会为了一个女孩子给自己打电话求助,肯定关系不一般。

郎泽轩说:“这是重点吗?”

“我问问也无妨吧。”

“就是你想的那种关系行了吧。”郎泽轩说，因为就算说不是，他肯定也不会信，而且融子兮因为自己才摊上这种事，自己只有这样说，郎立轩才会认真对待。

郎立轩笑着点头:“懂了，既然是这样，那我不帮忙也说不过去啊。好，我这就给朋友打电话，一有任何消息就通知你。”

“麻烦你了。”

“不客气，到时候让我见见‘嫂子’就行。”

郎泽轩笑道:“嗯。”

挂了电话，郎泽轩心里担忧不已。想着她一个人被关在拘留所，她那么爱哭，肯定眼睛都哭肿了吧。

都怪自己，上次通电话的时候明明就已经察觉到她有点不对劲，当时就应该好好问清楚发生了什么事。

回家仔细查了一下通讯录，他把可能帮上忙的人都单独列了出来。决定如果郎立轩那里不行的话，那就再给这些人打电话。

爸爸兴许也能帮上忙，但郎泽轩还不想这件事被他们知道，尤其是妈妈。要是知道融子兮因为盗窃嫌疑被抓起来，那还得了。

这一晚，郎泽轩心里充满内疚和自责，他根本睡不着，干脆起床看电视，看着看着，脑中又浮现出融子兮的样子……

第二天，郎泽轩照例去上班。

中午的时候，他终于接到郎立轩的电话，说托付的律师已经跟他保证，一定没问题，让他放心吧，如果不出意外，下午就能出来。

郎泽轩如释重负:“谢谢你，立轩。”

“记得让我见见‘嫂子’哦。”郎立轩说。

郎泽轩说:“又不是什么大美女，有什么好期待的。对了，这件事千万不要告诉其他人，尤其是你姑妈。”

“放心吧，不会的，我又不是郎皓轩那个大嘴巴。”

挂了电话，郎泽轩终于松了一口气。

下午，郎立轩又给他打电话说可以去领人了，让他立即去。

郎泽轩谢过他，跟科室主任请了假，立即开车去接人。

来到派出所,郎泽轩立即进去,郎立轩请的律师正在跟派出所的警察说话，看到郎泽轩赶紧过来招呼他。

郎泽轩跟他握手说了几句，然后警察让他稍等，便去带融子兮出来。

一脸憔悴的融子兮走出来，看到郎泽轩，愣了一下。郎泽轩对她笑笑:“融子兮，我来接你，走吧。”

融子兮不敢相信地说:“我没事了吗？”

“没事了。”郎泽轩说，“走吧。”

融子兮走过来，郎泽轩一把牵住她的手，紧紧地握住。

律师说，自称钻戒丢失的唐柳絮，起初还态度坚决，禁不住警察的反复询问，终于开口说可能是个误会，同意撤回诉讼。

郎泽轩再次谢过律师，便带着融子兮离开了。

车上，融子兮沉默了一会儿，看向郎泽轩，说:“是郎医生找人帮了我吧，谢谢。”

郎泽轩看看她:“别多想了，事情都过去了，融佳琪那边我已经帮你打过电话给她了，我先带你去吃饭吧。”

“不必了，我想回去洗个澡，换身衣服。”

“好，我陪你回去，洗了澡，换了衣服，再一起吃饭。”郎泽轩说。

融子兮茫然地看着他:“郎医生怎么突然对我这么好，同情我吗？”

“你说是就是吧。”郎泽轩随口说。

融子兮笑笑:“可我不喜欢被人同情。”

郎泽轩看着她，叹口气:“对不起，我说错话了。不是因为同情你，是因为喜欢你。”

融子兮摇摇头:“都差不多吧。”

她已经想好了，公司是待不下去了，辞职后她打算离开这里，去另一个城市，重新开始。

看出她表情中的沉重和疏离，郎泽轩暗暗下定了决心，今晚一定要跟她把话说清楚。

来到小区，郎泽轩又要陪她一起上楼。

“郎医生,真的不用担心我,我已经没事了,而且我也没什么心情吃东西。”融子兮拒绝说。

郎泽轩看着她:“融子兮，你就是这么对待你的恩人的吗？”

“不是，我只是不想浪费郎医生的时间。”

“走吧，你现在就是在浪费时间。”郎泽轩说。

融子兮暗暗叹了一口气，随他一同上楼。

进了屋，融佳琪立即冲了出来，拉着融子兮嘘寒问暖，问她在警局有没有受委屈什么的。

融子兮安慰她说，一点委屈也没有受，就是白白在那里坐了两天，叫她别担心，然后去换衣服洗澡。

等她进了浴室，融佳琪才看向郎泽轩:“这次的事，我就不跟你说谢谢了，因为本来就是你造成的。”

郎泽轩点点头:“嗯，我知道。”

“那你对她的态度是什么呢？她的脾气我最了解，发生了这样的事，肯定打算离开这里，去别的城市的。你要真喜欢她，今晚就跟她确定关系，如果不喜欢，你现在就走吧。”融佳琪认真地说。

郎泽轩又点点头:“嗯。”

说完在沙发上坐下。

融佳琪纳闷地看着他:“‘嗯’是什么意思？你到底是怎么打算的？”

郎泽轩看向她:“不是你说的不走就是确定关系吗?”

融佳琪笑着看向卫生间的方向:“行，算你还有点个性。”

“今晚她可能不会回来住。”

“求之不得。”融佳琪摆摆手说，转身朝自己房间走去。

然而,对两人的对话,融子兮还一点都不知道,半个小时后她才从浴室出来。

发现郎泽轩还没走，融子兮有点尴尬，只好把衣服换了，又吹了头发，跟郎泽轩说可以走了。

然后一起下楼，上车。

两人各怀心事，在车上也没说什么话。

融子兮一直在发呆,想着就要离开这里,离开好朋友,离开深爱过的男人,一个人重新开始，心里的失落无法言说。

等到车子停下，她才回过神，下车跟郎泽轩来到电梯前。

她纳闷地问:“这是郎医生住的小区的地下车库吗?”她上次来过。

“嗯，你记性不错。”

“原来郎医生带我来吃外卖啊，那还不如在我那儿叫外卖吃。”

电梯门打开，郎泽轩拉她进门说:“在你那儿跟在我这儿不一样，你那儿还有个人在，我这儿没有其他人，就只有我们俩。”

融子兮:“原来郎医生喜欢把女孩子往家带啊。”

“错了，不是喜欢把女孩子往家带，是把喜欢的女孩子往家带。”

融子兮说不过他，也就没回话。

出了电梯进了家门，郎泽轩叫融子兮看会儿电视，他去冲个澡换身衣服。

待他洗完澡出来，门铃响了，送外卖的来了。

还是比萨、牛奶、水果沙拉。

“中餐不太方便送，而且全是快餐盒，我不太喜欢，所以就点了这些，你将就吃吧。”郎泽轩说。

融子兮点点头:“没关系，我也喜欢吃这些。”

两人边看电视，边吃东西，也没说什么。

吃过东西，郎泽轩把桌子收拾了，又在沙发上坐下。

坐了一会儿，融子兮看看手机："时候好像不早了，我也该回去了。"

郎泽轩看向她，拍拍自己身边的位置说："融子兮，你坐过来，我有话想跟你说。"

融子兮纳闷："这样说也一样啊。"郎泽轩看着融子兮，没有说话，起身走到她旁边坐下。

郎泽轩握住她的手，深吸了一口气说："融子兮，这些话我想了很久，直到听到你出事才下定决心跟你说。"

忽然意识到他可能要说什么，融子兮心跳得如擂鼓一般，连身体都在微微发抖。

郎泽轩感受到她的紧张，看向她，笑笑说："我有三件事想跟你说。第一件事，我想先跟你说一下我的情况，主要是我的工作。我是个妇科医生，身边总是围绕着女人，比如女护士、女病人，而且因为工作的原因，我经常接触女病人的身体，我知道，至今都有很多女病人对此很忌讳，就像你第一次见我时一样，发自内心地抵触。但是我可以问心无愧地说，我从来没有对女病人有过任何猥琐的想法，我从决定做医生开始，就把这当作是我的本职工作。我也不会跟身边的女护士暧昧，会尽量跟她们保持距离。

"第二件事是我的家庭。因为我选择做医生，跟妈妈的关系闹得很僵。我以后也不会接触郎家的财产，所以我只是一个工薪阶层的医生，不是什么'富二代'。我的房子和车子都是爸爸买的，法律上来讲都不是我的，所以跟着我以后可能还要供房、供车。另外，受家庭环境影响，我很不喜欢吵架。我希望，以后不管发什么事，我的另一半都能好好跟我说，我们一起解决问题，绝对不能以吵架或者冷战的方式来解决问题。

"第三件事就是，我喜欢你，愿意跟你以结婚为目的认真交往，希望你能做我的女朋友。这些就是我今晚想对你说的话。融子兮，你愿意跟我在一起吗？"

融子兮的身体不断发抖，她从来没有这么激动、这么紧张过。

融子兮怔怔地看着他："真的喜欢我吗？"

"嗯，真的喜欢。"他点点头，肯定地说。

突然，融子兮扑上去，一把抱住郎泽轩："我也喜欢你，很喜欢很喜欢你……”

郎泽轩幸福地笑，也伸手紧紧抱着她：“傻瓜，你是我见过的最傻的傻瓜，可我就是喜欢你这个傻瓜……”

融子兮看向他，头微微前倾，就吻住了他的唇。

两人在沙发上纵情地拥吻着，不同于上次看日出时浅浅亲吻，这次两人都很热情地吻着对方。或许，明确了关系跟暧昧确实是不一样的，不过郎泽轩早就料到了这样的结果。

也正是因为对融子兮的态度有很大的把握，他很愿意跟她在一起。毕竟两个人若是要长期相处，能笃定对方的态度可能更好些，和那种总让自己捉摸不透的人在一起，会很累。

郎泽轩关了电视，一把将她横抱起来，朝卧室走。

融子兮紧紧依偎在他的怀里，既兴奋又紧张。

进到卧室，融子兮忽然笑起来说：“我看到网上很多人说，你们妇科男医生因为看过太多女性的身体，所以对异性的身体都没什么兴趣了，真的吗？”

郎泽轩宠溺地看着她：“就知道你会这么想，所以今晚才决定表白的同时也跟你证明一下我到底正不正常。不过，万一我真的有性功能障碍，你还会跟我在一起吗？”

融子兮想了一会儿，点点头：“会。”

郎泽轩笑：“这么伟大？”

融子兮看着他：“我喜欢的是你这个人。而且，有很多夫妻不是也因为有这样或那样的事，不可能再有性生活了吗？难道因为这样，就要离婚吗？再说，结婚是为了跟相爱的人相守到老，又不是为了有性生活。”

“嗯，看来我真是捡到块宝呢。”郎泽轩，认真看着她，“以后有什么事都跟我说，好不好？不要一个人撑着，不要悄悄消失，这样我很不喜欢，明白吗？”

融子兮点头：“嗯，我以后不会了。”

“孺子可教，小傻瓜……”

“嗯？”

“我爱你。”

“我也爱你。”

接下来，两人自然是恩爱缠绵，琴瑟和鸣。而且，融子兮还亲自验证了一个事实，那就是，妇科男医生……特别棒！

第二天早上，郎泽轩起床去上班，让融子兮再睡会儿，并告诉了她门锁密码。

郎泽轩正准备出门，又返回来，站在门口说：“对了，去交辞职信的时候一定要昂首挺胸、自信满满，知道吗？别一副任人欺负的样子，你没有错，错的是她们，嗯？”

融子兮忙点点头：“嗯，我会的。”

郎泽轩笑笑：“那我走了。”

“等等！”

“还有什么事吗？”

融子兮两手抓着被子，不好意思地说：“我以后可以叫你泽轩吗？”

“傻瓜，当然可以。或者，你也可以叫我老公，我不介意。”郎泽轩说。

知道他是故意逗自己的，融子兮还是羞得用被子把脸捂住了。

郎泽轩看着她笑：“亲爱的，我走了。”

一听这话，藏在被子里的融子兮更不好意思出来了，直到关门声响起，她才从被子里钻出来。

融子兮想着这一夜来发生的事，一个人在床上傻笑，又看看这个房间，真不敢相信自己竟然睡在了他的房里。

融子兮起床后，把自己打理好，又把屋子收拾了一下才出门。

返回住处，她顺便给融佳琪买了早餐。

洗了澡，换了衣服，然后拿着辞职信去公司辞职。

走到公司大门口，融子兮深吸了一口气，把头抬起来，问心无愧地打开门，走进去。

前台的丝丝看到她，微微愣了一下，融子兮主动跟她打了招呼。

看到她没有一点憔悴难过的样子，丝丝也微笑着点了点头。她自然也知道唐柳絮是在库丽丽的教唆下才陷害融子兮的,那两人什么脾性她最清楚不过了。

融子兮笑容满面地走进部门办公室，大家看到她，平时关系还算好的都关切地小声问她“没事吧？”

融子兮也笑着说:“没事，误会一场，都说清楚了。”

只有唐柳絮没吭声，脸上也没一丝内疚的样子。

融子兮来到自己的办公桌前，把自己的东西收拾好。

“子兮，你要辞职吗？”同事傅小米不舍地问。

融子兮点点头:“嗯,我跟我男朋友商量了一下,他觉得我还是辞职比较好。毕竟这样的事并非偶然，是第一次但却不一定是最后一次，我们这样的小职员惹不起，那就躲开呗。”

“你男朋友真好，祝福你，子兮，以后常联系。”傅小米替她高兴说。

“嗯，常联系。”融子兮说，不过心里还是有些失落，毕竟这么离开确实不是什么值得高兴的事。

把东西收拾好后寄放在前台，然后走到库丽丽办公室门口，敲了敲门。

“请进。”库丽丽的娇声传来。

打开门，融子兮昂首挺胸地走进去，微笑着说:“库经理，你好，我是来辞职的。”说着从包里拿出辞职信放在她桌上。

从她进来时，库丽丽就在看她的表情，发现融子兮没有一点憔悴的样子，微微有点诧异。

库丽丽假惺惺地开口说:“做得好好的，怎么就要辞职了呢？戒指的事不是已经说清楚了吗？既然是误会，你就可以继续留在公司。”

融子兮笑笑说:“我辞职并不仅仅是因为戒指的事，而是对公司某些领导公报私仇的行为很不满意，在这样的领导手下工作，连自己都会觉得很恶心。”

“融子兮，你这么说是什么意思？指桑骂槐是吧？”库丽丽不爽地说，当然知道融子兮是在说自己。

融子兮不卑不亢:“如果库经理觉得是，那就是吧，不过还是要感谢某些人的污蔑,要不是发生了这样的事,我还不知道我的男朋友郎泽轩有这么爱我呢。

而且今早他还跟我说，让我昂首挺胸地来辞职，因为我没有任何错，错的是陷害我的人，谢谢库经理这段时间对我的帮助，也希望公司能尽快批准我的辞职，再见！”

“哼！找了个妇科医生不得了啊，你拽什么拽！”库丽丽嚷道。

走到门口的融子兮回过头，对她得意地笑笑，一脸“我就拽了，你能把我怎么着”的样子，拉开门走了。气得库丽丽在办公室歇斯底里地大骂，好多人都朝这边看。

走出公司，融子兮深吸一口气，在心里暗暗给自己打气。虽然失业了，可现在终于能跟郎泽轩在一起了，只要俩人共同努力，以后一定会更好的！

融子兮在回去的路上又顺道买了些菜，准备回家做饭。

打开门，融佳琪已经起床了，看着融子兮，打趣地说：“咦，昨晚某人似乎一夜未归啊，住哪儿了呢？”

融子兮甜蜜一笑：“明知故问。”

“啧啧，一脸幸福的样子，看来昨晚郎医生表现得很好啊。”融佳琪又说。

融子兮简直都要捂脸了，尴尬地说：“不跟你说了，我去换衣服。”

进屋了还听见融佳琪在外面嚷：“我这不是关心你吗？你又不是不知道网上的人都说妇科男医生什么，夫妻性生活有多重要你根本不明白……”

融子兮不理她，反正她已经想好了，只要郎泽轩爱自己，其他都不重要。她都会跟着他。因为她爱他，所以无论富贵还是贫贱，无论健康还是疾病，无论成功还是失败，都会不离不弃，永远支持他、爱护他，与他同甘共苦，携手共创健康美满的家庭！

这么想着，连融子兮自己都快感动得流泪了，她深吸一口气，又笑了起来。

与此同时，医院里的郎泽轩心情也特别好，连周围的同事都发现了。

平时总是不苟言笑的他，今天会淡淡地微笑，说话也特别温柔，一脸幸福的样子，快要掩饰不住了。

可方静璇看在眼里，却像针扎一样难受。女人的第六感告诉她，情况十分不妙！

果然，中午时分，方静璇发现郎泽轩一直在拿着手机打字，她假装若无其事地走过去一看，郎泽轩居然在微信聊天。

还看到两个扎眼的字——傻瓜，这明显是对女人才有的称呼啊。

一瞬间，方静璇的心情简直跌到了谷底，失落得快要喘不过气，脑子里有个声音不停在说:“他有女朋友了！他有女朋友了！”

方静璇坐在椅子上，默默地忍受着心里的痛苦。失落了一阵，她又告诉自己，没关系，恋爱了可以分手，还有机会，还有机会……

下午下班后，郎泽轩开车直接去了融子兮住的地方，中午已经约好了。

到了住处，吃了融子兮做的饭，融子兮又羞涩地跟郎泽轩一起出门了。

夜空下，车子平稳地行驶在路上。

两个人在车子里不时聊着,不知道怎么回事,总能找到这样那样的话题聊。

“不必急着找工作，先休息一段时间，调整好了心情，再找工作比较好。”郎泽轩对于她找工作提出自己的看法。

融子兮点点头:“嗯，我也是这么想，正好白天佳琪没事，她可以陪我。”

“然后晚上又有我陪你。”郎泽轩接过话说。

融子兮脸一红，不好意思地低下头，她现在才发现郎泽轩这个人其实还挺坏的，总是一抓住机会就说些让自己脸红心跳的话。

“哦，对了，还有件事要跟你说，就是你被陷害那件事，其实我是让表弟帮的忙。当时请他帮忙时，他提出要见你，今天又在微信上问我，所以我答应等他有时间的时候让他来家里吃饭。到时候你做顿饭，表示对他的感谢，可以吗？”郎泽轩说。

融子兮赶紧点头:“没问题，这么做也是应该的。不过，你说的表弟是那个大明星郎皓轩吗？”

“不是，是另一个，郎立轩。”

“啊？‘国民老公’郎立轩？”融子兮惊讶地说。

郎泽轩点点头:“嗯。”

融子兮笑着说:“你们郎家好厉害，全是名人。不过，我还是庆幸郎医生跟他们不一样。”

“为什么？”

“因为我很平凡啊，如果郎医生是名人的话，那我怎么可能有机会跟郎医生在一起。”

郎泽轩笑笑：“怎么又叫郎医生了，不是说要叫我老公吗？”

融子兮捂脸：“我实在叫不出口，我还是叫你泽轩吧。”

“不取个昵称吗？”

“昵称？你想要什么样的昵称呢？”

“你想一个啊，反正要听起来很亲密的那种，比如什么‘亲爱的泽’啊，‘泽宝贝’啊，‘亲亲相公’啊之类的。”

“哈哈，你居然还有这种喜好啊，我还以为你很严肃，不喜欢这种腻歪的东西呢。”融子兮忍不住大笑说。

郎泽轩自然是逗她的，不过说完连自己也跟着笑了起来，深感自己一直以来想要的恋爱模式，似乎就是这样。两个人在一起，简单、快乐、踏实。

回到家，看到被收拾得干净整齐的屋子，郎泽轩立即就夸了她。然后让她先看会儿电视，自己要去书房继续工作两个小时。

“还有工作没做完吗？”融子兮纳闷地问。

“嗯，要写一些报告，还有论文，还要看些书，事情很多。”

“原来你们医生这么忙啊。”融子兮惊讶地说。

郎泽轩从背后抱着她：“放心，再忙也会抽出时间陪你的，至少我在床上的时间都是属于你的。”

“干吗又逗我？”融子兮又被他说得脸红了。

郎泽轩也笑着，在她脸颊上亲了一下，才转身去书房。

书房的门关上，郎泽轩彻底进入了工作状态。

融子兮无聊地看了一会儿电视，又拿着手机玩，在网上搜索了一些与医生相关的事。

晚上十点半，郎泽轩准时出来。洗漱完，十一点准时上床。

而此时融子兮自然已经在床上等着他,两人情之所至,自然又是恩爱缠绵。

过了两天，郎立轩果然应邀，要来郎泽轩家里拜访。

接到消息后，融子兮吃过午饭，就去了郎泽轩的住处。融佳琪听说郎立轩要跟融子兮见面后，叫融子兮跟郎立轩搞好关系，以后自己是否能成为真正的“网红”就靠这个机会了!

融子兮也不知道她所说的机会是什么意思，不过还是应下了她。不管怎么说，郎立轩都是郎泽轩的表弟，又帮了自己的忙，怎么也该好好谢谢他才对。

下午，融子兮就忙着认真地做菜，拿出了自己的全部本领。

晚上七点半，郎泽轩和郎立轩一起进了门。

融子兮刚刚做好了饭，正在等他们，听见开门声，立即迎上前去。

郎立轩看到她，先招呼说:“嫂子好，我叫郎立轩，很高兴见到你。”

融子兮尴尬地笑道:“你好，我叫融子兮，你叫我子兮就好，‘嫂子’什么的好像还早了一点。”说着瞧瞧郎泽轩。

郎立轩立即打趣郎泽轩说:“二哥，你看这就是你不对了吧，这话一听，明显就是对你还没安全感。那也是，我二哥这么帅，身边又全是女人，哪个女人都很难对他有安全感。不过子兮你别担心，我二哥虽然看着不靠谱，其实一点也不花心，这么多年来主动承认的女朋友也只有你一个哦。”

“赶紧去洗手吃饭，把你的嘴堵上。”郎泽轩将他往卫生间推，推走郎立轩又对融子兮说，“别听他胡言乱语。”

融子兮点点头，不过心里却挺高兴的。

郎立轩洗了手出来,到桌前坐下,看到一桌子的菜,乐呵呵地又问:“子兮,这都是你做的吗?”

融子兮忙点头:“嗯,都是普通的家常菜,实在不好意思。如果吃不惯的话,下次我们请你去餐厅吃。”

“没关系没关系，我不挑食的。自己做的菜最好，卫生健康，我正想吃家常菜呢，不过现在好多女孩子都不会做饭，看到这些都是你做的，我倒挺吃惊的。”郎立轩说，开朗得仿佛跟融子兮早就认识似的。

郎泽轩洗了手过来，大家一起吃饭。

郎立轩对融子兮的厨艺赞不绝口，给足了她面子。不过趁机又开了一下郎泽轩的玩笑，说他眼光不错，找到这么完美的女孩子，打算什么时候结婚生孩子？要不要来个奉子成婚？

融子兮听得一张小脸红了一次又一次，低着头吃饭，都不敢抬头了。

还好郎泽轩一向淡定，随便他怎么开玩笑，都镇定自若，应答自如。

说笑一阵，郎泽轩忽然开口说："既然你这么口口声声地叫嫂子，那就帮你嫂子一个忙。你嫂子现在失业了，给她安排一个轻松简单、薪资又高的工作。"

轻松简单、薪资又高，还不是询问的语气，而是必须。

郎立轩哭笑不得地看着他："二哥，原来你今天请我吃饭没这么简单啊。"

郎泽轩一脸不以为然："难道这对你来说有困难吗？"

融子兮也没料到郎泽轩会突然说这事，赶紧说："立轩，你不要听你二哥乱说，我除了设计衣服外，其他什么都不会，他跟你说笑的。"

郎泽轩看向她，安慰："没事，你要相信立轩的能力，就没他办不成的事，不然怎么叫'国民老公'呢。"

郎立轩扶额，实在没想到他看起来忠厚的二哥竟然是这么"腹黑"的人啊。

突然之间他特别想笑，为了这个女孩子，二哥现在还真是什么口都敢开了。

于是他笑着说："既然二哥开了尊口，我哪有拒绝的道理呢。子兮，你说你会设计衣服对吧，那你对穿衣搭配有见解吗？"

融子兮点点头："嗯，这个自然是会的，我们大学里就专门有这个课程。"

"那好，你就做我的私人穿衣顾问吧，上班时间随意，薪酬你说了算，我要出席重要场合的时候，来帮我搭一下衣服就行了。"郎立轩说，说完看向郎泽轩："二哥觉得这样可好？"

郎泽轩勉强点点头："嗯，这个工作还行。"

融子兮见郎泽轩不像开玩笑的样子，也不知道他葫芦里究竟卖的什么药，也不好说什么，只有等郎立轩走了再仔细问他。

于是融子兮工作的事就这么定了。郎立轩倒对郎泽轩的护犊子精神佩服得五体投地，深感自己确实不太了解这个二哥了。

吃了饭又坐了一会儿，快到九点时郎立轩才离开。

走之前把自己的一个手机号留给了融子兮，叫她决定上班时间后，给他打电话，到时候再跟她说上班地址。

融子兮谢过他，然后和郎泽轩一起送他下楼。

回到家，融子兮立即问郎泽轩为什么要突然提上班的事，而且还求郎立轩帮忙。

郎泽轩拉她在沙发上坐下说:“我跟立轩提这个事，有三个原因。第一，今天下午我接到医院的通知，下个月要去一个县级市的医院进行为期两个月的城乡医疗卫生对口支援工作;第二，我走了的话，你肯定心神不定地又想去找工作，所以不如在我走的这两个月里，你去立轩那里随便做点什么事，一来有收入，心里不那么慌，二来好好放松一下;第三，立轩他人脉广，你跟他熟悉了，以后不管你想做什么，都会有好处的。”

融子兮感动地看着他，点点头:“原来你为我想了这么多，我现在实在是不知道怎么说谢谢才好……”

郎泽轩宠溺地看着她:“不是我害你丢了工作的吗？你的事，我当然要操心。再说，立轩都叫你嫂子了，也不能让他白叫啊。”

融子兮羞涩一笑，不好意思地靠到他怀里，觉得自己实在是太幸福了！

接下来，融子兮当然没有急着去郎立轩那里工作，因为郎泽轩的出差时间还没到，而且一想到马上要分开了，两人都珍惜得不行，一有空就黏一块儿。

融子兮在网上查了些医学方面的事，也让郎泽轩跟她讲一些医院的事，希望能和他有更多共同语言。

看到她这样，郎泽轩其实挺想笑的，他不觉得她懂这些东西，就能跟自己谈论医学上的问题了，因为这实在是差太多了。而且，他也完全不觉得需要跟她讨论医学上的问题，他们总有聊不完的话题。

不过这天晚上，郎泽轩还是告诉了她一个好消息。

“明天下午三点，我们科室要集体观看一部纪录片，讲一位中国现代妇科医学领域的伟大医生，你要不要去看看？”吃饭的时候郎泽轩跟她说。

“我能去看吗？”融子兮期待地问。

“当然能啊，不然我干吗告诉你？”

融子兮忙点头:“那好,我要去,正好我很想了解一下你们妇科医生。不过，我们第一次见面的时候闹出了那种事，你们科室的人会不会还记得我？看到我，会不会讨厌我？”

郎泽轩笑她说:“你想多了,他们每天看无数张面孔,哪里还会记得见过你。再说，当时的受害者是我，又不是他们，他们哪里会记得？”

“受害者吗？”

“哦，现在应该叫幸运儿。”

两人说到这里又一起笑起来，实在是甜蜜得不行。

第二天下午两点半，融子兮到达市妇女儿童医院。

看看时间，早到了半个小时，也不敢给郎泽轩打电话，怕打扰他，就在医院外面等着。

过了二十分钟，郎泽轩打电话问她到了没有，然后叫她进医院到妇科大楼来。

融子兮走到妇科大楼下，等了片刻，郎泽轩就来了，带她一起去医院的会议大厅。

一路上，郎泽轩都牵着融子兮的手。其实，他今天之所以叫她来，目的还有一个，那就是跟所有的同事说明，他已经有了女朋友。

一来，避免其他女同事的好意;二来，下个月他要离开那么久，也为了让融子兮放心。

两人一起进门时，立即吸引了大厅内大多女同事的目光。看到郎泽轩竟然牵着女孩子走进来，一下子都明白了是怎么回事。一瞬间，许多人的眼里都流露出掩饰不住的失落，包括方静璇。

方静璇紧紧盯着融子兮，觉得面熟，又一下子想不起来，苦苦回想，终于记起来了，不敢相信地看着他们。

难道因为那次误会，他们走到一起了?

这简直不可思议,方静璇惊呆了。忽然她又想起,那之后融佳琪来过一次,此时才明白和郎泽轩一直联系着的神秘女子竟是融子兮!

难道说，那次她来看妇科病就是一个阴谋?那这女人也太有手段了吧!当时还装得一副清纯的样子，还不肯让郎医生给她检查，原来就是为了引起郎医生的注意!

方静璇恨恨地看着融子兮，简直像看着仇人一样。

郎泽轩看了一下座位，带她在第三排中间坐下，后面的位置都坐满了，只有前面的还空着。这种场合，后面的座位比较受欢迎。

坐下后，两人又凑在一起小声说话，看得后面的同事十分羡慕。

片刻，医院领导来了，厅里爆发出热烈的掌声，因为连院长也来了。

院长讲了几句，然后又请这部纪录片的制作者讲了几句，最后妇科的带头人讲了几句，LED 屏幕上开始播放纪录片。

这次的纪录片讲的是中国现代妇产科学的奠基人之一:林巧稚。

林巧稚医生是中国妇科、产科医生和医学科学家，是北京协和医院第一位中国籍妇产科主任，中国科学院首批科学家中唯一的女学部委员。为了热爱的医学事业,她终身未嫁,却亲手接生了五万多名婴儿,被人们尊称为“万婴之母”。

当然，对于厅中在座的医务人员来说，这位伟人并不陌生。所以这会儿，大家都偷偷在座位上玩手机，根本没几个人在认真观看，就算有看的人，也都面无表情，走走过场而已。

而融子兮却看得目不转睛，一脸崇敬。

当然更重要的是，林医生真的是一位非常伟大的医生，把病人当作亲人一样。所以融子兮看着看着，禁不住热泪盈眶，感动极了。

此时此刻,仿佛周围的人都不存在了似的,融子兮看着屏幕,眼睛红红的,两行热泪不断往下滚落。

直到她实在控制不住，吸了吸鼻子，郎泽轩才发现她竟然看哭了。

看她一脸泪水，郎泽轩悄悄看看左右，尴尬地笑笑，碰了碰她的胳膊，示意她控制住自己的情绪。

融子兮怔了一下,赶紧拿出纸巾擦掉脸上的眼泪,又专心致志地看着屏幕。

看了一会儿，眼泪又吧嗒吧嗒地落了下来。

郎泽轩扶额，暗叹这姑娘的心实在太软了，看个纪录片都能哭成这样。不过，也确实很可爱呢。

他们都没发觉，院长也在往融子兮的方向看。

他和纪录片制作者站在屏幕侧下方，对于厅中每个人的表现都一目了然。所以他们看得很清楚，全场几乎只有融子兮一个人在用心观看这部片子，并且眼睛都快哭肿了。

幸好纪录片只有四十五分钟。

四点，片子结束，厅中的人都松了一口气，打起精神准备离开。

院长走到台前，表情严肃地看着下面的人，还扫视了融子兮一眼，开口感叹地说:“再占用大家几分钟时间，刚才在播放这部纪录片的时候，我仔细观察了一下大家,很遗憾地发现,只有很少数的同志在认真观看这部伟大的纪录片。当然,也可能是大家觉得对林前辈已经很熟悉了,里面讲的内容大家也都知道。不过，对于大家的态度，我心里还是有些说不出的滋味。还好，有些同志值得表扬，尤其是那位。”

他指向融子兮:“请问这位医生叫什么名字？”

融子兮突然被点名，顿时吓傻了，心想:完了，我暴露了吗？郎医生会挨骂吗？

郎泽轩立即解释:“院长，她不是我们医院的医生，她是我的女朋友，因为她一直说想多了解我们妇科医生，所以我今天让她一起来观看。”

院长笑着点头:“原来是这样，那更难得了，刚才我和袁老师发现，全场基本上只有这位姑娘用心看了，眼泪都掉了不少啊。”

没想到竟然被看见了，融子兮尴尬地低下头，就差捂脸了。

院长又看向郎泽轩:“泽轩，你找了个很好的女朋友啊，送你一句话，得妻如此，夫复何求。”

“谢谢院长。”郎泽轩赶紧说,说完看向低着头的融子兮,露出甜蜜的笑容。

方静璇无奈地摇头,心里大骂:果然有心机啊!居然连这种机会都不放过,把院长都给糊弄了,高明,实在是高明!

从大厅出来,融子兮还不好意思地低着头。

“我刚才是不是很丢脸?”悄悄问旁边的郎泽轩。

郎泽轩宠溺地看向她:“怎么会呢,明明就是很光荣才对,院长不都当众表扬你了吗?”

“我真的没想到事情会变成这样,我就是觉得纪录片实在是太感人了,林医生太伟大了,所以就情不自禁地流泪了。”融子兮尴尬地解释。

郎泽轩摸摸她的头:“别瞎想了,连院长他们都看到了你的善良可贵,这是好事,你让我很有面子。”

融子兮不敢相信地看向他:“真的吗?”

“对啊,你没听院长说吗?‘得妻如此,夫复何求。’知道这句话是什么意思吗?”郎泽轩问。

融子兮点头:“好像知道。”

“那你说说,是什么意思?”

融子兮哭笑不得地看着他:“你都知道了,干吗还要我说出口?又捉弄我。”

郎泽轩笑,拉住她的手:“我还要等会儿才下班,你现在是跟我去我办公室,还是在外面等我?”

一想到刚才自己那么丢脸,融子兮哪好意思去见他的同事,忙说:“我看你们医院斜对面有个肯德基,我去那里等你吧。”

“好,我等会儿给你打电话。”

“嗯,那我走了。”

“嗯。”

目送她走远,郎泽轩才朝妇科大楼走去。

一走进办公室,就发现路过的护士和医生都在偷偷看自己,然后悄声议论。郎泽轩自然不会在意这些,他今天这样做,本来就有这个目的。

男同事们倒是很高兴，开了他几句玩笑:“男神”有女朋友了，科室的美女们今晚都睡不着了吧，哈哈……不过郎泽轩向来心理素质好，自然应付自如。

方静璇什么也没说，还装作什么也没发生过的样子，心里却暗想:不就是谈恋爱嘛，又不是不能分手。有心机的女人，别得意太早，早晚有你狐狸尾巴露出来的时候!

五点半时，坐在肯德基的融子兮接到郎泽轩的电话，然后去路边等他。

车子在路边停下，融子兮上了车，两人相视一笑，边聊天边往家走。

然而回到家，打开门一看，两人却惊呆了。

竟然有个人正坐在客厅沙发上看电视。闻声转头看向门口,这人也是一愣。

郎泽轩把门关上，说:“爸，你来了。”

一听是他爸爸，融子兮紧张起来，看了他一眼，小声喊道:“叔叔，你好。”

杨军看着两人亲密的样子，哪里还不知道是怎么回事，笑着点点头:“你好。”又看向郎泽轩，“也不给爸爸介绍一下?”

郎泽轩开口:“爸，这是我的女朋友融子兮。子兮，这是我爸。”

刚刚都已经打过招呼了，融子兮只好开口说:“那我去厨房做饭，你陪叔叔聊吧。”

“好，你去吧。”郎泽轩温柔地说。

融子兮朝杨军点了点头，帮郎泽轩把包拿去书房，然后赶紧朝厨房走去。幸好上午她去市场买了不少菜，还炖了玉米排骨，准备晚上吃。

郎泽轩在爸爸旁边的沙发上坐下。

“之前不是还跟我说没女朋友吗，怎么都住一块儿了?”杨军看着儿子，小声说。

郎泽轩依然表情平静:“不久前才在一起的。”

“哦，就是上次陪你回老家那个吧?”

郎泽轩点点头:“嗯。”

杨军说:“原来是这样，那很好啊，我就说嘛，你每天接触那么多姑娘，怎么也能遇到一个合意的吧。不过你这么快就找到了,倒也有点出乎爸爸的意料，原以为你起码要三十岁以后才考虑这事呢。”

“感情的事不需要跟年龄挂钩吧，遇到合适的就在一起，没遇到合适的就一个人，我一向都是这样啊。”郎泽轩解释说。

杨军凑近他：“真的不等安家那姑娘了吗？”

郎泽轩一怔，脑中瞬间出现了一个长相甜美的女孩，想了想，摇摇头。

“嗯，那也好，那姑娘得了那种病，估计也没多少年可以活了，强行在一起，只会让你们俩下半辈子都痛苦。我看这姑娘挺文静的，应该更适合你。”

“爸，我的事你就不用操心了，我自己会处理好的。对了，这件事暂时不要告诉妈妈，你知道她的性格……”

“我知道我知道，她那性格我还不知道吗？我都领教几十年了，谁还能比我更清楚。”杨军郁闷地说。

郎泽轩点点头，父子俩终于没有再讨论这事，转而一起看新闻，间或闲聊几句。

过了一会儿，融子兮端着菜出来，说饭做好了，可以洗手吃饭了。

郎泽轩洗了手，帮她把菜端上桌子。

杨军也洗了手，在桌前坐下，看到一桌子的菜，立即夸奖说：“不错啊，看来还做得一手好菜，简直跟我一样，我先尝尝味道如何。”

他夹了一块肉，吃完点头：“味道很好啊，肉很嫩，炒得也很入味。”

“叔叔，先喝碗汤吧。”融子兮给他盛了碗排骨玉米汤。

“谢谢。”杨军也客气，拿起勺子舀了一勺汤，喝完又点头夸道：“好鲜浓的汤，比我这个熬了几十年汤的人熬得还好，一喝就知道是用了心的。”说完，他看向儿子。

郎泽轩认为他太夸张了，催促说：“您快吃吧，不然待会儿妈妈又要给你打电话了。”

杨军看向融子兮：“瞧瞧，这脾气，就算是我这个当爸爸的，也要挨他训。子兮，泽轩的脾气有时候是这样，不过我知道他的心还是很好的，拜托你以后多担待他一些。”

融子兮看看郎泽轩，笑着点头:“叔叔，我知道。他虽然表面上不苟言笑，但其实是个很体贴、很温柔的人。”

郎泽轩一听，自然很得意，逗她道:“是真心话吗？”

“那当然，这有什么好撒谎的。”

“乖。”郎泽轩宠溺地说，要不是爸爸在场，肯定还会摸摸她的头。

融子兮尴尬地瞪他一眼，脸都红了，忙低下头不敢说话了。

杨军看着这两人郎情妾意的样子，心里也十分欣慰。他自然也不放心郎泽轩一个人，想着他总是在外面吃饭，身边又没朋友，不过现在看来，自己的担心都是多余的。

吃过饭，杨军坐了一会儿，就准备离开了，郎泽轩送他下楼，让融子兮在家等着。

父子俩一起进电梯。

杨军又打趣儿子道:“今晚你倒是让爸爸刮目相看了啊，居然对那姑娘那么温柔。”

郎泽轩笑笑:“对了，爸，等会儿我会把锁的密码换了，你下次要来的话，提前给我打电话，不要突然一个人进来，好吗？”

杨军一愣,原来他非要单独送自己,就是因为这件事啊。无奈地笑着说:“行行行，这次是爸爸不对，没有提前跟你打招呼就来了，下次爸爸要来，提前给你打电话，也好让我儿媳妇早点做准备，给我做一桌好菜。唉，这么多年你妈妈从来没给我做过一顿饭，儿子你做得对，男人就该找一个温柔贤惠的女人做老婆，千万不能找一个像你妈妈那样蛮横霸道的女人……”

爸爸说起妈妈总是既沮丧又委屈的样子，郎泽轩看向他，安慰说:“爸，少说几句吧，都已经是老夫老妻了。”

“唉，是啊，不说了不说了，再说也没什么用了。”杨军无奈地摆摆手。

到地下车库，送他上了车，郎泽轩才挥手离开。

返回家，一开门，融子兮就赶紧迎了上来说:“叔叔走了吗？”

“走了。”

融子兮上前一把抱住他："刚才真的吓死我了，看到你爸爸出现的时候，我都吓蒙了，你不知道这一晚上我心里有多忐忑，尴尬又紧张。幸好是跟你一起回来的，如果是我单独在的话，我都不敢想会发生什么事。"

郎泽轩抱着她，笑着安慰说："放心，等会儿我就把密码改了，我也跟爸爸说了，下次他要来会提前给我打电话。因为房子是他的，所以我住进来后也一直没改过密码，以前他很少来，我也就忘了这事，没想到他今天突然就来了，幸好我们还没做什么，不然被撞见那就尴尬了。"

想不到他居然这么说，融子兮窘得捂住脸。

郎泽轩摸摸她的头："好了，好了，我这不是为了转移你的注意力嘛，免得你还因为爸爸来的事心神不定。"

融子兮幸福地笑,深感男朋友智商高就是好啊,什么问题他都能帮忙解决。

然而，幸福甜蜜的日子很快就要告一个段落了，五天后，郎泽轩就要出发去异地出差，离开整整两个月。

离开前一天晚上，两人恩爱缠绵一番后，融子兮紧紧抱着郎泽轩，一想到他要走那么久，简直都要哭了。

"别瞎想了，快睡吧，明天就给立轩打电话，去他那工作，别闷在家里。"郎泽轩安慰说。

融子兮点头："嗯，好。那周末我能去看你吗？"

"路程比较远，算了吧，打电话不也一样吗？"郎泽轩说，"我的工作就是这样，隔三岔五要出差，有时候可能还会去国外，所以你要试着习惯。我不在的时候，好好照顾好自己就行了，不要担心我。"

"嗯，我会照顾自己的，你也不要担心我，照顾好自己，我等你回来。"

郎泽轩笑笑，伸手将她整个抱在怀里："乖，快睡吧。"

感受着他怀抱的温暖，融子兮一会儿就睡着了。

然而她睡着后，郎泽轩却睡不着，其实，他比她更舍不得离开。他 17 岁出国一个人生活，独自在异国他乡多年，孤独和寂寞如影随形，让他的心冰冷得几近麻木。

直到遇见她，阳光才慢慢照进来，心里厚厚的冰才开始慢慢融化，暖融融的感觉实在是太美妙了。

有时候，男人比女人更渴望这种温暖。

第四章

甜甜异地恋

第二天一早，郎泽轩就出发离开了梅市。

他走后，融子兮收拾好了东西，背上双肩包，骑了一辆共享单车，打算骑行回去。

迎着朝阳，踩着自行车，心中因离别而聚集的阴霾也渐渐散去。正如他所说，照顾好自己，开心地生活，不让他担心就是对他最好的爱。所以，在他离开的这些日子里，融子兮决定更加充满朝气地生活，好好调整自己的状态，为新工作做准备！

回到家，融子兮出了一身汗，觉得十分畅快。

把给融佳琪买的早餐放在桌子上，然后就开始整理房间，她才走了几天，整个屋子都已经乱得像遭了贼似的。

整理一阵，融佳琪也从床上爬了起来，打趣她怎么舍得回来了，听说郎泽轩出差走了，纳闷地说:“不对啊，你正好没工作，为什么不跟他一块儿去出差呢？”

融子兮把脏衣服分开放进盆里，说:“他是去工作，又不是去玩，我跟去干吗？让他们的同事和领导知道了，影响多不好。”

“啧啧，嘴硬，我就不信你舍得，晚上可别偷偷躲起来一个人哭鼻子。”

“我又不是小孩子，干吗还要哭鼻子？”融子兮笑着说，“再说即便是结了婚，短暂的分别也是常事嘛，哪能天天都黏一块儿。”

“行行行，‘你美，你说什么都对’。那你接下来准备干什么呢？”融佳琪靠在门口，喝着豆浆说。

“嘿嘿，我早就找好工作了，上个月跟郎立轩见面的时候，泽轩让他帮我安排一个工作，他答应了。我等会儿就给他打电话。”

融佳琪惊喜:“你有郎立轩的电话？快快快，跟我说一下！”

融子兮看向她:“你别急，他给的这个手机号，我估摸着这只是其中一个，你就是要去了也没用，你还是等我跟他熟悉后，我再把你介绍给他吧。他身份不一样，你这样急急忙忙地接近他，反而让他反感。我跟你保证，为了你的‘豪门’梦，我会跟他搞好关系的，行了吧？”

融佳琪激动地抱住她:“亲爱的，那我的终身大事就托付给你了，你可要帮我啊。”

“嗯，我一定尽力。”融子兮笑着说。

在融佳琪的催促下，中午一点时，融子兮拨了郎立轩给的手机号。

电话一开始没有人接，过了十分钟后，又打了过来。

“立轩，你好，我是融子兮。”融子兮先说，应融佳琪的要求，手机开了免提，因为她想听听郎立轩的声音。

电话那边很快说道:“嫂子好啊，我二哥终于舍得让你来上班了吗？”

“泽轩他出差去了，所以我想……”

“原来是这样啊，那好，我明天下午有空，我给你发个地址，你过来一下，我们再详聊吧。”

“好。那就不打扰你了。”

“好，嫂子，再见。”

“再见。”

挂了电话，融佳琪兴奋地看着融子兮:“感觉跟网上报道的不一样，声音很有磁性，跟人说话也很客气啊。”

融子兮点点头:“本人还很爱说笑呢，兄弟俩说话的时候可幽默了。”

融佳琪激动得一把抱住她:“太好了！原来我‘老公’这么有亲和力啊！”

融子兮瞪了他一眼，八字还没一撇呢，就已经叫上‘老公’了。

为了讨好融子兮，融佳琪中午和晚上都抢着洗碗。

第二天更是一早就起来，说是要帮融子兮化妆，还把自己买得最贵的衣服包包都拿出来，任她挑选。

融子兮赶紧摆手："他可是你的'老公'，又不是我'老公'，我干吗要盛装打扮啊。再说，他已经见过我了，知道我长什么样，我那天灰头土脸的，今天却打扮得花枝招展的，不太合适吧。"

"那你怎么也是第一天上班啊，总得好好打扮一下，以示尊重吧！"融佳琪不同意。

融子兮想了想，点点头："那我化个淡妆吧，不过你那些衣服我可不穿啊，我还是穿我的。"

"行行行，依你，现在你是老大，你说了算，也正好，你打扮得素净一些，到时候他见了我，才会觉得惊艳嘛。"融佳琪想入非非。

融子兮无奈地看着她笑："瞧你臭美的。"

化了个淡妆，又穿了一套自己设计并亲手缝制的坦领汉服，裙子是红白间色裙，看起来温婉飘逸又清新脱俗，再加上融子兮体形纤瘦，又留了长发，看起来的确别有一番味道。

为了让她能尽快到达郎立轩给的地点，融佳琪帮她叫了个出租车，又亲自送她上车。

融子兮一进车，司机就好奇地问："咦，美女你是演员吗？要去拍戏吗？"

融子兮尴尬："不是，我这个不是戏服，就是普通的衣服。"说完自己也觉得哭笑不得，为什么大家都会这么想呢？

车子行驶了半小时，到达郎立轩说的地址，是四环路上一栋宁静的别墅。

融子兮给郎立轩打了电话，很快有人来给她开门。

开门的是一个身形高大、身着黑色T恤的男子，看起来应该是保镖。

开门后，保镖淡淡地看了她一眼，也没说什么，就让她跟着来。

进入客厅，郎立轩穿着T恤、短裤，窝在沙发上打游戏。

看到她来了，郎立轩立即放下手机，眼睛亮了一下，起身说："哈，我刚刚还以为来了一位仙女呢，嫂子你这穿衣风格还真是与众不同。"

融子兮自己看看说："你也觉得很奇怪吗？我觉得好像还好啊。"

“也不是奇怪，就是与众不同吧。这衣服是你买的吗？”

“我自己设计，自己做的。”

郎立轩竖起拇指：“厉害。又会做饭，又会做衣服，嫂子你真是全才了。”

融子兮尴尬：“这有什么厉害的，对了，能别叫我嫂子吗？我听着觉得有点不好意思。”

“哦，我又错了，该叫子兮才对，不过你这名字倒是跟你的风格挺搭配的，都是古典美。”

郎立轩跟她轻松地调侃了几句，就带她上楼，去自己的衣帽间。

走到二楼楼梯转拐的第三个房间，郎立轩打开门：“这是我的衣帽间，我的衣服、裤子、鞋子什么的都放在这里。”

融子兮看着房间，惊讶地说：“这么大的衣帽间啊，都赶上一个服装店的规模了。”有钱人就是奢侈啊！

“就是因为衣服又多又杂，很多时候我反而不知道穿哪件，所以接下来就麻烦子兮你帮忙解决这个难题吧。”郎立轩说。

融子兮赶紧点头：“好，没问题，我等会儿就帮你把这里整理一下，按风格给你分类，等要搭的时候就容易了。”

“嗯。”郎立轩看着她点点头，“不过，在此之前，我还是先带你简单熟悉一下这里吧，免得我不在的时候你不方便，待着无聊。”

“好，谢谢你，立轩。”

“没事，走吧，跟我来。”郎立轩说完，为她介绍起房间来。

原来，这里是他的私人别墅，他不外出的时候都待在这里。房子一共有三层，第一层主要是客厅、餐厅、厨房；第二层主要是卧室、衣帽间、客房；第三层主要是储物间和健身房。

房子里有两个保姆，一个叫许姐，一个叫李姐，两人都五十岁左右。许姐主要负责做饭，李姐负责家里的卫生。还有另一个保安，叫郑哥，四十来岁，今天有事，请假了。

此外，还有一条金毛狗，叫郎小二。“就是它。”郎立轩指着趴在狗房子前晒太阳的狗，介绍说。

融子兮笑着说:“咦，它见到你怎么都不赶紧跑过来呢？”

“呵，傲娇着呢，心情不好的时候根本不理我，所以我平常都不叫它小二，叫它二爷。”郎立轩介绍说，融子兮都被他逗笑了。

介绍完毕，郎立轩又邀她进屋坐坐，进到客厅，李姐已经给他们端来了果汁。

“对了，子兮，你跟二哥是怎么认识的呢？”郎立轩坐下好奇地问。

一听这个问题，融子兮尴尬地脸一红，低头讲起了去医院那件事，然后是库丽丽让自己去替她相亲，结果又遇上了郎泽轩，郎泽轩居然说他因为她要失业了，她内疚，就听他安排了。

郎立轩听得直笑，佩服地说:“想不到二哥的手段这么高啊，看来跟他比，我还差得很远呢。”

融子兮摇头:“那倒不是，我认为一开始他也只是觉得好玩吧，毕竟我也不是让人能在短时间内就动心的女孩子，相反是我先喜欢上他，然后他才反应过来的吧。其实我觉得你二哥那个人在感情上挺迟钝的，也许是心思没在这上面吧。”

郎立轩认真地看着她为二哥辩解，听完挠挠头，羡慕地说:“听你这么说，我现在都有点羡慕二哥了，能找到彼此惺惺相惜的另一半。”融子兮说:“其实我跟泽轩认识的时间也不算长，彼此了解得也不够多，虽然现在在一起了，但我还是觉得有很长的路要走。不过，我会努力的，努力成为有资格跟他一生相守的女人。”说完，她不好意思地低下了头。

郎立轩看着她这个样子，也跟着笑了笑，心里有一种说不出的感觉。自己认识女孩子也不算少，不过这种类型的好像还从来没遇到过。

很单纯，很可爱，很执着，确实是能拨动男人心弦的女人。

聊了一会儿郎泽轩，郎立轩又提出一个要求，希望融子兮不要用手机拍这里的东西，也不要把在这里的事发到网络平台或者透露给朋友，毕竟，自己也算公众人物，不喜欢被大众知道隐私。

融子兮赶紧跟他保证，自己不会做这种事的。

下午郎立轩没出去，融子兮帮他整理了衣帽间，许姐做好了饭，郎立轩叫上融子兮一起吃。

吃过饭后，跟她说了明天他的安排，让她准备了两套衣服。

“对了，如果你来回不方便，也可以偶尔住在我这里，楼上的客房你随便选。”郎立轩送她出门的时候说。

融子兮忙说：“嗯，谢谢。”

“没事，我有时候会在家，有时候会带个人回来，反正你就随意吧，把这里当成自己的家就行。没事的时候来这里玩，有事的话跟我说一声就行。”

走到门口，郎立轩又说，就不送她坐车了，以免造成一些误会，他指的自然是八卦记者之类的。

融子兮忙说没有关系，自己一个人去坐车就行。出门走了一段路，融子兮才搭上一辆出租车回家去。

晚上郎泽轩打电话过来，问她有没有去郎立轩那里报道，融子兮也如实跟他讲了一下白天的情况。

“嗯，你不要觉得拘谨，明天吃了早饭，去他那玩就行，反正他那地方大，如果你觉得无聊，就把你想看的书或者想做的刺绣、设计什么的都带过去。就当那里是图书馆、休息区就行，明白吗？”

融子兮觉得甜蜜又感动，忙应下了，又问他那边的情况如何，累不累，身体有没有哪里不适。

郎泽轩也跟她讲了一下情况，不过他自然是不会报忧的，说一切都好。

沉默了片刻，融子兮先开口说：“我想你。”

郎泽轩笑：“乖，我也想你。”

“真的不能去看你吗？”

“如果你特别想来的话，也可以。”

“那我过段时间，有机会就去看你。”

“嗯，好。那好好休息吧，明天再给你打电话，晚安。”郎泽轩说。

融子兮依依不舍地说：“晚安，你今天也累了，早点休息吧。”

“好，亲爱的。”

融子兮甜蜜地笑笑：“那我挂了。”

“嗯。”

仿佛要做一个重大决定似的，融子兮深吸了一口气才挂断，又看着手机屏幕发呆。

忽然，手机屏幕一闪，来了一条短信。

竟然是郎泽轩发来的，内容只有三个字:我爱你。

融子兮甜蜜一笑，赶紧回道:我也爱你。

短信发出，融子兮握着手机躺在床上，一个人看着天花板傻笑，心里甜得像装了一罐蜜似的。

半夜的时候，直播结束的融佳琪竟然冲进融子兮屋里，摇醒她，问她白天见到郎立轩的情况。

融子兮半夜被她弄醒简直郁闷得不行，听到她竟然是为了打听这个事，更是哭笑不得，简单讲了一下情况，劝她赶紧去睡，并保证答应她的事一定会帮忙的。

融佳琪还是磨蹭了半个小时，才离开她的房间。

她一走，融子兮反而睡不着了，脑袋里全是郎泽轩，又拿过手机，打开那条短信，看了一阵才睡去。

第二天，融子兮吃过早饭，带了一套刺绣工具，去往郎立轩的别墅。如果郎立轩不在，她打算做做刺绣，练练手。

到了别墅，郎立轩果然不在。融子兮跟许姐和李姐打了招呼，坐到沙发上练习刺绣。

许姐和李姐好奇地来看，看她绣得这么好，又是称赞又是请教，彼此也熟悉了一些。

中午融子兮在郎立轩的别墅里吃过饭，休息了一会儿，又去跟金毛郎小二玩。正如郎泽轩所说，就是给她找个地方换换心情罢了。

过了一阵，郎立轩打电话给她，让她准备两套衣服:一套正装，一套出席一个电影首映礼的服装。

融子兮帮他准备得妥妥当当。

又过了一天，融子兮早上来别墅时，一进客厅就看到一个平时只能在电视里看到的女明星，正跟郎立轩说笑着走出来。

女明星看到她愣了一下，郎立轩介绍说:“亲人。”

女明星尴尬一笑，说:“你好。”

融子兮也忙说:“你好。”

大家就算打了招呼，郎立轩又跟她说:“我今天有事出去，晚上才回来，嫂子你自己安排时间吧，有事我会给你打电话的。”

“嗯，你去忙吧。”融子兮也忙说。

看着他们两个人手挽手出门，融子兮听见女明星问:“真的只是亲人？”

郎立轩说:“当然，你没听见我叫她嫂子吗？”

“哼，真的假的？你这嫂子也真年轻。”

“那是因为我哥年轻啊，怎么，这就吃醋了？”

……

看着他们的背影，融子兮暗暗庆幸郎泽轩不是公众人物，也暗叹自己的幸运。

上午照例在别墅做刺绣，下午帮郎立轩整理衣帽间。四点时，郎立轩打电话让她准备一套时尚的休闲装。然后融子兮的工作就变成了每天上午去别墅做刺绣,下午整理衣帽间和搭配衣服。接到郎立轩的电话后准备好衣服就回家去，轻松又简单。

在融子兮的服装指导下，才半个月，郎立轩得体又时尚的装扮就引起了媒体的注意，照片不断被传到网上，受到一致好评，还有时尚杂志约郎立轩拍摄杂志封面，他答应了其中一家比较权威的。

拍摄当天上午，杂志社的摄影师和工作人员来郎立轩的别墅拍摄，融子兮也一早就来了，帮郎立轩搭配衣服。

一共拍摄了三组照片，拍最后一组照片时，郎小二也应邀上镜。

郎小二穿着合身的“绅士”套装，郎立轩纳闷地说:“我不记得我给它买过这套衣服啊？”

融子兮笑道:“这是我给它做的，早就做好了，想走的时候再送给它，正好今天要它上镜，我就擅自给它穿上了。”

郎立轩朝她竖起拇指:“子兮，你实在是太厉害了，我代二爷谢谢你了。”

“这又没什么，有什么好谢的，快带二爷去拍吧。”融子兮摸摸郎小二的头说。这段时间这条狗也跟她混熟了，她做刺绣的时候，它一直守在她身边，所以融子兮就给动了给它做套衣服的念头。

给它量了尺寸，设计了一下款式，买了布料，裁剪缝制，两天就做好了。

杂志社的工作人员都对狗狗赞不绝口，郎立轩也很高兴，带着狗狗拍了一套不错的照片。

拍完照片后，杂志社的工作人员就走了。

客厅里，郎立轩看融子兮帮狗狗把身上的衣服脱下来，觉得这场景说不出得温馨。

“对了，立轩，我下周末想去看望你二哥，可能要耽搁几天。”融子兮忽然说。

正陶醉在这温馨场景中的郎立轩回过神，赶紧说：“好，没关系，你尽管去吧。”探身拿起桌上的钱包，从里面取出一张卡说：“对了，这张卡你拿去吧，有空帮我去商场选一些你觉得不错的衣服。当然，如果你有什么想买的，也尽管买就是了，这段时间多亏你，我一下就跨入时尚界了。”

融子兮有点尴尬地看看那张卡：“我没什么想买的，你如果没时间去选衣服的话，那我可以帮你选一下。”

“子兮，你别跟我客气，我可没把你当外人，你们女孩子不就喜欢购物吗？你买些自己喜欢的，去见我二哥的时候也打扮得漂漂亮亮的，让他眼前一亮啊。”郎立轩继续大方地说。

融子兮摇摇头：“立轩，你的好意我心领了，不过真的不必了。”

郎立轩笑着：“嗯，你这样的女孩子还真是少见，看来我二哥的眼光真的不错呢。”

“哪有……”融子兮不好意思地笑着低下了头。

之后，郎立轩让她搭配了一套约会穿的休闲装，就放了她的假。

融子兮离开他的别墅，然后打电话给融佳琪，约她一起逛商场帮她“老公”郎立轩挑衣服。

融佳琪自然是非常激动，赶紧从床上爬了起来。

下午两人一起逛商场，融佳琪一路兴奋。两人一起帮他选了三套衣服，三双鞋子，还有墨镜和帽子，考虑到实在拿不了才停止购物。

融佳琪高兴得一路都在感叹："花钱就是开心啊，虽然买的不是自己的东西，可还是一样让人高兴，这到底是为什么呢？"

"因为你是'花痴'加小财迷。"融子兮故意打趣她。

融佳琪抱着她笑："对，我就是'花痴'加小财迷，那你就尽快帮我搞定我'老公'，到时候我就天天这么高兴！"

融子兮认真地看向她："你不会真想嫁给郎立轩吧，他换女朋友的速度跟换这些衣服差不多，我觉得跟这样的人在一起太不真实了。"

融佳琪不以为意地摆手："有钱人嘛，还不就是这样，而且他换得勤就证明他每个都不是真正喜欢，等他找到自己喜欢的人了，肯定就不会这样了，我可能就是那个人！"

融子兮无奈地看着她，只有说："行行行，你高兴就好。"

第二天一早，融子兮到郎立轩的别墅，他还没起床，李姐悄悄跟她说，又带了个美女回来过夜。

融子兮无奈地笑，把衣服带到衣帽间去整理好，把卡和买东西的收据整理好，放到他书房的办公桌上。

快十一点时，郎立轩才起来，还有一个女孩跟他一同出来。

跟郎小二一起玩的融子兮看到他们出来，发现这女孩子已经不是上次那个女明星了，不过也很漂亮、性感。

女孩看到她，问郎立轩是谁。

郎立轩转头，看到她挥手打招呼："嫂子，中午好。"

融子兮点点头："立轩，中午好。"

郎立轩看向怀里的女孩："听见了吧，我嫂子。"

"你嫂子怎么会在这里？"女孩纳闷地问。

"来帮我照顾二爷啊，你没看见吗？"郎立轩一本正经地说。

女孩再看看跟狗狗亲近的融子兮，似懂非懂地点了点头。

他们走后，融子兮在别墅里待到下午四点，郎立轩也没有打电话来，料想可能没什么安排，就走了。

趁着时间还早，她在路上散步，深感这样的日子太无聊，幸好过几天就能去见郎泽轩了，一想到两人就要见面了，心里又激动起来。

想到郎立轩那天说，要自己打扮得漂漂亮亮地去见郎泽轩，融子兮决定穿着亲手做的衣服去见他。这么一来突然又有事情做了，决定当晚就设计衣服款式，然后第二天就去买布料。

晚上跟郎泽轩打电话，拐弯抹角地问了那边的天气情况。在了解到大概的温度情况后，融子兮连夜设计好了衣服款式。

第二天早上吃过早饭，去买了布料，然后带去郎立轩的别墅做，不过郎立轩没回来，可能因为是周末，他在外面玩。

融子兮在三楼的一间比较大的储物室里做起了衣服。

接下来的几天，融子兮都在全力以赴地给自己做新衣服。因为设计了几个很精致的刺绣图案，做起来比较费时，所以她几乎成天待在郎立轩的别墅。

郎立轩没有看到她，还以为她没来，结果李姐跟他说，融子兮天天都在，在楼上做衣服呢，真的是心灵手巧的姑娘，竟然会自己做衣服，还会绣花。

猜到她是想做了新衣服去见二哥，郎立轩觉得她这样像古代的女子似的，为了去见心爱的男人，还要自己动手做衣服，有一种……古典美！

然而，就在融子兮的衣服即将完工，决定去见心爱的郎医生的前一晚，发生了一件意想不到的事——郎立轩受伤了。

事情发生在星期三晚上，邀请郎立轩拍摄封面的那个杂志社办了一场以时尚为主题的晚会，邀请了许多名人，其中就有郎立轩。

然而，在后台时，几个跟郎立轩关系暧昧的美女争执起来，其中一个爱郎立轩爱得发疯的女人更是情绪失控，拿起水果刀胡乱比画。郎立轩好心要救她，但场面混乱，自己反被扎了一刀。

郎立轩被立即送往医院，经过抢救后基本脱离了生命危险，那刀子扎在心脏附近，好在伤口不算深。

星期四早上融子兮到别墅时，才听说这件事，马上给郎泽轩打了电话。

郎泽轩听后也很担心，让她照看郎立轩，一有情况马上跟他联系。

可郎立轩竟然出院了！融子兮忙跟进屋，问他怎么就回来了，伤要不要紧。

躺在床上的郎立轩有气无力地说:“不用担心,没什么事,在医院住着心烦,所以就回来了。”

融子兮无奈地看着他:“那就在家好好休息吧，你二哥也很担心你，让我了解到你的情况，就赶紧跟他说。”

郎立轩淡淡地笑笑:“替我谢谢二哥。对了，你不是要去见二哥吗？正好我受伤了也不出门了，你尽管去吧。”

融子兮摇摇头:“你出了这事，我哪能放心走，我已经跟你二哥说了，我先照顾你一段时间，他觉得这样也好，他也放心些。等你好了，我再去看他。”

郎立轩感动地看着她:“还是你这样的女孩子好，温柔善良，唉……”不像自己交的那些女人，总是吵吵闹闹，这次还动了刀子。

正在这时，一个身影突然冲进来。

融子兮回头一看，是一个中年男人，一副怒气冲冲的样子，然后听郎立轩喊了一声“爸”。

来人正是郎立轩的爸爸，郎泽轩的二舅，郎顺平。

郎顺平指着儿子:“不得了啊不得了，交个女朋友把命都差点搭上啊……我看要不是我匆匆从国外赶回来，怕是连你最后一面都见不上了吧！郎立轩，老子早就跟你说过，别跟娱乐圈那帮人鬼混你偏不听，你是想去唱歌还是想去演戏啊，你犯得着成天跟那帮人纠缠不清吗？现在好了，命都差点搭上了吧？老子的脸真是被你丢尽了！”

郎立轩也不吭声，不过脸色明显很不好。

融子兮本来想走,可又怕他们吵起来,毕竟郎立轩是病人,若是真吵起来,自己要尽全力帮劝着点才行啊。

郎顺平还气不过，继续指着儿子骂道:“不是在医院住得好好的吗？怎么又跑回来了？你可真有本事啊，想干什么就干什么，我看这个天都罩不住你了吧！”

融子兮赶紧劝道:“叔叔，立轩还病着，您就不要再骂他了。”

气呼呼的郎顺平看看她:“这又是谁啊？怎么还有女人在这里？”

郎立轩看看她，回答:“看护，二哥安排的。”

上下打量一下融子兮，看她一副朴素温柔的样子，跟儿子交往的那些女人不一样，再加上听说是郎泽轩安排的人，郎顺平才没说什么。

郎顺平指着儿子道:“从今天开始，没有我的允许，你不准再踏出这里半步！也别想再跟那些女人联系！否则，就别怪我郎顺平对亲儿子都不留情！哼！”说罢，他怒气匆匆地走了。

他走后，郎立轩的眼眶有些微红，融子兮忙安慰他说:“立轩，你不要难过，我看叔叔他也是太担心了才会这样。”

郎立轩摇摇头:“没事，从小就这样，早就习惯了。”

“对了，你想吃点什么？我给你做。”融子兮赶紧转移话题说。

郎立轩摇摇头:“我什么也不想吃，子兮你别担心我，我没事的。”

“那我打电话问问你二哥你现在应该吃什么，然后再给你做。你先好好休息一下吧，我做好了给你端来。”融子兮说罢，帮他整理了一下被子，才轻手轻脚地出去了。

郎立轩被父亲骂了一通自然是没什么心情，就躺在床上发呆。

融子兮出去后，给郎泽轩打电话，跟他说了刚才的情况。

“二舅的脾气跟我妈一样，好强又暴躁，动不动就大发雷霆，舅妈又早早地跟他离婚出国了，立轩挺可怜的，加上现在受了伤，你好好照顾他一下吧。”郎泽轩在电话里说。

“嗯，我会的。对了，那他现在的情况吃些什么东西好呢？”融子兮问。

“吃些清淡补血的吧，蔬菜、水果、骨头汤、虾类、蛋黄、木耳、海带、芝麻、动物肝脏这些都可以，不要放什么调味料，加一点盐就行了。”

“嗯，好，我记下了。”

“那这段时间就辛苦你了。”

“这有什么好辛苦的？只是，本来准备今天去看你的……”

“很想我吗？”

“嗯。”

“乖，我也想你，放心吧，我会找个时间回来一趟的，也看看立轩。”

融子兮终于笑起来:“嗯，那我等你。”

两人挂了电话，融子兮立即去给郎立轩做饭，又跟负责买菜的许姐交代了要买的东西。

把排骨汤炖上，融子兮又做了一个水果沙拉。

郎立轩正躺在床上发呆，发现融子兮端着东西进来，才收回神游的思绪。

“立轩，吃点水果吧，你二哥说你要多吃蔬菜、水果。”融子兮在他旁边坐下，端着碗说。

郎立轩看看碗里五颜六色的水果，稍微有点胃口，可又懒得动。

融子兮笑笑，拿起勺子舀了一勺说:“我喂你吧，免得你把手弄脏了，等会儿洗手不方便。”说着，勺子已经送到郎立轩的嘴边。

郎立轩尴尬了一瞬，还是张嘴吃了，也不知道是因为几天没吃过水果，还是别的什么，郎立轩忽然觉得今天这个水果沙拉格外好吃。

“味道怎么样？我放了一些蜂蜜、酸奶，还有果酱。”融子兮说。

郎立轩点点头:“嗯，好吃。”

“那就多吃点吧。”融子兮说，又给他舀了一勺。

不经意间，郎立轩的视线落在她恬静的脸上，心里忽然有了一种从来没有过的感觉。正如郎泽轩所说，爸爸脾气暴躁，妈妈又不在身边，虽然有很多钱，却买不到温情。

女朋友换了一个又一个，很多时候连自己都觉得没意思，可就是停不下来。他感到无尽的空虚，需要寻找什么东西来排遣心中的寂寞。

不知不觉，他居然吃了大半碗，连自己都吓了一跳。

郎立轩尴尬地笑:“我平常很少吃水果的，怎么今天反倒有兴趣吃了？看来是你做得太好吃了。”

“你喜欢就好，来吧，再吃几口就吃完了。”融子兮说，又舀了一勺。

“好像差不多了吧。”郎立轩打算拒绝继续吃。

融子兮赶紧哄道:“就最后两口了，乖乖吃完吧，等会儿我打电话跟你二哥夸你。”

听到她这哄小孩子的语气，郎立轩暗笑，竟然张口吃了。

终于吃完，郎立轩觉得自己好像有了力气似的，说想下床走走。

融子兮帮他把鞋子放好，扶他下床。

屋里有电梯，两人乘电梯到楼顶上。阳光正好，郎立轩在房顶上晒了一会儿太阳，坐到太阳伞下休息。

融子兮又给他拿了一件衣服上来，让他穿上，怕他着凉了。

忽然被人如此无微不至地关心，郎立轩觉得这种感觉很奇妙，比跟美女们打情骂俏的感觉还好。

中午时，融子兮又给他端来排骨汤，还有白水煮虾。

“都比较清淡，你将就吃吧，你二哥说你得吃清淡一点。”融子兮说，又要喂他喝汤。

郎立轩本来想自己动手，可话刚到嘴边又咽了回去，他竟然很享受这种被人用心疼爱的感觉，好久没有这样的感觉了。

融子兮喂他喝了一碗汤，又戴上一次性手套帮他剥虾。

郎立轩张嘴吃东西的时候，视线总不经意地落在她脸上。虽然自己也知道她这么做纯粹是因为爱屋及乌，可自己竟然有些心动，心想，如果这是自己的女人那该多好。

下午时，有医生来帮郎立轩换药，而此时融子兮才知道，郎顺平在别墅里留下了四名保镖，其中两人守在门口，不准人随便进来，尤其是女人。其他想要进来的，要先打电话通知他后，他说放行才能放行。

另外两名保镖看着郎立轩，一来是帮忙照顾，二来是不准他偷偷离开，尤其是不准再给外面的女人打电话。

郎立轩的手机和其他电子设备已经全部被没收了，连网线都给掐断了。

晚上吃了饭，郎泽轩打电话过来，用融子兮的手机跟郎立轩聊天，问了一下他的伤情，知道没什么大碍后，兄弟俩就说笑了起来。

郎泽轩说:“我这次真是太失算了，原本是想让子兮在你这轻松玩一段时间，现在反倒成了你的看护兼保姆，所以子兮的工资该加多少倍你自己应该清楚吧？”

郎立轩笑:“别啊，二哥，‘谈钱伤感情’你没听说过吗？”

“跟别人谈钱当然伤感情，跟你肯定就没这方面的顾虑啊。”

“呵，那倒是，放心吧，我肯定不会亏待我嫂子的。不过二哥，我现在才发现原来你也挺现实的，我以前还一直以为你就像神仙一样不食人间烟火。”

“很明显，我这个神仙现在下凡了。”

“那倒是，还动凡心了。”

“嗯，既然知道，那就把手机给让我动凡心的人吧。”

郎立轩感叹道:“啧啧,重色轻友,我怎么会有你这样的二哥,我的命真苦。”说着，他还是把手机给了融子兮。

早就在一旁听得笑不可支的融子兮接过手机，赶紧出门跟郎泽轩“煲电话粥”了。

屋子里瞬间安静下来，郎立轩呼一口气，笑着自言自语地道:“唉，连二哥都动凡心了。”

半个小时后，融子兮才挂了电话进来，又坐在床边陪郎立轩聊天。

聊了一会儿天，融子兮又用温水帮他简单擦了一下身体。

尽管知道这样很暧昧，可郎立轩还是心安理得地接受了，他就是贪恋这种感觉，根本不想拒绝。

至于融子兮，她只想着郎立轩是病人，又是自己深爱的男人的表弟，所以自己一定要尽力照顾他，丝毫没想过郎立轩会对自己有别的想法。

为了照顾郎立轩，融子兮晚上都没回家，给融佳琪打电话说了郎立轩的情况，融佳琪自然非常赞成她留下，还一个劲儿地嘱咐她要好好照顾自己的未来老公，听得融子兮哭笑不得。

一周后的一天，阳光明媚，郎立轩坐在院子里的太阳伞下，扔玩具球逗金毛郎小二。融子兮在他旁边，端着一碗水果沙拉不时地喂他。

其实郎立轩的伤已经好多了，但他还是心安理得地享受着融子兮细致入微的照顾，并且渐渐有点上瘾了。

两个人跟郎小二玩得高兴，连有个人走近了都没发觉。

此人蹙眉，看着关系暧昧的两个人，纳闷地自言自语:“这个不像是女艺人啊，难道郎立轩转型了？”走上前，咳了一声。

郎立轩和融子兮闻声转头，看到来人都愣了。

融子兮愣的原因是，来者竟然是大明星郎皓轩！

郎立轩愣的原因是，这个讨厌鬼怎么来了！立即开口道:“你怎么来了？我没记得邀请过你。”

一听这话，郎皓轩顿时不爽了，愤愤地说:“郎立轩，你可真没良心啊，我好不容易在百忙之中抽了点时间来看你，你居然还说这种话，简直是‘好心当成驴肝肺’，哼！”

郎立轩一脸嫌弃的表情，毫不客气地说:“行啊，现在人你也看到了吧，我还活着，而且活得好好的，你可以走了吧，大明星。”

“立轩。”融子兮赶紧喊道,这话也说得太伤人了吧,忙对郎皓轩说:“皓轩，你别在意啊，立轩他说笑的，快进屋坐吧。”

气呼呼的郎皓轩瞪了郎立轩一眼，又疑惑地看向融子兮:“你是他的女朋友？”

“啊，不是，我是……”

“对，她就是我女朋友，你想怎么样，又想去搬弄是非吗？”郎立轩竟突然接话。

搬弄是非？郎皓轩是这种人？融子兮微惊，忽然明白郎立轩是不想让自己跟郎泽轩的关系被郎皓轩知道。但他也不能说自己是他女朋友啊，到时候大家都会很尴尬。

而郎皓轩则因为郎立轩的话更生气了，瞪着他的样子简直像要打人了。

融子兮看着这两个人跟小孩子似的，实在无奈，灵机一动，转移话题说:“对了皓轩，我是你的‘粉丝’，能帮我签个名吗？”

一听这话，郎皓轩的表情变了，顿时一脸得意。郎立轩的女朋友竟然是自己的“粉丝”，那岂不是打他郎立轩的脸，哈哈。

“好啊,签名没问题,合影也可以哦。”郎皓轩得意地说,还瞅了郎立轩一眼。

郎立轩自然知道融子兮为什么要这么说，不屑地笑了笑，看都懒得看他。

融子兮趁机让郎皓轩进屋去坐坐，吃点东西，郎皓轩立马高高兴兴地跟她进屋去，不理郎立轩这个主人了。

走进客厅，融子兮立即端出切好的水果招待他，其实她想跟郎皓轩单独说话是为了打听一下前公司的情况。

“你不是说要签名吗？想签在哪里？”郎皓轩吃着水果问道。

融子兮尴尬了一下，赶紧去楼上找了一个笔记本，拿下来给他签名。

“你叫什么名字？”郎皓轩拿着笔问。

“哦，我叫融子兮。融是孔融的融，子是孩子的子，兮是‘壮士一去兮不复还’那个兮。”融子兮赶紧跟他说。

郎皓轩想了想，才在本子上写下：谢谢融子兮对我的支持，祝天天开心！郎皓轩。

写完后，郎皓轩还给她：“还要合影吗？”他这么热情，融子兮也只好假装激动地说：“还能合影吗？那太好了。”

于是两人又拍了三张合照。

拍完照片，郎皓轩忽然问：“子兮，你真是立轩的女朋友？”

融子兮忙摇摇头：“不是，立轩刚才跟你说笑的。”

郎皓轩立即得意地笑起来说：“我就说嘛，你怎么看都不像他喜欢的那种类型嘛。当然，我不是说你不好啊，我只是说你跟他以前那些女朋友根本不是一个类型的。郎立轩就喜欢性感又开放的那种女人，根本不是你这种看起来温柔、文静的女孩子。”

融子兮赶紧说：“嗯，我知道，我也见过他的一些女朋友，确实都是大美女。”

郎皓轩不屑地笑笑：“什么大美女，不过郎立轩的审美也就那样了，对了，你既然不是他的女朋友，又怎么会在这里呢？”

融子兮暗暗感叹，郎皓轩确实挺爱搬弄是非的。她只有撒谎说：“哦，之前立轩想找一个穿衣顾问，我刚好在这方面有些专长，所以就应聘过来了，然后大家也比较熟悉了，这次他突然受伤，我就顺便照顾他一下。”

郎皓轩点点头：“哦，原来是这样，我就说呢，前段时间郎立轩怎么突然就变得会穿衣服了。这样吧，我也想找一个穿衣顾问，我给你双倍月薪，要不你跳槽到我那里？”

想不到他竟然这么说，融子兮赶紧说：“这个不是月薪的问题，其实我也没打算做太长时间，因为我的专长是设计戏服。对了，之前我给你设计过戏服。”

一说到这个，两人顿时有了共同语言，立即就谈论起戏服的事情来。融子兮趁机打听了一下库丽丽那边的情况，也知道了郎皓轩的团队不是只合作一家服装公司，也向其他公司定制戏服，忙说自己正想找一个这方面的工作，如果他知道有公司需要戏服设计师的话，拜托他介绍一下。

郎皓轩倒也爽快，立即让她留了个手机号，说一有这方面的消息就通知她，其实他主要是觉得郎立轩的女人居然要仰仗自己，十分得意。

聊了一阵，郎皓轩的手机响了，助理提醒他该走了，他才起身出门。

出门的时候，郎皓轩还故意表现得跟融子兮很熟的样子，一口一个“子兮”叫着，故意气郎立轩。

郎立轩更不想理他，所以连声“再见”都没说，还是融子兮把郎皓轩送出门的。

“子兮，你放心，我会帮你问问的，一有消息就给你打电话。”郎皓轩走到车子旁边说。

融子兮自然是非常感激，再次表达了对他的感谢，又目送他的车离开。

上了车，助理忙问郎皓轩她是谁，要帮她问什么。

郎皓轩笑笑：“唯一一个没为郎立轩的臭钱拜倒的女人，这下有机会打那个讨厌鬼的脸了！”

助理还是不明白他在说什么，也不便问，毕竟是人家的家事。

融子兮返回后，郎立轩问她怎么跟郎皓轩聊了那么久，跟那个讨厌鬼有什么好聊的。

融子兮无奈地笑：“你们不是兄弟吗？我怎么觉得像仇人似的，难道你们以前因为抢女朋友闹过矛盾？”

“那当然不可能，我怎么可能跟他抢女人，他有看女人的眼光吗？”郎立轩一脸鄙夷地说，表情简直跟刚才鄙视他的郎皓轩一模一样。

融子兮故意点点头说：“哦，原来是这样，不过刚才皓轩说你喜欢的女人都是性感、开放的，还说我一看就不是你喜欢的类型，所以他很肯定我不是你女朋友。”

郎立轩惊讶："那你说不是了？"

"我本来就不是啊，不过我没说我是泽轩的女朋友，你们都不想我跟泽轩的关系被其他家人知道吧。"融子兮尴尬地说。

郎立轩郁闷地说："我就知道，他一来准没好事。"看向她，"你以后别相信他说的任何话，他那个人讨厌得很。"

融子兮只有附和地点点头，实在想不通他们俩怎么这么不合拍，准备晚上打电话的时候问问郎泽轩。

晚上跟郎泽轩打电话，说起这事，郎泽轩听罢，笑着说："他俩确实从小就这样，皓轩小时候仗着自己年龄小，大家又都宠着他，所以他经常捉弄立轩，加上二舅脾气大，立轩没少因为皓轩挨揍，所以这仇恨是从小就攒下的。"

融子兮也笑起来："原来是这样，可仔细想想也挺有趣的啊。我今天跟皓轩说话，觉得他开朗又聪明，难怪在娱乐圈混得那么好。"

"嗯，皓轩是挺机灵的，尤其擅长与人应酬，所以适合在娱乐圈吧，你拜托他帮你找工作也正合适，他在那个行业认识的人多，应该没问题。"

"我也是这么想。"

"哦，对了，我下周应该能回来。"

"是吗？那太好了！其实我正想问你什么时候能回来。"融子兮暗暗欣喜。

"嗯，下周六是我家每三个月一次的家庭团圆日，大家都会尽量赶回来聚聚，我就趁这个机会回来一趟。"

"好，路上开车小心。"

"嗯，会的。想我吗？"

"想。"

"有多想？"

"很想很想……"

两人又甜言蜜语了一阵，才挂电话。不过郎泽轩每次打电话都不会太久，他有很多事情要做，也能控制住自己的感情。

接下来的日子里，融子兮因为郎泽轩就要回来了，每天的心情好得不得了，对郎立轩的照顾也更加无微不至了。

而郎立轩一边对郎皓轩那天来揭自己的短不能释怀，另一边又想到融子兮根本对自己没有朋友之外的感情，郁闷得不行。

星期三，郎立轩接到电话，爷爷决定把这次聚会的地点安排在他这里，也是为了让大家顺便来看望一下他。

郎立轩一听更郁闷了，可这是爷爷的决定，只有无奈地应下了。他跟融子兮说了这个事，让她决定到时候是避一下，还是趁机见一下家人。

想了片刻，融子兮说，想趁这个机会见见家人，但是千万不能让他们知道自己是郎泽轩女朋友的事，郎立轩当然更希望如此，就答应了她。

星期五，爷爷派人到郎立轩住处，帮忙准备聚会的事，融子兮、许姐和李姐也一起帮忙。

星期六傍晚六点半，郎家人陆陆续续地聚集到郎立轩这里。

郎泽轩的爸爸和妈妈也来了，杨军看到融子兮愣了一下，点头打了个招呼，没说什么。郎洁表情冷漠，没多看融子兮及其他人一眼。

看到她难以相处的样子，融子兮暗自感叹，难怪郎泽轩那么不愿让她知道两个人的关系，可若是真要在一起，早晚都要面对她，到时候该怎么办呢？

融子兮担忧地想着。

忽然，有人在她面前停下来，正在帮忙端糕点的融子兮一抬头，就看到那张令她日思夜想的脸。

郎泽轩嘴角一扬，先对她笑起来。

融子兮强忍着抱住他的冲动，低下头小声说："快去坐下吧，大家都到了。"

郎泽轩"嗯"了一声，也强忍着拥抱她的冲动，转身朝家人所在的地方走去。

大家见到他，关切地询问他工作上的事情，只有郎洁一言不发，但凡有人问郎泽轩工作上的事，她就觉得是在羞辱她，区区一个医生，能赚多少钱？能有多大出息？简直是丢她郎洁的脸！

郎泽轩不喜欢跟家人讨论自己的工作问题，简单地回答了几句，然后走到郎立轩旁边坐下，询问他的伤情。

杨军暗暗观察融子兮，发现她自从郎泽轩进来后，就一直在偷笑，感到欣慰又无奈。欣慰的是他们俩的感情看起来很好，无奈的是想到郎洁那一关，融子兮怕是不太好过。

郎泽轩做医生已经令她很生气了，觉得他赚钱少丢人，如果又找个融子兮这种家庭背景平凡的女孩子，那郎洁肯定会更生气的。至于郎泽轩，她再怎么生气，也不可能不要这个儿子，可融子兮就不一样了。说不定郎洁会把所有的不满都发泄到她身上，也不知道这姑娘扛不扛得住，唉。

七点二十，郎皓轩也来了。

一进门，他就非常乖巧地跟每个人热情打招呼，一张嘴甜得像抹了蜜似的，郎立轩的脸立即就黑了。

郎皓轩才不管他，热情地跟融子兮打招呼，跟她说已经在帮她问了，应该很快就会有消息的，让她等好消息吧。融子兮赶紧谢过他。

七点半，郎立轩的爸爸郎顺平终于到场，家宴正式开始。

一共来了十四个人，刚好坐一个长方桌。

而厨房里，帮忙准备这顿饭的融子兮等人也拼了一桌。

听着餐厅里传来的欢笑声，融子兮心里有点失落，想着要是郎泽轩的家庭能平凡一点就好了。

八点半，餐厅里的人陆续开离开餐桌。

九点，郎泽轩、郎立轩、郎顺平在客厅聊天。

郎顺平问了一下儿子的伤情，嘱咐了几句，又让郎泽轩帮儿子看看，确定他是不是真的没事了，在郎泽轩应下后，才点头离开。

终于人都走了，兄弟俩也松了口气。

“真的没事了吗？”郎泽轩看向郎立轩问道。

郎立轩点点头：“嗯，没事了。”

“看来这个看护照顾得不错。”郎泽轩忽然说。

郎立轩一怔，知道他说的是融子兮，忙笑笑说：“这段时间多亏子兮了。”说完鼻子一酸。

郎泽轩自豪地笑笑：“对了，今晚我就住你这儿，免得来回跑，浪费时间。”

“好啊，反正有的是房间。”郎立轩说，心里却不是滋味。

融子兮从厨房出来,小心翼翼地打量着周围,就怕有没看到的“漏网之鱼”。

郎泽轩看着她那个样子，忽然开口说:“那边那个美女，你在看什么？没看到你‘男神’正在等你吗？”

一听这话，融子兮顿时笑起来，赶紧朝他冲过来，扑到他怀里，紧紧抱着他的脖子，兴奋得一句话都说不出来。

郎立轩心里一揪，起身说:“算了，我上楼去，你们随意。”

融子兮赶紧起来说:“立轩，你坐啊，好不容易泽轩回来了，你们还没好好聊过。”

郎立轩一点心情也没有，淡淡地笑笑说:“还是把时间留给你们吧。”

“算了,让他去吧。”郎泽轩笑着说,一把拉过她的手,就把她拉到了怀里。

融子兮也十分激动地再次紧紧抱住他。

二楼走廊上，郎立轩看着客厅里这副场景，失落极了。

而客厅里的两人“小别胜新婚”，在客厅里聊了几句，就赶紧回房去享受二人世界了。

这边，郎立轩一个人无聊地在床上坐着，心里烦躁不已。但是，他依然不承认自己爱上了融子兮。首先，那是二哥的女人，自己不能做这种夺兄弟所爱的事;其次，融子兮并不喜欢自己。

实在烦躁不堪，他干脆起身走到桌前，打开抽屉，从里面拿出一盒香烟，抽出一支，点上。

靠在窗边，看着窗外的夜色，郎立轩默默地抽着烟。

而此时，隔壁客房里的两个人已经恩爱一番，身心愉悦地深情望着彼此。

“我发现你好像有点晒黑了。”融子兮的食指轻轻在郎泽轩脸上摩挲着说。

“不够帅了吗？”郎泽轩故意问。

融子兮莞尔一笑:“当然没有，依然是我心里唯一的‘男神’。”

郎泽轩一副如释重负的样子:“嗯，那我就放心了。”

融子兮抱紧他:“你又捉弄我……我想你都快想疯了。”说完兀自叹了一口气,“我今天看到你妈妈了,很严肃的样子,我有点担心我不讨她喜欢,怎么办？”

提到妈妈，郎泽轩也叹了口气，开口说:“妈妈确实不太容易相处，不过，你也不必太在意，她一直都那样，对谁都不太满意。不管发生什么事，我都会站在你这边的，放心吧。”

融子兮为难地看着他：“这样你会不会很累？”

郎泽轩看着她：“为了讨个老婆，再累也要撑着啊。你没看新闻吗？现在男女比例失衡，男人想娶个老婆多难啊，我如果不好好珍惜，万一以后真成了光棍怎么办？”

“干吗又逗我？”融子兮抱着他打了一下，“你怎么会成光棍？你难道不知道有多少女孩子喜欢你吗？”

“有吗？我没发现啊，原来你对我这么有信心啊，那看来以后我要稍微留意一下身边的异性了。”

“不要！”融子兮叫起来。

郎泽轩忍不住笑，深感她还是跟以前一样好骗，随便说几句话，她就当真了。于是他赶紧说：“傻瓜，逗你玩呢，怎么还是跟以前一样傻。”

融子兮担忧地看着他：“那你嫌弃我傻吗？”

郎泽轩捏捏她的脸：“没有，没有嫌弃，是更爱这个傻瓜了。”说完两人又紧紧地拥抱在一起。

第二天早上，融子兮和郎泽轩在郎立轩家里吃过早饭，便一起离开了，郎泽轩要回家去拿一些东西，融子兮也要回住处一趟。

中午叫了融佳琪一起出来吃饭，融佳琪不断打听郎立轩的病情，融子兮觉得在郎泽轩面前说这些不太好，在桌下碰了她的腿好几次。可融佳琪实在太兴奋了，居然没反应过来她是什么意思，融子兮只好敷衍了她几句。

吃完饭，郎泽轩就要走，融子兮也去送他。

车里，郎泽轩开口问：“佳琪是立轩的‘粉丝’吗？”

融子兮点点头：“嗯。”

郎泽轩听罢，嘱咐道：“你在立轩那里看到、听到的事，最好还是不要全部都讲给佳琪听，毕竟立轩跟我不一样，他跟皓轩都算公众人物，万一有的事情被传到媒体那里，可能会引起不必要的麻烦，到时候你夹在中间会很为难。”

融子兮猜到他会这么说，赶紧承诺：“我知道，我不会乱说话的，其实之前立轩也跟我说过。”

“那就好，我就怕你脑子一热，就把什么事情都说了，原本对我们普通人来说，聊聊自己的朋友是没什么的，可立轩、皓轩他们不一样，他们跟我们不是一个‘世界’的人。”郎泽轩对她笑笑说。

融子兮听他这么说倒是很高兴，她只要跟他是一个“世界”的人就好。

郎泽轩开车回去要六七个小时，两人也不敢多耽搁，匆匆道别了。

他走后，融子兮没有去郎立轩那里，而是回了自己的住处。

与郎泽轩的分别，一下子就让她陷入了忧伤中，什么都不想做，什么都不想思考，只想一个人默默地思念他。

回到住处，融佳琪跟她也算“久别重逢”，讲起自己这段时间以来的生活，滔滔不绝。

不过融子兮还是记住郎泽轩的话，尽量不透露郎立轩和郎皓轩的私事，比如郎立轩父母的情况，郎立轩与郎皓轩一见面就吵架，郎家每三个月都会有一次家庭聚会等。

“子兮，我什么时候才能跟郎立轩见见呢？现在有机会了吗？”融佳琪抓着她的手，期待地问。

融子兮为难地挠挠头：“现在可能不行，立轩的爸爸因为他这次受伤的事情特别生气，派了好几个保镖监视他，不让他出去，也不让别人进去，我因为是他的看护，所以才能进去。”

融佳琪失望地点点头，想了想又说：“那你找个机会在他面前提一下我呗，万一他听说后有了兴趣，去看我直播呢。”

融子兮点点头：“这个应该可以，那我找机会跟他提一下吧，对了，干脆明天我当着他的面看你的直播，那他不就看到了吗？”

“好好好！那就说好了，明天一定让他看我直播！”融佳琪激动地说。

“嗯，明天我一定让他看到，你放心吧。”

“嘿嘿，那明天我可要好好打扮一下了。”

看到她这么高兴，融子兮却觉得自己好像在做一件坏事似的，不过转念想想，这应该也没什么吧，就是让郎立轩看看，也没让他做什么，万一他真跟佳琪有眼缘呢。

第二天，带着这个目的，融子兮早上洗了衣服，整理了房间，又去了郎立轩的别墅。

她到的时候已经是下午三点，郎立轩正坐在沙发上无聊地看电视。

看到她进来，郎立轩微微愣了一下，心里仿佛有一颗种子突然破土而出。他舒了一口气说:"我还以为你跟二哥一起走了。"

融子兮笑着说:"没有，昨天送走泽轩后，我回了住的地方，整理了一下房间，好久没回去过了，屋子乱得不行。对了，昨晚睡得好吗？伤口还疼吗？"

郎立轩摇摇头:"不怎么好，翻身的时候还有点痛。"他想把自己说得可怜些。

融子兮果然担忧地说:"那要不要叫医生来看看？"

"算了，来了也没用，还不就是让我好好休息，再说现在的医生动不动就要输液，我讨厌输液。"

看着他像小孩子似的，融子兮笑着说:"看来很多人都怕医生啊，那你二哥真可怜。对了，有没有什么想吃的？我给你做。"

郎立轩看着她，继续撒娇说:"嗯，想吃你做的水果沙拉、水晶虾饺，还有红枣蛋糕。"

"好好好，我马上就去给你做。"融子兮说罢，就起身去厨房了。

郎立轩看着她的背影，连自己都对刚才的撒娇很不解。可是，自己的心情却慢慢变好了。

一会儿，融子兮就端着一份水果沙拉出来了。

"我喂你，还是你自己吃？"融子兮很直接地问道，因为对他没有别的想法，所以她并没觉得这么说有什么不妥。

郎立轩正在努力调整自己的心情，因为对融子兮有别样感情已经让他有点困扰了，淡淡地笑笑说:"我自己吃吧。"

"好,那我给你端着碗。"融子兮说,把碗端到他跟前,勺子柄对着他的方向。

郎立轩拿起勺子舀了一勺，突然就觉得没胃口了。

他把勺子伸向融子兮:"你先吃一口吧。"看她纳闷，又继续说:"你给我做了那么多次，又喂我吃，我也借花献佛一回吧。"

“好吧，那这朵花我收了。”融子兮说，张嘴吃了，“那我再去拿个勺子。”说完，起身又去拿勺子了。

郎立轩看着被她用过的勺子，意外发觉自己竟然并不嫌弃。

融子兮很快拿了个勺子，又过来坐下，刚要把勺子给他，却见郎立轩已经张开了嘴巴，忙舀了一勺喂给他，而她一喂完，郎立轩又舀了一勺要喂她。

融子兮愣了一下，摆摆手，笑起来说:“不行不行，你喂了我，我又喂你，让人看见会误会的。立轩，你快吃吧。”

“可你不吃的话，我也不想吃了。”郎立轩说。

融子兮心想，可能是好久没有人陪他吃东西吧，只好说:“那这样吧，你舀一勺，我就舀一勺。”

郎立轩这才点点头，还没等融子兮开口说把勺子换过来，就拿起勺子舀了一勺吃，然后看着她，示意该她吃了。

可融子兮想着郎立轩用的勺子自己刚刚用过，心里有种说不出的滋味，可又不好说要他重新换一个，只有硬着头皮，舀了一勺吃。她一吃完，郎立轩又舀了一勺吃。吃完又看着她，示意她快点。融子兮越发觉得他简直跟幼儿园的小朋友一样，心里暗笑，也不别扭了，赶紧也舀了吃。

于是，两人就这样你一勺我一勺，你吃完看着我，我吃完看着你，一起吃完了一碗水果沙拉。

融子兮吃完起身:“那我去给你做蛋糕。”

“嗯。”郎立轩看着她的背影，想到刚才的事，情不自禁地笑了笑，既笑自己居然这么幼稚，又觉得高兴。

忽然，他叹了口气，在心里骂自己道:郎立轩，你疯了吗?

融子兮在厨房里忙活了两个小时，才给他做好了红枣蛋糕，因为她查到外伤失血病人需要吃红枣和蛋黄，所以就把两者结合起来，做了这款红枣蛋糕。

做好蛋糕都六点多了,没时间做水晶虾饺了,不过郎立轩本来就不怎么饿，说就吃点蛋糕当晚饭了，如果饿了再喝许姐炖的乌鸡汤。

于是两个人就一边看电视，一边吃蛋糕。

吃了蛋糕，融子兮想到融佳琪的事，打开手机点进了融佳琪的直播间。

看她在看手机，郎立轩自然也探过头来看。

融子兮目的达成，赶紧介绍说:“这个是我的闺蜜，她叫融佳琪，在网络直播圈里还是小有名气的，比我漂亮多了吧？”今晚的融佳琪的确好好打扮了一番，比平常更靓了。

郎立轩淡淡地笑笑:“还好吧，我觉得还是你耐看些。”说完，带着一丝深情注视着她。

融子兮惊讶，看着手机屏说:“怎么可能？立轩，你是不是没看清楚？你再仔细看看。”说着,她干脆把手机屏幕跟自己的脸放到一起,便于他对比两张脸。

看到她这个样子，郎立轩特别想笑，故意看看手机，看看她，又看看手机，再看看她，说:“还是觉得你好看些。”

融子兮惊讶不已，赶紧看了看手机上的融佳琪，忽然笑起来:“我明白了，你故意逗我的吧？你二哥也经常这样，看来你们兄弟俩有同样的爱好啊。”

郎立轩一愣，心道，难道真是这样？因为是兄弟，所以连喜欢的女人都一样？忽然，他想到曾出现过类似的事件。那时候他们一起在美国上中学，郎立轩喜欢班上一个叫安欣的女生，就想尽各种办法带她出来玩。因为当时郎泽轩也跟他住一块儿，所以就把他也叫上了，可后来发现，安欣竟然跟郎泽轩对上眼了。

不过当时的郎立轩非常豪气，决定自己退出。

可难道说过了这么多年，这样的事又发生在了他们兄弟俩身上？郎立轩扶额，暗暗头痛。

只是这一次，是自己退出，还是二哥退出呢？如果两次都让自己退出的话，怎么想也有点不甘心啊。

第二天下午，郎立轩一边跟郎小二玩，一边看融子兮做刺绣。他越发觉得，融子兮这样温柔贤惠的女生很有意思。

“子兮！你果然在这里，我给你送好消息来啦！”

忽然一个热情的声音喊道，循声望去，郎立轩的脸立马黑了，因为来者是郎皓轩。

融子兮赶紧放下手头的事，站起来说:“皓轩，你好。”

郎皓轩故意看看面色不悦的郎立轩，一脸热情地看着融子兮，说:“子兮，告诉你一个好消息，你拜托我那件事已经搞定啦！我今天就是专程来告诉你这件事的。”

一听这话，融子兮也高兴地说:“真的吗？是哪家公司呢？”

郎皓轩看看偷听的郎立轩，故意卖关子说:“这个，我私下再告诉你吧，但肯定是家靠谱的大公司啦，你放心吧，而且公司老总非常欣赏你的设计，我把之前你给我设计的戏服给她看了，她很认同，夸你是个人才呢。”

“真的吗？太感谢你了，皓轩。”融子兮高兴地说，“那我什么时候可以去上班呢？”

“这个嘛……”郎皓轩故意看向郎立轩，结果发现他正严肃地看着自己，似乎有很多话想说。

郎皓轩笑笑:“这个我再帮你问问吧，对了，有果汁吗？我有点渴。”

“有，我这就去给你拿。”融子兮说，赶紧进屋去。

郎皓轩又叫道:“对了，我想喝葡萄汁，最好新榨的。”他知道郎立轩一定有很多话要对自己说。

“嗯，好。”

融子兮走了，郎皓轩在郎立轩旁边的椅子上坐下，得意地看着他:“咦，三哥你似乎有话想对我说？”

郎立轩这才开口:“你帮她找工作了，哪家公司？”

“哟,三哥,你这个样子,像要把那家公司收购了似的。”郎皓轩看着他说，所以他刚才故意没把公司名字说出来。看他不说话,又继续说:“哎呀,不对啊，我明明记得三哥你以前喜欢的不是这个类型的女生啊，难道被刺了一刀后转型了？喜欢上这种温柔贤淑的女孩子了？”

“郎皓轩，你什么意思？明明知道她在照顾我，还帮她找工作，让她走，你故意的吧？”郎立轩不再拐弯抹角。

郎皓轩装成无辜的样子，说:“找工作的事是她上次拜托我的。三哥，你也知道，我一向热心，就帮她问了一下，结果就问到了。不过，如果你一定要说我这么做是故意跟你作对，那我也无话可说，反正从小到大，不管我做什么，你都觉得我是在跟你作对。”说罢，他一副得意的样子。

郎立轩也没发火，只是冷冷地说：“好，既然非要跟我作对，那以后无论是你主演的电影、电视，还是要开演唱会，我都一律不赞助。对了，还有你主演的电影，从此不能在我的影院上映，我说到做到。”

郎皓轩一听，顿时傻眼了，赶紧投降道：“三哥，我错了我错了。大家都是兄弟，干吗为了一点小事生气呢？既然你不要她出去工作，那我就跟她说，那边公司的人还没走，要等一段时间，行了吧？”

郎立轩瞪他一眼，解释说：“她跟我没什么关系，我只是习惯了她的照顾罢了。等我的伤好后，她会去别的地方工作的。”也不能让郎皓轩拿住了自己的把柄啊！

“我懂我懂，三哥，你伤好后，肯定又是最受女艺人们欢迎的‘国民老公’。对了，最近走红的女艺人，三哥你有中意的吗？我可以帮你介绍介绍。”郎皓轩立马讨好地说。

郎立轩不想再跟他说话：“不必了。”

正在这时，融子兮端着新榨的果汁走出来，给郎皓轩倒了一杯。

郎皓轩喝完夸了几句，又说：“对了，子兮，上班的时间那边还没有定，我再让人帮你问问吧，有消息了就通知你。”

融子兮感激地说：“太谢谢你了，皓轩，这么帮我，真不知道怎么感谢你才好，有时间请你吃饭吧。”

“好啊，那就这么说定了。”郎皓轩居然一口就答应了下来，他当然是故意气郎立轩的。

不一会儿，郎皓轩就离开了。不过，他这边一出门，郎立轩就把一个保镖叫过来，让他跟另外三人说，郎皓轩再来的话，一定不能放他进来！

郎皓轩一上车就狂笑，边笑边说：“哎呀，‘风流少爷’要走痴情路线了，哈哈哈，我要笑死了……”

助理看他这个样子，笑着摇摇头，连他也搞不懂郎皓轩干吗总要把自己的欢乐建立在郎立轩的痛苦上。

别墅里，融子兮正因为郎皓轩带来的好消息而高兴，甚至有点想马上就打电话跟郎泽轩分享了。郎立轩却因为郎皓轩看出了自己的心思而非常郁闷，思索着要怎么处理这件事。

晚上，融子兮给郎泽轩打电话说了这件事。

“今天皓轩亲自来跟你说的？”郎泽轩忽然问道。

“嗯，我也没想到他会亲自来，我还以为这种小事他顶多就让助理打个电话，或者干脆忘了，毕竟他那么忙，我跟他又不熟，啊！他不会是看出什么了吧，我可从来没说过我跟你的关系啊。”融子兮紧张地说。

其实郎泽轩想的也是这个问题，按照常理皓轩确实不会这么热情地做这件事，难道说他误以为融子兮是立轩的女朋友，所以才……也不对啊，融子兮怎么看都不是立轩喜欢的女孩子类型啊。

郎泽轩只有安慰她说：“可能他是找机会来探望立轩吧，虽然表面上看起来他俩经常斗嘴，但怎么说都是兄弟，他肯定也很担心立轩。”

“嗯，我也觉得是这样，不过他们俩真的好有趣，跟两个幼儿园的小朋友似的，一见面就斗嘴。”

两人又说了几句情话，便挂了电话。

想到工作的事情解决了，融子兮的心情也轻松起来，却没发现这几天郎立轩都不是很高兴，还有点故意疏远她。

一周后的星期三，郎立轩的私人医生来别墅，检查过伤口后，说基本没问题了，可以正常生活了。

当晚，郎立轩给郎皓轩打电话，叫他通知融子兮去上班了，自己已经不需要她照顾了。

“没关系啊，三哥，你再让子兮照顾你一段时间嘛，工作的位置我都让人给她留着呢，在我心里，当然还是三哥的健康最重要。”郎皓轩故意说。

郎立轩说：“我的话不想说第二遍。”说罢，就挂了电话。

“哈哈哈……”郎皓轩大笑，“郎立轩啊郎立轩，终于让我找到你的死穴了，哈哈哈……”

第二天中午，郎皓轩果然打电话给融子兮，说已经问过那边了，下周一就可以去上班。

晚上，融子兮跟郎立轩一起吃饭。给他夹了一些菜后，融子兮开口说:“立轩，我有件事想跟你说。”

郎立轩已经猜到是什么事了，故意点点头问:“嗯，什么事？”

融子兮尴尬地开口说:“就是上次皓轩来，说帮我找到工作的事，那边说下周一我就可以去了，我想着正好你的伤也好了，所以……”

“好啊，你去吧，耽搁了你这么长时间，我也挺不好意思的。”郎立轩若无其事地说。

说完，郎立轩端起桌上的汤碗:“来，以汤代酒，敬你一杯，祝你新工作一切顺利。”

融子兮也端起汤碗:“谢谢你，也祝你以后一切顺利。”

郎立轩心里难过，却努力笑着点点头，赶紧喝汤，以掩饰自己的情绪。

融子兮又说:“那既然这样，明天早上我就走了，正好有些东西也要准备一下。”

郎立轩一怔，本来想说不必这么急，开口却成了:“嗯，也好，你自己安排吧，反正我这边无所谓。”

融子兮点点头，他这样，自己心里反而好受些。

于是两人也没说话，都低着头吃饭，可郎立轩这顿饭吃得索然无味。

吃过饭，融子兮帮忙收拾碗筷，郎立轩回了房间。

郎立轩回到房间，走到落地窗边，看着外面的夜色，想到明天一早融子兮就离开了，心就缓缓地沉入深渊。

可仔细一想又连自己都觉得好笑，到底喜欢她哪里啊？为什么要因为她而失落啊？竟然会有这样的情绪，如果被人知道，还不笑死。

他返身走到柜子前，打开抽屉，拿出一包烟，在椅子上坐下抽烟，一连抽了三支，才觉得心里没那么烦躁了，把最后一个烟蒂摁进烟灰缸，起身从抽屉里拿了一张卡，往门口走去，走到融子兮住的房间前，敲敲门。

融子兮打开门，看到他笑着说:“立轩，你来了，有什么事吗？”

郎立轩笑笑，看到她已经在收拾东西了，把手中的卡递上说:“是这样的，明天早上担心你走的时候我还没起床，所以想先把这个给你。你照顾了我这么长时间，我都还没给你发过工资，真的很不好意思，这张卡你拿去吧。”

融子兮赶紧摆手说：“不必了，我也没做什么，反倒是泽轩走后，我一直在你这边散心，是我应该谢谢你才对，而且你是泽轩的弟弟，我照顾你也是应该的。”

郎立轩一把拿过她的手，把卡放在她手里：“你不要的话，我可没办法跟二哥交代，这事他可是早就提醒过我的。再说，当初本来就说好是聘用你，要是不给工资，被人知道了我可没脸出去见人。”

“你二哥跟你开玩笑的，真的不必了……”

两人正在为卡而争执，融子兮没反应过来，郎立轩竟握着她的手。

融子兮执意把卡给他，郎立轩再次握紧了她的手，说：“别犟了，再犟我就给皓轩打电话，让他给你把工作推了，让你继续留在我这。”

融子兮当然知道他是开玩笑的，无奈地说：“好吧，那卡我先收下了，等我问下你二哥，我应该拿多少，然后取了就还给你。”

“好，密码是我生日。”郎立轩说。

融子兮一愣，点点头：“好。”

郎立轩看着她：“你知道我的生日吗？”

融子兮尴尬：“不知道。”

郎立轩笑笑，拿起她的手说：“我给你写在手心里，看清楚了哦，不然取不到钱可别怪我。”说着便认真地在她手心里写起来。

融子兮看着他，心里觉得有点怪怪的，总觉得今晚的郎立轩有哪里不对，可又想不出来。只好暗暗叹了口气，认真地看着他写。

郎立轩写得很慢，写完一个数字就念出来，所以其实他大可以直接告诉她啊。

他写完后，才放开她的手：“记住了吗？”

融子兮尴尬地点点头：“记住了。”

郎立轩深吸一口气，忽然上前抱住她：“这段时间真的谢谢你了，从小长大，从来没有人这样照顾过我。谢谢你，子兮。”

想到他父母的情况，融子兮伸手抱抱他说：“立轩，你别这么说，我也没做什么，以后等你找到心仪的女孩子，我想她一定会更细心地照顾你的。期待你的好消息。”

彼此放开，郎立轩点头笑笑：“嗯，那我就不打扰你了，好好休息吧，走了。”

“嗯，晚安。”融子兮说。

目送他出门，融子兮笑着摇摇头，简直不敢相信大名鼎鼎的“国民老公”郎立轩生活中会是这样一个人，跟一个小孩子似的。

看了一下手中的卡，融子兮给郎泽轩打电话。

电话接通，融子兮立即把当天发生的事跟他说了，包括第二天就要走，下周一就要上班，以及刚刚立轩给了她一张卡的事。

“你说，我该要立轩给的工资吗？”融子兮咨询他。

“要啊，怎么不要，当初不都说好的吗？”郎泽轩说。

“那我该拿多少呢？我是说我也没做什么，怎么好意思要他的钱呢？”融子兮为难地问。

“怎么能叫没做什么呢？你帮他搭配衣服，又细心地照顾他，上次聚会你还充当了服务员，这些都是你做的啊。”

“可这些都是小事啊，也不花什么力气。”

郎泽轩笑起来：“你这个傻瓜，怎么把自己的劳动看得那么廉价呢？这个钱，你是必须要拿的，你要是不拿，立轩就会一直觉得欠着你的情，以后有什么想叫你帮忙的，都不好意思开口了，所以还是要‘亲兄弟，明算账’。”

“哦，这样啊，那我应该拿多少呢？”

“你就随便取个十万八万吧。”

融子兮吓了一跳：“这也太多了吧，我的劳动哪值这么多钱呢？”

“对他来说，还不就是一点零花钱？”

“不好不好，我还是觉得太多了。”

“那好吧，那就三五万吧。”

“我还是觉得有点多了。”

“三万，不能再少了。”

融子兮无奈地点点头：“那好吧，那我就取三万吧。”

“唉，我感觉我真的找了个傻瓜做女朋友啊。”

融子兮笑:“不好意思，恕不退换。”

“嗯，不退就不退，但回来还是要好好修理修理，彻底改造一下。”

融子兮被他逗乐了，拿着手机躺在床上笑:“还有半个月就能见到你了吧，我想你。”

“记得真清楚，我也想你，好了，快去收拾东西吧，我要写报告了。”

“嗯，你忙吧。”融子兮说完，深吸了一口气，才按了挂断键。

挂了电话，继续收拾东西，这才发现，自己还真拿了不少东西过来呢。

第二天早上，八点四十分，二楼郎立轩的房间，窗帘被撩开一条缝，郎立轩透过这条缝看着融子兮。

看着她的背影渐渐远去，直到走出大门渐渐消失在视野里，郎立轩才放下窗帘，转身又回到床上。

在床上坐了一会儿，他已经完全没有了睡意，这才换了衣服下楼。见他下楼来，许姐立即跟他说融子兮已经走了，不过走之前给他做了早餐，还特意叮嘱她，一定要提醒他吃早餐，郎立轩点点头。

坐在桌前吃这顿早餐，心里的感觉实在是奇妙，开心又难过，温暖又伤痛。

融子兮回到家，把行李整理好，然后在网上查新公司的资料。

郎皓轩已经告诉她，新公司叫“嫦美时代”，比她之前那个公司还大，实力还强。不但为影视公司设计服装，还为明星设计高档礼服，还有自己的服装品牌。

也就是说，影视服饰设计只是公司的一个部门，然后古装服饰的设计又是该部门中的一个小组。

公司老板是个女人，叫杜嫦曦，今年三十八岁，曾经是个小有名气的女艺人，后来弃影从商，做得非常成功。

融子兮的卧室门打开，融佳琪走进来，激动地抱住她说:“居然这么早就回来了，也不来找我。”

“我不是怕打扰你睡觉吗？”融子兮说。

“你一个人回来的？郎立轩没送你？”融佳琪又问，这才是她的目的吧。

融子兮笑:“我又不是什么了不起的人物，他怎么可能会亲自送我？我走的时候他还没起床呢。”

“啊？这么没有绅士风度啊，不管怎么说，你也帮了他那么多，你都要走了，怎么也该亲自送送你才对嘛。”

“我又不是找不到路，干吗还要人家送？再说，他现在被禁足了，也出不来啊。”

融佳琪点点头:“哦，差点忘了这茬。对了，他看了我的直播，真的没有一点反应吗？”

说到这个事，融子兮也有点无奈，郎立轩确实没有什么反应，不过还是安慰她说:“也不是完全没有反应，他有说不错。”

“那他后来还看过我的直播吗？”

“他的手机和其他电子设备都被没收了,要等他痊愈后,他爸爸才会给他。”

融佳琪叹口气:“又忘了这茬，算了算了，我再等等吧。对了，你老公什么时候回来？等他回来后，我是不是就有机会见见我‘老公’？”

融子兮哭笑不得:“你这么满口老公老公的，搞得我俩都像已婚妇女似的。泽轩回来的话应该会请立轩吃饭吧,那到时候我问问他,看能不能把你也叫上。”

“什么啊，这种事还要他批准啊，我都是他的小姨子了，难道还不能跟你们一起吃顿饭吗？”融佳琪不满地说。

融子兮赶紧解释:“不是，佳琪，不是说不能一起吃饭，而是泽轩觉得郎立轩和郎皓轩跟我们不是一个‘世界’的人，他们是公众人物，如果私生活被媒体拍到，会引起不必要的麻烦，并不是针对你。”

融佳琪起身一摆手:“唉,算了,看来我是没你命好,能嫁进‘豪门’。我呀，终究是自食其力的命。”

融子兮无奈地看着她:“你这都扯哪跟哪了，我哪里又嫁进‘豪门’了？再说泽轩跟我表白的时候就说过，他以后是不会要郎家一分钱的，而且他现在的房子、车子都是他爸爸的，以后如果我们在结婚还要一起买房呢。”

走到门口的融佳琪探进头:“哦，你家郎医生这么有骨气啊，佩服佩服。”说罢就走了。

“本来就是事实嘛，我也不希望他要郎家的钱。”融子兮说，继续低头看资料。

星期六下午，吕树杰过来，融子兮请他俩去吃火锅，也算为自己庆祝。

星期日晚上，郎泽轩打电话过来，问她明天要去新公司上班的心情如何。

“当然是激动又紧张。”融子兮如实回他说。

“别担心，你是皓轩介绍过去的，他们怎么都会给你一点面子的，而且你在这方面本来就有实力，到了新公司，不要表现得像新人似的，要尽量展现自己的实力，有什么好的想法和创意都要大胆地说出来，明白吗？”

“谢谢郎老师的教诲，我一定铭记于心。”融子兮故意说。

郎泽轩被她逗笑：“嗯，孺子可教，那明天期待你的好消息。”

“啊，这么快就要挂电话了吗？才说了几句话……”融子兮赶紧说。

郎泽轩又笑起来：“这些天跟你通话的时间，可是我有史以来通话时间的最长纪录了，即使以前我在国外读书的时候，也没给爸爸妈妈打过这么多电话。”

“嘿，那你的意思是不是，你以前没有谈过恋爱，或者说没有跟女朋友煲过电话粥。”融子兮有点高兴地说。

“你说呢？”

“我觉得就是这样啊。”

“不对啊，你不是说我很受异性青睐吗？难道你认为如此受异性青睐的我会没有谈过恋爱，没有过女朋友？”郎泽轩故意说。

一听这话，融子兮愣了一下，表情也一下子严肃了：“哦，我明白了，你以前交往的女朋友都不是在异地，所以不需要煲电话粥。那以前你交往的女朋友应该是同班同学，或者交往后就同居了？”

郎泽轩笑起来：“如果我回答是的话，你会不会今晚难过得失眠？”

融子兮强颜欢笑说：“不会啊，你这么优秀，肯定是谈过恋爱的嘛，这个我早就想过了，而且每个人都有过去，既然爱的是现在你，又何必对你的过去揪住不放呢。”

“哦，原来融子兮不但善良可爱，还这么善解人意啊，我现在更喜欢你了，怎么办？”

融子兮被他逗笑:“嗯，这个可以有。”

两个人甜蜜又幸福地边说边笑。挂了电话后，融子兮一个人躺在床上傻笑了一会儿，便拉起被子睡了。

第二天还要早起。

暖暖婚途

下

梅萱 著

三辰影库音像电子出版社
北京

第五章

总有『刁民』不安分

第二天一早，融子兮从床上爬起来，洗漱好后穿上自己设计的一条复古长裙，出门去新公司。虽然郎皓轩说，已经确定融子兮可以去那边上班，但毕竟不是公司负责人亲口承诺，她心里还是觉得很没底。

出了地铁站口，融子兮拿出手机，通过手机地图锁定了公司地址，跟着导航，朝公司方向走去。

走了大约半个小时，在一栋写字楼停下，走进大厅，进门右手边便有写字楼所有公司的楼层介绍，融子兮找了一会儿，果然看到嫦美时代服饰，这家公司在八楼。

电梯前，已经有不少来上班的人在等候电梯，融子兮在后面排好队，深吸一口气，缓解内心的紧张，电梯门打开，人们陆续走进去。融子兮最后进去，站在了靠门最近的位置，原本想伸手按八楼的数字键，结果转头一看，已经有人按了。电梯启动，很快到了八楼。

走出电梯,右转走了几步,就看到一扇很大的玻璃门,上面写着“嫦美时代”。

融子兮走到门前,正对门的前台服务人员已经看到了她。她赶紧上前说:“你好，我叫融子兮，是来应聘的，之前跟杜总联系过，她让我今天早上来。”

前台服务人员点点头，礼貌地说:“嗯，好的，那请您在那边休息厅等候一下，杜总还没有来，等她来了，我会跟她说一下，到时候再通知您。”

“好的，谢谢。”融子兮说，在她的指示下朝左手边的休息厅走去。

进到休息厅，在单人沙发上坐下，融子兮看着陆续来上班的员工，觉得有点无聊，起身走到书架前，拿了一本时尚杂志，翻看了一会儿，又换了一本服装设计方面的书。

正在她全神贯注地看书时，有人敲了敲玻璃门。融子兮回头就看见刚才的前台服务人员笑盈盈地说:“您好，杜总来了，请您到她办公室一趟。”

“好，谢谢。”融子兮赶紧放下书，随她一起离开休息厅。

跟在前台服务人员身后，融子兮才发现里面还有很大的空间，整个楼层都是这家公司的办公区了。

走到一个安静的办公室前停下，前台服务人员敲门后，进去通报，然后让她进去。融子兮走进门，董事长杜嫦曦正坐在办公椅上看着她。

她的年龄不大，看起来年轻又有气质，相比厍丽丽的性感妖媚，杜嫦曦看起来更知性、干练。

“杜总，您好，我是融子兮。”融子兮走到办公桌前，主动伸手。

杜嫦曦微笑着起身，跟她握手，说:“很高兴认识你，子兮。”

其实这会儿融子兮的心正怦怦怦地跳得厉害，她还是第一次跟公司最大的领导直接交流，都不知道到底该不该主动握手了，怕让人感觉不太礼貌，所以才鼓起勇气主动开口握手。

待她坐下后，杜嫦曦先开口说:“之前我就听皓轩提过你，我也看了你之前的设计，觉得挺不错，我挺欣赏你的。”

“谢谢杜总。”融子兮赶紧道。

“嗯，你是皓轩的朋友，我跟皓轩也算是熟人，而且你这么年轻又这么有才华，那我们的合作简直太完美了，我想让你做我们公司古代戏服设计这一块的负责人，不知道你意下如何？”杜嫦曦说。

融子兮愣了一下，竟然安排自己当负责人，她都有点不敢相信自己的耳朵了。惊讶之余，也想起了郎泽轩的话，不要过分谦虚，要相信自己，于是开口道:“谢谢杜总的信任，我一定会尽我的全力做好的。”

“那就好，其实古代戏服设计这一块是我们公司的弱项，之前也一直在运营，但是总是竞争不过其他公司，目前这个部门有四名设计师，加上你的话就是五人。所以我希望你的加入能让大家有新的突破，争取做起来。当然，主要是我觉得你挺有这方面优势的，你的设计理念不错，我相信在你的带领下，你们小组一定会有很大的起色。我很期待。”

融子兮第一次被人委以重任，心里很高兴，激动地道:“杜总放心，我一定全力以赴。”

“嗯，那这个小组就交给你了，你们小组的决策都由你自己做，我不插手，只看结果。”杜嫦曦又道。

融子兮再次保证，自己一定会努力的。接下来，杜嫦曦跟她谈了一下薪资问题，薪酬自然比在库丽丽那边高得多。商讨过后，杜嫦曦又亲自带她去古代戏服设计小组。

杜嫦曦是个很会处理人际关系的老板，跟融子兮一起过去的时候，一点架子也没有，笑盈盈地，像她的姐姐一样，让融子兮心里感动不已。

两人一起来到一个小办公室。没想到老总突然来了，里面有点懒散的几人一惊，赶紧站起来说:“杜总好。”

杜嫦曦笑盈盈地说:“我来介绍一下，这位叫融子兮，从今天起就是你们小组的组长，以后你们小组的事都由她负责，有什么事情直接找她就可以了。”

“是，杜总。”四人道，又看向融子兮:“组长好。”

“你们好。”融子兮也赶紧道，此时还觉得好像在做梦一样，居然一下子就升职了，这真不是做梦吗?

“那子兮你先跟她们熟悉一下，我还要开个会，先走了，有什么事再来办公室找我。”杜嫦曦说。

融子兮赶紧说:“杜总慢走。”却没看到办公室里的四个女孩暗暗相视后，无奈地耸耸肩。

融子兮暗暗深吸一口气，转身微笑着看向她们，说:“我叫融子兮，很高兴认识各位，因为我还不认识大家，大家能先自我介绍一下吗?”

四人也微笑着，靠近她的一名短发、中性打扮的女子先开口说:“那我先介绍一下自己吧，我姓何，叫何苗。来公司快一年了，今年26岁，然后身高是一米六四，体重是……”

“这个就不必了，不然搞得我好像有什么不良企图似的。”融子兮半开玩笑地说着。

何苗也笑道:“那行，那我就不说了。”

融子兮这么一说，其他三人也笑了起来，何苗旁边的女孩开口道:“那接下来该我了吧，我叫李茉莉，茉莉就是茉莉花那个茉莉，李就不说了吧，中国大姓。我来公司有三年了，这里调一下，那里调一下，反正哪里有需要，就去哪里，属于候补那种。”

这么一说，把其他人逗笑了，融子兮也赶紧道:“很高兴认识你，茉莉。”

李茉莉看着她:“不过组长，我觉得你看起来年龄挺小的，介意我问一下你的年龄吗?”

融子兮摇摇头:“当然不介意，我今年二十四岁。”

“哦，果然比我年轻。唉，瞧我混的，果然很差劲啊。”李茉莉叹道。

融子兮忙安慰她说:“别这么说，这也没什么好比的。”

“对啊，再比也没用，你们看杜总，也没大我们多少岁吧，已经是这么厉害的公司老总了，唉，简直是人比人气死啊。”李茉莉又叹道。

融子兮尴尬地笑，突然对自己是否能做好这个小组长不确定起来，她们都是老员工，而且还比自己年龄大，自己真的能做好吗?转而又在心里给自己打气，别怕，你一定能做好的!又看向在电脑前敲字的女孩:“请问你是……”

女孩从电脑前抬起头看向她:“组长好，我叫肖雯。跟你同一年的。”

“嗯，你好。”融子兮客气地说道，又看向角落里的女子。

她视线一过去，角落里的女子忽然就起身，手里拿着一个包装好的礼物，笑着走过来:“我就说呢，今天来公司竟然发现多带了一份礼物，看来真是上天的安排呢，组长好，我叫乔歆忆，很高兴认识你。”她说着伸出手。

融子兮赶紧跟她握了一下手，手一放开，乔歆忆就把礼物塞到她手里，说:“我昨天才从澳大利亚旅游回来，这是我给大家带回来的礼物。原本是一人一份的，结果来公司后发现，居然多了一份，原来冥冥之中自由安排，就是给组长准备的，请收下吧。”

融子兮有点不好意思地说:“谢谢你,刚一来就收你的礼物,真是不好意思。”

“别客气，组长喜欢就好。”

“谢谢。”融子兮感动地说，又忽然觉得大家还是很热情、很好相处的。

相互认识后，融子兮走到组长的工位。组长的工位有一个小隔间，虽然不是独立的办公室，但也算是特别的待遇了，融子兮心里十分激动。

把包包放好，打开电脑，融子兮坐在办公椅上，特别想给郎泽轩打电话，把现在的情况告诉他。只是碍于现在是上班时间，打电话实在不太方便，只有暗暗压抑着内心的激动。

悄悄打开微信，竟然看到郎泽轩的留言。赶紧点开:亲爱的兮，等你的好消息。看着这几个字，融子兮忍不住笑了起来，郎泽轩居然会用“亲爱的兮”这个称呼，一直以为他是那种不苟言笑的人，想不到他还会起昵称。融子兮暗笑，准备回复他。

“组长……”乔歆忆突然拿着一份资料过来。

一下就看到正在傻笑打字的融子兮，融子兮很尴尬，赶紧收敛笑容放下手机，忙问她有什么事。

乔歆忆笑笑，把资料放到她桌子上，说这是小组最近的一些情况，请她看一下，有问题随时问她就好。

“好，谢谢你，歆忆。”融子兮客气地说。

待乔歆忆出去后，融子兮尴尬地吐吐舌头，看了看还没来得及发出去的消息，不再继续发了，决定中午的时候给郎泽轩打个电话，整理了心情，仔细地翻看资料。

与此同时，空闲下来的郎泽轩正在拿着手机，盯着微信，居然没回复，难道说出什么意外了？现在是上午十一点了，应该面试完了吧，或者说已经开始上班了？郎泽轩猜测着。融子兮一去就进入了工作状态，而且连他的消息都不回，看来很受公司器重啊，郎泽轩继续推测。方静璇一进门就看见笑容淡淡的郎泽轩，忽然愣了一下，竟然有点不忍心打扰他。

此时的郎泽轩脸上洋溢着幸福的笑容，看起来实在是帅气美好，让人简直有一种冲上去紧紧抱住他的冲动。当然，前提是他得是自己的男朋友。

方静璇想着，不禁有些失落，还是走过来说:“郎医生，您要的病例我拿过来了。”

郎泽轩这才收回思绪:“麻烦你了，小方。”顺便把手机放到一边，开始认真地翻看病人的病例资料。

方静璇站在旁边，视线落在那个手机上，有点愤恨地看着那个手机。

她实在想不通，那女人有什么好的，这么优秀的郎泽轩为什么会喜欢她？退一万步，就算他看不上自己，可医院里还有那么多条件优秀的医生和护士，她们都比融子兮好啊。为什么偏偏是那个根本不怎么起眼的女人，难道说即便是郎泽轩如此优秀聪明男人，也逃不过会使手段的“狐狸精”？

呵，以前以为像库丽丽那种打扮得花枝招展的女人厉害，没想到，那种看起来纯洁无辜的女人才更厉害。行啊，就算你掩饰得再好，也一定有狐狸尾巴露出来的一天！方静璇在心里非常不服气地骂道。

见郎泽轩看完了资料，方静璇赶紧笑着说：“郎医生，就快到吃饭时间了，今天中午想吃点什么？大家都说医院隔条街新开的饭馆不错，今天中午要不要去试试？”

郎泽轩点点头：“好啊，那就去尝尝看吧。”

“那好，要不我们现在就过去吧，免得去晚了没地方坐。”方静璇立马建议说，她想趁着大家还没准备去吃饭，单独跟郎泽轩一起过去。

不想郎泽轩却说：“现在还没到下班时间，我们这样擅自离岗不太好。”

“哦，那倒是，那还是下班后，再过去吧，我是怕郎医生饿了。”

“我没有饿，倒是你，饿了吗？如果饿的话可以先吃点零食，你们女孩子不是经常在办公室放零食吗？你想吃尽管吃，我会当没看见的。”

一句话就把方静璇逗笑了，她心里觉得暖暖的，她越看越觉得郎泽轩简直是完美无缺。

终于到了下班时间，方静璇急不可待地叫郎泽轩一起去吃饭，不想办公室里的人已经多了起来，有的同事问郎泽轩要去哪吃饭。

郎泽轩如实说，方静璇推荐了一家不错的饭馆，要不要一起去。听他这么说，问的同事自然不拒绝，立即就说要一起去尝尝。

方静璇一听，心里很郁闷，原本想好的二人世界，结果变成了嘻嘻哈哈的六个人，方静璇都要气死了，一路都兴致阑珊的样子，连说话的兴趣都没有了，心里不停抱怨同行的人……

到了小饭馆，大家坐下点了菜，又一起说笑，没一会儿，郎泽轩的手机响了。一看到“融子兮”三个字，郎泽轩情不自禁地笑了笑，说完“我出去接个电话”，就拿着手机出门了。

“哇，又是甜蜜专线，郎医生的女朋友真是好幸福，居然找到这么完美的男人，唉，好羡慕。”一个女同事看着郎泽轩出门的背影说。

旁边的男同事立即道:“你又没看见打电话来的人是谁，怎么就知道是人家的女朋友，你有透视眼啊？”

女同事立即冷哼道:“瞧你这点智商，难怪受欢迎程度不及郎医生，你没看见郎医生看到手机屏幕上显示的名字时露出了甜蜜幸福的笑容吗？不是对女朋友笑，难道是对老妈笑啊？”

“我不信，我们打赌。”

“行啊，赌就赌，我还怕你吗？赌什么？一百块敢不敢？”

“别动不动就说钱啊，咱比……比这个红油辣子，猜错的人空口吃一大勺怎么样？”

听他这么一说，其他同事也都起哄起来。

女同事看着他鄙夷地笑笑，说:“行啊，看在大家兴致这么高的份上，我们这次就比这个吧，站队啊站队啊，谁跟我猜的答案一样，赶紧举手。”

另外一名女同事掩嘴笑笑，悄悄举起了手。

“行，有一个盟友了，你们呢？赶紧表态啊。”女同事催促道。

剩下一个男同事和方静璇。

方静璇立即道:“我觉得陈医生是对的。”她就是不愿承认那是郎泽轩的女朋友，即便是错了她都认了。

听她这么说，刚才的男医生立即激动起来，叫最后一人赶紧表态，结果他也猜那是郎泽轩的女朋友，于是结果成了三比二。赌局已定，五人对郎泽轩的归来翘首以盼，不过郎泽轩却迟迟不回来，而这时他们点的菜也上来了。

“郎医生这‘电话粥’煲得够火候啊，还不舍得回来啊。”有女同事道。

方静璇起身:“我还是去叫郎医生吧，免得饭菜都凉了。”说罢就立即朝门口走去。门口，郎泽轩果然还在跟融子兮通电话，融子兮因为公司的情况很出乎她的意料，所以想说的话特别多，说个没完。郎泽轩也很为她高兴，因此一直陪她说着。

“郎医生,饭菜已经上好了,大家都在等你呢。”方静璇压抑着内心的不爽，笑着说。

电话那头的融子兮听到这话，赶紧说:“啊，差点忘了你还没吃饭，你快去吧，别饿着了，我们晚上再聊。”

“嗯,那好吧,挂了,拜拜。”郎泽轩说。挂了电话,转身和方静璇一起进门。两人一走进门，大家都看向郎泽轩。

郎泽轩坐下，刚准备拿筷子，发现大家都看着自己，纳闷地问:“你们看着我干什么，都不吃吗？”

“郎医生，你能不能诚实地跟我们说，刚才你出去是接谁的电话？”

郎泽轩淡淡地笑笑:“一个朋友。”

“什么样的朋友？是不是女朋友？”打赌的女同事立即充满希望地问。

郎泽轩正要开口，发现他们都眼巴巴地盯着自己，立即不说了，不解地说:“我这个电话很关键吗？我怎么觉得你们看我的眼神好像我刚才在泄露国家机密似的。”

打赌的女同事立即拱手说:“郎医生，虽然你不是在泄露国家机密，但你这个电话对我们来说非常关键。你只要诚实告诉我们，刚刚跟你通电话的人的真实身份就好，我们只要知道是谁就行，不需要知道具体内容。拜托拜托，赶紧给我们揭秘吧。”

此时郎泽轩也明白过来,他们肯定是在猜自己在跟谁通话,坦率地说:“哦，是我女朋友。”

“胜利！”女医生立即举起手臂大叫一声，还激动地跟另外两名队友拍手庆祝。三人立即看向赌输的陈医生和方静璇，一起叫两人赶紧吃红油辣子，而且还拿了勺子狠狠地舀了两大勺，叫两人立马吃掉。郎泽轩看着他们，不知道说什么好了。

陈医生有点畏惧地看着那两勺辣椒，知道逃不过，可又没勇气吃下去，正在僵持，方静璇突然接过一勺，一下子就送进了嘴里。方静璇一脸痛苦，就像吃了多难吃的药似的，捂着嘴巴，闭着眼睛。

“方医生就是爽快，女中豪杰！陈医生，该你了吧。”三人起哄道。

陈医生没办法，只能接过勺子，可怜兮兮地道：“看来等会儿回去，要去药房开几盒牛黄解毒片才行。”

“没事儿，咱医院多得是，陈医生你尽管吃。”三人打趣地说。

“行！我豁出去了！”陈医生大吼一声，闭着眼睛吃下了辣椒。

看他痛苦地捂着嘴，打赌的女同事立即提醒说：“不准吐不准吐！吐了重来啊！”

陈医生痛苦地吞了下去，立即叫道：“快点给我水，快点给我水，好辣，好辣，辣死我了……”

其余三人自然是狂笑。

郎泽轩看着他们摇头，又看向旁边的方静璇，关切地说：“你没事吧，要不要我给你盛完汤？”

方静璇摆摆手，一张脸都被辣红了，眼泪也流了出来。

“你们看方姐，都被辣哭了。”有个同事忽然说道。

几人看向方静璇，才发现她果然是满眼的泪水，却又不厚道地狂笑起来。他们不知道，方静璇眼中的泪水并非辣出来的，而是从悲伤的心里流出来的。被他们这么一说，方静璇的眼泪更控制不住地不断往外流，旁边的女同事赶紧给她纸巾。郎泽轩也关切地问她有没有好一点。

方静璇一边擦眼泪，一边摇头说自己没事，脑中却反复浮现出刚才郎泽轩说“哦，是我女朋友”的场景，心道，为什么要这么坦率地承认？你就那么喜欢她吗？

于是，好好的一顿饭，方静璇几乎是流着泪吃完的。

晚上，融子兮和郎泽轩通电话。融子兮自然是对接下来的工作充满热情和干劲，郎泽轩也不停地鼓励她。

“对了，有件事我想你帮我参考一下。”融子兮说。

“嗯，说吧。”郎泽轩道。

“就是……我的工作不是皓轩帮忙介绍的吗？我上次在立轩家的时候说要

请他吃饭，他也答应了。但是他是大明星，我请他吃饭的话会不会有点唐突，可要是不请，是不是又太没礼貌了，何况之前是我先开口说要请他的。所以我想问问你，我该怎么办呢？”

“你有他的联系方式吗？”郎泽轩问。

融子兮这才尴尬地说：“啊，我差点忘了，我没有呢。”

郎泽轩笑：“那不就好办了，你没他联系方式，怎么请他吃饭呢？你不用管他，他每天都忙不过来，哪里有时间跟你一起吃饭。”

“好吧，既然是这样，那我就不用过意不去了。”融子兮如释重负地说，“果然不管什么事，只要问问你就想通了，真不愧是博士。”

听着她的夸奖，郎泽轩觉得有些好笑，故意说：“原来是拐弯抹角地说好话讨好我啊，不过你说这么多，还不如那三个字让我更高兴。”

融子兮一听脸立即就发烫了，不好意思地笑笑，故意说：“哪三个字呢？居然有这么大的功效吗？郎博士跟我说说吧。”

“嗯？想不到你的小脑袋这么快就变得这么机灵了。”郎泽轩夸道。

“郎博士能不要岔开话题吗？”融子兮偏不饶他。

郎泽轩笑笑，开口说：“这次我还真是把自己给绕进去了，行，那我就跟你说是哪三个字吧，在仔细听着吗？”

“嗯，很仔细地听着，快说吧，郎博士。”

“好啊，那听着啊，这三个字就是：小、坏、蛋。”郎泽轩说。

融子兮一愣，立即握着手机笑起来：“你怎么能这样？你这是欺负人。”

“哈，当然是这三个字，要不然你以为是哪三个字？”

“难道不是‘我爱你’三个字吗？”

“嗯，听见了，是‘我爱你’三个字。”

融子兮这才反应过来，还是被他赢了，顿时好气又甜蜜地笑：“唉，比智商，我还是差你很大一截啊。”

“那当然，要不然我怎么这么容易就把你这只笨蛋小妖收服了。”

“笨吗？”

“不笨吗？”

“那你喜欢笨蛋吗？”

“不喜欢……”郎泽轩说，融子兮一怔，结果又听见那边说：“但是爱。”

融子兮握着手机躺在床上，看着头顶的天花板，甜蜜地笑着：“我也爱你。”

“嗯，允许你爱。好了，赶紧去准备一下吧，明明还有新工作要忙。”

“好，那挂了，明天再联系。”

“好，拜拜。”

“拜拜。”

挂了电话，融子兮看着手机屏幕。她已经把之前删除的郎泽轩的古风照还原了，不仅如此，还挑了一张做手机屏保，这样她就可以每天都看着他了。看着屏幕上的郎泽轩，融子兮“花痴”了一会儿，才开始思索工作上的事。

虽然新公司的实力和名气都比之前的公司强，可在古代戏服设计这块却是弱项。因此，要把这一部分做起来，也不能坐着等生意上门，应该主动出击。融子兮想着，拿起笔记本写下自己的计划。她的计划是，先把小组现有的业务做完做好，然后主动联系影视公司，毛遂自荐，以此来扩大小组的业务范围。

第二天到公司，融子兮叫小组四个成员一起开会，她拿着笔记本讲了自己接下来的计划，问她们有没有意见和建议。

“我觉得挺好的，很有步骤。”何苗先开口说，她是小组中比较爱说话的一个。

被她先肯定了，融子兮有点高兴，又看向另外三人：“你们呢，赞成吗？说说吧。”

乔歆忆笑笑：“我觉得组长你这么有干劲，自然是很好的，只是主动去跟影视公司和剧组联系这是公司的业务部门做的事，如果我们自己去的话，会不会显得‘不务正业’。而且，我们跟影视公司的相关负责人并不熟，就这么贸然去的话，会不会做无用功？”

“嗯，我也有这种看法。”李茉莉也说道，她们才不想给自己找事。

没错，这确实也是一个问题。融子兮解释说：“歆忆，你说的这个问题的确是我考虑欠妥了，我只是想着尽管公司有业务部在做这些事，可他们毕竟对我们小组的工作不是很了解，所以在跟别人推荐的时候也说不出自己的全部优势，所以我才想着由我们自己亲自去的话应该会好些。”

乔歆忆点点头：“嗯，我们也明白组长想尽快做出成绩的心情，其实这样做也不是不行，如果认识娱乐圈的人，事情就好办多了。”

“咦？歆忆，你不是认识不少经纪人吗？”何苗忽然说。

乔歆忆笑笑：“是认识一些，但不过是些餐桌上的朋友而已，要谈工作，可能就没那么好说了。”

“那如果认识一线明星，可以吗？”融子兮问道。没错，她想起了郎皓轩。

何苗立即看向她问：“哦？组长还认识一线明星吗？哪位呢？”

融子兮有点尴尬，笑道：“哦，就是郎皓轩，你们知道吗？”

“哇！原来组长你还是郎皓轩的朋友，厉害了我的组长大人！”何苗立即叫道，高兴地说，“这样一来就简单了，明星的朋友不还是明星嘛，只要有郎皓轩这样的一线明星帮介绍一下，那我们的业务还不是说来就来了吗！”

融子兮点头：“那好，那我找机会跟他联系一下，其实跟他也不是特别熟，只是朋友的朋友。但他这个人倒是很热情，我来公司上班，就是他帮忙介绍的。”

融子兮如实说，却没想到这么一来，她在别人眼里就成了靠拉关系才进公司的人，所以乔歆忆一脸不屑的样子。李茉莉看了看乔歆忆，无奈地暗叹了一口气，在心里嘀咕，活该你没人际关系啊。

只有何苗跟她一样，没意识到这个问题，还好奇地追问她郎皓轩私下里到底是个什么样的人。融子兮如实说，他人很开朗，也热情，乐于助人，至于他跟郎立轩不和的事，自然没有提。

如此决定后，接下来的一周里，融子兮带领着小组的四个人认真完成手上的业务。然而，她才发现，小组里的四个人能力都很一般。

何苗虽然有些创意，但明显在古装这块不够擅长，因此设计出来的东西给人感觉不伦不类的；李茉莉是个老员工，正如她自己所说，什么设计都会，可惜每一行都不够精通，所以做出来的东西中规中矩，看不到什么亮点；肖雯，总是默不吭声，人倒是老实，也是让做什么就做什么，可水平实在有限，做出来的东西根本不能算成品；乔歆忆的总体水平不错，人也很聪明，但对作品不上心，不愿意对自己的设计全力以赴。

融子兮暗暗叹气，难怪竞争不过别的公司啊，尤其是聚星。想着之前自己在那边的时候，每次设计都尽善尽美，一点小瑕疵都不放过。库丽丽那个女人虽然阴险卑鄙，但不得不承认，她在工作上还是很有能力的，每次交上去的作品哪里有问题，有什么问题，她都能一针见血地指出来。

这么一来，融子兮有点头痛，自己到底应该怎么做呢？怎么带好这样一个团队呢？不得不说，这做领导跟做小员工就是不一样啊。如果按自己的要求的话，她们四人的设计全部要反复修改，可自己来公司没多久，如果表现得这么严厉，她们会不会心里不高兴？

晚上融子兮在房里沉思了一阵，还是觉得不好解决这个问题，于是只有向亲爱的郎博士求助。

拨通电话，融子兮笑了笑才说:“亲爱的郎博士，在做什么呢？”

郎泽轩竟然直接说:“在想你，想你怎么还不打电话给我呢？难道有了新工作，就忘记男朋友了吗？”

“嘿嘿，那当然不会，你才是我的全部。”融子兮赶紧讨好说。

“哦？是吗？那如果一定要在我和工作之间选的话，你选谁呢？”郎泽轩靠在椅子上，笑着问。

融子兮一愣，自己从来没想过这个问题。所以，要怎么回答呢？想了一会儿，只有苦着脸说:“我能两个都要吗？我真的两个都很爱，怎么办？”

“不行，你没听说过鱼与熊掌不可兼得吗？快选吧，我想听听你的答案。”郎泽轩居然说道。

融子兮眉头紧蹙，痛苦地躺在床上深思，工作和爱情，最喜欢做的事和最爱的男人，如果发生冲突的话，那选谁呢？愁眉苦脸地想了一阵，忽然问:“那你能先回答我一下，如果要你在我和你的工作之间选一个的话，你选谁呢？”不如把球踢给他，看他怎么回答，那问题就迎刃而解了。突然觉得自己好聪明，融子兮都忍不住要给自己点赞了。而且她倒要看看聪明如郎泽轩，怎么回答这个问题。

那边沉默了片刻，总算开口道:“嗯，融子兮，在你问出这个问题的时候，其实你已经回答了我上个问题。从心理学来讲，你的答案就是在工作和我发生不可调和的矛盾的时候，你的选择是工作。”

一听这话，融子兮赶紧为自己辩解说：“我哪有，你跟我的工作对我来说一样重要。就好像左手和右手，无论少了哪一只，都不行，少了哪一只，身体都是不完整的。同样的，工作和你，失去了哪一边我的人生都是不完整的。”

郎泽轩当然是逗她玩的，她居然还认真起来了。郎泽轩越来越觉得她可爱，要是跟别的女人说话，肯定就没有这种乐趣了吧。这么想着，郎泽轩居然忘了回话。

融子兮没有听到他说话，还以为他不高兴，只有说：“那好吧，如果一定要选的话，我选你。不过前提是我们已经……已经结婚了，而且最好是有孩子了。”

郎泽轩再次被她逗笑了，开口说：“哦，原来融子兮你这么想嫁给我啊，而且已经想给我生孩子了。”

融子兮一脸尴尬：“这不是我们从一开始恋爱就说好的吗？以结婚为前提，认真地交往，从我们交往到现在，我觉得自己一直很喜欢你，也想一直跟你在一起。难道我这么想不对吗？”

“对，当然对。因为，我也是这么想的。”

“你怎么想的？”融子兮故意问道。

“跟你想的一样啊。”郎泽轩也故意说道。

融子兮一笑，又故意问：“跟我想的一样，那就是你也想跟我结婚然后生孩子吗？”

郎泽轩突然有点不好意思了，过了一会儿点头说：“嗯，就是这样。”

融子兮握着手机甜蜜地笑，忽然觉得人生怎么这么美好呢，这么好的男人怎么就叫自己给遇上了呢，笑了一会儿才反应过来，还有正事没说，赶紧说了工作上的困扰。

郎泽轩认真地听完，想了想，开口道：“嗯，我的看法是，既然你觉得她们在工作都有问题，那就要如实提出，这不是你的职责所在吗？”

“我刚刚进公司，年龄也没她们大，如果我说她们做得不好的话，她们心里肯定会不高兴的。”融子兮为难地说。

“提出意见和批评的方式有很多种，只要你的态度不是颐指气使、高高在上，而是诚恳地指出问题，她们没什么理由不高兴啊。不要怕，你是领导，有指出问题的权利和义务，这是你的职责所在。或许她们会有一些不高兴，可当最终作品被人肯定的时候，我相信她们肯定会感谢你的。就像在学校的时候，我们一开始不喜欢严厉的老师，可等我们考上好学校的时候，回想起来还是会觉得这样的老师很好，对不对？”

融子兮点头：“我好像有点明白你的意思了。嗯，我会认真考虑一下的，争取用一种她们听了不觉得难受，然后又能让她们认同的方法来说这件事。”

“嗯，孺子可教。”

“那是郎博士教导有方。”

事情说完了，两人聊了几句也就挂了电话，各自做自己的事情。融子兮又把四人的作品拿出来仔细看，思考对每个人应该怎么说，指出哪些问题。郎泽轩则在看书。他接触了一位妇科中医，忽然对中医解决妇科问题的医学原理有了兴趣，所以又找了相关的书看。

第二天，融子兮来到公司，挨个把人叫到自己的小隔间里，指出了他们不足的地方。尽量用一起商量讨论的方式，没有用批评的态度。不过，四个员工的反应却还是很不一样。

开朗的何苗很爽快地承认了自己的问题，并答应马上修改；内向的肖雯不断点头同意，什么反驳的话也没说，等她说完后，自己就下去修改了；李茉莉嘴上倒没说什么，可看她那表情明显是不以为然和不服气；乔歆忆一脸笑容，不但承认了自己作品的不足，还夸她厉害，难怪这么年轻就做了组长。听得融子兮心里很感动，对她的印象也非常好。

难题终于解决，融子兮心里很高兴。昨天还十分为难的事，想不到听了郎泽轩的话后，很简单地就解决了，深感自己的男人厉害！

中午吃饭时间，融子兮和肖雯一起去公司的就餐间加热自己带的盒饭，何苗叫了外卖，李茉莉和乔歆忆去了公司外面吃饭。李茉莉和乔歆忆走进经常光顾的营养快餐店，一人点了一个套餐。

“我就说新官上任肯定有三把火吧，你还不信，今天已经燃了第一把。”乔歆忆先开口道。

李茉莉郁闷地叹了一口气:“居然被一个小年轻批评，我这老脸都要没地方搁了。”

“批评你了？说你什么了？说来听听呗。”乔歆忆赶紧问。

李茉莉张了张口,转移话题说:“算了,人家是头儿,自然有资格批评我们。”

乔歆忆也叹了口气:“可不是嘛，人家可是有靠山的，哪里像我们这些没身家、没背景的小职员？”

一听这话，李茉莉不禁想到一件事:“姓柯的走了后，不是说要让你做组长的吗？哎呀，你说你偏偏这个时候去休年假呢，结果白白叫人空降过来，连带着我们也跟着一起受窝囊气。要是你当组长该多好，大家也不用过得这么悲惨了。”

乔歆忆脸上郁闷闪过一抹，不过很快笑起来说:“你这话可别让融组长知道了，谁做组长都是公司的决定，哪里轮得到我们说呢。再说，我也没跟一线明星有那层关系啊。”

“唉,那倒也是啊,做我们这行的,要是娱乐圈没点熟人,很难做出成绩。杜总也是厉害，居然找了个这样的人才。得，那就看她能翻出几朵浪花吧。”李茉莉无奈地说，低头舀汤。

此时乔歆忆的表情，简直是快要吃人的样子。没错，在融子兮没来之前，小组的其他员工，包括人事部的熟人都说新组长一定是乔歆忆，为此她也是放宽了心，还趁机休了个年假去旅行。哪知，刚度假回来，新任组长融子兮就来了。那天看到杜总带着融子兮来，当场宣布她是组长时，乔歆忆感觉就好像被人当众甩了一耳光似的，而让她挨打的人就是融子兮。可她还是忍了，还把准备送给人事部一个同事的礼物送给了她，因为她明白一个道理:人在屋檐下，不得不低头。不过，这只是暂时的，失去的东西，她一定会抢回来的。所以，姓融的，别高兴得太早!

与此同时，郎立轩的伤已经完全康复，父亲郎顺平也对他解了禁。郎立轩重新回归商场，不过倒没有像以前那样又经常跟女明星传绯闻，一反常态，摆出一副“从良”的姿态。

每次出现在镜头面前，也不再像以前一样微笑耍帅，而是一副生人勿近的样子。被问到与某某女星的关系时,也不再像以前那样打太极,而是直接走人。跟以前的“国民老公”相比，简直像换了个人似的。加上郎家私下跟一些主流媒体打了招呼，不希望他们的平台出现对郎立轩的报道。所以，郎立轩逐渐淡出了娱乐圈，淡出了大众的视野，他那些“粉丝”很无奈。

一天，郎立轩不得已出席由他的公司投资的郎皓轩主演的一部电影的首映礼。在首映礼开始前的走红毯环节,现场热闹非凡,最受欢迎的自然是郎皓轩。他挽着电影女主角的手一起入场，受到“粉丝”和媒体的热烈追捧，欢呼声一直持续到他走进首映厅。走进厅中，郎皓轩就在寻找郎立轩的身影，因为他是压轴登场,结果看了一圈都没有看到,他纳闷地走过去问导演,郎立轩哪里去了。

“哦，立轩还没来呢。”导演说。

“没来？”郎皓轩生气了，“不是说他要来吗？这么重要的事他怎么能说不来就不来，他玩我们吗？”

导演一听，立刻好言好语地劝道:“皓轩你别急，立轩没说他不来，他可能只是迟到了吧。”

“真的，没说不来？”

“对，真的没说不来，他答应过要来的。”

听到这话，郎皓轩才狐疑地坐下，瞥了一眼旁边空空的座位，在脑中思索着郎立轩到底在搞什么鬼，该不是故意让自己出糗吧？哼，他要是敢这么做，那可就别怪自己不给他面子了！

时间一分一秒地过去，首映礼的庆祝仪式都快接近尾声了，四名保镖护着一个人进门来，然后走到郎皓轩身边坐下。郎皓轩看着堂哥在自己身边坐下，还是有点不敢相信自己的眼睛，视线随着他落座，又转移到他的脸上。

“看什么看，没见过帅哥吗？”郎立轩没好气地道。

郎皓轩笑着说:“不好意思,天天看镜子里的自己,已经看到对帅哥‘免疫’了，我旁边这种级别的，在我眼里就跟颗大白菜似的。不过说实话，你今天怎么不来走红毯呢？故意不给我面子？”

“就算是，你又能拿我怎么样？”郎立轩果然很不给面子地说。

没想到果然是这样，郎皓轩点头:“行，郎立轩，你够狠。哼。”

郎立轩依旧看都不看他，而且是从进门到坐下都是如此。不仅是郎皓轩，连周围的异性也看出他的冷漠。

更让郎皓轩郁闷的是，首映礼还没结束郎立轩就走了。电影结束后还有个关于影片观后感的采访，郎立轩可能是不想接受采访，所以提前离开了，但在郎皓轩看来，这就是不给自己面子啊！

谁不知道他们兄弟同心，所向披靡，可今天郎立轩这副样子，似乎在跟所有人说，他们兄弟俩其实也没传言中关系那么好，而且会让电影公司和导演觉得自己跟他关系不好。

晚上回到家里，郎皓轩还坐在床上抱着枕头沉思。

“郎立轩这个家伙，在发什么神经？”郎皓轩蹙着眉头自言自语。

仔细回想了这段时间以来跟他的接触，想知道自己到底是哪里得罪了他。想了一阵，突然灵光一闪，自言自语道：“难道是她？”

他想起了融子兮，难道是因为自己让融子兮离开了他，所以他不高兴，才故意报复？

“不对啊，她不是说自己不是郎立轩的女朋友吗？也不对，如果郎立轩对她没有想法，又怎么会让她在屋里跟自己朝夕相处呢？而且，我那天去通知她可以去上班的时候，郎立轩那表情，简直就像在割他的肉似的……”

郎皓轩突然一拍手：“我明白了！郎皓轩真的喜欢那个叫融子兮的女孩子，可惜人家不喜欢他。然后，他本来是想慢慢发展两人关系的，结果那女孩要找工作离开，然后我帮她介绍了工作，也就是说，我间接拆了郎皓轩的台，所以他对我怀恨在心！”

“不就一个普通女孩子嘛，有必要搞得那么严重吗……”郎皓轩不爽，忽然又狡黠一笑：“嘿嘿，郎立轩，你暗恋人家是吧，那弟弟我就让你好好体验体验暗恋的痛苦，哈哈哈，可怜的郎立轩，落到我手里算你倒霉！”

郎皓轩将脸埋在枕头里大笑,他的快乐果然一直都建立在郎立轩的痛苦上。

婣美时代公司办公室，融子兮看着办公桌上日历时，心里不禁激动起来，因为还有一个星期郎泽轩就要回来了。

“你们组长在吗？”董事长助理忽然走进来问。

办公室里的四个女孩一怔，何苗指了指后面的隔间，董助点点头走进来：“融组长，董事长请您去办公室一趟。”

融子兮纳闷地看向她，赶紧站起来说：“好，那走吧。”

说着赶紧出去，乔歆忆一把拉住董事长助理的手：“什么事啊？”

董事长助理笑笑，小声说：“来了个大人物。”

一听这话，四人更加疑惑了，乔歆忆心里想：难道融子兮还有什么大后台？顿时愁眉苦脸，因为心里有点没底了。

融子兮并不知道是什么事，匆匆走到董事长办公室，然后敲门进去。一进门，立即就迎上郎皓轩的目光，顿时笑道：“皓轩，你怎么来了？来试戏服吗？”说罢又赶紧对杜嫦曦说：“杜总，您找我？”

杜嫦曦指指郎皓轩：“不是我找你，是他找你，今天专程来我这关心你的情况呢，看我这个做老板的有没有亏待员工。”

“杜总您说笑了，杜总对我这么好，我感激还来不及呢。”融子兮很感激地说，又看向郎皓轩，“皓轩，你真的是专程来找我的吗？”

郎皓轩笑，故意说：“那当然。”

“你找我有什么事吗？”融子兮纳闷地问。

“对，有事。你之前不是说要请我吃饭，感谢我帮你介绍工作吗？我迟迟没有接到你的电话，所以就只有厚着脸皮过来找你了。当然，也顺便看看曦姐。”郎皓轩说。

杜嫦曦笑着点头：“哦，原来只是顺便看看我。”

郎皓轩赶紧说：“曦姐，为了讨好美女，只有委屈你一下了。”

“我没关系啊，我这个年纪能当绿叶已经很满足了。”杜嫦曦玩笑道，自然是没跟他计较。

听着两人的话，融子兮反而有点哭笑不得，她实在没想到郎皓轩会突然来公司，而且还当着老板的面这么说。虽然这样自己很有面子，可是自己跟他的关系根本就不是这样啊，这样会不会让老板有点误会呢？

融子兮赶紧说：“那……皓轩，不知道你什么时候有空，其实我早就想着要请你的，可是又想着你很忙，所以才……”

“那正好，我这会儿就有空。”郎皓轩毫不拐弯抹角地说。

融子兮又尴尬了，因为这会儿是上班时间啊，她为难地看向杜嫦曦。

杜嫦曦却点点头说:“那正好，我们公司楼下旁边就有个不错的咖啡厅，最适合美女帅哥约会了。子兮，你知道是哪家吧？”

融子兮尴尬地点点头:“杜总，我知道。”又看向郎皓轩，“那皓轩，去咖啡厅坐坐怎么样？”

郎皓轩站起来:“好，今天你请客，你说了算。”

融子兮无奈地看向杜嫦曦:“杜总，那我……”

杜嫦曦和蔼地点点头:“没关系，你去吧，这也算工作的一部分。”

听她这么说，融子兮才稍微放心了些，邀郎皓轩出门，又请他稍等一下，去办公室拿包包。走进办公室，融子兮长叹一口气，简直是做梦都没想到，郎皓轩居然会突然来这么一出，这也太不按套路出牌了吧，他难道真的只是想让自己请他吃饭吗？应该不会吧。融子兮百思不得其解。

“组长，是哪个大人物来了，能跟我们透露一点点消息吗？”乔歆忆故意笑着问。

融子兮把她们当自己人，小声说:“哦，不是什么大人物，是郎皓轩。我现在跟他出去一下，一会儿就回来。”说罢匆匆走了。

可剩下的四人表情就复杂了，你看我我看你，郎皓轩亲自来公司找她一起出去，这关系好到什么程度了？难不成她是郎皓轩的女朋友？之前听她说是郎皓轩帮忙介绍的工作，只觉得可能是个顺水人情之类的，却没想到，他们的关系居然这么好？

乔歆忆想着，心里更郁闷了。

这边，融子兮跟乔装打扮的郎皓轩一起坐电梯下楼，然后又去了一家比较雅致的咖啡厅，在一个包厢里坐下。

融子兮请郎皓轩点单，他点了两杯咖啡和甜点。

郎皓轩看向她，表情很友好地先问:“在曦姐这里怎么样，还习惯吗？”

融子兮赶紧说:“说到这个，真的想好好感谢你，杜总对我真的很好，还让我做了组长，我知道这都是因为你的推荐。其实我之前就想跟你联系，感谢你的，可是我没有你的联系方式，又怕打扰你，所以才……”

“啊，这个都怪我，是我没给你留我的联系方式。”郎皓轩说着摸出手机，“我给你打一个，你记一下吧，不过千万不要跟别人说哈。”

融子兮赶紧拿出手机点头：“皓轩你放心，我不会跟别人说的。”

“嗯，联系人的名字也不要写我的名字，你就用……就用‘三少爷’这个名字吧。”

“哦，好。”融子兮应他要求输了“三少爷”这个名字来存号码。

存好了号码后，郎皓轩立即切入正题说：“对了，你来公司上班后还跟立轩哥有联系吗？哦，我是说我最近都没怎么见过他，也不知道他在做什么，伤好了没有。”

融子兮摇摇头：“我也没有跟他联系，毕竟他是个大忙人，我不方便打扰他，不过他的伤在我离开的时候医生就说好多了，我想现在应该好了吧。”

“你真的没跟他联系？”郎皓轩惊讶地问。

说到这个，融子兮才想起来当初他给的那张卡还没还给他，有点尴尬地说：“我差点忘了，确实有件事要跟他联系，可是因为工作，就忘了。”

“嗯，你跟他联系的时候帮我问声好吧。唉，我也不知道怎么回事，感觉好像又惹他生气了。”郎皓轩托着下巴叹气道。

融子兮想到他跟郎立轩总是一见面就吵架的事，忽然忍不住笑了，劝他说：“你们兄弟俩也挺有意思的，每次见面就像幼儿园小朋友似的，要不是亲眼所见，还真不敢相信你们之间的关系这么有趣。”

“子兮，说到这个，我可以请你帮个忙吗？”

“什么忙？”

“其实也是个小忙，就是你能不能去见立轩一下，然后跟他见面的时候告诉我一声，然后我借你跟他见面的时候跟他打个电话道歉。因为他现在不接我的电话，也不见我，连家门也不让我进，好像真的生我的气了，我想来想去没有办法，所以只好来找你。”郎皓轩可怜兮兮地说。

融子兮恍然大悟：“哦！原来这就是你今天来公司找我的原因啊，我就说呢，你怎么可能稀罕我请你吃饭。那行，反正我也正好有事要去立轩家，这个忙我帮你了。”

“那一言为定！谢谢你，子兮，来，我们干一杯！祝你工作顺利。”郎皓轩高兴地说，还端起咖啡要跟她碰杯。

融子兮看着他，越发觉得他的性格像个小孩子似的，却没想到，这个看似小孩子的男生，正在给她下套呢。

答应了郎皓轩后，融子兮当然立即就行动了起来，在郎皓轩的怂恿下，当场就在咖啡厅给郎立轩打电话。融子兮握着手机，电话一开始的确没有人接，但是过了几分钟，那边回了电话过来。

融子兮接过电话立即说:“立轩，你好，我是融子兮，还记得我吗？”

电话那头的郎立轩笑了笑说:“当然记得，难道我有那么健忘吗？”

“呵，当然不是你健忘，而是我觉得你太忙了，所以怕你不记得了。嗯，是这样的，上次从你家走的时候，你给了我一张卡，我从那张卡里取了我该拿的部分。不知道你什么时候有空,我想亲手将卡还给你。”融子兮十分客气地说。

“那张卡是给你的工资，你拿去就行了，不必还我，不过你如果想要来看看我的话，我倒是非常欢迎。”

“不行，卡是一定要还给你的，说什么我都不能要。你定个时间吧，我去找你。”

“好吧，那明天吧，你下班后过来，可以吗？”

“嗯，没问题，那要麻烦你等我了。”

“嗯，等‘仙女’光临是我的荣幸。”

“哪是什么‘仙女’？别笑话我了。那不打扰你了，我们明天见。”

“好，明天见。”

挂了电话，融子兮看向一直盯着自己的郎皓轩，跟他报喜说:“他同意了，明天我下班后就过去。”

郎皓轩暗笑，心道，不是吧郎立轩，你还真的暗恋这个女孩啊，啧啧，真是让人意想不到啊，哈哈。

郎皓轩双手合十道:“谢谢你，子兮，那我的事也拜托你了。”

“嗯，没问题，我一到门口就给你打电话。”

“嗯。”

郎立轩的事情说定后，融子兮又说了请他帮忙给一些明星朋友推荐娥美时代的古代戏服的事，郎皓轩很爽快地答应了，而且跟上次一样热情，让融子兮心里感动不已，想着晚上回去一定要跟郎泽轩好好夸奖一下他这个弟弟。人实在是太好了。

却不知道郎皓轩之所以答应得这么爽快，还不就是为了跟她搞好关系，从而有更多机会收拾郎立轩。

另一边，突然接到融子兮电话的郎立轩，听说她要亲自来看自己，心情特别好。

原本他已经决定不跟她联系了，也决定忘了她，结束这段连自己也觉得很无厘头的暗恋。可今天接到她电话的时候，心里居然高兴不已，连自己都不知道是为什么。想着要跟她见面，就很兴奋，就好像十几岁的时候第一次暗恋女生时那种心情。连自己都无奈地笑自己。

晚上,融子兮把跟郎皓轩见面,又约了第二天见郎立轩的事跟郎泽轩说了。

郎泽轩自然觉得这没什么，压根儿没想别的。只是对郎皓轩提出的帮忙方式有点奇怪，不过又想着他可能是去找杜嫦曦有事，然后想到融子兮，才顺便说的。

郎泽轩一直就当郎皓轩是个小孩子，对他做的事、说的话从来没放在心上过。所以两人不再聊这件事，又打情骂俏起来。

郎泽轩已经在准备回来了，想到马上就要见到她，心里也很高兴，又故意说了一些话捉弄融子兮。比如，等我回来后，要不就住一块儿吧，不守着我不想我吗？说得融子兮一会儿脸红，一会儿又紧张，恨不得立即就让他回来。

融子兮挂了电话，满脑子都是郎泽轩的样子，连晚上做梦都梦见了。

第二天，精神奕奕地到公司上班，小组的四人知道她跟郎皓轩关系不一般后，表现得更殷勤了。乔歆忆心里自然是不爽的，可她反而表现得比其他三人更热情，所以融子兮对她是一点防备和戒心都没有。

下午下班后，融子兮立即离开公司，去郎立轩家，一个小时后，她才到达郎立轩的别墅。按下门铃，保安给她开了门。进了门融子兮立即给郎皓轩打电话。郎皓轩也一直在等她的电话，所以很快就接了。

“皓轩，我现在马上就要进去见立轩了，刚才我问了保安，他说立轩就在家里。”

“唉，可是子兮，我现在要赶着去彩排一个节目，没时间给他打电话了。这样吧，能拜托你帮我跟他说几句好话吗？拜托了。”郎皓轩在那边求道。

融子兮不禁笑起来，觉得他们简直跟小孩子吵架了似的，只有答应说：“好吧，那我就帮你美言几句吧。不过你想跟他道什么歉？哪方面的？”

“是这样的，我希望你不要跟他提替我道歉的，你就拐弯抹角地跟他赞美一下我就行了，我在子兮你眼里也是有优点的，对吧？”

“嗯，那当然，而且优点还不少呢。”融子兮如实说。

“那就好，那你就多说一点我的优点吧，拜托拜托。”

“好吧,那我就把所有夸人的话一次都用了,好好帮你在他面前美言几句。”

“谢谢你子兮，你真是我今年遇到的天使，所以我能不能跟立轩哥和好，可就全靠你了。”

“不客气，我一定会尽力的，放心吧。”

“好，那你快进去吧，等你的好消息哦。”

“嗯，好，再见。”

“拜拜。”

挂了电话，融子兮忍不住笑了笑，这两人实在太好笑了，却没发现早就在客厅等她的郎立轩一直看着她。看到她一直边打电话边笑，以为她在跟郎泽轩打电话，心里有点失落。

融子兮进到客厅，看到在沙发上玩手机的郎立轩，先招呼道：“立轩，你好，对不起让你久等了。”

郎立轩抬起头：“子兮，你来了，快坐吧。”

融子兮在他旁边的三人沙发上坐下，先从包里拿出那张卡，然后放到茶几上说：“这张卡忘了还给你，实在不好意思，其实我早就想还给你的，只是因为工作的事耽搁了，实在很抱歉。”

“没关系，你不用道歉，本来就是给你的。”郎立轩看着她语气柔和地说。

融子兮又尴尬地解释:“卡里的钱，我取了三万块，我打电话问了泽轩我应该拿多少,我们讨论了一下,最后决定取三万块。实在不好意思,真收了你的钱。”

郎立轩摇摇头:“是我不好意思才对，你帮了我那么多忙，最后只给了你这点报酬。为了表示感谢，有机会的话可以请你吃饭吗？”

“那倒不必了，我怎么还好意思让你请客，我的意思是说，泽轩也要回来了，要不等他回来你去他那里吃饭吧，我给你们做饭。当然，前提是你不嫌我做的饭不好吃。”融子兮客气地说道。

郎立轩原本是想制造跟她单独见面的机会，却没想到一下子就被拒绝了，心里是说不出的怅然，只好说:“我还是不打扰你跟二哥的二人世界了吧。”

融子兮赶紧说:“哪里会打扰，你要是能来，我们高兴还来不及呢。当然，你是大忙人，也没太多时间出来聚会，我也就不勉强你了，不过你要是想来，我们随时欢迎。”说到这里，想起郎皓轩拜托的事，赶紧又说:“对了，还有我能找到这个工作的事，皓轩也帮了很大的忙，说实话，我真的没想到皓轩他那样的明星竟然还那么乐于助人，真的让我有点感动……”

融子兮说着，思索着怎么才能把话题转到郎皓轩身上。郎立轩却纳闷地看着她，搞不懂她怎么突然就把话题转移到郎皓轩那个讨厌鬼身上了。

融子兮说着看向他:“立轩，你是不是不太喜欢皓轩？因为他老是跟你抬杠？”

郎立轩点点头:“是不太喜欢他，因为他那张嘴巴实在有点讨厌。”

“其实我觉得他人还是挺好的，你们之间是不是有什么误会，也不是说误会，就是可能他就喜欢跟你闹着玩。比如我们小时候，我还记得跟我同桌的男生老是喜欢捉弄我，每次都把我气得半死，我也特别特别讨厌他，一听别人提到他的名字都觉得恨死了。不过现在想起来，其实他也没什么恶意，可能就是觉得我比较傻，比较好欺负，所以才故意捉弄我的吧。所以我想，你跟皓轩可能也是这样吧。”

郎立轩笑笑:“你刚刚说的你那个同桌的事，难道你不知道，男生往往是喜欢一个女生的时候才会故意捉弄她？所以，我跟郎皓轩的情况跟你这个比喻完全不是一回事。”

“不是不是，他肯定不是喜欢我，我敢保证，我真的觉得我那时候的情况跟你们俩挺像的。皓轩他就是小孩子心性，所以才喜欢捉弄你，但是我敢说他肯定是没什么恶意的，难道你不觉得吗？”

郎立轩疑惑地看着她：“你今天怎么一个劲儿地帮郎皓轩说好话？他收买你了，还是威胁你了？”

融子兮尴尬地笑：“他没收买我，也没威胁我，我就是突然想到这个事情而已，你能别怀疑我有不良企图吗？”

郎泽轩也笑了：“你能有什么不良企图，如果有也是我有……哦，我的意思是，我明白你是一番好意，你就是希望我跟他，能像跟二哥的关系一样融洽吧。嗯，不过这件事你不必操心，我跟他一直都是这样，不可能改变的。”

“真的不能改变？”融子兮有点遗憾地说。

郎立轩看着她这副样子，忽然灵机一动说：“如果你真想帮帮我们，我倒是也挺期待的。”

这时候许姐说饭做好了，郎立轩邀请融子兮一起吃饭，融子兮也不好拒绝，于是进了餐厅跟他一起吃饭。

两人在桌前坐下，也没其他人，却有一桌子的菜。郎立轩主动给融子兮夹菜，又说一直想感谢她之前的照顾，然后自己也为她服务一回，又说起怀念她之前做的一些菜，之后再让人做，却感觉不是那个味道了，真希望有一天能再尝尝她的手艺。融子兮并没有其他想法，邀他有空去郎泽轩那里，一定做给他吃。

郎立轩又问起她的工作情况。融子兮也如实说了一下。两人边吃边聊，不知不觉竟吃了大半个小时。郎立轩看着她一会儿高兴，一会儿叹气，一会儿又尴尬脸红的样子，真希望这顿饭的时间能再长一些。不过可惜，天下没有不散的筵席。

吃过饭，天已经黑了，郎立轩提出开车送她回去，融子兮当然是不好麻烦他，摆手说不用了，自己打车回去就行。郎立轩只有撒谎说自己正好要出门，就顺路送她了，这才将她哄上车。

车里，郎立轩把车子开得很慢，于是又得以在车里跟她聊天。问了她还有没有什么其他爱好，融子兮随口说了一些，郎立轩竟然暗暗记了下来。把融子兮送到小区门口，郎立轩才开车离开。

车子里，郎立轩想到自己做的这些事，连自己都不明白自己，到底想干什么，明知道不可能，为什么还是停不下来呢？郎立轩在心里问自己。然而，有些事情就是这样，明明什么都清楚，却还是抵挡不住它的诱惑。所以才有那句“明知山有虎，偏向虎山行”，这是男人身体内的荷尔蒙在作祟吗？

第二天中午，郎皓轩给融子兮打电话，问她有没有帮自己跟郎立轩说好话。

“放心吧，说了，说了一大堆。”融子兮笑着安慰他说。

郎皓轩狡黠一笑，听到自己暗恋的女孩子夸自己的弟弟，郎立轩都要郁闷死了吧，哈哈。赶紧问:“是吗？那立轩哥他原谅我了吗？”

“他虽然没有明确地说是不是原谅你，不过他昨天好像心情很不错，我觉得肯定已经原谅你了，皓轩你放心吧，我真觉得立轩没有生你的气，你别乱想了，好好工作吧。”融子兮好心地安慰他说。

郎皓轩怔了一下，心道，这个女孩子果然不错呢，笨笨的，但也挺可爱、挺善良的，竟然还这样安慰我。难怪啊，郎立轩那样的男人也被她迷住了，果然有点魅力。

故意撒娇说:“真的吗？我昨晚其实都快担心死了，我觉得立轩哥这次是真的生我气了。那这样吧，我再给他打电话联系试试，如果不行的话，那就麻烦子兮你再帮我一次好吗？”

我真的能帮上忙吗？其实融子兮很想说，不过转念又觉得他挺可怜的，居然都找不到人帮忙道歉，只有说:“嗯，只要我能帮得上忙，一定帮你。”

“谢谢你，子兮，你真是跟我一样热情善良，看来我们很像呢。”郎皓轩说。

融子兮被他逗笑了，说:“我哪有跟你像？明明就是一个天上一个地下，你是大明星我只是个‘小透明’。”

“你可不要谦虚，我是不轻易夸奖别人的哦，所以我说是的话那就一定是。啊，抱歉不能再跟你聊了，有电话来了。”

“好，你忙吧，再见。”

挂了电话，融子兮想着郎皓轩和郎立轩的事，又忍不住笑了笑。

“难道男人之间也会闹别扭吗？”融子兮纳闷地自言自语，忽然又笑起来，决定晚上问问郎泽轩有没有跟别的男人闹过别扭，想了想忽然觉得这样想有点奇怪，自己又笑了起来。

融子兮进到办公室，刚才看到她出去接电话的何苗凑过来问:“组长，能问你一个问题吗？你有没有男朋友？”何苗看融子兮回来的时候笑眯眯的样子，难免猜测。

一想到郎泽轩，融子兮立即甜蜜地笑了，点点头:“嗯，有。”

“哇，做什么的？是不是大帅哥？”何苗又好奇地问，办公室里另外三个女人也都竖起了耳朵。

融子兮考虑到郎泽轩的身份，不想跟她们说太多，摇头说:“跟我一样的普通员工罢了。好了，别打听我的事了，抓紧时间午休吧。”

说着朝自己的隔间走去，心里想到郎泽轩都莫名地甜蜜。

乔歆忆发现她脸上的笑容，心里骂道，有男朋友有什么了不起，指不定是什么人，要是真找了个不得了的货色，你还不赶紧拿出来显摆。

晚上，郎皓轩真的给郎立轩打电话。不出他所料，郎立轩根本不接。

郎皓轩不怒反笑，又给他发微信消息说:立轩哥，你怎么还不接我电话呢？你还在生我的气吗？我是你聪明可爱、热情善良的皓轩弟弟啊！

过了一会儿，微信来了一条消息，消息是郎立轩发来的，不过只有一个字:滚！

“哈哈哈……”郎皓轩狂笑,笑完直接将这个对话截了图,然后保存了下来。

“见到暗恋的女孩子就心情大好，温言细语，对我这个弟弟就这么粗暴，郎立轩啊郎立轩，你还真是重色轻友呢。哼，敢这样对我郎皓轩，看我怎么收拾你！”郎皓轩自言自语。

说完狡黠一笑，把截图发给了融子兮。

融子兮刚跟郎泽轩通完电话还在兴奋，打开消息，看到这张截图，愣了一下。待仔细看完，顿时笑了起来。这兄弟俩也实在是太好笑了吧。

很快，郎皓轩的电话来了。

“子兮，你看到了吗？立轩哥他还是不肯原谅我，我该怎么办啊？”郎皓轩故意说。

融子兮也很为难:“皓轩，可能立轩他这会儿正忙，所以才没接你电话吧。”

“肯定不是，他最近对我都这样，我有预感，他是要跟我决裂了。”

“那怎么可能，你们怎么说都是兄弟，而且也没发生什么大事，怎么会闹到决裂这么严重呢。不过我也不太了解你们之间的事，所以不知道怎么帮你。皓轩你想到解决这件事的办法了吗？要不你跟我说，要我怎么帮你？”融子兮反问，她实在不知道自己要怎么做才行了。

郎皓轩当然是早就想好了，立即说:“既然子兮你都这样说了，那我也就不客气了。我的想法是这样，子兮你能不能帮我把立轩哥约出来，然后我当面跟他说清楚，因为感觉有些事还是要当面说才行，对吧？”

“这个办法是很好，可是，我以什么名义约立轩出来呢？而且，我约他，他就会来吗？我觉得我没那么大的面子吧。”融子兮有点尴尬地说。

“当然有，子兮，你要相信自己。”

“这不是我相不相信自己的问题，而是我觉得这本来就是事实，立轩那样的大忙人，何必给我这样一个普通女孩子的面子呢？”融子兮跟他解释。

郎皓轩听着纳闷了，难道她还不知道郎立轩喜欢她？不是吧，郎立轩这个家伙这次隐藏得这么深？啧啧，这实在是天下奇闻啊。

郎皓轩越发觉得有意思了，赶紧又说:“那这样吧，我也不为难你。你就试试好吗？就试一下，如果他不愿意出来那就算了，反正我们都尽力了，他实在不给面子的话，那我们也没办法。”

“嗯，那好，那我打电话约他试试吧。可是你什么时候有空呢？我是说，你那么忙，能挤出时间吗？”

这么体贴啊，郎皓轩心里惊讶地说，越发觉得她能吸引郎立轩果然是有点原因的，又说:“没关系，这段时间我休假呢，应该都会有时间，只要你提前一点通知我就行了。”

“那好，那我跟立轩联系好后，就给你电话。”

“太谢谢你了，子兮，我都不知道怎么感谢你才好了。”

“皓轩，你别这么说，这都是举手之劳，比起你帮我找工作还帮我联系业务，实在是微不足道。”

客套了几句两人才挂了电话。融子兮想着要约郎立轩出来，还是觉得挺不好意思的，主要是觉得会不会让郎立轩为难。

“到底要找什么借口才行呢？”融子兮自言自语，躺在床上看着头顶的天花板苦苦思索。

第二天到公司，工作了一会儿，融子兮又想到这件事情，她还是没想出来以什么借口约郎立轩，到中午的时候，总算想到一个借口，硬着头皮把电话拨了过去。原本猜想电话可能又没人接，然后等会儿他自己打过来，结果，才响了没几声居然就被接了。

融子兮反倒一愣，尴尬地说：“立轩，我是融子兮，对不起我又给你打电话了，打扰你了吗？”

然而她不知道此时郎立轩的心情别提有多好了，因为他也一直在找借口约她，所以随身带的都是现在这个号码的手机。刚刚手机一响，他赶紧拿起看，看到是她的名字，心里简直高兴不已。

“没有，我也正闲着，你吃过饭了吗？”郎立轩不想那么快挂电话，故意说了这样的废话。

“吃过了，你呢？”

“嗯，我也吃过了，工作不忙吗？”

“还好，比以前轻松一些。对了，有件事想跟你说，又怕打扰你，不过我说了，你不要为难好吗？我是说如果你觉得为难的话，直接拒绝我就行了。”

“好啊，那你先说说看吧。”

“是这样的，就是你二哥不是要回来了嘛，所以我就想之前你也照顾了我那么久，就想请你吃顿饭，不知道你有没有时间。”融子兮有点尴尬地说。

郎立轩有点惊讶，她竟然主动约自己吃饭，又忍不住笑起来：“好啊，正好我最近比较闲，正想着要是有谁请我吃饭那就好了，要是能约我出去玩的话就更好了。”

融子兮一听赶紧说：“是嘛，竟然这么巧，那我就放心了，那你看什么时间好呢？”

“我随便啊，今晚都行。”

“今晚啊……”

“怎么，你有事吗？”郎立轩问。

其实融子兮是想着来不及通知郎皓轩了，于是说：“今天公司有一点事，要不明晚怎么样？”

“好啊。”

“对了，这次我没时间做饭，我们去餐厅怎么样？我会找一个相对安静的包厢的。”

正合我意！郎立轩心道，装着很随意地说：“好，听你的安排，你订了地方通知我就行。”

“那好，我会尽快通知你的。”

“好，等你电话。拜拜。”

“拜拜。”融子兮说罢挂了电话，想着总算是帮郎皓轩搞定了，不禁松了一口气，立即又拨了郎皓轩的电话。

郎皓轩一直在等她的消息，因为他早有预感，融子兮肯定会尽快行动，郎立轩肯定也会答应的。几乎是一看融子兮来电，郎皓轩就知道事情已经办成了，不过还是假装惊讶了一下，反正这对作为演员的他来说，根本没什么。

融子兮通知他后，让他订个地点，因为他们艺人肯定是更知道哪里环境又好又隐蔽。郎皓轩立即说他有一个常去的地方，而且已经是那里的会员，然后说了地址。融子兮记下地址后，跟他说了几句就挂了电话。下午四点多，把地址给郎立轩发了过去。

晚上跟郎泽轩说了这事，郎泽轩有点纳闷，郎皓轩为什么要找融子兮帮他做这样的事呢？不过想着如果不是有人帮忙，郎立轩肯定是不会见他的，也想着这次皓轩大概是真的想跟立轩和好吧。

“你确定立轩知道你这样骗他的话，不会生气吗？”郎泽轩还是说。

“他真的会生气吗？那我怎么办，要不，等他到了后我就跟他解释一下吧。我是想着他跟皓轩怎么都是兄弟，皓轩又那么想跟他和好，我怎么也该忙这个忙才对吧。”融子兮为难地说。

郎泽轩忙安慰她：“别担心了，其实也没什么大不了的，立轩应该也没那么小气。我后天中午大概才能到，直接回住处，你直接来家里等我吧。”

“好，那我给你做好饭等你。”

“这么好啊，我忽然感觉自己实在太幸福了，果然家里还是要有个女人才好啊，不，是有个女主人才好。”郎泽轩故意逗她说。

融子兮甜蜜地笑:“你什么时候变得这么能说甜言蜜语了？”

“在别的女人面前，自然要不苟言笑，可是在自己喜欢的女人面前就不用了吧。”

“行行行，我说不过你，你说什么就是什么行了吧。”融子兮投降道。确实无论是说话还是做事，她都不是郎泽轩的对手。

两人又甜蜜了几句才挂了电话，融子兮继续做设计。而此时的郎立轩，竟然在衣帽间里自己搭配衣服，为明天的约会准备。而阴谋即将得逞的郎皓轩则在床上偷着乐。

第二天，因为晚上有约，融子兮下班后就立即离开了公司，匆匆赶去郎皓轩说的地点，与此同时，兄弟俩也出发往约会地点来了。郎皓轩最先到，不过却找地方藏了起来。他要在最恰当的时间出现，直接把郎立轩气个半死，那样才解恨！

第二个到达的是郎立轩，不过他到后没有进去，而是在路边停下车等着。不能显得太猴急啊，那可不是“国民老公”的风格。所以直到融子兮进包厢后给他打电话，郎立轩才装模作样地说:“我也快到了，麻烦你等几分钟”。郎立轩这才把车子开到车库停了，然后慢悠悠地走进包厢，取下墨镜。

融子兮自然是赶紧招呼他，请他坐下。又道歉说:“立轩，真是不好意思浪费你的时间。”

“干吗还这么说？我昨天不是已经说过了嘛，我最近正闲，所以反倒是我该感谢你才对。这里不错啊，你经常来吗？”郎立轩转移话题说。

融子兮看看这别致的包厢，尴尬地说:“这么好的地方哪能经常来，立轩，我有个事情要跟你承认，不过我说了你能别生气吗？”

听她这么说，郎立轩也纳闷了:“什么事，说得这么严重？”

融子兮赶紧说:“你放心，不是什么坏事，所以你能先答应我不要生气吗？”

难道我生不生气对她来说很重要吗？郎立轩想着，笑笑说：“嗯，我答应你不生气，行了吧？”

融子兮这才稍微松口气，然后诚实地说：“其实，事情是这样的。我今天之所以单独约你出来，是因为，因为皓轩他想当面跟你道歉。”

“郎皓轩？”一听这名字，郎立轩就有不祥的预感。

吓得融子兮赶紧安抚他道：“立轩，你听我说完，我真的不是故意要骗你的，我是想着你们兄弟俩都帮了我那么多忙，虽然你们的事我没资格过问，但是作为朋友，我还是应该帮点力所能及的小忙。皓轩他说，你生他气了，他很难过，所以我才帮他约你出来，他也是诚心想跟你道歉，跟你和好的。”

融子兮小心翼翼地解释说，就生怕郎立轩生气。可郎立轩是什么人，跟郎皓轩一样，精明极了。听着她努力地解释，郎立轩想的是为什么郎皓轩要让她加入进来呢？很显然，他发现了什么事。想了想，恍然大悟，不得了啊郎皓轩，你竟然还真发现了，所以，我该怎么对付你呢？再看看融子兮一脸为难的样子，忽然灵光一闪，笑着说：“没关系的，子兮你不用解释，也不必为难，你也是一番好意，我该感谢你才对。”

听到他这么说，融子兮悬着的一颗心总算落了下来，如释重负地说：“立轩，你能这么说我真是太高兴了，你知道吗？我昨晚跟你二哥说，他说我这么做，你可能会生气，吓得我一夜都没睡好，就怕你真的生气了，那我就实在太过意不去了。”

“呵，我是那么小气的人吗？二哥也太不了解我了吧。”郎立轩趁机打趣郎泽轩。

“可能是你平时给人的印象比较严肃吧，所以连你二哥也这样认为。”

“那你呢？你也觉得我是个严肃小气的人吗？”郎立轩立即反问。

融子兮赶紧说：“严肃是有一点，不过小气肯定是说不上的，我觉得你挺大度、挺直率的。”

郎立轩点点头，看着她说：“其实我一直想问问你，子兮，在你眼里我是个什么样的人呢？”

没想到他会这么问，融子兮笑起来说：“我没资格评价你吧。”

“没事，你就随便说说吧，就当没事闲聊。”

融子兮尴尬地笑:“那好吧。我觉得你是个……”

门忽然打开，帅气的郎皓轩走进来:“立轩哥，子兮，让你们久等了。”

正如他所料，郎立轩的脸立马就黑了。郎立轩想:这混蛋，早不来晚不来，偏偏这个时候来，不知道自己正在听一个很关键的答案吗？果然是个讨厌鬼!

“皓轩，你来了，快坐吧，我们正在等你。”融子兮赶紧招呼他。

郎皓轩看着哥哥不爽的样子，得意地坐下，心里简直都要笑死了，却表现得很乖，很在意郎立轩的样子。

“立轩哥，最近还好吗？”郎皓轩故意问道。

郎立轩把脸转到一边，不看他，也不回答，把他当成空气。

郎皓轩嘟嘟嘴，可怜兮兮地看向融子兮。

看到他们这样，融子兮也是哭笑不得，赶紧看向郎立轩，劝道:“立轩，皓轩问候你呢。”看他还不说话的样子，伸手碰了碰他的手臂。

郎立轩很受用，这才轻蔑地看向郎皓轩说:“如果今天没见到你的话，会更好。”

融子兮一听，立马震惊地看向他，这话说得也太不留情了吧，立即小声喊道:“立轩。”

郎皓轩暗笑，心道，哼，要不是我，你连这个约会的机会都没有！表情却委屈至极，那样子简直眼泪都快要掉下来了，这就入戏了。

融子兮看得不忍，只有继续劝道:“立轩，你快别说这样的话了，皓轩是真心想跟你和好，他都跟我说了好几次呢。我想有些事，你是不是误会了，其实皓轩真的挺好的，演技好这些就不说了，人也非常热情，说实话，我长这么大还是第一次遇到皓轩这么热情、这么喜欢助人为乐的人呢，你应该为有这样一个弟弟而感到高兴才对啊。”

郎立轩疑惑地看向融子兮，又看看郎皓轩。不明白郎皓轩怎么收买融子兮了，居然这么帮他说好话。

郎皓轩则一脸“看到了吧？你暗恋的女人这么夸我，你都快气死了吧！”的表情，一副奸计得逞、得意扬扬的样子。

郎立轩看在眼里，也不想在融子兮面前损坏了自己的形象，只有强忍住内心的不满，点点头笑着说:“嗯，子兮你说的也有道理，之前是我不对，那既然今天大家坐到一起了，就一起愉快地吃一顿饭吧。”

想不到他这么快就想通了，融子兮顿时很高兴，也很有成就感，招呼郎皓轩也赶紧吃。

没想到郎皓轩却说:“立轩哥，你这么说是已经原谅了我吗？你以后会喜欢我这个弟弟吧？”

郎立轩立即一脸“你能别这么恶心吗？”的表情，咬咬牙继续表情温和地说:“嗯，如果你以后不总是试图招惹我的话，我觉得我们还是能像亲人一样相处的。”

“我哪里招惹你了,我明明一直对你都那么好。那好吧,以后我不招惹你，立轩哥，你吃这个生鱼片，这个很好吃的。”郎皓轩说着立即给郎立轩夹了生鱼片，而且还是沾了芥末的。

郎立轩脸立马又黑了，这个讨厌鬼就是故意的！他真是恨不得把碗都朝他扔过去！冷冷地道:“我让你给我夹菜了吗？”

郎皓轩故意看向融子兮，委屈地说:“子兮，又生气了。”

融子兮看着他们哭笑不得，这不是刚刚还好好的嘛，怎么突然就杠上了。

看看郎立轩碗里的生鱼片，只有硬着头皮演戏说:“皓轩，你对你立轩哥真好，这么好吃的生鱼片都夹给他了，我还想尝尝呢。”

一听这话，郎立轩的表情总算缓和了，赶紧把生鱼片夹到她碗里，柔声说:“那给你吃吧，我不太吃得惯芥末。还要不要？不够再叫他们上点。”

“够了够了，谢谢你立轩。”又看向郎皓轩，“也谢谢皓轩。”

“子兮，你尽管吃，不够叫他们再端来就是了，反正今天我请客。”郎皓轩笑着说，说罢看向郎立轩，不就是在女生面前塑造形象吗？我也会！

兄弟俩四目相对，眼神之间瞬间有一道击败对方的电流闪过了。

郎皓轩的眼神明显在说:郎立轩，别以为我不知道你心里在想什么，暗恋人家不好意思开口吧，要不要弟弟我帮帮你啊。

郎立轩的眼神却在说:郎皓轩，你要是敢乱来，坏了我的事，看我怎么收拾你！

郎皓轩得意地笑笑,忽然给融子兮夹了一只龙虾说:“子兮,这个也很好吃,你尝尝。”

“谢谢你，皓轩，我自己来就行。”融子兮赶紧说。

郎皓轩得意地看着郎立轩，不顾他瞪自己的眼神，开口道:“子兮，你觉得哪个菜好吃？也给我夹一块啊。”

听他这么说，融子兮赶紧给他夹菜。

“谢谢你，子兮。”郎皓轩得意地说，说完故意瞅瞅郎立轩。

融子兮立马意识到气氛不对，也赶紧给郎立轩夹菜。

夹完，低头吃饭，吃着又偷偷瞧这兄弟俩，融子兮还是觉得好像哪里怪怪的，这兄弟俩真是来和好的吗？怎么感觉皓轩也不是那么在意是否跟立轩和好啊，而且立轩表面上原谅了皓轩，可怎么感觉心里还是有怨气啊。

“子兮,这个你尝尝,味道很不错的,是这里的招牌菜。”郎皓轩又给她夹菜。

融子兮谢过他，却不想郎皓轩又说:“子兮，那个菜你会配蘸酱吗？帮我配一个吧。”

“好啊，那你试试我配的。”融子兮说着，赶紧动手帮他配菜。

郎皓轩得意地看着郎立轩,那样子简直就是挑衅了,郎立轩冷着脸看着他,脑中思索着到底要怎么对付这个讨厌鬼。想了一会儿，郎立轩竟突然暗暗笑了笑，没错，他想到了一个两全其美的办法！下一秒，又继续瞪着郎皓轩。吃完饭，郎皓轩主动提出送融子兮回家，郎立轩一听顿时不悦，立即愤愤地走了。

融子兮坚持自己走，当然，郎皓轩也并非真的想送她，他就是故意气郎立轩，故意不给他送融子兮的机会。待融子兮走了没多一会儿，郎皓轩的手机就响了，早有所料的他得意地笑笑，接起哥哥郎立轩的电话。

“郎皓轩，你什么意思？今晚你是故意的吧？”郎立轩开门见山地说。

郎皓轩故意装糊涂:“立轩哥，你在说什么？我怎么听不太懂呢？”

“哼，少在我面前装蒜，别以为我不知道你心里在想什么。我警告你，从今天起离她远点，不准再跟她联系，否则，就别怪我不客气了！”

“立轩哥，你说的是子兮吗？我跟她就是普通朋友，你可不要误会。再说了，我的经纪公司都不干涉我跟异性吃饭，难道哥你要限制我的自由吗？”

“郎皓轩！我的话不想再说第二遍！”郎立轩怒道，说罢挂了电话。

挂了电话后，郎立轩不像往常一样怒不可遏，反而笑了笑。他之所以并没生气，而是因为他想到一个问题，郎皓轩想在自己跟融子兮之间作梗，却不知道郎泽轩和融子兮已经确认关系了。所以，这次倒要看看他们的感情到底有多坚定？郎立轩觉得事情突然变得有意思了。

第二天是周六,一大早，融子兮起床后帮融佳琪熬了小米粥，又做了鸡蛋饼，然后离开住处，去郎泽轩家里。

想到郎泽轩就要回来了，坐在地铁里的融子兮简直一颗心已经飞到他家里去了。不过她还是没有直接去他家,而是先在市场上买了些菜,然后才上楼去。郎泽轩说他大概中午的时候回来，融子兮决定给他做好午饭等他。

上了楼，融子兮先把客厅的窗户打开，然后把菜拿到厨房里，开始做饭。在厨房里一忙就忘了时间，不知不觉，时间就快到十二点了。

融子兮尝了一下排骨汤，发现火候还不太够，决定再多炖一会儿。她也累了，走到客厅的沙发上坐下，拿出手机给郎泽轩打电话。

手机接通，融子兮立即问:“到哪里了？还有多久才到家？我已经在家里等你了哦。”

“路上有点堵，我可能要迟一些才能到了。同事们说一起去聚餐，然后可能还要去 KTV，我可能晚上才能回来了。”

听到这话，融子兮忽然有说不出的失落，不过还是贴心地说:“那好，你去吧，正好我还有两个菜没炒，我先放冰箱里，明天再炒也一样。”

“子兮，你是不是有点失望？要不我不去了……”

“别啊，这可是同事聚会，你要是不去的话，同事们肯定会说你的，你尽管去吧，反正你已经回来了，我们有的是时间聚。”

“可是……”

“别可是了，我真的没事，只要你平安回来了我就高兴。”

“是吗？那你现在笑一个给我听听。”

“什么啊，突然叫人家笑，感觉好傻。”

“那你不笑，我怎么知道你高兴呢，因为我觉得你现在肯定都哭了。”

“我哪有？我是那么不懂事的人吗？我真的没有，你放心去吧。”

“那好，那我就去了，晚上再见。”

“好，等你回来。”

挂了电话，融子兮拿着手机，呆呆地坐在沙发上。说实话，心里有点说不出的失落，倒也不是怪他，就是觉得……

融子兮深吸了一口气，抬手擦了擦眼角，又反省自己是不是太小气了。他们同事间想聚会也正常啊，自己不过是他的女朋友，干吗要限制他的自由呢？只是，既然他们要聚会，为什么不早点通知一声呢？

“唉——”融子兮情不自禁地叹口气。

手机忽然又响了，一看又是郎泽轩，融子兮赶紧接过电话。

“你能先帮我把卧室整理一下吗？换下床单和被子，晚上回来睡的时候方便些。”郎泽轩在电话里说。

“好，我现在就去帮你换，你放心吧。”

“嗯，真是我的贤内助。”

融子兮笑笑：“那我现在就去，挂了。”挂了电话，赶紧起身去卧室。走到卧室门口开门，却发现门打不开。

“难道锁坏了？”融子兮纳闷，刚要用力扭动门锁，门忽然开了。

“啊！”融子兮吓得一声尖叫，不过下一秒，惊吓立即变成了惊喜。因为，站在门内的人竟然是——郎泽轩！他早就回来了，刚才是故意逗她的。融子兮激动得紧紧抱住他，高兴得又跳又叫。

郎泽轩也笑起来，抱住她说：“快别叫了，不然邻居们都要来敲门了。”

融子兮难以置信地看向他：“你为什么会在房里？你什么时候回来的？你怎么不跟我说？还有你刚才为什么还要跟我说，你要出去聚会？你是故意捉弄我的，对不对？”

郎泽轩宠溺地看着她：“谁叫你那么笨呢，都进来了也不到卧室看看，还给我打电话，明明就是你故意给我制造了捉弄你的机会。”

融子兮欣喜地看着他：“我不是忙着给你做饭嘛，而且我哪里会想到你居然已经回来了。”

“原本是打算今早才回来的，可昨晚大家吃过饭后，忽然决定连夜回来，一个同事说周末出行的车子比较多，路上比较堵，还不如晚上就走。大家都归心似箭，立即就同意了。因为时间比较晚，我就想还是不让你兴奋得睡不着了，就没给你电话，后来又想还可以给你一个惊喜，不是更好吗？”

融子兮笑着盯着他看：“越来越觉得郎医生其实坏坏的。”

“坏吗？晚上还有更坏的。”郎泽轩双手捧着她的脸，揉揉说，“我去冲个澡，等会儿再说吧。”

“好，那我赶紧炒菜。”

郎泽轩转身去卧室，融子兮也赶紧朝厨房走去，脸上带着掩饰不住的笑容。刚才发生的事情太过曲折了，融子兮到现在还没回过神来，她想不到他还有这样的一面。

简直……越来越爱他了，怎么办？

等郎泽轩冲完澡，换好衣服出来，融子兮的饭菜也做好了。饭菜上桌，两人在桌前坐下。融子兮帮他盛好饭，又给他夹菜，恨不得把所有好东西都给他吃。郎泽轩感受到她的爱，心里高兴，脸上却没表现出来。

两人边吃边聊，融子兮说起昨天跟郎皓轩和郎立轩吃饭的时候，两人有多搞笑，还有郎皓轩给郎立轩发微信，郎立轩居然直接发了个“滚”字，郎皓轩还可怜兮兮地截图给自己看。

郎泽轩说起昨晚大家连夜回来的情况，说他回到家的时候都快天亮了，所以才一觉睡到快中午。

吃过饭，两人一起去厨房把碗筷洗了，收拾好，又坐在沙发上聊天。明明刚才已经说了很多，这会儿却还是有那么多话说，其实就算没话说，两个人静静待在一起也是种幸福。两人就这样一起待了一下午，傍晚吃了饭，一起出去散了步，回到家后郎泽轩也难得地没有去书房，陪她看了一会儿电视，就去了卧室。当然又是享受属于二人世界的甜蜜时刻。

第二天，两人一起去城郊的凤凰山自然森林公园玩，中午坐在草地上吃东西，玩到下午才回来。融子兮回了趟住拿东西，又跟郎泽轩一起去了他那边。

晚上郎泽轩又跟之前一样，去书房看了两个小时的书，融子兮在客厅里画图。

第二天一早，两人都早起去上班。工作让人变得充实，也变得忙碌。这样的日子持续了一周。比如，每天下班后都要不停地联系对方，然后融子兮要买菜做饭,吃完饭后既要刷洗碗筷又要工作。而郎泽轩晚上也要工作,没时间陪她。

郎泽轩不是一个拖泥带水的人，这个周六晚上，趁着彼此坐在床上聊天的机会，他就说出了自己的想法，“我有个建议，说出来你不要多想，好吗？”

融子兮纳闷地看向他:“什么事这么严重？说出来听听吧。”

“嗯，就是我觉得你每天这样三个地方跑，你住的地方、你公司、我这里，比较辛苦，意义也不大，所以我的想法是有两个办法来解决一个问题。第一个就是，你搬到我这里来住;第二个就是，一周约定几个时间来就行。你觉得怎么样？”

融子兮沉思着，其实她也早有这种感觉，只是因为一分一秒都舍不得他，所以才累并快乐着，只是没想到郎泽轩竟然这么快地就提出来了。

想了想，开口说:“你这么说，其实我挺高兴的，证明你是个很理智的人，也是在为我考虑。第一个选择，我其实早就考虑过，虽然我真的很喜欢你，很想跟你一直在一起，可我们认识的时间还是太短了，就这么住到一起的话，我怕我会变得过分依赖你，而迷失了自我。所以，我还是跟佳琪住吧，所以就只能选第二个了。那我们每周周三、周五、周六在一起，偶尔也可以多加一天，怎么样？”

郎泽轩点点头:“很好啊，比我想象中更理智，有点出乎我的意料，但也让我惊喜，不愧是我主动要求交往的第一个女孩子。”

一听这话，融子兮立即高兴地问:“真的吗？”

“当然是真的。”

“那就是说，你以前交往的女孩子，都是她们主动追你的了？”

“那是，羡慕吧？”

融子兮狡黠一笑，看向他说:“那能问问郎医生，交往过多少个女孩子？最喜欢哪一个吗？”

郎泽轩看着她这副好奇至极的样子，故作神秘说:“想要打探我的秘密啊，那好好讨好我吧。”

“我不要，我就要听就要听……”融子兮搂住他的脖子叫道。

郎泽轩抱着她笑，两人又忍不住打情骂俏起来。

与此同时，郎皓轩因为想通过融子兮来打击郎立轩，竟然真的帮融子兮介绍了不少业务。融子兮自然也是没有丢他的脸，几次送过去的设计方案，对方都十分满意，如此一来，小组的业务也很快扩大了。

没多久，小组的单子越来越多，效益较之前有了很大的提高。四位小组成员里，除了乔歆忆，另外三人对融子兮十分佩服，老板杜嫦曦在公司开会的时候当众表扬了融子兮。

这时的融子兮简直是事业、爱情双丰收，人生顺风顺水，然而，福兮祸之所致，祸兮福之所倚。融子兮这边的订单多了，有个人的订单就少了。这个人就是库丽丽。库丽丽这边业绩下滑，心里十分焦躁，找人打听了一下，才知道好些单子都流向了嫦美时代。

“呵，杜嫦曦请到高人了啊，这么快就咸鱼翻身了。”库丽丽酸溜溜地说，想了一阵，把艾姐请来。

艾姐笑眯眯地走进办公室：“‘女神’，找我有什么事呢？”

库丽丽坐在办公椅上，一脸云淡风轻的样子，说：“也没什么事，就是想问一下你，认识嫦美时代那边的人吗？有没有关系比较好一点的？”

艾姐想了想：“有一个，倒也不是特别好，不过也能说上话就是了。”

“那行，帮我问问嫦美时代那边的古代戏服设计部门如今是谁当头儿。”

“好，我马上就去问，问到了立即来跟你汇报。”艾姐笑着说，客客气气地关上门出去，她的工作能力确实不怎么样，但是人脉广，也很会为人处世，公司也需要这样的人。只是，库丽丽怎么也想不到，抢自己生意的那个人竟然会是融子兮。

半个小时后，艾姐紧张兮兮地奔进办公室，告诉库丽丽，她要打探的人竟然就是融子兮！

“什么？”库丽丽惊讶不已，一双美目都睁圆了，说道：“竟然是她！”库丽丽几乎是咬牙切齿地吐出这句话。

艾姐点点头，怯怯地说："我反复跟她确认过了，说就是叫融子兮，还说她跟郎皓轩的关系非常好，连杜嫦曦都要给她几分面子。"

"哈，了不起啊了不起，这才是真正的咸鱼翻身，一个心机深沉的女人，钓了个妇科大夫，如今借了郎家的关系，混得风生水起，还欺负到我厍丽丽的头上了，厉害啊。"厍丽丽抱着胳膊，阴狠地说。

艾姐立即说道："唉，还真看不出来，她居然隐藏得这么深。以前觉得她挺老实，挺单纯的，却没想到手段这么高，看来对之前在我们公司的事怀恨在心，故意拆台来了！"

"很明显是啊，而且是冲着我厍丽丽来的。"

"那现在我们怎么办？"艾姐忙问，马上就变成厍丽丽战线的人了。

厍丽丽阴狠地笑笑："能怎么办？兵来将挡，水来土掩，来什么样的妖精就贴什么样的符，我还怕她不成？"

艾姐出去后，厍丽丽一直坐在办公椅上思索对策。她知道自己这次绝对不能再输给融子兮，不然可就真在这行抬不起头了，感情上已经败了，事业上绝不能再败了，还要打一个漂亮的胜仗！

思索了一下午，第二天，厍丽丽把公司里几个关系比较好的员工都挨个叫进办公室，通过她们了解嫦美时代的情况。向知道的，打听一些内幕，把不知道的，派出去打听消息，争取做到知己知彼，百战不殆。

结果这么一问，还真问出了一点眉目。有位叫卢筱琳的员工竟然是乔歆忆的同学！厍丽丽立即让她去想办法，从老同学那里打探内幕，并暗示她相关花销可以报销。卢筱琳听后，自然是立马应下，出去后就开始跟乔歆忆联系，约她有空出来吃饭。

乔歆忆在融子兮手下干得很不爽，已经在暗暗想着跳槽了。原本她之前是豪情壮志地想弄走融子兮，自己上位的，可后来知道融子兮跟郎皓轩的关系后，只得打退堂鼓。卢筱琳一联系，知道她在聚星上班，乔歆忆自然是求之不得，立即就同意了她的邀请。

周三晚上，正当融子兮一下班就迫不及待地奔去郎泽轩家里的时候，乔歆忆也应约来到一个小餐厅，跟老同学见面。

卢筱琳比她先到，两人见面后立即客套了一番，比如恭维对方比之前更美了之类的。等饭菜上来后，两人边吃边聊起来，乔歆忆自然知道，她约自己来，肯定是有什么事，她还没单纯到会认为老同学那么好心，没事白白请自己吃饭。所以也不急着开口，就等她先开口。

果然，过了一阵，卢筱琳按捺不住了，先开口说：“对了，听说你们那边来了一个非常厉害的组长，叫什么融子兮，对吗？”

“咦？这你也知道？看来你们公司对我们的情况很了解嘛。”乔歆忆故意说。

“不了解也不行啊，谁让你们组长这么厉害，不过你还不知道吧，她之前是我们公司的员工。”卢筱琳故意说。

乔歆忆一惊：“你们公司的员工？那怎么又跑我们这边来了？她这么厉害，你们公司舍得放她走？”

卢筱琳轻蔑地笑笑：“厉害吗？好像工作能力也一般吧，不过对付男人倒是有一套。”

乔歆忆一听顿时知道有戏，身子往前一倾凑近她，再也忍不住探道：“是不是有什么内部消息，赶紧说说呗，我这边也有一些一手资料，大家一起分享分享呗。”

“好啊，反正闲着也是闲着，咱们今天就来聊聊这位高人吧。”卢筱琳同意道。

于是，卢筱琳立即讲起了融子兮在公司里抢了厍丽丽男朋友的事，还有偷同事钻石戒指差点坐牢的事。因为事情都非常劲爆，听得乔歆忆热血沸腾，简直就差拍手叫好了。心道，我就说嘛，相貌不出众，能力也不强，居然这么年轻就混到这个位置，原来就是靠男人啊。而且终于明白融子兮怎么会认识郎皓轩，怎么会跟郎皓轩关系那么好，因为他的男朋友就是郎皓轩的哥哥啊，难怪杜嫦曦都要敬她几分，啧啧，原来是这样。

终于知道了这些内幕，乔歆忆一下子又变得信心十足了。作为交换，她也讲了融子兮在公司的情况。比如说，她故意摆她组长的架子，明明大家都设计得很好了，她就是要鸡蛋里挑骨头，其实就是想新官上任三把火；又如，在大家上班的时候故意出去接电话，然后告诉她们是跟郎皓轩通电话，故意显示她多有背景之类的。

其实两人都是在无中生有，不过这么一沟通，双方都收获颇丰，最后各自满载而归。

第二天一上班，卢筱琳就去了库丽丽办公室，跟她汇报情况，竟然又把乔歆忆夸张过后的内容再夸张了一些，比如融子兮秀恩爱炫男友这种无中生有的事。库丽丽越听心里越生气，暗暗思索着到底要如何收拾融子兮才解恨！

嫦美时代，打听到一手资料的乔歆忆也十分兴奋，迫不及待地就想与人分享。趁着上班的时候悄悄跟李茉莉网聊，把事情添油加醋地告诉了她。听到这些事，李茉莉十分震惊，尤其是听到融子兮偷人钻戒的事，直言知人知面不知心。两人聊了一上午还没尽兴，中午吃饭又聚到一起，聊得火热。

“想不到啊想不到，杜总的眼光向来好得不得了，这次却看走眼了，请了只不但会偷鸡摸狗而且还会勾引男人的狐狸精来。”乔歆忆先开口说。

李茉莉赶紧附和:“可不是嘛，还真是让人大开眼界。”朝自己手上的戒指看，“看来明天我这戒指也要摘了，放家里才行，虽然不值多少钱，可我们这些小员工赚点钱也不容易，丢了也是会心疼的。”

“可不是嘛，万一丢了那我们可是‘哑巴吃黄连，有苦说不出’，你说人家拿了吧，人家可是领导，怎么会拿小员工的东西，而且人家还有那么有钱的男朋友，稀罕你这点东西吗？到时候还不是只能自己认栽。等会儿回了公司，我也要收拾一下我的东西了，凡是值点钱的都拿回去吧，这种哑巴亏我可不吃。”乔歆忆阴阳怪气地说。

李茉莉看向她，小声问:“对了，何苗和肖雯你跟她们说了没有？要不也跟她们说一声吧，免得到时候出了什么事，反而赖到我们头上。”

乔歆忆看着她，高深莫测地摇摇头:“我觉得没必要，那两个闷葫芦平时跟我们走得不是很近，万一跟她们说了她们去告密了怎么办？人家手段那么高，到时候我们还不是‘吃不了，兜着走’，这种事儿我们自己心里清楚就行。”

“有道理。行，那听你的，不跟她们说，咱自己知道就行。唉，真想不到啊，她居然是这种德行，难怪年纪轻轻就做了组长……”李茉莉又轻蔑地说。

乔歆忆眼中的阴狠一闪而过，思索着怎么才能让更多人知道这件事，可又不让人知道是自己捅出去的篓子。一旦公司的人都知道融子兮的事，那融子兮也没脸继续在公司待着了吧，只要她一走，组长的位置那不就是自己的了吗？

可怜融子兮对此事一无所知，还沉浸在热恋中。这天，她带着何苗一起去到郎皓轩所在的影视公司，把剧服设计方案给相关负责人过目，没想到一进公司就碰到郎皓轩。

“子兮，你来了。”郎皓轩热情地打招呼。

融子兮也礼貌地走过去说：“皓轩，你好，今天没有通告吗？”

“嗯，我还在休假，暂时取消了所有通告。”郎皓轩说，说完又忙跟旁边的朋友介绍融子兮，还说她的设计相当出色，是个非常厉害的设计师。

融子兮暗笑，觉得郎皓轩就算不做明星去做销售，也肯定是个非常厉害的角色。两人客气了下，融子兮又去见相关负责人。

正在办公室给人看设计图的时候，郎皓轩又进来了，凑到负责人身边，一个劲儿地夸设计很不错。他都这么说了，这负责人肯定也要给点面子，而且设计确实也很不错，因此一下子就首肯了。

融子兮自然很高兴，出来后，又再次感谢他。

“谢我可是不能光嘴上说说就行的哦。”郎皓轩居然说。

“好啊，那你说要怎么谢，只要我办得到，一定在所不辞。”融子兮笑着说。

“这可是你说的。那这会儿就快要到中午了，一起去吃饭怎么样？”

融子兮为难：“可是，我还要回公司……”

何苗赶紧说：“组长你去吧，我帮你把东西拿回公司就行了，公司如果有什么事的话，我给你打电话，你别担心，吃了饭再回来吧。”

郎皓轩朝她竖起拇指：“中国好员工。”

何苗高兴地说：“谢轩少夸奖！那轩少能跟我合张影吗？”

“你都帮我了，我当然不能拒绝你这个要求，来吧，允许你多拍几张。”郎皓轩说着就搂住何苗，而且还很亲切地把脸靠在她脸边，好像情侣一般。

何苗激动得拿着手机的手都在发抖，融子兮只好说帮他们拍，拿着手机帮他们拍了好几张。

“谢谢轩少，谢谢轩少！”何苗激动地说，赶紧拿着手机和资料跑了。

融子兮看着何苗的背影，无奈地笑着摇头，感慨地说：“皓轩，你的魅力果然不一般，平时看何苗不怎么‘追星’，想不到她居然也喜欢你。”

“那是,不瞒你说,我的‘粉丝’从八岁到八十岁都有。”郎皓轩得意地说，看着她，“对了，我一直忘了问你，你也是我的‘粉丝’对吧？”

融子兮暗笑，赶紧点点头:“那当然，第一次在立轩那里见到你的时候我不是还请你签名吗？”

郎皓轩点点头:“哦，记起来了，好像是有这事。嗯，我就喜欢跟我的‘粉丝’交流，走吧，陪你的偶像一起去吃饭。”

而这边,何苗出来后,兴奋极了,立即就把跟郎皓轩的合影发到了朋友圈。留言和点赞都前所未有地高。其中有一位同学留言问她,是不是进影视公司了,何苗兴奋地解释，是跟组长一起去送设计图，然后因为撮合了组长跟郎皓轩一起去吃饭的事，郎皓轩一高兴就同意了跟她合影。

却没想到这个同学是娱乐记者，一听这事立即给何苗打电话打听，何苗也没意识到那么多，兴奋地把事情讲了一遍，还自豪地讲着融子兮跟郎皓轩的关系，那绝对并非一般的关系。融子兮的工作都是郎皓轩帮她找的，小组现在的很多业务也是郎皓轩帮忙介绍的。

却不知道她这边兴致勃勃地讲着，那边的人已经开始在琢磨这个大新闻了，不但如此，这个同学还立即出发，奔向郎皓轩的经纪公司。

跟何苗通完电话并录音后，该记者立即拨通了驻守郎皓轩公司的同事电话，在得知郎皓轩去向后，当即表明可能捕捉到了一个大新闻，让他盯紧了，到时候好处自然少不了他的。

驻守的同事立即跟踪郎皓轩和融子兮，并且暗中拍摄了不少照片。其中一张还有郎皓轩帮融子兮拿掉衣服领上一只小瓢虫的照片。原本郎皓轩这么做是完全无意识的，刚好看到就帮忙了，他性格开朗，也不觉得这有什么。可拍下来后，照片看起来很暧昧，因为当时融子兮也吓了一跳，看到是一只瓢虫后，两人都笑起来。两人相视而笑的样子看起来甜蜜美好。

餐厅包厢里,郎皓轩又提起郎立轩,他就是要拆郎立轩的台,就是要气他。他居然敢警告自己，仅仅这条罪他就死定了！

“你别看立轩哥有钱，人也很大方，可是在有些事情上他小气得很。比如小时候，有一次去他家玩，我看到他有一个很大的变形金刚，就很想玩，可他就是不给我玩。明明他早就不想要了，可他就是不送给我也不给我玩。当时我都气哭了，然后二叔也很生气，就揍了他，结果你猜怎么着？”

“怎么了？”融子兮附和地问，不过心里却暗笑，明明是他害郎立轩挨揍了，结果至今还觉得自己委屈了。

郎皓轩撅嘴嘴：“哼，郎立轩那个家伙，挨揍后居然把那个变形金刚抱到窗户边，然后扔到楼下给摔了个稀巴烂。他的意思就是宁肯摔烂都不给我玩，你说有他这样当哥哥的吗？”

融子兮忍着笑，附和他说：“立轩的脾气的确是有点大，可能也跟他从小的生活环境有关吧，我听说他很小的时候妈妈就离婚走了。”

“根本就不是这个原因好吧，他从小脾气就特别怪，二叔和二婶的脾气也都很怪，两人生个儿子出来就更怪了。唉，其实我更心疼他以后的老婆，嫁给这样一个脾气古怪的男人，一辈子都有苦吃了，子兮，你说是不是？”

融子兮当然不想这么说郎立轩，反而劝道：“皓轩，其实事情也没你想的那么严重，我是说从我跟立轩相处的时间来看，我觉得他那个人表面上看着玩世不恭，其实内心里并不是那样。我反而觉得他是一个很替别人着想、很好心的人，也许他只是用冷漠的表现来掩饰自己的内心罢了。”

郎皓轩惊讶地看着她，实在不敢相信自己说了这么多郎立轩的坏话，她居然最后得出来这样一个结论！

郎皓轩不死心，又继续说：“那子兮，我问你一个问题啊，比方，只是打个比方啊，如果立轩喜欢你的话，你会接受他吗？”

融子兮一听就笑了，赶紧摇头说：“那怎么可能，我跟立轩就是两个世界的人，根本就是两种属性的人，他不可能喜欢我这样的女孩子，我也不会愿意跟他在一起，各方面相差太大了。”

郎皓轩朝她竖起拇指：“子兮，你真是我见过的最理智、最聪明、最……最能把握自己人生的女孩子！来，我敬你一杯。”

融子兮笑笑，她当然还有一个最重要的理由没有说，那就是，她可是他们的嫂子啊！

吃完饭出来，得到融子兮亲口说不会接受郎立轩这个大好消息的郎皓轩心情大好，看融子兮的眼神更加友好了，恨不得把她当作知心好朋友了。吃完饭后又坚决要求开车送她回公司，准备继续在车上说说绝不会接受郎立轩这件事。结果,两人在车上聊天的画面也被拍了下来,甚至包括到达公司写字楼下，融子兮下车跟郎皓轩再见的画面。

当晚，娱乐记者就在微博上发布了一条提示性的消息，说明天有一个当红“小鲜肉”的爆炸新闻要爆料。提示是:一线明星，当红“小鲜肉”，家族势力庞大，妈妈曾是娱乐圈“女神”级别的女明星。消息一出，大家纷纷猜测，已经有不少人猜到是郎皓轩，连经纪公司经理都给郎皓轩打电话，问他有没有什么事被娱乐记者拍到。郎皓轩一口咬定没有，自己这段时间都乖着呢。至于融子兮，根本不知道这件事，她还在忙着做新的设计，哪里有闲工夫关注这样的娱乐新闻。然而，第二天的新闻爆出掀起了轩然大波。

一大早，郎皓轩还在睡觉，经纪公司就来电话了，让他赶紧看新闻，然后跟公司解释一下这到底是怎么回事。

“皓轩！皓轩！”郎皓轩的妈妈也在外面拍门，她想问问他，这个女孩子到底是怎么回事，她为什么之前什么都不知道，正在纳闷看新闻的郎皓轩赶紧下床，把门给妈妈打开。

郎皓轩的妈妈指着平板电脑上的照片问:“这是怎么回事？这个女孩子是谁？你真的在跟她交往？这是什么人？艺人还是‘网红’，还是哪家的千金？”

郎皓轩也被这个新闻震惊到了，一副头疼的样子说:“妈妈，您能别一下子问这么多问题吗？我都不知道怎么回答您了。”

“好好好，那你就跟妈妈说，这条消息是真是假？”

“一个字:假。”

郎皓轩的妈妈如释重负:“吓死我了，我还以为你瞒着妈妈偷偷谈恋爱。你现在还小，还不是考虑这件事的时候，明白吗？再说，就算你想交往，也一定要找一个值得交往的对象明白吗？否则一不小心可就毁掉你的‘星途’了。”

“我知道，妈妈，我是那么不懂事的孩子吗？您就别为我担心啦。”郎皓轩劝道。

“那好，那你跟妈妈说说，这些照片是怎么回事？你跟这女孩子是什么关系？”

郎皓轩摸摸额头，认真地解释说:“这个女孩子叫融子兮，是一位服装设计师，也是我的‘粉丝’，因为之前她帮我设计过几套戏服，所以我们就认识了。后来，她又做了立轩哥的服装搭配师，不是有段时间立轩哥穿衣服还被人街拍了吗？我觉得她挺有才的，有一次去立轩哥家的时候遇到她，就跟她聊了一下，发现她还是我的‘粉丝’，就跟她成了好朋友。昨天她去我们公司送服装的设计图，我碰到她就约她一起吃个饭，结果就被人拍下来了。就是这么回事。”

“那这张是怎么回事？你们怎么表现得这么亲密？”翻出那张捉瓢虫的照片问道。

“咦，这张还拍得不错嘛。”郎皓轩有点惊讶地说。

他妈妈气得打了他一下：“给我正经点。”

郎皓轩这才笑着说：“哦，这张是因为当时有只小瓢虫飞到了她衣服上，我看到后就帮她捉了，她吓了一跳然后我们都笑了起来，就这么回事。”

“那就好，你简直吓死我了。”郎皓轩妈妈悬着的心总算放了下来，又语重心长地劝道：“那你先让公司帮你发个申明，就说跟她只是普通朋友关系。以后如果没必要，就尽量少跟她接触吧。这种女孩子心机深得很，指不定这次的爆料就是她透露给狗仔队的，想借你‘上位’呢。”

“妈妈你想太多了吧，她根本不是那种女孩子。”

“这么了解她，欣赏她？”郎皓轩的妈妈立即发问。

郎皓轩知道说错话了，只有赶紧说：“我错了，妈妈你放心，我一定会处理好这件事的。”

郎皓轩当着他妈妈的面，让公司帮忙在自己的官方微博上发一份申明，就说只是普通朋友，根本不是情侣关系，同时狗仔队报道虚假新闻、造谣生事，将追究他们的法律责任。这样做好，他妈妈才饶过他，离开了他房间。

门关上，郎皓轩又抱着手机看新闻上的照片，不禁自言自语：“这几张照片照得还不错嘛，看起来真的很像情侣！郎立轩，你现在是什么心情呢？哈哈哈……”

而此时，一无所知的融子兮还在公司电脑前做设计。办公室里的四名员工都已经看到了新闻，在电脑前噼里啪啦地敲着键盘。

乔歆忆和李茉莉不停私聊。

乔歆忆:这手段见识到了吧?

李茉莉:何止见识到，简直就是佩服得五体投地啊，这桥板踩的，轻松就跳了一大步啊。

乔歆忆:那可不是嘛，所以说这年头啊，像我们这样只知道埋头苦干、拿死工资的人是没出息的，还不如多研究一下‘金龟婿’，‘钓’一个，这辈子就不愁了。

李茉莉:唉，真后悔几年前没这样的觉悟啊，要不然怎么会到了这个岁数了，还在这里给人家打工呢。

只有何苗眉头微蹙，因为她在想一个问题。就是这个新闻上所说的内容，怎么好像跟昨天自己跟同学说的有些事很相似呢?想了想又问其他同学，昨天那个同学现在做什么工作。终于打听出他是记者，何苗吓了一跳，打开微信把自己发到朋友圈的合影删了，要是被融子兮知道是自己捅出的篓子，那可就完了。所以，不承认，打死不承认。

肖雯是个不怎么关注娱乐圈的人，只是笑了笑，立马又去看小说了。她最大的爱好就是读书。

直到中午吃饭的时候，融子兮还不知道这件事。她去公司就餐间加热盒饭的时候，发现周围的人都在悄悄看自己还议论纷纷，十分纳闷。她问肖雯知不知道是这么回事，肖雯说可能是因为早上的新闻吧。

“什么新闻?”融子兮纳闷。

肖雯也纳闷地看着她:“怎么，组长你还不知道?”

“我上午一直在做设计，没看过新闻啊。”融子兮说。

肖雯点点头，这才打开自己的手机，翻到那条新闻给她看。

融子兮一看，吓了一跳，不敢相信地说:“怎么会这样?”痛苦地拍拍脑袋，后悔自己早就该想到不应该跟郎皓轩走那么近，他可是个公众人物，身边肯定经常有娱乐记者跟着，只要跟他在一起，早晚都会被拍到。

等饭加热好后，立即拿着饭出去，找了个僻静的地方打郎泽轩的电话。电话接通，郎泽轩也正在吃饭，纳闷地问她怎么这个时候打电话，融子兮赶紧跟他说昨天自己跟郎皓轩吃饭被娱乐记者拍到的事，“其实他们拍到也没什么，就是他们居然说我是皓轩的女朋友，这不是乱写吗?我跟皓轩根本没什么关系……”

郎泽轩安慰她说:“娱乐新闻本来就是这样，大多数是虚假的，你别放在心上，就当没看见，过几天就被其他新闻淹没了。”

“那你不会生气吧？”

“我干吗要生气，我又不是不知道是怎么回事。你别胡思乱想了，好好工作吧，没事的，就当什么都没看见，反正我是不会当回事的。”

听到他这么说，融子兮如释重负地点点头:“只要你不生气就好，至于其他人怎么想，我也拦不住人家，不过我以后不会再单独跟皓轩一起吃饭了，我保证。”

“别这样，那可是你的未来小叔子。清者自清，没事的，别想太多，还没吃饭吧，快去吃吧，我也正在吃。”

“嗯，那我先吃饭，明天晚上再来找你。”

“好，等你。”

挂了电话，想到郎泽轩根本不介意，融子兮心里好受多了，只要自己在乎的人不介意就好，至于其他人，也管不了那么多了。看到这条新闻的人当然还有郎立轩。

坐在公司办公室里，看着电脑屏幕上的新闻。郎立轩狡黠一笑:也不知道二哥看到这样的新闻心里是什么感想,郎皓轩这个家伙,果然是唯恐天下不乱!笑完，拨打了郎皓轩的电话。

郎皓轩也早就在等他的电话，一看就立即接了起来，还笑着说:“咦，今天太阳是从西边出来了吗?立轩哥居然主动给我打电话，让我猜猜是什么事呢……”

“郎皓轩，上次我已经跟你说过，叫你不要再接近她，你是耳朵有问题，还是下定决心跟我作对？”郎立轩故意恶狠狠地说。

“呵，郎立轩，你这是求人的口气吗?我怎么听着像在威胁我呢。不过不好意思，你皓轩弟弟吃软不吃硬，从来不被任何人威胁。”郎皓轩故意说。

“是吗?那我们走着瞧。”

郎皓轩迅速想了想，自己要拍的电影、电视剧，还有其他通告都已经敲定了，最近不需要求他了，立即挺直了腰板说:“哼，尽管放马过来，我接着。对了，还想跟你说一个令人伤心的消息，就是昨天我跟子兮吃饭的时候，问她如果‘国民老公’追她的话，她会不会接受，你猜她怎么说，她很明确地表示，她绝对不会接受你，我亲爱的立轩哥。”

听到这话，郎立轩心里有些不好受，不过很快就释然了，因为要是把郎皓轩这个家伙的话当真，那自己就太傻了。郎立轩假装生气，恶狠狠地说:“郎皓轩，你行，你等着，看我怎么收拾你!”说罢就挂了电话。

郎立轩挂了电话后，反倒有点期待接下来郎皓轩会怎么做，还很好奇泽轩哥对此事的态度。

“我最近是不是太闲了?”郎立轩兀自笑着说。

而另一边的郎皓轩看着自己的手机屏幕，简直都要气死了！他心想:郎立轩这个家伙，从小到大都欺负自己，从小到大都跟自己过不去……

“郎立轩，我跟你势不两立！哼!”郎皓轩握紧手机，生气地说。

到晚上，郎皓轩在微博上发了一条消息:纵使已经长大，也有很多无能为力的事！还配了一张伤心小狗的图片。消息一发出，“粉丝”们纷纷留言，都认为他是在抱怨媒体曝光自己恋情的事。

有的“粉丝”说支持他选择自己喜欢的人;有的哭天抢地，说他如果有新恋情，自己就不活了;有的不客气地说，融子兮根本配不上他，劝他擦亮眼睛，不要被居心叵测的人利用了。经纪人半夜给郎皓轩打电话，郎皓轩自己也吓了一跳，赶紧把微博消息删了。可很多人已经截图了，一些疯狂的“粉丝”开始“人肉”融子兮。

三天后，网上突然大量爆出融子兮的各种资料，甚至包括她大学时候跟邢五洲的恋情。不过由于郎泽轩跟她确定关系后，没多久就出差了两个月，反而没有被“爆料”。

这个事情一出，库丽丽简直乐坏了，立即注册了一个新账号，到一个很受关注的论坛上污蔑融子兮，说她心机十分深沉，在公司的时候抢上司的男朋友，之后又借着这个男朋友接近郎皓轩，现在又借郎皓轩“炒作”自己，想做“网红”，还说她手脚还很不干净，在公司的时候因为偷别人价值十几万元的钻戒，差点被抓去坐牢。

消息很快就引起了关注，躲在暗处的乔歆忆也立即注册了一个新账号去附和，说自己是融子兮的同学，可以保证这些爆料都是真的。

尽管事情已经发展成这样，可两个当事人都还不知道。郎皓轩不知道的原因是他发了那条微博后，经纪公司老板直接给他妈妈打了电话，妈妈一气之下把他的手机没收了。融子兮不知道是因为她忙于工作和感情之间，根本没看这些新闻。直到融佳琪给她打电话，问她是怎么回事，是不是想跟自己一样做“网红”，可用这种方式是不对的。

融子兮这才去网上搜新闻，看到网上的言论，她崩溃了，立即冲出办公室给郎泽轩打电话。可郎泽轩正在做手术，电话打不通。融子兮又给郎皓轩打电话。

手机接通，融子兮立即焦急地说:“皓轩，你看到网上的新闻了吗？怎么会变成这样？你没有跟媒体解释吗？我们只是普通朋友啊，你能出面跟媒体解释一下吗？”

然而，对方鄙夷地笑着说:“融小姐，我是皓轩的妈妈。”

融子兮惊讶，尴尬地说:“阿姨，您好。我是融子兮，是皓轩的朋友。”

“我自然知道你是谁，如果到现在我还不知道你的话，那我也太‘老古董’了吧。不过，融小姐，你能别这么幼稚吗？你真以为靠跟我们皓轩的这些‘绯闻’就能达到你‘上位’的目的吗？我奉劝你一句，要真想进‘娱乐圈’就凭自己的本事，别搞这些歪门邪道，否则我不会放过你的。”

融子兮郁闷:“阿姨，您误会了，我根本就不想进‘娱乐圈’。我只是一个设计服装的，从来没想过要做名人……”

“好了好了，这些话还是留给你自己听吧，原本我是想打给你的，既然现在你自己打来了，那我就把话给你说明白。你要是还有点智商，就赶紧停止你这些低级手段，否则，就别怪我这个做长辈的不留情了。”

融子兮无言以对，只有说:“好，阿姨我知道了，再见。”就挂了电话。

挂了电话，眼泪在眼眶里打转，尤其是一想到网上那些谩骂，就想大哭一场，偏偏这时候郎泽轩又没有接电话，融子兮想着:他会不会生气了？跟邢五洲的恋情还没跟他说过，他会不会看到后介意了，生气了？融子兮越想越担心，可只要他相信自己，就算全世界的人误会自己，那也没关系。她最怕的就是连郎泽轩也不相信自己。融子兮拿着手机痛苦地流泪，脚上好像突然没了力气，她蹲在楼梯间的过道上。

过了一会儿，手机忽然响了。融子兮拿过手机一看，竟然是郎立轩，她擦掉脸上的眼泪，接过电话:“喂，立轩，找我有什么事吗?”

郎立轩听出她的哭腔，心一软说:“你因为网上的事哭了吗?”

融子兮深吸一口气，开口说:“我也不知道事情为什么会变成这样。我给皓轩打电话，可是接电话的是他妈妈，她不知道内情，把我骂了一顿，说我想借皓轩‘炒作’，想进‘娱乐圈’，我根本从来就没这种想法。我想给你二哥打电话，可他没接。”

“原来是这样。我打电话来就是想跟你说，不要担心，我会想办法帮你解决这件事情的，你放心吧。”

“想办法?立轩，你有办法?”

“这种事情还不是花点钱就解决了。”

融子兮说:“可是这要花不少钱吧，你何必为了我……”

总算能让她因为自己的帮忙而感觉有所亏欠了，郎立轩暗自窃喜，继续温柔地说:“你不要担心钱的事，你照顾了我那么久，我帮你这个忙也是应该的。”

“我做的事情哪值得一提，立轩你真的不用……”

“好了，你再这样跟我客气，那以后我都不好意思再跟你联系了。听话，从现在起擦掉眼泪，换上笑容去办公室，因为你根本不需要内疚，你可不能哭哭啼啼，让造谣者看了笑话。放心，等我的好消息。”

融子兮心里十分感激，由衷地说:“谢谢你，立轩，我都不知道该怎么感谢你了。”

郎立轩笑笑:“那就好好想想吧，先挂了，事情解决了再打给你。”

“好，谢谢你，再见。”

挂了电话，融子兮终于松了一口气，她相信郎立轩会处理好的。上一次自己因为厍丽丽的陷害被抓了起来，郎泽轩也是请他帮忙，结果事情很快就真相大白了。

不过一想到总请他帮忙，心里觉得欠他太多了，真的不知道该怎么感谢他。握着手机走进办公室，总算没那么绝望了。看她低着头走进来，乔歆忆暗笑，心里骂道:看你还有什么脸继续留在公司，赶紧收拾铺盖卷走人吧!

李茉莉也一副等着看笑话的样子，她其实并没有多恨融子兮，不过是妒忌心作祟，又受了乔歆忆的挑拨。

“组长，你没事吧？”何苗内疚地问她。何苗总感觉事情发展成这样，跟自己有关系，所以她去论坛回帖，说自己就是融子兮的手下，她根本不是这样的人，事情是场误会。

融子兮笑着摇摇头:“我没事，放心吧，不过是网络谣言罢了，不用放在心上。”

“那就好，你别理他们，反正我是站在你这边的！”何苗握拳给她打气说。

听到她这么说，融子兮心里好受了一些，想着虽然有人误会自己，可也有相信自己的人，自己‘清者自清’，早晚会真相大白的。

融子兮看着何苗，认真地说:“谢谢你，何苗。”

一听这话，乔歆忆也立即假惺惺地说:“组长，我也是站在你这边的。”

李茉莉看她们俩都做了好人，也赶紧表忠心，肖雯也难得地抬头，表示自己也相信融子兮。融子兮笑着谢过她们，进到自己的小隔间里。现在最让她担心的是郎泽轩，他不接电话，到底是因为在工作忙，还是因为生气了呢？融子兮不断地看手机，一直盼着郎泽轩来电话。

终于，在快下班的时候，郎泽轩发了信息过来，问她打电话有什么事，说当时在做手术所以没有接到电话。融子兮这才如释重负，回消息说，等会儿可不可以去他那里，因为有事情想跟他说。

郎泽轩回道:当然可以，你哪天来我都高兴。

融子兮既感动又激动，发消息说自己下班后就立即去找他。下班后，融子兮立即收拾东西离开公司，冲向郎泽轩的住处。为了尽早亲口跟他解释清楚，融子兮简直是一路狂奔，终于在郎泽轩回家前进了屋子。

她刚坐到沙发上，门就打开了，郎泽轩回来了。郎泽轩看到她愣了一下，随即笑着说:“竟然比我还先到家，看来今天是特别想我。”

融子兮立即起身朝他走过去，伸手就抱住了他:“就是特别想你，一天没见到你，就想你想得厉害，我中了郎医生的毒，郎医生有药可以解吗？”

“没有药，但可以做手术，要不要试试？”郎泽轩故意说道。

融子兮抬头看向他笑:“能别这样吓我吗？我最怕刀和血了。”

“小傻瓜。”郎泽轩低头亲亲她，两人一起在沙发上坐下，郎泽轩问她是不是有什么事急着找自己。

融子兮咬了咬嘴唇，还是把网上的事讲了出来，包括自己给郎皓轩打电话结果被他妈妈接到，自己被臭骂了一顿的事。

“幸好我之后又接到立轩的电话，他说会帮我解决的。可我想到上次就是他帮了我，这次又请他帮忙，觉得挺亏欠他的，也不知道删掉那些新闻要花多少钱，如果花的多，那我怎么还得起这个人情。”融子兮愁眉苦脸地说。

郎泽轩搂过她，安慰说：“别想太多了，立轩帮你本来就是应该的，你可是他未来的嫂子，他帮你不是天经地义吗？再说，之前他受伤，你亲自照顾他直到康复，是他先欠了你的情。”

融子兮叹口气：“话虽如此，可我还是觉得立轩真的帮了我很多，尤其是这件事，我还没有开口求他，他就主动给我打电话。唉，我实在是觉得太亏欠他了。不过，通过这件事我认识到一点。”

“什么？”

“皓轩真的有点讨厌。”融子兮笑着说。

郎泽轩也笑起来，点头说：“确实有点。”

融子兮看着他：“还有件事，我要跟你坦白，就是我在大学时候跟人谈恋爱的事。这个事我一直没有跟你说过，那个男生叫邢五洲，是吕树杰的同学。哦，吕树杰是我的中学同学，一直喜欢佳琪，有一次吕树杰带了邢五洲，我们四个人经常一起吃饭。后来邢五洲就说喜欢我，然后一直追我，之后我们就成了恋人……”

融子兮坦白地讲着当年的事情，郎泽轩也认真地听着。融子兮讲她看到邢五洲动手打融佳琪，就拿凳子砸了他。郎泽轩听着，忍不住笑了。等她讲完，郎泽轩才说：“你知道你这个故事令我印象最深的是哪件事吗？”

“哪件？”

“就是你拿凳子砸人那件，我一直以为你是只小猫，原来是头小老虎。”

融子兮发窘：“还不是因为我当时被气疯了吗，明明是他有错在先，他不认错、不道歉，居然还动手打人，我突然觉得他是个‘渣男’实在该打。”

郎泽轩忽然捧着她的脸，认真看着她说：“不好，我发现了一个问题。”

“什么问题？”融子兮纳闷又紧张地看着他。

“你的肝脏可能有些问题，当然，从西医上来讲不能称之为疾病，但从中医来讲就叫肝火旺盛，这种情况会导致人易躁易怒，尤其在受到什么事刺激的时候，身体里的怒气就会像火山一样喷发，甚至失去理智，大发雷霆。”

“那我该怎么办？”融子兮紧张地问。

郎泽轩得意一笑:“你不是守着一个医生吗？我最近在研究中医，对这方面很有兴趣，要是你相信我的话，我给你开个药方怎么样？”

“当然好啊，都不用挂号，就能拿到郎医生的药方，多少人求之不得呢，不过能别开太苦的药吗？”

“良药苦口利于病。好了，我先去换衣服，顺便呢点个外卖，今晚你就住我这里吧,免得你回去后一个人又胡思乱想。”郎泽轩说着拿起手机点了外卖，又起身去换衣服。

融子兮看着他的背影，心想果然不管发生了什么事，只要他在，自己就会安心。过了一会儿，她还是忍不住拿起手机，看事情到底发展到什么地步了。然而，进到那个论坛时，竟然找不到污蔑自己的那张帖子了，又仔细找了找还是没有，她赶紧退出来，又去别的网站搜索，居然还是没有。

“难道立轩已经处理好了？这么快？”融子兮惊讶地自言自语，赶紧给郎立轩发了条短信:立轩，我看到帖子已经删除了，谢谢你，真不知道怎么感谢你才好，以后如果有我能帮得上忙的地方，请尽管开口，我一定竭尽全力!

消息发出去后，融子兮如释重负。其实她不知道的是，操作这件事的除了郎立轩，还有郎皓轩的经纪公司、郎皓轩的妈妈等，所以才被删得这么快。

郎皓轩的微博上，也再次说明跟融子兮是普通朋友关系，请大家不要再让这件事发酵，否则会给皓轩造成困扰。当然，事实是郎皓轩根本没被困扰，因为他压根不知道这件事。

郎立轩看到她的短信，笑了笑，没有回复。既然她觉得亏欠，那就让她这么欠着吧。

这边，融子兮的困扰倒是解除了;另一边，正摩拳擦掌准备继续兴风作浪的两个人却郁闷了，这两人就是厍丽丽和乔歆忆。

晚上十一点，洗漱完毕身着睡裙的厍丽丽坐到电脑前，准备再欣赏一下谩骂融子兮的帖子。然而，点开收藏夹一看，帖子竟然消失了。

"怎么回事？"库丽丽惊呼，"不对啊，就是这个链接啊。"

赶紧仔细查看自己的收藏夹，又进到论坛上看，输入"郎皓轩"搜索，竟然根本没有关于郎皓轩和融子兮这件事的任何帖子。

"行啊，道行深啊，这么火的帖子都让人给删了，融子兮你还真厉害啊！"库丽丽愤愤地说。

库丽丽猜测是郎家出手做的，心想：难道融子兮已经得到郎家人的欢心了？居然这么维护她的名誉。还有从那天郎皓轩跟她的关系来看，她不仅是俘获了郎泽轩的心，连郎皓轩也搞定了。而且她现在的工作就是郎皓轩帮她介绍的，资源也是郎皓轩帮她找的。

"她居然运气这么好！"库丽丽心里的嫉妒简直让她失去了理智。

"抢我的男人，毁我的幸福，我库丽丽绝不会就此罢休！"库丽丽狠狠地发誓。

另一边，跟她一样暗中作梗的乔歆忆，看到帖子被删，郎皓轩又重新发了申明，就知道事情是被压下去了。

"唉，果然是'干得好不如嫁得好'啊。"乔歆忆感叹道，意思是找个再好的工作也不如嫁个好男人。瞧瞧人家，找了'富二代'做男朋友，工作搞定了，业绩搞定了，出了什么事也有人处理。

想到自己离小组长位置又远了，心里不服气，可又无奈，第二天还要继续去公司装热情、赔笑脸。

第二天，融子兮到公司上班，乔歆忆表现得特别热情，连李茉莉都看得很不明白，以为她放下对融子兮的成见了。突然想到自己之前可是说过融子兮的坏话，担心乔歆忆悄悄给融子兮打小报告出卖自己，不禁有点后悔，并且想着以后可不能跟她说太多了。

知人知面不知心，乔歆忆可不是什么好人，李茉莉提醒自己。

过了一会儿，杜嫦曦的助理来通知她们这个小组一起去开会。融子兮心里有点不安，觉得可能跟自己有关，自己被网上的人那么骂，可能会影响公司的形象，不禁既内疚又尴尬。

走进会议室，才发现其他小组的人也来了。融子兮更加尴尬了。其他小组的人看到她，都在悄悄议论，她最近确实有点"红"。

人到齐后，助理去请杜嫦曦。很快，董事长就走了进来，会议室里瞬间鸦雀无声。杜嫦曦坐下，先说了一下最近公司的情况，该表扬的表扬，该提醒的提醒，该批评的批评。融子兮一直处于紧张状态，也没太仔细听她到底在说什么，只希望她不要提到自己。

然而，怕什么来什么，很快她就听到了自己的名字。

杜嫦曦说:“还有一件事，我想最近大家也都知道了，就是关于我们公司设计部的小组长融子兮的事。”

此话一出，会议室内的所有人都看向融子兮，融子兮也紧张地握紧双手。

杜嫦曦继续说:“我知道大家都看了娱乐新闻，也都在网上看了相关帖子，可我要说的是，对于这种不实的报道和恶意中伤，我们作为成年人，应该理智对待，要维护自己的同事，而不是在一旁看笑话，更不应该在背后跟着中伤。我杜嫦曦在这个行业摸爬滚打这么多年，什么事情没有见过，比如女人之间，妒忌别人比自己漂亮,妒忌别人比自己能干,妒忌别人找的男朋友或者老公好，就使出一些卑鄙奸诈的手段中伤和诋毁别人,这些本来就是很多人惯用的伎俩。

“融子兮作为我公司的员工，这次被人如此污蔑和陷害，我亲自调查了一下。所以在此我敢以董事长的名誉跟各位说一句，网上的那些谣言根本不是真的。所以,我想趁机提醒跟着造谣生事的人,我最讨厌这种事在我的公司发生，一旦被我发现，我不但会立即开除他，还会追究他的法律责任！工作就好好工作，别成天想着搞那些歪门邪道，那不是我想要的员工。

“今天我这番话不单单是维护融子兮，也是想让你们所有人知道，不管是你们当中的谁遇到这种事，我杜嫦曦一定都会尽我所能站在你们这边，还你们清白。当然，前提是你真的问心无愧。所以各位，明白了吗？”

在场的人既畏惧又感动，赶紧一起回道:“明白了，董事长。”

融子兮也站起来鞠了一躬说:“谢谢董事长的信任，我以后一定会更努力工作的。”

“很好,坐下吧,事情都过去了,从今天起忘掉一切吧。”杜嫦曦还安慰说。

“是，董事长。”融子兮也感激地回道。

融子兮心里汹涌澎湃，她没想到杜嫦曦会这样当众维护自己，说这番话。一直以来，遇到的女上司都感觉不怎么好相处，尤其是库丽丽，没想到杜嫦曦身为董事长，反倒如此宽宏大量，为员工着想。心里突然十分庆幸能遇到这样的好老板，同时也对她更加崇拜了。

会议结束，大家陆续离开会议室。一走出门，融子兮就觉得罩在头顶的乌云好像突然散了似的，之前还阴霾重重的心情，现在已经豁然开朗。

一方面因为杜嫦曦这番话，另一方面整件事本来就是网络暴力，没什么真凭实据，大家也就不再议论这件事了。

回到小组办公室，四名员工也是恭恭敬敬的，埋头工作，不敢有一点怠慢。

中午，融子兮给郎泽轩发了微信消息，把早上开会的事跟他说了，同时也表达了自己对杜嫦曦的崇拜和喜爱。她没有打电话是怕影响他，发消息既能表达自己的心情，也不打扰他。

果然，郎泽轩并没有回复，因为没看见。不过好歹是告诉他了，融子兮心里的快乐也算分享出去了。

过了两天，郎皓轩终于解禁了，也恢复了工作日程，坐车去摄影棚拍广告，他拿手机拨打融子兮的电话。那个绯闻的事他还是想跟她道个歉。

电话一响，融子兮一看到屏幕上“三少爷”那个名字，立即警觉了，眉头都蹙了起来，担心是郎皓轩的妈妈打来的，迟疑了片刻还是诚惶诚恐地接了电话。

“子兮，你好，是我。”郎皓轩一接通电话就说开了，“这几天一直没跟你联系是因为绯闻那件事，我的手机被妈妈没收了，今天我开工了，也拿到了手机，所以第一时间就想打给你，关于那个绯闻，连累你了真是不好意思，我也不知道居然有娱乐记者跟踪我。”

融子兮赶紧说：“没关系，都过去了，以后小心一些就好了。”

“唉，做我们这行就是有这么多不方便，连吃饭都要小心翼翼的，想想也挺可怜的。什么时候我们重新换个地方吃饭？就算我跟你道歉吧。”

一听这话融子兮吓了一跳，赶紧说：“不用了，真的不用了，我的意思是事情好不容易过去，可千万不能再被人拍到了。再说你的工作也比较忙，还是先好好工作吧，道歉什么的真的不用。”

郎皓轩笑笑：“子兮你真的很为人着想，现在像你这样的女孩子真的很少，那好吧，我们有机会再聚。那我不打扰你了，再见。”

“好的，再见。”融子兮赶紧说。挂了电话，抚抚胸口，舒了口气，心想：还吃饭，现在借她十个胆也不敢再跟郎皓轩单独吃饭了。

郎皓轩挂了电话，竟然情不自禁地笑了笑，然后又点开手机里的图库，翻到那几张跟融子兮吃饭时被抓拍的照片，越看越觉得拍得还不错。

助理小庆庆从后视镜里看到他这样的表情，暗暗惊讶，难道他不知道绯闻出来后融子兮都被骂成什么样了吗？怎么还敢打电话给人约人家吃饭啊？他摇摇头，深感这位小爷的心实在有点大，脸皮有时候也太厚了些。

绯闻事件算是过去了，工作和生活也都回到了正常轨道。乔歆忆也不敢再有什么小动作了，可另一边的库丽丽却不服气。苦苦思索了一阵，她居然又想到了一个损招，她联系上了融子兮大学时候的男朋友邢五洲。此时的邢五洲混得非常差，还失业了，到处投简历，因此被库丽丽很快找到，还拿到了他的手机号。

库丽丽通过电话跟邢五洲联系，先打探了一下邢五洲现在对融子兮的态度，知道他对融子兮的态度竟然是后悔当初跟她分手后，不禁有点惊讶。

库丽丽挑拨说，她是融子兮的朋友，融子兮现在在跟一位妇科男医生恋爱。可这个妇科医生是个“渣男”，仗着自己长得人模人样，玩弄了很多女人。她多次提醒融子兮跟这个男人分开，可融子兮就是一头扎了进去，根本谁的劝说都不听，自己既焦急又没有办法，希望邢五洲能看在以前的情分上，帮帮融子兮。

一听这话，邢五洲那垂死的英雄主义立即爆发了，问了郎泽轩的工作地址，一副马上就要挽回旧爱的样子。邢五洲在医院蹲守了几天，终于摸清了郎泽轩的工作时间。

周二上午是郎泽轩的门诊时间。邢五洲来到门诊大厅，观察了一会儿，看到一个妇女单独一人被喊去诊室，他假装是家属，跟着走了过去，一直跟到门诊门口，趁机进去。

郎泽轩和方静璇正在说刚刚病人的事，没注意他，等看到他，方静璇先开口说：“病人家属，请在外面等候。”

“你就是郎泽轩吗？”邢五洲根本不理她，直接问郎泽轩。

郎泽轩看了他一眼，也没回答，觉得他语气太不礼貌了。方静璇眉头一蹙，不客气地说：“这位是郎医生，病人家属请去外面等候。”

邢五洲认为郎泽轩的不回答是蔑视自己，突然冲上去，抓住郎泽轩的手臂就给了他一拳，一下子把没有防备的郎泽轩打倒在地，病人和方静璇都被吓得尖叫起来。邢五洲立即冲上去，要继续打郎泽轩，此时的郎泽轩已经反应过来，一把抓住他的手，不让他得逞。

“你在干什么？你怎么能打人？”方静璇立即出门大叫，“来人！有人医闹，有人医闹！”

郎泽轩抓着他的手，问：“你是什么人？为什么要来打我？”没弄清楚他的真实身份，他不便还手。

邢五洲恶狠狠地说：“小白脸，别以为凭你这张脸就为所欲为，我警告你，你最好给我离融子兮远一点。”

“融子兮？你是融子兮什么人？”

“我是她的初恋，知道吗小子……”

邢五洲话刚一出口，猛然就挨了一拳，弄清了他的身份，郎泽轩就不客气了。

之前没有对他动手，是考虑到他可能是病人家属，或许有什么误会所以才这么愤怒地来闹事，可这会儿听到他说自己是融子兮的前男友，那个“人渣”，当然要立即反击。

郎泽轩经常健身，之前更学过跆拳道，而且已经拿到黑带了，此时一还击，打得邢五洲根本无法还手，而且他是医生，知道打哪里打不出人命，又能打得痛。所以等方静璇带着人匆匆赶来的时候，才看见邢五洲已经毫无还手之力了，不过脸上看起来却没什么伤。

“郎医生，你没事吧？”方静璇紧张地问郎泽轩，看到他嘴角肿了一点，心疼得要命。一时心急，冲上去狠狠踹了邢五洲两脚，不过立即就被郎泽轩拉住了。

“郎医生，现在怎么办？”保安不知所措地问道，因为本来是来劝架的，谁知闹事的已经被打翻在地上了。

郎泽轩想了想说：“送派出所吧。”正好医院斜后方就是派出所，而且不让他去见警察的话，估计他是不会死心的。保安便将人从地上拽起来，扭送派出所。

“小方，轮到谁了，让人进来吧。”郎泽轩把倒在地上的椅子扶起来，坐下说。

“郎医生……”方静璇为难地看着他，都发生这种事了，还能继续问诊吗？

郎泽轩平静地说:“我没事，赶紧让病人进来吧，她们挂个号不容易，今天上午必须看完。”

方静璇点点头，让刚才的病人重新进来。

病人坐下后也关切地问道:“郎医生，你没事吧？”

郎泽轩笑笑:“你看我像有事吗？”

病人也跟着笑了起来:“郎医生没事就好，我刚才吓了一跳，这什么人啊，莫名其妙地就冲进来打人。”

“不必理他，警察会处理的。你哪里不舒服？”郎泽轩反而安慰病人。

方静璇看着认真问诊的郎泽轩，心里满是崇拜。

警察询问了邢五洲后，想找郎泽轩过来做笔录，结果被告知郎泽轩还在问诊，要问诊结束才能过来，便打了融子兮的电话。接到电话的时候已经接近中午了，融子兮在听明白是什么事情的时候，惊讶得从办公椅上站了起来。

“好，我马上来！”说罢跑到部门经理那里请了两个小时假，说有急事要去处理。得到批准后，融子兮立即跑出了公司。

到楼下打了个出租车，直奔派出所。

半个小时后，融子兮赶到了派出所。一进去，融子兮就焦急地询问民警，很快就被带进了审讯室。进了门，看到低着头坐在椅子上的邢五洲，融子兮立即火冒三丈，冲上去尖叫:“邢五洲，你这个‘人渣’！我跟你早就没有任何瓜葛了，你凭什么还要来扰乱我的生活！”

民警赶紧抓住她，叫她冷静一点。

邢五洲看到她，居然忘了郎泽轩的事，反而痴痴地看着她说:“子兮。”

“你不准再叫我的名字！”融子兮骂道。

“冷静冷静，你先冷静一下。”民警又劝道。

融子兮坐下，一想到邢五洲去医院打郎泽轩，她简直要郁闷死了。平时怕打扰郎泽轩的工作，她连电话都不轻易打过去，可没想到，自己的前男友居然跑去医院打了他。他受伤了吗？严不严重？医院的领导是不是都知道了？融子兮痛苦极了！

民警也开始询问融子兮情况，问她跟邢五洲是什么关系，为什么邢五洲会去医院打郎泽轩。

融子兮回答说:“这个人跟我早就没有什么关系了，我也不知道他为什么会这么做，警察同志，我觉得他要不是神经有问题就是想骗钱，他人品一直有问题!”

“我是神经病?是骗子?子兮，难道我在你心里就是这样的人?”邢五洲失望地问，他明明是来拯救她的啊。

融子兮气得又站起来，指着他骂:“你这个‘人渣’，你给我闭嘴!”

邢五洲痛心地摇头:“子兮，你怎么变成这样了?难道就因为那个小白脸长得好看些，你就什么都不管不顾了，你清醒一下，那个男人他在骗你!”

想不到他还敢诋毁郎泽轩，融子兮简直要气疯了，立马冲上去打他说:“你说谁是小白脸?你才是小白脸!混蛋，少管我的事情……”

融子兮拼命要打邢五洲,连民警都拉不住。恰恰这个时候,郎泽轩也来了，听到声音赶紧过来，看见融子兮对邢五洲又打又骂，郎泽轩大吃一惊。

郎泽轩赶紧一把抱住她:“是我是我，别闹了别闹了。”

可此时的融子兮就像失控了似的,浑身发抖,眼泪也流了下来,边哭边骂，力气也大得不像话。这时，方静璇也来了，看到融子兮这样，眉头紧蹙。

融子兮被郎泽轩死死抱住,听到他的声音才反应过来,终于停下来看向他。看清楚是他，又赶紧问道:“你没事吧?他打你哪里了?受伤了吗?你们领导是不是都知道了?”

郎泽轩温柔地看着她，柔声说:“我没事，情况没那么糟糕，不要担心了，这是派出所，不管发生什么事，警察都会处理，答应我一定要冷静，好吗?”

融子兮这才点点头:“嗯，我刚才太生气了……”

“好,没事了没事了。”郎泽轩安慰她说,又拉着她的手过去跟民警道歉。

民警让他们做了笔录。方静璇也做了笔录，因为她刚才也在现场。了解调查完毕后，邢五洲以故意伤害他人罪和公共场合闹事被拘留半个月，三人也从派出所出来。

“对了，我们还没吃饭，你呢，吃了吗?”郎泽轩问融子兮。

融子兮摇摇头:“我也没有。”

“那正好，一起去吃饭吧。小方，一起去?”郎泽轩说。

方静璇摇摇头:“郎医生，我就不去了吧。”

“那怎么行，你因为我的事也跟着饿肚子了，快走吧，赶紧去吃了饭下午还要做手术。”郎泽轩说，坚持要方静璇一块儿去吃饭。

方静璇也不好推辞，只有答应了，其实她挺想会会融子兮的。三人一起来到医院附近的快餐厅，点了三份套餐。

“快吃吧，下午都还要上班。”郎泽轩招呼她们说。

融子兮担忧地看向他：“你真的没事吗？我是说真的没受伤吗？”

郎泽轩看着她，无奈地笑：“我都说多少次了，我真的没事。难道你就这么不相信我的身手吗？不过我还是要跟你说实话，他有事，我狠狠地揍了他，估计要痛个三五天才能恢复。”

“那是他活该。”融子兮气愤地说，这才低头吃饭。

融子兮低头的瞬间还是发现了方静璇的眼神，悄悄瞥了她一眼，发现她不满地看着自己，她也不想计较，就当没看见。反正从第一次见面，跟她就不合拍。吃饭过程中，方静璇一句话也没说，仿佛不存在似的，融子兮和郎泽轩也不好说什么。

吃过饭后，融子兮要赶回公司，郎泽轩也要回医院上班。

“晚上我来找你。”融子兮说。

“好。回去好好工作吧，别想太多了。”郎泽轩再次安慰她。融子兮点点头，这才依依不舍地上车离开，车子开动，融子兮转头从后车窗看他。看到郎泽轩待车子走后才转身，心里很感动。又看到方静璇在不远处等他，女人的第六感告诉她，那个护士肯定也喜欢郎泽轩，心里还是有一点危机感。融子兮转过头，又想到自己在派出所的表现，后悔地用双手捂住脸。当时实在太生气了，突然就控制不住自己了，现在想起来连自己都吓一跳。

“会是一种病吗？”融子兮有点害怕地问自己。

方静璇和郎泽轩一起走进医院，方静璇忽然说道：“她刚才的表现好可怕，会不会有什么病啊，郎医生？”

郎泽轩摇摇头：“不过是气血不调、肝火旺盛罢了。从女人的身体机理上来讲，很容易这样，好好调养一下就好。”

“真的没事吗？我是说我有个同学是心理学医生，要不要带她去咨询一下？”方静璇又建议说，她知道郎泽轩最不喜欢脾气坏的人，如果融子兮精神真有问题的话，郎泽轩肯定会很反感的。

“不必了，心理学的话我也懂一些，谢谢你了小方。”郎泽轩坚决地说。还有比他更了解融子兮性格的人吗？要真带她去看医生，她一定不会接受的。

不过，确实需要适当地疏导一下她的身体和心理，因为就她刚才的表现来看的话，的确有一点问题。

回到公司，融子兮的心情仍然平静不下来，烦躁得不行，这种烦躁跟之前的绯闻事件不一样。之前虽然也很难过，可只是觉得自己很倒霉，既难过又生气。现在她很后悔当初对感情的事考虑得不周到，明明不怎么喜欢邢五洲，却答应了跟他交往，如今还给郎泽轩造成了困扰，既让他的身体上受到伤害，又给他的工作增添了麻烦。发生了这样的事，他的同事会怎么议论他？又会怎么议论自己？他的领导会不会误会他，他的父母会不会知道？如果这些事情真的发生了，他会不会后悔找自己这样一个女朋友？会不会考虑分手？

融子兮思绪复杂，完全静不下来，越想越痛苦，越想越烦躁，觉得自己要喘不过气来。

痛苦地撑着头，努力让自己的思绪停下来，结果一下午什么事也没有做，下班后，慢慢收拾了东西，准备去郎泽轩那里。不像以前那么积极，这次融子兮走得并不快，所以她到达的时候郎泽轩已经回家了。

客厅里，郎泽轩已经换了衣服坐在沙发上玩手机，看到她进来，立即就放下了手机。笑着说:“今天怎么比我慢呢，故意要让我一回吗？”

融子兮换了鞋子，勉强笑笑:“偶尔也该让你领先一回啊。”

看她还没对上午的事情释怀,郎泽轩忽然朝她伸出双手,融子兮愣了一下,纳闷地看着他。

“不懂这是什么意思吗？”郎泽轩说。

融子兮会心地笑了一下，立即就跑过来扑到他怀里，让他抱了个满怀。至此，她总算安心了一些。因为她可是担心了一下午，就怕他会不高兴，怕他会觉得自己是个麻烦，怕他想分手……

她眼眶红了，眼泪涌了出来。

“邢五洲的事真的很对不起，我真的不知道他会去找你，我自从跟他分手后，就再也没有跟他联系过，我真的不知道他会突然出现，还去打你……”

“你这个傻瓜，你为什么要道歉？这又不是你的错。警察不是说了吗？他是被一个陌生女人挑唆才来找我的。”郎泽轩安慰她说。

“可这个陌生女人也是因为我才这么做的吧。”

“那可不一定啊，万一是暗恋我的人呢？想拆散我们的人呢？”

听他这么说，融子兮心里又释怀了一些，开口说：“你知道吗？我下午担心你会因为这件事而想跟我分手，一下午都没办法集中精力，过来的时候还错过了地铁站。”支起身体看着他，“我到今天才发现，没有你的话，我可能会活不下去，怎么办？”

郎泽轩笑笑，握着她的手吻了吻，说：“从我个人来说，听到你说这样的话，很高兴也很自豪。但如果站在一名医生的角度来看的话，我有点不太赞成你这样，因为人生的变数是很多的，未来会发生什么，我们谁也无法预料，在别人身上孤注一掷，只会让自己受伤。当然，我不是说你不对，我只是希望你不要因为我而失去自我。因为相比我，你自己才是最重要的，明白吗？”

融子兮点点头：“我懂你的意思。”

“好，那你说说，我说的话是什么意思？”郎泽轩又反问说。

融子兮看着他，尴尬地笑笑说：“我觉得你的意思是，希望我不要因为你而失去了自我，不要把我的一切重点都放在你身上，不要表现得没有你就活不下去的样子。我应该有自己的人生，遇见你，跟你在一起，让我的人生更加美好，却不是我人生的全部。是这个意思吗？”

郎泽轩点头赞道：“孺子可教。”

“可是，你也不要轻易放弃我，好吗？如果觉得我哪里做得不好，尽管跟我说，我会努力改正的。”融子兮还是担忧地说道。

看着她这个样子，郎泽轩心里只有满满的爱，亲了亲她的脸说：“你知道我现在突然想跟你说什么吗？”

“说什么？说我傻吗？”

“不是。想跟你说，我爱你。”郎泽轩深情满满地说，“融子兮，你让我越来越觉得我没有选错人，越来越爱你了，知道吗？”

融子兮听罢激动地紧紧抱住他，破涕为笑，虽然也想说一句“我爱你”，可这次她却没有说。她觉得正如他所说，即使再爱对方，也不能迷失自我，这次“我爱你”三个字就留在自己心里吧。

在郎泽轩的开导下，融子兮终于释怀了。两人一起下楼出去吃了饭，又在超市里买了一堆零食，回到家，一起在客厅里看电影，一边看电影一边吃零食，完全放松了一晚。

一周后，融子兮约了融佳琪一起去探望邢五洲，她想把事情跟他说清楚，希望他不要再做傻事了，这事她跟郎泽轩说过，他也表示赞成。

邢五洲已经被关了一周，整个人看起来更怂了。融子兮不明白，自己当初怎么会同意跟他在一起呢？尤其是当初知道他劈腿后还痛哭流涕，打电话去求他，实在是执迷不悟。邢五洲看到她们，灰头土脸地低下头。

融子兮先开口说:“邢五洲，今天我跟佳琪来看你，顺便给你带了些东西。不过你不要误会，我们是看在以前大家也算朋友的份上才这么做的。还有我想当着佳琪的面跟你再说一次，我跟你早在分手的时候就毫无关系了，这辈子我都没有想过再遇见你,还有跟你在一起。我现在已经有了男朋友,我们很相爱，虽然现在还没有决定结婚，但是不管我们以后会怎么样都跟你没有一点关系。请你不要操这份心，多把精力和时间放在自己的事业上吧。”

融佳琪吐了一口气，开口道:“邢五洲，子兮的话你也听清楚了吧，我不知道是谁给你打电话去挑拨离间的，可作为子兮这么多年来最好的闺蜜，我可以以我融佳琪的人格担保，子兮现在交往的男朋友绝对不是那个贱人跟你说的那样，他是个医术和人品都很好的医生。所以我奉劝你一句，以后别再干这种傻事了，你这么干不但子兮不会感激你，对你也没有一点好处。我已经通知了吕树杰，他有时间就会来看你的。你出来后如果想找工作的话，吕树杰也可以帮你介绍，以后好好做人吧。”

邢五洲犹豫了一阵，抬头看向融子兮说:“他真的对你好？”

融子兮肯定地点点头:“是，无论是否能跟他结婚，他都是我这辈子最爱的男人。”

邢五洲点点头，没有说什么，当初是自己有错在先，现在又有什么脸再来挽回呢。把话都说清楚后，两人离开了拘留所。

走出拘留所，阳光灿烂，心情说不出得好。

“走吧,一起去逛逛街,好久没跟你一起逛街了。”看融子兮没有马上表态，融佳琪又说:“不是又要马上去找你家亲爱的吧？你现在天天往他那跑，我都感觉隔壁没住着人了。”

融子兮一把揽过她的肩膀:“我哪有天天往泽轩那里跑，明明就是你每天昼伏夜出，所以我们才没有交集，以前不也是这样吗？不过我今天确实是为了专门陪你。”

“那晚上呢？”

“晚上当然还是去找我亲爱的。”

“死丫头！”融佳琪戳了一下她的脑门说。

融子兮立即笑起来，两人亲密地手挽手，一起去逛街。因为是周六，大街上热闹不已。女孩子对逛街的热情是天生的，一走入这车水马龙的大街，就舍不得停下来。一口气走了两个小时，两人也有点累了，在步行街中央的双人椅上坐下来吃东西。吃了一会儿，融子兮的手机响了，她看了一眼屏幕，惊讶地叫起来:“是郎立轩！”

“谁？”融佳琪纳闷地问，突然也跟着尖叫起来，“我‘老公’！”

融子兮看着她笑笑，赶紧接过电话说:“立轩你好，是我，融子兮，找我有事吗？”

无聊地看着窗外的阳光，郎立轩无奈地说:“哦，也没什么事，就是今天我有点无聊，所以想着找你蹭顿饭，不知道有没有这个机会？”

“这当然没问题,正好我今天也没什么事呢。不过今天你二哥可能要加班，所以不好去他那里，要不我们在外面的餐厅吃吧。”

没想到二哥今天居然有事，郎立轩窃喜，立即说:“没问题啊，去外面吃也好，免得你麻烦。”

“不过不知道你想去哪个餐厅？我知道的高档餐厅不多，要不你说个地方吧？”融子兮坦白地说。

“嗯，我倒是有个地方，就是离城里稍微有一点距离，但是有的吃、有的玩,打发时间最好不过了。如果你不介意的话,我开车过来接你一起去怎么样？”

融子兮看向一直凑在旁边偷听的融佳琪，又说:“好啊，不过，我想带一个闺蜜跟我一起去，可以吗？因为现在我们俩正在一起，而且我答应了她今天要陪她的。不过如果立轩你觉得为难，那我们可以改天再去，到时候还可以约上你二哥……”

“行啊，美女当然是越多越好，就你们俩是吧，那你们在哪里，我开车过来。”郎立轩居然爽快地说。

听到这话的融佳琪简直都要高兴疯了，激动完立即就从包里掏出了小镜子照。融子兮跟他定下了地点才挂了电话，又叫融佳琪一起去坐地铁。因为她们在市中心玩，郎立轩开车过来的话，不太方便，所以她们先坐地铁到一个人比较少的地铁站出来，在路边等他。

两人朝地铁站走，融佳琪激动地说：“我真的马上要见到我‘老公’了吗？融子兮你快跟我说我不是在做梦！”

融子兮趁机掐了一把她的手臂，说：“是不是在做梦？”

“死丫头，痛死了……果然不是梦！”融佳琪激动地说。

两人嘻嘻哈哈地说着，进了地铁站。

“不要再提你‘老公’了，万一我们身边有娱乐记者就完了。”融子兮赶紧提醒她，她如今是“一朝被蛇咬，十年怕井绳”。

“明白明白。”融佳琪赶紧说，抑制住内心的激动，不敢说话了。

坐了三站，出了地铁，是一条宽阔而人相对少的街道。两人站在街边，等候郎立轩的到来。

“子兮，快帮我看看，我的裙子有没有哪里不对？我的妆还需不需要补一下？”融佳琪紧张兮兮地问融子兮。

融子兮上下打量了她一番：“都挺好的啊，已经很好看了。”

“唉，早知道今天就好好打扮一下了，谁知道我‘老公’会突然来电话呢！唉，真是衰死了……”

融子兮看着喋喋不休的融佳琪笑着说：“佳琪，你对郎立轩开口闭口地称呼‘老公’，待会儿见了他，会不会忘了改口，直接叫他‘老公’啊？”

融佳琪吐吐舌头：“说不定他正喜欢呢。”

“咦，对啊，那你要不要试试？”融子兮故意逗她说。

“好啊，试就试，谁怕谁。”融佳琪硬着头皮说。

融子兮立即不依不饶说：“这话可是你说的，一会儿可别做缩头乌龟，我今天倒要听听你喊这声‘老公’。”

“去你的，你以为我会上你的当吗？女人当然还是矜持一点才讨男人喜欢，除非那个男人是色鬼，我相信我‘老公’肯定不是这样的人。”融佳琪风情万种地笑着说。

融子兮也跟着她笑，又开了她几句玩笑。两人没说一会儿，一辆宾利在路边停下，车窗降下，有人冲她们招手。

“子兮！子兮！快看快看，是不是他？是不是他？”融佳琪先看到，激动地拉着还在开她玩笑的融子兮说。

融子兮朝车子看去，果然是郎立轩，赶紧朝他招招手，拉着融佳琪的手一起走过去。

“立轩，你好。”融子兮走到车旁边说。

“先上车吧。”郎立轩说。两个女孩赶紧进到车里，在后座坐下。

后座上，融佳琪不停用手肘碰融子兮，还不停给她递眼神，那表情明显是：我“老公”果然帅吧！帅吧！帅吧！

融子兮看着她这个样子忍不住捂嘴笑，片刻后开口说：“对了，立轩，还没给你介绍，这位是我的闺蜜融佳琪，之前我给你看过她的直播，不知道你还有没有印象？”

“嗯，美女你好。”郎立轩也客气地打招呼说。

“你好。”融佳琪赶紧说，说完又一个劲地看融子兮。

融子兮一脸“你又要干吗？”的表情，笑着摇摇头，继续说：“立轩，你今天怎么有空单独出来？我还以为你每天都忙得不得了。”

“怎么，我在你印象里就是每天忙得跟陀螺似的那种人吗？我记得你之前在我那里的时候，我好像经常在家啊。”郎立轩边开车边说。

“那是你受伤之后啊，之前我去很少见着你。当然，我听泽轩说，你自己也有公司要管理，所以想着你每天肯定都很忙。”

郎立轩笑叹道：“唉，我也就到处玩玩罢了，公司都交给职业经理人在打理，偶尔去看看就行。自从出了那件事，爸爸让我低调些，我也厌烦了，也不想去玩了，所以现在都很无聊，连周末都不知道去哪里玩，你说惨不惨？”

听到这话，融佳琪赶紧说：“我们有的是时间啊，如果立少实在无聊的话，以后周末可以经常约我们。”

融子兮看着她暗笑，心道，姐姐，你这话也太露骨了吧。

“我倒是想约，可就怕二哥不高兴啊。”郎立轩玩笑说。

“那简单啊，把郎医生一起叫出来不就行了？”融佳琪又说，她好不容跟郎立轩说上话，此时正兴奋得很。

郎立轩从后视镜里看看融子兮，故意说:“咦，这样一来的话岂不是破坏了人家的二人世界，子兮会不高兴的吧？”

一听这话，融佳琪立即拉拉融子兮说:“融子兮，你不会这么小气吧，立少帮了你那么多忙，你都还没好好谢过人家呢。”

“我有说不同意吗？立轩要约我们玩，我开心还来不及呢。”

郎立轩立即说:“真的吗？那有空我们一起去些好地方，怎么样？”

“好啊好啊，我们也好久没有出去旅游了，是不是，子兮？”融佳琪立即附和说，就怕融子兮拒绝。

融子兮笑着说:“好是好，可是我们都要工作啊，都有时间的话那只有十一假期或者春节假期了。可那个时候人又特别多，实在是让人为难。”

“年假呢？你们公司没年假吗？”郎立轩问。

“有是有，可我进公司还没多长时间，还没资格请年假吧。”融子兮叹气说。其实心里又说，就算有年假，可也要郎泽轩也有空才行啊。

“那确实有点遗憾，那如果有机会的话，你想去哪里玩呢？”郎立轩又问。

“我吗？”融子兮指着自己，想了想，笑着说:“我想去马尔代夫看海。我看过纪录片和别人拍的婚纱照，觉得那里的海好美。”

“这简单啊，等你结婚的时候去那里拍婚纱照不就行了。”融佳琪建议说。

融子兮瞪她一眼，尴尬地说:“什么婚纱照，八字还没一撇呢，你瞎说什么？”

“还没一撇啊？都快住一块儿了还没一撇，那你要怎么样才算一撇？要带了球才算？”

融子兮赶紧捂融佳琪的嘴，不要她继续说了。这种话在郎立轩面前说不太好吧，毕竟只是恋爱，就在人家亲人面前畅聊结婚生孩子的事，给人感觉也太不好了吧。

开车的郎立轩确实因此有点不太高兴。是啊，听见自己暗恋的女孩子跟别的男人如何恩爱，谁会高兴呢？见郎立轩没有说话，融佳琪的声音也小了。融子兮怕她又乱说话，也不跟她说话，车子里忽然安静了下来。过了一会儿，郎泽轩打电话过来，融子兮跟他说，正和郎立轩、融佳琪一起出去玩。

“嗯，跟他们一起出去走走也好，周末就是应该好好放松一下。唉，我就惨了，今晚说不定还要加班。”郎泽轩在电话那头说。

融子兮赶紧说:“那你记得吃饭，不要饿着了，还有晚上开车路上小心。”

“行了，我又不是小孩子，别瞎操心了。你好好去玩吧，我挂了。”

“好，要跟立轩说话吗？”

“好吧，你开下免提吧。”郎泽轩说。融子兮赶紧开了免提，手机里传出郎泽轩的声音:“立轩，好好照顾你嫂子，听见了吗？”

郎立轩笑着说:“听见了，二哥。”

“嗯，那你们好好玩，再见。”郎泽轩说完就挂了电话。

融子兮看着手机屏幕，笑得很甜。融佳琪立即瞪她一眼:“又‘撒狗粮’，你俩真的够了。”

“我们又没说什么。”融子兮赶紧辩解。

“行了行了，别得意，我早晚给你‘撒狗粮’。”融佳琪抱着胳膊说，说罢又笑盈盈地看着前面看车的郎立轩,那模样明显已经在幻想有一天和郎立轩“秀恩爱”了。

融子兮看着她这副样子，懒得打断她的美梦，低头玩手机。

郎立轩此时的心里也是说不出的滋味，心道，原来看着别人“秀恩爱”的“单身狗”是这种感觉啊。又行驶了一段路，车子停下，目的地终于到了。是个坐落在郊外的休闲中心，主要是以高尔夫球场为主，也有其他好玩的，比如保龄球、网球、游泳池、桑拿房、美食中心、俱乐部会馆等。

不过一进去融子兮就觉得有点尴尬，这些她都不会，而且穿着跟这里格格不入，她觉得有点别扭。而融佳琪却非常兴奋，她早就想来这样的地方玩了。

“我们去玩什么？保龄球还是高尔夫？或者网球？”郎立轩问她们。

“我都可以啊。”融佳琪高兴地说，看向融子兮。

融子兮尴尬地看看他们:“我好像什么都不会，要不，你们去玩，我在边上看你们。”

“好啊！”融佳琪立即说。

郎立轩却说:“那怎么行，我刚才答应二哥要好好照顾你，可不能让你就站在一边看，要不然到时候我二哥不高兴了怎么办。”

“可我穿成这样……”融子兮为难地看看自己的长裙说。

郎立轩笑笑:“这还不好办嘛，这里本来就为客人准备了运动套装，你去选一套不就行了。”说罢，立即招手，让一个美女服务员过来。

美女服务员走过来，微笑着看着他说:“立少，好久不见，今天总算看到你帅气的身影了。”看来都是熟人。

“嘴巴还是那么甜,这两位是我的朋友,麻烦你带她们去换一下运动服吧。”

“好的，立少。两位美女请跟我来。”美女服务员礼貌地说，手一邀在前面带路。

融佳琪挽着融子兮的手，两人走在服务员身后。

“有钱人的生活果然不一样。”融佳琪激动地凑到融子兮耳边说。

融子兮无奈地看她一眼，点点头，又做了个“嘘”的手势，示意她不要说了，万一被人听了去还不闹笑话，如果扯到郎立轩身上就更不好了。

进了换衣间,里面果然有各式各样的运动套装,款式、质量自然都很不错。

两人各自选了一套，款式都是短裙套装，融子兮选的是不显眼的淡蓝色，融佳琪选的是热情的大红色，各自还有一顶白色棒球帽。换了衣服出来，郎立轩也已经换了运动装在休息厅里喝饮料。看到她们进来，开口说:“这样就方便运动了吧。”他见过的美女实在太多，看两人的眼神毫无波澜，即便融佳琪还故意挺了挺胸。

待两人坐下，郎立轩又问她们有没有想好去玩什么。

“我想去玩保龄球，子兮你呢？”融佳琪问。

融子兮想到身上的裙子这么短，再弯腰的话岂不是……想了想说:“我还从来没打过高尔夫球，我想去看看到底是怎么玩的。”

“那好，我带你去。”郎立轩立即说。

融佳琪只有跟着说:“那我也跟你们一去吧，我也只玩过几次，不太熟练，这次正好练练。”

于是三人又一起去高尔夫球场。球场上一片阳光明媚，绿色的草地一览无余，四周也十分清幽，让人不禁感觉心情爽朗，不愧是集大自然乐趣和体育锻炼为一体的运动。

选定地方后，便有球童拿着球杆、球座等过来。三人各取了一根球杆，郎立轩又让球童先装两个女士用的球座，然后看向融佳琪:“美女，你会玩就先自己玩吧，我跟子兮讲讲怎么玩。”

“好的，立少。”融佳琪说，兀自在一旁玩。

而不远处，郎立轩则很认真地为融子兮讲解高尔夫球的基本知识和玩球规则。

“其实我真的算是个运动白痴。”融子兮听完，自嘲地说。

“这个没关系，这些东西又不是很复杂，只要你想学，很快就会了。来，我先带你挥杆。”郎立轩说，说着站到她身后，双手抱住她拿球杆的手，教她怎么把球座上的球打出去。

可这个姿势实在太暧昧了，因为在外人看来郎立轩几乎是把融子兮整个人都给抱住了。融佳琪看到这一幕，眨了眨眼睛，有点不敢相信自己所见。因为此时融子兮不知道因为什么事笑了起来，郎立轩也看着她笑，恍然间让人想到电影《泰坦尼克号》里的男女主在船头迎风拥抱的那经典一幕。

“作死，我怎么要说自己会玩呢。”融佳琪郁闷地自言自语，如果自己也不会的话，那岂不是也有被郎立轩这样手把手教的待遇。

不过此时的两个人根本没意识到这样做很暧昧，因为郎立轩确实不是故意要这么做的，他也是一番好意，所以融子兮也没觉得有什么。只是，郎立轩因为靠她这么近，渐渐有一种舍不得放开的感觉，或许是因为融子兮性格温柔，所以连气息都是温柔的。近距离地感受到这种温柔，让郎立轩瞬间陶醉了。

“唉，我觉得我都要笨死了。”融子兮挥了个空杆，自嘲地笑着说。

郎立轩又走上去教她:“你打的时候心里别着急，也不用睁大眼睛把球盯着，这样挥挥球杆，找一下杆跟球的感觉，然后轻松地挥出去就行了。”

“那好吧，我再试试。”融子兮还是很气馁。

郎立轩依依不舍地放开她，又笑盈盈地注视着她，一旁的融佳琪越看越觉得奇怪。心道，怎么觉得这眼神像是对子兮充满爱意呢？不对不对，子兮可是他未来的嫂子，而且也不是他喜欢的类型啊。我想什么呢？唉，干吗要说自己会呢？

融子兮终于打出去了一个球，激动地看着球落地，看向郎立轩说:“是不是要过去接着打?”

“对啊，走吧，一起看看离洞口还有多远。”郎立轩说，然后跟融子兮一起朝球走过去，居然都忘记融佳琪了。

“喂，你们……”融佳琪看到两人竟然一起走了，郁闷地嘟着嘴，想到自己一贯聪明，这次居然自掘坟墓，很不甘心。

而另一边，郎立轩和融子兮走到球边，有说有笑。最后融子兮把球杆给郎立轩，让他展示一下身手，郎立轩也没有推辞，接过她的球杆，试了试挥出球杆，一杆就把球打进了前面的球洞里。

“哇，进了！立轩你果然是高手。”融子兮激动地拍手说。

郎立轩自然很高兴，又把球杆给她问她，要不要再试试。

融子兮摆手:“我不想玩了,还是你玩吧,我觉得我实在没有这方面的天赋，再练也没用，还是你好好玩吧，不用管我了，我看你们玩就行。”

“那怎么行，你来这里一趟，可不能连一滴汗都没出就回去，这样吧，我们去玩别的。你对什么比较有兴趣？网球怎么样?”郎立轩又说。

融子兮尴尬:“网球我也不会。”

郎立轩笑起来:“没关系啊,我教你就是了。”看她一副想拒绝的样子,又说，“你还不知道吧，二哥最喜欢打网球了，他在国外读书的时候，就是校网球队的队长。”

“真的假的?”融子兮惊讶地问，问完又觉得这样说不好，赶紧又解释说:“哦，我从来没听他说过，所以都不知道他有这个爱好。”

“没关系，现在知道也不晚啊，那还要不要去学?”郎立轩继续诱导她。

融子兮点点头:“好啊,那我就去学一下打网球吧,要不然我什么都不知道，你二哥肯定会笑话我的。”

郎立轩无奈地叹口气，然后跟她边说边走回来，看到一边的融佳琪，融子兮对她招手说:“佳琪，我们想去打网球，你是跟我们一起去，还是继续在这里玩呢?”

融佳琪赶紧说:“我跟你们一起去吧！正好我想学学打网球。”这次坚决不说自己会了，于是三人又一起去了网球馆。

网球馆里，郎立轩介绍说这里分单打室和对打室，就是可以两个人或者四个人打，也可以一个人对着特殊材质的墙壁打，自己玩。

“第一次玩，我们就去单打室吧。”郎立轩说，带她们朝单打室走去。

有场内的教员看到他，过来打招呼。

打过招呼后，郎立轩说：“对了，这位美女正需要一名教练，那就麻烦你帮我照顾一下吧。”

“好的立少，美女，请跟我来吧。”教员礼貌地对融佳琪说。

融佳琪顿时傻眼了，有没有搞错，自己想的不是这样啊，转头一看，郎立轩居然已经带着融子兮走了。此时此刻，融佳琪简直要郁闷死了，可这个时候也不能表现出来，只好跟着教员走了。

网球室里，郎立轩很尽职地教融子兮打网球，又像之前一样站在她身后，从后面伸出双手握住她拿球拍的双手，教她怎么挥球拍。

如果说之前打高尔夫球的时候郎立轩还是无心的，那现在他就是有意的了。不过融子兮根本没意识到，反而想着自己一定要学好，跟郎泽轩有点共同语言，一心都在学习上，根本心无旁骛。

郎立轩从背后抱着融子兮，感受到她身上温柔的气息，竟陶醉地不想收回手。

直到融子兮觉得自己领悟了，说：“那我自己试试看吧。”郎立轩才放开手。

放开她后，怀里那种温暖的感觉倏忽散去，忽然之间好像心里空了一样。不禁有些怅然，要是她真是自己的女人，可以多抱她一会儿该多好。其实，郎立轩没明白过来，他是在贪恋融子兮身上那种如母亲一般温柔、温暖的感觉。因为从小没有被妈妈这样温柔对待过，忽然遇到融子兮这样温柔的女孩子她无微不至地关怀和照顾，竟唤醒了他心里沉睡的渴望，让他陷入她的温柔中，不可自拔。即便知道她是哥哥的女朋友，知道她不喜欢自己，依然控制不住地想靠近她。

玩了一会儿，在郎立轩的耐心指导下，融子兮逐渐上手了。还打了几个好球，激动不已，也找到了运动的乐趣，连自己都不想走了。

那边融佳琪心猿意马地学了一会儿，教员也要去指导别人就走了，剩她一个人无聊地玩了一会儿，干脆出了球室去找融子兮，站在外面透过钢丝网往里面看，看到融子兮挥着球拍不断打，郎立轩在她旁边偶尔帮她接一下，然后耐心指导，她羡慕不已。

看着看着，融佳琪的心情低落下来，其实她与融子兮不但是闺蜜还是表亲，从小就特别要好。从小到大，所有人都称赞融佳琪是美女，融子兮只是个普通女孩。即便是现在，自己做网络主播，也受到不少异性的追捧，可她实在不明白，为什么郎泽轩那样的帅哥喜欢融子兮，就连郎立轩这样的阔少好像也喜欢融子兮了。连她自己都不得不承认，从坐上郎立轩的车到现在，他根本就没怎么认真看自己一眼，反而一直在对融子兮献殷勤。可按理，融子兮是他未来的嫂子，他也不缺女人，总不会对自己未来的嫂子有想法吧？

“啊！”融子兮忽然一声大叫。

融佳琪被打断思绪，往里一看，顿时惊呆了，融子兮竟然和郎立轩拥抱在了一起，不过很快，两人又分开了。但仔细看郎立轩的目光，竟然恋恋不舍地落在融子兮身上。

“不会吧，难道真是自己担心的那样？”融佳琪惊讶地说。

融佳琪没心思玩了，她就想问问融子兮，难不成她想脚踩两条船？可这很不道德好吗？

融佳琪郁闷地在休息室里坐了一阵，融子兮和郎立轩才出来。两人都大汗淋漓的样子，边走边说笑。

“佳琪，我要去冲个澡，你去吗？”融子兮走过来问。

融佳琪摆摆手说:“不去，你去吧。”

“那好，你等我一会儿，我很快就回来。”

“走这边。”郎立轩殷勤地说，根本没有多看融佳琪一眼。

融佳琪扶额，心里暗道，郎家这几兄弟怎么了，难道还真就都看上融子兮了吗？

待两人分别洗完出来，郎立轩还想约融子兮去游泳，融子兮摇头说累了不想去了，这才没去，在休息室坐下。郎立轩又殷勤地问她还要不要什么饮料，等会儿想吃点什么，于是两人又讨论起来，最后决定就在这里的美食厅吃饭。歇了大约半个小时，三人一起去吃饭。

吃了饭后，郎立轩开车送她们回家。路上，融子兮悄悄给郎泽轩发消息说今晚就不过去了，有点累，想回去休息，明早再去找他。她怕打电话的话，又被融佳琪抱怨说她“撒狗粮”。

郎泽轩自然同意，让她好好休息，说有空跟她一起去玩儿。车子到达小区门口，两人下了车，跟郎立轩挥手再见。看着郎立轩的车子开走，融佳琪一把搂过融子兮的肩膀:“走，我有件很严肃的事情要跟你说。”

融子兮看向她笑:“有多严肃？快说给我听听呗。”

“这里说不方便，回去说。”融佳琪说，拉着她上楼。

打开门进到屋里，融佳琪让她在沙发上坐好，然后坐到旁边，严肃地看着她说:“融子兮，你老实跟我说，你是不是也喜欢郎立轩？”

“什么啊！你发什么疯，我怎么可能喜欢立轩？这话可不能乱说啊！”融子兮叫起来说。

融佳琪看到她这样的表现也有点迷茫了，试探地问:“你真的不喜欢郎立轩，对他没有一点感觉？”

融子兮说:“融佳琪，你到底是哪根筋不对，竟然说出这样的话，我什么时候喜欢郎立轩了，他不是你‘老公’吗？我只喜欢郎泽轩，怎么可能会喜欢他的弟弟，我有那么不道德吗？”

融佳琪眉头微蹙:“不对啊，可我怎么看……对了！我明白了，那就是郎立轩对你有意思！难道你没发现？”

“你快饶了我吧，融佳琪，为什么之前都好好的，你跟我们出去了一趟，就哪里都不对了？我跟立轩只是朋友，只是因为泽轩的关系才熟悉起来的，怎么可能有什么其他关系。难道你不知道之前跟他闹过绯闻的女明星吗，哪个不是大美女，而且那些女人为了他还要死要活的，他怎么会对我有兴趣呢？再说了，我跟泽轩的关系他又不是不知道，我们还在他别墅里住过，他什么都知道，还会对我有什么想法吗？”

听她这么说融佳琪又动摇了，想了想说:“你说的也有道理，可我怎么还是觉得……”

“打住打住。”融子兮做了个立马停下的手势，打断她的话，“这种胡话你可千万不能在其他人面前，尤其是泽轩的面前说行吗？”

“我干吗还去跟你‘老公’说，不过，你真的对郎立轩没兴趣吗？”

“真的没兴趣，我敢发誓，我要说的是假话，就天打五雷轰，一个月暴涨二十斤，行了吧？”融子兮赶紧发誓说。

听到这话，融佳琪才笑起来，点头道：“行，还是你够狠。唉，不过今天他好像都没怎么看我，是不是我不是他喜欢的那种类型？”

融子兮笑着安慰她说：“你别多想了，我觉得他也许是觉得你漂亮，所以才故意冷落你的，这叫欲擒故纵，不是吗？异性相处的时候，不是经常假装对自己没感觉的人热情，对自己有感觉的人反而保持距离吗？我们以前上学的时候，不也见过这样的吗？”

“咦，你这么说好像有点道理。”融佳琪终于高兴起来，“那你说他下次还会不会约我们出去玩？或者单独约我？”

“肯定会啊。你就等着吧，肯定会有机会的。”融子兮立即说。

“那行，我就等着，慢慢等我的金龟婿朝我爬过来。啊！要去直播了，说不定今晚他就在手机前看我，我得赶紧化个美美的妆。”融佳琪说着兴奋地冲进房里去了。融子兮看着她这副样子笑了笑，伸了个懒腰，也起身回自己房里。

第二天，融子兮一早就起来做早餐，给融佳琪做了一份，自己吃了一份，又带了一份去郎泽轩那里。到达时，郎泽轩也刚好起来。然后帮他把早餐在微波炉里加热，又拿到桌上摆好，融子兮饶有兴趣地看着郎泽轩吃早饭。

郎泽轩瞥到她的视线，故意逗她说：“秀色可餐，对吗？”

融子兮怔了一下才反应过来，顿时笑起来，说：“什么啊，想不到你居然这么自恋。”

“自恋吗？你看着我，就好像眼里、嘴里、胃里都很满足的样子，所以才想到这个成语，难道不是？”郎泽轩故意问。

融子兮尴尬地低下头，只有投降说：“对对对，我承认还不行吗？”

“那就好，看来以后我们家可以少买点米了，反正融子兮只要看着我就饱了。”

融子兮被他说得哭笑不得，叫起来说：“你能好好吃饭别捉弄人家吗？”怕他又继续，赶紧转移话题说，“对了，我昨天听立轩说你在国外读书的时候还是校网球队的队长，是真的吗？”

郎泽轩点头：“是当过一段时间队长，怎么了？”

融子兮一脸崇拜的样子，说:“咦，我之前都没听你提过，不过那会儿你打球的时候肯定有很多女生去给你加油吧。”

郎泽轩自豪地点点头:“那当然。”

“那你每次比赛的时候是不是有很多女生在场外，拿着各种饮料、零食等着你,然后你出来的时候她们就一拥而上,争着给你东西?”融子兮又想象着说。

郎泽轩忽然反应过来她想要说什么，故意看向她，点头道:“对啊，你怎么知道?”

融子兮一副既羡慕又嫉妒的样子，撇撇嘴:“果然跟我想的一样。”

“唉，要是当时你也跟我一个学校就好了，那你就可以亲眼见证一下我有多受欢迎了，我的‘粉丝’有白种人、黑种人、黄种人，数都数不清。我发现自己实在是太受关注了，都没办法好好学习了，所以赶紧辞去了队长的职务。唉，长得太帅也很困扰啊，你说是不是?”

说完故意看向融子兮，她一副深受打击、即将石化的样子，郎泽轩忍不住笑了起来。

这时融子兮才反应过来，指着他问:“你刚刚是故意逗我的对不对，根本没有这些事对不对?”

郎泽轩看向她说:“融子兮，你偶像剧看多了吗?居然还真相信了，你刚才那个样子，简直都快把我笑哭了。”

融子兮既尴尬又甜蜜地笑笑:“你在学校的时候肯定很受欢迎，肯定有不少女孩子喜欢你吧?”

“不太清楚，我那会儿正忙着谈恋爱呢。”郎泽轩说，说完看到融子兮认真的表情，赶紧笑着解释:“你不会连‘历史人物’的醋都要吃吧?”

融子兮赶紧摇摇头:“我才没那么小气。那我们今天要不要去打网球，我突然觉得我好像还挺喜欢打网球的。”

“好啊，我也好久没打过了，正好一起去玩玩。”

于是吃过早餐，两人又一起去网球场玩。

周一上班，销售部给了融子兮一个单子，让她准备一下去参与竞标。融子兮仔细研究了一下招标内容，然后让四名组员一起开会讨论这个事情。

发生了郎皓轩那个绯闻事件后，四人反而比以前更规矩些了，都很认真地参与讨论。最后决定接下来每人做一份设计，周三的时候再讨论，然后周四定稿，周五竞标。任务下来后，大家也都行动起来。融子兮也很认真地投入设计中。

周三大家开会一起看设计。这次融子兮惊讶地发现，四人的作品都比之前的好多了，她表扬了她们一番，经过讨论，最后确定了方案，然后由融子兮修改后周五去竞标。

周五一早，融子兮和乔歆忆一起去招标的影视公司，因为乔歆忆认识一些经纪人，所以带她去。然而，一走进会议厅，融子兮就看到了一个最不想见到的人——库丽丽。正与人说笑的库丽丽也看到了她，不屑地笑笑。原本以为邢五洲的事会让她跟郎泽轩之间产生矛盾，没想到还是被她糊弄过去了。这小狐狸精的道行还真是越修越高了呢，库丽丽腹诽道。

融子兮自然也对她没什么话说，刻意坐在斜对面离她比较远的位置，乔歆忆也在她旁边坐下。坐了一会儿，乔歆忆似乎看见了熟人，又去打招呼了。融子兮低头看手机，免得看到库丽丽那张讨厌的脸。不一会儿，影视公司的相关负责人进来，宣布说可以开始了。

这次参加竞标的一共有五家公司，因为是部投资比较大的古装剧，需要的服装多，质量和款式要求也高，所以影视公司这边比较重视，导演也来了。

竞标马上开始，竞标人依次走上台，把自己的作品投射到 LED 屏上，讲述自己的设计理念和优势。

融子兮还是第一次参加这样的场合，心里不禁有点紧张。不过也是暗暗给自己打气，鼓励自己这次一定要好好表现，成功拿下。先上去的两家公司都表现得很不错，负责人把自己的设计介绍得很好，看得另外几家公司的负责人都暗暗焦急。

“那接下来有请聚星盛装的代表上来为我们展示竞标作品。”主持会议的人又喊道。

库丽丽对影视公司的人嫣然一笑，起身优雅地走到台前，熟练地将手机上的设计投射到 LED 屏上。

融子兮知道库丽丽对作品的要求一贯严格，也饶有兴趣地看她展示的竞标作品。不过看着看着，融子兮就发现了一个问题，那就是库丽丽又像以前一样，过分注重服装的华美，却忽视了这部剧的剧情需要。

虽然这是一部架空古装剧，但剧中人物是从小人物成长起来的，所以一开始的设计不该以华丽为主，应该有一个从简入奢的过度，但影视公司要求服装制作精良，即使是人生低谷时的戏服，也要简洁而考究。库丽丽展示完，看了一眼导演，发现他没有什么表情，有点不甘心地走下了台。

“那接下来请嫦美时代的代表上台为我们展示吧。”主持的人说道。

融子兮深吸了一口气，走上台，将手机中的作品投射到 LED 屏上，开始讲解起来。

古装剧的戏服，配角的服装都是跟制片厂和服装租赁公司租的，以前主角的戏服租过，可随着大家对古装剧的要求越来越高，所以主角的服装也受到了重视，大制作的剧组都是请设计公司专门设计并制作服装的。融子兮她们针对的就是这一块。

“根据剧中人物和剧情简介，我们的设计理念是:层次。主角人物最初的服装简洁朴素，以衬托角色早期的人生经历，让观众能更好地通过服装来对角色有更好的理解，也为后来他功成身就后的对比打下基础。然后随着主角的成长,这是我们设计的第二套服装。”LED 屏上出现了一套相对精美一些的服装。

“主角的第二套主戏服以精美为主，注意这种精美不是华丽，而是人物性格和思想逐渐变得完善的体现，继而体现在衣服上。所以接下来的第三套，我们相对前面一套加了手工刺绣,从而体现出‘尊’。因为这个时期角色变得成熟，自我成长到达顶峰，因此得到别人的尊敬。我们的服装正体现出这一点。第四套则体现出‘贵’，标志着人物的地位变得更加尊贵。最后一套是‘华美’，说明人物形象已达到极致……”

库丽丽抱着手轻蔑地看着融子兮,不屑地笑笑,又转头看向影视公司的人。看见他们不断地在讨论着什么，导演还点了点头，顿时眉头紧蹙，生怕他们被融子兮说服了。

“他们会不会把郎家的因素考虑进去呢？”库丽丽心里有点不安。

之前郎皓轩和融子兮的绯闻闹得人尽皆知，影视公司的人怎么会不知道呢。如果他们把融子兮是郎皓轩绯闻女友的身份也考虑进去，把这当一个噱头怎么办呢?

库丽丽越想越不安，越想脸色越难看，等融子兮讲完下台的时候，她几乎是恨恨地瞪着她，仿佛跟她有深仇大恨似的。

接下来只有一家公司了。融子兮终于镇定下来，抬头朝台上的设计师看去，冷不防遇上库丽丽的眼神，瞥了她一眼，看她恨恨地看着自己，心里很无奈，大家都没什么瓜葛了，她还这副样子干吗？

最后一位竞标的设计师讲完。影视公司的人讨论了几分钟，负责服装订购的人当场宣布："根据刚才大家展示的设计情况，我们讨论决定这次采用嫦美时代的设计，谢谢各位光临，以后有机会再合作吧。也请嫦美时代的代表等一等，我们随后签订合同。"

事情发展得太快了，融子兮还有点没反应过来，直到乔歆忆用手碰了碰她，她才赶紧起身应下。库丽丽恶狠狠地看向融子兮，那眼神简直要吃人似的。心道，果然跟老娘猜的一样啊，这小狐狸精还真是不得了啊，都爬到老娘头上了！不收拾你我就不姓库！愤愤地离开，高跟鞋踩得"哒哒哒"响。

当场签订合同，融子兮郑重地签下自己的名字，心里高兴得不行。虽然之前也有成功拿下一些单子，可那些单子大多是因为郎皓轩的缘故才拿到的，可这次不一样，这次真的是自己努力争取来的。

这种通过自己的努力来实现目标的感觉，实在是太有成就感了！融子兮恨不得马上跟郎泽轩分享了。签完合同，融子兮心情大好。

乔歆忆自然也看出了她心情好，故意说："组长，今天签单这么成功，干脆把她们都叫上，大家一起去庆祝一下吧。"

"好啊。不过我们还是先回公司吧，下班后再去。"融子兮高兴地说。

"好，都听组长的。"乔歆忆说，说完却不屑地笑了笑，心道，瞧把你高兴的，还不是大家的功劳，你以为只有你一个人就能把这个单子拿下？

回到公司，大家知道这个好消息自然都很高兴，融子兮也宣布了今晚她请客一起出去吃饭的事。办公室里又是一片嬉笑声。

与此同时，库丽丽回到公司办公室，一进门就把门摔得"砰"一声，把从门口经过的人都吓了一跳。

好奇的同事赶紧打听到底发生什么事了，当听说一个大单被融子兮抢走了时，都窃窃私语，讨论融子兮现在怎么这么厉害，好像已经抢走了这边不少单子了，难怪库丽丽气成那样。男朋友被人抢了，单子也被抢了，这简直是双重打击啊。尽管事实上并非如此，可有些谎话说多了连自己都以为是真的了。所以库丽丽此时的心理活动跟她们想的是一样的，她也觉得融子兮抢走了自己的男人,毁了自己的幸福,如今又在工作上跟自己对着干,这是要置自己于死地啊。

库丽丽不甘心，思索着自己要怎么狠狠地还击才行。

可想了一会儿也想不出什么办法，库丽丽痛苦地抱着头，深感自己这么多年来还是第一次这么失败，尤其是败给一个自己根本看不起的对手，更是让她窝火。直到下班的时候，库丽丽终于灵光一闪，她想起了今天跟融子兮一起到场的乔歆忆，如果她没记错的话，上午竞标的时候这女人脸上的表情一直都是不屑的。而且这女人打扮得时髦、成熟，年龄比融子兮大，长得也不赖，这样的女人怎么会甘心做融子兮的手下呢？

库丽丽立即把卢筱琳叫进办公室。眼看就要到下班时间了，库丽丽居然叫自己去她办公室,卢筱琳很郁闷。不过一进到办公室,她立马就满脸笑容地问：“‘女神’，你找我？”

库丽丽难得露出笑容,点头说:“对,有几句话想跟你说,坐吧。”待她坐下，又说:“对了，上次你说的你那个在嫦美时代的同学，长什么样？是不是中性短发，身材好，个子高，打扮得很时尚？”

卢筱琳点点头:“对。”

库丽丽笑笑，还真是问对了人呢，又说:“嗯，我今天上午碰到她了，对她印象还不错，你问问她有没有跳槽的意向，如果有的话可以来我这边。”

听到这话,卢筱琳心里有点不舒服，不过还是点点头答应了下来。她跟乔歆忆的关系也不是特别好，听到上司这么说，心里自然很不爽，因为她可不认同乔歆忆多有能力。

“尽快给我消息。”库丽丽迫不及待地说。

“行，‘女神’，等我好消息吧。”卢筱琳笑着说。还是胳膊拗不过大腿。

嫦美时代，融子兮也带上四人一起去吃饭。之前大家已经商量好了，一起去吃海鲜火锅，而且已经订了位置。

来到装修别致的海鲜火锅店，几个女孩子的心情都很好，坐着聊天，等东西端上来。东西很快端上来，一大盘的海鲜，让人垂涎欲滴。大家也不客气，赶紧放了一部分东西下去煮上。海鲜不耐煮，煮了一会儿就能吃了，融子兮招呼大家赶紧吃，今天一定要吃尽兴。

“来，我们一起敬组长一杯。”乔歆忆居然率先说，其余三人自然是赶紧端起杯子敬融子兮。

融子兮十分感动，说：“是我该感谢大家才对，谢谢你们对我的帮助和支持，以后也请大家继续支持我，干杯！”

果汁杯碰撞，气氛非常热烈。

乔歆忆喝了一口，放下杯子，又说：“组长，你来公司这么久了还没有见过你的男朋友，怎么没见他来接过你下班呢？难道是怕虐到我们这些‘单身狗’吗？”

融子兮尴尬地摇头说：“当然不是，是因为他工作比较忙，通常我们下班的时候他还没下班。再说，下班时间交通拥堵，他来接我反而麻烦。”

“哟，既然都说到这个话题了，那组长你要让我们看看你的男朋友才行啊，长什么样？肯定是个超级大帅哥吧？”李茉莉也附和道，心里却说肯定是只癞蛤蟆吧。

融子兮甜蜜一笑，只要提到郎泽轩，她心里都是甜甜的。看到她这副样子，何苗和肖雯也跟着起哄，让她给照片看看。

抵不过她们的怂恿，融子兮只有说：“好吧，我这里正好有一套之前他给我做模特拍的古装照，你们将就看看吧。”说着拿过手机，点进图库，把那套照片找了出来。四人凑过去看，当看到手机屏幕上的人时，都惊呆了。

“天哪，这不是你的手机屏保吗？我还一直以为是个模特，没想到竟然是你的男朋友！哇，组长，你好厉害，居然找了个这么帅的男朋友！”何苗羡慕地说。

肖雯也激动地看向融子兮：“他是玩角色扮演的吗？我觉得他这张照片好像一个角色扮演圈里很有名的角色。”

融子兮笑着摇头：“不是，他怎么会玩角色扮演，他是医生。”

“哇，居然还是医生啊！”何苗又叫起来，“我还从来没见过这么帅的医生，敢问组长，他在哪个医院呢？”

“市妇女儿童医院，他主要是做妇科肿瘤手术的。”融子兮如实说。

何苗立即竖起大拇指：“厉害啊，还是主刀医生，太有前途了。啧啧，组长你真厉害，你自己已经很优秀了，又找了个这么优秀的男朋友，唉，我怎么就没这么好的命呢。”说着还做抹泪状。

旁边的肖雯立即打了她一下，笑起来。

三人却没发现乔歆忆和李茉莉都没有说话，因为此时两人的妒忌心已经都快膨胀到爆炸了。尤其是乔歆忆，她跟库丽丽一样，从来不认为融子兮有什么出色的地方，却没想到，工作上她当了头儿，个人感情上，她居然也这么幸运，找了个这么优秀的男朋友，长得帅，工作还那么好，这么完美的男人怎么就让她捡到了？她凭什么啊！

乔歆忆越想越不爽，再次对融子兮恨意满满。说来也是巧，第二天上午，接到库丽丽密令的卢筱琳就来跟她套近乎了。

卢筱琳:亲爱的，你可真是厉害啊，你知道吗？昨天我们经理夸你了！

乔歆忆有点受用地笑笑，回复:夸我？我有什么好夸的，混得这么差，自己都不好意思了。

卢筱琳:那正好，我们经理特别欣赏你，要是在那边不开心，我们这边可是随时欢迎你的。

乔歆忆眉头一蹙，有了跳槽的想法。杜嫦曦那么欣赏融子兮，人家又有郎家做靠山，地位根本无法动摇，倒不如换个公司，省得在这熬着。于是两人一拍即合，乔歆忆立即打探起聚星盛装的情况来，卢筱琳也乐得她有这个想法，一个劲地忽悠她。

两人隔着电脑屏幕聊了一上午，乔歆忆也间接地表达了对融子兮的不满。卢筱琳捕捉到这些信息，添油加醋地汇报给库丽丽。

办公室里，库丽丽听完属下的汇报，满意地点了点头。

“嗯，那就好，那你把我的微信号给她，让她加一下我，我亲自跟她聊聊吧。”库丽丽居然说。

卢筱琳对她如此重视乔歆忆心里有点不舒服，不过她都这么说了，自己有什么办法呢，还是答应了下来。

出门后又把库丽丽的微信号给乔歆忆，让她加一下，说是库丽丽对她非常看好，要亲自跟她认识一下，乔歆忆自然很欣喜地加了库丽丽。库丽丽当然也没急着跟她提融子兮，没必要这么快暴露自己的目的，她要先好好试探试探乔歆忆，再适当地挑拨一下才行。

库丽丽先夸了乔歆忆一番，说之前就看过她的作品，对她这样的人才十分欣赏。昨天亲自见到她，发现她特别会搭配衣服，更加确定她确实是自己想要的人才。不过很纳闷的是，她这样的人才怎么会只是个小员工呢?

一听这话，乔歆忆简直觉得自己好像是千里马，总算遇到伯乐了，立即阴阳怪气地回复:现在有才华、有实力有什么用，还不是比不过人家会找男人、会靠男人上位。

库丽丽暗笑，这可还真是巧啊，看来融子兮那个女人在哪里都不受欢迎。立即跟她套近乎说:亲爱的，虽然我作为一名领导，不赞成你说这种话，但作为一个朋友，我却要跟你说你这句话实在是太对了!

乔歆忆看到这话，立马兴奋了，立即说:原来库经理也遇到了这样的人啊，那我们还真是同病相怜。

库丽丽:那可不是嘛，这样吧，既然我们这么有共同语言，不如找个时间出来喝点东西、聊聊天，好好认识认识。

乔歆忆:真是万分荣幸,那库经理有空的时候跟我说一声就行,我随时赴约。

于是，两人一拍即合，结成同盟。不过还真是让杜嫦曦给说对了，这些还不都是善妒的人惯用的伎俩，只可惜这时候真以为自己找到伯乐的乔歆忆，完全把老板的话抛到了九霄云外。

公司里，融子兮正带领员工加班加点地设计竞标成功的戏服，连郎泽轩那边都没有时间去。虽然竞标的时候四位员工也都认真对待，但至少有一半的设计都是融子兮做的，她的实力早在库丽丽那边时就被证明了，只是库丽丽一直在有意无意地打压罢了。要不然杜嫦曦也不会在郎皓轩推荐后，宁可让职位闲置也要等着她，作为一个老板，自然有她独到的眼光，而事实也证明，她确实没有看错人。

融子兮努力工作，让她欣慰的是，何苗和肖雯虽然实力不太够，但态度非常端正，虚心跟她学习，交代的工作也认真完成，简直充当了她的左膀右臂。反而是乔歆忆和李茉莉，或许是仗着自己有点能力和资历，工作上非常敷衍，能偷懒就偷懒，能耍滑就耍滑。

把两人的态度看在眼里，融子兮倒也没说什么，深感即使作为领导，确实也有很多无能为力的地方。融子兮决定如果她们的工作态度一直不改变，等小组有了进一步的发展，自己会采取必要的措施的。

周五下午，乔歆忆收到库丽丽的信息，约她第二天下午喝咖啡，乔歆忆自然是赶紧答应下来了。

第二天，中午吃过饭后，乔歆忆好好打扮了一番，因为库丽丽说欣赏她穿衣搭配的能力，她自然是不能让未来上司失望。打扮好后，提上小包出门，打了个车前往约好的咖啡厅。

乔歆忆到达咖啡厅时库丽丽还没有来。当然，她是上司，乔歆忆等她也是应该的，而且库丽丽就是故意迟到的，可不能让对方忘记了彼此的身份。乔歆忆等了大约二十分钟，库丽丽才来。

“亲爱的，真是不好意思，我迟到了。”库丽丽敷衍地道歉说，主动拥抱了乔歆忆。

乔歆忆赶紧说：“库经理工作繁忙，迟到也是正常，反倒是您这么忙还来跟我喝咖啡，我实在有点受宠若惊。”

库丽丽拉她坐下说：“你说哪儿的话呢，像你这样的人才，我求贤若渴，跑这一趟特别值得。咦，今天这套裙子搭配得真不错，歆忆，你简直就是专门吃这碗饭的，你这样的人才应该早点发光才对啊。”

这简直戳到乔歆忆的痛处了，她郁闷地说：“库经理快别夸我了，要不然我都找不到北了。唉，我这样的人也就是个小员工的命。”

“不会吧，你在嫦美做多久了？我记得你之前的头儿不是走了吗？怎么杜嫦曦没让你做组长，反而让一个靠男人上位的人空降来，做了组长。”库丽丽立即挑拨道。

乔歆忆立马就落入了圈套中，轻蔑地笑笑说：“库经理您不都说了嘛，人家可是靠男人上位的，我一个没男朋友的人哪里比得过人家？啊，对了，我听筱琳说，融子兮那男朋友是从您那抢来的？真是这样吗？这女人也太不要脸了吧，居然干这种事。”

库丽丽立即叹口气说：“唉，过去的事就别提了，人家年轻，又会装可怜，装温柔，我这样的大龄剩女哪里是人家的对手？”

“库经理您说的这是什么话，您哪里是大龄剩女了，您只要不说年龄，我还以为您才刚大学毕业呢。不过，那个贱人的手段也太高了吧，居然敢做这种事，我前几天还看了那男人的照片，那么帅的一个男人，工作又那么好，实在是太可惜了。库经理，你应该去抢回来啊，怎么能便宜那个贱人！”乔歆忆义愤填膺地说。

库丽丽想到郎泽轩那张俊脸，心里非常不爽，郁闷地说:“算了，我库丽丽还没沦落到要跟别人抢男人的地步，我可不像某人……”

乔歆忆忙安慰她说:“唉，那也是，能被抢走的男人也不是什么好男人。再说，像库经理这样有颜值又事业有成的‘女神’级人物，那还不是追求者一大堆，到时候有他后悔的时候。”

“呵，可不是嘛。不过看到她混得如此风生水起，还真是让人不爽。”库丽丽故意说道。

乔歆忆赶紧附和:“对对对，她凭什么啊，她要什么没什么，一天到晚只知道装温柔、装可怜，凭什么什么好事都被她占了？”

库丽丽凑近她小声说:“给她一点教训，敢不敢？”

“库经理想怎么做？”乔歆忆也压低声音，神神秘秘地问。

库丽丽嫣然一笑:“我还没想出来，这种事我实在不太擅长，不过，咱们慢慢等机会吧。”

“也好。”乔歆忆点点头，顿感自己身负重任，脑中已经在想如何给融子兮制造麻烦了。

这天下午，两人相谈甚欢，结成了坚定地反融子兮同盟。

不过这也证实了一句话:宁可得罪君子，不可得罪小人。尤其是一下子碰到两个小人，而且这两个小人还结成了同盟，不搞点事情出来那是不可能的。

周一，杜嫦曦没有来公司，据说出国去参加巴黎时装周了。郎立轩想约融子兮出来玩的，不过看到她发微信说很忙，便打消了这个念头。

周三，服装厂来电话，说戏服已经做好了，融子兮去验收签字。融子兮带着何苗和肖雯一起去服装厂，没有带乔歆忆和李茉莉。她们走后，乔歆忆意识到融子兮有意在培养何苗和肖雯，而疏远自己跟李茉莉。不过现在她一句话也不想跟李茉莉说，因为她知道这个女人当面一套背后一套，再加上现在自己已经有了库丽丽这个主子加盟友，哪里还会稀罕李茉莉。

只是，要怎么才能给融子兮制造些麻烦呢？乔歆忆苦苦思索。

午后，融子兮一行三人和公司负责取货、送货的小杨把货搬了回来，暂时放到了办公室里，准备跟影视公司那边约好时间后就送过去。

“这次的衣服真的太漂亮了，我觉得我们就要一炮而红了。”一贯内向的肖雯这次激动地说。

何苗笑她道：“行了行了，你都说多少遍了，那还不是组长的功劳，我们的设计她都做了锦上添花的修改。”

“唉，那倒是，所以以后我决定要向组长好好学习，争取也做出让大家为之尖叫的作品！”

“行，我看好你。”

乔歆忆听着两人嘀嘀咕咕地聊天，内心却很不安。一是，看来这次的戏服设计得真的很成功，那融子兮岂不是又要风光一回了；二是，肖雯和何苗已经被彻底收服了，自己必定不会被重视。所以别说是做组长了，连个员工怕都没那么好做了。

所以，如今唯一的办法就是跳槽到库丽丽那边去，可就算跳过去，那也要做点成绩才会被库丽丽重视啊。正当乔歆忆还在为没办法做点成绩出来而焦躁的时候，库丽丽给她发来了消息，问她那单戏服是不是已经搬到公司了，乔歆忆立即说是。

“晚上出来一起吃个饭吧。”库丽丽发消息说。

乔歆忆顿时明白，搞事情的时机可能到了，欣然答应。

下班后，乔歆忆匆匆来到与库丽丽约好的吃饭地点，这次库丽丽没有摆谱，乔歆忆到的时候她已经提前到了。

餐厅小包间里，两人一边吃一边聊。说话内容无外乎是乔歆忆抱怨融子兮，说她如今在故意打压自己，应该是准备随时把自己赶走，好拔了自己这个“眼中钉”。

库丽丽自然是很喜欢听这样的话，听完反问：“那想了这几天，你有没有想出什么还击的办法呢？任人宰割可不是你的风格。”

乔歆忆为难地说：“我也想啊，可是现在连跟她说话都机会都很少，我实在想不出好办法。”

库丽丽笑笑:“办法倒是有一个，就是不知道你敢不敢冒个险。”

“什么办法？要冒什么险？”乔歆忆赶紧问。

库丽丽凑近她:“那批戏服不是已经送到你们公司了吗？签收负责人是她吧？”

“对啊，是她带着何苗和肖雯去签收的。”

“嗯，你想想，货是她签收的，万一那批货在交给影视公司之前出了什么岔子，那是谁负责？”库丽丽继续引导道。

“那肯定是她负责啊，难不成还让我们负责。”乔歆忆说，说完恍然大悟，“库经理你的意思是……”

库丽丽点点头:“这批单子值点钱，又是一部备受关注的大制作的单子，如果被她搞砸，这个圈儿她怕是待不下去了。哼，别以为有男人给她撑腰，她就不得了，搞砸了名声，她也是吃不了兜着走。”

一想到能把融子兮赶出这个圈子，乔歆忆就觉得解恨，忙问库丽丽要怎么做。

库丽丽从包里拿出早准备好的一瓶看起来像爽肤水似的液体说:“明天你找个机会把这东西倒进货箱里，事情就搞定了。”

乔歆忆接过东西，有点害怕地说:“我会不会出什么事？万一查出来我会坐牢吗？”

“坐牢？坐什么牢？货是她检验后签收的，也是她亲自送去，跟你一点的关系也没有。再说，只要你不承认，谁能证明是你做的？你怕什么，即便有人猜到什么，反正你也不想那干了，我这边你随时来上班。”库丽丽安抚她说。

乔歆忆想了想她的话，觉得可行，终于下定决心:“好，我做。”

第二天，乔歆忆一直在等待时机下手。终于，中午的时候，何苗和肖雯一起约融子兮出去吃饭，李茉莉塞着耳塞，一边吃盒饭一边在电脑前看电视剧。

乔歆忆觉得时机已到，紧张得连饭都没来得及吃，趁着李茉莉不注意的时候，悄悄走到堆放戏服的纸箱旁边，打开纸箱，迅速将液体倒了一点进去。因为手抖，第一箱倒了多半瓶，所以第二箱和第三箱就没有倒多少，第四箱和第五箱都没倒，也就作罢了。

搞完事，乔歆忆回到位置把瓶子放进包里，起身跟李茉莉说了一句:“我出去吃饭了啊。”若无其事地走了。

吃完饭后，又玩了一会儿才回来，顺便把瓶子扔进了垃圾箱。

等她回来的时候,其他三人也回来了,乔歆忆还故意问她们中午吃的什么，然后说自己去尝了那个据说很好吃的拉面，结果味道一点都不怎么样，明天还是点外卖算了。下午融子兮就接到影视公司服装负责人的电话，让她们把衣服送过来。融子兮赶紧叫上何苗,然后让公司负责送货的小杨开车把衣服送过去。想到时间居然把握得这么准，乔歆忆既庆幸又激动，待她们走后，立即发消息跟库丽丽，说一切搞定!

库丽丽看到消息也十分高兴，这次简直不费吹灰之力就搞了这么大一件事，她就不信这次融子兮还能逃过！于是跟乔歆忆说，为了安全起见，自己要先将她的微信好友删除，等她来公司的时候再加。乔歆忆也觉得这样好，于是两人删除了手机里彼此的一切联系方式。

而融子兮这边,将货搬到影视公司后,服装的负责人跟她们当场验收衣服。因为乔歆忆破坏的是放在最上面的三箱，而这三箱在搬的时候被放到了下面，也就是说在看货的时候，先看了没被破坏的两箱。

把每件衣服都拿出来仔细看，对方也夸奖这次的戏服质量高，以后还愿意跟她们合作。融子兮和何苗听到这样的话都很高兴，也说以后会做得更好。

“这是怎么回事？”负责人提起一件衣服说,他打开了被破坏的其中一箱。

看到衣服上的洞融子兮也傻眼了，赶紧接过衣服说:“不会啊，我昨天验收的时候还好好的。”

赶紧翻看下面的衣服，才发现接连几件都有一些洞，库丽丽给乔歆忆的是浓硫酸，腐蚀性特别强。

“组长你看！”打开一箱的何苗叫起来。

融子兮走过去一看，惊呆了，这一箱里浓硫酸倒得最多，服装腐蚀得最厉害，尤其是上面几件，几乎烧出了大洞。

“怎么会这样？”融子兮惊慌失措，赶紧翻衣服，发现这一箱衣服几乎都毁了。

第一次遇到这种事的她此时都懵了，完全不知所措。

影视公司负责人看到这种情况也很郁闷，不高兴地说:“你们收货的时候都没仔细检查吗？这都要用了，怎么还出了这种事？”

融子兮焦急地回想从服装厂验收的过程，验收的时候确实没问题，拿回来也只放了一个晚上，怎么突然就变成这样了呢？

忽然之间，融子兮有一种天几乎塌下来了的感觉，赶紧道歉：“对不起，这次是我们疏忽，要不这几件我们马上让人重新做。”

负责人不悦地说：“戏马上就要开拍了，也不知道来不来得及，我先打电话问问导演吧。”

“那好，麻烦您打电话问问导演，我们一定会尽快赶出来的。”融子兮说，心里其实有点没底了。

负责人到一边给导演打电话。

接电话的是个副导，一听这话立即叫起来：“他们这是搞什么？玩儿我们吗？你问她知不知道延迟一天开机要损失多少钱，把合同找出来，按合同走，该怎么办怎么办！”说罢就挂了电话。

服装负责人无奈地走过来说：“导演听说后发了很大的火，说你们既然没有按合同交货，该你们承担的损失就要你们来承担。”

实在没想到事情会变成这样，融子兮只能点头道：“那好，就按合同来办吧。不过，能不能麻烦您再跟导演说说，我们立即让服装厂把坏掉的几件衣服加班做好，也好让大家的损失都降到最低。”

“这个当然是可以的，你们马上清理一下服装，有哪些该重做的，让服装厂赶做吧，希望还来得及。唉，以前从来没出现过这种事，真没想到……”

听到他这么说，融子兮心里既内疚又痛苦，赶紧让何苗帮忙清理，把清单列出来，然后打电话让服装厂立即重新制作这几件衣服。担心服装厂不上心，融子兮又亲自赶到服装厂。

到了服装厂，融子兮拿出一件坏掉的衣服来，问他们这到底是怎么回事。服装厂的负责人仔细看了一下，告诉她应该是被浓硫酸腐蚀了。

“浓硫酸？公司里怎么会有浓硫酸？”融子兮苦闷地说，“算了，先不追究这个了，麻烦你们把衣服帮我们重新赶制吧。”

“赶制可以，可费用得另算，而且你要得急，工人加班的费用也要你们来出。”

“好好好，这个可以，只要你们能尽快把衣服赶出来。”融子兮说。想到这些损失都要由自己一个人来承担，她很伤心。也不知道要赔偿多少，自己那点存款够吗？眼泪在眼眶里打转，心里的悲伤实在难以描述，只能怪自己不小心。

融子兮怕服装厂松懈，坚决在厂里守着，而且自己也动手帮忙赶制。晚上吃了一个面包就继续赶工，郎泽轩打来电话，融子兮也没跟他说这件事，不想让他为自己担心，更不想被他同情。就说要赶单子比较忙，可能要过几天才能见面了。

“那好，你注意身体，不要累着了知道吗？不然我会心疼的。”郎泽轩在电话里逗她说。

融子兮含着泪说:“嗯，你也是，好好吃饭，好好睡觉，不说了，我先去忙。”

“好。那我挂了。”

电话挂了，融子兮都还来不及悲伤，又埋头赶制衣服。

这一晚，融子兮一夜没睡，赶了一个通宵的工，实在太累就趴在缝纫机上眯一会儿，然后赶紧继续工作。等到天快亮的时候，又累又饿，差点晕过去，连服装厂的工人都劝她去休息一下，融子兮摇摇头，出门买了点早饭吃，回来继续赶工。终于在傍晚的时候把坏掉的衣服赶制好了，可打电话给影视公司那边，却得知他们已经下班，要她第二天早上再送过来。

离开服装厂的时候，融子兮都快走不动了，身体极度疲惫不堪，仿佛随时都要晕过去似的。融子兮坐在服装厂的货车上，请送货师傅把货拉到自己住的地方，这次她要亲自守着这批货，不能再出一点纰漏了，来到小区门口，和送货师傅一起把货搬上楼。

进了客厅，融子兮累瘫在沙发上，想着这件事，万分自责。明明可以避免发生这样的事，为什么就那么不小心呢？

融子兮痛苦地抱着脑袋，内疚和懊悔简直要把她吞没了，她觉得自己对不起杜嫦曦的信任，对不起皓轩的推荐，对不起跟着自己一起奋斗的员工……眼泪又流了下来，融子兮擦掉眼泪，到厨房煮了一碗面吃，吃完饭收拾了一下厨房，然后洗了澡，就回了房间。

一天一夜没睡觉，身体极度疲惫，却因为有心事而睡不着，融子兮痛苦地躺在床上，翻来覆去，难以入睡。好不容易睡着，又不断做噩梦。

第二天一早醒来，叫了辆车，把两箱衣服搬上车，拉去影视公司。

到了影视公司，找到负责服装的人，把货验收了，融子兮才松了一口气。这时候，一个小胡子的男人走过来，服装负责人叫他王导，然后跟他说情况。

王导听完，冷漠地指着融子兮说："你们的疏忽导致我们延拍了两天戏，这个损失你们要负责。"

融子兮很真诚地道了歉，解释道："王导，我们也不想发生这样的事，我们已经以最快的速度把戏服赶制好了……损失是多少？"毕竟确实是自己出了错，违背了合同。

"我们这个戏是大制作，请的演员片酬都很高，这两天的损失可不少！"王导依旧语气不好地说。

融子兮也不太明白影视制作的流程，只有问他说："我不太懂，那王导说说是多少吧。"

王导伸出五个手指："我只给你算这个数吧，五百万元。"

"五百万元？"融子兮惊呼，自己去哪里筹这么多钱啊。

"这还是少的了，你知道著名演员一天的戏份值多少钱吗？我们的剧组一天不开工损失就很大，这个损失你们必须赔！否则，我们就法庭见吧！"王导不容商量地说，说完冷哼一声就走了。

直到他走了，融子兮脑中还在不断回响那句"五百万元"。五百万元，对于她来说，简直是一个遥不可及的数字。

融子兮踉跄地走出门，只觉得自己头顶上的天要塌下来了，自己不可能赔得起这么多钱，根本不可能，难道要爸爸妈妈也跟着砸锅卖铁为自己赔钱吗？他们含辛茹苦把自己养大，自己还没有让他们过一天好日子，反而还要他们为自己把下半辈子都搭进去……自己这算什么女儿？若是没有自己，他们还不至于受这样的罪，遭这样的祸。

还有郎泽轩，自己背了这一身的债，哪里还有资格在跟他在一起？她一直想凭自己的努力成为能配得上他的女人，可现在，因为自己的笨和傻，居然闯下这么大的祸。

自己这样的女人哪里还有资格做他的女朋友，真可笑，居然还妄想着跟他结婚。别说他妈妈看不上自己，连自己都瞧不起自己这样的人……

融子兮绝望地想着，忽然之间，脑袋里只剩下“死”这个念头了，与其让父母跟着受苦，还不如自己从此消失反而让他们解脱。这个念头一出现，迅速蔓延，根本控制不住，融子兮一边流泪一边往前走。

抬头看了一眼旁边的大厦，鬼使神差地走进大门，走进电梯，按了最高层的数字键。电梯门偶尔开合，进出的都是陌生人，最后，终于只剩下她一个人。

门打开，融子兮走出电梯。抬头看了一眼，离楼顶足有一层，便朝楼梯走去，很快上到了楼顶。这是个完全陌生的大厦，完全陌生的楼顶，如果是以前，融子兮一个人肯定不敢上来。可现在，她心里竟然一点畏惧也没有，就算有危险她也不会害怕。连死都不怕的人，还会怕什么？

楼顶的风很大，吹乱了头发，吹皱了衣裙，也吹干了脸上的泪水。融子兮朝楼顶边缘走去，看着尽收眼底的城市，她的心里竟十分平静，因为她知道，只要从这里跳下去，一切的担忧、悔恨、自责、痛苦就没有了。拿出手机，翻到手机中的记事本，写下最后的遗言。

第一封信是写给她爸爸妈妈的：

爸爸妈妈，当你们看到这封信的时候，女儿已经去了，请原谅女儿的不孝。你们含辛茹苦把我养大，从小到大什么好的东西都给我，供我念大学，就盼着我大学毕业后能找到好工作，将来也能让你们过上好日子。我还记得你们送我来学校的时候，妈妈帮我铺床，帮我叠衣服，我让她不要做了，她却说以后怕是想帮也没机会了……

写到这里，融子兮的眼泪夺眶而出，眼泪模糊了视线，连手机屏幕都看不清了。

融子兮哭了一会儿，终于停下来，又继续写：还有爸爸，我还记得小时候我胃不好，医生说要我每天早上都要吃早饭，于是爸爸不管多忙多累都一早起来给我做早饭。我还记得有时候天都还没有亮，爸爸就已经做好了早饭，叫我起来吃，吃完又送我去上学。你们为我付出了这么多，可我什么都没有回报给你们，反而欠下了五百万元的巨债。这笔债是我的疏忽造成的，是我的过错，我一个人应该负全部的责任，可我实在没办法负担起这么多钱，我更没脸面对你们。所以我去了，你们就当没有生过我这个女儿吧。下辈子，我还投胎做你们的女儿,我发誓我一定会好好报答你们,把这辈子欠你们的爱都还给你们……

写到这里，融子兮抱着手机，泣不成声。哭了一阵，融子兮又写给郎泽轩的信：

泽轩，对不起，辜负了你对我的爱，我去了，带着对你的爱和遗憾走了。或许你不会明白，我有多么爱你。从小到大，我从来没有这么爱一个人，好想永远跟你在一起，可是，每次在你身边时，我都很自卑。看到你那样完美，而我如此平凡，我一直都在心里祈祷，请给我一点时间，再给我一点时间，向你证明你的选择没有错，我一直在努力变成能配得上你的女孩子。

可我实在做得太糟糕了，我的疏忽给公司造成了巨大的损失。五百万元的巨额赔偿金我根本付不起，我也不想连累爸爸妈妈，唯有一死才是最好的解决办法。

今生不能跟你在一起，是我最大的遗憾，可对你来说，这并不是结束，而是一个开始。你那么优秀，完全可以找到比我更好的女孩子。跟你在一起的每分每秒都是我今生最美的时刻，谢谢你出现在我的生命中，我会在天堂祝福你……

看着手机屏幕上的这些文字，融子兮又流下眼泪。此时，她心里除了死，根本没有其他念头。

融子兮打开手机上的电子邮箱，把信复制到邮箱里，将给爸爸的信设成了“定时发送”，又给郎泽轩发了一份。信发出后，融子兮觉得应该给融佳琪也写一封信。

于是又给融佳琪写信。写着写着，何苗打电话来，融子兮犹豫了一下，还是接过了电话。

“组长，你怎么还没来公司？戏服赶制完了吗？给影视公司那边送过去了吗？”何苗在电话里问。

融子兮深吸一口气说:“哦，已经送去了，放心吧，没事了。”

“那就好，对了，陈经理也听说了这件事，让你回来的时候去一趟他的办公室。”

“嗯，好，我知道了，我回来就去找他。就这样吧，等我回来再说。”

“那好，再见。”

挂了电话，融子兮站起来，再次看了一下脚下的陌生的城市，翻过护栏，站到楼顶边缘。这里十分危险，只需要朝前跨一步，就能轻易结束自己的生命。融子兮靠在防护栏上，她想再听听郎泽轩的声音，想跟他说几句话，发生了这么大的事，还没有跟他说，自己就这么死了，他会难过吗？会哭吗？融子兮想着，悲伤地哭了起来，哭声在楼顶响起，随风飘向空中。

或许是心里还有很多遗憾，所以此刻在死亡的边缘徘徊，融子兮并没有迅速跨出那一步。幸运的是，她的行为早已被人发现，而且已经拨打了110。

融子兮还在楼顶犹豫不决时，身后突然来了一男一女两名警察。当听到一声温柔的“小妹妹”时，融子兮吓了一跳，转头一看，顿时惊呆了。两名警察也没有接近她，而是开始试图开导和劝说她。

融子兮知道他们是想劝自己放弃跳楼的念头，可也知道如果自己不死的话会面对什么样的难题。她绝望地说:“两位警察,谢谢你们的好意,我是成年人，我知道自己在做什么，你们不要管我了，你们走吧……”

两名警察又继续劝说，让她不要把死当作唯一解决问题的方法，好好想想父母和自己爱的人，如果她死了，他们该多痛苦。

那位女警察提出，让融子兮给自己最爱的人打个电话，不要让他连她最后的声音都没听到，那样对所爱的人是非常残忍的。融子兮立即想到郎泽轩，居然鬼使神差地同意了她的说法。摸出手机，擦了擦眼泪，准备拨打郎泽轩的手机。然而就在她迫切地盼着郎泽轩的声音响起时，突然蹿出一位消防员，一下子箍住融子兮就把她拉了进来,然后三人立即将她制住,强行将她带离了楼顶。

“喂，怎么不说话？”郎泽轩没听到声音，在电话里纳闷地问。

“你好，我是人民警察，刚才拨打你电话的机主打算跳楼，现在已经被我们救下，请你立即来一趟人民南路的派出所。”警察对郎泽轩说。

拿着手机的郎泽轩简直惊呆了，可立即说:“好，我马上来，谢谢你们。”

挂了电话，立即去请了假，然后去车库取车，赶去派出所。

第六章

危险关系

车子里，郎泽轩还是想不通:融子兮为什么要跳楼？她不是只说最近要加班吗？这么短短几天时间出了什么大事？会不会是搞错了，有人捡到融子兮的手机去跳楼，然后被警察救下了？

总之，郎泽轩是怎么都不愿意相信融子兮要跳楼，可眼下也只有赶紧去派出所，一路加快车速。然而，当他说明来意，民警带他去见融子兮时，郎泽轩简直不敢相信自己的眼睛。

“她情绪还是比较稳定的，只是不说因为什么事情想不开，你跟她沟通一下吧，注意语气啊。”民警跟郎泽轩说。

郎泽轩点头:“好，谢谢警察同志，我来跟她说吧。”

待警察出去，郎泽轩看向坐在凳子上低着头的融子兮，深吸了一口气，关切地问:“接到警察电话的时候，我还想他们肯定是弄错了，却没想到……为什么要这么做？”

融子兮内疚地抬头看向他，看到郎泽轩冰冷严肃的脸庞，垂下眼，咬咬嘴唇说:“就是我接的那个单子，把货送过去的时候发现有三箱衣服都被浓硫酸腐蚀了，然后我到服装厂请他们帮忙赶制，我也守在服装厂一天一夜没睡觉，终于今天早上把衣服送过去了。可是王导说我违反了合同，导致剧组停机两天，要我赔偿五百万元。可我根本拿不出这么多钱，我也不想连累爸爸妈妈，就想……”

“你死了问题就解决了？这就是你作为一个成年人唯一能想到的办法吗？融子兮，你真是太让我失望了！”郎泽轩突然大声喝道。

融子兮看向他，她第一次见郎泽轩如此愤怒，站起来流着泪说:“泽轩……”

“你别叫我！你打算跳楼的时候，怎么没想到我呢？你想一步跳下去的时候没有想过我吗？我连你出了什么事都不知道，然后就有人跟我说你已经跳楼自杀了。融子兮，你到底有没有把我当你的男朋友？有没有把我当作你想共度一生的人？”郎泽轩克制不住自己的愤怒了。

融子兮忙说：“我有，我当然，除了爸爸妈妈，我最爱的就是你……”

“我不想听这种话，既然爱我，那你为什么不想想你死了我怎么办？如果你所谓的爱我就是这样的爱，对不起，我不需要。我不需要你这样为我着想，发生了什么事都不告诉我，不听听我的建议，就自顾自地去死。融子兮，你为什么要这样？”

看到郎泽轩气成这样，融子兮简直六神无主，赶紧走上前说：“泽轩，你听我说，我知道错了，是我做得不对，你不要生气了，不要生气了好吗？”

“我不是生你的气，我是生我自己的气，我为什么连我女朋友要去死了都不知道？我为什么连她发生了这么大的事都不知道？要不是警察通知我，我根本什么都不知道，我们就是这样的恋人吗？”郎泽轩眼眶红红地说。

融子兮害怕地抓住他的双臂，哭求道：“泽轩，你别这样，都是我的错，全部都是我的错，你不要责怪自己，这件事都是我不对，你别这样，都怪我，全部都怪我……”

此时郎泽轩的脑中的确出现了“分手吧”三个字，甚至马上就要脱口而出了。可融子兮的哭声又把他唤醒了，她已经痛苦到想去自杀了，自己再提出要跟她分手的话，那岂不是逼她去死。

郎泽轩深吸一口气，控制住自己的情绪，说实话，他对融子兮的做法真的很生气。他的前女友就曾这样做过。郎泽轩的前女友安欣是个很有气质、很有灵性的女孩子，大家认识没多久郎泽轩就被她吸引了，后来自然而然地走到一起，还一起去过很多地方旅游。这事郎家人都知道，也都默认了安欣是未来的郎家媳妇。

可有一天，安欣忽然失踪了，郎泽轩到处找她，却只收到一封她的电子邮件。她在邮件里说，她患了癌症，不能陪他走下去了，所以选择默默离开，决定在有限的生命中去环游世界，或许某一天就会突然离开这个世界，但请他永远记得她最美好的样子。此生不见。

这件事对郎泽轩的打击很大，遇见融子兮前的八年里，他都没有跟异性交往过，全身心地投入学医中。性格也变得越来越沉默寡言，冷静犀利，直到遇见融子兮，才真正走出那个阴影。却没想到，融子兮竟然也要默默离开！所以郎泽轩刚刚才气成那样，连他都不知道自己遇到的女孩子为什么不愿意跟自己沟通,一起想办法。为什么她们总是觉得自己一走了之才是对对方最好的交代?郎泽轩真的不赞同并且很讨厌对方这样做。

沉默了好一阵，郎泽轩才平静下来，说:“走吧，去谢谢警察，然后跟我一起回去。”

融子兮看向一脸冷峻的郎泽轩，心里担心不已。或许，死跟郎泽轩生气比起来，她更怕后者。郎泽轩说完转身就走，根本没看她一眼，融子兮只有跟着他出了门。出门后，再次谢过警察。

坐上车，融子兮又朝他看去，看到他依然冷漠不语，心里既内疚又难过。郎泽轩沉默了一会儿，启动车子，融子兮一点声音也不敢发出。

过了一会儿，郎泽轩的手机响了，方静璇说下午的手术已经安排好了，问他什么时候回来，是不是出了什么事，需不需要做其他准备。

“不必了，我很快就回来。”郎泽轩语气平静地说。

挂了电话，他把车子开到路边停下说:“你这件事情，我还是让立轩帮你想想办法吧，毕竟我的能力有限，想帮你也无能为力。”说着就自顾自地拨打郎立轩的电话。

融子兮看着他突然变得陌生的样子，简直都要哭了，可事情确实是自己做得不对，她也没有脸求他给自己好脸色。

电话一开始没有接通，郎泽轩又继续打。看到他快要发火的样子，融子兮只有拿出手机，拨打手机上存的那个号码，很快就接通了。

“子兮吗，找我有什么事吗？”郎立轩在电话里问。

融子兮也没有回，把电话给郎泽轩说:“通了。”

郎泽轩拿过手机:“立轩，是我，你二哥，有件事又要麻烦你了，事情是这样的……”郎泽轩把事情说了一遍，还说了融子兮打算去跳楼自杀结果被警察救下的事。

“什么？跳楼自杀？”郎立轩吓了一跳。

“这件事你看看能帮忙吗？”郎泽轩问道。

郎立轩说：“二哥你放心，这件事交给我吧。对了，她还在吗？你让她接下电话。”

“他想跟你说几句。”郎泽轩说完，把手机给了融子兮。

融子兮拿过手机，愧疚地说完：“立轩，我是融子兮。”

郎立轩一听她的声音，也忍不住发火道：“子兮，你怎么回事，就为了那点钱，你就要去跳楼自杀吗？你的命就值五百万元吗？遇到这样的事你为什么不打电话给我，我们不是朋友吗？你怎么这么傻，不是有我在吗？你遇到困难找我就行了啊，干吗要想不开……”

听到融子兮的哭声，郎立轩才停了下来，柔声说：“好了好了，你别哭了，刚才是我语气不太好。总之这件事你不要担心，都交给我，我会帮你解决的，好吗？”

“谢谢你立轩，每次都麻烦你，实在是很不好意思……”

“行了，这些话就先别说了，你现在在哪里？方便的话先见一面吧，你把情况仔细跟我说一下，我再让人去给你解决。”

“好，那……”融子兮看看还是一脸冰冷的郎泽轩，“要不你说你在哪里，我过去找你吧。”

“也好，我现在在公司，我给你地址，你过来吧。”郎立轩把地址报给她。

记下地址，挂了电话，融子兮看向郎泽轩说：“立轩让我去他公司一趟，把具体的情况跟他说一下，那我打车过去吧，你医院还有事我就不麻烦你了……”

“别总是觉得为别人着想就是对别人好！”郎立轩却突然打断她的话道，“地址是什么，我送你过去。”

融子兮知道郎泽轩这次是真的生气了，心里也很难受，只有老老实实地报出了地址。

车子启动，郎泽轩立即开往郎立轩的公司，一路上两人一句话都没说。

直到车子到达目的地停下，融子兮看看一言不发的郎泽轩，内疚地开口说：“今天的事都是我的错，不要生气了好吗？你下午还要做手术，不要因为我的事而影响了工作……”

“你连死都不怕，还怕影响我工作吗？”郎泽轩突然又说，也算是说出了心里话。

可这话对融子兮又是沉重一击，她内疚得又要哭了。

“好了，这里不能停太长时间车，你先去找立轩吧。”郎泽轩说。

融子兮没有办法，只有走下车。而她把门一关上，郎泽轩就发动车子离开了。看着他的车子走远，融子兮难过地转身朝写字楼走，还没到门口就接到郎立轩的电话，问她到哪里了，能不能找到，要不要来接她。

“不用了，我已经到大门口了。”融子兮说。

“那好,你在那等着,我派人下来接你,这里要刷卡才能进电梯。”郎立轩说。

挂了电话，融子兮在大厅里等着。过了片刻，下来一个男人，问过她后，带她一起上楼。

“董事长，人来了。”男子带她进门说。

“好，这里没你的事了，你出去吧。”郎立轩说。

男子恭敬地点头，出去把门关上。郎立轩立即起身走到融子兮面前，看着低着头的她，深吸了一口气才说:“你这个傻瓜，怎么会想到跳楼自杀呢？那种行为多傻……”

融子兮本来就因为郎泽轩生气，心里难过不已，听郎立轩也这么说，再也忍不住，哭了起来。

郎立轩一怔，听到她的哭声，心里忽然一软，赶忙伸手抱住她说:“对不起对不起，我不该再提这件事，别哭了……”

“立轩，我是不是真的做错了，你二哥好像很生气，我怎么办啊？”融子兮无助地靠在郎立轩怀里，犹如抓住救命稻草般边哭边问。

郎立轩抱着她，劝慰道:“没事的，二哥也是担心你才会生气。”然后又说：“哭吧，哭出来就好受了。”

融子兮狠狠地哭了一会儿，才反应过来，赶紧离开他的怀抱，尴尬地说:“对不起，我刚刚失控了……”

“没事。”郎立轩摸摸她的头，温柔地说，“里面有洗手间，你去洗把脸，我看你都快哭成泪人了。”

“谢谢你，立轩。”融子兮点点头，赶紧朝里面走去。

走进郎立轩的专用洗手间，融子兮看到镜子里的自己也是吓了一跳，嘀咕了一句“丑死了”。赶紧洗了把脸。洗完脸抹了一点保湿霜，把头发也整理了一下，融子兮才低着头出来。

郎立轩坐在沙发上玩手机，看到她出来，叫她在沙发上坐下。

融子兮走到他右手边的单人沙发坐下，脑中还是郎泽轩冷峻的脸，心里失落极了。

“心情好些了吗？”郎立轩先问道。

融子兮点点头:“好多了，麻烦你了立轩。”

“干吗跟我这么客气？看来你真没把我当朋友啊。”郎立轩说。

融子兮看向他，尴尬地说:“我哪里没把你当朋友，只是感觉我们身份差别太大了，我要说和你是朋友也太过高估自己了。”

郎立轩有点惊讶地看着她，他之前没意识到这个问题，反应过来，不禁笑笑说:“原来是这样啊，我还以为你们女孩子都想跟各方面都最优秀的男人交往。嗯，原来你还是个很传统的女孩子，可是，那你为什么又要跟二哥交往呢？他的家世……”他还是有点纳闷。

融子兮看看他:“我认识泽轩的时候，并不知道他的家庭背景，而且他提出跟我交往的时候也说自己只是一名普通医生，跟郎家并没有太大关系，但是即便如此，我跟他在一起的时候还是觉得很自卑。原本以为我再努力一些就能慢慢变成能配得上他的女孩子，可是没想到我居然做得这么糟糕，反而让他失望了。”

看她又低下头自责的样子，郎立轩笑笑说:“子兮，我有句心里话想跟你说。”

“嗯，你说吧，我听着。”融子兮还是低着头。

“我不知道其他男人是怎么想的，可就我来说，我并不赞成你刚才那些说法。如果我喜欢一个女孩子，我并不会过多地考虑她的家庭背景或者学历、工作，我喜欢她就是喜欢她的一切，她贫穷也好富贵也罢，她傻傻的也好笨笨的也罢，因为喜欢她，所以就连同她的一切都喜欢了。也因为喜欢她，所以她就是配得上我的人，她不需要刻意为我改变什么，她只要一心一意地喜欢我就够了。”

融子兮抬起头看向他:“你这番话让我有点惊讶，我还一直以为你是一个找女朋友有隐形标准的人。”

“哦？隐形标准？什么隐形标准？”

“比如，长相一定要好，身材一定要性感，社会地位一定不能低之类的。”

郎立轩笑着摇头:“看来你还真是一点都不了解我。唉，我还以为我们是彼此了解的朋友呢。”

融子兮惊讶地反问:“你了解我？”

“嗯，你是一个温柔善良、单纯执着的女孩子，不管是对喜欢的事，还是喜欢的人，都会坚持到底。我说的对吗？”

说到喜欢的人，融子兮又想起郎泽轩，点点头:“或许吧。”

“好了，闲聊到此结束，说说你公司的事情吧。”郎立轩说。

融子兮点点头，把事情的经过一一道来，主要就是从把衣服拿到影视公司突然发现被破坏了开始讲起。

郎立轩没有打断她，认真地听着她的描述，当听到她万念俱灰，想一死了之时，才忍不住说:“简直是个傻瓜，你怎么能这么想，你要是死了……”我会多难过。

融子兮现在也觉得用自杀来解决问题真的是很懦弱的行为，低着头说:“这次确实是我做得不对。”

“好了，这件事就交给我吧，你不要担心，我一定会帮你处理好的。”郎立轩安慰她说。

“谢谢你，立轩，每次都麻烦你，我都不知道怎么感谢你才好了。还有，你一定如实跟我说花了多少钱，我一定会想办法还给你的。”融子兮认真地看着他说。

郎立轩点点头，心道，你欠着我就好。

聊完后快到中午了，郎立轩留她一块儿吃午饭。融子兮没心情出去吃，郎立轩就叫人把饭菜送到办公室里，两人一起吃了午饭。午饭后郎立轩让她在办公室休息一会儿，融子兮推辞说要去公司一趟，起身离开了。

走出写字楼，融子兮沿着街边漫无目的地走着。此时阳光正好，看着热闹的大街，忽然发现活着真的很好。不禁又想起郎泽轩的话，尤其是那句“融子兮，你真是太让我失望了”，痛苦不已。明明就已经做错了事，没有承担和解决的勇气，只想着用结束自己的生命来逃避一切。这对于爱自己的人根本就是不负责,也难怪郎泽轩会那么生气。别说是他,就连郎立轩都骂了自己几次傻瓜。

这时才想起给爸爸妈妈定时发的那封邮件，赶紧拿出手机点进邮箱，点击“删除邮件”，顺利删除了邮件，融子兮也松了一口气。

退出邮箱后，特别想给郎泽轩打个电话，可又怕影响他下午做手术，犹豫了一阵还是决定暂时不打了，下午下班再去跟他认错。

走了一段路，又想到郎泽轩说的不要以为总是替别人着想就是为别人好，还是拿出手机，编了条短信发过去:我从立轩的公司出来了，事情已经告诉了立轩，他说会帮忙解决的。这次的事是我错了，对不起。

消息发出，融子兮心里也踏实了一些，把手机放进包里，伸手拦了一辆车赶回公司。到达公司，融子兮已经调整好了心情和表情。

乔歆忆故意观察了一下她的表情，看她若无其事样子，心道，难道这么容易就解决了?

融子兮跟何苗和肖雯说了几句话，就去了总经理办公室。

杜嫦曦走后，公司由陈经理管理，他显然已经知道了事情的经过，再次向融子兮确认。

“陈经理放心，戏服已经在最短的时间内赶制给影视公司了，至于影视公司会不会要求赔偿，赔偿多少，这个之后再仔细跟他们确认。如果真的涉及赔偿金额，我会一力承担的。”融子兮平静地说。

陈经理点点头:“承担责任是一回事，不过这件事太蹊跷了，我们公司以前还从来没发生过这种事，这件事是不是应该报警?”

“嗯,我跟陈经理想的一样,所以我已经报警了,这件事的性质非常恶劣,我觉得还是要查个水落石出才行。”融子兮说,她在出租车上也想到这个问题,中途去警察局报了案。

“好，那既然事情还没查出头绪，我就暂时不向杜总汇报，免得她操心，她是最反感公司出这种事情的，等查出是谁后我再告诉她吧。”

“好，一切听陈经理的安排。”

“嗯，没事了你去工作吧，这件事你也不要太焦虑，有什么事公司会出面处理的。”

“好，谢谢经理，那我出去了。”

走出门，融子兮感动不已，原本不敢面对的事，原来是可以努力解决的。发自肺腑地觉得自己想去自杀这件事做得很幼稚、很糟糕，应该被狠狠地骂。

回到办公室，融子兮理了一会儿头绪，思考为什么会出现这样的事。没过一会儿，警察来了，陈经理也跟着一起过来，开始进行调查取证。看到这阵仗，乔歆忆十分紧张，不过她还是谨记着厍丽丽的话，反正没人看见，只要死不承认就没事了。

下班后，融子兮去了郎泽轩的住处。心情忐忑地进了门，发现郎泽轩还没有回来，整理了一下客厅，又到书房，把书架也收拾了一下。从书房出来，融子兮发现郎泽轩还是没有回来。

“怎么回事呢？难道要加班吗？”融子兮自言自语地说，又坐在沙发上继续等他。忽然没事可做，不禁胡思乱想起来，想着他会不会是知道自己来，所以故意不回来的。这么想着，融子兮忍不住拿出手机拨打他的电话。紧张地听着手机里传来的“嘟嘟”声，已经想好开口要说什么了，可直到铃声结束也没有人接电话。

“难道还在做手术？”融子兮猜测道，也不敢再打他的电话了，老老实实地继续等着。又等了半个小时，再拨打他的电话，还是没人接。

“该不会出了什么事吧？”融子兮说着，再也坐不住，决定去医院找郎泽轩，这还是她与郎泽轩交往后第一次主动去医院找他。

上了出租车，融子兮又给郎泽轩发短信，跟他说自己正在来医院的途中，如果他看到了请回一个电话，麻烦他在医院等自己一会儿。消息发出，过了一阵还是没有回应，融子兮心里越来越焦急了。想着他该不会出了什么事吧，吓得六神无主，如此也想到郎泽轩听到自己出事后的心情，简直恨不得给自己一耳光，自己真的做了一件蠢事。

此时已是下班时间，妇科大楼一楼除了收费窗口还能看到医生外，其他窗口都已经关闭了。大厅里的人也不多，都在陆续往出走，融子兮才发现，自己连去哪找郎泽轩都不知道，再次拿出手机拨打他的电话，还是没有人接。融子兮决定每层楼挨着找、挨着问。

一连走了三层楼，问了两位护士，才明白过来，郎泽轩可能不在妇科大楼，而是在另一栋专门做手术的大楼，可具体在哪里做手术她们不知道了。想到自己当初是在五楼找他问诊，融子兮又走到五楼。

到了五楼一看，连大门都关了。心里忽然有个不好的预感，他或许是故意躲着不想见自己，一想到这个可能性，融子兮失落极了，她不要这样，不要这样就分开。

在楼道里站了一会儿，又走下楼，决定再去找找。她一路询问，总算问出了一点头绪，走到了做手术的第三大楼。融子兮见到穿白大褂的就去问是否知道郎泽轩在哪里。

终于，问到一位郎泽轩的同事，说郎泽轩正在七楼的手术室做手术。

“那我能去手术室外等他吗？”融子兮赶紧问。

“你没有卡进不去，这样吧，我带你去吧。”同事友好地说。

“好，谢谢你，太感谢了。”融子兮赶紧谢道。

“没关系，喝喜酒的时候记得叫我哦。”那人开玩笑说，带融子兮走了医生专门走的电梯，因为这部电梯要有医生的工作卡才能进，所以他说融子兮进不来。

“郎医生这台手术比较棘手，是个卵巢癌晚期患者，本来科室讨论后决定放弃手术的，可病人和家属坚决要做手术，而且求郎医生亲自主刀，科室又讨论过后，确定了手术方案，郎医生主刀。”同事介绍说。

“原来是这样。”融子兮说，还以为他故意不接自己的电话，想到自己居然这么小人之心，融子兮不禁内疚起来。

电梯门打开，同事又说：“你是到办公室里等他，还是到手术室门口？他这台手术做的时间比较长，已经做了五个多小时了，可能很快也要出来了……”

“我就到手术室门口等他吧。”融子兮说。

“那好吧，那我带你过去。”

“谢谢你。”

“没事。”

于是融子兮又跟着这位热心的同事一起来到手术室门口。

“你在椅子上坐着等吧。”同事好心地建议。

“好，谢谢。我自己等着就行，你快回去吧，耽误了你这么长时间真的太麻烦你了。”融子兮内疚地说。

“好，那我先走了，再见。”

“再见。”

目送这位好心的同事离开，融子兮又看向走廊尽头亮着灯的手术室，想到刚才那位同事说手术已经进行了五个多小时。所以说，郎泽轩已经站了这么久了？而且这么长的时间里他还要全神贯注地做手术。

原来他的工作这么辛苦，可之前从来没有听他抱怨过一句，不仅如此他还每天下班后都在继续钻研医书。是啊，他在用生命救人，而自己却一时想不开就要放弃自己的生命，身为医生的他怎么能不生气，怎么能不鄙视这种行为？

融子兮靠在墙上，懊悔地想着：到底要怎么做他才会原谅自己呢？时间在不知不觉中流淌，似乎连手术室外的家属都已经等不及了。融子兮回过神看看时间，竟然已经快晚上九点了，而自己刚才到达这里的时候还没到八点，也就是说，手术已经进行了六个多小时了。

六个多小时全神贯注地做手术，要承受多大的身体和精神压力？融子兮看着手术室，在心里默默祈祷，祈祷手术一定要成功。

又过了一会儿，手术室的门终于传出了响动，病人家属也赶紧跑过去。门打开，奋斗了六个多小时的医生们终于走了出来。

“医生，我妈妈怎么样了？”年轻女孩急切地问郎泽轩。

郎泽轩身旁的方静璇开口道：“郎医生已经尽了全力，身体里的肿瘤已经全部切除了，可是由于病人身体实在太过虚弱，无法承受这么大规模的手术，还是去世了。”

女孩捂着脸，立即压抑着声音哭了起来。

“对不起。”郎泽轩躬身道歉。

“郎医生，别这样。”方静璇和身后的助理忙拉住他说。

“郎医生，我们不怪你，你也尽力了。”病人丈夫哽咽着说，他身旁的家属也跟着抹眼泪。

看着这一幕，融子兮的眼泪也在眼眶里打转，这时候她才真正认识到自己早上的行为多幼稚。为了挽救一个生命，这么多医生，这么多病人家属，努力着，期盼着，而自己呢，居然轻易地就决定要放弃自己的生命，实在是愚蠢。

医生跟病人交流完后，也都走了过来，这时微微低着头的郎泽轩才发现了融子兮，愣了一下。

“泽轩。”融子兮愧疚地喊道。

郎泽轩深吸了一口气才说:“我先去换衣服。”说着又径直往前走，他旁边的方静璇瞪了融子兮一眼,对她的出现十分不满意,融子兮赶紧跟在他们身后。走到更衣室，融子兮在门口等着。等了几分钟，郎泽轩终于从里面出来。

“泽轩。”融子兮又喊道。

“先下楼再说吧。”郎泽轩说，却没有看她一眼。

跟着他一起走向电梯,按了电梯后,陆续有几人走过来,其中也有方静璇。

“郎医生，你还没有吃饭，要不一起去吃饭吧？”方静璇问道。

“璇姐你这话就不对了，你这样不是破坏郎医生的二人世界吗？”另外一名医生看了融子兮一眼，笑着说。

“我回去吃，你们也早点回去吧，今天辛苦大家了。”郎泽轩说。

方静璇尴尬地点点头，瞥了融子兮一眼，目光很不友善。

电梯到达一楼，方静璇一行人先出来，然后是郎泽轩，最后才是融子兮。郎泽轩径直朝大门走，融子兮跟在他身后也没有说话。走进医院车库，融子兮也跟着他走进去。车库里，郎泽轩找到自己的车子进去，融子兮又赶紧跟着上去坐到副驾驶上。

车子启动，郎泽轩驾驶着车子一句话也没说，连眼睛都没有斜视一下，专注而冷漠，融子兮几次看他，想说话又不敢开口。

犹豫了好一阵，才开口说:“我也没吃饭，要不，我们先去吃饭吧。”

“我没什么胃口，回去吃点速食吧。”郎泽轩说。

融子兮看着他冷峻的侧脸，不敢再说话了。

“我先送你回家去，我今晚想一个人静一静。”郎泽轩又说。

没想到他会这么说，融子兮痛苦不已，犹豫了一下，说:“能把车停一停，听我说几句话吗？”

“算了，什么都不要说了，今天发生的事太多了，我现在什么都不想听，明天再说吧。”

融子兮无奈地点点头:“那好吧，我不说了。”

两人又沉默了，车子行驶了一阵，到达融子兮住的小区门口。

融子兮再次看向郎泽轩，看着他冷峻的侧脸，懊悔像潮水般铺天盖地地涌来。

“泽轩，不要再生我的气了好吗？我已经知道错了，我真的已经知道错了。”融子兮求道。

“回去吧，别乱想了。”郎泽轩并不看她。

融子兮无奈地点点头：“好，我回去，你好好开车，回去吃了饭好好休息，我明天再去找你。”说罢打开车门，下了车。

她将车门关上后，郎泽轩就发动车子走了。看着车子迅速融入夜色中，融子兮的心跌入谷底。

回到家，融子兮冲了一碗牛奶燕麦粥，将就着吃了，然后洗了澡回屋里。

融子兮躺在床上，想着这一天发生的事，既痛苦又自责，唯有祈祷郎泽轩能原谅自己。她在床上翻来覆去，直到半夜才睡着。

第二天，融子兮到公司后依旧若无其事地工作，影视公司那边也没有打电话要求赔偿。上午十点，警察打来电话，让她们组的人下午全部去警察局做笔录。

下午，融子兮和四名组员一起去了警察局，警察挨个问她们的话。大家都很镇定地交代了自从货拿回来后自己在公司的行为，乔歆忆仗着自己做事情既隐秘又迅速，表现得也十分镇定，回答基本没有破绽。主要是因为她平时一点都没有表现出对融子兮的不满，所以连融子兮都没有怀疑到她身上，不然有了她提示，又有警察反复询问，乔歆忆可能会穿帮的。从警局回到公司，没多一会儿就到了下班时间。走出公司，融子兮又拨打郎泽轩的电话。

“我今晚要去爸爸妈妈那里一趟，改天吧。”郎泽轩竟然说。

融子兮原本抱了很大的希望，又落空了，只有无奈地说：“那好吧，我明天再去。”

挂了电话，融子兮叹了一口气，既失落又担忧，难道他真的不会原谅自己了？

郎立轩出面后，事情已经有了很快的进展。那个王姓副导演听说自己得罪了郎立轩后，吓了一大跳，找了好些关系才联系上郎立轩，一个劲地说好话。

“哦，原来是王导弄错了啊……”郎立轩故意说道。此时他正坐在办公室的办公椅上，拿着手机漫不经心地与王导通话。

“是是是，是我弄错了，真的不好意思，实在不知道那是立少的朋友，多有得罪，实在对不住，对不住。”王导不断讨好，郎立轩隔着电话几乎都可以看到他点头哈腰的样子。

王导当然知道惹不起郎立轩，所以在听说郎立轩为了融子兮的事查自己的时候，想赶紧主动道歉。更有人说，融子兮是郎立轩的女朋友，因为那天融子兮在郎立轩办公室待了很长时间。王导想起前段时间的娱乐新闻，当时网上传得沸沸扬扬，说融子兮是郎皓轩的女朋友，可后来郎皓轩立即否认，然后那么大的新闻也被撤了下来。

难道融子兮根本不是郎皓轩的女朋友，而是郎立轩的女朋友？是啊，除了他还有谁能把闹得那么大的事马上压下来。所以王导赶紧给郎立轩打电话道歉。

“那这么说是误会一场了？”郎立轩反问。

“对！误会，是个误会。”王导赶紧附和道。

“哦，那就是说整件事都是误会一场，所以服装公司那边的报酬也是会如期如数给的吧。”

“那是自然，我们很快就会按合同付款的，请立少放心。”

“嗯，可我还是对这件事有点好奇，还请王导如实告诉我，到底是谁让你故意为难我朋友的？按理，王导跟我朋友并不熟悉，也不必非要插手这批服装的事，可为什么会去恐吓一个小员工呢？王导是不是可以如实说一说，满足一下我的好奇心呢？”郎立轩继续问道。在融子兮说出事情后，他就猜到肯定是有人在背后故意整她。如果不揪出这个人来，以后他肯定还会搞事，唯一的方法就是从根本上解决问题。

王导在电话那头流汗，他当然知道郎立轩做事的方式，吸了一口凉气说：“立少实在是英明，没错，是一个叫厍丽丽的女人让我这么做的，说是融小姐之前得罪了她，让我帮忙教训一下融小姐，我跟她之前有点交情，所以就……”

“好，我明白了。既然误会解除了，那我也不耽误王导拍戏了，再见。”

“立少，再见。”

挂了电话，郎立轩想了想，把之前给融子兮带过路的年轻男人叫进门，让他去查一下这个叫厍丽丽的女人。待他走后，又拿起手机笑笑，在电话簿里找到融子兮的名字按下了通话。

融子兮正在电脑前工作，手机忽然响了，一看是郎立轩，赶紧接过电话。

“在上班吗？”郎立轩先说。

融子兮小声说：“是，正在上班。”

“那我就长话短说吧，你那件事情基本已经解决了，如果你想知道具体过程和情况的话，晚上一起吃饭再详聊吧。”

一听事情基本解决了，融子兮如释重负，立即答应了他。

“那下班后我开车来接你？”

“不用了，下班高峰期路上比较堵，还是你说个地点我来找你吧。”

“那好吧，你来我别墅，我让许姐多做几个菜，你也好久没来过我家了，郎小二都想你了。”郎立轩居然说。

融子兮立即被他逗笑了，只有说：“好，我也想郎小二了，我下班就过去。”

“那下午见。”

“好，再见。”融子兮说，挂了电话，长长地舒了一口气，这件事终于解决了，实在是太好了，她拿手机编辑了一条短信：泽轩，告诉你一个好消息。刚刚立轩给我打电话，说事情已经解决了，不过我还不清楚他是怎么解决问题的，所以下午下班后我去他那边见他，了解一下具体的情况，晚点再去找你好吗？

下午快下班时，郎泽轩才看到这条短信。微微吐了一口气，然后回短信：事情解决了就好，好好感谢立轩吧。最近我想一个人静一静，你暂时不要来找我。

出租车里，原本高高兴兴地去见郎立轩的融子兮，听到消息声，拿起手机一看，顿时呆住了。视线落在“你暂时不要来找我”这句话上，感觉像被人突然推进了河里一样，既慌乱又无助。

融子兮简直快哭了，马上又回短信说：泽轩，你还在生我的气吗？我已经知道错了，原谅我好吗？

刚要发出，可又没有按下去。她突然想起当时邢五洲提出分手的时候，自己也曾这样哀求过。心里又有个声音：不能这样做，既然他已经说了想静一静，那就该尊重他的选择，融子兮，理智一点，清醒一点。于是又把信息一个字一个字地删掉了。

坐在车里，融子兮想着郎泽轩的脸，心一阵一阵地抽痛。握紧手机，融子兮不断安慰自己:不会的，一定不会的，他一定不会就这样放弃的……

车子到了别墅门口，融子兮走下车。郎立轩正在院子里和金毛郎小二玩，看到她进来,立即示意郎小二去接她。郎小二十分有灵性,果然朝融子兮奔去。

融子兮看到它，悲伤的情绪忽然褪去，高兴地抱住了性情温顺的郎小二。

郎立轩走过来:“你看我就说郎小二很想你吧。”

融子兮看向他:“立轩。”

郎立轩看着她:“还要等一会儿才开饭，我们就先在这里陪郎小二玩一会儿吧。”

“好。”融子兮点点头，觉得自己确实也需要转移一下注意力了，努力笑了笑。

两人在草坪上陪郎小二玩，郎立轩给郎小二买了新玩具，用遥控飞机吊着一个绿色的小球逗它，郎小二不断追着小球跑，两人被逗得哈哈大笑。一个没注意，郎小二忽然逮住小球，连同飞机也给扯了下来，两人吓得叫起来，赶紧过去解救飞机。直到李姐过来通知可以吃饭了，两人才摸摸郎小二的头，转身离开，去洗手吃饭。

洗了手来到餐厅，许姐和李姐已经把桌子摆好了。看到只有两副碗筷，融子兮随口道:“李姐你们不过来一起吃吗？”

“不了子兮，我们还要给小郑端饭过去，你陪立少吃吧，别管我们，好久没看立少这么高兴了。”李姐说着，看向郎立轩偷笑，转身去厨房了。郎立轩对融子兮的心思连她都看出来了。

融子兮也没想太多，坐下跟郎立轩一起吃饭。

“其实我一直觉得家里的饭才是最香的，可我家里长期只有我一个人，再好吃的东西都变得索然无味了。”郎立轩说。

融子兮看向他笑笑:“那你以后结婚有孩子了，就经常在家陪他们吃饭吧，我想那样他们肯定也很高兴。”

“这听起来像是一件很遥远的事。”

“哦？立轩你打算什么时候结婚呢？你是想早点还是晚点呢？”融子兮随口问道。

郎立轩看着她笑笑:“这个我无所谓啊，如果我喜欢的人想跟我结婚，那我随时都可以。可如果一直没有合适的，那就不结了。”

融子兮也笑笑:“那倒是。不过，只要你想结婚，不知道有多少女孩子愿意排着队等着呢。”

郎立轩忽然想问:你也愿意吗？笑笑还是忍住了，时机还没到。

说到这里，融子兮提起了这次来的目的，问他事情是怎么解决的，花了多少钱，那个王导最后的决定是什么。

郎立轩点点头，接着说:“事情比我想得还容易。我本来是打电话给他们公司的老板，想问他到底是怎么回事，结果他说不太清楚，让人帮我问问那个王导。今天早上那个王导给我打电话，一个劲儿地说是误会一场，既然他说是误会那就是误会呗，然后我又问他之后的钱款是不是如期如数给你们，他说是，事情就这么解决了。”

融子兮惊讶地看着他:“就这样解决了？他不是说耽误了两天拍摄，损失了五百万元，要我赔吗？”

“这种话你也相信？”郎立轩反问，“他是故意恐吓你的。他说赔多少就赔多少吗？再说了，就算真给剧组造成了损失，那也要走法律程序，最后才能决定到底应该赔多少、该谁承担责任。所以你啊，还是社会经验太少了，太单纯了，才会被他吓到，以后遇到这种事情千万别怕，尽管给我打电话就行了。”

融子兮感激地看着他:“谢谢你，立轩，要是没有你，我都不敢想事情会变成什么样。”

“是不是在想要怎么报答我才好？”郎立轩故意说。

融子兮惊讶:“你怎么知道？既然你都猜到了，你能跟我说说你要我怎么报答你吗？”

“让我想想。”郎立轩做沉思状，想了想看向她，“想到一个。”

“那好，你快说说，我一定尽我所能办到。”融子兮赶紧说。

“你应该能办到。”

“那好，你快说吧。”

郎立轩笑笑:“我好久没出去旅游了，一起出去旅游怎么样？对了，我公司有一支广告要去马尔代夫取景，你不是也想去那边吗？这次我们一起去怎么样？你也可以借此机会散散心。”

"好倒是好，可我要上班，没时间啊。"融子兮为难地说。

"只要你愿意去就有时间,你们公司的老板叫杜嫦曦对吧,我跟她是朋友，只要我跟她说一声，马上就可以给你批假。"郎立轩说。

融子兮为难:"这样不太好吧。我是说，这样会不会让杜总为难？而且，我走了，我们组怎么办？"

郎立轩点点头:"好吧，其实我还有一件事情想跟你商量。我准备收购一家服装设计公司，收购后我想请你入股，我出资，你出才华，然后我们各占一半股份，你觉得怎么样？"

融子兮震惊地看着他:"立轩，你在说笑吗？你这么看得起我？"

郎立轩点头笑:"对，我对你有信心。我记得之前你做我穿衣顾问的时候，在你的指导下,没几天我就被时尚圈盯上了,那时候我就对你的才华十分欣赏。后来看了你设计的戏服，我相信你是有实力的，只是缺少展示才华的空间和机会，正好我也有这方面的兴趣，为什么我们不合作呢？"

"可是我根本没有管理一个公司的能力，我还有很多事情都不清楚，搞砸了怎么办？"

"你就对自己这么没信心？你不是说想努力变成配得上二哥的女孩子吗？现在这么好的机会摆在你面前，难道你要退缩？"

"我不是退缩，我就是……我能仔细考虑一下再答复你吗？"

"好啊，你考虑吧，考虑好了再给我答案。对了，还有去马尔代夫的事，也一并考虑吧，我都迫不及待地想去潜水看珊瑚了。"

融子兮看着他说得云淡风轻的样子，第一次觉得有些怪怪的，可又没想明白是哪里不对。比如，为什么他也想去马尔代夫呢？他为什么突然要收购服装公司，还让自己加盟呢？

不管怎么说，融子兮都没想过郎立轩对自己有超越友情的想法。他从来就没有主动表现过什么，也没有暗示过什么，也一直强调彼此只是朋友。一定不会有什么问题，他应该只是对自己当初照顾他心存感激吧。

吃过晚饭，融子兮提出离开，郎立轩派了司机送她回去。

融子兮回到家，洗漱后，坐在床上，拿出手机看郎泽轩发的那条短信，心里既不安又无奈。即使心里很忐忑，融子兮还是忍住了，并且让自己尽量保持理智，既然他想一个人冷静一段时间，那就尊重他吧。如果他冷静后决定要分手，那也尊重他的选择。当然，如果这真的是他最终决定的话。

融子兮心里打定主意后，反而平静了下来。不过融子兮还是给郎泽轩发了一条短信:泽轩，我已经从立轩家回来，事情解决得比想象中更顺利，他打了几个电话事情就解决了，对此，我很感谢他也很感谢你，并且认识到我轻易就想放弃自己生命是愚蠢的。既然你想要冷静一段时间，那我之后就不打扰你了，请不用再担心我的事，照顾好自己。

仔细看了两遍后，融子兮才发出短信。发出后，等了一会儿没有得到郎泽轩的回复，融子兮自嘲地笑了笑，拉过被子睡觉。

三天后，杜嫦曦从巴黎回来，知道了这件事情，立即叫助理把融子兮叫进办公室。融子兮走进办公室，发现陈经理也在。

杜嫦曦没有拐弯抹角，直接说:“子兮，关于你小组那件事我已经听陈经理说了，你在第一时间让服装厂赶制了受损的服装，把双方的损失都降到最低，这个处理得很好。另外，你在第一时间报了警也处理得很好。所以这次事件，我不仅不会怪你，还会奖励你。”

“谢谢杜总。”融子兮赶紧说。

“但是同时，无论如何一定要查出这件事情的罪魁祸首，这次虽然没有给公司造成太大的损失，但事件性质相当恶劣。我之前还提醒过所有人，不准在背后耍这种手段，此人敢把我的话当耳旁风，那就是没把我杜嫦曦放在眼里。这个人如此大胆，我倒迫不及待地想认识认识她了。”杜嫦曦果决而幽默地说，融子兮觉得杜嫦曦是个非常有魄力和魅力的老板，心想，要是有一天自己也能像她一样就好了。

杜嫦曦又问她，觉得谁最有可能做这种事，融子兮摇头，说实在想不出谁会做这种事。

杜嫦曦笑笑说:“看来你以后一定要记住‘害人之心不可有，防人之心不可无’。”

“谢杜总教诲。”融子兮忙说。

这时杜嫦曦的手机忽然响了，她看向手机，微微愣了一下，接过电话。陈经理起身招呼融子兮随自己出门，出门的瞬间融子兮听见杜嫦曦说“咦，立少居然主动给我打电话，太阳打西边出来了吗？”心里一惊。

两人在门外等着，陈经理主动跟融子兮谈起小组里的四个人，帮她一起分析谁最有可能做这件事。过了一会，助理说杜嫦曦请融子兮进去，陈经理去做自己的事就行了。于是陈经理离开，融子兮又开门进去。

杜嫦曦笑盈盈地让融子兮坐下，笑着摇摇头说：“子兮，还真看不出来你跟郎家兄弟的交情那么深，之前皓轩介绍你过来，我以为只是因为你给他做过戏服，所以你们有一点交情。真想不到，连郎立轩也是你的朋友，刚刚就是他给我打电话，为了你来跟我谈条件呢。”

融子兮忙问：“杜总，立轩说什么了？”

“他说他已经查出这次是谁在背后捣鬼，也出面帮我平息了整件事，不过他不要我感谢他，只要我给你放一周假，不然他就要挖我墙脚了。”杜嫦曦笑着说。

融子兮尴尬：“立轩说笑的，之前我给他做过一段时间的穿衣顾问，所以跟他认识。这次出事后，影视公司那边一开始说要我赔偿五百万元，我实在没有办法，只有去请立轩帮忙……”

“子兮，你不必跟我解释这么多，你认识立少是一件好事，他肯帮你更是你的能耐，这足以证明你比其他人更胜一筹。立少刚才跟我说了，他已经查到，事件的始作俑者是聚星盛装的厍丽丽，帮凶是她的手下卢筱琳和我们这边的乔歆忆，至于怎么处理就交给我们。”

“什么？竟然是她们。”融子兮震惊，厍丽丽一直就恨自己，这也就罢了，可之前在公司的时候自己跟卢筱琳根本没什么交集。还有乔歆忆，平时对自己总是笑脸相迎的样子，没想到她竟然做出这种事。

“你打算怎么处理这件事？”杜嫦曦问道。

融子兮想了想，看向她：“我想既然之前我已经报了案，那还是交给警察，看警察怎么处理吧。”

杜嫦曦点点头：“好，那就按你说的办吧。对了，还有立少说的一周假期，我已经答应他了，那你就把工作的事情安排好后，自己调休吧。”

融子兮为难地说：“杜总，立轩他只是开玩笑的……”

“没关系啊，就算他是开玩笑，这个假期我也愿意给你批，你这次表现得很好，就当是给你的奖励吧。休假回来后好好工作就行。”

融子兮起身:“谢谢杜总。”

“不客气，跟警察联系的事情我会交给陈经理，你就不必担心了，先去工作吧。”

“好，杜总，那我出去了。”融子兮说完，离开了办公室。

回到小组办公室，四人都在悄悄观察她，好奇杜嫦曦叫她过去做什么。融子兮刻意看了一下乔歆忆，发现她依旧在假装友好，不禁暗暗叹气。想着以前只是在电视上看到这样两面三刀的人,没想到自己碰上了,还差点栽在她手里。假装什么都没有发生，融子兮回到自己的小隔间里，思考郎立轩提出的一周假期的事情，决定休个假，便开始安排接下来的工作。

第二天早上，警察来公司带走了乔歆忆。其余三人相互询问到底发生了什么事，为什么要单独带走乔歆忆。她们讨论了一阵，猜测事情是乔歆忆做的。

李茉莉和肖雯一个劲儿地给何苗递眼色，叫她进去问问融子兮。何苗犹豫了片刻，起身朝隔间走去，问融子兮是不是已经知道事情是乔歆忆做的。融子兮点点头，平静地说:“嗯，昨天杜总叫我去她办公室，就是说这件事。”

“还真是她啊，真想不到……”何苗震惊地挠头说。

在外面偷听的两个人也赶紧走进来，李茉莉主动交代说:“组长，还有件事我也要承认，之前乔歆忆跟我一起吃饭的时候说了不少组长的坏话，我当时也跟着她瞎起哄，不过后来我觉得她挺阴险的，也就没再跟她私下交往了。还请组长‘大人不计小人过’，原谅我一时口无遮拦好吗？”

融子兮看向她:“茉莉，你要是早点跟我说这些就好了，那也能帮警察早点破案了。”

李茉莉一脸愁苦:“我也没想到乔歆忆居然如此大胆，我以为有些话只是随口说说而已，她怎么还敢做这种事啊？这是犯法的，要坐牢的啊。组长，实在对不起，我再次跟你道歉了，你不要把我告到杜总那里好吗？”

“嗯，我不会跟杜总讲，不过以后你在工作上也要上点心。如果以后工作上你有什么做得不对的地方，我可是会直接指出。”融子兮趁机提醒她。

李茉莉赶紧说:“组长尽管指出，我一定改正，一定在工作上好好表现。”

看到她终于端正了工作态度，融子兮心里很高兴，又说:“既然这件事水落石出了，那晚上我请客，我们一起去吃饭庆祝一下吧。”

“好啊，这件事的确值得庆祝！”何苗兴奋地说。

肖雯立即笑她：“说到吃你最积极。”

“那当然，谁叫我是‘吃货’呢。”

大家说说笑笑，回到各自的座位上，继续工作。此时此刻，融子兮才终于找到了做组长的感觉，不禁高兴地笑了笑，决定晚上回去后在网上找一些管理方面的书籍，学一学管理方面的知识。

下班后，小组四人一起去吃饭，去的是何苗推荐的一家私房菜馆。只是走进这个装修别致的私房菜馆时，融子兮一下子想起了当初跟郎泽轩一起去类似的私房菜馆吃饭的事。

已经好几天了，郎泽轩还是没有一点消息。融子兮心里对他这种做法十分不理解。还记得当初他提出交往的时候，郑重地说过，如果发生什么事，希望彼此能够好好沟通解决，而不是用争吵和冷战的方式来解决问题。可现在，偏偏是他自己先选择了冷战的方式。这几天她也想了很多，她打算仔细考虑一下，跟他在一起是否真的合适。想到这里，自己都愣了一下，难道自己变了？

晚上回到家，融子兮在网上找了些管理方面的书，看了一会儿，又研究了一下马尔代夫的情况。不再去想郎泽轩的问题，心里反而好受多了。

与此同时，郎泽轩也在书房里看了一会儿书，思索起来。这几天一直没有跟融子兮联系，一来是因为工作上的事，二来也确实在仔细考虑彼此是否合适。想了几天，当初对她的愤怒基本消了，但心里还有一点顾虑，就是感觉融子兮虽然温柔善良，但实在是太不成熟、太不理智了。之前，她受库丽丽的挑唆自己，不确认事情真相就换了手机号。那次就跟她说过，以后发生什么事一定要跟自己商量。她也答应了，可这次，又是什么也不说，竟然还要去自杀。这件事让郎泽轩感到很失望。郎泽轩原本以为，她接下来会一个劲儿地道歉，缠着自己不肯放开，却没想到她在那晚发了一条短信后就真的没再联系了。如此一来，郎泽轩反而想起了融子兮，好奇她这几天是怎么过的。

五天后，融子兮终于安排好了工作，打电话给郎立轩。接到她的电话郎立轩很高兴，说马上就订票，第二天就可以出发。

回到家，融子兮收拾好了行李，犹豫着是否要跟郎泽轩说一声。想了一会儿，还是决定作罢，或许他根本不想知道，也不会在乎。

第二天一早，融子兮拖着行李箱赶到机场，等了一会儿，郎立轩也来了。

“看来你比我想去。”郎立轩开玩笑说。

融子兮看看他身后，只有三个人，纳闷地问:“咦，不是说要去拍广告吗?其他人还没来吗?”

郎立轩笑笑:“他们早已经去了，我可是为了等你，没有提前走。怎么样，听到这个消息感动吗?”

“感动，十分感动，谢谢立少为我延期。”融子兮笑着说。

两人在候机厅里聊了一会儿天，登机时间到了。大家一起上飞机。想到即将去自己一直梦寐以求的地方，融子兮十分兴奋。

“要不要合张影?”坐她旁边的郎立轩居然问。

融子兮看向他:“立少，不怕被你的‘粉丝’误会吗?”

“不怕啊，我又不靠人气吃饭。”

融子兮被他逗笑了，点点头，同意了拍合影。于是郎立轩拿起手机，让她凑过来,自己摆了几个酷酷的姿势,拍了好几张。然后两人又凑在一起看照片，争着要把没拍好的删掉。

飞机起飞前，郎立轩偷偷将合影发给了郎皓轩。

拍完一场戏，在太阳伞下休息的郎皓轩看到了郎立轩发来的消息。“不是吧!”郎皓轩叫起来，立即坐直了身体。待看清果然是融子兮的时候，郎皓轩撇撇嘴说:“还以为她跟别的女孩子不一样呢，还是拜倒在了郎立轩的铜臭下啊。”说完还是有点不甘心，又自言自语地说:“不对!郎立轩肯定是故意气我的，也就是说，他根本还没有搞定，要不然他也犯不着专门发给我。”郎皓轩得意一笑，认为自己很机智。

郎皓轩立即拨打融子兮的电话，想跟她证实一下，如果她说跟郎立轩没关系的话，那郎立轩这么做就是自己打自己的耳光。可惜融子兮关机了。

飞机上，郎立轩和融子兮小声聊天。郎立轩告诉融子兮，是王导跟他说了库丽丽的名字，他派人去调查库丽丽，结果查到她跟乔歆忆有接触，又查到乔歆忆的同学卢筱琳是库丽丽的手下，所以就断定三人都有嫌疑。

“你们后来怎么处理的?把人交给警察了吗?”郎立轩问。

融子兮点点头:“杜总和我都觉得把人交给警察比较好，因为我们之前已经报案了。第二天警察就带走了乔歆忆。后来才知道，一开始乔歆忆不承认，后来听说厍丽丽承认了她才坦白了。不过那件事没有造成重大损失，所以只对她进行了批评教育和让她道歉认错。她道歉的时候，杜总狠狠地骂了她，当场开除了她。”

“那你呢，你骂她了吗？”郎立轩问。

融子兮摇摇头:“我不知道怎么骂，只是叫她以后不要再做这种傻事了。罪魁祸首是厍丽丽，她只是受厍丽丽教唆罢了。”

“可如果她自己没有坏心眼儿的话，也不会被教唆啊。”郎立轩又说。

“话是这么说，可我还是觉得发生这样的事，我也是有责任的。比如，在把货拿到公司后，没有及时封存起来，所以她才能毫不费力地动了手脚，而且要不是我来公司的话,她也不会犯这种罪。况且杜总已经骂了她,又开除了她,我又何必在这个时候耍威风呢？”融子兮说。

郎立轩看着她:“你还是那么善良。对了，你要出来玩的事，二哥知道吗？他有没有说想跟你一块儿来？”

融子兮摇摇头:“自从那天我试图跳楼自杀后，你二哥就生了我的气，到现在还没有原谅我,也没有跟我联系。我觉得他可能想跟我分手。”又看向他,“立轩，如果我跟你二哥分手了，我们还是朋友吗？”

想不到还有这样的内情，郎立轩赶紧说:“那当然，我跟你做朋友又不仅仅是因为你和二哥的关系。”

融子兮笑着点点头:“那就好。”

看着她这个样子，郎立轩顿感这是天赐良机，趁机说:“二哥这个人向来说一不二, 凡是他决定了的事, 都很难更改。对了, 你知道他为什么会学医吗？”

“为什么？”融子兮纳闷地问。

“因为有个叫安欣的女孩子，二哥当年特别特别喜欢她，两人简直是郎情妾意，我们家的人都把安欣当成郎家媳妇儿了。可后来安欣居然患了癌症，她为了不让二哥伤心，自己悄悄走了。我想二哥是因为这个才坚决要学医的吧。因为这件事，姑妈一直很不高兴，连同安欣也恨上了。”郎立轩故意说起这些陈年往事说。

“原来是这样。”融子兮内心充满了挫败感，继续问，“那安欣是个什么样的女孩？跟我像吗？”

郎立轩摇摇头:“安欣跟你完全是两类人。安欣特别独立，特别理智，说话做事都很成熟稳重，所以对于当时我们这些小男生来说特别有吸引力，我当时也被她迷得神魂颠倒。不过后来渐渐发现，她不是我的‘菜’，干脆就成全二哥了。二哥是个非常理性的人，感觉他们两人在一起还是很合适的。第一次见到你的时候，我还有些纳闷，以为二哥是受了刺激，才喜欢你这样温柔单纯的女孩子。”

听到这话，融子兮一颗心仿佛缓缓沉入谷底。原来，自己从来就不是他喜欢的类型，难怪发生跳楼事件后，他像变了个人似的，态度转变那么大。是啊，自己那么幼稚的行为怎么会不让他失望呢？他那么理智、那么聪明的一个人，怎么能接受一个幼稚愚蠢的女孩子做女朋友呢？

郎立轩从她的表情看出她在想什么，故意说:“不过子兮你不必难过，也不是每个男人都跟二哥一样。比如，我就觉得你这样的女孩子挺好的，安欣那样的女孩子并不适合相处。”

“立轩，谢谢你安慰我。”融子兮小声说，她似乎连说话的力气都没有了。

看到她这样，郎立轩窃喜，想到这次郎泽轩终于输给自己了，心里更充满了成就感。

八个多小时后，飞机到达马尔代夫的马累机场。因为有三个小时的时差，此时正是马累的中午，气温宜人，空气清新，顿时让人精神一振。

郎立轩已经提前订好了酒店，于是大家一起乘车去酒店。到达酒店放好行礼后休息了一会儿，郎立轩过来叫融子兮去餐厅吃饭。

吃着饭，融子兮的手机竟然响了。

“三少爷？谁是三少爷？”郎立轩瞥到融子兮手机屏幕上的名字，纳闷地问。

融子兮尴尬地笑:“是皓轩。”

郎立轩立即翻了个白眼，一把拿过手机挂断说:“别理他，讨厌鬼一个，还浪费你的电话费。”

融子兮也笑起来:“我现在确实有点害怕跟皓轩联系，那次如果不是你帮忙，我都不知道该怎么办了。”

“所以，离他远点才是最好的办法。”郎立轩赶紧说，拿起自己的手机，“我给他拨过去问问他找你什么事吧，我话费多。”他当然是故意的。

电话很快接通，郎立轩得意地说：“郎皓轩，子兮让我问问你，你这么急着打她电话有什么事呢？”

郎皓轩一听顿时傻眼了，又问：“你跟她真在一起了？”

“对啊，我们正在吃饭，所以她不方便接你的电话。哦，对了，忘了跟你说，我们现在正在马尔代夫，如果你有什么事可以直接打我手机，就不要骚扰子兮了，国际漫游可是很贵的，子兮不想把钱浪费在你这种无聊的人身上，对吗？子兮？”

融子兮赶紧凑过去说：“皓轩，你别听立轩瞎说，根本没有的事。不过我们现在确实在马尔代夫，你有什么事就跟立轩说吧，他会转告我的。”

“听见了吗？郎皓轩。”郎立轩得意地说。

郎皓轩气得咬牙，愤愤地说：“你行，郎立轩，咱们走着瞧！”说完就挂了电话。

郎立轩隔着电话都能想得出郎皓轩的表情，得意极了，故意嘲笑道：“既幼稚又可笑，还是那么讨厌。”

融子兮不知道两人之间是怎么回事，不禁笑道：“其实每次听你们兄弟俩说话，我都忍不住想笑，感觉你们就像幼儿园的两个小朋友似的，特别可爱。”

郎立轩立即撒娇说：“你说我可爱就行了，不必把那个讨厌鬼带上。快吃吧，吃完我们一起出去走走，去逛逛。”

“好啊，正好坐了这么久飞机了，我正想出去走走。”融子兮说。

另一边，郎皓轩这次被郎立轩彻底打败，简直要气死了，一个人在房间里骂骂咧咧了一阵，又郁闷地走到客厅里，坐在沙发上抱着抱枕。事到如今，他实在不知道自己该怎么转败为胜了，生了一阵气，也不知道跟谁诉说郁闷的心情，想了想竟然拨通了郎泽轩的电话。

此时的郎泽轩刚下班，正开车回家。重新回归遇见融子兮之前的生活，郎泽轩渐渐地感觉有点不适应，开始想起融子兮的好。她不够理智成熟，那也是因为她太在乎自己的原因吧。手机响了，郎泽轩看到是郎皓轩来电，接过电话。

“皓轩，怎么突然给我打电话了，有什么事吗？”郎泽轩问。

“泽轩哥，你在干什么呢？下班了吗？”

郎泽轩回道:“嗯，刚下班。怎么了？”

“唉，也没什么事，白天在拍戏，现在没戏了，正在宾馆休息。”郎皓轩有点说不出口。

郎泽轩不知道跟他说什么，只有说:“哦，是这样啊。”

“泽轩哥，问你一件事，你还记得上次在郎立轩那里办家庭聚会的时候，有个年轻的女孩子在那里做服务员吗？你对那个女孩子有印象吗？”

他说的不就是融子兮嘛，郎泽轩点头:“嗯，有印象，怎么了？”

“哥，你有印象就好，我跟你说一个大秘密，郎立轩居然喜欢上了那个女孩子！现在他们俩正在马尔代夫旅游，我感觉郎立轩这次是要来真的了……”

“你说什么？”郎泽轩惊讶地打断他的话，差点忘了看路，干脆把车子先停到路边。

又接着问:“皓轩，你把话说清楚一点，你说的那个女孩子是不是叫融子兮？”

“对对对，泽轩哥，你也知道她的名字啊，你也发现了郎立轩喜欢她，对不对？”

“立轩喜欢融子兮？他们只是普通朋友吧。”

“才不是普通朋友！我早就发现郎立轩喜欢那个女孩子了，要不然我当时怎么会帮融子兮介绍工作，还帮她拉业务，我就是不想让她一直出现在郎立轩身边。那个花心大萝卜，今天喜欢这个，明天喜欢那个，融子兮那么单纯的女孩子，可不能被他毁了。唉，可惜我努力了那么久，谁会想到融子兮还是跟那些“拜金”的女孩子一样，拜倒在了郎立轩的铜臭下，真是太让我失望了。”郎立轩唉声叹气地说。

“等等，你这么说有什么依据吗？”

“当然有，他们两人一起去了马尔代夫，这还不足以证明吗？而且今天上午郎立轩还得意地给我发了一张他们的合影，刚才我给融子兮打电话，她居然没有接，然后郎立轩立即打电话过来，问我找融子兮有什么事，两人好开心的样子，融子兮还跟我说，有什么事直接跟郎立轩说就行了，郎立轩会转告她。

这还不能说明他们俩好上了吗？”郎皓轩郁闷地说。

这么听来，郎泽轩也纳闷了，主要是对融子兮去了马尔代夫很惊讶。

“皓轩，那我问你，你是什么时候开始发现立轩喜欢融子兮的？他自己承认过吗？”

“什么时候？对了，就是在他受伤的时候。我不是去看望他嘛，结果就碰到了照顾他的融子兮，当时融子兮说她是我的‘粉丝’，还问我知不知道哪里招聘戏服设计师。后来我帮她问到了，就去告诉她。结果郎立轩一听这事，立马就威胁我，让我不准安排融子兮马上去上班，从那时候我就知道他喜欢融子兮了。对了，还有后来，融子兮说感谢我给她介绍工作，要请我吃饭吗，郎立轩知道后，竟然脸皮厚地跟来了，而且还当着融子兮的面跟我过不去，后来又打电话警告我，叫我不准再接近融子兮。泽轩哥，你说郎立轩是不是很奇怪，他之前喜欢的根本就不是融子兮那种类型，怎么突然就变了呢？”

听着郎皓轩喋喋不休，郎泽轩也想起了之前的一些事情。比如，那天郎立轩听到融子兮企图跳楼自杀的时候，他当时特别担忧，而且跟自己说完还要求跟融子兮通话，后来又不遗余力地帮了融子兮。按理，他不该这么热心，就算他热心帮忙，事后也一定会趁机取笑自己一番。可从他答应帮忙开始，就再也没有打过一个电话过来，现在两人又一起去马尔代夫旅游了。

种种迹象表明，立轩确实对融子兮有意，应该是从融子兮照顾他受伤开始的。因为之后也听融子兮说过，他打电话约她去高尔夫俱乐部玩。

“泽轩哥，你认为呢？”郎皓轩又问。

郎泽轩这才开口说：“皓轩，一直没告诉你，其实融子兮是我女朋友。”

“啊？！”郎皓轩突然叫起来，“泽轩哥你不是在跟我开玩笑吧？”

“我没有开玩笑。当时她失业了，我正好也要出差，就让她去立轩那上班，做他的穿衣顾问，后来立轩受伤了，她又帮忙照顾。那天家庭聚会结束后，我也没有离开立轩家，那晚我和她都住在立轩那里，第二天才离开。”郎泽轩如实说。

郎皓轩纳闷地说：“可是不对啊，为什么融子兮和郎立轩都没有跟我说过这件事……”

“哦，那是因为我不想让你姑妈知道融子兮的存在，所以就只告诉了立轩，让他不要跟任何家人说。”

郎皓轩无奈地说:“泽轩哥，你真是……好吧，我暂且相信你，不过如果她真的是你女朋友，那你怎么会没有觉察出郎立轩的意图呢？他早就盯上融子兮了，你也太后知后觉了吧。不行，哥你赶紧去马尔代夫吧，郎立轩的手段我太了解了，他把融子兮带到那么远的地方，又是孤男寡女两个人，绝对会出事的。哥你要是再不管，等他们从马尔代夫回来，融子兮说不定就不是你女朋友了，到时候别怪我这个做弟弟的没提醒你啊！”

“好，我知道了，这件事我会处理的，先挂了。”

“哥你可千万要上心啊！可不能让郎立轩那个家伙得逞啊！”郎皓轩再三叮嘱。

“嗯，我知道了。”郎泽轩说，挂了电话。这才启动车子往家走，路上不断想起郎皓轩的话，心里久久不能平静。

回家进了门后，郎泽轩没有忙着换衣服，而是在沙发上坐下，拿出手机打开微信，而郎皓轩已经把那张合影发过来了。

照片上的两个人开心又亲密，背景很明显是在飞机里，郎泽轩只好相信郎皓轩说的确实是真的。又点进融子兮的微信，她果然发了一张在异国游玩的照片。郎泽轩扶额沉思，现在有两个问题:第一个问题是融子兮知道立轩喜欢她吗？第二个问题是，她为什么不告诉自己她要跟立轩去马尔代夫呢？

如果她知道立轩喜欢她，还跟他一起出去的话，那就说明她已经决定选立轩了。所以，如果她真的做出了这样的选择，如果真像皓轩所说的，她拜倒在了立轩的铜臭下，那自己对她也没什么可留恋的了。

可如果她并不知道立轩喜欢她的话，那她就是单纯地想跟立轩一起去旅游，也可能是立轩极力邀请她一起去，所以她就去了。至于她为什么没有跟自己说一声,那也有两个可能。一是因为自己说暂时不跟她联系,所以她坚守着。二是她并不是很在乎自己了，因此才觉得说不说都一样。

郎泽轩想起跟她在一起的场景,好像除了这次,跟她还没闹过任何不愉快，而且最重要的是，彼此没有吵过一次架。自己曾经说过，要找的另一半一定不能一遇到事情就吵架，其实她都做到了。之所以对她跳楼的事情生气，是觉得她不考虑自己的感受，是怕她离开自己，所以还是因为爱她。可现在出了立轩这个“劲敌”，他一次又一次地帮融子兮，她心里对他肯定十分感激。再加上自己的疏远，她确实很有可能选择立轩。

郎泽轩想了想，给融子兮发微信:今晚能来我这里吗?

等了一会儿，她没有回应，郎泽轩也没有再发，他在等融子兮的回复。如果她不承认自己跟立轩在一起,那就说明她的心已经变了;如果她坦率地承认,那就说明她并不知道立轩对她的感情。

大约一个小时后，融子兮和郎立轩逛累了，走进一个咖啡厅。融子兮拿出手机,打开微信,居然看到郎泽轩发的微信,心突然紧张地跳个不停,立即回复:对不起，我今天跟立轩来了马尔代夫旅游，因为你说想静一静，所以就没有告诉你。

一直在等手机消息的郎泽轩，看完松了一口气，回道:不上班吗?

融子兮立即回道:杜总给我批了一周的假，说让我散散心，立轩说他公司要在这里拍广告取景，所以就一起过来了。你还好吗?没什么事吧?

感受到她的心还在自己这里，郎泽轩安心了些，回道:没什么事，只是突然想你了。之前的事有点抱歉,我明明说过不用吵架和冷战的方式来解决问题,我却先犯规了。

看到这句话，融子兮的眼眶突然就红了，突然觉得好想他。

“怎么了?”郎立轩见融子兮神情异样，纳闷地问她。

融子兮赶紧深吸一口气，摇摇头:“没什么。”

“是给二哥发消息吗?”郎立轩立马就猜到了。

融子兮尴尬地点点头:“嗯，他总算跟我联系了。”

一听这话，郎立轩顿时明白，他哥这是知道女朋友跟自己出来旅游了啊。他怎么会知道呢?难道是因为看到融子兮发的朋友圈?

郎立轩没想明白是怎么回事,继续观察融子兮的表情。

融子兮回复道:我也有不对的地方，你是一个以挽救生命为职业的人，而我却那么轻易地就想放弃自己的生命，你会生气也不奇怪。你觉得我很愚蠢、很不理智，所以在考虑是不是要和我分手，是吗?

看到这条消息的郎泽轩愣了一下，回复道:嗯，是这样想过。你猜到后，也在考虑是否跟我分手吗?

融子兮回道:也不是，我只是想着如果你真要跟我分手，分手后我可不能再去跳楼了，那样会更让你看不起我，我还要更努力地生活才行。

郎泽轩微惊:这么轻易就决定放弃我了?

融子兮:我去找过你,试图跟你解释,也坚持当面跟你道歉,可你都不接受，我再继续纠缠的话，除了让自己显得卑微，让你更看不起外，还能有什么用?

郎泽轩惊讶:咦，我怎么觉得你像突然之间就成熟了?有点不像我认识的那个融子兮了，这次让我刮目相看了。这件事的处理方式是我错了。

融子兮:那你决定了吗?决定跟我分手，还是要继续冷静地想想?

郎泽轩:融子兮，你还爱我吗?

融子兮:为什么每次都问我爱不爱你,你就不能先表明一下自己的态度吗?好吧，这次我也先说吧，我爱你，我还爱你。

郎泽轩忽然发现她比之前成熟了很多，回道:那下次我先说，我也爱你。

看到这句话，融子兮如释重负，脸上的表情也瞬间轻松了，一直在观察她的郎立轩无奈地叹了一口气，纳闷地想着，为什么自己喜欢的女人总是这么容易就被二哥哄走了呢?安欣是，融子兮也是。他实在有点想不通。那还要不要表明自己的心意呢?郎立轩沉思着。

融子兮跟郎泽轩和好后，整个人都精神多了，笑容也浮现在脸上。

郎泽轩发现她并没意识到郎立轩对她的感情，便也没有戳破这层窗户纸，有的事情不说破反而更好些。无形之中，郎泽轩竟然有了危机感，连他自己都没有意识到。

第二天，融子兮和郎立轩一起去海边玩。

其实郎立轩所谓的公司拍广告取景原本就是个借口，只是为了带她过来一起玩罢了。郎立轩还安排了不少亲密的游玩项目，比如一起坐水上摩托。

双人水上摩托是很多情侣都喜欢玩的项目，因为水上摩托在水面行驶的速度非常快，所以身后的女孩必须紧紧抱住前面的男友才行。海风在耳边呼啸，兴奋的尖叫声和欢笑声回荡在海洋上空，是一种在陆地上根本不可能有的全新体验，是很多男人热衷的游玩项目。

“上来吧，这可是锻炼胆量的好机会哦。”郎立轩坐上车，拍拍后座，对融子兮说。

“我会不会被海风吹进海里啊？”融子兮有点担心。

“只要你抱紧我就不会。”郎立轩再次跟她说明。

“那好吧，我试试。”融子兮坐上车，立即就抱住了郎立轩的腰。

她确实完全没有意识到郎立轩对她的想法。

感受到她紧紧地抱着自己，郎立轩暗暗笑了笑，又嘱咐一块儿来的男助理说:“记得帮我们拍下来。”

“董事长放心，我已经在拍了。”男助理说。

“那我们跟他打声招呼吧。”郎立轩还对身后的融子兮说。

“好啊。”融子兮说，一起朝郎立轩的助理挥手，却忘了此时自己的一只手还搂着郎立轩。

“好了，抱紧我吧，马上出发了。”郎立轩说，待她抱紧后，立即启动车子，车子顿时像箭似的冲进了海洋中。

速度实在太快，融子兮吓得尖叫了起来。

郎立轩自然不是第一次玩这个，车技已经很娴熟，而且为了在喜欢的女孩子面前表现得更帅一些，还秀起了车技。摩托车开到水中央时忽然绕了个圈，顿时，一排浪花被高高掀起，从天而降般扑向他们，倾泻而下，如瀑布一般落在他们的身上。

“啊！”融子兮尖叫着，觉得特别刺激，特别有趣，同时也赶快抱紧郎立轩。

郎立轩感受到她的拥抱，暗中得意。怎么讨女孩子喜欢，他自然是最清楚不过，所以他还就不相信了，自己这回又争不过二哥。

在水面上痛快地玩了一场，两人终于回到岸边。

“啊，我的腿都动不了了。”融子兮一下车就叫了起来，因为她发现自己双腿发软，不断发抖，都没办法正常行走了。郎立轩做了个惊人的举动，竟然走过来一把就把她横抱了起来。

“啊！”融子兮吓得发出一声尖叫，有点不敢相信地看着他。

“放心吧，作为一个绅士，我是不会看你一直跌跌撞撞的。”郎立轩解释说。

融子兮尴尬一笑:“立轩，万一你的‘粉丝’看到了，怕是要心碎了。”

“没关系啊，我现在只在乎你高不高兴，不在乎其他人心不心碎。”郎立轩模棱两可地说。

融子兮以为他是故意说笑，摇头笑道："立轩你真的太厉害了，难怪那么多女孩子喜欢你。"

"那些都是前尘往事了，我已经'浪子回头'了，难道你没发现吗？"郎立轩一本正经地说。

融子兮想了想："咦，好像是没怎么看到你的绯闻了，不过这样也好，那就好好找一个自己喜欢也喜欢你的女孩子，认真发展一下吧。"

郎立轩点头："嗯，我正有此意。"

走到太阳伞下，郎立轩为她拿过果汁。融子兮接过果汁，不禁又笑他："立轩，我真不敢相信，你竟然是这么体贴的一个人。"

郎泽轩在她旁边的椅子上坐下，笑着说："能听见你夸我，我还是挺高兴的。"

"咦？我夸你有那么重要吗？"

"对啊，因为你不会说假话啊。对了，能答应我一件事吗？"

"什么事？你尽管说。"

"就是当你发现我一个优点的时候，就告诉我好不好？"郎立轩居然说。

融子兮点头："好啊，这件事很简单啊。"

"那要不要先说说你觉得我有哪些优点？"郎立轩问道。他之所以这么说，就是想让融子兮不断发现他的好，而当她注意到他越来越多的优点时，自然就会对他有好感和感情了。

融子兮沉思了片刻，认真地说："你的优点，第一，我觉得特别大方，出手阔绰，不像传说中那样越有钱越吝啬。"

郎立轩笑着点点头："嗯，既然你这么说了，看来我以后必须要对你更大方一点。"

"我当然不是这个意思啦，你可不要误会。"融子兮赶紧解释。

"除了这个还有吗？"郎立轩又问道。

"第二，就是很仗义，一次又一次地帮我，我都不好意思了。"融子兮感慨地说。

郎立轩很受用地点点头："这个嘛，以后如果你遇到难题，记得还找我帮忙就好。除此之外呢？"

融子兮想了想："当然还有，比如待人，尤其是对待女孩子，温柔体贴，也很照顾……事业做得很成功……还有车技也不错啊，刚才把水上摩托开得那么好，我都惊呆了。”

“对啊,我可是老司机了。”郎立轩居然说,这个“老司机”自然是一语双关。

融子兮也被他逗笑了，笑着说:“现在我又发现了一个优点，幽默。咦，这么一想，你优点还蛮多的。”

“那也是你善于发现啊，我之前都不知道自己有这么多优点，还以为自己糟透了。”

“你的优点真的挺多的。”

郎立轩笑盈盈地看着她，故意说:“所以我就喜欢跟你在一起，跟你在一起感觉既轻松又开心，比跟其他女孩子在一起开心多了。如果你不是二哥的女朋友就好了，那我就可以追你了。”

融子兮以为他是故意说笑的，赶紧摆手说:“你快别这么说，我跟你哪里合适，我们根本不是一个世界的人。”说完想到他之前对于这个说法的辩解，赶紧又说，“算了算了，不说这个话题了，总觉得怪怪的。咦，对了，你不去看你公司的人拍广告吗？”

“不去了，他们昨天已经回去了。”

“啊？那你不是白跑一趟。”

“怎么会白跑一趟呢，我本来就是来度假的，而且又有你作陪，不是两全其美的事吗？所以，这次我们一定要痛痛快快地玩，怎么样？”郎立轩说。

融子兮也笑道:“自然是恭敬不如从命。”

于是，两人在海边痛快地玩了一天，心情也变得特别好。有好几次郎立轩都牵着融子兮的手，不过他做得很自然，融子兮也没感到异样，所以一切都显得自然而然，而郎立轩要的就是这个效果。

晚上，融子兮给郎泽轩发消息，跟他说白天在海边玩了什么。当她说跟郎立轩一起玩了水上摩托时，郎泽轩眉头微蹙，自言自语地说:“立轩，你这次是认真的吗？”他不禁有些焦虑，想着自己到底应该怎么办。

郎泽轩继续试探道:立轩这么尽心尽力地让你开心，还真有点出乎我的意料，很少见他对一个女孩子如此上心，看来我要找机会当面谢谢他才行。

融子兮马上回复:对啊，我真的要好好谢谢立轩才行，不过他什么都不缺，我都不知道怎么感谢他才好了。你知道他有什么喜欢的东西吗?

郎泽轩:这个我也不是很清楚,不过我想问你一个问题,如果,我是说如果,立轩也喜欢你,要追你,我和他之间你会选谁?

看到这话融子兮一愣:咦?你怎么突然问这个问题,不会是误会了吧。你放心,我和立轩只是朋友,立轩根本不可能喜欢我这样的女孩子。我当然选你,你说过,我们和立轩根本不是一个世界的人。

郎泽轩微微松了一口气,可还是觉得有点不安。融子兮一心觉得立轩根本不可能喜欢她,所以才会这么说吧,但她一旦反应过来,立轩做这些事都是因为喜欢她,她又会有怎样的想法呢?郎泽轩有点困扰地想着。

与此同时,郎立轩躺在床上,打开微信时,看到郎皓轩早上发来的一条消息:郎立轩,你居然连二哥的墙脚你都挖!明明知道融子兮是二哥的女朋友,你居然还喜欢她,你简直太过分了!以后别说我认识你!

“原来是你捅出的篓子啊。”郎立轩自言自语地说。

“二哥,这次你会怎么回击呢?”郎立轩笑着说,说完找到微信好友安欣,输入文字:安欣,走到哪里了?回国的话记得告知一声。对了,还要跟你说一个好消息,二哥终于恋爱了,找了一个温柔单纯的女孩子,二哥这次十分认真,已经把她当作结婚对象在交往,二哥结婚的时候我提前通知你吧。

消息发出,郎立轩又笑了笑。他很好奇,如果安欣回来的话,郎泽轩会做什么样的选择呢?郎立轩想到这里突然玩兴大发,直接发了一个秒拍给郎皓轩,正是助理拍的他和融子兮一起玩水上摩托的小视频。视频里,融子兮紧紧地抱着他的腰,几乎整个人都贴在他身上了。

郎皓轩看到视频后简直要气死了。连忙把视频转发给了郎泽轩。

而此时的郎泽轩正在思索怎么处理这件事,他点开视频一看,眉头紧锁,立轩这次真的过分了。

手机响起,正是郎皓轩打来的,郎泽轩接过电话。

“泽轩哥,你看到了吗?这是刚刚郎立轩发给我的视频,你看见没有?他们俩都抱一块儿了!哥,你到底在不在乎自己的女朋友啊?难道你还没提醒子兮,让她跟郎立轩保持距离吗?难道你要眼睁睁看着郎立轩把子兮抢走吗?哥,你这次可不能这么便宜了郎立轩啊!”郎皓轩在电话里大喊大叫。

郎泽轩把手机拿开，离耳朵远一点，说："皓轩你不要担心，这件事我会处理的。再说他们只是一起玩，你不要想得太复杂了，立轩就是故意气你的。"

"泽轩哥！你是真不懂，还是假不懂啊？我不是跟你说过了吗，郎立轩这次是认真的，他不是在跟我们开玩笑，他真的很在乎融子兮！你赶紧出手啊，你要再不行动，万一真被郎立轩抢走了，到时候你后悔都来不及了啊！"

"好好好，我听你的，明天我就去单位请假，行了吧？"

"对！赶紧请假，我让助理马上给你订机票！"

"不用了，机票我自己订就行了。"

"我让人给你订更方便，订什么时候的？对了，要不就订明天下午或者晚上的吧，你过去正好天亮，立即就去找他们！还有，哥你千万不要让郎立轩知道你要过去啊，否则他把人藏起来了怎么办？你先暗中跟融子兮打听他们住在哪个宾馆，然后直接去宾馆找他们，知道吗？"郎皓轩焦急地说。郎泽轩有点纳闷，不明白他对这件事为什么这么热心。唉，这几个兄弟，还真是一个比一个不省心。两人终于达成了一致，挂了电话后，也都舒了一口气。没错，郎泽轩确实也想亲自去一趟，自从知道融子兮跟立轩去玩了水上摩托后，心里就烦躁不安，直到做出这个决定，才平静下来。

另一边，郎皓轩已经给助理打了电话，叫他订一张明晚飞往马尔代夫的飞机票，打完电话后，握着手机，咬牙切齿地道："郎立轩，走着瞧，看你见到泽轩哥后还怎么得意！哼！"

第二天上午，郎泽轩跟医院请假，请假的理由是爷爷突然生病住院了，身为医生的自己必须去一趟。当然，事实是爷爷很多年前就去世了，想到自己居然还撒这样的谎，心里觉得有点对不起主任。

听到这样的理由，主任自然是批了假，还关切地说："那你赶紧去看看，如果需要哪方面的医生和医院信息，可以随时给我打电话，我帮你问问。"

郎泽轩忙说："谢谢主任。"

"那你什么时候回来上班？下周一能来吧？"

"能，下周一一定能来。"郎泽轩保证说，今天已经是周三，明天到马尔代夫，周日返回，周一继续上班。回到办公室，郎泽轩也跟方静璇说了自己要请假的事，有些事情交代给她。

“郎医生怎么突然请假，是出什么事了吗？”方静璇关切地问。

郎泽轩只有继续撒谎说：“哦，是爷爷身体有些不适，我回去看看。”

“严重吗？需要我帮忙联系其他医院的医生吗？我也认识一些老年病方面的医生，如果郎医生有需要的话，跟我说一声就行。”

“好，谢谢你小方，如果有需要，我再联系你吧。我周一来上班，这两天工作上的事就麻烦你了。”郎泽轩礼貌地说，心想，果然撒一个谎就要用更多谎来圆啊，唉。于是抓紧时间把手头上的工作都完成了，又把原本安排在周四、周五的工作调整到下周，到快下班的时候才把一切安排妥当。

手机响了，是郎皓轩打来的。他不得已接过电话，郎皓轩在手机里催促道：“泽轩哥，你准备好了吗？机票我已经帮你订好了，你直接去机场就行了。”

“好，知道了，我还没下班，等会儿再打给你吧。”郎泽轩无奈地说。

“好吧，记得打给我哦。”

挂了电话，郎泽轩把办公桌上的文件整理好，也准备下班了。方静璇偷偷观察他的表情，看他是不是因为爷爷的事而焦急，不过郎泽轩一向稳重，实在看不出什么。

“郎医生，郎叔叔是哪里人呢？哦，我是指您爸爸？”方静璇又问道。

郎泽轩整理着文件说：“哦，是一个叫兰舟的小地方，不知道你听说过没有。”

方静璇点头：“听说过啊，我大学有个同学的家乡就在兰舟。”

“嗯。”郎泽轩对她笑笑，没再说什么。却不知道方静璇问他这个问题是有目的的，她想周末的时候亲自去一趟郎泽轩的爷爷家，去看望他的爷爷，顺便给他一个惊喜。

方静璇问出答案后，也就没再说什么。只是在郎泽轩离开的时候祝福了老人几句，却不知道郎泽轩本来就是撒谎，这祝福的话反而让他尴尬。

回到家，他简单收拾了一下行李，心里竟有一丝雀跃。打电话给皓轩，问他飞机票是晚上几点。

“呃，晚上十点。”郎皓轩说，他之前没说，是怕郎泽轩听到时间还早就拖延。这趟去马尔代夫，他比郎泽轩还激动。

“哦，那还早啊，还有四个半小时。”郎泽轩说。

一听这话，郎皓轩立即叫起来：“哥，你怎么能这么想呢？你现在应该恨不得马上飞过去才对啊！你要知道，你迟一秒，郎立轩那个家伙就多一秒的机会，你一丝机会也不能给他才行！”

“好好好，我错了，可我再急也不能将登机时间提前啊。”

“怎么不能提前呢？要不是考虑到哥还要上班和请假，我就让人给你订今天早上的机票了。泽轩哥，你过去见到郎立轩，什么也别说，立即把他揍一顿。”郎皓轩怂恿道。

“揍他？不太好吧，他也没做什么，我干吗一见面就揍他？好了，这件事你别担心了，我会处理好的。我已经问过融子兮了，她并不知道立轩对她的心意，也对立轩没有其他想法，你放心吧。”郎泽轩反而安慰他说。

“哼，这可不好说，郎立轩那个家伙可是情场高手，只要他看上的女人，想尽各种办法都会弄到手，我昨天发的那个视频你也看见了，他们都抱在一块儿了！”

郎泽轩的心被他越说越乱，只有说：“好了好了，一切还是等我过去后再说吧。”

“好吧，那你一见到他们就给我打电话啊，要是郎立轩做了出格的事，到时候我们俩一起狠狠揍他一顿，不，三顿如何？”郎皓轩小孩子般说道。

郎泽轩无奈地笑道：“好，就这么决定。”

郎泽轩先冲了个澡，把衣服换了，收拾得妥妥当当去见她。换好衣服，收拾好行李，郎泽轩就出门了，下楼拦了辆出租车，赶去机场。到达机场已经九点半，匆匆取票过安检，时间竟然变得有点赶，到达候机厅，竟然已经可以直接上飞机了。坐上飞机郎泽轩才想起一件事，那就是还没问融子兮在哪个酒店，赶紧给她发消息问她住在哪个酒店。还没收到回信，飞机就要起飞了。没办法，郎泽轩只能先把手机切换到飞行模式。

飞机上，郎泽轩想到这次自己的行为，觉得有点不可思议。自己竟然为了她不惜跟领导撒谎，千里迢迢地连夜飞到另一个国度。此时脑海里不断浮现出跟融子兮认识以来的点点滴滴，尤其是那次一起去看日出的场景……想着想着竟然有点迫不及待地想拥抱她，亲吻她了。

或许，这就是爱情吧。郎泽轩无奈地笑笑。

不过让郎泽轩实在想不明白的还有弟弟郎皓轩，他居然这么积极，还给自已买了头等舱的机票。实在不懂这里面到底有他什么事,他干吗要这么积极呢?飞机平稳地飞行，头等舱的座位也很舒服，郎泽轩不知不觉就睡着了，一觉醒来，已经快到目的地了。

飞机降落，马累的天刚蒙蒙亮。郎泽轩出了机场，先打开手机看融子兮的回复。看到她在说了宾馆名字后又连续发了好几条消息，问他问宾馆名字是有什么事情吗？为什么不回了睡着了吗？然后又说今天去潜水了，看到了珊瑚群，特别漂亮。看得郎泽轩越发觉得一定要马上找到她，让她远离郎立轩那个家伙!

拦了辆出租车，跟司机说了宾馆的名字。车子在陌生的街道上行驶，因为时候尚早，街上还没什么人。空气清新，城市宁静，心情也舒畅了许多。渐渐地，天空亮了起来，异国美丽的早晨也到来了。出租车停下，郎泽轩下车朝酒店大门走去。郎泽轩不慌不忙地在大厅的沙发上坐下，拨了融子兮的电话。正在睡觉的融子兮纳闷地拿过手机一看，竟然是郎泽轩的名字，赶紧接过电话。

融子兮高兴地说:“这么早给我打电话，我还在睡觉呢。”

“嗯，打扰了你睡觉不好意思，昨天你回消息的时候我睡着了，所以没看见。对了，忘了问你，你住在酒店的哪个房间？”郎泽轩还是没有说，自己已经到了她所在的酒店。

融子兮笑:“干吗问这么详细，你不会是想来找我吧？”

“说不定哦，那你能说说吗？”

融子兮也没多想，如实说:“哦，我住在 1802 号房，立轩住在隔壁。”

郎泽轩立即朝电梯走去，却说:“不好意思，我有点事，先挂了，等会儿再联系。”

“哦，好。”融子兮看向已经挂断的电话，还是有点想不通他是怎么回事。他该不会真的突然来马尔代夫给自己一个惊喜吧？想了想觉得应该不会，他还要上班，哪里能随便请假。或许，他是订了什么东西让人送来，比如玫瑰？融子兮笑了笑，反正不管怎么样，能跟他和好自己就已经心满意足了。

敲门声响起，融子兮下床开门，心想应该是郎立轩又安排好了今天要去什么好玩的地方，来通知她，打开门:“立……”

刚说了一个字就惊呆了，眼前的人哪里是郎立轩，分明就是日思夜想的郎泽轩！融子兮目瞪口呆，把郎择轩看了又看。

“怎么，才多久没见就认不出我了吗？”郎泽轩笑笑说。

“啊！”融子兮一声尖叫，就紧紧抱住了他。

郎泽轩对她的反应还是比较满意的，进屋把门关上，行李也暂时放在了门后。两人欣喜地看着彼此，看着看着，再也忍不住，亲吻起来。床上，两人纵情拥抱亲吻，仿佛只有这样，才能让对方知道自己心中的爱和思念。等停下来，两人还紧紧地抱着对方。

“我真的没想到你会来，刚才看到你的时候我都不敢相信自己的眼睛。”融子兮兴奋地说。

“那看到我高兴吗？”郎泽轩问。

“当然高兴，都快高兴疯了。”融子兮毫不掩饰地说。

郎泽轩也笑起来：“还以为你玩得这么高兴，都不记得我了呢。”

“怎么会呢？不管我在哪里肯定都是想着你的。”融子兮真心倾诉。

“那天你突然给我发消息，说要跟我和好，我突然就好想回国去找你，忍了又忍，才压制住这个念头。泽轩，我爱你，以后不要再轻易放弃我，好吗？”融子兮眼眶红红地说。

郎泽轩感动地看着她：“嗯，这次是我不对，不该因为你的一点错误就对你失去信心。那天下午因为手术失败的事，我的心情也坏到了极点，内心的愤怒连自己都控制不住。之后几天也不能释怀，结果就牵连到了你身上，真的很抱歉。”

融子兮心疼地看着他：“我也是直到那天才知道你有多辛苦，之前你从来没有抱怨过，连提也没有提过，我一直以为医生是人人羡慕的工作，没想到你们……以后能跟我说一点工作上的事情吗？让我帮你分担一点，行吗？”

郎泽轩点点头：“嗯，我以后会跟你说一些的。”

融子兮高兴地点头：“那我也要跟你说一点，这样才公平，对不对？”

“好，那这样，我们每天定半个小时的倾诉时间，相互跟对方说自己当天工作上的事怎么样？”郎泽轩建议道。

“好啊，我举双手双脚赞成！”融子兮高兴地说。

至此，两人不仅和好如初，而且感情比之前更进一步了。郎泽轩心里不禁感激郎皓轩那个电话，也感谢郎立轩的介入，让自己这么快就主动跟她和好。

两人情之所至,在床上亲热起来。就在两人忘情亲吻时,敲门声忽然响起。

“应该是立轩来叫我去吃早饭。”融子兮笑着说,“他看到你肯定也吓一跳。”

郎泽轩点头:“确实会吓一跳，那你去开门吧，我站在你后面。”

“好！”融子兮贼笑了一下，去开门。

门外果然是郎立轩。看她还穿着睡衣，纳闷地说:“咦？你今天怎么这么慢呢？我刚才似乎迷迷糊糊地听见了你开门的声音，还以为你早就起来了。”

“我本来是起来了的，可是打开门后忽然看到了一个人，所以又……”融子兮笑着说。

“一个人？什么人？”郎立轩随口问。

“就是这个人。”郎泽轩走出来说。

郎立轩目瞪口呆地看着突然出现的郎泽轩，以为自己出现了幻觉，赶紧揉了揉眼睛，指着他说:“二哥？你怎么会出现在这里？你什么时候来的？”

郎泽轩一把将融子兮拉到怀里，说:“当然是为了给你嫂子一个惊喜。”

郎立轩这才想起，他已经知道了自己的心思，笑着点头说:“确实是一个不错的惊喜，连我都觉得感动不已呢。”

“是吗？还要感谢你给我制造这个惊喜的机会。”郎泽轩故意说。

郎立轩哭笑不得地点点头:“既然二哥这么说，那我也是荣幸之至，行，不打扰你们了，我先去餐厅，你们换了衣服也来吧。”

“那立轩你先去，我们马上就来。”融子兮跟他挥手说。

“好。”郎立轩朝她摆摆手，转身朝电梯走去。转过身的瞬间，在心里哀叹道，唉，真不愧是我二哥啊，居然制造了这样的惊喜，一招就让我不知道怎么还击了。

他走后，两人洗漱完毕，换好衣服，然后手牵手一起出门，来到餐厅。郎立轩自然已经瞥到他们甜蜜的样子，尴尬地转开眼神。不过想到郎泽轩这次居然千里迢迢地追过来，还是特别想笑，看来二哥这回也是来真的了。就是不知道如果安欣回来的话，他又会做出什么样的选择呢？没错，安欣已经给他回复了微信消息，如果郎泽轩真要结婚的话，请务必提前跟她说一声。

“立轩，我们今天去哪里玩呢？”融子兮先问道。

郎立轩看看郎泽轩说:“既然二哥来了，那我就不充当护花使者了，刚才我接到电话，公司有点事需要我回去处理，那我就先回国了。”他才不留下来看他们秀恩爱呢。

“不会是我来了你就要走了吧，那么不想见我?”郎泽轩故意问道。

郎立轩笑着说:“二哥，你说哪里去了，我怎么会不想见你呢?之前之所以想来这边，也是考虑到子兮因为公司的事心情不好，而我公司有个广告要来这里取景，就顺便约她过来一起玩。不过现在你来了，那我把子兮交给你也是应该的啊。”

“嗯,你能这么想也好。”郎泽轩说道,这句话的含义两人都是心知肚明的。

反而是融子兮不明白，她有点愧疚地看着郎立轩说:“立轩，你这样说我突然有点过意不去，要不是你，我也没机会过来，现在我反而连累你不能玩了。你真的是公司有事吗?”

“对啊。”郎立轩点头，“子兮你千万别内疚，这边我之前来过，没什么好遗憾的。你跟二哥好好玩，下次我们再去别的地方玩，夏威夷怎么样?比这里还好玩。”

“我的女朋友我自己会带她去的,你想去玩的话,可以约别人。”郎泽轩说。

郎立轩看着他笑道:“二哥，你这么说是不是太见外了?”

“泽轩。”融子兮也为难地喊道。

郎泽轩认真地看着郎立轩:“那好，那你自己说说子兮是你什么人?”

郎立轩脸上的笑容僵住了，他点点头，明显有点不高兴。他原本还没有下定决心追求融子兮，但是现在发现郎泽轩如此咄咄逼人，有点负气了。

融子兮不明白他们兄弟俩怎么突然就变成了这样，为难地劝道:“好了，都少说一句话，一起愉快地吃饭不好吗?”

“二哥不高兴是因为我这次单独约你出来玩。”郎立轩跟她解释说，站起来，“那行，既然这样，我就先走吧，不打扰你们的二人世界。”

“立轩!”融子兮赶忙站起来喊他。

可郎立轩头也不回地就走了。郎泽轩看着他的背影，表情没有一丝松动。

融子兮坐下，纳闷地看向他，问道:“泽轩，你们怎么回事啊?刚才见面的时候不还好好的吗?怎么突然说着说着就不高兴了。”

郎泽轩看向她，差点就要说出事情真相，可看到融子兮无辜的样子，又不想捅破这层窗户纸，只是问:“子兮，如果我不希望你跟立轩亲近，你会跟他保持距离吗？”

融子兮点点头:“会。”

郎泽轩如释重负，表情也缓和了:“那就好。那从现在起，跟他保持一定的距离好吗？”

“泽轩，你是不是误会什么了？我跟立轩真的什么事也没有，我们只是普通朋友而已。当然，因为我跟你的关系，立轩对我比较照顾，你不要误会我们，也不要误会他好吗？”融子兮有点紧张地说。

郎泽轩点头:“好，我不误会，不过你要跟他保持适当的距离，好吗？毕竟你们是异性，年龄相差也不大，就算我不误会，别人看到也可能会误会的。万一被人误会，传了谣言，以后可能造成不必要的事端。这样也很不好，对不对？”循循善诱地引导。

融子兮紧张地看着他:“是不是已经有人说什么了？”

“嗯，皓轩已经误会了，说你们俩关系暧昧。”郎泽轩故意说，兄弟三人这次实在是斗智斗勇。

融子兮无奈地说:“啊？看来皓轩果然有点讨厌，他怎么会那么说，他什么时候看到我和立轩暧昧了？好吧，既然是这样，那我会跟立轩保持距离的，我保证。”

郎泽轩点点头:“嗯，这样最好了。”他暗暗舒了一口气，虽然融子兮反应比较迟钝，但听话又专一，郎泽轩还是比较满意的。

两人还在吃早餐的时候，郎皓轩的电话打了过来，开口就问:“泽轩哥，你找到他们俩了吗？揍郎立轩了吗？”

郎泽轩如实回道:“找到了，立轩已经准备回国了。”

郎皓轩一听就高兴了:“哦！看到你来，他也知道没脸见你了吗？哥你怎么不趁机揍他一顿呢？好让他长长记性啊。”

“皓轩，这件事就到此为止，我已经处理好了，你就不要再为我们操心了，好好工作吧。”郎泽轩劝道。

“哈哈，泽轩哥，看你说的，我一直在好好工作。不过这次我对郎立轩这种行为实在是看不下去了，要不是我告诉你，你都还蒙在鼓里吧。哥你放心，我会继续帮你监视郎立轩的！当然，我也会好好工作的，你放心吧。”郎皓轩一副主持公道的样子说。

郎泽轩不知道怎么跟他解释了，为了避免旁边的融子兮听到太多，说了几句便挂了电话。

“皓轩打来的吗？”融子兮随口问。

郎泽轩点头:“嗯，问我找到你没有，问个平安吧。”

发现他不是很想谈郎皓轩，融子兮点点头，没继续问，心里却在担心他跟郎立轩的关系。之前还以为他们关系挺好的，今天看起来像是闹矛盾了。

郎皓轩这边，一了解到郎立轩被“捉奸”了，还狼狈地逃了，顿时心情大好，感觉终于报了前两天的仇，就要打郎立轩的电话嘲笑他一番。

手机一响，郎立轩瞥了一眼，看到是郎皓轩，毫不犹豫地挂断了。郎皓轩再拨，他再挂……兄弟俩来回几次，郎皓轩终于放弃了，不过马上转为发消息。

郎皓轩发微信:哈哈，郎立轩，你这个“奸夫”终于被逮到了吧，这回丢脸丢大了吧！你这堂堂“国民老公”，居然挖自己哥哥的墙脚，我们郎家怎么会有你这样的人，看爷爷知道了怎么骂你，哼！

看到郎皓轩的消息，郎立轩更郁闷了。他郁闷的不是郎皓轩说这样的话，因为他本来就是个落井下石的讨厌鬼，郁闷的是郎泽轩。明明融子兮跟自己来马尔代夫之前，融子兮和郎泽轩在闹矛盾，看融子兮的样子，他们两人好像快分手了,可郎泽轩一听郎皓轩说融子兮跟自己去了马尔代夫,他立即赶过来了。

郎立轩既郁闷又生气，打电话让助理马上订机票，拖上行李箱回国。他心想:哼，谁能笑到最后还不一定呢。

郎立轩走后，融子兮和郎泽轩继续在马尔代夫玩。

这天，方静璇坐了一上午车，终于到达兰舟小镇。下了车，想到郎泽轩也在这里，觉得这陌生小镇无比亲切。不过此时是正午，方静璇没急着找人，而是打电话给一位在县城中最好的医院上班的同学,请她吃饭。同学接到电话后，很快赶过来了，两人是头一晚就联系好的。

“璇儿，好久不见你，还是这么漂亮！”老同学小慧见到她立即夸道。

“行了，你别吹捧我了，哪有你漂亮？”方静璇也夸道。两人热情地拥抱了一下，然后一起去医院附近的餐厅吃饭。

坐下后，小慧纳闷地问方静璇，怎么会想到来找自己玩，真不是有什么事？方静璇解释真没什么事，就是出来散散心，顺便来看看老同学。两人又聊了一下工作上的事，小慧自然很羡慕方静璇能在现在的医院上班，拐弯抹角地打听她的工资情况，以及医院是否招人。

方静璇有事求她，也把自己知道的消息都告诉了她。两人边吃边聊，拉深了感情。方静璇终于进入正题说："对了，我有个同事的爷爷生病住院了，应该就在你们医院，你知道吗？姓郎。"方静璇还不知道郎泽轩是跟母亲姓。

小慧想了想，摇头道："这个不太清楚，每天医院新增病人挺多，我哪能都认识。你打电话问问你同事，确认一下。"

方静璇自然是想给郎泽轩一个惊喜，不到万不得已，不想给他打电话。

想了想又说："算了，我本来就是来这边玩，忽然给人家打电话，说看望他的爷爷，好像不太好，要不，你帮我问问吧。是一位老人，兰舟的，大概就是周二或者周三住进医院的，姓郎。"

小慧没察觉到她的目的，点头说："好，我等会儿帮你去住院部问问。我们这小医院比不得你们大医院，还是很好查的。"

"那谢谢你了，小慧。"方静璇赶紧说。

"没事儿，小事一桩。对了，你有男朋友了吧？什么时候结婚啊？"小慧笑着问。

方静璇想到郎泽轩，有点哀伤，自嘲地笑着摇头说："结什么婚啊，男朋友都还没有，已经进入'剩女'行列了。"

"你要是'剩女'，那我们还能嫁出去吗？你眼光别那么高啊，差不多就行了。你们医院没合适的人选吗？你们那不错，找机会选一个啊。"

"又不是菜场买菜，哪能说选就选啊，也要有合适的啊。你呢？是不是已经有结婚对象了？"方静璇赶紧岔开话题。

两人又聊了聊感情上的事。吃过午饭，方静璇跟小慧一起去医院住院部

因为有小慧的关系，查起来自然也容易。同事立即把周二和周三住院的人员名单调出来。

"没有姓郎的啊。"查找的护士摇头说。

“那会不会是周一住进来的？”方静璇不死心地说。

对方又把周一的名单调出来，结果也没有。

“你打电话问问你同事吧。”小慧又建议说。

方静璇眉头紧蹙，还是不想这么做。小慧这才反应过来，她来兰舟的目的就是这个，笑笑说：“那要不这样吧，给你查查兰舟来的其他病人，你去问问，兴许是一个地方的人，可能会认识。”

“也好，麻烦你们了。”方静璇连忙道谢。

“没事儿。”两人说，又帮她查。

最后还真查到也有位兰舟来的老年人在住院。小慧又带她去询问。

“你老实说，你这位同事是不是个帅哥？”小慧笑着问，她已经猜出来了。

方静璇不好再隐瞒，只说：“人是挺帅的，不过你不要误会，他是主治医生，我是他的助理。前几天他突然请假，说爷爷生病了，要来照料，我听说他爷爷是这里的，想到我正好也好久没见你了，就顺便来看看。”

小慧笑着说：“行了，你就别解释了，我说你怎么突然跑来看我，原来是‘醉翁之意不在酒’啊。”

“你说什么呢？我当然是来看你的，看他爷爷只是顺便嘛。”

“没事儿没事儿，我又不怨你，正好跟着你见识一下青年才俊。”小慧开玩笑说。

两人说说笑笑地走到老人所在的病房，走上前去询问。

“请问您知道一位姓郎的老人吗？也是你们镇上的，大概周二或者周三的时候中风住院的。”方静璇语气柔和地问道。

老人的老伴儿听罢，立即摇头说：“不认识，没听说咱镇上有这个姓的人啊。”

方静璇一愣：“不会吧，他有个孙子叫郎泽轩，是从美国留学回来的医学博士，现在在市妇女儿童医院当医生，您再想想。”

老人的老伴儿还有两个来看望老人的朋友讨论起来，四人说了一阵。

其中一名中年妇女看向方静璇说：“你说的是杨家吧，杨家三儿子杨军在大城市打工的时候给一户有钱人家做了上门女婿，那家人就是姓郎，听说有钱得很。后来生了个儿子，但因为是上门女婿，所以孩子没有随杨家姓而是随了他妈妈姓，就是姓郎，好像就是叫你说的那个名字。”

旁边的人附和说:“对对对，郎泽轩，就叫郎泽轩，跟淑芬家的张凯还是一个班的同学，不过后来又回市里去了，之后听说出国了。不过人家妈妈有钱，肯定是不会一直扔在老家的。后来好像听说他当了医生。你说他外公家那么有钱，他干吗还去做医生呢？”

“医生有什么不好，医生挺好的啊，你看现在的医生待遇多好。”旁边的妇女立即反驳道。

可他们说来说去也没说到重点，方静璇只有插话说:“两位阿姨，那你们能告诉我他的爷爷现在在哪里吗？是不是回家了？”

“什么啊，他爷爷死了很多年了，我想想，大概都有十几二十年了吧。”

方静璇震惊:“不会吧，他明明说……”

话已至此，也没什么好说的了，方静璇只有离开了病房。可她还是觉得郎泽轩不像是会撒谎的人，而且还是这样的谎话。

小慧看她六神无主的样子，劝道:“我说句不好听的啊，你这同事连这种谎都撒，看来人品不怎么样啊。”

“不会！他人品毋庸置疑。”方静璇立即反驳说，“他应该是有什么难言之隐，才这么说的吧。”

“不管有什么理由也不能拿自己死去的爷爷撒谎吧？反正他爷爷已经去世，他怎么说都没关系了。不过我劝你还是好好观察观察他，我觉得从这件事就能看出这人有点问题。”小慧提醒她说。

方静璇暗暗叹了口气，说:“既然如此，那我就先回去吧。”

小慧看到她这个样子，也不好再挽留她，安慰了几句，方静璇便头也不回地走了。返回家的车上，方静璇靠在椅背上想着整件事，不明白郎泽轩为什么要说谎，那天看他急急忙忙离开，肯定是发生了什么事的啊。

“难道又是因为那个狐狸精？”方静璇猜道。她越想越觉得肯定就是因为融子兮，正因为是感情上的事，所以他才没办法直说，只能撒谎。心里不禁狠狠地骂道:行啊，狐狸精，你这道行果然高啊，居然让郎医生都为你说谎……方静璇想着，不禁更恨融子兮了。

在马尔代夫痛快玩了三天，融子兮和郎泽轩一起坐飞机回国，周日早上十点，两人回到郎泽轩的住处。

“累吗？要不要去洗个澡，然后睡一觉？”郎泽轩关切地问融子兮。

融子兮笑嘻嘻地上前抱住他，抬头看着他说：“不累，在飞机上已经睡饱了，你呢，累了吗？”

郎泽轩看着她也是面带微笑：“你都不累我怎么会累呢？既然这样，我们就休息一会儿，然后再出去吃饭吧。”

“好，不过吃完饭后我想回去了。走了一周，公司有很多事要处理，我早点回去准备一下。”融子兮又说。

郎泽轩捧着她的脸：“我发觉你现在对我没那么依赖了，你以前不是黏着我，不想走吗？”

融子兮也认真地看着他：“你放心，我以后会努力做一个独立、理智、不事事依赖你的女人。”

郎泽轩叹了口气，把她拉到沙发上坐下，说：“其实我这两天想了想，上次那件事我是不对的。一来，你从来没遇到过那样的事，本来已经心力交瘁，突然又听人家说要让你赔五百万元，瞬间崩溃，做出傻事是情有可原的。而我之所以特别生气，是因为心里真的担心你，因为爱你、在乎你，所以在听说你什么都不告诉我就要选择离我而去后，自尊心和自信受到打击，十分愤怒。再加上手术失败，才负气地把所有错都推给你，想用分手的方式让你痛苦，从而减轻我的痛苦。也就是说，你并没有错，你只是为所爱的人考虑得太多，爱你的爸爸妈妈和我比爱你自己还多。所以你需要改变的是以后少爱我们一点，多爱你自己一点。至于其他的，你并不需要刻意改变。”

“真的？”融子兮有点不敢相信地看着他。

郎泽轩点点头：“嗯，真的。我希望你依然是那个最初让我心动的女孩子，可爱、善良、单纯、执着，只对我一个人花痴。”他伸手捏捏她的脸。

融子兮笑着看着他，眼眶却红了，忽然伸手抱住他，哽咽道：“谢谢你，我爱你，还是那么爱你。”

郎泽轩吻了吻她的头发：“我也爱你，也谢谢你还这么爱我。”

这番对话，终于让跳楼事件所引发的不快彻底散去，两人比之前更珍惜对方，也更爱对方了。

中午一起吃过午饭后，郎泽轩开车送融子兮回去，他下周也有很多事要处理。融子兮回到出租屋，打开门时吓了一跳，屋里乱得就像被打劫过似的。客厅里到处都是融佳琪的衣服，横七竖八地搭在沙发上，零食袋子也扔得到处都是。

融子兮哭笑不得，叹了口气，去敲融佳琪的房间，发现没人，又转身回了自己房间。她先把行李箱拿进房间，然后给融佳琪发了条微信消息，说自己回来了。此时的融佳琪正在美发店里做头发，看到消息，立即回道:是一个人还是两个人啊?

融子兮:什么意思?什么一个人还是两个人?肯定只有我一个人啊。

融佳琪心里有点酸酸地笑笑，回道:咦，不会吧，立少没跟你一起回来?

融子兮跟郎立轩一起去马尔代夫的事她当然知道，虽然融子兮说郎立轩的公司要去那边拍广告，自己顺便去的。可融佳琪仔细一想，哪里是什么顺便，分明就是郎立轩故意以拍广告为借口约融子兮去玩，而且还是趁着融子兮和郎泽轩闹矛盾的时候。

想到这里，喜欢郎立轩的融佳琪心里有点酸酸的。她想不通的是明明自己比融子兮漂亮、性感，为什么郎立轩就是不喜欢自己，非要跟自己的哥哥争呢?融佳琪想着，再看手机时，融子兮已经回复了:立轩周四就走了，我是跟泽轩一起回来的，嘻嘻。

融佳琪惊讶，赶紧又问:什么意思?你不是跟你家郎医生闹矛盾，然后跟立少去玩吗?

融子兮:事情有点复杂，要不等你回来我再跟你说吧，屋里好乱，我先收拾屋子。

融佳琪回道:好好好，我在做头发，就快弄完了，回去再仔细说哈。

融子兮:好。

结束对话，融佳琪纳闷地想着，郎泽轩突然出现在马尔代夫，那岂不是把融子兮和郎立轩抓了个正着?郎立轩提前走了，那岂不是落败了……融佳琪想着想着，忽然笑起来，有戏!立即催美发师快一点，说自己还有事要赶回去。

融子兮把屋子整理好，又去洗澡。洗了澡把头发吹干，走出卫生间才松了一口气，又去床上休息。

正当她睡得迷迷糊糊的时候，突然有个人压在了她身上，然后就听到一声热情的“融子兮”。

融子兮郁闷地睁开眼，果然是融佳琪，又闭上眼说：“你就不能让我好好睡一觉吗？”

“嘿嘿，我听到你回来了头发都没做完就跑回来了，难道你一点都不感动？起来起来，赶紧跟我说说你在马尔代夫被两个大帅哥争抢的事！”

融子兮无语地看着她：“你想象力能别这么丰富吗？什么被两个大帅哥争抢？根本没有的事。”

“行行行，你说什么就是什么，赶紧说说，为什么你家郎医生会突然出现在马尔代夫，然后我‘老公’为什么突然就走了？”融佳琪迫不及待地问道。

融子兮听到她又一口一个“老公”叫郎立轩，对她翻了个白眼，然后把在马尔代夫发生的事如实讲了一遍，也讲到了兄弟俩突然闹别扭的事。

融子兮不解地说：“我真搞不懂，好端端的兄弟俩，怎么突然就不高兴了？对了，我还忘了跟立轩道个歉，让他别在意泽轩说的话。”说着就要找手机。

融佳琪一把按住她的手阻止说：“等等，我觉得你现在还是不要跟他道歉的好。”

“为什么？”融子兮纳闷。

融佳琪对她笑：“我的意思是说，你应该亲自去一趟他家，跟他好好道歉。”

“没必要吧，电话上跟他说不也一样吗？再说，他也不一定在家，还有我已经答应了泽轩，要尽量跟立轩保持距离。”融子兮无奈地说。

融佳琪忽然狡黠一笑：“那要不这样，我代你去跟他道歉怎么样？也刚好给我一个接近他的机会。”

“啊？你代我去道歉？不太好吧，我是说本来就可以通过电话说清楚的事，我让你去转述岂不是显得很不真诚。”融子兮如实说，看她不高兴的样子，又赶紧说：“行行行，我问问他可不可以，如果可以，你就去。”

“好啊。”融佳琪表示同意。

于是融子兮拿起手机拨打郎立轩的电话。电话打通，郎立轩正在他爸爸郎顺平家里。看到手机上显示的名字，走到一旁接过电话。

“立轩，是我，融子兮。打扰你了吗？”融子兮客气地说。

“哦，还好。已经回国了吗？”郎立轩问道。

“嗯，今早就回来了。对了，在马尔代夫的事一直想跟你道歉，本来你是为我着想，所以才带我去旅游的，没想到反而因为我而玩得不愉快，真的很抱歉。”

“没事，你不必内疚，小事而已。”

“对了，我闺蜜，就是融佳琪，上次你也见过的，说想代我去跟你道歉，帮我跟你仔细解释一下，不知道可不可以？”融子兮不知道怎么说才好。

此时融佳琪突然一把夺过她手里的手机，拿在耳边，就听见郎立轩说：“没这必要吧。”

“立少，我是融佳琪，难道立少没听说过一句话？要征服一个女孩先要征服她的闺蜜吗？立少真不想见我？我可是站在立少这边的哦。”融佳琪说。

融子兮立即叫起来：“佳琪，你在说什么？你可别乱说啊！”

融佳琪看着她笑笑，拿着手机跑去客厅了。

电话里，郎立轩想了想，问：“不知道你打算怎么站在我这边？”

“这么深刻的话题，当然是要当面聊才能说清楚哦。”

“那好，我明天上午十点前有空，你可以来我公司找我。”

“好啊，我会准点到达的，立少再见。”

“嗯。”

挂了电话，融佳琪把电话给融子兮放到床边。

融子兮无奈地看着她：“你刚才跟他说的那句话是什么意思？你能别再把我跟他乱扯上关系吗？”

融佳琪点头笑：“行行行，瞧你这副样子，多少女人想跟郎立轩扯上关系呢，你反倒还一脸嫌弃的样子，你呀，简直是身在福中不知福。你放心吧，我刚才那句话是跟他开玩笑的，他根本也没放在心上，别紧张了。”

融子兮长舒了一口气，解释说：“我这次好不容易跟泽轩和好，我可不想再出什么乱子了。我知道立轩对我很友好，可是我真的只把他当朋友，我跟他是不会有什么的，你是我最好的朋友，可不能从你这里开始就误会我啊。”

“好好好，我不误会你，一定不会坏了你的好事，你睡吧，我出去买菜，你走了我天天吃外卖，吃得快要吐了，今晚好好给我做一顿好的，可以吗？”

看融子兮点点头，融佳琪才一阵风似的走了。

晚上，融子兮做了五个菜，她也早就想自己动手做东西吃了，在外面吃了一个星期，还是觉得自己做的菜最好吃。想到郎泽轩还要吃外卖，暗暗决定明天给他做顿好吃的。

第七章

携手才能同行

第二天一早，融子兮收拾好后去上班。

到了公司，把从马尔代夫带回的纪念品送给了小组的三人，每人一个沙瓶和一盒椰糖，又送了杜嫦曦和陈经理每人一盒红茶。马尔代夫物产不算丰富，融子兮能买的纪念品比较少，只能以此聊表心意。

杜嫦曦跟她聊了几句那边的情况，然后让她好好工作，说公司一定不会亏待她的，融子兮立志要好好表现，回到自己的办公室就立即进入了工作状态。

与此同时，融佳琪难得一早就爬了起来，把自己好好打扮了一番，赶往郎立轩的公司。

融佳琪坐在郎立轩的办公桌前，跷着二郎腿，开门见山地说:“立少对子兮的心意好像只剩她一个人不知道了，这可真是遗憾啊。”

郎立轩点点头:“是啊，真是遗憾啊。”

想不到他居然承认得这么坦率，融佳琪心里有点不爽，又说:“其实这也就是个先入为主的事而已，郎医生先出现在子兮身边，他本身也很优秀，子兮就认定了，这也不奇怪，若她身边先出现的是立少的话，她肯定会认定立少的。她这个人从小就这样，一旦认定一件事或者一个人就很难更改，除非她信任的人好好跟她说说。”

郎立轩看着她，似乎已经看穿了她的心思似的，面不改色地开口道:“想从我这儿得到什么？”

原来他早就知道了，融佳琪尴尬:“我想得到的对立少来说当然是最简单不过的事，我就想跟立少合几张影。”

若是被人误会自己是郎立轩的女朋友，那自己的话题热度不知道要上涨多少倍。当正牌女友看样子是没戏了，当个冒牌女友蹭点知名度也不错啊。融佳琪心想。

郎立轩没有马上回答，倒不是对这件事奇怪，而是在想这么做对自己的好处，最终点点头："可以。"

融佳琪欣喜，立即拿出手机说："那我就不客气了，立少。"看郎立轩也没说什么，立即转过身，自拍的同时把身后的郎立轩框了进去。又起身走到他旁边，把脸凑过去，露出甜蜜的笑容："立少，赏个脸呗。"

郎立轩也很给面子地露出了笑容，跟她作情侣状，来了个三连拍。一共拍了五张照片，融佳琪有点上瘾了，还想继续拍。

"这几张已经够了,如果还想拍,那就要看你接下来的表现了。"郎立轩说。

融佳琪无奈，只有微笑说："那好，那立少就等着我的好消息吧。对了，临走之前还想问立少一个问题，可以吗？"

看郎立轩点了点头，融佳琪说："请问子兮对于立少的吸引力在什么地方呢？"她就是很纳闷，郎立轩到底喜欢融子兮什么。

郎立轩表情淡然地看着她，开口道："温柔。"

融佳琪一愣，不屑地笑道："哦，温柔？想不到立少这么传统，也中意温柔的女人。"

"那当然，温柔的女人是拿来爱的。"郎立轩毫不客气地说。

融佳琪无奈地笑笑，感受到他语气里的疏离和冷淡，不想再自讨没趣了，客气地说："那我不打扰立少了，再见。"

"嗯。"郎立轩一个"嗯"字就打发了她，连个"再见"都不肯说。

融佳琪回了家，立即在自己的微博上发了一条消息：我心中最帅的男人。配图是她坐在椅子上把办公桌后面的郎立轩框进去的那张照片。

微博一发出，转载量和点击率便不断飙升。媒体和大众太久没有郎立轩的消息了，还以为他要从娱乐圈隐退，很多人正在对他的出现翘首以盼。却没想到，他出现在"网红"的微博上。于是，身为"郎立轩绯闻女友"的美女主播佳琪也迅速成为大家热搜的对象，很多人都想知道她到底是什么身份。郎皓轩的助理一看到这条热搜，就赶紧拿给休息的郎皓轩看。

郎皓轩蹙眉看了片刻，装作福尔摩斯的样子，说："一看就是假的，试图转移我们的注意力而已，哼，郎立轩，你也有狗急跳墙的时候啊。不过你别急，好戏还在后头，哼。”

助理好奇地看向他，问:“轩少，又有高招了？”

郎皓轩得意一笑:“那当然，不过不告诉你。”

也许是这段时间实在没什么劲爆娱乐消息，这条娱乐新闻一经报道，立即成为各大网站的头条，连忙于工作的融子兮都看到了。

看到郎立轩和融佳琪的名字同时出现在新闻标题上，融子兮吓了一跳，赶紧点进去看。这才了解到是佳琪发了一条微博引起的，不禁想起了昨天她约郎立轩见面的事，想着大概是见面的时候拍了这么一张。就一张照片而已，居然引起了这么大的震动？融子兮惊讶于郎立轩的影响力，顿时心里暗暗庆幸也暗暗后怕。

庆幸的是自己跟他在一起的时候没有被人拍到并传到网上，尤其是出入他的别墅和跟他在马尔代夫玩，这些要是被拍到的话，那可真是后果不堪设想。之前跟郎皓轩吃饭被拍的事已经让她对媒体产生恐惧了。

下午又加了一会儿班，然后去了郎泽轩那边，到达他家的时候，郎泽轩居然系着围裙正在洗菜。

融子兮惊讶地说:“咦，你不是说你不会做饭吗？你在学吗？”

郎立轩宠溺地看看她:“这不是想着帮你把准备工作做好，你来后就不用那么忙了吗？再说，我也不能白吃白喝，总要做点力所能及的事，对不对？”

融子兮甜蜜地笑着，看着他说:“郎医生真体贴！”

“主要还是你眼光好。”郎泽轩说。

两人打情骂俏了一会儿，融子兮开始做饭，郎泽轩在旁边帮她打下手。好久没吃她做的饭了，其实他也怀念得很。

一起把饭做好，郎泽轩挨个品尝了一番，夸道:“果然自己做的菜就是不一样，感觉比外面的好吃多了。当然，主要还是你厨艺好。”

“还有你洗菜洗得好。”融子兮故意说。

郎泽轩尴尬地笑:“既然你都这么说了，看来以后洗菜的任务都必须由我来完成了。”

融子兮马上说:“我不是这个意思。”

“没关系，做你的助手是我的荣幸。”郎泽轩说。说到助手，不禁想到今天上午方静璇问他爷爷的病好些了吗？当时自己愣了一下，差点没反应过来，只有尴尬地点头，忙转移了话题。唉，果然是撒一个谎就要用无数的谎言来圆啊。郎泽轩暗暗想着，在心里反问自己，不告诉妈妈融子兮的存在，是不是也算一个谎言呢？

晚上，两人洗漱后上了床。

郎泽轩先开口说：“子兮，你想不想去见我的家人？当然，主要是我妈妈，你已经见过我爸爸了。”

“我上次在立轩那里不也见过你妈妈吗？”融子兮看着他说，想到他妈妈严肃的样子，她有点害怕。

郎泽轩摇摇头：“上次当然不算，我的意思是正式地见面，就是你以我女朋友的身份去见她。”

融子兮笑着说：“我是挺想去见他们的，但我又怕她不喜欢我。”

“可有句话说，丑媳妇总要见公婆，你早晚也要跟她见面。其实我刚才就在想，不让她知道你的存在，是不是我做错了。这是早晚都要面对的事，我们不应该逃避。”郎泽轩认真地说。

融子兮感动地看着他：“你这么说我很感动，只是，我好像还没有准备好，主要是我现在什么都没有，只是个小员工，万一你妈妈不满意，反对我们，怎么办？要不这样吧，你下次回家的时候试探一下阿姨，问问她对未来的儿媳妇有什么要求。”

郎泽轩看着她这个样子也有点感动，安慰她说：“你别紧张，即使妈妈反对，也不会影响我对你的感情。好吧，既然你现在不想去见她，那就暂时不去了，等你准备好了，我再带你去。”

“嗯。那你想去见我爸妈吗？”融子兮笑着问。

郎泽轩脸上忽然闪过一抹紧张：“你这么一问，我突然有点紧张了，你爸爸妈妈对未来女婿有什么要求？”

融子兮忍不住笑起来：“原来你也有紧张的时候啊。”

郎泽轩也尴尬地笑，这种事果然是轮到自己的时候才会深有感触啊。

这天晚上，融佳琪的直播人气“爆棚”，观众突然涨了十倍，很多人问她跟郎立轩到底是什么关系。融佳琪一口咬定只是普通朋友，不过她甜蜜的笑容却让人遐想。一些广告公司也盯上了她。

不过也有人提出质疑，说她那张照片像是去郎立轩那里应聘时偷拍的。对此，融佳琪表示，有些人就是心里阴暗，妒忌心泛滥，照片不是应聘时偷拍的，因为她还有证据。这话一出，大家又纷纷猜测，等待着她继续放证据。

周三，融佳琪又在微博上放了三张跟郎立轩的自拍，并且写着:你应聘的时候老板会同意你跟他合影吗？这位老板好像会答应我这个要求哦。嗯，突然发现我们看起来还挺有那什么相的，嘿嘿。

这条微博一发出，网友又忙了起来，大多数网友认为融佳琪是郎立轩的新女朋友，有人祝福有人骂，网络美女主播佳琪又上了热搜榜。有媒体想套郎立轩的话求证，不过根本联系不上他。他似乎真的下决心远离娱乐圈了，不过突然又搞出这样的事是什么意思？大众都纳闷了。

中午，融子兮给融佳琪打电话恭喜她。

“佳琪主播，恭喜恭喜，得偿所愿了。”融子兮笑着说。她也看到了融佳琪在网上引起的讨论，热搜程度把她吓了一跳。

“先别恭喜了，我感觉要出大事了。”融佳琪惊慌失措地嚷起来。

融子兮纳闷:“什么意思？出什么大事了？”

“唉，就是那个，实话跟你说吧，我发到网上那几张照片确实是我那天见了立少后要求他拍的，然后故意放到网上炒作的，我这么做根本没有得到他的允许。所以，我有预感他会派人来收拾我，子兮，快，想办法救救我啊！”

原来是这样，融子兮无奈地说:“佳琪，你怎么能这样呢？你要这么做也要提前跟他说一声才行啊，这也是对人家的尊重啊，你这样以后大家见面还怎么做朋友啊……”

“子兮，你帮帮我，帮我跟他解释一下好不好？要不，你出面帮我约他出来吃顿饭，我当面跟他道歉怎么样？”融佳琪紧张兮兮地说。她当然是故意这么说的，她要不这么说，融子兮怎么会主动再跟郎立轩联系呢？她的任务又怎么能完成呢？她可是还等着跟郎立轩继续友好相处呢。

融子兮想着之前在马尔代夫的事还没跟郎立轩道歉，现在又出了佳琪这件事，自己简直都没脸再面对郎立轩了。他帮了自己那么多忙，自己却一直给他制造麻烦，简直是……

只有说:“好，那我给他打个电话，先帮你道个歉吧。”

“嗯嗯，最好约他出来当面说一下吧。”

“好吧。那先挂了，我跟他说好了再通知你吧。”融子兮无奈地说。

融子兮挂了电话，又叹了一口气，翻到郎立轩的手机号，拨了过去。

郎立轩正无聊地躺在办公室的沙发上拿着平板玩游戏，融佳琪的事他自然也知道了，想不到她凭几张照片就搞出这么大的事，深感这个女人手段高明。不过他认为，女人太聪明太有手段了，也没意思，他还是喜欢笨笨傻傻的。

这时手机忽然响了，听到这不一样的铃声，郎立轩立即转头瞥向手机，看到是融子兮的名字，淡淡地笑了笑，拿起手机接过电话。

“立轩，我是融子兮，打扰你了吗？”融子兮小心翼翼地说，她没发现自己每次打电话给他总是这句话。

“哦，没事，你说吧。”郎立轩温柔地说。

融子兮尴尬地开口:“其实也没什么事，就是一直想跟你道个歉，上次在马尔代夫，让你扫兴了，真不好意思。还有那天佳琪说，她来帮我跟你解释，唉，我本来想着她也是你的“粉丝”，一直很喜欢你，想见你一面也没什么，可我没想到她居然没有经你的同意就把你们的合影发到了网上，还让大家都误会了。我也是刚才跟她打电话才明白这事，实在是非常抱歉，我先代佳琪跟你道歉，她也是一时鬼迷心窍，你不要生她的气好吗？”

听她说了这么多，郎立轩也基本明白了是什么事，不禁再次对融佳琪的手段感到佩服，心道，看来这个盟友找得不错啊。

郎立轩笑笑，说:“看在你的面子上我可以不跟她计较，不过原本以为你的朋友应该跟你性格差不多，却没想到她跟你还真是一点也不一样啊。”

融子兮愧疚:“都是我的错,是我把事情想得太简单了。立轩你有没有时间?我们一起吃个饭，然后我让佳琪当面跟你道歉。”

“二哥也会来吗？”郎立轩故意问。

融子兮知道他现在不想见郎泽轩，只有说:“不会的，你放心吧。”不过还是想着趁这个机会跟他解释一下郎泽轩的事情，好让他们兄弟俩解除误会。

“那好，那就今晚吧。”

“行，那下班后再给你打电话。”

“嗯，好。”

挂了电话，融子兮总算松了一口气，因为从刚才郎立轩的语气来看，还是愿意接受道歉的。唉，佳琪也真是，竟然做出这种事。

快要下班时，融子兮给郎泽轩发了条微信消息，说今晚有事就不过去找他了，等会儿电话联系。

融子兮下班收拾好东西离开公司，打电话问郎立轩想在哪里吃饭。郎立轩给她报了个地方，说他已经订了包间，她们直接来就可以了。于是融子兮又给融佳琪电话，让她直接去餐厅等自己。

融佳琪比融子兮先到餐厅包间。融佳琪身材性感，打扮时髦，一走进餐厅就吸引了不少人的目光，有人认出了她，便讨论起来。

“想不到今天还能碰到郎立轩的绯闻女友，你们说她真是郎立轩的女朋友吗？”

“谁知道呢，我猜十有八九吧。”

“不会吧，郎立轩这眼光也太差了吧，居然找个‘网红’。”

“他肯定是玩玩而已。”

……

这还是融佳琪第一次在公共场合如此被关注，心情不由得更好了，走到哪里都像有聚光灯照着自己似的，这感觉实在是太棒了！

没错，融佳琪上瘾了。可惜她并不知道郎立轩到了没有，也不好问人，因为一问就暴露了自己跟郎立轩不够熟的事实，只好尴尬地找了个位置坐下，四下眺望郎立轩的身影。

看了一会儿，一个服务生过来，躬身小声说:“融小姐，你好，董事长请您去贵宾包厢坐。”

“好。”融佳琪欣喜，优雅地起身，扭着腰去包厢。

她今晚妆容精致，穿的是紧身抹胸包臀连衣裙，披了件白色小西服，及腰长发披散着，手拿酒红色鳄鱼皮手包，与脚上酒红色的高跟鞋相呼应。

虽然知道郎立轩可能欣赏的是融子兮那样淡雅素净的样子，可她试了试还是做不到啊。自己现在已经“出名”了，指不定一出门就有娱乐记者偷拍，一脸素净再加上没有人帮忙修图，如果被传到网上，指不定又要被多少人嘲笑。况且，自己就喜欢化妆，化精致的妆。或许，他多看几眼就会明白化妆的女人才是最美的。

进了包厢，郎立轩已经在里面的沙发上坐着了。

“立少，晚上好。”融佳琪笑着跟他打招呼。

郎立轩淡淡地看着她：“你们没一起来？”

“嗯，子兮让我在这里跟她汇合就好，再说我也想提前来见见立少，因为我不知道立少对我的初步表现是否满意。”融佳琪娇笑着走到他旁边的沙发上侧身坐下。

郎立轩没有看她，看着前面的电视屏幕说：“的确有点小聪明。”

“谢立少夸奖，接下来我会继续努力的。”融佳琪赶紧说。

郎立轩这才看向她：“你这么做，就不怕以后你的好朋友知道了怪你吗？”

“怪我？为什么要怪我呢？我这可是为了她好，她应该感激我才对。立少与郎医生相比，立少才是上佳之选。”融佳琪看着郎立轩英俊的脸赞道。

郎立轩淡淡地笑着，点点头：“是吗？可子兮为什么就不这么认为呢？”

“或许这就是子兮让立少喜欢的原因吧。男人，尤其是有血性的男人，充满了征服欲和占有欲，总觉得得不到的才是最好的，不是吗？”融佳琪故意挑拨他，她确实对郎立轩喜欢融子兮这件事暗暗不爽。

郎立轩没有马上回答她，似乎在想她的话正不正确。正想着，手机响了，郎立轩看到是融子兮打来的，立即接过电话说：“你在大厅里稍等片刻，我让人来接你。”

说罢叫服务生去接融子兮，而他也起身离开了沙发，似乎在等融子兮进来。

融佳琪看着他的身影，眉头微蹙，心道：难道我刚才那番话对他一点影响也没有？很快，门开了，融子兮走进来，礼貌地说：“立轩，你好。”

“嗯，晚上好。”郎立轩温柔地笑着说，简直跟刚才面对融佳琪时判若两人。

“亲爱的，你来晚了。”融佳琪也起身招呼融子兮。

融子兮看到她，也赶紧跟她打招呼，还用眼神问她是不是已经跟郎立轩认过错了，融佳琪悄悄点点头。

“坐吧。”郎立轩拉开一把椅子说，居然是为融子兮拉的。

“不用客气，我自己来就好。”融子兮赶紧说。

“没事，坐吧。”郎立轩依旧语气温柔地说。

待融子兮坐下后，郎立轩顺势在她旁边坐下，然后又问她这几天是不是比较忙。根本没管融佳琪，仿佛她不存在似的。融佳琪看在眼里，实在不明白郎立轩怎么想的，不明白他怎么就对自己哥哥的女人动心了。

当他们聊着的时候，菜也陆续端了上来。郎立轩又开始给融子兮介绍菜，还亲自给她夹菜。

“谢谢你立轩，我自己来就好。”融子兮尴尬地说，看看他，想了想还是忍不住开口说：“立轩，我已经问过你二哥为什么会生气了，这事儿其实是皓轩误会了。”

“我就知道又是他搞的鬼，你尝尝这个。”郎立轩又给她夹菜说。

融子兮看看碗里的菜，委婉地说：“你知道皓轩误会什么吗？误会我们关系暧昧，然后你二哥觉得一家人被这样误会不好，所以那天才生气了。”她想表达的意思就是，以后大家就保持一定的距离吧。

没想到郎立轩却笑着点点头说：“嗯，我明白，所以我并没有怪二哥，清者自清，我们堂堂正正地做朋友，又何必在意别人说什么呢？子兮，难道你不把我当朋友了？”

“当然不会，我是说我一直都把你当好朋友，只是想到我给你添了不少麻烦，很过意不去，所以想跟你说说这件事，听听你的想法，如果你觉得我让你困扰的话，尽管直接跟我说，我以后会努力解决自己的问题的。”融子兮委婉地解释。

郎立轩看着她：“那如果我说我希望你以后有什么事都跟我说呢？”

融子兮一愣，惊讶地想，立轩怎么好像一点也没明白自己的意思呢？难道自己没说清楚？

融佳琪对郎立轩这番表现也实在是难以理解，心道，你想要什么样的女人找不到，何必要为这样一个平凡的女孩子死心眼儿呢？突然间她好像胸口憋了一口气吐不出来似的，不由地悄悄锤了锤胸口，笑着说：“子兮，这就是你不对了，立少帮了你那么多忙，你却因为别人的一点误会就不想跟他做朋友了，你这样我都替立少心寒啊。”

“我哪里是这个意思，你可别乱给我解释啊。”融子兮赶紧说。她又向郎立轩解释:“立轩，我当然不是不把你当朋友，你不要误会啊。对了，佳琪的事你们刚才解释清楚了吧？”还是转移话题算了。

郎立轩点头:“解释清楚了，你放心吧。”

“哦，那就好。”融子兮点头，她还是觉得立轩对自己这么好，确实容易让人误会。可他一番好意，自己也不能把话说得那么绝对，不禁想着果然还是只能像泽轩说的那样，跟他保持一定的距离。

比如，不单独吃饭，不单独见面，尤其要避免被人拍到。融子兮没想到她的好朋友融佳琪正在偷偷拍她。融佳琪从刚才起就在假装玩手机，其实在拍她和郎立轩，拍下后，选了一段看起来比较暧昧的小视频，然后发给郎泽轩。

本来融佳琪不想这么做的，可有什么办法呢？自己未来的职业生涯可就靠郎立轩了啊。过了一会儿，微信来了一条消息。

融佳琪点开一看，郎泽轩居然回复说:“几张照片就让你做了立轩的帮凶吗？你就是这么做子兮闺蜜的？”

融佳琪简直不敢相信，郎泽轩居然一下子就看清了真相，心道:大哥，要不要这么聪明啊！

融佳琪立即回复:我当然是为了子兮好，你们兄弟俩，任谁说都是立少的条件好些。

郎泽轩立即回复:好不好不是你说了算，我劝你还是悬崖勒马，免得到时候无法面对子兮。

融佳琪郁闷，又回道:让我不搅黄也行，有本事你立马跟子兮结婚啊。你们都认识这么久了，郎医生你似乎还没什么实质性的行动吧。所以连我都忍不住怀疑你的真心了。

郎泽轩:你还是少说几句吧，免得子兮看到你这些话，你们的友谊破裂。

看到这句话，融佳琪感觉自己简直要气得吐血了，心道:这什么智商啊，怎么感觉每分钟都在被他的智商碾压啊？也不知道这么高智商的人又是怎么看上融子兮那个笨蛋的。

融佳琪看了一眼不断对融子兮献殷勤的郎立轩，心里不平地道:放着那么多条件好的女人不要，干吗非要抢融子兮这么一个平凡的姑娘？

三人在包厢里待了一个半小时才离开。回到家，融子兮洗了澡就回屋了，融佳琪则赶紧直播。

坐在床上，融子兮有点犹豫要不要把今晚跟郎立轩见面的事跟郎泽轩说一声。思索了一阵，还是拨了他的电话。

“想我了吗？”郎泽轩接通电话后直接说。

“嗯。”融子兮不否认，“不过其实是有件事想跟你坦白，就是刚才我跟立轩还有佳琪一起吃了顿饭，是因为佳琪说她没有经过立轩的同意就把他们的合影发到了网上，想当面跟立轩解释和道歉。然后我就约了立轩一块儿吃饭，也想跟他解释一下上次在马尔代夫的事，不想你们兄弟俩有误会。”

“那解释清楚了吗？”

“唉，好像没有，立轩说清者自清，不用在意别人怎么说。不过我以后会注意跟他保持距离的，你放心吧。”融子兮赶紧保证说。

郎泽轩笑笑：“融子兮，我问你一个问题，假设立轩真的喜欢你，追你的话，你会动摇，或者考虑选择他吗？”

“不会。”

“为什么？”

“因为我心里只有你啊。我只想跟你在一起，即便我不能跟你在一起，立轩是你的表弟，我肯定不会跟他在一起。再说，立轩跟我完全就是两个世界的人，身份地位差太多了，注定有很多地方难以磨合。我很感谢立轩看得起我，帮了我很多忙，但是，我们只是朋友，这点我一直很清楚。”融子兮认真地说。

“嗯，真不愧是我看上的女孩子，专一、务实、质朴。这么一来，我也就放心了。”郎泽轩发自内心地说。

“难道你之前不放心我吗？”融子兮惊讶地问。

“那当然，你在我眼里可是宝贝，我当然会担心自己的宝贝被人抢走。”郎泽轩爽快地承认道。

融子兮甜蜜地笑：“我还以为我在你眼里只是草呢。”

“不是草，是宝，记住了吗？”

“嗯，记住了。对了，医院今天有发生什么特别的事吗？”融子兮关切地问。

于是两人又说起了彼此工作上的事情。

很快，郎家三个月一次的家庭聚会时间又到了。

周五下班后，郎泽轩准备开车去外公家，他已经跟融子兮说过，聚会结束后去接她，然后两人一起度过愉快的周末。

连郎泽轩都没发现的是，他其实更依赖融子兮，周末她不在的话，他都不知道怎么过了。朗泽轩到达他外公家时，已是晚上七点半，刚走到大门口，就碰到了郎立轩。

“二哥，真巧。”郎立轩先跟他打招呼。

“嗯。”郎泽轩点点头，之所以还对他不友好，自然是不高兴他还觊觎自己女朋友,嫌他收买融佳琪去做那样的事。即便是兄弟,他也不能原谅这种事。两人一前一后地走进门，客厅里大部分家人都已经就座了，包括郎皓轩。

“泽轩哥！”郎皓轩看到他立即热情地喊道，喊完还瞪了郎立轩一眼。

郎立轩自然不稀罕他的好脸色。

“泽轩，这段时间医院忙吗？”外公关切地问。

“还好，外公，应付得来。”郎泽轩还是不愿跟他们多谈自己工作上的事。

“那就好，那就好。”外公点头说，又看向郎立轩，“立轩你呢？最近在忙什么呢？”

“爷爷，我当然是忙生意上的事。”郎立轩恭敬地说。

“不是吧，明明是忙着跟‘网红’闹绯闻啊。”郎皓轩立即揭短说。

郎立轩狠狠地瞪了他一眼，用眼神警告他别在爷爷面前乱说，可郎皓轩却假装没看到的样子。

于是又听爷爷语重心长地说:“立轩，爷爷说一句，你不要不高兴，你是你们几个兄弟里最有商业天赋的，既然如此，就多花点心思在生意上吧。至于那些女人，你上次的教训已经够深刻了，要是真想恋爱结婚，就拜托亲戚朋友给你介绍个温柔贤淑的女孩子，好好处处吧。”

“好的，爷爷。”郎立轩乖巧地应下。

“立轩，不知道你喜欢什么样的女孩子，要不你说说，我帮你问问，如果有合适的就给你介绍一下。”郎立轩的大嫂率先说，一说到做媒，女人们都很热心。

“对啊，立轩，你说说吧。”其他人也热心地问。

郎立轩没兴趣，客气地说:“谢谢大家对我的关心，不过我觉得我现在还年轻，不必急着考虑这个问题。当然，主要是我自己都不知道自己喜欢什么样的女孩子。”

“咦？不对啊，你不是喜欢二哥女朋友融子兮那样的女孩子吗？”郎皓轩又抓准时机，就是不要郎立轩舒坦，却没想到自己这句话信息量实在太大了。

首先，暴露了郎泽轩有女朋友这个事情;其次，郎立轩居然喜欢郎泽轩的女朋友;最后，这个说法有理有据，因为连女孩子的名字都报出来了。

郎洁立刻警觉地看向儿子，眉头微蹙。

其他人也纷纷看向郎泽轩。

大嫂立即八卦地问:“泽轩都有女朋友了啊，也是医生吗？恋爱多久了，怎么不带来跟大家认识认识呢？”

外公也笑眯眯地问:“原来泽轩已经有女朋友了，我还在担心他一个人在医院上班没人照顾呢，既然这样我就放心了。有机会带她来看看外公吧。”

“好的，外公。”郎泽轩回道，也就间接承认了自己有女朋友的事实。从马尔代夫回来后，工作一直比较忙，所以忘了跟郎皓轩打招呼，让他别说漏了嘴，不过就算打过招呼也没什么用。

不过这样也好，一来大家都知道了融子兮，立轩也就不能再有非分之想了;二来，本来自己也有给家人介绍她的打算。这时候保姆来叫大家吃饭，一家人又转移到餐桌旁。

一起举杯祝长辈长寿后，又讨论起郎泽轩的事情来。

郎皓轩的妈妈小声问儿子:“你认识泽轩的女朋友？”

“我当然认识，妈妈你不也认识吗？”

“我也认识？”

“就是上次那个跟我一起吃饭，结果不小心被娱乐记者拍到，被人误会是我女朋友的那个女孩子啊。”郎皓轩解释说。

他妈妈惊讶地说:“什么？她是泽轩的女朋友？”融子兮打电话来的时候，她还把她骂了一顿，顿时尴尬地说:“你这孩子，你怎么不早说呢？搞得大家误会了。”

郎皓轩不悦地瞪郎泽轩和郎立轩一眼:“不是我不想说啊，是泽轩哥没告诉我。我之前一直都不知道，是不久前才知道的。”

“哦，原来是这样。”皓轩妈妈点头，心里想着，下次要是郎泽轩带她来的话，自己要找机会跟她道个歉。

“泽轩，你女朋友是做什么的？也是医生吗？”大嫂好奇地问。

郎泽轩一脸平静：“不是，她是服装设计师。”

大嫂点头：“哦，那挺好啊，会做衣服的女孩子肯定是心灵手巧的，看来泽轩很有眼光。”

“那她父母是做什么的？”大嫂又问。

“这个我也不是很清楚。”郎泽轩如实回道，他不愿跟他们谈论这个话题，主要是觉得他们大都跟妈妈一样，把社会地位和金钱看得太重。

朗泽轩悄悄看了妈妈一眼，虽然她一副冷峻的样子，但朗泽轩已经感受到她内心如活火山一样的怒火了。

郎泽轩不想多说，话题似乎也进行不下去了。

郎皓轩出于一番好意，主动跟他们介绍说：“二哥的女朋友叫融子兮，是位非常棒的戏服设计师，还给我设计过不少戏服呢。对了，她现在的工作也是我帮她介绍的，我们一起吃过饭，是个很温柔、很可爱的女孩子。”

“咦，这么看来你们兄弟三人都对这个女孩子很有好感，那泽轩打算什么时候结婚呢？”大嫂又问。

郎泽轩表情依旧很平静，点点头说：“嗯，是有考虑这个问题，不过具体什么时候倒是还没决定。”

“哦，这样，那还是先恭喜泽轩了。”大嫂真诚地说。

此时郎泽轩的妈妈郎洁内心十分愤怒，儿子和那个女孩都到了谈婚论嫁的地步了，她居然还一点都不知道，这不是打她的脸吗？

因为说到郎泽轩恋情的事，大家可以讨论的话题突然多了起来。长辈们讨论着三兄弟的感情问题，猜测着他们谁先结婚生子，又讨论起自己认识的适龄女孩。

郎泽轩原本想早点离开，可这时候也不便先走了，要不然肯定会被开玩笑说他急着去见女朋友，于是一直等到大家一起吃完饭。瞅到大哥郎荣轩先走了，朗泽轩准备偷偷溜掉。结果刚一起身就被他爸爸叫住：“你妈妈想跟你谈谈那女孩的事，问你什么时候有时间。”

郎泽轩看向他妈妈的方向，想了想说:“今晚时间也不早了，改天吧。”

“也好，过几天再说，你们也好有个心理准备。”说罢，拍拍儿子的肩膀，一副让儿子“自求多福”的样子。

“那爸爸，我走了。”郎泽轩说。

“好，去吧。”杨军无奈地说。郎洁的性格他最清楚，儿子只有找了个高官或者富商的女儿，她才会满意。

郎泽轩上车后，给融子兮打了个电话，说已经离开外公家了，大概四十分钟后就能到。

“好，我不急，你慢点开车。”融子兮体贴地说。

郎泽轩情不自禁地笑笑:“好，那等会儿见。”

挂了电话，郎泽轩心里的阴霾也散去了，似乎不管发生什么不愉快的事，只要跟她聊聊天、说说话，心情都会变得好起来。他也承认融子兮本身的条件不算特别优越，可两个人相爱，重要的不是条件好，而是合适。她的温柔善良、简单专一，正是自己最看重的品质。

屋子里，融子兮一直都在看时间，等过了半个小时，提上包包便出门了。匆匆出门下了楼，在小区门口等郎泽轩。十分钟后，郎泽轩也到了小区门口，刚要打电话，就看见融子兮走了过来，顿时明白她提前在门口等自己。

“我到了会给你打电话，你何必提前来等我，着凉了怎么办？”郎泽轩关切地说。

融子兮看着他笑:“不会的，我衣服穿得厚，我怕你停车不方便，所以想着还是来等你比较好。再说我也没有等多长时间，只等了几分钟。”

忽然之间，郎泽轩有一种想亲亲她的冲动，他按捺住内心的冲动，笑着发动了车子。心想，回去再亲热吧。

车上，融子兮问了一下他聚会的情况。

“哦，对了，有个事情想跟你说，今晚皓轩已经把我们的事当着家人的面公布了，如今家人都知道我有个女朋友，她的名字叫融子兮。”郎泽轩如实说。

“啊？那这下怎么办？”融子兮立即就慌神了。

郎泽轩看向她笑笑:“不需要怎么办啊，这本来就是事实，他们知道了又有什么关系。”

“可是，我是说，你妈妈还不知道咱俩的事，她肯定不太高兴吧？”融子兮担忧地说。

“她没说什么，我也不知道她是怎么想的，不过我走的时候爸爸跟我说，妈妈想了解一下你的情况。”郎泽轩如实说。

融子兮担忧地问：“那万一她了解了，不同意，怎么办？”

郎泽轩赶紧安慰她：“你别担心，你是做我的女朋友又不是做她的女朋友，她就算不同意，也不能改变我们相爱的事实，当初我做医生的时候她也不同意，我不还是做了医生吗？妈妈太过固执，你不要太在意。”

“唉，可不管怎么说，她还是你妈妈，如果她坚决反对的话……”

“你就要放弃我吗？”郎泽轩打断她的话。

融子兮看向他：“我当然不愿意。”

“那不就行了，别担心，没事的。有我在，别怕。”郎泽轩又安慰道。

融子兮点点头，也不想让他压力太大，就没继续说这件事。

与此同时，郎洁知道儿子有女朋友这件事后，一直在忍着。好不容易忍到家，终于开口问丈夫：“泽轩有女朋友这件事，你之前已经知道了吗？”刚才在皓轩说出这件事后，她发现丈夫并没有多大反应，很明显之前已经知道了。

可这事他哪里敢承认，忙搪塞说：“我不知道啊，泽轩又没跟我说过，不过儿子都这么大了，他有女朋友也不稀奇吧。”

郎洁看着他冷冷一笑：“杨军，你就装吧，别以为我不知道你们父子俩是一个鼻孔出气的，什么事都父子俩悄悄商量，把我当外人一样，当年他改专业不也是这样吗？”

杨军解释道：“你别动不动就扯那件事，好吧？儿子的人生能不能让他自己做主？再说，他当医生怎么了，又不是什么丢人的事，而且医生有什么不好，你有病、有痛的时候，不也要去找医生吗？”

“杨军！”郎洁指着他突然尖叫一声，胸口不断起伏，这是暴怒的前奏，吓得杨军匆匆朝书房走。

结果郎洁跟在他身后骂道：“你跟我说话是什么态度？仗着儿子现在长大了，跟你站在同一边了，你们父子俩要联合起来对付我吗？没有我郎洁，你们父子俩能有今天吗？你摸着你的良心好好想想！没有我郎洁，你能住别墅？能做人事部经理？做梦去吧你！我还不知道你吗？你仗着我们俩只有这一个儿子，就打儿子的主意，从小就在他耳边说我的坏话，知道讨好了儿子你下半辈子就不愁了，你以为我不知道你打的是什么如意算盘吗？哼！现在你又连他找的女朋友也一块儿收买了，你就是要联合一切力量对付我，是不是？”

杨军凭着这么多年的经验和锻炼出来的毅力，一声不吭地任由她骂。而且更厉害的是，他什么都不做，就坐在椅子上一动不动地听着她骂。

这是他这么多年来总结出来的最佳应对方式。因为在郎洁开骂的时候，如果他反驳一句，她就会骂十句；如果他试图藏在房里，她就会拼命砸门；如果他假装看书，她就会把书夺过去给扔了；玩手机扔手机；看电视砸电视。反正她就是要让你什么都不做，任她打骂。

当然，如果反抗她，她就会闹得天下皆知，闹得他一年半载都不得安宁。所以最好的办法就是，任她打骂，等她骂累了，骂到自己觉得没意思了，就熄火了。

此时的杨军坐在椅子上，一动不动地任由郎洁骂。脑中竟然想的是，上次一名员工送的那罐茶叶真不错，下周去公司的时候问问他在哪里买的，自己也买几罐。果然，郎洁骂了一阵，终于觉得没趣了，才愤愤地转身离开了。

当晚，杨军也没去卧室睡，在客房住了一夜，免得去受她那份窝囊气。

第二天早上，杨军没有看见郎洁，到处找了一下，都没人，想着她八成是去哪里玩了，也没在意。却没想到，妻子竟然去找儿子了。

听到门铃声，正在做早餐的融子兮也没想太多，忙从厨房里出来去开门。郎泽轩正在冲澡。打开门，正要开口的融子兮看到神色冷峻的郎洁，突然就愣住了。她上次在郎立轩那里见过郎洁，对她还是有印象的。

愣了片刻才说：“阿姨，您好，快请进吧，泽轩正在冲澡。”

郎洁上下打量了她一下，才冷着一张脸走进门。

这让融子兮尴尬到了极点，不知道自己要怎么说、怎么做才好了，只有赶紧去跟郎泽轩说：“泽轩，阿姨来了。”

“阿姨？哪个阿姨？”郎泽轩随口问，问完才反应过来是妈妈，赶紧关了水，拿毛巾擦拭。他心里有点恼火，她这动作也太快了，来之前也没打声招呼。

爸爸也是，怎么不提前打个电话通知一声呢？

融子兮又回到客厅，礼貌地说："阿姨，您吃过早饭了吗？我刚做好了早饭，您要不要吃一点？"

郎洁看都没看她，开口说："你跟泽轩认识多久了？"

"快一年了。"融子兮如实说。

"不到一年就住一块儿了？你爸妈知道吗？"郎洁轻蔑地问。

感受到她的不友好，融子兮有点尴尬，解释道："我们没住一块儿，我只是偶尔过来一下。"

郎洁冷笑着说："偶尔，那不也是住一块儿了吗？现在的年轻人我还不知道吗？上床对你们来说就跟吃饭、穿衣服似的，随便得很。"

融子兮看着她，不知道怎么说下去了，干脆默不作声。

这时候卫生间的门打开，郎泽轩看到坐在沙发上的妈妈，说："妈妈，你怎么来了，爸爸呢？你们过来怎么也不提前打个电话？"

"怎么？妈妈破坏了你的好事？"郎洁看向他，反问道。

郎泽轩说："妈妈，你说话能别带刺吗？都是一家人，就不能好好说话吗？"

"一家人？"郎洁轻蔑地看看融子兮，"她跟你已经是一家人了？"

郎泽轩看向融子兮。融子兮赶紧朝他摆手，示意他不必说"是"，那会让他妈妈不高兴，没想到郎泽轩开口就说："是。"

郎洁冷笑着说："行啊，我儿子总是这么有主见，我这个当妈的什么事都不用操心了。"看向融子兮，"你是哪儿的人？父母是做什么的？"

"妈……"

"你住嘴！难道我作为你妈妈，连这些事都不能过问吗？"郎洁打断儿子的话喝道。

"泽轩，你先去换衣服吧。"融子兮只有劝道。

郎泽轩握了握她的手说："我很快就出来，放心。"说着赶紧去换衣服。

融子兮觉得，这些事早晚要说，就走到郎洁旁边，开口说："阿姨，我是廊坊人，爸爸是中学数学老师，妈妈是裁缝，在老家开了个小店，帮人做衣服。"

郎洁听完，轻蔑地笑道："哦，难怪啊……"这么差的条件，难怪见到我儿子就迫不及待地投怀送抱，故意没说后半句。

融子兮自然知道她瞧不起自己的家庭，也不好当面跟她争论，就没开口。

“哪个学校毕业的？国内还是国外？”郎洁又问道。

“北京服装学院。”

“什么学位？”

“本科毕业。”

郎洁睥睨她：“那你这学历跟泽轩相差有点多啊。”

“妈，你能别再这样咄咄逼人吗？子兮，你不用回答，先吃早饭吧。”郎泽轩换好衣服，出来说。

融子兮点点头，心里很不是滋味。

郎泽轩看向母亲：“妈，我们等会儿要出去玩，如果你还没吃早餐的话就一块儿吃，如果吃了那就先回去吧。”

“你赶我走？”郎洁问。

“我没有要赶你走，可你在这里大家都不开心，我觉得也必要继续谈下去。”郎泽轩客观地说。

郎洁顿时生气了，怒视他说：“郎泽轩！这是你跟妈妈说话的态度吗？你有了女朋友，就瞒着我一个人，让我成为全家人的笑柄，再说，你都已经把她当一家人了，作为你妈妈，问问她的基本情况，难道不应该吗？”

又起身指着他说：“我供你去国外读书，你倒好，瞒着我悄悄改专业，整整九年时间，直到你回来，去医院上班，我才知道你居然学的是医学！现在，你有了女朋友，都睡一张床上了也不跟我说一声，你是不是也想瞒我几年，等孩子大了才让我知道？你到底有没有把我当你妈？我把你养这么大，你心里就只有你爸爸那个窝囊废，是不是？”

没想到事情发展成这样，融子兮懵了，赶紧拉住郎泽轩的手，劝道：“泽轩，少说一句吧。”

郎泽轩深吸一口气点点头，妈妈的脾气他还不知道吗？除了等她骂够外，根本没其他办法。

郎洁看儿子不说话，两人还手牵手，怒视融子兮说：“别装得一副清纯可怜的样子，你以为我不知道你在打什么主意吗？就你这条件，配不上泽轩，我今天就先把丑话说在前头，就凭你那家世背景、学历工作，我郎洁是绝不会认你这个儿媳妇的！死心吧！”

“妈！”郎泽轩再也忍不住吼道。

朗泽轩怒气汹涌地看了她片刻，拿起桌上的手机和钱包，抓紧融子兮的手：“我们走！”

融子兮提上包包，跟他一起出门。

“郎泽轩，你给我站住！”郎洁指着他大叫，看儿子没有停下来的意思，赶紧追出来，“你不听我的话是吧？你有本事也别住这里，这房子也是我花钱买的，你不是不稀罕郎家的一切吗？那你就别在物质上依赖郎家。我倒是要看看，你什么都没有了，什么都不要了，这女人还会跟着你吗……”

电梯门打开，郎泽轩拉融子兮进门，立即按了关门键。而电梯外，郎洁还在大喊大叫。

郎泽轩看向融子兮，担忧地问：“没吓着你吧？”

融子兮看着他摇头：“我没事，你不要紧吧？”

郎泽轩对她笑笑：“我没事，放心吧。我可是主刀医生，心理素质不好怎么行。再说，这么多年她一直是这样，我早就习惯了，只是有点难为你了。她说的话你都不要放在心上，就当……就当她是个电视剧里的人物吧。”

“嗯。”融子兮点点头，不过想到郎洁那些话，心里还是有点不舒服。

两人到达车库，上了车，开车离开小区。

眼睁睁看着儿子带着女朋友匆匆离开，又跟自己唱对台戏，郎洁不满地在电梯门口站了一会儿，才气冲冲地转身回到屋中，走进儿子的卧室。

看到床上两个紧挨在一起的枕头，骂了句“不要脸”，又拉开衣柜门。

挨个看了一下衣柜里的衣服，并没有发现融子兮的衣服，心里的怒气才稍微平息一些。检查完卧室后，又来到书房，也没发现融子兮的东西，又去检查卫生间，也没有发现女性用品，这才作罢。

当然，这并不代表她就会接受融子兮，儿子当医生的事已经够让她没面子了，如果还跟这么个普通的女孩子结婚，那她郎洁还不被别人笑死。之前她对儿子不满，如今总算有了发泄对象。

车子在一个半山坡停下，附近有一个鱼塘。这里是一个自助钓鱼场，钓鱼后可以带走，还可以在鱼塘旁的空地上就地做烤鱼吃，吃完后可以去登山玩。

这是两人昨晚在网上找到的游玩地。

两人租了一根鱼竿，一起到鱼塘边钓鱼。钓鱼自然是件非常有趣的事，尤其刚刚经历了不快，心情一直难以平静下来。可此时看到宁静的水面，还有安静钓鱼的人们，浮躁的心终于平静了下来。

两人守着一根鱼竿，将头凑到一起小声说话。

鱼竿一动，郎泽轩迅速拉起鱼竿，一条大鱼在鱼竿上晃动。两人瞬间就雀跃起来。赶紧把鱼收到桶里，又兴奋地准备钓第二条。

“你猜我们今天能钓多少条鱼？”郎泽轩小声问她。

融子兮掐了掐手指:“我猜十条！”

“十条？这么少？”郎泽轩居然说。

“十条还少吗？”融子兮惊讶地问。

“那当然，你看我们不到半个小时就钓了一条，我猜起码能钓三十条。”

“我不信，怎么可能钓三十条呢？我们要钓走三十条，那老板不是亏了。”融子兮笑着否定说。

“那要不这样，我们打个赌，你猜十条，我猜三十条，到时候谁猜的数字最接近实际数量，就算谁赢。”

“好啊，那赌什么呢？”融子兮有点兴奋了。

“你想赌什么？”

融子兮挠头，想不出来到底要赌什么才好。

“你就没什么心愿吗？比如，想去哪里玩，想吃什么，想买什么之类的？”郎泽轩提示她。

融子兮尴尬一笑:“原本是有的，可我现在一下子想不起来了。”

“那就赌一个现在想不起来的礼物吧，等输赢出来后，再说要什么。”郎泽轩建议说。

“好啊。不过可不能是对方办不到的。”融子兮又说。却不知道郎泽轩就是准备故意输给她的，三十条本来就不可能，他就是故意输给她，好让她开心一下。而且他也想起了一件事，那就是这么久以来，他还没有送过她礼物，所以融子兮去车里拿水的时候，旁边钓鱼的男人朝郎泽轩竖起大拇指，道:“哥们儿，你这‘撩妹’技巧高啊。”

郎泽轩笑笑:“还好吧。”还不是因为融子兮单纯。

有了这个赌约后，融子兮不时数数桶里的鱼，结果到中午的时候发现还是只有四条，心里暗暗欣喜。一上午才四条的话，那肯定是自己赢了。想到自己也有赢了郎博士的时候，心里说不出的得意。

郎泽轩为了配合她，假装焦急地说:“不该啊，我觉得我钓十几二十条才对啊？以前在国外读书的时候，轻轻松松地就能钓几十条的。”

“我知道为什么，因为美国人很少吃鱼，他们河里的鱼特别多。我在网上看过一个视频，有一个人划着一条小木船进到河里，拿浆朝河里搅，突然河里的鱼就受惊了，纷纷从水面上跳出来，结果跳了好多到他船里。可你别忘了，这可是国内，怎么可能有那么多鱼？”融子兮很认真地跟他分析。

郎泽轩点头:“哦，原来是这么回事。”看到她得意的样子，故意夸道:“融子兮，看不出你还深藏不露嘛，看来我这次是要输给你了。”

融子兮忍不住笑起来:“嘿嘿，想不到我终于也赢了你郎博士一回，我现在感觉比我小时候考了满分还高兴。”

“你也有考满分的时候？”

“那当然，我小学的时候成绩可好了。当然，不敢跟你郎博士比。”融子兮假装谦虚地说。

郎泽轩连忙摇头:“我小学的时候成绩可不好，每次都是倒数的。”

“是吗？那你怎么还考上博士了呢？”

“当然是努力啊。那你呢，怎么只读到本科，大学的时候忙着谈恋爱吧？”

“当然不是，是我读了本科就不想继续读了，再说，本科也不错，我们学校可是特别难考的，除了要求文化课成绩还要加试专业技能，录取比例一万比一呢！”

“是吗？那看来你还真是个人才。”郎泽轩又故意夸道。

融子兮得意地说:“别的方面不敢说，服装方面我还是有自信的。”

“嗯，那我捡到宝了。”郎泽轩揽过她的腰，探起头在她脸上亲了一口，顿时羞得融子兮红了脸。

“长得帅，还这么会‘撩妹’，这哥们儿不简单啊。”刚才坐在郎泽轩旁边钓鱼的男人看到这一幕，又忍不住说道。打从听出郎泽轩是故意输给融子兮后，他就有意无意地观察他们，想看看郎泽轩还会出什么高招，自己也学个一招半式。想不到这还真是个高手。

中午吃完饭又继续钓鱼，结果钓了两个小时才钓了一条鱼，郎泽轩主动认输，并提出去登山。融子兮欣然同意，于是两人又一起去登山。

花了一个小时终于登到山顶，两人想起了那次一起去看日出的事，心里更是甜蜜不已。

“融子兮，上次看日出的时候，你都对太阳说了什么，现在你不对要落山的太阳再说些什么吗？”郎泽轩说道。

上次对太阳说的……“太阳你好，我喜欢郎医生。”融子兮想起来，尴尬地捂脸:“你这也太狡猾了吧。”

郎泽轩看着她笑，催促道:“快啊，不然太阳要落山了。”

“我不，我才不上你的当。”融子兮紧紧捂着脸，就是不说。

“喂——太阳，告诉你一个秘密，我爱融子兮！”郎泽轩突然喊道。

融子兮赶紧放开手，惊讶地看向他，郎泽轩正宠溺地看着她笑。

看着他的笑容，融子兮心里甜蜜又感动，忍不住笑了笑，也看向太阳喊道：“太阳你好，我就是融子兮，我爱郎泽轩！”

融子兮喊完尴尬一笑，伸手抱住朗泽轩。两人在夕阳下的山顶紧紧拥抱，感觉彼此的心仿佛融成了一颗似的。从山上回来，早上的不快已经全都抛到脑后了。晚上，郎泽轩趁融子兮洗澡的时候，给他爸爸杨军打了个电话，说下次他妈妈再来的时候提前说一声，或者索性就拦住她。

“什么？你说你妈妈早上去你那里了？”杨军惊讶地问，他还不知道这件事，郎洁回来后也没提过。

“嗯，刚好融子兮也在，大吵大闹，我们没有办法，只能出去，避开了她。”郎泽轩如实说。

杨军深感头痛，说:“昨晚她回来就跟我吵了一架，后来我就去客房睡了，今早起来没看见她，我还以为她出去散心了，没想到她竟然……”

“算了，爸，你不要再去跟妈妈提这件事了，否则你们又要吵架了。我原本以为你知道，所以想请你帮忙，既然你不知道那就算了，反正妈妈也不知道门锁密码，下次我不开门就是了。”郎泽轩无奈地说。

“泽轩，都怪爸爸没本事，你也跟着受牵连。你放心，我会看着她的，只要她一出门我就跟着，要不然就立即通知你。”

“嗯，我倒还好，我就怕她乱说让子兮难受。”

“爸爸知道，你妈妈那张嘴，除了我们父子俩没人受得了。你多哄哄小融吧，我看那姑娘对你一心一意的，应该不会轻易就离开你。”

“她是对我一心一意，可正因为如此，才更容易被伤害。”郎泽轩立即反驳道，“好了，先这样吧，有空再联系。”

挂了电话，郎泽轩又思索着怎么平息这件事，他认为妈妈朗洁这次是不会轻易罢休的。

第二天早上，融子兮端早餐的时候，不时朝门看，唯恐门铃突然响了，然后郎洁出现在门口。坐在桌边的郎泽轩看着她那样子，暗暗叹口气。

等她过来坐下，边吃早餐边问:“今天去逛街怎么样？”

“逛街？”融子兮惊讶地看着他，“你也对逛街有兴趣？”

“如果我一个人逛，当然没兴趣，有你一起不就有兴趣了吗？还有，昨天我们打赌我不是输了吗？难道你就不想趁机去选自己的战利品？”郎泽轩故意说。

融子兮既甜蜜又感动地说:“既然你这么说，那我们就去逛逛吧。”

“好。对了，以后门铃响都不要先开门，从猫眼里看清楚来的是谁，再开吧。如果看到是我妈妈就别开了，就假装我们不在吧。”郎泽轩说。

融子兮惊讶地看着他:“这样会不会不好？不管怎么说她也是关心你啊。而且万一她知道我们在却不给她开门，会更生气的吧！”

“我也是没办法，她一来就大吵大闹。”郎泽轩无奈地说。

融子兮想到这件事忽然又有说不出的忧愁，看向他说:“如果你妈妈始终不肯接受我怎么办？”

郎泽轩握住她的手:“那我会更爱你，更呵护你，把你因为妈妈所受的伤都治好，而且还会让你更开心。相信我好吗？”

一句话让融子兮所有的担忧和不安立即烟消云散，她甜蜜地笑着说:“想不到郎医生说起甜言蜜语来这么厉害,不是学过情感课程就是天生的情场高手。”

郎泽轩点头:“确实是高手。”

融子兮又被他逗笑了，看看他，满眼的爱和甜蜜。吃过早餐，两人一起出去逛街。

融子兮的衣服都是自己做的，所以没有逛女装店。反而逛了男装店，帮郎泽轩买了一套衣服。

“不对啊，不是说给你选战利品吗？可不能我买了，你没买，快想想你到底想要什么？”郎泽轩拉住她的手，不让她出商场。

“我真的没什么想要的，等我想到再说吧。”融子兮不想浪费他的钱说。

郎泽轩认真地看着她:“我不信，都说购物是女孩子的天性，你不可能没有想要的东西。让我想想，你是不是担心我这个医生工资不多，买不起你想要的东西？”

“当然不是，我又不迷恋奢侈品。”融子兮赶紧说。

“那好，既然这样，你跟我来。”郎泽轩说，说着将她拉着往前走。

走了一会儿进了一个珠宝店，朗泽轩把她拉到柜台边说:“选吧。”

融子兮惊讶地看着他:“来这里选？不太好吧。”

“有什么不好的？难道你就不想要我送你一件贴身饰品吗？”郎泽轩看着她，诱惑她说:“项链？戒指？”

看她感动得说不出话，看向店员:“麻烦你给她推荐一款饰品吧，项链、戒指都可以。”

“好的。”店员笑着说，立即从柜台里拿出几款项链和戒指，向融子兮热情推荐。

“看起来都还不错，怎么样，有没有喜欢的？”郎泽轩问融子兮。

融子兮悄悄看了看价格，摇摇头:“还是算了吧，我们再去看看别的东西。”

郎泽轩知道她的顾虑，拿起一款戒指说:“我觉得这个就挺好看的，不信你伸手试试。来吧，先试试，等我跟你求婚的时候就知道什么款式更适合你了。”说着拿过她的手，把戒指戴到她的无名指上。

融子兮的视线没有落在戒指上，而是看着郎泽轩，还没从他刚才的“求婚”二字上反应过来。

“看起来还不错，你认为呢？”郎泽轩说着看向她，发现她根本没看戒指而是在看自己，笑着说:“怎么？我比这戒指还好看？”

融子兮感动地笑笑，低头看向戒指，一直以来，她都觉得自己爱他更多一些，时至今日她才理解他的爱。他的爱更理智，更含蓄，更有责任感。

融子兮看向一款钻石小一点的戒指，说:“我想试试那款。”

店员把戒指拿过来,融子兮试戴后说:“我觉得这款挺好看的,性价比也高，要不就选这款吧？”

郎泽轩看着她笑,点点头:“好吧，那这次省下的钱都加到求婚的戒指上。”

出了珠宝店大门,回到车上,郎泽轩把戒指拿出来,拿过融子兮的手说:“本来这个戒指应该给你戴在左手中指上，据说那是热恋中的意思。可我始终觉得戒指戴在无名指上最好看，还有，我想先预定这个手指，融子兮小姐，不知道可以吗？”

融子兮甜蜜地笑着，点点头，说道:“接受郎先生的预定。”

郎泽轩也甜蜜地笑笑，然后把戒指给她戴到无名指上，看了片刻说:“嗯，先抢到位置的感觉就是好。”

融子兮不禁又被他逗笑了，附和他说:“我也这么觉得呢。”

这么一说，两人都笑起来，没有什么比两人在一起总是开开心心的感觉更好了。就这样，通过郎泽轩的一番努力，总算消除了郎洁给她留下的阴影。周末过去，两人又全身心地投入工作中。

嫦美时代会议室，杜嫦曦给公司的主要部门负责人开完会后，又让融子兮单独留下。融子兮有点紧张，猜测着难道是自己哪里出了什么纰漏。

待人走完，杜嫦曦面带笑容地看向她说:“子兮，让你留下来是因为我有个想法想跟你讨论一下，我想扩大你那个小组的规模，让你们小组的业务再扩展一下。除了戏服定制外，我还想发展改良古装定制业务，比如古色古香的嫁衣定制、改良汉服定制、改良旗袍定制等跟古代服饰有关的业务，当然，我们都是走高精端路线，你觉得可行吗？有信心做好这一块吗？”

原来是这事，融子兮不由得松了口气，高兴地说:“实不相瞒，杜总，我一直就想尝试这方面的工作，我觉得现在很多人都很喜欢传统文化，我们应该引领这股潮流才对。”

“嗯，我也是这么想。那既然这样，我就把这件事情全权交给你了，你有什么需要，尽管跟陈经理说，他会配合你的。”

“好，谢谢杜总，我会努力的。”

回到自己办公室，融子兮兴奋不已，脑中已经在构思要怎么做了。

与此同时，郎立轩又给了融佳琪一点好处。那就是在他出席活动接受记者采访的时候，有记者委婉地问他:“有空的时候会不会观看佳琪的直播？”

郎立轩点头回到说:“会啊，我现在挺喜欢看网络直播的。”

一石激起千层浪，许多人都相信，美女主播佳琪的确是郎立轩现在的女朋友。融佳琪的身价自然是水涨船高，网络直播平台打出了“和‘国民老公’一起看直播”的广告语。同时，一些广告公司也找了融佳琪拍广告，不过只是一些小品牌。对此，融佳琪自然不满足，她已经有了提高自己的身价、进娱乐圈的想法。

这天，刚下班的融子兮接到吕树杰的电话。吕树杰在电话里问:“子兮，想问你一件事，佳琪现在真的是那个郎立轩的女朋友吗？”

融子兮边走边说:“不是的，那都是误会，你别担心，树杰。”

不过吕树杰听后更担心了，不禁又问道:“既然不是，那佳琪为什么有跟他的合影呢？而且郎立轩在采访的时候说他喜欢看佳琪的直播。佳琪是不是有什么把柄在他手里？或者他们是不是有什么不平等的交易？子兮，你们都是女孩子，可别因为别人一两句威胁的话就妥协，现在是法治社会，你们不要怕，尽管拿起法律的武器保护自己。”

融子兮笑起来说:“吕树杰,你都想到哪里去了,你这想象力也太丰富了吧。我实话跟你说吧，你想的这些都是根本没有的事。郎立轩是我男朋友的表弟，所以佳琪也认识了他。可能他觉得佳琪挺不容易的，就仗义地答应了帮她提高一下热度，事情就是这样。”

“哦！原来是这样啊，我还以为……主要是我想着人家一个‘富二代’，佳琪也就是个小主播,要是没点好处,他怎么会捧佳琪？不过现在听你这么说，我就放心了，那子兮你岂不是要嫁入豪门了？”

“什么啊，我男朋友虽然姓郎，可他说过不会碰郎家任何财产，他就只是一名医生。”

“医生的待遇也很好。”

“那你呢？还继续等佳琪吗？”

吕树杰无奈地笑笑:“我反正也没人要,指不定等下去还能捡个漏。没事儿,别担心我,现在中国光棍这么多,我不丢人。”

听到他这么说,融子兮心里有说不出的滋味,她知道吕树杰喜欢佳琪不是一年两年了,从中学到现在都快十年了。以前还觉得有点可能,可现在佳琪突然红了,怕是更不会跟他在一起了。安慰了他几句,挂了电话,融子兮决定回去劝劝融佳琪。

回到家,融佳琪不在,融子兮给她打电话也没人接。过了一阵,融佳琪回电话说,她刚才在跟她代言的商品的老板吃饭,吃完饭大家还要去玩一会儿,可能要晚一点才回来。

“那你不直播了吗?”融子兮纳闷地问。

“要啊,不过我现在不用每天直播了,隔三岔五地播一下就行了,反正我现在也不靠直播赚钱。对了,你今晚还在我隔壁吗?”

“我当然在啊。”

“那行,我回来给你带好吃的。”

融子兮想着要跟他说说吕树杰的事便答应了,嘱咐她说:“你也不要太晚啊,我明天还要上班。”

“行,知道啦。上班上班,你就知道上班,上班有什么前途,小傻瓜。挂了,回来再说吧。”

挂了电话,融子兮无奈地叹了口气,煮了碗面条吃,然后完善计划书。这次有这么好的机会,她暗暗下决心,一定要把握住。一头扎进工作中,时间就过得飞快。直到手机响起才回过神来,看到是郎泽轩的电话,不由自主地一笑,连忙接起电话。

“我今晚有点纳闷,都到这个点了,怎么还没有接到某人的电话呢,难道我被遗忘了?”郎泽轩故意玩笑说。

“就算遗忘了全世界,也不会遗忘郎医生啊。”融子兮故意配合他说,说完又忙道歉:“对不起,我在做计划书,所以忘了时间。”她把上午杜嫦曦的话和自己的想法跟他说了。

“很不错,这是个很好的机会。”郎泽轩认同地说,“看来你们老板挺重视你。”

“是吗？哪里看出她重视我呢？”融子兮忙问。

“这还不明显吗？她今天跟你谈的这个想法肯定是她早就想好的，可公司一直没有实施，证明以前她觉得时机还不成熟。而今天跟你提出来，不正说明她觉得你有这个能力胜任吗？”郎泽轩给她分析。

融子兮点头：“原来是这么回事啊，那我更要努力了，不能辜负她对我的期望才行。”

“那是自然。不过也不能因为工作就忘了男朋友，嗯？”郎泽轩居然说。

融子兮感到郎泽轩现在说越来越会说甜言蜜语了，也越来越能感受到他的爱了，笑着说：“那当然不会，你永远排第一位。”

“那就好，明晚过来吗？”

“如果你想我，我就过去。”

“嗯，我想你。”朗泽轩说得毫不犹豫。

融子兮忍不住笑了：“那好，明天就来治郎医生的相思病。”

想不到她学得这么快，郎泽轩被她逗笑了。此时此刻，即使不在一起，仿佛也能感受到彼此近在咫尺的爱，幸福也萦绕在心间，实在美好得难以形容。挂了电话，带着满心的甜蜜，准备洗漱睡觉。

洗过澡后，融子兮看看时间，都快十一点了，可融佳琪还没回来，只好打个电话催她。直到铃音结束也没有人接，融子兮准备睡觉了。就在融子兮快进入梦乡时，身上突然一重，顿时从梦中惊醒。

“亲爱的，我回来了，想我吗？”一身香水味的融佳琪抱住融子兮就往她脸上亲，又散发出一阵酒味。

“融佳琪，你干吗？你是不是喝醉了？”融子兮赶紧推开她。

“醉？我融佳琪的字典里就没这个字！”融佳琪大声地说，融子兮一听就知道，她没有完全醉也有七八分醉了。

融子兮推开她，她又躺在床上，赖着不起来。

看着她这个样子，融子兮很无奈，只有说：“你出去还是少喝点酒吧，你一个女孩子喝多了酒，会很危险。对了，我今天接到吕树杰的电话了，佳琪，你到底喜欢吕树杰吗？他很关心你，问我你跟立轩的事，担心你们有什么不平等的交易，我跟他仔细解释了，他才放了心。吕树杰真的很关心你，都这么多年了，难道你真的不考虑他吗？”

躺在床上的融佳琪看向她，忽然笑起来说：“吕树杰？你让我考虑吕树杰？我现在跟他不是一条道上的人了，怎么还可能跟他在一起？下次他再打电话，你就帮我跟他说，叫他赶紧死了他那条‘癞蛤蟆想吃天鹅肉’的心吧，他跟我今生无缘，来生有缘再相会吧。”

“佳琪，你这又是何必呢，人一辈子遇到一个对自己这么痴心的人多么难得，更何况，你们俩不都已经滚过床单了吗？”融子兮继续劝道。

“滚过床单有什么了不起？难道滚过床单就要在一起啊？行了，我的事我自有主张，你别替我瞎操心了。倒是你，真不想要郎立轩？”融佳琪确实是头脑清醒着。

“要他？我干吗要他，我们从来没关系。”

“那就是不要对吧？”

“嗯。”

融佳琪点头：“那好，这可是你亲口说的啊，你不要我可要了。实话告诉你吧，我现在的目标就是郎立轩，我想去拍电影，然后走红，再追郎立轩，一直到把他钓到手为止！”

融子兮无奈地看着她：“你是真醉了还是假醉了啊？这种话都说出来了。立轩跟我们根本就不是一个世界的人……”

“哪里不是一个世界了？难道我们没站在同一个地球上？难不成他站在月球上？哼，等我红了，他也就算不得什么了，我融佳琪早晚也要嫁个‘高富帅’，你等着瞧吧。”

融子兮深感无法跟她交流了，只有附和她，然后好说歹说，总算把她劝回了她的屋子，又打水帮她把妆卸了，脸洗了，脚擦了，伺候她睡下才关上灯离开。

回到房间一看，都快凌晨两点了，睡意也没有了，想到佳琪不要吕树杰，还是觉得有点可惜。又想到郎立轩，搞不懂佳琪为什么就觉得他那么好呢？那样一个既有钱又英俊的男人，还总换女朋友，简直跟换衣服似的，虽然这段时间规规矩矩的，但不知道能不能保持住。江山易改，本性难移。转念却又想到一句话叫浪子回头，又想着或许郎立轩也没那么坏，毕竟他不计回报地帮了自己好些忙。

“唉，算了算了，我干吗操他们的心？我还是先管好我自己吧。”融子兮自言自语地说着，闭上眼睛睡觉，想着明天要去见郎泽轩，不由得心里甜甜的。

第二天，融子兮到公司把计划书给陈经理看，讨论后，融子兮打算先招两个人，陈经理立即让人事部发布招聘信息。

十一点半，郎泽轩和方静璇一起边走边聊工作。

路过儿科输液室门口时，一阵激烈的吵嚷声传来。两人愣了一下，赶紧过去。

“让一下，麻烦让一下。”方静璇拨开人群。

大家看到他们是医护人员，赶紧让开，两人进去一看，一位病人男家属正抓着一名女护士打骂。

郎泽轩一把抓住他的手腕，喝道：“住手！你怎么能在医院打人，有什么事不能好好说吗？”

男子愤怒地转身看向他，大叫：“你们医生没一个好东西！把我孩子当试验品啊！”突然就朝郎泽轩挥来一拳。

距离太近，郎泽轩没躲开，一下子被打倒在地，男子又冲上来，要按住他打，郎泽轩赶紧抓住他的手。

“郎医生！”方静璇大叫，使劲去推男子，“放手！你给我放手！”

男子本来就快制不住郎泽轩了，这会儿又被方静璇拉扯，怒上心头，收回手猛然朝方静璇推去，一下子就把方静璇推翻了，方静璇的后脑勺撞在墙上，一声闷响。

“小方！”郎泽轩惊呼，一下子将男子按在了地上，紧了紧拳头，还是没有揍下去。

“让开让开！”门外有人喝道，两名保安拨开人群冲了进来，赶紧帮忙制住地上的男子。

郎泽轩连忙去扶坐在地上的方静璇：“小方，你怎么样？”

方静璇痛苦地看着他：“我没事，郎医生，你没受伤吧？”

“去检查一下吧。”郎泽轩说完，立即将她横抱起来，前往手术楼。

此时的方静璇确实有些难受，头晕想吐，可这些都抵不过自己被郎泽轩抱在怀里的欣喜。看着近在咫尺的他，感受着他的气息，方静璇瞬间有落泪的冲动。难道这么久以来，他都不知道自己的心意吗？难道自己真的就比那个叫融子兮女孩子差吗？她忽然好想亲口问问他。

“先去照个脑部 CT。”郎泽轩说。

“好，谢谢郎医生。”方静璇有气无力地说。

郎泽轩担忧地看看她：“哪里不舒服就说，可千万别强忍着。”

“嗯。”

“好了，别说话了，马上就到了。”郎泽轩说，动了一下，方便她将头靠在自己身上。

此时方静璇依偎在他怀里，满心感动和欢喜，甚至想：如果时光能停留在此刻该多好。

终于来到 CT 室，说明原因后，负责拍 CT 的医生连忙帮她检查。

拍完出来，郎泽轩问她：“现在感觉怎么样？好些了吗？”

方静璇一脸难受的样子，看着他说：“还是有些晕，有点想吐。”

“如果你不介意的话，我先抱你回办公室，具体情况等 CT 照片出来再说，你看行吗？”郎泽轩问。

方静璇当然希望再被他抱，于是立即说：“那麻烦郎医生了。”

郎泽轩尴尬地笑：“我倒没事，倒是你，如果有人说闲话可能你的名誉要受损了。”

方静璇忙说：“我又不是名人，有什么名誉不名誉的，倒是麻烦郎医生了，辛苦您抱我走这么长的路。”

“我不辛苦。”郎泽轩说道，“你平时一直帮我，这次我也投桃报李一回。咦，我这个成语用得好像还挺恰当的。”

郎泽轩说着又抱起她，往妇科大楼走。一路上不断有人悄声议论他们，郎泽轩问心无愧，倒也没觉得有什么，对方静璇而言，越多人看见越好。

两人一进妇科楼，认识他们的医生护士都一愣，有男医生更是笑着说：“什么情况？这是什么情况？”

又有人附和：“没看见吗？这就叫抱得美人归。”

方静璇羞红了脸，也不解释。

郎泽轩只有说：“想多了吧你们，没看见方医生受伤了吗？”

“受伤？”两人纳闷地打量了方静璇，“没看见哪里有伤啊。难道是心伤？”

说罢笑成一团。

郎泽轩也笑起来,不想跟他们多说,抱着方静璇往办公室走。走进办公室,又有同事问是怎么回事,郎泽轩才多说了刚才的事,大家也立即关切地问候方静璇。

“我去打饭,你休息一下。”郎泽轩,说完,从储物柜里拿出两人的饭盒,出了办公室去食堂打饭。

两名围着方静璇的年轻女医生看了一眼门口,看郎泽轩已经走了,立即笑道:“哟,不错嘛,被‘男神’一路抱回来的感觉如何啊?”

方静璇甜蜜地笑笑:“什么啊,不知道你们在说什么,这不是因为我受伤了嘛。”

对方狡黠一笑:“咦,受伤,受伤好啊,能让‘男神’抱一抱。”

“去你的,你能正经一点吗?”方静璇笑着斥道。

另一名女医生说:“唉,你们说‘男神’怎么就那么完美呢?人又帅,家世又好,又那么温柔,这么好的男人怎么就没被我们科室的美女收入囊中,却被一个病人给挖了墙脚呢?”

“没事儿,不是还没结婚嘛,还有的是机会。方美人,我看好你,加油!”其中一位女医生握着拳头给她打气。

方静璇想到郎泽轩恋爱的事,有点惆怅,叹了口气说:“我就算了吧,还是你们继续加油吧。”

“别啊,不是说近水楼台先得月吗?你可是‘男神’的助手,一天七八个小时跟他在一起,比他女朋友跟他在一起的时间还多吧。放着这么好的机会不争取,错过你可别后悔。”

“对对对,机会难得。如果你实在不愿意,不如我们换一换,我来做‘男神’的助手?”另一名医生玩笑着说。

方静璇当然舍不得,笑着说:“你想得美。”

“瞧瞧,露馅儿了吧。”对方立即说,三人笑作一团。

“什么事这么高兴啊?”郎泽轩提着饭盒进来。

方静璇有点不好意思看他。

“小方,我给你打了份鸽子汤,将就着先补一补吧。”郎泽轩把饭盒给她放到桌上说。

“谢谢郎医生。”方静璇赶紧说。

“郎医生真体贴啊。”另一名医生由衷地夸道。

“是吗？谢谢夸奖，我会再接再厉的。”郎泽轩故意说，又把其他饭菜给方静璇在桌上摆好。

方静璇看向两人：“你俩还不出去吗？看着我们吃，你们不流口水吗？”

两人相视一笑，起身说：“走走走，我们马上就走，免得打扰了人家的二人世界。”

郎泽轩知道她们是开玩笑，也没说什么。

看她们出去了，方静璇又看向郎泽轩说：“郎医生，她们说笑的，你别介意啊。”

“我知道她们是说笑，你别介意就好，快吃吧。”郎泽轩说完，开始吃自己的饭。

吃完饭，郎泽轩又帮方静璇把饭盒洗了，这些事之前都是方静璇在做。然而，方静璇看到他如此温柔体贴，对他的迷恋不由得更深了。

下午，“医闹”事件在医院传开了，不过事情传来传去却变了味。

事情原本是儿科一名护士一开始态度有些不好，让等待输液的家长心里不舒服，在输液扎针的时候又两次没找到血管，家长急了，就动手打了护士。刚好郎泽轩和方静璇路过，进去把打人者制住，因此，郎泽轩挨了一拳，方静璇被推倒撞到了头。结果传着传着居然变成郎泽轩被病人家属打了，连助手也受伤了。

下午郎泽轩到病房查房的时候，他的病人以及病人家属竟纷纷围上来，都担忧地询问他伤得重不重。

看着他们关切的眼神，郎泽轩心里说不出的感动。尽管自己并没有受伤，也好好地站在他们面前，可他们依然这样关切，有个病人还是由家属扶着过来的。再一次，他深切地体会到自己作为一名医生说多么荣幸，如果奶奶还活着，看到这一幕，她一定会很高兴吧。没错，之所以选择做医生，确实跟奶奶有关。

由于这次方静璇受伤，科室领导决定给郎泽轩再安排几个助手。把事情跟郎泽轩说后，郎泽轩也同意了，却唯独方静璇不知道。

下班回家，郎泽轩一进门，就听到做饭的声音，不禁幸福一笑，把包拿到书房，走到厨房说:“亲爱的，我回来了，有什么需要我帮忙的吗？”

融子兮转头看向他，笑着说:“有，帮忙端菜，准备吃饭。”

“荣幸之至。”郎泽轩说完，把菜端出厨房。

融子兮把最后一个菜做好，端上桌。随口说:“咦，你今天怎么回来得这么晚？医院有事吗？”

“嗯，有一点小事情。”郎泽轩说，帮她盛饭。

两人一边吃饭一边聊天，郎泽轩如实说起医院发生的事。

融子兮听完,看向他说:“对了,我有一件事一直想问你,是关于方医生的。”

“什么事？”郎泽轩随口道。

“我觉得方医生好像暗恋你，说实话，你感觉到了吗？”融子兮终于还是说出了这句话。

“有吗？我没怎么注意。”郎泽轩如实说，想了想跟方静璇相处的一些细节，笑着说:“我这个人在感情上比较迟钝，如果对方没说喜欢我的话，我一般不会自作多情地去猜测。所以，你当初直接说喜欢我，是个很英明的决定。”

要不是融子兮先开口说出来的话，他可能不会去考虑两个人的关系。

融子兮听完，紧张地问:“那如果方医生说喜欢你的话，你怎么办呢？”

“当然是拒绝啊，我不是已经有你了吗？”郎泽轩毫不犹豫地说。

看他一点也不觉得困扰，融子兮才放心地点点头。

郎泽轩看着她笑:“怎么？怕我被人拐走了吗？”

“那当然，我费了这么大的工夫才得到的宝贝，可不能轻易就被人拐走了。”融子兮直接就承认了，她发现，跟他说话还是直接一些比较好。

郎泽轩点头:“这个回答，我给满分。”

融子兮不好意思地笑了笑。

吃完饭，收拾了饭桌，两人一起坐在沙发上看电视，郎泽轩说起今天被病人感动的事。

“看到他们关切的样子，我心里有说不出的感动，感到做医生真幸福。”郎泽轩感慨地说。

融子兮崇拜地看着他:“从你选择做医生，就已经很了不起了。”

“是吗？”

“当然啊。你明明可以跟皓轩一样靠脸吃饭，你却没有；你也可以跟立轩一样，利用郎家的优势赚钱，可你也没有，而是选了既艰难又辛苦的医生工作，并且尽职尽责，这不是很了不起吗？”

郎泽轩点点头：“你这么说，是很崇拜我吗？”

“那当然。”融子兮笑着说。

郎泽轩伸手揽过她的肩膀，把她拉到怀里说：“我虽然不是皓轩那样的大明星，但却也有你这样一个忠实‘粉丝’；我虽然不像立轩那么有钱，但你还是选择了我而没有选择他，这么一想，我确实挺成功的。”

说完深情地看着融子兮，她也抬头看向他笑，然后郎泽轩一低头，就吻了她。饱含深切爱意的吻带着香浓的甜蜜，在唇齿间萦绕，爱是如此妙不可言。

翌日，方静璇一早走进医院办公室，发现有两个年轻的陌生人在整理办公室，纳闷地问：“你们是？”

两人立即停下来，恭敬地看着她。

女孩乖巧地说：“方医生好，我叫许可嘉，是新来的郎医生的助理，还请您多关照。”

男孩也恭敬地说：“方医生好，我叫雷尚宇，也是新来的郎医生的助理，以后也请多关照。”

郎医生的助理？还一下子来了两个……方静璇眉头微蹙，忧心忡忡。仔细回想昨天发生的事情，努力想找出一点蛛丝马迹，可还是想不出到底是哪里出了问题。

方静璇坐下，痛苦地撑着头。

“您没事吧？是不是哪里不舒服？”女孩许可嘉关切地问。

“我能有什么事，有事我自己不知道吗？”方静璇立即把怒气撒到女孩身上。她的脾气一向大，一直以来都是，也是在给郎泽轩做助手后才改变了一些。不过也只有在郎泽轩面前才表现得很温柔，对其他人，她极少给面子。

许可嘉一下子蒙了，心里委屈不已，转过身继续收拾办公室。雷尚宇看了方静璇一眼，不，应该说瞪了她一眼，心里对她这种态度很是不屑和反感。人家关心你，你不领情就算了，怎么还能说这么难听的话伤人？

两人顿时对她没了好感。

门口响起脚步声，郎泽轩走进来:“各位，早上好。”

三人闻声看向他，眼睛顿时亮了。两个新助手赶紧上前打招呼，他们昨天也是打过照面的。

郎泽轩自然是友好地跟他们说话，然后看着整齐干净的办公室，夸道:“你们俩一大早就来打扫办公室了吗? 这办公室跟昨天比，简直是焕然一新了，看来我这儿来了两个很勤劳的助手。”

两人被夸奖，都一脸笑容，许可嘉高兴地说:“这是我们应该做的，郎医生不用客气，有什么事尽管叫我们做就行。”

雷尚宇也赶紧说:“对，能做郎医生的助手，我们都觉得很荣幸，郎医生有什么事尽管吩咐我们。”

郎泽轩早就是医院医生的焦点，医术精湛是其一，人长得帅是其二，第三是令人羡慕的家庭背景。医院领导很器重他，病人也很喜欢他，妇科的女医生和女护士说到他都不叫名字，直接叫“男神”，甚至很多年轻男医生也这么叫。所以若不是那次看纪录片的时候，他公然当着大家的面，承认融子兮是自己的女朋友，不知道有多少女生要为他前赴后继。大部分的人都看出了方静璇对郎泽轩的心思，跟她关系好的替她惋惜，跟她关系不好的都暗地里嘲笑她。唯独郎泽轩不知道罢了。

方静璇不高兴地看着这两个年轻孩子，觉得他们简直是马屁精! 心里也十分不喜欢。

郎泽轩却很友好，笑着说:“那行，既然你们这么说，那以后我就不客气了。不过今天为了庆祝你们来，晚上我请客，大家一起去吃顿饭，怎么样，有时间吗?”

听他这么说，两人都高兴坏了，激动地相视一眼，齐齐点头说:“谢谢郎医生!”

看着两人充满活力的样子，郎泽轩也很高兴，让他们去手术大楼看看上午的手术准备好了没有，又走到方静璇旁边，关切地问她头还疼不疼。

“没什么大碍了，郎医生不用担心。”方静璇声音温和地说，想了想还是问道:“郎医生，他们俩是科室安排的吗?”

郎泽轩点点头，如实说：“科室问了我的意见后安排的，我觉得你一个人挺辛苦的，他们两个人可以帮你分担一些，你就不必一个人忙上忙下的，尤其现在，你身体还不舒服。”

听到这个解释，方静璇觉得郎泽轩确实什么都好，就是太心软了，所以才会被那个狐狸精给蒙蔽了眼睛！想到融子兮，忽然又问道：“对了，昨天的事，郎医生告诉你女朋友了吗？”

“嗯，跟她说了，怎么？”郎泽轩没明白她这么问的原因，如实回道。

方静璇抿抿嘴：“那她介意昨天郎医生抱我去照 CT 的事吗？我是说，她听了会不会误会……”

郎泽轩笑着说：“她没那么小气，你放心吧，不过为了小方你着想，我想着多加两个助手比较好，否则你有了男朋友，指不定你男朋友会吃醋。今天的手术你就不用去了，好好休息吧。”

“好吧。”方静璇点点头，失落至极。

看着郎泽轩离去的背影，恍然大悟，他之所以突然要了两名助理，肯定是因为那个狐狸精！整整一天，方静璇的心情都极度不好。两名新助理也不理她，只围着郎泽轩转。郎泽轩有两个年轻人在身边，也没太注意方静璇的小心思。

下午下班后，两个小助理自然是高高兴兴地簇拥着郎泽轩一起去吃饭，方静璇也跟着一起去了。不过看到如今两人无论什么时候都围着郎泽轩，仿佛自己突然遭到排挤似的，方静璇把这一切都归咎给融子兮！来到两个新助理推荐的一个泰式火锅餐厅，四人一起坐下。

点完套餐后，小助理许可嘉说：“老师，不约师娘一起来吃吗？她会不会生你的气啊？”

两人上午已经改口叫郎泽轩老师，辈分清楚，听着也亲切。俩年轻人跟郎泽轩相处确实跟方静璇很不一样，活泼又坦荡。可听见她居然叫融子兮“师娘”，方静璇不由得一怔，震惊地看向郎泽轩。

郎泽轩根本不觉得这么叫有什么奇怪，还笑着说：“她不会的。”

“你以为人人都跟你一样小气啊。”雷尚宇故意说许可嘉。

“瞧你说的，我什么时候小气了？”许可嘉立马白他一眼，又说：“老师，我听说您跟师娘认识是因为她来看你的门诊，是你的病人，真是这样吗？”郎泽轩的事情早就被传开了。

郎泽轩惊讶地看着她:"你怎么知道这个？我的意思是说，你也是听别人说的吧？但事实上我跟她认识并不是因为医生和病人的关系。我们是很巧合地见面后，大家像朋友一样地一起出去玩，后来才成为男女朋友的。"

一听他愿意说，许可嘉立即好奇地看着他，追问:"老师，可以跟我们讲讲你跟师娘的浪漫故事吗？你们俩在一起是谁先表白的呢？"

方静璇也对这些事情好奇，可之前她是无论如何都问不出口的，所以这会儿也满心期待地看向郎泽轩。

郎泽轩自然不觉得这是什么不可告人的秘密，反而觉得她既然想知道那自己说说也无妨，如实说:"她先表白的。"

"哇！师娘好勇敢！果然，面对郎老师这样的'男神'，女孩子必须要主动一些才行啊。"许可嘉激动地说。

服务员端上来一大盘海鲜，又帮他们煮上。方静璇听到是融子兮先表白，心里对融子兮的不爽又多了几分。

许可嘉又继续追问:"那老师能问问你，师娘表白的时候是怎么说的，当面跟你说？还是打电话或者发信息？然后老师一下子就接受了吗？"

"你这也太八卦了吧，许可嘉，你不去做娱乐记者还真是可惜了。"雷尚宇抱怨道。

许可嘉瞪他一眼，辩解说:"我干吗要去做娱乐记者，我对别人又不感兴趣，我只对老师和师娘的浪漫故事有兴趣。"又看向郎泽轩，"老师能透露一点吗？我也想学学师娘是怎么追到'男神'的！"

郎泽轩想起和融子兮相识的过程，仿佛有不少想说的话，于是如实说道："其实她并不是一个性格很外向的女孩子，我觉得她挺温柔、挺内向的，可那天也不知道是怎么回事，我送她回家的时候她突然就哭了，然后我就问她为什么哭。她居然哭着说，她因为喜欢我而很困扰，觉得自己很没出息，想忘记我可又控制不住自己。"

"哇！好浪漫！"许可嘉激动地叫道，一副羡慕的样子，"那老师就答应了吗？"

郎泽轩笑着摇摇头:"我突然听见她说喜欢我，有点懵了。她哭了一会儿，可能也觉得有点尴尬，打开车门就要跑，我拉住她说，她说喜欢我的事我会认真考虑一下的，让她不要想太多了，回去好好休息。之后我就认真地考虑跟她到底合不合适，后来又发生了一些事情，我发现自己其实也挺在乎她的，所以就提出正式交往。”

许可嘉激动地拍手：“好羡慕，老师跟师娘的故事好浪漫，简直就像电影一样！”

“是吗？哪部电影？”郎泽轩居然问。那样子似乎都想去看看了。

“嘿嘿，具体也说不上是哪一部，就是感觉像浪漫的爱情电影故事。”许可嘉笑着说。

郎泽轩点点头：“原来你们听来是这样。看来等会儿回去，要问问她有没有觉得浪漫了。”

这话一出，两个小助理又是一副崇拜的样子，雷尚宇端起果汁看看许可嘉说：“来，我们俩敬老师和师娘一杯，祝老师和师娘的爱情永远浪漫！”

“祝老师和师娘永远幸福！”许可嘉也端起果汁说。

“谢谢。”郎泽轩说，端起果汁跟他们碰了碰。

这么一来，又把方静璇晾在了一边。尤其是方静璇此刻还受到了郎泽轩和融子兮浪漫爱情故事的打击，实在是难过到了极点。

吃完泰式火锅后，郎泽轩又顺路载了他们一程，然后各自回家去。

方静璇回到家，失落地坐在客厅沙发上发呆。这两天发生的事对她来说简直是冰火两重天。被郎泽轩抱是巨大的惊喜，她还沉浸在这个惊喜中没回过神，突然就被人泼了盆冷水。来了两个小助理不说，还是两个马屁精，一个劲儿地讨好郎泽轩，居然还口口声声叫那个狐狸精“师娘”。她又没跟郎泽轩结婚，她算哪门子的师娘？她借看门诊接近郎医生，然后趁机做普通朋友，还找机会哭着表白，这手段真是高啊！

方静璇越想越气愤，恨不得真要当着融子兮的面骂她一顿。想来想去，灵机一动，当面不行，那电话上总可以吧，立即跑进卧室，从卧室抽屉里找出一个旧手机。

这个手机号是妈妈以前办的，走的时候没拿。方静璇立即打了一下自己的手机，发现欠费停机了，就交了费。很快，欠费的手机又能用了。

“狐狸精，看我不骂死你！”方静璇拿着手机恶狠狠地说。

不过她没有马上行动，担心这个时候郎泽轩跟融子兮在一起，决定第二天再说。

第二天上午，方静璇因病继续留在办公室做些简单的事，两个小助手十分积极地跟在郎泽轩身边帮忙做事。趁他们不在，方静璇把办公室门关上，悄悄打开郎泽轩的储物柜，拿出他的手机。她之前无意间看到了郎泽轩手机的解锁密码，输入密码，手机立即打开了。

方静璇的心狂跳，匆忙翻看着手机电话簿里的名字，找到融子兮的号码，赶紧记了下来。记下后心里也松了一口气，可还是有点舍不得放下手机，又翻看短信记录。

短信记录里除了一些垃圾广告外，只有两个人给郎泽轩发短信。一个是融子兮，不过也没说什么，都是一些琐事;另一个是郎泽轩的爸爸杨军。杨军的短信就有点意思了，仔细读来，竟然是跟郎泽轩说他妈妈郎洁还是很反对他跟融子兮交往之类的。

方静璇看着看着，忽然冷冷一笑，看来狐狸精也遇到了拦路虎。这个发现总算让她心里好受了些。有了这个发现后，方静璇的偷窥心越发膨胀，又打开郎泽轩的微信。郎泽轩的微信上联系的人也不多，最多的就是融子兮，然后又发现最近联系人竟然是郎皓轩。

点开郎皓轩跟他的对话，居然看到那次融子兮和郎立轩去马尔代夫玩的时候，郎皓轩跟郎泽轩告状的对话，其中就有融子兮坐在水上摩托车上抱着郎立轩的那个小视频。

方静璇看到这些简直都要笑出声了，赶紧把对话和图片都转发到自己的微信上，然后清空聊天记录。

搞定后，盯着融子兮的微信号，恨不得发几句骂人的话给她，或者干脆把她删了。只是碍于这样做会让他们觉察到手机被动过，才作罢。把融子兮以及郎家父母、郎皓轩、郎立轩的手机号都记录下来后，方静璇把手机悄悄给放了回去。放好手机后，方静璇立即拿出那个备用手机，编了一条短信。

短信内容是:你凭什么缠着郎泽轩，你这个狐狸精，真以为自己能嫁进郎家吗？等着吧，你的狐狸尾巴早晚会被揪出来！

编好后，立即发送给融子兮。而手机上已经存了融子兮的手机号，名字就是:狐狸精。

在嫦美时代的小会议室里，融子兮正在跟人事部经理一起面试应聘的设计师。要扩大小组现在的业务，仅凭现在的人手是不够的，所以融子兮决定再招两名设计师。人事部把招聘广告发出后，有不少人投简历，今天是集体面试。放在桌上的手机忽然震动了一下,融子兮看了一眼是短信就没有管,继续面试。直到面试结束，才拿起手机点开短信。

看到这条短信，融子兮惊呆了，她的心快速跳动着，她既委屈又愤怒。她有点慌乱，努力推测着发信息的到底是什么人，想了片刻，想到的第一个人就是郎洁。

郎洁那天曾在电梯前大骂，而且她是最反对的人。可是她一身为长辈，怎么能这么骂人，还把话说得这么难听呢？融子兮难受地想。

“融组长……”旁边的人事经理叫她。

融子兮这才回过神，朝面试的人看去，忽然一惊，这个进来面试的应聘者竟然是以前的同事——傅小米。

傅小米看向她，微笑着点了点头，融子兮也对她点了点头。然后对人事经理说:“这位是我以前的同事，我们比较熟悉，我就不问了，叫下一位吧。”

面试结束，融子兮出来，先给傅小米打电话。

“小米，你还在我们公司吗？”融子兮问。之前在聚星盛装的时候，她跟傅小米的关系比较好,包括被厍丽丽排挤的时候,两人的关系也没有受到影响,忽然看到她来，确实还是挺意外的。

“子兮，不好意思，我已经离开了，还要赶去聚星那边。实话跟你说吧，我在那边还没有辞职，本来在犹豫什么时候辞职，结果看到你们这边招聘就请假过来了。没想到应聘的人竟然是你。”傅小米坐在返回的车上说。

融子兮开口说:“所以，你介意这边我是头儿吗？”

“我哪里会介意，高兴还来不及呢，早知道是你面试，我昨晚就给你打电话贿赂你了。”傅小米笑着开玩笑。

融子兮听到这话如释重负，笑着说:“你现在贿赂也不晚哦。”

“是吗？想要什么贿赂尽管说。”

“这个我还没想好，先预定吧，等我想好了再告诉你。小米，你真打算过来吗？如果你真打算过来的话，我这边给你留一个位置。只是，希望你不要介意我这个组长。”融子兮说。傅小米的实力和性格她都比较欣赏，确实很想拉她过来。

“子兮你就别谦虚了，以前你在聚星的时候，我就觉得你挺有能力的，现在在嫦美被重用是情理之中的事。唉，库丽丽也不是没有能力，就是她那个人太小肚鸡肠了，还爱公报私仇，在她手下做事太压抑了。如果是在你手下做事，我倒挺乐意。”

“那行，既然你这么看得起我，那就赶紧过来吧，我的怀抱为你敞开着。”融子兮也高兴地说。

“你这么说就是我的面试过关了？”

“那当然。”

“那谢谢融总了。”

“什么啊，我就是小组长，你还叫我名字就行了。”

“那行，我还叫你子兮。”

“好，那你确定了哪天来，再跟我说一声，越快越好。”

“嗯，没问题。”

“等你的好消息，拜拜。”

“拜拜。”

挂了电话，融子兮呼了一口气，能把傅小米挖过来确实是一件值得高兴的事。转身朝办公走去，又想起了那条短信，心里仿佛又罩上了一层阴霾。融子兮知道，被对方家属尤其是父母坚决反对的恋爱关系是很难维持的。

这一天，这个阴霾都挥之不去，心里怅然若失。

下班后，融子兮没有急着回家，而是想着去哪里。原本是周五，可以去找郎泽轩。可因为短信的事，融子兮忽然有点不知道怎么面对他，尤其担心万一他妈妈突然又来了可怎么办，也思索着短信到底要不要告诉郎泽轩。还在办公室坐着，手机忽然振动，一看又来了一条短信。

融子兮顿时有个不好的预感，拿过手机打开短信。果然又是一条恶毒的谩骂短信：狐狸精，臭不要脸！

看到这几个字融子兮简直要气晕了，立即打这个号码。即便她真是朗泽轩的妈妈，她也要问问她凭什么这么骂自己。

握着手机，融子兮气得浑身发抖，实在搞不懂对方为什么要这么做。

电话铃声响了一阵，出乎她的意料，竟没人接听。

融子兮又发短信:你是谁？凭什么用这样恶毒的话来骂我？我跟你有仇还是有怨？

短信发出。融子兮连离开的公司心情都没有了，等着对方的短信，看她要怎么说。

过了片刻，果然回了一条短信:凭什么骂你？难道你还不知道吗？天底下还有比你更贱的女人吗？你也不照照镜子自己长什么样，你有什么配得上郎泽轩！

看到这内容，融子兮感觉自己脑袋都快炸了，从小到大，还从来没被人这样骂过，她觉得都快委屈死了。

匆匆离开公司，融子兮心里很痛苦。手机忽然又响了，拿起来一看，是郎泽轩。

融子兮接过电话，才说了一个“喂”字，忽然“哇”一声就哭了起来。

正开车的郎泽轩顿时懵了，忙问:“怎么了？出什么事了？你别哭，跟我说到底出什么事了？”

可融子兮哭得简直停不下来，她一想到那些恶毒的字眼，眼泪就像洪水泛滥似的，一发不可收拾。

这时候大街上人潮汹涌，身边路过的人都看向她，有的纳闷，有的好奇，有的同情，有的取笑……可此时的融子兮什么也顾不得了，就是一个劲儿地握着手机哭。

郎泽轩也快急死了，赶紧问:“什么事，你先跟我说说好吗？你在哪里？我马上开车过来接你。”

这时融子兮才哭着说:“你妈妈骂我是狐狸精，说我配不上你。我为了能配得上你,一直都在努力,我真的一直都在努力,为什么要这么骂我,为什么……”

“我妈妈骂你？”郎泽轩有点惊讶，又劝道:“乖，别哭了，不管她怎么说，我从来就没这么认为过。对我来说，你是个温柔可爱、有能力又很努力的女孩子，你根本没有配不上我，反倒是我觉得自己很荣幸能遇见你。所以，不要管别人怎么说，我们的爱我们自己做主，好吗？”

“泽轩，如果你妈妈一直反对我怎么办？”融子兮哭着问。

“那也不能阻挡我爱你。”郎泽轩毫不犹豫地回道。

“可她毕竟是你妈妈，她一直反对的话，我们的日子会幸福吗？”

“融子兮，你这么说是想离开我吗？”

“我不想离开你，可是我一想到你妈妈那么讨厌我，我就不知道我该怎么办了，我就看不到未来和希望了。”

“这件事我们当面说吧，我正在去你公司的路上，你在哪里？”

融子兮看了一下周围，给他报了地址。

“你就站在那里不要动，我马上过来，听见了吗？”

“好，我等着你。”

挂了电话，融子兮又哀伤地看了一下熙熙攘攘的大街，忽然觉得为什么每个人看起来都好幸福，除了自己。为什么偏偏是自己遇到这样的事呢？为什么自己就那么不讨郎泽轩的妈妈喜欢呢？低头拿出纸巾擦掉脸上的眼泪，深吸了一口气，努力调整思绪。情绪终于平静下来，融子兮站在街边等着郎泽轩过来。

大概十分钟后，郎泽轩就到了。他其实是想给她一个惊喜，突然来接她下班，谁知道会发生这种事。车子停下，融子兮拉开车门，坐上车。郎泽轩看了一眼眼睛都哭红了的她，也没说话，发动了车子。

融子兮低着头，一直没说话。郎泽轩正在开车，这个时候说不开心的话题她怕影响他。两人很默契地没有讨论刚才的话题。沉默了半个小时，到达朗泽轩的住处，车子开进车库。

把车停好，郎泽轩才说：“下车吧。”

融子兮点点头，走出车子，郎泽轩把车锁好，走过来拉住她的手，说道：“还在难过啊？刚才在大街上哭成那样，被人围观了吧？”

融子兮依旧低着头，嘀咕：“我也不想，当时听到你的声音突然就失控了。”

电梯门打开，郎泽轩把她拉进门，按了楼层说：“哦，看来都是我的错，我不该在你想哭的时候给你打电话。”

融子兮看着电梯上显示的楼层数字，忽然紧张地说：“你妈妈会不会在门口等着我们？”

郎泽轩无奈地看着她，搞不懂她为什么这么害怕他妈妈。

电梯门打开，融子兮竟然有点不敢出去，郎泽轩把她拉出去。融子兮没看到郎洁才松了一口气。进了门，郎泽轩连包都没来得及放，就把她拉到沙发上坐下，问她到底是怎么回事。融子兮跟他说了短信的事。

“妈妈怎么会有你的手机号？把你的手机给我看看？”郎泽轩纳闷地说。

融子兮把手机给他。郎泽轩点开短信，看到短信上恶毒的话，眉头也紧紧地皱了起来。然后又拿出自己的手机，翻开联系人，将两个手机号对比：“不对啊，这不是妈妈的手机号。”

融子兮也凑过去看，纳闷地说：“真不是同一个手机号，那会不会是她用了别人的手机或别的号码？”

郎泽轩摇摇头：“应该不会。这样吧，不管这是谁发来的，我先打过去试试。”

郎泽轩立即拨打给融子兮发消息的手机号码，可方静璇把手机设置了静音，她只有发短信骂融子兮的时候才会看，这会儿正在吃饭，自然也没看到。

“没人接。”郎泽轩蹙眉说。

融子兮紧张地问：“那现在怎么办？”

郎泽轩想了想又说：“既然她不敢接电话，那我们就给她发短信。”

又立即发送短信说：我是郎泽轩，不管你是谁，请你立即停止你这种无聊又无耻的行为，否则，我会马上报警。现在的科技这么发达，要找出你很容易，到时候你就后悔都来不及了！

消息发出，郎泽轩看向融子兮：“她连电话都不敢接，看到我这么说肯定会害怕的。如果她真敢再发，就立即报警。”

“万一真是你妈妈呢？”融子兮担忧地说。

“如果真的是妈妈，她做了违法的事也应该受到法律的制裁。”

融子兮担忧地看着他：“可这样一来，以后她就更讨厌我了。”

郎泽轩将双手放在她的肩膀上，看着她的眼睛说：“融子兮，有时候你可以任性一点，知道吗？我们相爱是事实，你并没有做错什么也是事实，不管妈妈喜不喜欢你，都不能改变这些事实。所以你怕什么呢？难道要坚持正确的人向坚持错误的人妥协吗？”

融子兮看着表情认真而严肃的他，想了想终于坚定地点了点头。

郎泽轩抱住她:“任何成功都是充满艰难险阻的，不要因为有困难就放弃，不要因为有阻挠就妥协，否则，等我们老去的时候，会后悔自己当初懦弱，后悔自己当初不够坚持。生命既坚韧又脆弱，努力让它更美好，好吗？”

融子兮伸手抱住他:“好，我会努力的。”

方静璇吃过晚饭后坐下休息，得意地拿出手机，脑中还在盘算着要不要再发条信息去臭骂融子兮一顿。

结果看到一条未读短信，打开一看，不知不觉身体都在发抖，尤其是第一句“我是郎泽轩”，居然是他发来的！实在不敢相信，融子兮居然这么快就跟郎泽轩告状了,而且郎泽轩还如此愤怒地骂自己“无聊又无耻”,甚至还想报警。也是，郎泽轩在美国留学多年，法律意识强，遇到这种事选择报警，确实是他会做的。

方静璇拿着手机，既沮丧又愤怒，沮丧的是郎泽轩竟然这么骂自己，愤怒的是融子兮竟然这么快就跟他告状了。

过了一会儿，忽然反应了过来，肯定是融子兮跟郎泽轩添油加醋地说了很多，指不定，她已经跟郎泽轩说，发短信的人就是自己。想到这里，方静璇惴惴不安。对于郎泽轩的脾气，她自然是了解的，万一真被他知道，事情是自己做的，光是想着他鄙视的眼神，方静璇都觉得自己要活不下去了。

正如郎泽轩所料，方静璇立即决定停止发短信骂融子兮，不过她当然不甘心就这么认输，反倒思索着下一步如何做。

第二天，融子兮一直都在注意自己的手机，结果紧张了一天，那个陌生手机号也没发短信来，下班的时候终于松了一口气。心里不禁有点佩服郎泽轩，还是他更会处理问题,一条短信就吓到对方了。果然还是他理智些。这么想着，不禁更崇拜他了。

下班后，郎泽轩也打电话问她，有没有接到那个神秘人的短信或电话，听融子兮说都没有，也松了口气，又劝慰了她几句才挂了电话。因为昨天两人才相聚了,今晚就没在一起。两人都觉得彼此保留一些独立的空间和时间挺好的。

与此同时，融佳琪的演艺事业也进行得风风火火，已经出演了一部影视剧的小角色，又报了影视学习班学习。为了凑集学费和买高档的化妆品、衣服、包包等，每周还是要进行三场直播，忙得不可开交，即使是作为室友的融子兮，一星期顶多能见她一次面。

融佳琪虽然没有收获爱情，却在事业上收获颇丰，融子兮自然也为她高兴。同时也在心里鼓励自己，要努力了！

晚上，傅小米在微信上给融子兮发信息，说她已经交了辞职信，等公司批下来后就过来。融子兮也非常高兴，说非常期待她的到来。

傅小米还跟她说了一下库丽丽的事情，说自从那次被警察带走了一次后，库丽丽低调多了。据说大老板警告她了，要是再惹出事影响了公司声誉，除了让她立即滚蛋外，还要追究她的法律责任，也不知道发生了什么事，居然把库丽丽驯服了。

聚星盛装的员工自然不知道发生了什么事，事情也只有库丽丽和卢筱琳知道，可这么丢脸的事情，她们怎么会告诉别人。

融子兮也不想提那件事，既然库丽丽消停了，那大家就井水不犯河水吧。在事业上她是绝不会妥协的，她会努力让小组的实力变强，业务扩大，有朝一日打败库丽丽！

如此过了一周，周五下班，融子兮和朗泽轩两人迫不及待地聚到一起。一起在外面吃了个情侣套餐，又去看了电影，彻底放松了一番才回到家。回到家后反而觉得有点累，洗了澡就睡了。

第二天早上，两人还在睡觉，清脆的门铃声就响个不停。

融子兮睁开眼睛就要下床："门铃响了，我去看看是谁。"

郎泽轩拉住她："别去，可能是妈妈。"

融子兮吓了一跳，突然就慌了："你妈妈来了！怎么办，我先起床吧，万一被她看到我们还在睡觉，肯定会不高兴的……"

郎泽轩一把把她拉到怀里，说："你这是干什么，只要我们不开门，她又不能进来，她不进来又怎么会看见我们在做什么呢。"

"可是我们不给她开门的话，会不会有点……"融子兮担忧地说。

"我先打个电话问问爸爸吧。"郎泽轩说完，拿起床头柜上的手机，迅速翻出爸爸的电话打过去。

电话很快被接起，郎泽轩也不拐弯抹角，立即问："爸爸，妈妈在家吗？"

“不在，说去你外公那边了。怎么，找你妈妈有事吗？”

“没什么事，我门铃正在响，我怀疑妈妈在门外。”郎泽轩如实说。

“啊？她又一大清早地跑去找你了啊，她这到底是想干什么啊，也没跟我说一声，一个人一大清早就跑去，真是，小融在你那吗？”

“嗯。”

“唉，那你们就别开门了，假装不在，免得她又大吵大闹吓到小融了。”

“我也正有这样的想法。”

“我给她打个电话吧，让她回来。”

“好，谢谢爸爸。”

“这有什么好谢的，唉，你妈妈这情况，我都不知道她是不是得什么病了。我先给她打电话吧。”

“好。”

挂了电话，郎泽轩看着正紧张看着自己的融子兮，无奈地笑笑说：“放心吧，没事了，爸爸马上就会打电话叫她回去。”

融子兮如释重负地点点头：“那就好。”说完才发现郎泽轩深情地看着自己，忽然脸颊一热。他趁机一低头，就吻住了她的唇，温暖的手在她身上温柔地抚摸。他知道哪里是她的敏感点，轻而易举地就能让她的身体兴奋起来。

融子兮很快就发出细微的呻吟，可脑子里又想着他妈妈还在外面，心里有点担忧和害怕，喘息着说：“你妈妈还在外面呢……”

“傻瓜，别担心了，肯定已经回去了。亲爱的，我爱你。”郎泽轩温柔极了。

融子兮很快就丢盔弃甲投降了，动情地说着“我也爱你”，很快沉浸在了他的温柔海洋中。

郎泽轩这样做也是为了消除她内心的恐惧和担忧，修复因妈妈突然到来而破坏掉的气氛。两人彼此相爱，此时自然也是水乳交融，十分和谐。

门铃不再响了，料想妈妈肯定是接到电话后回去了。两人心里都暗暗松了一口气，不禁相视一笑。

“今天想去哪里玩？”郎泽轩问道。

“我也不知道，你想去哪里？”融子兮反问他。

“去上次那个地方钓鱼怎么样？”

“钓鱼啊，我又不会钓，怪无聊的。”

“那你想去哪里？”

“我想去乐平古镇拍照，你愿意陪我去吗？”

“当然愿意，我也好久没出去拍照了，这次我就做你的专属摄影师。”

“嗯，那我们赶紧起床，准备好就出发。”

商量好后，两人立即起床洗漱，洗漱完又一块儿吃了早饭，然后拿上东西立即准备出发。走到门口，两人还在说笑着，融子兮高兴地打开门，却傻眼了。郎洁正站在门口，神色冰冷地瞪着他们。

“阿……阿姨。”融子兮尴尬地小声叫道，悄悄抬头向郎泽轩求救。

郎泽轩叹了口气，开口说:“妈妈，这么早你怎么在这里？”

郎洁愤怒地看向儿子:“我怎么会在这里？难道不是因为被我的好儿子拒之门外吗？泽轩，你明明在家，为什么不开门？是故意不让妈妈进来的吧？”

“妈,你要来为什么不提前给我打个电话呢？你这样突然到访,并不礼貌，而且会让人很困扰……”

“不礼貌？困扰？我可是你妈！郎泽轩，你当真是被这个狐狸精给迷住眼了，连我都不认了啊！”郎洁指着融子兮骂道。又恶狠狠地看向融子兮:“就是你怂恿泽轩不给我开门的吧？你以为你不开门我就抓不到你吗？你以为躲过今天就万事大吉了吗？做你的春秋大梦吧！你凭什么跟我儿子在一起？你哪里配得上我儿子？我告诉你，就凭你，想嫁进我们郎家，门儿都没有！”

“妈妈！”郎泽轩一把抓住她的手臂，生气地说:“选谁做我的伴侣，是我自己的事，跟她在一起是我的决定，你这样骂她就是骂我。”

“我骂你又怎么了？我不能骂你吗？我今天就是要骂醒你！我告诉你，郎泽轩，你要去做医生我拿你没办法，可你想娶谁进门，可是我说了算！这个女人，我是不会同意她进我们郎家门的，你今天就给我听清楚了！”

隔壁的门突然打开，邻居无奈地说:“能请你们不要在门口吵架，我孩子都被吓醒了。”

“对不起。”郎泽轩道歉说。回身打开房门，拉着融子兮进去。

此时的融子兮早已经哭了，低着头眼泪不断掉下来。

郎洁也一起走了进来，还把门重重地关上。

“别哭了，傻瓜。”郎泽轩小声对融子兮说，抽了张纸巾帮她擦眼泪。

融子兮红着眼睛看看他，一副“我们该怎么办”的样子，她接过纸巾说：“我去书房坐一会儿吧。”

“好，你去吧。”郎泽轩温柔地说。

融子兮低着头，转身朝书房走去。

郎洁看着她的背影，忽然冷笑着嘲讽道：“装清纯，装可怜，现在这些女孩子为了嫁入豪门，还真是不择手段啊！”

郎泽轩看向她：“妈妈，你为什么总是要用这种心理来揣测别人，总是觉得，除了你，所有人都不怀好意，所有人都别有用心？你这样做只会让别人疏远你，时间一长，你自己也会变得孤独烦躁，对心理和健康都非常不好。你能改一改吗？”

“哟，郎医生要给自己的妈妈看病了啊。行啊，那就看看吧，看看到底是我有病还是你有病！”郎洁瞬间又怒了，“放着那么多女孩子你不找，偏要找个这种要什么没什么、拿出去丢人现眼的，还是个痴心妄想的狐狸精！你以为她的目标是你吗？告诉你，人家的雄心壮志可不小呢，其实是想借着你这层关系勾引立轩呢。”

想不到她还把立轩扯进来，郎泽轩无奈地说：“妈妈，你能别越说越没边吗？”

“我越说越没边？行，我就拿出证据让你看看，让你心服口服。”郎洁说着，摸出手机点开一个视频，然后把手机拿给郎泽轩看。正是那次在马尔代夫时，融子兮坐在水上摩托上抱着郎立轩的视频。

可这个郎泽轩早就看过了，以为她是无意间从郎皓轩那里搞到的，郎泽轩淡淡地说：“这是她跟立轩一起去马尔代夫玩的时候拍的，我早就看过了。”

郎洁故意挑拨说：“儿子，她都跟别的男人抱这么紧了，你也能忍？”

“什么叫跟别的男人抱这么紧？她不抱紧一点，那不就掉大海里去了？妈妈你没坐过这种极限摩托，根本就不知道情况，能别乱猜测吗？”

母子俩在客厅里不断辩论。书房里，融子兮痛苦地抱着脑袋，简直烦闷到了极点。她不知道自己到底哪里做错了，不明白郎洁为什么不喜欢自己，想到她说的那些话和她的态度，更不知道以后该怎么跟她相处。

现在从郎泽轩的态度来看，他倒是站在自己这一边。可那毕竟是他妈妈，万一以后郎洁说服了他，他放弃自己怎么办？融子兮痛苦地想着，心里越来越乱。

客厅里，郎泽轩还在继续跟郎洁辩论。要论讲理，郎洁当然不是郎泽轩的对手，可偏偏郎洁现在就是不讲理。正应了那句“秀才遇到兵有理说不清”，郎洁不通情理地乱说，郎泽轩拿她没办法，好在她还不至于像骂杨军那样骂郎泽轩。

他们父子俩这些年的确被郎洁祸害得不轻，偏偏郎洁还觉得自己是受害者，因此郎泽轩十三岁以前都非常叛逆，父母的常年吵架，让他也变得烦躁不堪，幸好后来跟着奶奶一起生活了三年。

奶奶用无私的爱和温暖感化了他，让他找回了自我，后来他出国留学，才算远离了郎洁。如今的郎泽轩已是成年人，自然不会被妈妈影响，可面对她这样的无理取闹还是觉得有点伤脑筋。

不过，让郎泽轩震惊的是，妈妈竟然知道了很多关于融子兮的事，不仅包括跟立轩的那点事，还包括曾经跟皓轩传的绯闻，以及在前公司的时候被人诬陷是小偷，甚至还有前男友曾来医院打自己的事。难怪她今天一大早就冲过来，还坚决等在门口。可这些事是谁透露给她的？

过了一阵，杨军匆匆赶来。他打电话让郎洁回家，反被骂了一顿，没有办法只能匆匆赶来。没想到杨军一来，郎洁更来劲了，干脆把父子俩一块儿骂。杨军气不过，跟她吵起来，郎泽轩起身去了书房。

融子兮为了转移注意力，正戴着耳塞在看手机上播放的演唱会。

看到他进来，取下耳塞说：“你怎么进来了？”

郎泽轩走过来，从身后抱住她，说：“爸爸来了，别担心，没事的。你这样就很好，找件事转移注意力，别把妈妈的话放心上。习惯大吵大闹的人都是不讲理的，这样的人说出来的话也没多大意义，自己放在心上反而被她所困扰。最好的办法就是左耳进右耳出，不要让她影响自己的心情就好。”

见他不停地安慰，融子兮不想让他为难，点头说：“嗯，放心吧，我没事的。你出去吧，他们还在客厅里，你进来陪我也不太礼貌。”

“没关系，我就陪着你，让他们知道我坚决站在你这边。”郎泽轩说。

融子兮既震惊又感动地看向他，情不自禁地笑了起来:“谢谢你。”

“为什么说谢谢，不应该说我爱你吗？”郎泽轩又说。

融子兮又害羞地笑笑说:“我爱你。”

郎泽轩将头靠在她左肩上，嘴巴刚好对着她的耳朵，轻声说:“我也爱你。”

坚定的爱才是固若金汤的城池。

外面吵了一阵，终于消停了，杨军喊了声“泽轩，爸爸走了”。然后就没了声音。郎泽轩出门一看，两人都走了，无奈地叹了口气，一看时间，已经快中午了。

“出去吃饭吧，吃了饭我们就立即去古镇。”郎泽轩说。

融子兮摇摇头:“算了，那边有点远，吃了午饭再过去可能来不及了，我们今天就去一个近一点的地方吧，去打网球怎么样？”

郎泽轩想着正好可以通过运动发泄一下，点头说:“好，那下午去打网球，明天再去古镇吧。”

于是两人一起出门吃饭，然后下午去打网球，玩到晚上才回家。

第二天一早，融子兮又被一阵门铃声惊醒，本能反应就是郎洁又来了，睁开眼睛心怦怦乱跳，仔细听着外面的动静。可听了一阵好像又没有声音了，心道，难道她又埋伏在门口？这么想着，融子兮睡意全无，陷入不安和担忧中。转头看着郎泽轩安静的面容，心里很纠结，自己是真的很爱他，可为什么偏偏他妈妈就是不喜欢自己呢？

融子兮心事重重地想着，过了一阵，干脆从床上起来。她一动，郎泽轩也醒了，伸手抱住她说:“不睡了吗？好像还早啊。”

融子兮小声说:“我好像听见门铃在响，会不会是你妈妈又来了？我想从猫眼里看看。”

“不会吧，我没听见门铃响啊。”郎泽轩说。

“我真的听见了，我还是去看看吧。”融子兮说着，迫不及待地下了床就朝门口走去。

郎泽轩叹了口气，他觉得融子兮肯定是被吓得有心理阴影了，沉思着这事到底要怎么办呢。融子兮透过猫眼往外面看，可看来看去也没看到人，可她又不死心，所以迟迟没有离开。她居然在猫眼前站了半个小时，郎泽轩起床了，她还在门口望。

郎泽轩走到客厅，看到她这个样子，无奈地摇摇头，走过去把她拉回来说："你刚才肯定是做梦或者幻听了，真的没人，要不我打开门看看吧。"

"别别别，万一她真在门外呢！"融子兮紧张地拉住他。

"可如果我们又假装不在，她不是会大发雷霆吗？"郎泽轩反问。

融子兮愁眉苦脸地想着，点了点头，于是郎泽轩走过去把门打开，然后走出门看了看，没有妈妈的影子。

转身朝融子兮说："没人，不信你出来看看。"

"真的没人？"融子兮小声问。

"真的没人。"郎泽轩肯定地点头说。

融子兮这才亦步亦趋地走出门，然后四下看了看，突然，电梯门打开，融子兮吓得一声尖叫，反倒把从电梯出来的邻居给吓了一跳，纳闷地看着她，融子兮尴尬得脸一红，赶紧转身回屋，郎泽轩无奈地笑着摇摇头，也回屋了。

回到房中，融子兮总算不去看猫眼了，可又想着这会儿还早，万一等会儿郎洁就来了呢，有些焦虑地对浪泽轩说："我们赶紧洗漱一下就出门吧，等会儿你妈妈来了，我们就走不了了。"

郎泽轩跟着她走进卧室："你干吗这么怕我妈妈呢？我不是说过不管她说什么，我都会站在你这边的吗？"

融子兮一边换衣服说："你误会了，我不是怕她，我是不想跟她吵架，不想你因为我而跟她吵架，你别瞎想啊。你快去冲澡吧，我马上给你做早餐，你洗完澡，吃过早餐，我们就可以出发了。"

说来说去还是很介意，可昨天妈妈的态度那么恶劣，融子兮性格又那么温柔，害怕也是本能的吧。郎泽轩无奈地点点头，起身去洗漱准备。

出去玩了一天，一起吃了晚饭后，融子兮回了自己的住处。第二天就是周一了，两人要为彼此的工作做准备了。不过对融子兮来说，不去朗泽轩那里主要是怕跟郎洁碰面，她现在确实被吓得有心理阴影了。可让融子兮没想到的是，她越怕什么，越来什么。

周二下午，融子兮正在全神贯注地做设计，手机忽然响了。

她随手拿过手机说："喂，你好，我是融子兮。"

“我是泽轩的妈妈。”

融子兮吓了一跳，赶紧说:“阿姨，你好。”

“我好什么，我一点都不好，一想到我儿子身边现在有个狐狸精天天缠着他，我就吃不下、睡不好。我问你，你这样缠着泽轩到底有什么目的？别说你想嫁给他，我实话跟你说，我是绝对不会接受你这个儿媳妇的，趁早死了那条心吧。还有，别说我没提醒你，别试图生个孩子绑住泽轩，从而嫁进我们郎家，到时候孩子我们肯定是会认的，至于你嘛，从哪儿来还得滚回哪儿去，听明白了吗？”

融子兮气得胸闷，可这会儿在公司也不便跟她争执，只有说:“明白了，我还有工作要忙，就不跟您聊了。”说罢就挂了电话。

很快，郎洁的电话又打来了，融子兮郁闷地看着手机屏幕，无奈地又接过电话。电话一接通，郎洁立即骂道:“你什么态度！居然敢挂我电话？你就这么对长辈吗？在我儿子面前装得一副温柔可怜的样子，背地里是什么货色只有自己知道吧。你不是还想去勾引立轩和皓轩吗？你去啊，他们都比泽轩有钱，只怕他们都不理你！想嫁豪门，想飞上枝头变凤凰，做你的白日梦吧！”骂完就挂了电话。

融子兮看着挂断的电话，长舒了一口气，突然失落至极，呆呆地看着电脑屏幕，不知所措。

下班后，融子兮回到家，总算见到融佳琪。

现在的融佳琪打扮得比之前更时髦了，融子兮笑着说:“哟，你总算回来了啊，你这也太亮了吧，我眼睛都快被你闪瞎了。”

“美吗？真的美吗？”融佳琪立即摆了几个性感的姿势，又朝她抛了个媚眼，这才过来抱着她说:“再美也是你的闺蜜，放心吧。”

融子兮说:“那就好，我还以为你红了就不理我了呢。”

“瞧你说的，我是那么没良心的人吗？”融佳琪又对她抛了个媚眼。

两人说说笑笑，融子兮做了简单的饭菜，难得的一起吃了顿饭。趁着吃饭的时间，又问起彼此这段时间的情况。融佳琪说她又得到了一个小角色的扮演机会，跟她相熟的副导演说，她再历练一下，下次就能演主角、挑大梁了。

融子兮恭喜她后，还是跟她说起了郎洁的事，直言自己都不知道以后要该怎么办了。

融佳琪立即嘲笑她说:“谁叫你非要选郎泽轩，不选郎立轩呢？选郎立轩有什么不好，家财万贯，又没有讨人厌的婆婆。即便不能结婚，分手了，也少不了你的好处，至少送你一辆豪车吧。你看你跟着郎泽轩有什么好，人家妈妈不同意，到时候分手也什么都得不到，不是浪费了自己的青春吗?”

融子兮叹气说:“你这都扯到哪了，我怎么可能跟立轩在一起，我跟他从来就没什么,为什么你们都不信呢？而且你也说了,人家是家财万贯的‘富二代’，又怎么看得上我这样的普通女孩子。行了行了，别把郎立轩搅进来了，我已经够烦的了。”

融佳琪拍拍她的肩膀:“行了,别烦了。他妈妈这么反对,那他是什么态度?”

“他倒是说，不管他妈妈怎么说，都会站在我这边，而且自从她妈妈来闹后，感觉他对我比之前还要好。”融子兮如实说。

“那不就结了。只要他态度端正，心在你这边，你怕什么，以后你是要跟他结婚，又不是跟他妈妈。”

“没你说得这么轻松，你没看网上说吗？结婚跟恋爱不一样，恋爱是两个人的事，结婚是两家人的事。唉。”

“那你想怎么样？要不赶紧分手，重新找一个?”融佳琪凑近她问，看她一怔，立即又笑道:“瞧你这模样，肯定还是舍不得你的郎医生吧?”

融子兮无奈地笑笑:“当然舍不得。”

跟融佳琪聊了一阵后，融子兮心里总算没那么抑郁了，洗漱后回到房中，继续做没做完的设计。融佳琪回到房中后，竟然把郎洁坚决反对他们的这个消息立即透露给了郎立轩。当然，她也是想借此机会跟郎立轩保持联系，原本是想打电话说的，不过郎立轩没有接电话，所以融佳琪只发了条短信。

郎立轩看了短信,还是有点惊讶。心想,是谁透露给姑妈那么多消息的呢?难道是郎皓轩那个大嘴巴？不用想，肯定是他。

原本快要放弃的郎立轩，忽然又觉得事情变得好玩起来了，不禁又有了兴趣，他倒要看看这次二哥怎么扛过去。而且他还有一个更好的消息，那就是表哥的初恋，当年一走了之的安欣，就快回国了。她肯定是为表哥才回来的，到时候她也掺和进来，事情肯定更有趣。

郎立轩想着，不禁对未来充满期待。

第二天是周三，原本打算去郎泽轩那里，可因为郎洁的事，融子兮对去郎泽轩那里似乎有了心理阴影，内心有些想逃避。加上傅小米来了公司，融子兮提出晚上请她吃饭，就给郎泽轩发消息说晚上有事不去找他了。

郎泽轩做完手术回到办公室休息,拿出手机正想问融子兮,要不要去接她，结果看到她发的消息，心里有一点点失落。回消息说:好吧，那今天就给你批个假，还有，再忙也要注意休息，更不能忘了你家亲爱的，明白吗？发完自己都忍不住笑了笑，觉得自己越来越肉麻了。

而这一幕被暗中偷窥他的方静璇看在眼里，简直像被针扎了似的。心道，果然是狐狸精啊，这样你还不肯放手，你的脸皮可真够厚的！暗自思忖着还有什么事可以透露给郎洁。没错，郎洁之所以能知道那些事都是方静璇透露出来的。趁着郎泽轩不在，方静璇立即编辑了一条短信发给郎洁:郎阿姨，看来您的话，某些人一点也没有放在心上，还在继续缠着郎医生。

方静璇是以郎泽轩的同事身份跟郎洁联系的，说是看不惯融子兮的行为，怕郎泽轩被蒙蔽了双眼。郎洁倒也没管她到底是谁，反正她正需要这样一个盟友。她看到短信，回道:哼，我不会让她得逞的！

傍晚，融子兮正和傅小米一起在一个烤鱼店吃烤鱼。手机忽然响了，拿起一看，又是郎洁打来的。融子兮眉头微蹙，实在很不想接她的电话，犹豫了片刻，还是接了。如果不接，她的火会更大。

“融小姐,看来我跟你说的话你是一点也没放在心上啊。”郎洁冷冷地说。她是趁着杨军做饭的时候打的，免得他又扮好人。

融子兮忍住心里的不快，说:“阿姨，我并不是没有把你的话放心上，而是觉得您说的话没有道理，所以我是不会放弃泽轩的。”

“你不会放弃他？你凭什么！他可是我的儿子！你有什么资格缠着我儿子？你还要不要脸？我告诉你，只要有我在，你的阴谋诡计别想得逞！我是不会让你拐走我儿子的！”

“阿姨,太过强势对身体不好,我劝您还是心平气和地考虑和处理问题吧。我这里还有朋友，就不陪您聊了，再见。”融子兮说完，挂断了电话，然后直接关机了。

傅小米已经基本上听出了个大概，看向她问:“怎么回事？你男朋友的妈妈？”

融子兮的心情变得有些失落，无奈地点点头说:“他妈妈瞧不起我，说我配不上她儿子，要我放手。”

傅小米替她担忧说:“唉，这种豪门婆婆最难伺候了，个个都把自己当皇太后似的，什么都要管。不过，你男朋友态度怎么样？”

“他倒是站在我这边，对我也很好。”

“那就好，幸好他不是妈宝男。要不，你打听一下他妈妈有什么爱好，或者有什么弱点，主动出击一下。”傅小米给她建议说。

融子兮叹了口气:“唉，我不擅长这个啊。我其实特别怕跟长辈交流，他妈妈又是那种脾气性格很古怪的，看着她我就害怕，更别说去讨好她了。算了，不说了，赶紧吃鱼吧，凉了就不好吃了。”

融子兮刻意转移话题，傅小米自然也不会继续谈论这个话题，两人边吃鱼边聊起两边公司的情况。

吃过饭回到家，融子兮就去洗漱，洗漱完回到床上，才发现手机忘了开机。开了机，立即就跳出几条短信。郎洁被挂了电话气不过，继续发短信来骂。郎泽轩问她，为什么关了手机。

融子兮坐在床上，拿着手机沉思，到底要如何才能解决这个问题？如果把这件事情告诉郎泽轩，那他肯定会打电话或者亲自去跟他妈妈争执，那样他妈妈就会更生气，更讨厌自己。可如果不告诉郎泽轩的话，那自己就只能默默承受。接她的电话会影响自己心情;可不接的话，她又会更生气。自己到底应该怎么办呢?

融子兮下巴靠在膝盖上沉思着，过了一阵，手机响了，是郎泽轩打来的。融子兮接过电话。

“怎么关机了？手机没电了？”郎泽轩问道。

感觉到他现在比之前对自己主动多了，融子兮心里既感动又难受，调整了一下心情，说:“也不是，就是……我也不知道怎么说。”

“什么意思？是不是出什么事了？”郎泽轩警觉地问。

融子兮深吸了一口气，忍不住说:“就是这几天，你妈妈给我打了几次电话，发了几次短信，我刚才在跟小米吃饭，她又打电话过来，我跟她说了几句后挂了电话，怕她再打来，就关了手机。泽轩，这件事我真的不知道怎么办，我怕跟你说了你打电话去质问阿姨。那样她会更加生气，然后更加讨厌我。可我要是不告诉你，我觉得我的生活和工作都要被弄得一团糟了，我真的不知道该怎么办……”说着，忍不住抽泣起来。

郎泽轩握着手机，表情变得凝重，又问:“我妈妈是什么时候给你打电话发短信的？她说了什么？”

融子兮吸了一下鼻子，说:“从周一就开始了，打电话让我跟你分手，我在上班，回了两句就挂了电话，然后她又发短信骂我。”

“对不起，我先替她跟你道歉吧。”

“你不用道歉，你又没有错，她的行为也不是你能控制的，我只怪自己没有好的出生，也不是倾国倾城的美女，所以才会让阿姨瞧不起。”

“傻瓜，你就是你，根本不需要改变什么。妈妈的事我会想办法处理的，你不要太困扰，只要记住，我是站在你这边的。”郎泽轩温柔地安慰她。

融子兮点点头:“嗯。”纵然他这么说,可她心里的困扰还是没有减少多少，对于郎泽轩能尽快搞定他妈妈这件事，她不敢抱任何希望。

“要不我开车来接你过来？就当散散心？”郎泽轩又说。

可一听到要去他那里，融子兮一下子就想到郎洁，忙拒绝说:“算了吧，万一明天早上你妈妈突然来了怎么办，我也已经洗澡了，今天有点晚了。”

“那好吧，要不明天你再过来？”

“再说吧。对了，你能不要打电话或者去找你妈妈争论这件事吗？我怕她知道我跟你告状，会更加不高兴。”

“放心吧，我不会质问她的。”

“那就这样吧，我不打扰你了，你早点休息。”

“好，你也好好休息。”

挂了电话，两人都在沉思，沉思着要怎么处理这件事情。

第二天，融子兮一整天都心神不宁，就怕郎洁打电话或者发短信来。下午郎泽轩打电话问她，要不要过去接她，融子兮拒绝了，说今晚就算了，明晚再去吧。

周五，郎泽轩又给她打电话，融子兮吞吞吐吐地说，怕第二天一大早又被郎洁抓住，言下之意是又不想来。

“那这样吧，我去你那边。”郎泽轩说。

融子兮有点惊讶：“你习惯吗？我是说你会不会觉得我这边拥挤、简陋了一点？”

“只要跟你在一起，就算再简陋也无妨啊！”郎泽轩说。

融子兮有点内疚地说：“那委屈你了。”

“傻瓜，有什么好委屈的，那我过去找你吧。”

“不用了，我们这块儿下班时间比较堵，我坐地铁回去还快些，顺便买点菜给你做饭。”

“好，好几天没吃你做的饭了，跟想你一样想它们了。”

“那好，这个周末我好好给你做几顿补上。”融子兮高兴地说，她自然也是很想见他的。

“好啊，那等会儿见。”

挂了电话，刚才就在偷听的许可嘉立即笑着说：“咦，想不到郎老师这么会说甜言蜜语，我听着都要脸红了。”

郎泽轩看向她，笑道：“是吗？我觉得还好啊，这也算甜言蜜语？”

“当然了，不信您问问雷尚宇。雷尚宇，你刚才也听见了吧，你说郎老师的话算不算甜言蜜语？”许可嘉立即问雷尚宇。

雷尚宇整理着材料说：“我觉得不算甜言蜜语啊，就是恋人间的普通生活对话吧，你是因为从来没男生跟你说过甜言蜜语才会觉得什么话听着都像甜言蜜语吧？”

听到这话，许可嘉立即郁闷地叫起来：“雷尚宇！你有本事再说一遍！你说谁没听过甜言蜜语？”

雷尚宇忍不住笑起来：“难道有人跟你说过？那你说说看，他是怎么说的？我跟郎老师一起帮你判定一下，你听到的到底是不是甜言蜜语？”

“你！”许可嘉指着他说不出话来，这才知道上了雷尚宇的当。

看到两人这么有趣，郎泽轩也被他们逗笑了，起身说：“行了，都早点回去吧，周末愉快，下周见。”

两人赶紧停下来，恭敬地说:“郎老师，周末愉快。”

“不，应该是祝郎老师和师娘周末愉快。”许可嘉又补充说。

“小调皮。”郎泽轩看着她笑着说，这才朝门口走，又跟方静璇摆摆手说：“小方，周末愉快。”

“郎医生，周末愉快。”方静璇也赶紧说。刚才郎泽轩和融子兮的对话已经让她的心情低落到了极点。

想不到在郎洁极力反对下，郎泽轩不但没有动摇对融子兮的爱，反而还对她这么好，居然还公然在办公室里跟她打情骂俏。这个狐狸精到底是给他下了什么迷药啊，让他这么死心塌地？方静璇恨不得马上就把这事告诉郎洁。

离开医院，郎泽轩开车先回了一趟家，拿了一套换洗的衣服和睡衣，还带了一双鞋子，才提着包下楼。到车库取了车，又开车前往融子兮的住处。

傍晚七点，郎泽轩到达融子兮的住处，而融子兮正在做饭。融佳琪不在，也不知道是跟哪个朋友一起出去玩了，她现在的朋友是越来越多了。

“需要我帮忙吗？”郎泽轩把东西放好进厨房说。

融子兮笑着看向他:“不用了，你坐着看看电视就行，马上就好。”

郎泽轩没出去，反而走到她身后抱住她，说:“我好幸福，找了个这么能干的女朋友。”

融子兮听得心里既难受又感动，情不自禁地笑着说:“哪有能干？都快笨死了。”

“没事，我也喜欢笨笨的你。”郎泽轩居然说。

这人说起甜言蜜语来确实很无敌，融子兮甜蜜地笑:“摆碗筷吧，马上就好了。”

“好。”郎泽轩说罢，还在她脸颊上亲了一口，才去拿碗筷，融子兮一颗心简直像被蜜浇灌了一样，心花怒放。

最后一个菜出锅，融子兮把菜端出来放到桌上，两人便一起温馨地吃饭。这一次有五天没见，两人都格外珍惜，相互夹菜，甜蜜极了。

与此同时，方静璇又给郎洁打小报告，说郎泽轩这周搬去融子兮那儿住了，看来融子兮根本没把郎洁的话放在心上，这是打算强行把郎泽轩拐走。

郎洁确实准备第二天一早去朗泽轩那里的，看到这条短信，惊异之余也十分生气。生气的原因跟方静璇一模一样，所以还回短信问了方静璇知不知道融子兮住在哪里，很可惜方静璇并不知道。想了一阵，郎洁拿起手机拨打郎泽轩的电话。

手机响起，郎泽轩正和融子兮坐在沙发上边看电视边聊天，看到是郎洁的电话，朝融子兮做了个噤声的手势，眉头微蹙地接过电话。

“妈，找我有事吗？”郎泽轩问道。

“没事就不能打给你吗？你在哪里？在家吗？”郎洁直接问。

“您问这个有什么事吗？”

“哦，也没什么事，就是刚好逛街走到你这边，想来看看你。”郎洁故意说。

郎泽轩如实说：“不好意思，我不在。”

“都这么晚了，那你在哪里呢？不会是在你那个女朋友家吧？怎么，放着好好的公寓不住，为了个女人住到出租房里，你就这点出息？”郎洁嘲讽道。

郎泽轩眉头紧蹙，沉默了片刻才说：“是，我就这点出息，让妈妈见笑了。妈妈还有什么想对我这个没出息的儿子说的吗？没有的话我要看电视了。”

“郎泽轩！这就是你跟我说话的态度吗？我可是你妈妈！”郎洁又怒了。

郎泽轩回道：“如果妈妈对我的态度不满意，那就麻烦妈妈做点能让我改变态度的事。我不想跟您吵架，请您也别试图跟我吵，挂了，妈妈早点休息吧。”说罢挂了电话。

融子兮紧张地看着他，也是愁眉苦脸，刚要开口，见郎泽轩又做了个噤声的手势，他还在打电话。

“爸爸，是我，我想问你，妈妈现在在哪里？”郎泽轩说。

“你妈妈吗？她刚刚在客厅里，现在去了卧室，怎么，你找她有事吗？”

“哦，没什么事。对了爸爸，问您件事，最近有没有你不认识的人跟妈妈频繁联系？”

“不认识的人……我没看见啊。最近你妈妈都在家里。”

“哦这样，那妈妈有没有神神秘秘地接打电话？”

“……有，最近她老是一个人在那玩手机，或者躲起来打电话，她出来了！我不说了，先挂了啊。”

电话挂了，郎泽轩放下手机思索着。

融子兮担忧地看向他:“你为什么这么问叔叔，你在怀疑什么？”

郎泽轩认真地看着她，说:“对。我觉得有件事很奇怪，妈妈怎么会这么快就知道我来了你这里，还故意打电话试探我，我来你这里的事她不应该这么快就知道啊，所以我怀疑有人在跟她说我的行踪，可会是谁呢？”

融子兮仔细想了想，也说:“对啊，还有，阿姨怎么会知道我的手机号呢？我还想问你，是不是你告诉她的。”

“我怎么会告诉她。”郎泽轩说完，两人都觉得这件事情确实太蹊跷了。

郎泽轩沉思着，又想起妈妈连融子兮跟立轩的事，还有那次融子兮的前男友来医院打自己的事都知道，这其中确实有问题。

首先融子兮跟立轩的事，除了自己，知道的人就只有皓轩和融佳琪，融佳琪肯定不会跟妈妈接触，皓轩那边倒是有可能透露。可融子兮前男友的事，除了融佳琪其他人都不知道啊，不，有一个人知道，方静璇，当时是她陪自己去派出所的。而最可疑的还是今晚的事,当时办公室里只有她和许可嘉、雷尚宇。许可嘉和雷尚宇肯定不会跟妈妈联系，那么就只有她……可她又是怎么知道妈妈的联系方式？怎么会做这种事呢？郎泽轩沉思着。

“会不会又是厍丽丽搞的鬼？”融子兮推测说,她实在是被厍丽丽吓怕了。

郎泽轩看向她:“我明天回家一趟，想办法看看妈妈的手机，看到底是谁在跟她透露我们的事。”

融子兮一脸愁容地看着他:“那你小心，不要被发现了。”

郎泽轩看着她，安慰说:“放心，我可是主刀医生，最小心不过了。”说完忽然想起一件事:方静璇会不会悄悄看过自己的手机呢？同在一个办公室，医生又都很小心，自己能想到的事她同样也能想到啊，她怎么敢做这种事？可打心眼儿里他实在不想这么猜疑方静璇，不相信她会做出这种事。因为这种行为是多么卑劣，他不相信自己那么信任的助理竟然是这样的人。

两人都在猜测这件事的幕后黑手，心里惴惴不安。郎泽轩没有说出自己的猜测，不想融子兮对方静璇也小心翼翼地防备起来，融子兮则猜测着办公室里是不是又有人被厍丽丽收买了，可剩下的三名员工自己都信得过，无论谁被厍丽丽收买了，都太让人痛心了。

这件事弄得两人都没了心情。

第二天早上，郎泽轩吃了早餐，就开车去了父母的住处，路上给爸爸先打了电话。他到达时，杨军和郎洁都在家。

“爸爸，妈妈。”郎泽轩进门喊道。

郎洁似笑非笑地看着说：“不是都住过去了吗？怎么还舍得来看我们呢？”

郎泽轩没立即回她，在客厅沙发上坐下，看向她说：“妈妈，我那个同事告诉你的事很多都是无中生有，她跟我在工作上有些不愉快的事情，还偷看了我的手机，记下你的手机号跟你挑拨离间，你能别跟着外人伤害你的儿子吗？”

“泽轩？你在说什么？什么跟着外人伤害你？”杨军纳闷地问，又看向郎洁。

郎洁脸上闪过一抹不安的神色，努力在想对方是不是在恶作剧。看到她脸上的不安，郎泽轩知道自己猜对了，所以这么一来，这个人真的很有可能就是方静璇，心里顿时失望不已。

郎洁忍不住问：“她不是说是为你好吗？”

郎泽轩不想编故事骗她了，说：“也就是一些工作上的小摩擦吧，不过，作为同事，怎么都不该偷看手机，还私下跟对方家人联系，甚至对别人的私生活指指点点。这种行为如此卑劣，所以有这种行为的人说出来的话又有多可信？所以妈妈，你以后别跟她联系了，别跟一个外人一起对付自己的儿子了。”

“我可以不跟她联系，不相信她的话，但你能跟那个姓融的女人分手吗？”郎洁说。

郎泽轩看着蛮不讲理的妈妈，深吸了一口气，转过脸说：“小时候看到你和爸爸动不动就吵架，我就告诉自己，我以后结婚一定不能找一个像妈妈这样动不动就跟我吵架的女人。”又看向她，“所以，这就是我对另一半最大的要求，现在，我好不容易找到了，妈妈却以其他理由要我跟她分手，妈妈觉得什么样的媳妇才是好媳妇？跟您一样，家世显赫就好吗？您的身份让丈夫和儿子都痛苦了几十年，大家都不开心。我绝不会再重蹈爸爸的覆辙，所以请妈妈不要干涉我的工作和感情生活。”

郎洁震惊地看着他：“我的身份让你们痛苦了几十年？”

“对！”

“是。”

父子俩居然同时回答道。

杨军激动地抢着说:“我承认，当年跟你在一起，我确实是考虑了郎家的地位，可自从结了婚，尤其是有泽轩后，我就想明白了。我不傻不笨，又长得一表人才，我干什么不能活下去？我干吗要娶一个大小姐，成天受窝囊气？所以当初你提出跟我离婚的时候，我是真的愿意什么都不要，跟你离婚，我只要泽轩，我怕他跟着你也变成像你一样的人。唉，所幸这么多年了，我也习惯了，骂就骂吧，也少不了一块肉，只要泽轩能幸福就行了。所以，算我求你，你别再干涉泽轩的事了,他自己的事他自己有分寸,你别管太多了,放过孩子们吧。”

郎泽轩同情地看看爸爸，又看向郎洁:“妈，我能理解你的想法，你是个要强的人，看到大哥，立轩，皓轩都有钱，觉得我没钱，又找了个普通的女孩子，你很没面子。可是，每个人都有自己的人生，我们不能拿自己的标准去衡量别人。我在医院里每天都看到生老病死，很多时候有再多的钱也没用。人生最重要的是自己内心的感受，生活不是过给别人看的，而是要自己感到幸福才行。奶奶一辈子不富裕，可她活得那么坦然，那么心安理得，妈妈你一辈子生活富足，可每天都生活在压抑和苦闷中，这两种人生相比，我宁愿跟奶奶一样，也不想跟妈妈一样。妈妈你执拗了这么多年，我跟爸爸都在想办法躲避你，您就改改吧，改改自己的脾气，改改自己的人生观、价值观，一家人以后高高兴兴地生活，不好吗？”

看她冷着脸不说话，郎泽轩站起来:“我也没什么事，就先走了吧。爸爸，妈妈，祝你们周末愉快。”

杨军赶紧起身说:“泽轩，吃了饭再走吧。”

“不了,融子兮最近精神不太好,我回去安慰她一下。”说着看了郎洁一眼。

杨军也知道肯定是郎洁做了什么，要不然郎泽轩不会一大早跑来，还说了这么多话，他无奈地看了郎洁一眼。

“那好，爸爸送你。”

父子俩一起出门，杨军小声说:“你同事真的在跟你妈妈联系，背后说小融的坏话？”

“嗯。”郎泽轩点点头。

“那你知道是谁了吧？”

“基本猜到了。”

“那你打算怎么处理？”

“爸爸你放心，这件事我会处理好的。”

“那好，这样的事你小心处理，毕竟大家在一个单位工作，抬头不见低头见,你妈妈那里我也会帮你留意的,要是你那同事还跟她联系,我立即告诉你。”

“好，谢谢爸爸。那我回去了。”

“嗯，替爸爸跟小融问好，路上开车小心。”

郎泽轩再次跟他道别,发动车子离开。想到跟妈妈挑拨的人竟然是方静璇，郎泽轩心里就有说不出的失落，虽然对方静璇没有男女之爱，但友情却是很深的。从回国到医院上班，与她相处的时间超过所有亲人和朋友，自己也确实把她当好朋友、好同事，可到底是什么原因促使她做出了这样的事呢？难道是自己哪里没做好？郎泽轩百思不得其解。

他打了个电话给融子兮，说自己正在返回的路上，问她要不要出来玩。

融子兮正在屋里想着会不会是厍丽丽搞的鬼，想得头都快大了。

“好，那我们一起出去散散心吧。我马上收拾一下，很快就下来。”

“不急，我大概还有十五分钟才到。”

十五分钟后，郎泽轩接上融子兮。

车中，融子兮小心翼翼地看向他:“查到是谁了吗？”

郎泽轩点点头:“还没来得及偷看妈妈的手机，结果我试探了一下，就试探出来了，我觉得背后悄悄跟妈妈挑拨的人是小方，方静璇。”

“是她？”融子兮吃惊。

“其实昨晚我就猜到可能是她，可是她一直都很尽心尽力地帮我，我实在不想怀疑她。可除了她，不可能还有别人了。只是，我想不明白，她为什么要这么做呢。”

看到他痛苦的样子，融子兮其实已经明白了方静璇为什么要这么做，建议说:“泽轩，你暂时把车停到路边，我们说说这件事吧。”

郎泽轩点点头，把车停到路边。

融子兮看向他:“你还记得上次我跟你说过，我觉得方医生暗恋你吗？”

郎泽轩看着她:“你的意思是……”

“我的意思就是，方医生因为暗恋你，可又看到你对我这么好，心里很不服气，所以想用这样的办法来拆散我们。我觉得我之前收到的陌生手机号的短信应该也是她发的，她在短信里口口声声骂我是狐狸精，骂我配不上你，这应该就是她内心真实的想法，觉得我配不上你，不配做你的女朋友，心里咽不下这口气。”融子兮解释说。

郎泽轩想了想，深吸一口气，说:“也许真是这样。可我对她从来没有表现出同事以外的感情啊。而且我为了避免她误会,还让科室又安排了两名新助理。”

“或许这两名新助理是导火索，你原本是好意，可在方医生看来，肯定是我在背后跟你挑唆，要你多加两名助理，让你疏远她。”

“那我现在应该怎么办？”郎泽轩难得地问融子兮解决办法。

融子兮看着他，笑着说:“咦，郎博士也有为难的时候？”

郎泽轩尴尬地笑:“三人行必有我师,我当然也有解决不了的问题。融老师，指点指点吧。”

融子兮叹口气，又笑起来说:“既然你这么说，那我就说说我的看法吧。这件事吧，虽然方医生这么做很不对，可从另一方面来看，足见她对你的感情有多深，暗恋是件痛苦的事，陷入暗恋中的人也是痛苦的。所以，就原谅她吧。我是想着，这件事除了我们俩知道外，就不要再让第三个人知道了，尤其是你们医院的同事，免得方医生以后在单位里没法做人。所以，要不周一你约她吃个饭，然后当面跟她说说这件事，我想，别人说的话她不会听，可你说的话，她肯定会听的。”

郎泽轩仔细想了一下她的话，郑重地点点头，明显是同意了她的说法。

朗泽轩拉过她的手说:“听到你这说这番话，我很感动，也很欣慰，你不仅原谅了一个伤害你的人,还这样设身处地地为她着想,看来我真的没有选错人。”

融子兮苦涩地笑笑:“没选错就好。”

“嗯,周一我找机会跟她谈谈,那接下来我们去哪里,融老师？”郎泽轩说。事情有了解决办法后，他心情也好多了。

“郎博士的老师我可不敢当。去哪里呢？要不先去逛逛街，然后找个地方吃午饭，吃午饭的时候再查查哪里有好玩的？”融子兮建议说。

“好啊，都听我亲爱的。”郎泽轩说。

融子兮笑，心里满满的都是甜蜜幸福。

周一，医院办公室里，许可嘉和雷尚宇照例很早就来了，帮郎泽轩收拾办公桌，准备当天要用的资料。两人整理了一会儿，方静璇来了。

“方医生，早。”两人礼貌地说，虽然不太喜欢她，可她毕竟是前辈。

“早。”方静璇随口说，看了一眼郎泽轩的位置。还记得周五的时候，郎洁回复说，她一定不会放过那个狐狸精，也不知道这个周末发生了什么好戏。方静璇不禁有点期待郎泽轩的到来。

十分钟后，郎泽轩走进来。

“郎老师，早！”两个助理立即喊道。

“你们早。”郎泽轩也立即回道，看向方静璇，恰巧方静璇也在看他，两人四目相对，方静璇的心忽然狂跳起来。

“小方，早上好。”郎泽轩先跟她问好。

方静璇故作镇定:“郎医生，早上好。”

心狂跳了一阵，方静璇又偷偷看向跟两个助理说话的郎泽轩，不禁有点纳闷，他好像一点也没有心情不好的样子，难道周末郎洁没出手？不该啊，她不是说得那么凶吗？心里对郎洁有点懊恼，想找机会试探她一下，也好催促她赶紧行动，却没发现郎泽轩也在暗暗观察她，看到她一会儿沉思一会儿蹙眉的样子，郎泽轩失望地叹了口气。原本以为她是个直率善良的好姑娘，没想到她竟然会做这种事，还是融子兮好，一直都那么单纯善良。如此想着，对融子兮的爱不禁又深了一分。

周一的工作比较忙碌，郎泽轩全身心投入工作中，暂时忘了方静璇的事。一直到快下班的时候，才叫住她:“小方，你下班后等一下，我找你有点事。”

“好的，郎医生。”方静璇立即回道，心快速跳起来，思索着郎泽轩忽然叫自己留下来会是什么事。她担心事情败露了。

不会，他应该还不知道。可转念一想，万一郎洁一不小心说漏了嘴，怎么办？但郎洁并不知道自己是谁，就算跟他说了也没用。难道是那个狐狸精猜到了？如果她真的猜到了，自己就抵死不认，反说她挑拨离间！方静璇心里快速打定了主意。

下班时间很快到了，郎泽轩从储物柜里拿出包说:“小方，可以走了吗？”

“郎医生不是有事要跟我说吗？不在这里说？”方静璇纳闷地问。

“不是，我想单独跟你说，走吧。”郎泽轩说。两个小助理相视一眼，满腹疑惑，有什么事不能当着他们说，还要单独跟她说？

“好。”方静璇点点头，朝门口走去，心里那种不好的预感更强烈了。

他们一出门，两个小助理立即讨论起来。

“你说郎老师为什么要单独跟她说话呢？你觉得是好事还是坏事？”许可嘉赶紧问雷尚宇。

“我哪知道，我又不是郎老师肚子里的蛔虫。不对，就算是蛔虫，也不会知道，蛔虫只能待在肠道里……”

“哎呀，你恶不恶心，跟你说正事呢，谁跟你讨论蛔虫，真是。”许可嘉不高兴地说，然后独自思索着，“我觉得从郎老师的表情来看，应该不是什么好事。肯定是对方医生最近的表现不满意，单独批评她，不过方医生确实很懒，借着她受伤的事，什么也不做，什么都丢给我们，假如我是郎老师，也会不满意的。”

“行了，少抱怨，多做事，郎老师对我们那么好，难道我们不应该多做一点事吗？”雷尚宇说。

“我当然不是说我们不应该多帮郎老师做事，我是说方医生的表现很不好，你干吗总是跟我对着干，还能不能愉快地做朋友了？”

“我很愉快啊，难道你不愉快吗？”雷尚宇故意逗她说。

“我就是不愉快！我都要被你气死了！”许可嘉叫道。两人在办公室打打闹闹，活力十足。

这边，方静璇已经坐到了郎泽轩的车里，因为郎泽轩提出要请她吃饭。可如此一来，方静璇更搞不懂他到底要做什么了。

沉默了一阵，方静璇再也忍不住，问道：“郎医生，到底有什么事找我呢？不会是真的只想请我吃饭吧？”

“别急，吃饭的时候我们再慢慢聊吧。”郎泽轩说着，打开了车载收音机，明显就是不想再跟她继续聊这个话题，所以方静璇也只好闭上嘴。

行驶了十几分钟，在一个大型综合商场停下，一起下车进了商场。乘电梯到达美食区，郎泽轩让她决定吃什么。

方静璇不好意思再去西餐厅吃情侣套餐，随手指了一家中式餐厅，是一个养身火锅店，倒也很适合两人，点了菜后，接下来的事情都由服务员做，两人也有了时间聊天。

方静璇又忍不住问："郎医生，现在可以说是什么事了吗？"

郎泽轩点点头说："我们认识也快两年了吧。我还记得我第一次来医院的时候，你就很热情地给我介绍科室的情况和同事，还带我去熟悉医院各处，后来又做我的助理，尽心尽责地帮我，我内心里真的挺感激你的。"

听他这么说，方静璇心里更不安了，紧张地笑笑，说："我怎么听郎医生这话，像是要赶我走？"

"那当然不是。"郎泽轩说，"我其实是想说，在我心里，小方你是个率真善良、热情可爱的女孩子。虽然有时候脾气大了一点，可也恰好更证明了你的直率，所以从我内心讲，还是很认可你这个同事和朋友的。"

两名服务员过来，一名把汤锅放好，另一名把盘装的菜品放到桌上。

"谢谢。"郎泽轩说。

"不客气，两位请慢用。"服务员礼貌地说完便离开了。

方静璇沉思着，隐约猜到郎泽轩为什么要说这番话了，一想到自己做的那些事已经被他知道了，方静璇有一种颜面无存的感觉。低着头不敢看他，想他肯定很看不起自己，既痛苦又后悔，当时确实没想过万一这件事被他知道了该怎么办。

"你喜欢吃哪个菜？我帮你多煮一点。"郎泽轩问道。

"我没关系，郎医生想吃什么就煮什么吧。"方静璇有气无力地说。

沉默了片刻，方静璇终于抬头看向他说："我能问郎医生一个问题吗？"

"当然可以。"

"我跟郎医生的女朋友比起来，到底差在哪里呢？"方静璇豁出去了。

郎泽轩认真地看着她，说："你没有比她差，相反，她很多地方都不如你。可感情并不是买东西，挑价格贵、质量好的。感情是一种感觉，是两个人从整体到细节的吸引。比如，我喜欢她的单纯善良，跟她在一起感觉很轻松、很平静，那就是我一直想要的感觉。"

"单纯善良，郎医生怎么就笃定她是真的单纯、真的善良？她想要跟郎医生在一起，难道不会故意伪装出来单纯善良吗？”方静璇不服气反驳说。

郎泽轩点点头:“对，确实有这种可能。可有两点你忽略了。第一，我们可以伪装一时，伪装一件事，可谁能一直保持这种状态，每件事都伪装？第二，我难道连分辨真伪的能力都没有吗？难道我在你心里连基本的判断能力都没有？”

方静璇低下头:“看来郎医生真的很爱她。”

“小方，对一位异性有好感，相互的关联有很多种，可能是‘粉丝’和‘偶像’，可能是好朋友，可能是好同事，也可能成为恋人，这些都需要不一样的条件才能促成。但有一点却可以肯定，那就是绝对不能把两人的关系变成仇人，绝不能做让对方感到失望的事，对不对？”

方静璇点点头。

“你是个好女孩，是我工作中的好同事，生活中的好朋友，有幸与你有这些关联，我心里既庆幸又感激。所以那些你一时糊涂做的事，从今天起就停止吧，我也不会再提，以后我们还是好朋友、好同事，可以吗？”郎泽轩还是没有说破，怕她面子上挂不住。

方静璇自然知道他指的是什么，也对他没有点破而心有感激，羞愧地点点头:“嗯，谢谢郎医生。”

“好像都可以吃了，快吃吧，如果好吃，下次把许可嘉和雷尚宇也叫上。”郎泽轩说，果然不提那件事了。

方静璇心里自然是五味杂陈，但也很感激郎泽轩知道自己做了那些事，还采用了这样的方式来解决，给自己留足了面子。看着他，最后一次在心里感叹，如此完美的男人为什么就跟自己没有缘分呢？是的，他的意思已经很明确了，他与自己只是好朋友、好同事，绝不会成为恋人。

所以，再见了，我心中的“男神”。

方静璇终于下定决心放手，做出这个决定，整个人仿佛轻松了很多。脸上也终于浮现出久违的笑容。虽然这段暗恋没有结果，但仍然很庆幸这个人是他。

“郎医生，我敬你一杯，祝你们永远浪漫幸福。”方静璇端起果汁说。上次一起吃饭，许可嘉和雷尚宇都说了，她却没有说，这次总算把这句话补上了。

郎泽轩也端起果汁:“谢谢，也祝你早日找到自己的幸福。”

一声清脆的碰杯声响起，给之前的不快画上了完美的句号。

吃过饭返回家的路上，郎泽轩迫不及待地给融子兮打电话，告诉她事情已经处理好了。

“那就好。”融子兮欣慰地说。

沉默了几秒，郎泽轩又说：“一切都过去了，不要再担心了。”

融子兮笑笑：“目前是解决了，可是以后还有情况，我还得随时准备战斗才行。”

郎泽轩被她逗笑了：“我让你这么有危机感吗？”

“对啊，简直每分每秒都感觉危机四伏。”融子兮故意说。

“那行，如果再有战斗，我会继续跟你并肩作战的。”郎泽轩非常配合地说。

融子兮听罢，顿感心中甜蜜，虽然恋爱以来，发生了不少事情，但幸好每次他都很主动去解决问题，这也是融子兮能坚持下来的原因。

两人又说了几句暖心的话才挂了电话。两人好像大病初愈似的，虽然痊愈了，但感觉还是需要休养休养。

第八章

为爱变成更好的自己

这次事件后，方静像变了个人，一改之前火爆的脾气，随和了许多，还向科室提交了出国进修的申请书，并请郎泽轩做推荐人。

郎泽轩很认真地帮她写了推荐信。半个月后，申请获得批准，方静璇获得去挪威进修的机会，郎泽轩和两个助理都很为她高兴。

中午，趁大家都在办公室时，方静璇看向他们说:“郎老师，可嘉，尚宇，今晚我想请你们吃饭，你们有时间吗？”

许可嘉和雷尚宇暗暗对视，不敢说话，郎泽轩率先说:“好啊，这么值得高兴的事，当然要庆贺庆贺，本来我还想请大家吃饭帮你庆祝呢，既然小方你这么积极，那我就不跟你争了。”

一听这话，许可嘉立即接话道:“别啊郎老师，今晚方医生请了，您还有下次的机会的啊。”

“许可嘉，你果然是个‘吃货’啊。”雷尚宇立即嘲笑她说。

郎泽轩笑着说:“行行行，那今天小方请，过两天我再请，行了吧？”

许可嘉吐吐舌头:“那敢情好。”

办公室的三人都被她逗笑了。

方静璇看向郎泽轩:“郎老师，如果可以的话把师娘也叫上吧。”

郎泽轩一怔，想不到她竟然主动提出叫上融子兮，许可嘉叫起来:“对对对，郎老师这次把师娘也叫上吧，我们来这么久了还没见过师娘，简直要望穿秋水了。”

“望穿秋水？你确定你没用错成语？”郎泽轩笑着说，“那行，我现在就给她打电话，让她晚上一块儿来，我也带一次家属。”

“哇！终于可以见到师娘的庐山真面目了！”许可嘉高兴地拍手。

郎泽轩笑着拨打电话。电话响了没一会儿，融子兮就接了，郎泽轩跟她说了大家想让她一块儿吃饭的事。

融子兮有点不好意思地说:“我也来吗？会不会打扰大家的雅兴？”

“这是他们集体请求的，你不来才打扰他们的雅兴。”郎泽轩说。

“那行，我也去蹭顿饭，对了，那我是不是要买礼物？”融子兮又问。

“今晚就算了吧，时间比较匆忙，怕是来不及了，等下次吃饭的时候再送吧。”

“好吧，那你们确定了在哪里吃饭，把地址发给我。”

“嗯，好。那挂了，拜。”

“拜拜。”

挂了电话，郎泽轩立即宣布融子兮今晚会来，许可嘉又激动了一阵。然后大家开始在办公室里商量晚上去哪里吃饭的事，商量好后，郎泽轩把地址发给融子兮。融子兮处理完手中的工作后，朝约定的地点赶去。

地址是离医院不远的一家有些名气的私房菜馆，郎泽轩一行人到达时融子兮还没来，直到半个小时后，融子兮才赶到。这还是她第一次跟郎泽轩的同事吃饭，竟有点怯场，到了门口没有直接进门，而是先给郎泽轩打了电话。

接到电话的郎泽轩很快走了出来，看到她，很自然地牵起手，郎泽轩说:“我们都还没点菜，他们都要等你到了。”

“何必等我呢？让大家都饿着肚子真是不好意思。”融子兮说。

郎泽轩和融子兮走到了桌前，另外三人的目光都聚集到了融子兮身上，方静璇自然是见过融子兮的。只是以前每次看到她都带着敌意，如今没了敌意，表情也变得淡然。

“方医生，恭喜你。”融子兮先开口说。

“谢谢。”方静璇客气地说。

一直在打量融子兮的许可嘉热情地说:“师娘，你好，我叫许可嘉，很高兴见到你！”

融子兮对“师娘”这个称呼愣了一下，看了郎泽轩一眼，赶紧说:“你好，经常听泽轩提起你，今天终于见到你了，我也很高兴。”

“郎老师经常提起我吗？郎老师说我什么呢？”许可嘉既紧张又好奇地问。

融子兮又看了郎泽轩一眼，说：“说你很可爱，工作上也很努力。”

“真的假的？”许可嘉有点不敢相信，转头看向郎泽轩。

郎泽轩却笑着说：“难道你连你师娘的话都不相信？”

机智的许可嘉立即说：“这是好话，我当然相信！谢谢郎老师的夸奖，谢谢师娘给我透露这个好消息。”

“师娘好，我是雷尚宇，很高兴见到你，不知道郎老师有没有跟你提过我……”雷尚宇也好奇地问。

融子兮被他逗笑了，说：“当然有，泽轩经常夸你既上进又谦虚，以后一定是名优秀的医生。”

雷尚宇腼腆地笑：“谢谢老师，谢谢师娘，我一定会继续努力的。”

这时服务员把菜单拿上，请让他们点菜，大家又说笑着，每人点了一个菜。方静璇怕不够又加了两个。

点好菜后，大家又接着聊天。

活泼的许可嘉说：“师娘，你是不知道，郎老师工作的时候不苟言笑，特别严肃，可只要一跟你打电话，就甜言蜜语不断，不停给我们‘撒狗粮’，还说是为了提高我们的免疫力。”

融子兮尴尬地笑道：“那行，以后上班时间我都不接你们郎老师的电话了，不给他‘撒狗粮’的机会。”

“别别别，我不是这个意思。我的意思是，郎老师对你可真好，你们俩的感情真让人羡慕。”许可嘉。

郎泽轩看看融子兮，笑着对许可嘉说：“不必羡慕，你以后也会有的。”

“唉，我没这个信心啊，不是每个人都跟师娘一样命好啊。”许可嘉感叹道。

融子兮满脸幸福地看向郎泽轩：“我也觉得我运气挺好的。”

两人相视一笑，正是一切尽在不言中。

一直没有说话的方静璇终于发现，郎泽轩看融子兮的眼神的确跟看其他异性不一样。在医院的时候，他看其他异性都是礼貌而刻意保持距离，而自从融子兮进来后，他看她的眼神既温柔又爱怜。难怪没有人能再闯入他的心，看来他已经认定了这个女人。

方静璇忽然开口说:“你们打算什么时候结婚呢？不会是在我进修这段时间吧？希望有机会能到场参加你们的婚礼。”

这话一出，郎泽轩和融子兮都愣了一下。

融子兮尴尬地说:“不好意思，方医生，我们还没有考虑这个问题。”说罢看了郎泽轩一眼。

郎泽轩看向她，没有说话。结婚是件庄重的事，确实不好随便说，他对方静璇说:“放心吧小方，到时候一定会通知你的。”

方静璇微笑着说:“那就期待你们的好消息。”其实，她还是想确认一下，郎泽轩表现得这么爱融子兮，到底有没有跟她结婚的打算。

菜上了，大家开始动筷子吃饭，边吃边聊。

许可嘉又问他们，结婚的时候有没有合适的伴娘人选，如果没有的话她想报名，这话让融子兮又有点尴尬。还是雷尚宇看出端倪，转移了话题。

晚饭结束后，郎泽轩开车载着融子兮一起离开，其余三人各自选择适合自己的交通工具回去。

车子里，郎泽轩和融子兮两人都没有说话。

行驶了一阵，郎泽轩打破沉寂，说:“今晚就去我那里吧。”

融子兮点点头:“好，不过我想换身衣服，晚上咱们早点休息，明早我回去一趟换衣服吧。”

“那我还是先载你回去吧,我在楼下等你,你拿了衣服再下来。”郎泽轩说。

“不用了，那样多兜一圈，我还是明天早点起床吧。”融子兮说，这样还能避免被郎洁抓住。

她坚持这样，郎泽轩也只好同意了，不过心里还是在想，她是不是还在因为结婚的话题不高兴。

郎泽轩说:“融子兮，你倒是见过我的父母了，我是不是也该去见见你父母呢？”

融子兮惊讶地看向他:“你真想去见我爸妈吗？”

“难道我不应该去见吗？”郎泽轩反问。

融子兮点点头:“我当然想带你去见我爸妈，可前提是你觉得准备好了。所以，你觉得这个时机已经到了吗？”

郎泽轩看看她说：“说实话，我有点惶恐和紧张。就好像以前升学的时候，无论平时学得多好，临考试的时候都会感到紧张。就是那种感觉，你能理解我说的这种感觉吗？”

融子兮点点头：“或许吧。”她心里还是对郎泽轩没有明确表示愿意结婚而有一点点失落，于是又说：“其实你不用解释，我们交往的时间也不算长，你还可以再考虑考虑，我不急。”

“你父母应该已经知道我们在交往了吧？”郎泽轩又问。

“嗯，我有跟妈妈提过。”融子兮如实说，就算她不说，融佳琪也会说的。

“那他们怎么说？是想尽快见我，还是有其他的建议和意见？”郎泽轩又问，他确实有些紧张。

融子兮如实说：“我跟妈妈说了你的情况后，妈妈觉得你条件太好了，我和你相差较大，让我好好考虑考虑，也知道了你妈妈不喜欢我的事，我的爸爸和妈妈都觉得还是要你妈妈接受我才行。”

郎泽轩惊讶地说：“这是什么时候的事？你为什么没跟我提过？”

“就是前段时间的事，他们也没说什么，所以我就没跟你说。而且他们也只是让我考虑，也没说别的。”融子兮语无伦次地解释道。

郎泽轩点点头，想了想又问：“那你呢，你考虑过后是什么想法？”

融子兮忽然有点烦躁，也有点不高兴，随口说：“我还没想好，随缘吧。”她觉得郎泽轩好像并不想跟自己结婚，很犹豫，还不断打听自己的想法，既然不想结婚，那又何必在乎自己的想法呢？

车里的气氛忽然安静下来，融子兮干脆低头玩手机，分散自己的注意力。

回到家后，郎泽轩像往常一样先去洗澡，融子兮坐在沙发上看电视。

对于刚才郎泽轩的态度，融子兮有点失望。不过又在心里帮他解释，可能是事情来得太突然了，他还有点不能适应吧，再说他这个人本来对任何事情都比较慎重。之前交往的时候他也是考虑再三，何况结婚这件大事，他当然要考虑清楚，不要急，多给他一点时间就好。可转念又想着，万一他迟迟做不出决定，万一他妈妈还是坚决不同意，那该怎么办？

如果不得不跟他分手，自己以后要怎么办呢？心事重重地想着，连电视播放的是什么内容都没注意。所以郎泽轩出来的时候，看到融子兮竟然在看一个保健品广告，纳闷地说:“你对这些东西也有兴趣？我建议这种产品你最好不要买。”

融子兮这才回过神，看向电视，赶紧换了频道说:“我当然不会买，你已经洗完了吗？那我去洗。”说罢就起身往卫生间走去。

郎泽轩看着她的背影，还是能感觉到她的忧虑，他在沙发上坐下，认真思考这个问题。

其实从一开始跟她恋爱的时候，他就是奔着结婚这个方向来的。诚然他很爱她，只是突然说到这个事，好像一下子有点适应不了。难道自己在恐婚吗？

郎泽轩微微蹙眉沉思着，他心猿意马地看着电视，也完全没注意电视节目的内容。所以融子兮出来时，看到他正在看体育彩票，开口说:“我有点累，先去睡了。”

“嗯？”郎泽轩一回头，却看到她已经进屋了，他关了电视，起身朝房间走。融子兮正在叠自己的衣服，郎泽轩从身后抱着她说:“结婚的事我会仔细考虑的，也要做些准备，给我一点时间好吗？”

“我说了我不急，你慢慢考虑吧。”融子兮装作不在意的样子。

可郎泽轩觉得她还没有释怀，依旧抱着她不放，说:“怎么还是不高兴的样子？对我的回答还不满意吗？”

融子兮勉强笑笑:“没。”

“不能说实话？”

融子兮微微叹了口气:“就是觉得你很犹豫，我也明白，你考虑也是应该的，所以对自己有些……有些失望，如果我条件好一点的话，你就不会犹豫不决了吧。”

“你误会我了，我不是因为这个犹豫，我只是觉得自己目前还没做好结婚的准备而已，根本不是因为你的其他方面而犹豫不决。”郎泽轩解释说。

融子兮勉强笑笑，点点头:“嗯，是我误会了。睡吧，明天还要早起。”

看她强颜欢笑的样子,郎泽轩眉头微蹙,觉得自己的解释一点作用也没起。他觉得很无奈,更重要的是连自己也不明白这次是谁对谁错了,只好对自己说,暂时不要提这个话题了，走到床边，掀开被子睡下。

融子兮思绪纷杂，想道，即使有了肌肤之亲，也不一定能走到一起，感情的事还真叫人无奈啊。所以原本想早睡早起，却失眠到半夜，不过一早还是爬了起来。

起床的时候天刚蒙蒙亮，郎泽轩迷迷糊糊地嘱咐了几句。

这天之后，融子兮全身心地投入工作中，也没去想结婚这个让人期待又头疼的问题，只是不知道该怎么面对郎泽轩。因此接下来一周她都没去跟郎泽轩见面。

又到了周一，杜嫦曦把融子兮叫到办公室，说下周的意大利米兰时装周打算带她一起去，问她愿不愿意去。

“愿意，非常愿意，谢谢杜总！”融子兮激动地说。

杜嫦曦笑着点头:“那好，那你明天把护照等相关的东西给小周，她会帮我们订机票。”

“好。”

“嗯，没事了，你去把你们组下周的工作安排一下吧。”

“好的,杜总,那我先出去了。”融子兮高兴地说,转身离开杜嫦曦的办公室。

回到小组办公室，融子兮没有急着跟小组的人说，担心有什么变动，先着手安排下周的工作，打算等机票订了再跟她们宣布。一下午融子兮都在调整工作安排,不知不觉到了下班时间,大家都收拾东西离开,傅小米发现她还没走。

走进隔间问:“子兮，还不打算走吗？”

“嗯，我还有点事要处理，小米你先吧。”融子兮笑着说。

“那好，我先走了，拜拜。”

“拜拜。”

办公室很快安静下来，融子兮在电脑前做自己的设计，自己手上的设计必须尽快做完才行。

郎泽轩开着车行驶在路上，可迟迟没有接到融子兮的电话，便拨了她的手机号。手机铃声响起，融子兮接过，眼睛还盯着电脑。

“今天不想来看我吗？”郎泽轩先开口说。

融子兮笑笑:“对不起，本来是想去找你的，可是今天早上杜总说让我下周跟她一起去米兰参加时装周，所以我这周要把手里的事都处理完，我现在还在公司加班。”

郎泽轩深吸一口气:“就算要加班，可晚上也要休息吧。”

“那当然。”

“所以今晚我们还是可以在一起的吧。”只有厚着脸皮又说。

融子兮有点为难，犹豫了一下说:“可我今天没带换洗的衣服，要不，明晚吧?”

郎泽轩第一次感觉有点委屈，故意又说:“可我今晚就特别想你，怎么办?”

“那要不你去我那边?”融子兮说。

郎泽轩咬咬牙:“算了，那还是明晚吧，不打扰你工作了，我挂了。”说罢就挂了电话。

很明显，他生气了。融子兮看着手机屏幕，眉头微蹙，忽然有点搞不懂他怎么就生气了，自己要换洗的衣服没带，去他那边本来就很不方便，再说，明天还要带护照到公司，今晚回去还要找一下护照。而且，每次都是自己去他那边，为什么他就不能偶尔来找自己一次呢?这么想着，她也有点生气，干脆继续忙自己的工作。

郎泽轩一副委屈的样子，第一次觉得自己好可怜，像是被遗忘了。一贯理智的他居然像个小孩子似的，嘟着嘴，回家点了个外卖吃，吃完就去书房继续工作了，看了一会儿书，手机忽然有微信消息响起，赶忙拿过手机点开，郎泽轩忽然愣了一下，原本以为是融子兮发来的，结果是……安欣!

安欣:泽轩，我回国了，有时间见个面吗?

郎泽轩想了想，回复说:好，你什么时候有空?我非上班时间都可以。

安欣:既然这样，那就明晚如何?

明晚?郎泽轩愣了一下，回道:好。

朗泽轩答应与安欣见面，一方面是跟融子兮赌气，不满意她这么多天都不来找自己，另一方面是很久没见过安欣了。

那些沉睡了多年的记忆又鲜活了起来，一一浮现在朗泽轩的脑海。他无法平静下来，撑着头，在回忆中畅游了一阵，又发了一阵呆，暂时忘记了跟融子兮的不快。

第二天，融子兮一早到公司就把自己的护照交给了小周，小周是杜嫦曦的助理。之后融子兮就抓紧时间工作，想着尽快把自己手里的设计做完。

中午的时候融子兮接到融佳琪的电话，说要请融子兮帮她一个忙，要她给郎立轩打个电话，让他转发她新片宣传的微博。

融子兮无奈地说:“拜托，大小姐，你觉得这样做合适吗？我是说你居然想让我专门给人家打电话，就是请他帮你转发微博，你不觉得这样的请求有点无聊、有点荒唐吗？”

“哪里无聊了？可能对你们来说很无聊的一件小事，对我来说却意义重大，你明白吗？拜托，你就帮我打个电话吧，看在我们是闺蜜的份上，难道这个忙你都不帮吗？”融佳琪又求道。

融子兮解释道:“不是我不想帮你，而是我好久没跟他联系了，忽然给他打电话让他做这样的事，人家肯定会很困扰的。”

“怎么会困扰呢？或许他正高兴呢，你不打怎么知道？求你了，子兮，再帮我一次好吗？”

实在是抵不过她的软磨硬泡，融子兮只有答应下来，不过还是说:“我可以帮你打电话，不过他不愿意的话，我也没办法了。”

“行行行，只要你愿意打电话就行。”

融子兮叹了口气，挂了电话，无奈地拨了郎立轩的电话。

电话响了一会儿接通，传来郎立轩惊讶的声音:“子兮，好久没接到你的电话了，还真是让我惊喜呢，最近好吗？”

融子兮尴尬:“还好，立轩，你呢？这段时间忙吗？”

“我还好，还是那样。”郎立轩说，猜测着她给自己打电话到底是为了什么事，安欣已经回国了，难道是因为这件事？

犹豫了一阵，融子兮还是开口说:“立轩，给你打电话是有一件事想请你帮忙……”然后硬着头皮把融佳琪的事说了。

其实之前融佳琪已经给郎立轩打过电话、发过短信，请他帮忙转发一下微博，可郎立轩没有接电话也没有回短信，装作没看到。他对融佳琪根本没有一点兴趣，所以也不想跟她过多纠缠。只是没想到她竟然会去求融子兮，难道她就这么笃定融子兮开口自己就会帮忙？

郎立轩故意说:“这样啊。并不是我不愿意帮这个忙，只是不想再被媒体胡乱报道，让家人看到也不太好，不过你都亲自给我打电话了，我不帮也说不过去啊。”

融子兮忙说：“立轩，你不必过多考虑我的因素，想怎么做你就怎么做吧，我不会怪你的，本来我也觉得让你做这件事有点为难你。”

“这要是换了别人，我肯定不会管，不过只要是你开口，无论什么事我都会帮的，我等会儿就帮她转。”郎立轩故意说。

融子兮听完，有点懵，又忙安慰自己说：别多想，他的意思是因为我是他哥的女朋友，最后还是说了句：“那谢谢你了立轩，也代佳琪谢谢你。”

“光谢谢啊，好久不见，要不一起吃个饭？”郎立轩想试探一下她知不知道安欣回来了的事。

融子兮欠了他的人情，也不好拒绝，只有说：“你肯赏脸，自然可以，只是不知道你什么时间有空？”

“我今天就有空啊。”

“可今天我有一点事，要不……明天？”融子兮想到昨天跟郎泽轩约定的时间，只能把见郎立轩的时间推迟。

“好，那就明天吧。”郎立轩爽快地说。

挂了电话，融子兮又给融佳琪打电话说了这个消息。

融佳琪兴奋之余，又叹气道：“唉，我给他打电话他不接，发短信他不回，你这么轻松就搞定了，还是你魅力大。”

“什么啊，他只是考虑到我是他哥的女朋友，才答应帮忙的。”融子兮忙说。

融佳琪笑道：“你说是就是呗。你帮了我这么大的忙，想要什么尽管开口。”

“我什么都不想要，只要你晚上早点回家，别出去喝太多酒，行吗？”

听到她这么说，融佳琪心里暖暖的，笑着应下了。挂了电话，融子兮叹了口气，忍不住打开微博。果然，郎立轩很快就转发了融佳琪的微博，然后他微博下的评论也是不断增加许多“粉丝”问他真的寄情“网红”了吗？

融子兮无奈地叹气，不知道佳琪看到这些评论怎么想，反正要是自己的话肯定能是会郁闷的，她退出微博，懒得再操心他们的事了。手机忽然来了一条短信，融子兮拿起手机一看，是郎泽轩发来的，说今晚他要跟一个老朋友吃饭，让她不用来了。

看到这条短信，融子兮心里有点不舒服，不过还是若无其事地回道：好，那你玩得开心些。

回了后，没有收到郎泽轩的回复，心里便有点烦躁，干脆又拨了郎立轩的手机，约他当晚一起吃饭，郎立轩自然是立即应下。

下班后，融子兮收拾好东西，跟小组的几个同事一起下楼。

他们一起说说笑笑地走出门，何苗突然说："快看快看，居然来了一辆兰博基尼，你们说这车是来接哪个老总的？会不会是杜总？"

"杜总今天好像不在。"融子兮说。

傅小米说："这个写字楼又不止我们公司，可能来接其他公司的人。"

正说着,车子里的人忽然朝她们招手,几个女孩子顿时愣了,都感到很震惊。

此时，融子兮的手机响了，是郎立轩，这时候融子兮才反应过来，那辆兰博基尼是来接自己的……

融子兮接电话的时候，车子里的郎立轩也在拿着手机朝她招手，至此，几个女孩子终于明白过来，这车不是来接哪个老总的，而是接她们组长的！

"厉害啊我的组长！"何苗羡慕地说，几人也都纷纷朝她竖起大拇指。

"那个，只是朋友。"融子兮尴尬地说，实在没有想到郎立轩居然亲自来公司门口接自己。

"那我先去了，拜拜，明天见。"融子兮说完，赶紧朝郎立轩跑去，因为后面的同事会越来越多，被越多的人看到越没办法解释了。

上了车，融子兮立即说："立轩，可以开车了，快走吧。"

戴着墨镜的郎立轩看着她这副样子，早就明白她是怎么想的，不禁摇摇头，心道，要是换了别的女孩子，说不定巴不得所有人都看到吧，你倒怕被人看见，唉。

发动车子载她离开，郎立轩问她为什么中午说今天有事，过了一会儿又改变主意了。

融子兮当然不会说郎泽轩爽约的事，只有说："本来是有点事，结果忽然又被告知今天可以不忙着做，我想着不能让你久等，所以就又打电话给你了。"

郎立轩点点头，笑着说："哦，我还以为是因为二哥今晚没时间陪你吃饭，所以你才把这个机会给了我呢。"

融子兮惊讶地看向他。

没错，郎立轩确实知道，因为安欣跟他说了。

瞥到她的表情，郎立轩故意说:“看你这个表情，是奇怪我怎么知道吗？”

融子兮点点头:“对啊，难道你今天见过你二哥？你去过医院？”

“我又不看妇科，干吗要去他医院？”郎立轩继续说，“我之所以知道，当然是听安欣说今晚她跟二哥约了一起吃饭，对了，安欣你也知道吧？”

融子兮震惊地看着他，她当然知道安欣，只是不知道郎泽轩中午说的老朋友竟然是安欣！

看到她这样的表情，郎立轩心里反而很高兴，又故意问:“怎么？你不知道今晚二哥要跟安欣一起吃饭？”

融子兮失落地摇摇头:“不知道，他没说。”

“哦，那可能是二哥怕你误会吧。”郎立轩又说，“对了，你想了解一下安欣的事吗？”

融子兮确实很想知道，可又怕这么做显得自己很多疑。

郎立轩看出她的犹豫，又故意说:“行，那我们边吃边聊吧，我觉得你还是要对安欣有所了解才行。毕竟,她跟二哥的关系可不一般,而且她现在一回来，就约了二哥见面，你还是要知己知彼才行。”

融子兮低着头，没有说话，算是默认了，此时她的心七上八下的。车子在郎立轩投资的一家餐厅门口停下。他们去了包厢，郎立轩让融子兮点菜，融子兮没心情，让他做主。

点了菜，郎立轩看向心不在焉的融子兮，给她倒了一点红酒，说:“别紧张，他们也就是吃个饭。”

融子兮尴尬地笑着说:“嗯，你二哥的为人我还是相信的。”

“那就好。不过，安欣跟二哥的故事，咱们一起去马尔代夫时，我跟你简单提过一些，如果你想知道更多，我就给你讲讲。”郎立轩说。

融子兮点点头。

郎立轩端起酒杯摇了摇，说:“我之前也跟你提过，安欣是我和二哥在美国读书的时候认识的。那时候我好像是十六岁，二哥十七岁，安欣跟我同班。一开始我有点喜欢她，就经常带她去我妈妈的房子里玩，因为我妈妈经常不在，二哥和我当时是一起住在那里。原本呢，我是想利用这个机会追求安欣的，可没想到，有一次我在楼顶玩望远镜的时候，竟然看到她在跟二哥接吻……”

融子兮手里的杯子一颤，心也抽痛了一下，说不在乎自然是假的。

郎立轩见她这样子，心里也有些难受，将目光转向别处，继续说:“唉，当时我的心情……实在不知道该怎么形容了，反正就是想立即揍二哥一顿。我从楼顶跑下来，气冲冲地朝游泳池跑去，跑到时，他们俩还坐在泳池边接吻。我气得朝他们大叫:‘停！你们俩给我停下来！你们怎么能这样对我？过分，你们俩真是太过分了！’想想当时的自己，就像疯了一下。”郎立轩摇头笑。

融子兮越听越难过，一点心情也没有。菜端上来，郎立轩给她介绍菜，让她先吃饭。融子兮深吸一口气，夹菜吃，毕竟都是曾经的恋情了，她劝自己别太在意。

吃了一会儿，融子兮突然问道:“那你就这样成全你二哥和安欣了吗？”

郎立轩笑笑:“对啊，我又抵不过二哥的魅力。我记得当时安欣还安慰我，她像个长辈似的跟我说:‘立轩,别难过了,总有一天你也会遇到自己的公主的，而且我做你的嫂子不也很好吗？’然后我惊讶地问她:‘你已经打算嫁给我二哥了？’她点点头，笑着说:‘那当然，我如果不想跟一个人结婚，是不会跟他恋爱的。’一听这句话我对她的心立马就死了，马上就说:‘原来如此，那祝你们幸福。’然后就潇洒地走了，他们就在一起了。”

此时融子兮才恍然大悟，原来，以结婚为前提谈恋爱，郎泽轩是从安欣那里学来的。只是，教会他这种恋爱方式的女孩回来了，他又会做出什么样的选择呢？融子兮深吸了一口气。

郎立轩继续讲道，“后来，安欣忽然被查出患了癌症，可能是不想让二哥看到她化疗后的样子吧，就悄悄离开了。我听二哥说，她说要去环游世界，到时候不管走到哪里，万一去世了，就葬在那里，却没想到，都这么多年过去了，她又回国了。你说是不是人算不如天算？”

融子兮点点头:“那倒是。”心情跌入谷底，这样听来，他们原本就不该分开，是上天的一个玩笑拆散了他们，如今安欣又回来了，难道是上天想补偿他们吗？

看她十分失落，郎立轩劝道:“子兮，你也别因此太难过了，其实，会失去的东西本来就不属于自己，就像我当年一样，潇洒地转身走，她不选择我，我也过得很好，这个世界也不是谁离了谁就不行，对吧？”

融子兮点点头：“立轩，谢谢你安慰我。”

“不客气，如果想找人陪，随时打电话给我，我再忙也会抽时间陪你的。所以，可千万别像上次那样想不开做傻事哦。”郎立轩又故意说。

融子兮尴尬地笑笑：“你放心，我再也不会做那样的傻事了。”

郎立轩的目的终于达到了，喝着红酒，静待事情发展。他就是要看看二哥这次怎么接招。

与此同时，在一家环境优雅的餐厅里，郎泽轩和安欣正相对而坐，一边吃饭一边聊天。

“好久没有吃到正宗的中国餐了，还是我们中国的美食最合我的胃口，你毕业后选择回国果然很明智。”安欣微笑着说。

郎泽轩脸上很平静，心里却是波涛汹涌。原本以为这么些年过去了，对她的爱和恨都归于平静了，可如今再见到她，心情仍旧很复杂，却淡淡地说：“我回国可不单单是因为美食，更是因为我的家人、朋友在这里，我从小在这里长大。”

安欣点点头：“说到家人和朋友，听说你已经有了不错的交往对象，打算什么时候结婚呢？”

郎泽轩微怔，他想到了融子兮，也想到了最近给他们两人造成困扰的结婚话题。

深吸一口气说：“是有了交往对象，不过结婚的事现在还没考虑好。”

“哦，这样啊，是个什么样的女孩子呢？一定跟我很不一样吧。”安欣问。

郎泽轩点点头：“嗯，温柔、善良、单纯，是个能让人很安心的女孩子。”或许是因为说到融子兮，郎泽轩的表情变得柔和。

安欣仔细观察着他的每个细微表情，似乎在捕捉他内心的想法，淡淡地笑着说：“能让人安心就好，反倒是我，名字叫安欣，反而最不让人安心。对了，我昨天让朋友去你们医院帮我挂你的号，结果没有挂到，说你的号非常‘抢手’，今晚这顿饭我请，不知道郎医生能不能给我走个后门呢？”

没有料到她会找自己看病，而且已经去挂过号了，郎泽轩有点惊讶，愣了片刻才说：“当然没问题，你随时来找我。”

“谢谢。”安欣笑笑说。随即又说起了自己的病情,说在国外复查的时候,结果显示癌细胞已经得到了控制,不过癌症就像炸弹一样,总是让人不安,幸好如今郎泽轩就是医生,有他在倒也不觉得害怕了。

说到她的病情,郎泽轩又担忧起来。当年,安欣因为突如其来的检查结果不辞而别,郎泽轩伤心欲绝。直到他当了医生,接触了许多癌症患者,才深深体会到当年安欣的巨大压力和痛苦。几乎所有癌患者不仅自身精神和身体压力巨大,还要考虑来自另一半的压力。当年安欣正是花一般的年纪,她也一向爱美,忽然知道自己患了癌症,对她来说这是巨大的打击。

她想要逃避爱人,甚至逃避这个世界,也是情理之中吧,这么想来,朗泽轩的心结似乎打开了,两人的相处也渐渐变得融洽。离开餐厅后,郎泽轩又开车送安欣回去,并提醒她明天到医院检查。

回到家后,郎泽轩还在思索安欣病情的事,竟然忘了给融子兮打电话。等到回过神来,都快十一点了,看看手机也没有她的电话和消息,又有点生气,索性没联系她。殊不知,融子兮也在等他的电话,一直没有等到,便怎么也睡不着。最后决定,不问他安欣的事,看他打算隐瞒多久。

第二天,安欣到市妇女儿童医院。做完相关检查后,中午又和朗泽轩一起吃午饭。

“泽轩,今晚有空吗?”安欣笑着问。

郎泽轩愣了一下,点点头说:“自然有空。”

“妈妈说我这次回来要麻烦你的地方比较多,她心里也过意不去,所以想先请你吃饭作为贿赂,你今晚能赏光去我家吃顿饭吗?”

郎泽轩想到今晚融子兮可能会过来,可心里又不能肯定,想了片刻说:“阿姨太客气了,我帮你本来就是应该的,不必这么见外,不然我都不好意思了。”

“正是因为考虑到你是熟人,所以才请你去家里吃啊。你放心吧,就是顿家常便饭,没有给你搞特殊,而且我想着你晚上来的话可以顺便帮我把检查报告带过来,然后跟爸爸妈妈说一下我的病情,你是这方面的权威医生,要听你说没事他们才能放心。”安欣又劝道。

她这么说合情合理,所以郎泽轩也不好再拒绝,于是只有应下。回到办公室,郎泽轩拿手机给融子兮发了条短信,说自己晚上有事,她可以不过来。

短信声响起，融子兮拿起手机看了一眼，心凉了半截，没想到安欣一回来，他就每晚都有事，而且到现在也不主动解释一下安欣的事。融子兮发了一会儿呆，才回道：哦，好，正好我也忙。

这句话明显不需要回复，所以郎泽轩看到这条信息，心里也有些别扭。

晚上，郎泽轩带上安欣的检查报告去了她家。进门就受到安家的热情款待。安家二老一个是企业家，一个是大学教师，家庭条件很不错，所以当年安欣跟郎泽轩交往的时候，郎洁是认可的。

也许是因为安欣终于回来了，安家还来了其他亲戚，大多也都认识郎泽轩，当时两人恋爱得轰轰烈烈，恨不得全世界的人都知道，所以两家的亲戚也基本都知道。在场的人都热情地招呼郎泽轩，围着他问检查情况。

郎泽轩拿出报告如实说："检查结果很让人欣慰，没有检查到癌细胞扩散的迹象，继续保持，安欣应该能创造奇迹。"

"太好了！"大家都激动得说。

安欣的表妹苏萌檬更是激动地抱住了她，然后又看向郎泽轩说："泽轩哥，既然这样，你不如就跟表姐重新开始吧，恰好你又是医生，表姐跟你在一起我们最放心不过了！"

此话一出，全场皆静，安家人又都充满希望地看着郎泽轩，连安欣都看着他，似乎在等待他的答案。郎泽轩沉默着，没有马上回答，因为他脑中猛然出现了融子兮的脸。

看他没有说话，安欣笑着缓和气氛说："泽轩，你别听萌檬瞎说，她就是小孩子，说话当不得真的。"又看向表妹，"萌檬，别乱说了，你泽轩哥已经有女朋友了。"

苏萌檬一脸震惊的样子，又看向郎泽轩说："啊！我还以为泽轩哥一直等着姐姐呢……"一副既遗憾又郁闷的样子，还瞪了郎泽轩一眼，那模样好像责怪郎泽轩辜负了安欣。

安家二老好像也因为这个消息而失望，他们确实也希望安欣能跟郎泽轩在一起。朗泽轩是妇科肿瘤方面的权威人士，如今安欣的病情也控制住了，如果有他这样一个专业人士在安欣身边的话，更让人放心。再说，他当初之所以会选择学医，难道不是因为安欣患病吗？可现在安欣回来了，病情也控制住了，他怎么能不要安欣了呢?

安家其他人似乎也有这种想法，看郎泽轩的眼神立马从热情变成了责怪，仿佛郎泽轩是负心汉似的，郎泽轩也没说什么，打算吃了晚饭就离开。饭后，安欣送他出门，让他不要介意表妹的话。

“我不会介意的，放心吧，你别想太多，好好休息，好好吃饭，有什么问题随时打电话给我。”郎泽轩说。

安欣点点头，送他到车旁，安欣忽然抱住他说:“这些年，我一直好想你，我真的有点后悔了，怎么办……”

一瞬间，当年的那些过往不断涌现出来，郎泽轩僵在了原地，任由她抱着，只是此时此刻，他的脑中浮现了融子兮的脸。

郎泽轩深吸一口气，伸出右手拍拍她的肩膀说:“别这样，伤心会让抵抗力下降，你要尽量每天都开开心心的。”

“可是没有了你，我怎么还能开心得起来。我以前一直以为我的人生不会为谁而停留，我的毅力能战胜一切，可到头来我才发现，遇见你才是我今生最好的一件事，能长久地跟你在一起才是我最该争取的事。我当时不该离开你的，我错了。”

郎泽轩没有说话，两人就在夜空下拥抱着，过了一阵，安欣的情绪也控制住了，放开他，尴尬地笑笑，让他回去。

说了几句客气话，郎泽轩才转身上了车。开车回到家，已是晚上十点半，郎泽轩洗了澡，在书房里坐着，思索起自己的感情问题。

第二天是周四，中午郎泽轩给融子兮打电话，问她晚上有没有空。

“有空，不过也要加一会儿班，然后我们在外面吃好吗?”融子兮说。

“好，那我下班来接你。”郎泽轩说。

“好，那下午再联系。”融子兮说，等郎泽轩回了个“嗯”后，挂了电话。

无形之中，两人的对话竟然变得客气起来，不像之前那样有说不完的甜言蜜语了。为此，两人心里都有些别扭。

下午下班后，郎泽轩立即开车去融子兮公司接她，他竟然迫不及待地想见到她，所以遇上堵车，心里还有点焦急。

到了融子兮的公司楼下，打电话给她，融子兮拿着包包下楼来，不同于他，融子兮心里格外平静。看到他的车子，融子兮的表情也很平静，她没有像往常那样情不自禁地笑起来。

拉开车门进去，融子兮冰冷地说:“走吧。”

郎泽轩看了看她，想说几句调情的话，看到她这样的表情，竟说不出口了。车里，两人出奇地沉默着。

走了一阵，郎泽轩才说:“想去哪吃？”

融子兮看向车窗外，随口说:“左前方有个必胜客，你不是喜欢吃比萨吗？要不就去那里吃吧。”

想不到她竟然说去快餐店，郎泽轩又看了她一眼，然后点点头，也没说话。把车开过去，找了位置坐下，郎泽轩去点单。点了单回来，在融子兮对面的椅子坐下，看到融子兮还在看平板上的服装设计图。

开口问她:“你什么时候去意大利？”

“下周二的票。”融子兮头也没抬地说。

“哦，那周末怎么安排？”郎泽轩又问。

“周末要忙着把手里的工作都赶完。”融子兮说，这才把平板关了，抬头看向他。

“怎么用这种眼神看着我？”郎泽轩发现她的眼神跟平常不一样，不解地问。

融子兮淡淡地笑笑，转过视线，干脆看向另一边，过了一会儿，又看向他说:“你的初恋女友回来了？”

郎泽轩一怔，点点头:“嗯，回来了，昨晚、前晚都跟她去吃饭了。本来想跟你说，可又想着在电话里也说不清楚，可你怎么会知道？谁跟你说的？”

“周二晚上跟立轩一起吃饭，听他说的。”融子兮如实说。

服务员把比萨端上来，还有两杯热牛奶。

郎泽轩想着，看来立轩对融子兮还是不死心啊，转念却又想，那自己对安欣呢？融子兮表情冷漠，拿了一块比萨吃。

郎泽轩不知道说什么了，也拿一块比萨吃，眼看快吃完，融子兮才开口说:“我今晚就不去你那边了，还有很多工作要做，我要回去继续加班了。”

郎泽轩有点惊讶地看向她:“你要回去？融子兮，都这么久没见我了，你就一点也不想我吗？”

融子兮没有看他，垂眼看着桌面说：“那倒不是，我只是觉得你或许需要时间考虑一下。”

“考虑什么？”

融子兮终于抬头看向他：“考虑我和安欣之间，你选谁。”

郎泽轩愣了一下，没想到她说得这么直接。

看他没说话，融子兮接着说：“我知道我在你心中的位置可能比不上安欣，如今她回来了，她也需要你照顾，而你妈妈也不喜欢我……”融子兮快要说不下去了，长舒了一口气：“这件事情需要时间考虑，那从今天起你就好好考虑吧。正好我也比较忙，我们就暂时别联系了。”

郎泽轩看着她，眉头微蹙：“融子兮，你知不知道你在说什么？”

融子兮认真地看了看他，又垂下眼：“我当然知道我在说什么，这些话我想了两天，我很清楚。泽轩，你内心的挣扎我能感受到，所以我不想让你为难。我也不想哭着求你，或者对你死缠烂打，一直以来，跟你在一起我内心都很自卑，所以总是等着你做决定，总是小心翼翼地看你的脸色，希望自己做得更好，从而得到你的肯定和赞扬。的确，我们在各方面上都有差距，确实是我高攀了你。这种感觉在一起的时候并未察觉到，冷静下来，才发现自己实在是卑微。”

融子兮痛苦地摇摇头：“我也不是逼你马上跟我结婚，我就是觉得，如果你对我的感情不再笃定，我不会让你为难，我愿意退出，成全你们。”

说完这句话，融子兮忽然觉得心被掏空了似的，其实原本也没想什么时候说这番话，可一下子说到这里，就情不自禁地说出来了。此时郎泽轩的表情变得冰冷，自己确实考虑过是否跟安欣和好，所以她的话也不无道理。他生气的是，她竟然这么轻易就做了退出的决定。

沉默了片刻，郎泽轩开口说：“好吧，既然你这么说，那我们就暂时分开一段时间，彼此冷静地想一想吧。”

听到这句话，融子兮冰冷的心犹如又被泼了一盆冷水，虽然是自己提出要这么做的，可是被他肯定后，心里还是突然说不出的失落和难过。

融子兮站起来：“那既然这样我就先回去吧，我自己打车走就行，你不用送我。”说罢就转身往大门走。

刚出门，手就被郎泽轩抓住:“你这是干什么，这么迫不及待地想离开我吗？”

融子兮失落地摇摇头,抽出自己的手:“我只是想尽快回去工作,你回去吧，我自己打车就行。”

“融子兮！”郎泽轩生气地喊了一声,又强行拉住她的手,“你怎么这么倔？说走就走，我送你回去怎么了？”

“你送我回去又有什么意义？”融子兮红着眼睛看着他,看他不明白,又说:“我现在不想看到你！这个理由够充分了吧！”

一说完，眼泪就流了下来，融子兮转过身，朝街上走去，伸手拦出租车。很快,一辆出租车开过来,融子兮毫不犹豫地拉开车门,坐上车就走了。车上，眼泪不停地往下流，融子兮不停地擦眼泪，拼命想控制住自己的情绪，不让自己哭出来，可这个时候偏偏就那么奇怪，怎么都控制不住眼泪。

忽然，融子兮双手捂着脸哭了出声。

出租车司机惊讶地回头看了一眼，劝道:“美女，别哭了，还是先说说你要去的地址吧。”

融子兮擦了擦眼泪，跟他说了地址。

出租车司机又劝道:“跟男朋友吵架了吧？这有啥好哭的，现在男多女少，你们女孩子想要找个对象容易得很，只要把要求放稍微低一点，许多好男人等着你们挑，别想不开。再说了，让你哭的男人也不会是什么好男人，你又何必为他流泪呢，找个珍惜你，让你开心的不就是了。”

融子兮拿纸巾擦了擦眼泪，又吸了吸鼻子说:“嗯嗯，谢谢你师傅，我已经没事了。”她降下车窗，想吹点冷风让自己清醒一下。

出租车司机还在喋喋不休，融子兮也附和了几句，心里也逐渐没那么难受了。回到家，洗了个澡调整了心情，然后打开电脑继续工作，再也不想郎泽轩的事。

而另一边,郎泽轩也回到了家。到家后在沙发上坐下,想着晚上发生的事，很沮丧，他觉得自己不是优柔寡断的人，可为什么这次如此摇摆不定呢？仔细想来，觉得融子兮这次确实受伤了，竟然主动做出这样的决定。

想了一会儿，手机响了，赶紧拿过一看，居然是安欣。郎泽轩还是接了电话，先客套地说了几句，安欣问他周末有没有什么安排，没有的话想约他一起出去走走，如果他觉得为难的话，也可以带上融子兮。

“不用了，她周末有事，既然你想出去走走，那我就陪你去吧。”

“嗯，还是你对我最好。”安欣暧昧地说。

又说了几句，挂了电话，郎泽轩忽然长长地深吸了一口气，连自己都不知道到底该怎么处理眼前的这些事了。

周末，郎泽轩陪安欣出去，融子兮在家加班。

周二下午一点半，融子兮和杜嫦曦一起坐飞机去了意大利米兰。

当地时间下午七点，飞机在米兰降落，来到自己向往的时尚之都，满眼都是好奇和向往，所有不愉快都被抛到了脑后。到达酒店，杜嫦曦的手机响了。

挂了电话，杜嫦曦笑着对融子兮说:“子兮，你的魅力真的很大，猜猜刚刚是谁给我打电话？”

融子兮纳闷地看着她:“这个电话跟我有关吗？是公司的事吗？”

“亲爱的，当然不是。我还是跟你直说吧，刚刚是立少给我打电话，问咱们到达酒店了没有，到了的话中午他请我们吃饭，虽然立少这么说，不过我知道他其实是因为你才请客的。”

融子兮这才明白过来，惊讶地说:“原来是立轩啊，他怎么也在米兰？”

杜嫦曦笑笑:“所以我说你的魅力大啊。”作为商场和情场的高手，她当然早就猜到了。

融子兮有点尴尬，可也不便多解释。

进到酒店房间，融子兮先把行李放好，然后去洗漱，想到自己居然已经在米兰了，感觉像做梦似的。

洗漱完，休息了一会儿，杜嫦曦来敲门，说郎立轩已经来了，沾她的光，可以去吃一顿好吃的了。

“杜总你快别取笑我了，我跟立轩只是朋友。”融子兮尴尬地说。

“我也没说什么啊。”杜嫦曦笑着说。

两人说说笑笑，一起下了楼。

看到她们出来，等在大厅的郎立轩朝她们走去:“两位美女，中午好。”

杜嫦曦看向他，故意说:“真的是两位美女吗？我还以为我在立少的眼里已经是上年纪的阿姨了。”

郎立轩笑道:“杜总，一见面就想占我便宜吗？”

“我比你年长,你叫我一声阿姨,我也受得起。”两人的交流既亲切又自然。

出门后，一起坐郎立轩的车去吃饭。

意大利除了艺术、汽车和时装有名外，美食也是非常有名。有人甚至说，意大利美食影响了整个西方的美食，有资格被称为“西餐之母”。

意大利的美食如同他们的艺术，总是被精心制作，既典雅高贵，又浓重朴实，讲究原汁原味。意大利的菜系非常丰富，菜品成千上万，除了享誉世界的比萨和意大利粉，海鲜和甜品也是闻名遐迩。郎立轩带她们去了米兰一家有名的餐厅，融子兮是大饱眼福和口福，心情自然是很不错。

餐厅里有不少中国人，其中一个是郎皓轩的朋友。他认出郎立轩，好心地在微信上给郎皓轩说了一声。恰好这时郎皓轩正在无聊地玩手机，看到这个消息，问他郎立轩跟谁一起在米兰。

朋友如实回道:跟两个美女，一个我认识，是服装公司的老板杜嫦曦，还有一个年轻的女孩子，长得很文静，穿着一身古典长裙，好像很得你立轩表哥的欢心呢。

一看到消息，郎皓轩立即就坐直了身体，因为从这些描述来看，那个女孩子就是融子兮。

蹙眉想了片刻，郎皓轩立即拨打郎泽轩的电话。意大利与北京有七个小时的时差，此时郎泽轩正在工作。

手机响了，郎泽轩看了一眼随手接过电话。

“泽轩哥，问你一件事，我嫂子在国内吗？”郎皓轩立即问道。

郎泽轩对“我嫂子”这个称呼还不适应，愣了一下，说:“没有，她去意大利米兰参加时装周了，怎么了，有什么问题吗？”

一听这话，郎皓轩立即叫起来:“还真的是啊！哥，你知不知道，郎立轩也跑过去了，而且现在他们正一起吃饭！我的朋友在餐厅碰到他们，刚刚他跟我说的。郎立轩他还真行啊，竟然对嫂子还不死心，居然趁着嫂子出差，你不在身边的时候，悄悄跟过去献殷勤，哥，你赶紧打电话过去骂他啊！再不行，你马上请假，明天去米兰揍他一顿……”

郎皓轩歇斯底里地大叫，简直像自己的女朋友在被郎立轩追求似的，吓得助理赶紧帮他把门关上，免得被八卦记者听了去。

想到立轩还不死心，郎泽轩不悦，只有说："皓轩，你别紧张，没事的，或许他们刚好遇到吧，你不相信立轩也要相信你嫂子啊，她又不是那种见异思迁的人。"

"哥，你别太乐观了，你没听说过一句话，只要锄头挥得好，就没有撬不了的墙脚！"

"好好好，那我马上给她打个电话，提醒她一下，那我挂了啊。"郎泽轩说完就挂了电话，不想再跟郎皓轩争论了。

挂了电话，想到远在异国的融子兮，心里也是说不出的滋味。忽然觉得，自己很想她。可安欣怎么办呢？这么一想，顿时又迷茫了。

郎皓轩蹙眉沉思了一会儿，打开微信准备骂郎立轩一顿，结果发现郎立轩居然把自己删除了！

"啊啊啊！混蛋郎立轩！我跟你势不两立！"郎皓轩气得站起来大叫。

"轩少，怎么了，出什么事了？"助理吓得赶紧问。

郎皓轩握着拳头，咬牙切齿地说："小庆庆，你帮我记着，从今天起，我跟郎立轩势不两立！他就是我最大的仇敌，听见了吗？"

助理点头："不是一直都这样吗？"

"现在不一样了，现在我们的仇恨更深了！"郎皓轩叫道，一副恨不得立即跟郎立轩打一架的样子，不过助理却很想笑，实在搞不懂他俩到底是这么回事，既是兄弟又没什么仇恨，干吗要一直那么讨厌对方呢？

周日晚上，融子兮、郎立轩和杜嫦曦才一起从米兰回国，而此行因为有郎立轩陪同，融子兮在米兰也玩得非常开心，而且参加了时装周后，她也有了很多灵感，迫不及待地想把灵感都付诸设计。如此一来，回国后融子兮也没有跟郎泽轩联系。融佳琪知道郎立轩又追着融子兮去了一趟意大利之后，不高兴地问融子兮，到底是要选郎泽轩还是郎立轩，提醒她不能脚踩两只船啊。融子兮再次跟她保证，自己对郎立轩绝对没有非分之想，绝对不会跟他在一起。

融佳琪不依不饶："那万一你跟郎泽轩分手了呢？也不会选郎立轩吗？"

融子兮点头："当然啊。既然我已经跟郎泽轩交往了，又怎么会跟他表弟走到一块儿呢，这样一来郎家人会怎么想我，别人会怎么看我？我不会做这种事的。”

“行,这话可是你说的啊。”融佳琪晃晃手里的手机,“为了给你留个证据，我已经把刚刚我们的对话录下来了,如果到时候你违背了,我可是有证据的。”

融子兮无奈地说:“融佳琪，你这样做有意思吗？行行行，随你，只要你高兴就好。”

融佳琪看着手里的手机暗笑，心道，不知道郎立轩听到这些录音，会做出什么样的表情。

过了一段时间，融佳琪终于见到郎立轩，找了个机会单独跟他说话，把这段话给郎立轩听。郎立轩听完，表情还是波澜不惊，似乎对他没什么影响，但融佳琪猜测，他的内心肯定很难过。

她就是不想让郎立轩对融子兮有想法，就是想把他对融子兮的爱情火苗彻底浇灭。然而，让融佳琪没有想到的是，过了几天，郎立轩在被记者采访的时候，被问道融佳琪到底是不是他的女朋友。

郎立轩第一次正面回答这个问题说:“当然不是，我们从来就不是恋人关系。”

“那立少怎么会跟她合影，又怎么会转发她宣传影片的微博呢？”记者又问。

郎立轩说:“随便想想都能知道的答案，你还要我亲口回答吗？”言外之意就是，只不过是帮她炒作一下。

采访结束，立即就有新闻爆出，说融佳琪被郎立轩公开“打脸”。郎立轩不但亲口证实跟她从来就不是恋人关系，还承认之前那些事都是帮她炒作。还有消息说，郎立轩之所以帮融佳琪炒作，都是因为她是融子兮的闺蜜。而融子兮就是之前跟郎皓轩传过绯闻的女子，但她并非郎皓轩的女朋友，而是两人的表哥的女朋友。

这次的报道还真是戳中了真相，只是现在大家关心的已经不是融子兮了，而是融佳琪被郎立轩公开“打脸”的事。好多人早就在等着看她的笑话了，如今出了这个新闻，网上立即一片嘲笑声和谩骂声。融佳琪看到这些报道和评论简直都要气疯了,实在不敢相信郎立轩居然会这么做。融佳琪原本在上表演课，立即跑出教室，到卫生间里大哭一场，哭过后，干脆直接离开了学校。

其实郎立轩之所以这么做，也是反感融佳琪的不自量力和卑鄙手段，他从来就没把她当一回事，之所以跟她还能说上两句，完全就是看在融子兮的面子上。想不到她居然去挑拨融子兮，逼她说出绝不可能跟自己在一起这种话。

郎立轩的想法很简单：行啊，既然你那么不希望我跟她在一起，那我又何必给你面子？

至此，融佳琪“嫁给郎立轩”的梦也彻底破碎，此时她才知道，自己今生根本不可能追到郎立轩，更不可能嫁给他。

这件事爆出后，融佳琪忽然沦为全民的笑柄，导演们也不再跟她联系，更别说有机会当女主演了，所幸还能重新做回网络主播，凭着这场事件的影响力，好歹还是算得上一线“网红”。

兜兜转转了一圈，融佳琪的生活还是回到了原来的轨迹，每天晚上老老实实地进行网络直播，她想趁这个机会多攒一些钱，即便以后不做直播了，也能有资本做些其他事。当然，发生这样的事情最有好处的就是吕树杰，他终于又有了找融佳琪的机会。

周五凌晨，融佳琪结束了直播，三人一起下楼，到街边的烧烤摊吃烧烤。

一边吃一边聊天，喝了一瓶啤酒，融佳琪攀过吕树杰的肩膀说：“吕树杰，问你一个问题，你作为男人来说说，为什么郎立轩喜欢融子兮就不喜欢我呢？”

融子兮立即叫道：“融佳琪，你能别乱说吗？他什么时候喜欢我了？吕树杰你别听她乱说。”

吕树杰看看融子兮，分析说：“看见了吗？这就是为什么‘富二代’会喜欢子兮的原因，男人的本性就是充满征服欲，越是得不到的女人越是觉得有意思。子兮不稀罕他，他反而觉得子兮有魅力。而你呢，猴急地想要跟人家好，让人家一点征服的成就感都没有，所以哪里会稀罕你。”

“可我要是不主动，他也根本不会理我啊。”融佳琪又郁闷地说。

吕树杰无奈地看着她：“那不更简单了吗？说明你对他根本没一点吸引力。”

“真的是这样吗？可我明明比融子兮漂亮啊。”融佳琪又说。

融子兮对她翻了个白眼：“夸你自己可以，能别这样损我吗？”

吕树杰看看融子兮，分析道：“男人的审美跟女人可不一样，就算从我看来，也觉得子兮挺好的啊，温柔善良，也有自己的味道，本来就很有吸引力。”

一听这话，融佳琪立即指着他叫起来，说：“吕树杰，你不会也喜欢融子兮吧？”

“怎么可能，我跟子兮只是朋友，你又不是不知道，我们又不合适，我明明一直喜欢你好吧。我是个俗人，还是喜欢你这样的性感美女。”吕树杰赶紧安慰她。

气得融子兮叫道：“你们俩再这样，我就回去了。”

融佳琪这才高兴起来，拉住她说：“别小气了，又不是第一天认识的朋友。”

此时的融子兮想起了跟郎泽轩的事，她苦苦压抑着心里的失落和痛苦，已经一个多月没有跟他联系了。融子兮觉得，自己可以单方面做出分手的决定了。

周六晚上，爸爸杨军打电话叫朗泽轩回家吃顿饭。饭桌上，郎泽轩一直默默吃着饭，没说话，也没注意爸爸和妈妈都在悄悄观察自己的表情。

看了一阵，郎洁终于开口说：“我听说安欣回来了，是吗？”

“嗯。”郎泽轩随口回道。

郎洁想了想，又看着他说：“那你现在是怎么打算？跟那个姓融的女孩子分手，重新跟安欣在一起？”

“妈妈，我的事你就别操心了，我自己会处理的。”郎泽轩吃着饭说，没有看郎洁。

郎洁眉头一蹙，明显马上就要发火了，杨军赶紧说：“泽轩，怎么能这么跟你妈妈说话呢，你妈妈也是关心你啊。”

郎泽轩这才抬起头，看向他们：“谢谢爸爸妈妈的关心，只是，我也不知道该怎么办，所以不知道怎么跟你们说。”

郎洁还是有点不高兴地说：“行，既然你这么说，我就说说我的想法，我的想法是，就算你没跟那个姓融的女孩子在一起，也不能再跟安欣在一起。当年她先甩了你就不说了，如今她都已经是得了癌症多年的人，指不定哪天就突然发病了，她这样的人根本就不该结婚，这不是祸害别人吗？而且也是不能生孩子的吧，就算你是医生，也不能跟这样一个人在一起。反正，我是不会同意的。”

郎泽轩失望地看着她：“妈妈，能别把话说得这么难听吗？她已经很不幸了，难道我们就不能有点同情心吗？”

二老都惊讶地看着他，杨军赶忙问:“泽轩，你的意思是你要放弃小融选安欣吗？”

“不行！我不同意！”郎洁急得站起来，大声叫道。

郎泽轩无奈地看看她，又看向杨军:“爸爸，我没有这么说啊。”

“那你刚刚说，安欣很不幸，我们都要同情她？还有，我看了小融最近的微信，怎么都没有你？”杨军说。

郎泽轩震惊地看着他，有点不敢相信爸爸竟然还加了融子兮的微信，只有如实说:“哦，她听说安欣回来后，有点伤心，说我们先分开一段时间彼此冷静一下，把自己的感情想清楚。”

“她倒是挺理智啊，那既然这样，那你就两个都别要，我托朋友重新给你介绍一个好了。”郎洁立即说。

郎泽轩看看她,心里难过不已,实在不敢相信自己的妈妈为什么会是这样，蛮不讲理，冷漠无情，一瞬间他连话都不想说了。

朗泽轩匆匆把饭吃了，起身说:“时候不早了，我先回去吧，有空再来看望爸爸妈妈。”

“坐会儿再走吧。”杨军忙说。

“不了，你们慢用。”郎泽轩说完，转身就朝门口走。

“生气了。”杨军对郎洁说，赶紧跟上朗泽轩。

送他出门，杨军又说:“泽轩，刚才你妈妈的话你不要放在心上，她一直是那样，只是，安欣的事你也要慎重，我还是觉得你因为安欣放弃小融的话，是不是对人家小融太无情了。”

“爸爸，我没有说要放弃她，你别担心。”郎泽轩解释说。

“那就好。不过你是个理智的人，爸爸也不担心，你自己好好想想吧。”杨军说。

郎泽轩跟他道别后，就开车离开了。

夜空下，车子平稳向前，郎泽轩坐在车子里，忽然发现，自从跟融子兮说分开冷静后，自己的心一直没有冷静下来，更没有开心过，连许可嘉和雷尚宇都在背后小声议论自己，还拐弯抹角地问自己是不是跟融子兮吵架了。

郎泽轩深吸一口气，十分想念融子兮。车子在一个岔路口转了方向，没多一会儿，车子开到了一个小区门口。朗泽轩把车子停下，下车走进小区。站在门口，犹豫了一下，还是伸手按了门铃。很快，门打开，融子兮惊讶地看着隔着一道栅栏式防盗门的郎泽轩。

融子兮心潮澎湃，努力让自己保持平静，说:“你怎么来了?”

“难道不应该先开门让我进来吗?”郎泽轩反问。

融子兮淡淡地笑笑,把门打开,转身说:“今天佳琪去了吕树杰那里,我……”

忽然被郎泽轩从身后紧紧抱住，融子兮顿时僵住了。

“我想你。”郎泽轩在她耳边说。

一瞬间，融子兮的全部防线都崩溃了，连身体都情不自禁地软了下来。

“你不想我吗?”郎泽轩又问。

“想不想又能怎么样，不是说了要分开冷静一下吗?”融子兮淡淡地说，努力控制住自己的情绪。

郎泽轩让她转过来，面向自己，额头抵着她的额头，深吸了一口气，就要吻她。

融子兮转头避开,逃离他的怀抱,走到沙发前,坐下说:“别这样,这不像你。”

郎泽轩走到她旁边坐下，疲惫地靠在沙发背上，抹了一下头发说:“是啊，不像我，我什么时候也变得因为感情的事犹豫不决，还觉得自己委屈得像被大人误会的幼儿园小朋友，连自己都觉得有点讨厌了。”

融子兮看向他:“怎么?刚刚受刺激了吗?”

“你怎么知道?”郎泽轩纳闷地看向她。

融子兮淡淡地笑笑:“我当然不知道，猜的。”

郎泽轩朝她靠近一点，伸手把她抱在怀里说:“我并不是不爱你，只是想到安欣那般不幸，如今她好不容易捡回一条命，担心她万一跟别的男人在一起受了委屈怎么办?万一病情又恶化了怎么办?这么一来我不就成了罪人吗?可是，当我这样犹豫的时候，所有的人都在要我尽快做出决定，突然身边的人都在逼我，可我实在做不到就这样放弃你。这段时间没有跟你联系，连许可嘉都在问我是不是出了什么事，是不是跟你吵架了，为什么以前拿着手机就说甜言蜜语，现在拿着手机却一脸严肃。融子兮，我也有无能为力的时候，我也有难受的时候，不要让我这么无助,好不好?”

融子兮仔细看着他的脸:"泽轩，你和安欣分开多少年了？我听立轩说，大概有十年了。这些年里，你不在她身边，她不也一样过来了吗？而且还连癌症都战胜了。难道未来的十年或者二十年里，没有你她就活下去了吗？当然，我不是要挑拨你们的感情，我只是觉得，事情是这样显而易见。当然，如果你要觉得安欣没有你就活不下去，你今生也放不下她，你可以选择她，我绝不会怪你。可是这样，你就会快乐，会幸福吗？这就是你想要的生活吗？"

郎泽轩紧紧地抱着她，沉默了片刻点点头:"或许，我是对当年她突然不告而别不能释怀，努力想要证明她当年的选择是错的。"

"这段时间你跟安欣在一起，跟当年的感觉还一样吗？"融子兮问。

郎泽轩摇摇头:"我时刻想着她是病人，不能吃什么，不能做什么，也不能让她不高兴，而且，总是一走神的时候就想起你。"

融子兮抬头看向他，伸手抚摸着他的脸说:"为什么就不能像以前一样理智地对待这件事呢？这不像我认识的郎博士啊。"

郎泽轩握住她的手，微微叹了口气，忽然把头埋进她怀里说:"我爱你，真的爱你。"

融子兮抱着他，第一次发现他也有孩子般无助的时候，也明白他的感受放不开并不是因为爱情，只是担心她，所以才不忍心拒绝她，不忍心看她不高兴。可是，自己也舍不得朗泽轩啊。要怎么办呢？融子兮在心里问自己。

原本以为他会提出让自己去他那边，或者待一会儿自己回去，却没想到他竟然打算不走了。

融子兮洗完澡出来，郎泽轩侧身把她抱在了怀里，头埋在她脖子里感慨地说:"还是只有抱着你的时候是最轻松的，融子兮，我爱你，你爱我吗？"

融子兮点点头:"嗯。"

"我不要一个字的答案，我要三个字的。"郎泽轩说。

融子兮哭笑不得，只有说:"我爱你，行了吧？"

郎泽轩看着她笑，融子兮也看着他。四目相对，情不自禁地拥吻。一个多月的分离，压抑许久的爱火此时终于被点燃，很快就旺盛起来，两人缱绻缠绵，翻云覆雨，水乳交融。

一夜缠绵，第二天早上两人都不想起床，难得地睡了一个懒觉。

融子兮睁开眼睛，拿过床头的手机一看，已经快到十点了。看了一眼旁边的郎泽轩，还在熟睡中。微微叹了口气，安欣的事，到底要怎么处理才好呢？融子兮深思着。

想了一会儿，拿开郎泽轩抱着自己的手，从床上起来。

“不睡了？”郎泽轩忽然醒了。

“都十点了，我这段时间还没起这么晚过，你睡吧，我去买点菜。你是要吃了午饭才走吧？”融子兮边穿衣服边说。

“嗯，好久没吃你做的饭，我都瘦了。”郎泽轩说。

融子兮不禁被他逗笑了，也玩笑说：“还好吧，我昨晚可没觉得你瘦了。”

“是吗？那看来你的体会不够深刻，今晚再让你好好感受一下。”

融子兮立马瞪他一眼：“你想得美。”郎泽轩开心地笑了。

“你睡吧，我去买菜，很快就回来。”融子兮说完，拿上包包出门了。

“嗯。”郎泽轩的目光追随着她的背影，心里说不出的踏实，或许真的只有跟她在一起，才能有这种感觉。

半个小时后，融子兮回来了，然后在厨房里忙开了。

郎泽轩也起了床，洗漱后要帮她做饭，融子兮却没让他动手，说没什么需要他帮忙的了，刚才买了面包和水果回来，他要饿就先吃一点。

看着忙碌的她，郎泽轩心里感动不已，再次在心里告诫自己，她真的是个好女人，自己应该好好珍惜。

两个人的饭倒也容易做，两菜一汤也足够了。把饭菜端上桌，郎泽轩先帮融子兮盛了一碗饭，说：“亲爱的，辛苦你了，你多吃点，等会儿我洗碗。”

融子兮笑笑：“你也多吃点，别再饿瘦了。”

郎泽轩被她逗笑了，两人一起吃饭，互相夹菜，十分温馨。

吃了一会儿，融子兮看向他说：“关于你和安欣的事，我有个想法，你想听听吗？”

郎泽轩看着她，点点头：“好，你说。”

融子兮认真说：“我一直在想这个问题，你能不能把安欣当作妹妹？像亲妹妹那样，以后无论她在生活上还是身体上需要你帮忙，你都把当她亲妹妹一样地帮助她，但前提是，你们的关系只是兄妹的关系，不能逾越。你觉得这样可以吗？”

郎泽轩认真听完，点点头，忽然笑起来：“仔细想想，似乎这才是这个难题的最佳答案，我觉得可以，这样处理很好，让我觉得轻松了很多。”

融子兮如释重负，深吸一口气，笑着说：“那就好。”

郎泽轩看着她：“想不到你解决了我这个博士都解决不了的难题，为了表示感谢，今晚……”

朗泽轩的手机忽然响了，他看了一眼，对融子兮说：“安欣打来的。”融子兮的心忽然紧张起来。

郎泽轩接过电话：“是我。”

“在做什么呢，吃过午饭了吗？”安欣问。

“正在吃，你呢，吃饭了吗？”郎泽轩不由地关切地问道。

融子兮仔细观察着郎泽轩的表情，她还是很想知道，他到底有没有把刚才自己说的话当回事，将他和安欣的关系定位为亲兄妹，已经是她所能想到的唯一能接受的方式。

如果郎泽轩不能做到的话，那自己一定会选择分手，她绝不能接受自己的另一半跟前任纠缠不清。她之所以爱他，是因为他理智体贴，善良果敢，若有一天这些都不见了，取而代之的却是优柔寡断，心猿意马，脚踩两只船，那自己的爱又在哪里依存呢？既然爱都已经不在了，那又何必在一起。

“好，那晚上见。”郎泽轩语气温柔地说，终于挂了电话。

融子兮的心仿佛落入水中的石子，缓缓往下沉，看来他很快就忘了刚才答应自己的话。融子兮低下头，默默地吃饭。

郎泽轩看着她，开口说：“晚上去我那一趟吧，安欣也要来，我当着你的面跟她把话说清楚。”

融子兮看向他，心里涌起一阵欣喜，努力克制住自己翻涌的情绪，平静地点点头说：“好。”

融子兮庆幸着，还好，他还是那个自己深爱的郎泽轩。

吃过午饭，郎泽轩去洗碗，融子兮整理了一下房间，又换了一套自己比较自信的衣服，还化了一个淡妆，怎么也不能在他的前任面前灰头土脸。

化好妆后，郎泽轩也洗完碗了，然后两人一起出门。

“要不要先找个地方走走，再回去？反正现在还早。”郎泽轩开着车说。

“你让安欣过来，是要在家里请她吃饭吧。”融子兮猜测着。

郎泽轩看看她点点头：“以她的身体状况，在外面吃饭有很多忌讳，所以我想还是在家自己做比较好，只是又要麻烦你了，你介意吗？”

“当然不介意，但是你要跟我说她能吃什么，不能吃什么，喜欢吃什么。”融子兮说。

“这个当然没问题。”

“既然这样，那我们就去你家附近的商场逛逛吧，顺便在超市买些菜。”融子兮说。

“好。”郎泽轩说。

在商场里逛了一会儿，然后进超市买东西，因为时间还早，所以两人不慌不忙，慢慢逛。不知不觉买了一堆东西，等到坐上车时，竟然都三点半了，回去做饭也算合适，因为还要给安欣煲些汤。

回到家，融子兮先把排骨炖上后，才到客厅坐下，在沙发上坐着的郎泽轩立即伸手揽过她的肩膀抱住她，两人一边看电视，一边聊天吃零食。

在一起腻了一个小时，下午四点半，郎泽轩的手机响了，安欣来了。

“我下楼去接她。”郎泽轩说。

“好，那我开始做饭吧。”融子兮起身说。

两人分头行动，郎泽轩下去接人，融子兮去洗菜，不过想到马上就要看到安欣，融子兮心里有些紧张，深吸一口气，她对自己说：“别紧张，自信一点。”

这边，郎泽轩下了楼，出了小区大门，才看到安欣的车子。

两人进了电梯，安欣笑着说：“为什么要请我来你家吃饭呢？难道你学会做饭了，迫不及待地想向我展示一下你的厨艺？”

郎泽轩按了电梯的上楼键，看向她说：“不是，我可没有做饭的天赋，是因为我请到了一个既免费又热情的厨师，我女朋友融子兮。”

安欣的笑容忽然僵住，看向他说：“你让我跟你的女朋友见面？你确定真的要这样做？”

郎泽轩点点头：“我很确定。”

安欣点点头：“既然你这么确定，那看来我也是非去见不可了。”

电梯门打开，两人一起走进去。隐约感觉郎泽轩可能还有别的打算，安欣心里有点不安，这一次回来，确实感觉郎泽轩跟以前不一样了。以前的他，眼里全部是自己，而现在，自己竟然有些看不懂他的眼神了。

“这边。”郎泽轩说，按了密码把门打开，“进来吧，她在做饭。”

安欣点点头，随他进门，然后环视了一下屋子，看到电视开着，茶几上还有一堆零食，几乎已经可以想到刚才两人正边看电视边吃零食的愉快画面了。

这时候郎泽轩也将融子兮从厨房里带了出来，介绍说：“安欣，这就是融子兮，融子兮，这是安欣。”

“安欣，你好，我是融子兮，很高兴见到你。”融子兮率先礼貌地笑着说。

安欣淡淡地打量了她一下，也说：“你好，也很高兴见到你。”

打完招呼后，两人心里也都感慨万分。融子兮发现，安欣从外表来看一点也不像病人，甚至还有点女强人的感觉。她留着干练的短发，衣服是落落大方的国际名牌，眼神坚定而自信，给人一种干净利落的感觉。正如郎立轩所说，安欣跟自己完全是两种类型。

安欣也很诧异，原以为融子兮身上多多少少会有一些自己的影子，可这么看来，根本就跟自己完全不同。小家碧玉的长相，柔顺的长发，充满女人味的复古长裙，甚至还戴着玉镯，简直就是传统的大家闺秀模样。真不敢相信，郎泽轩这样一个留学多年，在国外的现代大都市待了那么久的人，竟然会喜欢这样的女孩子。所以，他到底是一时好奇，还是真的喜欢？自己倒要亲眼看看。

这么想着，安欣心里反而有一点欣喜，大方地走到沙发上坐下，又问融子兮是做什么工作的，其实她早就知道她是设计服装的，两人又聊了一下服装设计的事。融子兮说要去做饭，让郎泽轩陪安欣坐坐，起身朝厨房走去了。

她走后，安欣看着郎泽轩，似笑非笑地说：“想不到你会喜欢这种类型的女孩子。”

“什么意思？这样的女孩子怎么了？我觉得挺好的啊，温柔善良，专一深情，还会做饭，特别适合相处。”郎泽轩坦率地说。

安欣点点头，有点不敢相信郎泽轩竟然回答得这么笃定，淡淡地笑笑说：“所以，你今天是让我来看你‘秀恩爱’的吗？”

“那当然不是。”郎泽轩说。

“那你的目的是？”安欣问。

郎泽轩长舒一口气:“想请你来，我们三人当面把话说清楚。”

“把话说清楚是什么意思？”安欣又问，没有了笑容，变得严肃。

郎泽轩看向她，认真地说:“安欣，我们这样下去也不是办法，对你不公平，对融子兮也不公平，我必须给你们俩一个交代。”

安欣的心紧张地跳起来，还是忍不住问:“那你的交代是……”

“你别急，先吃了饭再说吧。”

“不行，你不说，我会吃不下饭的。”安欣迫不及待地追问。

郎泽轩想到她直爽的个性，无奈地点点头，说:“那我把融子兮也叫出来。”回头喊:“融子兮，你出来一下好吗？”

厨房里，融子兮也一直惴惴不安，切菜的时候差点切到手，听到郎泽轩的喊声，深吸了一口气，放下手中的菜，走了出来。

走到客厅，故作平静地笑着说:“什么事？”

郎泽轩伸手拉起她的手，把她拉到自己旁边坐下，不过融子兮自觉地没有跟他坐得太近，而是保持了一点距离，她不想在安欣面前表现得太过在乎郎泽轩。

客厅里十分安静，此时三人心里都是汹涌澎湃。

郎泽轩深吸一口气，看看两人，开口说:“安欣，能再次见到你我真的很高兴，尤其知道你的病情已经好转，我更是如释重负，替你高兴。当年你走后，我痛苦，自责，就像忽然之间被人推进了一口深不见底的井里，既孤独又难过，几近崩溃。尤其是后来，我又接到奶奶去世的消息，奶奶是我在这个世上最敬爱的人，我在兰舟跟她一起住的时候，她就经常去医院看病，病痛折磨了她几十年。所以，我才决定学医。”

他继续说:“想着如果我医术精湛的话，我最爱的两个女人就不会离开我了吧。我拼命地学医，一口气读到博士毕业，回国后进了现在的医院。这些年里，我没有跟任何异性接触，全身心地投入医学中，只把治好一个又一个病人当作理想和目标。直到我遇见融子兮。”

郎泽轩看向融子兮，融子兮对他淡淡地笑了笑，今天这番话她也是第一次听到，内心也很受触动。

郎泽轩说:“一开始，我完全没有想过自己会爱上她，只是觉得她既单纯又可爱，相处起来很轻松，然后就情不自禁地跟她接触。可渐渐地，我发现自己越来越依赖她，就好像我是一株向日葵，她是阳光，有她在，我才会变得鲜活。跟她在一起的日子，跟我以前的人生大不一样，每天都是那么舒适开心，轻松自在。我确定，这是我一直想要的生活模式。所以，安欣希望你能理解。”

安欣淡淡地笑笑:“听到你说出这番话我真的很惊讶，泽轩，你变了，跟以前不一样了。以前的你冷酷帅气，直来直往，像一头霸气的草原雄狮，而现在的你，内心柔软，温言细语，像一头庞大却性情温和的大象。可是，你就这样放弃我了吗？”

融子兮一惊，没想到安欣问得这么直接，紧张地看向郎泽轩。

郎泽轩的表情依旧平静，继续说:“嗯，这个问题确实困扰了我一个多月，直到今天中午我跟融子兮认真地商量后，才得出答案。安欣，人与人的相处模式有很多种，可以是恋人，可以是朋友，也可以是亲人。就恋人来讲，我已经有了融子兮，我不想放弃她，我认为跟她在一起对我来说才是最好的恋爱模式。所以，我和你可以成为朋友和亲人，我觉得我们可以做如同哥哥和妹妹一样的亲人，或许这样的关系更适合我们。”

融子兮欣慰地看向他，郎泽轩也看着她，对她笑了笑。

安欣沉默了片刻，才笑笑说:“你这番话很有道理，我没有可以反驳的地方，既然你这么笃定自己的选择，那我也无话可说。虽然我心里还是有点难受，但我还是祝福你们。”

想不到她这么爽朗，融子兮心里暗暗惊讶。

“谢谢你，安欣。”郎泽轩说。

融子兮也说:“安欣，谢谢你的祝福。”

“那快去做饭，让安欣尝尝你的手艺吧。”郎泽轩催促说。

“好，我就去。”融子兮起身，对安欣点点头，转身朝厨房走去。

这个结终于解开，三人都轻松了很多。

安欣忽然叹口气:“唉，果然是错过这个村就没有这个店，郎泽轩，我讨厌你。”

郎泽轩却笑起来，说:“没有这个店，那就找下一个店好了，世界上这么多好店，总会找到让你满意的。至于讨厌我嘛，我只能说声抱歉。”

安欣看着他笑笑，说：“你还真是热恋中的男人啊，变得这么会说花言巧语。”

“花言巧语吗？我觉得还好啊。”郎泽轩不以为意地说。

两人闲聊了一会儿，饭菜也做好。

郎泽轩帮忙把菜端出来摆好，三人一起吃饭，安欣也由衷地称赞融子兮的饭菜做得好吃，又嘲笑郎泽轩果然是传统的中国男人，找女人还要找会做饭的。她当然也没有恶意，就是故意损郎泽轩取乐的。融子兮也暗暗庆幸，幸好安欣是这么直爽的女人，要是像库丽丽那种女人的话，事情可就复杂了。

安欣的事终于解决，融子兮和郎泽轩也终于恢复到以前的超甜蜜、超恩爱状态。

不过，融子兮丝毫没有放松自己在事业上的追求，在工作上越来越出色，逐渐在时装圈和时尚圈小有名气，杜嫦曦为了留住她，破例让她成为公司的股东之一。

而郎立轩也终于有了新的女朋友，是一名既漂亮又有个性的桌球皇后，据说两人相识于打桌球。对此，郎皓轩十分不屑，觉得他肯定是因为受到了被融子兮抛弃的打击，才假装转型的。兄弟俩还是像孩子一样闹脾气。

有天晚上，郎泽轩跟融子兮吃饭的时候，说他有位同事要结婚了，打算定做一套汉服款式的嫁衣。

“我已经跟我同事夸下了海口，说你是这方面的大师，你可要做得漂亮点，不能让我没面子哦。”郎泽轩提醒融子兮说。

融子兮笑：“行行行，难得你郎医生还帮我拉了个订单，我一定会竭尽全力，让你的同事满意，行了吧？”

“那最好。”

“那你的同事什么时候有空让他们来量个尺寸吧，然后说说有什么样的要求。”融子兮建议说。

“嗯，那我跟他们说说，让他们下周抽个时间去你公司。”

“好，他们确定了，你提前通知我。”

到了周三中午，郎泽轩带着要做衣服的两名同事来嫦美时代，融子兮帮他们量了尺寸，又讨论了一下款式。

不过两人似乎不太好意思，让融子兮帮他们决定。

“你这两个同事还不算挑剔。”融子兮悄悄跟郎泽轩说。

“正因为这样，你更要尽力啊。”郎泽轩说。

“我当然会尽力，我对我的每一件作品可都是尽心尽力的。”融子兮自信满满地说。

郎泽轩宠溺地看着她:“那就好。”

之后，融子兮又把设计好的样图给郎泽轩，让他的同事看看是否满意，在对方没有意见后便开始制作。

半个月后，衣服做好，让郎泽轩通知他们抽空去试穿，如果有哪里不合适还可以再改改。

一天下午，郎泽轩开车载着许可嘉和雷尚宇一起来了嫦美时代。

融子兮看到他们，纳闷地问:“咦，来的怎么是你们，你同事呢？”

“他们有点事，让我先过来，这两个跟屁虫也要一起来看看。衣服在哪里？让我们先欣赏一下融大师的作品吧。”郎泽轩说。

“好啊，就让你一睹为快。”融子兮自信地说，把衣服提过来给他们看。问道:“怎么样，漂亮吗？”

“漂亮，太美了！”许可嘉激动地拍手说。

雷尚宇看向郎泽轩，笑道:“老师，那接下来就看你的了。”

融子兮正在纳闷，就听郎泽轩说:“融子兮，其实这个订单是我下的，这是我为你和我自己定做的结婚礼服，你没发现之前来的两个同事跟我们的身材差不多吗？”

他转身把衣服给许可嘉，然后接过雷尚宇手里的戒指，忽然单膝跪下说:“融子兮，我爱你，嫁给我好吗？”

融子兮简直惊呆了，一瞬间还有点没反应过来。

“嫁给他！嫁给他！嫁给他……”雷尚宇和许可嘉跟着起哄。

办公室的人听到声音也反应过来是怎么回事，陆续走了过来，羡慕又高兴地看着他们，一起喊道:“嫁给他！嫁给他……”

融子兮看看他们，尴尬地笑笑，点点头，忽然又双手捂住脸，大家都看到了，真是太尴尬了。

郎泽轩笑着站起来，拿过她的左手，取下之前送的那个戒指，把新戒指给她戴了上去。

“亲一个！亲一个！亲一个……”办公室的人又喊起来。

“你们……”融子兮哭笑不得地看着这帮只管看好戏的人。

“既然他们这么想看，不如就满足他们吧。”郎泽轩居然说。

融子兮故意瞪他，郎泽轩却笑起来，然后拉过她，低头亲了她一口，一群人又是一阵起哄。

至此，郎泽轩的求婚圆满成功！

两个月后，郎泽轩和融子兮大婚。

婚礼十分热闹，亲朋好友悉数到场，都为他们送上了真挚的祝福。

尽管这一路走来，他们遇到了不少阻碍，也曾动摇过，曾想放弃过，但爱是一根强大的纽带，牵引着他们一次又一次地战胜困难，再次走到一起。更重要的是，在彼此相爱的过程中，两人都不断地改变，不断地成长。

终于，两人都变成了优秀的人，也变成了对方最好的伴侣。

爱，如此温暖美丽，值得为之努力，为之争取，为之变成更好的自己！